独步天涯

常博涵◎著

時代文藝出版社

图书在版编目（CIP）数据

独步天涯 / 常博涵著．—长春：时代文艺出版社，2019.3

ISBN 978-7-5387-6011-8

Ⅰ. ①独… Ⅱ. ①常… Ⅲ. ①侠义小说－中国－当代 Ⅳ. ①I247.5

中国版本图书馆CIP数据核字（2018）第249274号

出 品 人　陈　琛
产品总监　郭力家
责任编辑　姜程程
装帧设计　孙　利
排版制作　李　楠

独步天涯

常博涵 著

出版发行 / 时代文艺出版社
地址 / 长春市泰来街1825号　时代文艺出版社　邮编 / 130011
总编办 / 0431-86012927　发行部 / 0431-86012957　北京开发部 / 010-63108163
官方微博 / weibo.com / tlapress　天猫旗舰店 / sdwycbsgf.tmall.com
印刷 / 三河市万龙印装有限公司
开本 / 710mm × 1000mm　1 / 16　字数 / 510千字　印张 / 31.25
版次 / 2019年3月第1版　印次 / 2019年3月第1次印刷　定价 / 48.00元

图书如有印装错误　请寄回印厂调换

前言

鲜卑慕容氏原是东胡的一支，历史悠久，三国时期，先祖莫护跋随晋宣帝平灭辽东公孙渊，家族逐渐强大起来。

其孙慕容涉归大力发展辽东，尤其是柳城在他的治理下富足兴旺，成就了后来的龙城。他死后其弟慕容耐篡夺政权，其子慕容廆被迫逃亡。数年后，部众杀死了慕容耐，迎慕容廆继位。很快慕容廆又被西晋封为鲜卑都督。第二年（294年），慕容廆徙居大棘城，结束了游牧民族的生活。又过了十多年，鲜卑实力大增，于是慕容廆自称鲜卑大单于。后来西晋中原政权覆灭，慕容廆得汉族士人辅佐，以大棘城为中心，据辽水流域，受东晋官爵。慕容廆病逝后，长子慕容皝继位。他继位引来了众兄弟的不满。为了安抚众兄弟，慕容皝只好封最有威望的弟弟慕容仁为平州刺史、辽东公，让其独据辽东。可不久后，慕容仁却联合了三弟慕容昭，最终在辽东起兵谋反了。当事情泄露时，慕容皝大怒，戡平叛乱。起初慕容皝占尽上风，很快活捉了慕容昭，并将他赐死。由于慕容仁手下谋士献策，让其反败为胜，一时间慕容皝的追随者纷纷投靠慕容仁。而段部鲜卑首领段辽及其他鲜卑部落又与慕容仁遥相呼应，慕容皝退据辽西一带，自此慕容部彻底一分为二，相互攻击。后慕容皝励精图治，大举讨伐慕容仁，自渤海岸踏冰而行，前进三百余里，慕容仁仓促应战，部将阵前倒戈，最终被擒，被慕容皝极刑处死。慕容仁的辽东公国灭亡，慕容部重归一统，慕容皝自立为燕王。

几年后，慕容皝又击败了后赵的二十万大军，解除了来自中原的压力，从此定都龙城。他并未罢手，又东破了夫余及高句丽，终成为辽西霸主，也为其子慕容儁入主中原打下了基础。公元348年，慕容儁继位，他稳住朝政后便攻打后赵，夺得幽州，迁都于蓟。两年后，后赵大将军冉闵自立为帝，国号大魏，打算与大燕交战。冉闵刚驻军于安喜，辅国大将军慕容恪随即引兵而至。冉闵被迫转向常山，慕容恪率军追至廉台，两军交战多次。怎奈冉闵英勇至极，打得大燕每战必败，人人畏惧。慕容恪发现冉闵有勇无谋，他指挥将士用诈败的方法大破冉闵，将其擒获，大燕军进入了常山。慕容恪获胜后，燕王派辅弼将军慕容评率军一万进攻魏都邺城，魏大将军蒋幹一面向大燕致书，表示投降，一面又派人向东晋求救。六月，东晋派百余人入邺帮助守城，蒋幹率军出城迎战，被慕容评击败。八月，魏长水校尉马愿等出降。大燕军队攻克邺城，蒋幹等弃城而逃，魏纵然强盛一时也终被大燕征服了。

慕容儁逝世后，十一岁的太子慕容暐继位，太原王慕容恪辅政，朝政稳定一时。至河内太守吕护倒戈，燕与东晋在中原又战事不断。大燕实力强大，自然夺得了中原的主动权，并占了洛阳，但东晋仍不放弃收复失地。东晋派大司马桓温北伐，起初大燕不敌，打算放弃中原，挥兵北撤，但这时慕容皝五子慕容垂出马，大破恒温，一时威名四海皆知，无不敬畏。可惜慕容恪死后，庸贪的上庸王慕容评辅政。慕容评与慕容垂不和，迫使慕容垂只得暂时投奔苻坚。而苻坚早就想消灭大燕，却一直忌惮慕容垂，如今慕容垂已经投诚，苻坚便开始讨伐。起初大燕并未处于下风，但可恨慕容评为人贪鄙，致使军心涣散，致使大燕十五万主力部队被王猛所率领的前秦军歼灭。苻坚趁势率军队包围前燕的首都邺城。慕容暐无奈只好逃出邺城，试图返回龙城，但中途被前秦军抓获，至此大燕被灭。

后慕容垂迷途知返，叛出前秦，恢复大燕。怎奈他不久病逝，其子在参合陡抗击北魏拓跋珪惨败，国势一落千丈。此后大燕多次内乱，帝位屡经更迭，终于在高云手中彻底断送了百年江山。

目录

第一章　天生奇才

“江南好，风景旧曾谙。日出江花红胜火，春来江水绿如蓝。能不忆江南？”一个文人打扮的中年男子正靠在书房窗边，口中吟诵着白居易的《忆江南》，双眼中蕴含着说不出的愁怨。

他淡淡地说：“世人只道江南千好万好，可在我眼中远不及塞北，哪怕是一片塞北的雪，也远远胜过西湖的景色与苏州的园林……”

随即他又叹了口气：“唉……我们金陵慕容在南方创下再大的威名又有何用，谁人能真正明白我们的所思，是在那万里之外的龙城，是那曾经强盛的大燕啊……”

别看这男子是文人打扮，却是金陵燕回院的家主慕容邦。他一身武功虽算不上独步江湖，倒也经历大小数十战而从未败绩，创出了“神剑公子”的名头，只是那已经是十年前的事了。自从他娶了幽家大小姐幽芳兰后，便把一片心思放在了妻子和门中事务上，武功有些荒废了，只在心情好时才练上一练。

或许是上了一点儿岁数的原因，抑或是妻子即将为他生下第一个孩子的缘故，他近日对“杀回龙城，重建大燕”的祖训格外重视。

“夫君……”这时房外传来一个女人温柔的声音，很快那女人便推开房门，走了进来。

这个女人虽已三十出头，皮肤却如二十岁一般，吹弹可破。一身华贵的丝绸长裙、一对圆润无比的珍珠耳环，以及那用无瑕美玉打造的手镯，无不衬得这个女人雍容华贵，只有出身高贵的名媛贵妇才会如此装扮。她腹部高高隆起，显是快要临盆了。

慕容邦闻声回头，看见自己的夫人幽芳兰走进门来，这时他脸上才有了一抹笑意，站起来，扶着夫人在另一张椅子上坐下，笑道：“夫人有孕在身，为何不让弟子、下人来喊我，却自己从暖香阁跑来这瀚墨院了？莫不是要找几本书读给未来的孩子听，呵呵，呵呵。”他打趣道，“还没出生就听诸子百家的圣人之言，抑或名门大派的武功之意，那孩子出生了还了得？”他一边说着，一边用手拂向幽夫人的腹部。

“你可好些年不来这里了。我让你来陪我读书，你却总说这儿比不上幽家的万经宝库，今儿怎么主动来了？”慕容邦问。幽夫人随即握住丈夫慕容邦的手，说道：“还不是想着孩子快生了，让你给起个名字嘛，今儿见你一早就来这儿了，便想这事儿早些定了也好安心。”神情间显出一种欢喜之色。

一听这话慕容邦不由笑道：“夫人能将这瀚墨院中所有的书过目成诵，却不记得那天我酒后所言吗？男孩儿便叫慕容燕云，女孩儿便叫慕容柳。”

幽夫人听慕容邦之言一时不语，脸色有些难看。

“莫非夫人觉得不妥？”慕容邦见夫人半晌不语，面色不对，不由问道，“如果夫人不喜欢那便叫慕容慧，通个‘恢’字，男女都能用，倒也方便。”

幽夫人这时忍不住道：“夫君，为妻认为，这三个都不好。”慕容邦问道：“夫人有何高见，不妨说来听听。”

要知道自从幽夫人嫁过来后，凡事都是听丈夫慕容邦的，还没一次反驳过他的，今日情形使得慕容邦感到有些奇怪。

幽夫人一反常态严肃道：“夫君，这都几百年了，难道还不放手吗，世世代代慕容家为了它付出的还不够多吗？我想是时候了，是时候该结束了，我真的不想让我们的儿子重蹈慕容家无数先祖以及夫君你的覆辙了。孩子应该有自己选择未来的权利……”

“你闭嘴！”慕容邦突然变了脸色，大吼道，“夫人，别的事我慕容邦全可依你，这事万万莫要再提。”慕容邦显然是气得不轻，此时他的脸色十分难看。

他缓了一口气，才用有些发抖的声音继续说道：“族人或许已经放弃了，但是，我慕容邦还不会放弃。至少我这一生、我孩子的一生，决不允许放弃，至于再以后，我不管了，也管不了了，要放弃，便在那时放弃吧……”幽夫人被丈夫训斥倒也不生气，只是为肚子里的孩子感到无奈。她明白，人的心灵里都会有不可侵犯的人或事。而在夫君慕容邦，以及大多数慕容家人心中，那不可侵犯的便是，历经数百年，在十多代慕容家先祖心中根深蒂固、不可动摇的梦想——重建大燕，恢复那属于鲜卑，属于慕容家的无上荣光。

半晌慕容邦才缓过气来，神色又变得如湖水般波澜不惊。

他默然不语，沉浸在慕容家的往事中，不知那如画如血的夕阳早已满天……

半个月过去了。

这天夜里，慕容邦正负手立于暖香阁外的一棵桃树之下。桃花开得正艳，天上没有一片浮云，星星也是那么明亮，美丽的夜空尽收眼底。阵阵微风吹过，偶尔带起几片花瓣。花瓣在风中摇曳，似真似幻，恍如梦境。

慕容邦那俊朗潇洒的脸上，带着许久未有的微笑，那淡淡的微笑如同眼前这夜色一般充满光彩。

他抬头望天，看到一颗流星，转瞬的璀璨是那么短暂，而又那么耀眼，那么神圣，那么迷离，虽不再永恒，却让人难以忘怀。

“流星啊流星，你好像我大燕，那么短暂，又那么让人思恋……”慕容邦叹息一声，转身回到屋里。

幽夫人已经睡熟了，她梦到北辰星落入自己的腹中。睡梦中的幽夫人忽觉一阵剧烈的腹痛，从梦中惊醒。

“夫君，快叫人来，我怕是要生了……”幽夫人忍着剧痛有气无力地朝刚推开房门的慕容邦喊道。

“快叫张婆过来，夫人要生了！”慕容邦慌张地朝厢房里喊道。他心想：“刚见星辰坠落，夫人便要生产，莫非我儿是星宿转世不成，果真是那样，或许我慕容一族就有希望了……”

“来了，来了。”一个略有些苍老的女人声音响起，随后张婆从厢房中快步走了出来，身后还带着两个丫鬟，来不及和慕容邦施礼，急忙走进夫人的房间，准备接生。

约莫半个时辰，慕容邦的思绪被婴儿的啼哭声打断。

只听见那哭声中气十足，划破寂静的夜空，震撼着慕容邦的心灵，让他抑制不住地激动。“夫人生的肯定是个男孩儿，我慕容家有后了，我大燕有望了……有望了……”

很快张婆就出来了，满脸堆笑地对慕容邦道："恭喜老爷，夫人生了一位小公子，母子平安。"

慕容邦大喜道："太好了，太好了，我的小燕云终于出世了！"

慕容邦一个箭步进到屋中问道："夫人，你怎么样？快让我看看云儿！"仆人忙把幽夫人身边用绸缎被裹着的婴儿抱了起来。

慕容邦抱着儿子，在他的额头上亲了一下，一脸的宠爱。

幽夫人笑了，慕容邦笑了，小燕云则在慕容邦怀中睡着了……

时光如水，转瞬十五年过去了。

如今的小燕云已经比幽夫人还高出了半个头，模样十分俊朗，既有他父亲的潇洒，又有他母亲的文静，只是毕竟还小，少了些慕容邦身上的成熟与霸气。

自从六岁开始，慕容邦便天天教他习武，幽夫人则教他读书。慕容燕云不但极爱读书，更是过目成诵，甚至还能提出一些自己的见解与想法，使得慕容家的弟子、门客、下人们也都打心眼儿里喜爱他。

这天，慕容燕云与慕容邦在演武场中切磋，父子两人你来我往，拳脚相对，慕容邦竟只略占上风。

只见慕容邦右拳带着呼呼的劲风打向慕容燕云面门，慕容燕云身子向左一晃，便躲过慕容邦的一拳。慕容邦笑道："好小子，有进步！小心接招！"话音未落，慕容邦左拳从左向右横扫，出手时又加了一成力。

慕容燕云心中一惊，他本能地向后退了两步。可慕容邦是练过通臂拳的，他的左臂在快要落空的一瞬间猛地长了一截，左拳刚好够到慕容燕云的左肋。慕容燕云身子狼狈地后撤，同时双掌下意识地推向慕容邦的肘弯。

慕容邦被慕容燕云的双掌一推，加之原本用力就有点儿过猛，左臂竟不受控制地向自己的前胸打来。幸好慕容邦未用十成的劲力，这才勉强收住手，没被自己的拳头打中。

"云儿，这是什么武功？你跟谁学的？"慕容邦有些好奇道。慕容家虽不能说是藏尽天下武学，可也记载了许多名门大派的武功，而这些武功慕容邦都熟记于心，其中绝没有刚才慕容燕云用的那一招。

"父亲，这招是我胡乱打出的。"慕容燕云有些惊慌，也有些得意。

"胡乱打出的？这么厉害的招数你是胡乱打出的？"慕容邦不敢相信。他一生中不是没有败过，他也想到或许有一天儿子会打败自己，可是没想到这一天会来得这么快，而且还是被儿子用自己领悟的武功打败。

“那天我去抓蝴蝶，刚一伸手，蝴蝶却突然飞了起来。我跳起来没抓到，一生气忘了运气，身子重重地落在了地上，把我脚扭了一下。”

慕容邦更糊涂了，问道：“云儿，你抓蝴蝶和武功有什么关系？就算有关系也应该是和擒拿之术或是轻功有关吧，与你刚才用的那招有什么关系？”

慕容燕云道：“我脚疼躺在床上，开始想蝴蝶真讨厌，为什么早不飞晚不飞，偏偏我去抓他时飞了呢？想着想着，忽然发现，是我去打搅了它，是我不对，不干蝴蝶的事。于是我又怪起地来，但是地本身没有力量为什么会把我脚伤到呢？”慕容燕云说着卖起关子来，“父亲，你说为什么？”

慕容邦笑着摇头道：“为父不知道，为什么呢？”

“那是因为大地反弹了我的力量，以其人之道还施其人之身的缘故。”慕容燕云道。

“好个反弹，好个以其人之道还施其人之身！”慕容邦兴奋道，“云儿，你的确是个奇才啊！你才多大，竟能从这么一件小事中领悟这样一门武功，你若长大了这江湖只怕没谁是你的对手了，能有你这样的儿子是我慕容邦之幸、慕容家族之幸，为父的愿望或许会在你的手中得以实现啊！”

“父亲放心，孩儿一定会实现数代先祖的愿望。恢复大燕，一统天下！”

“云儿，你有如此大志为父甚感欣慰，不过希望你能量力而行。”

虽说慕容邦这十五年里淡漠了恢复大燕的夙愿，在他眼里只有妻子和云儿这母子两人，他只想一家人平平安安地度过一生。可慕容燕云在他的影响下，复国的志向却与日俱增。

“师父，不好了！”这时弟子穆廖匆匆忙忙地跑向演武场，神色十分慌张。

穆廖是慕容邦最得意的弟子，在三个弟子中穆廖是大师兄，为人最稳重，武功也最高，一直受慕容邦的额外关照，是唯一进过瀚墨院的外姓人。

“穆叔叔，怎么了，慌慌张张的，这可不像你的作风呀！”慕容燕云和穆廖打趣道。

慕容燕云与穆廖十分亲近，甚至可以说是除了慕容邦和幽夫人外最亲近的人。穆廖给他的印象一直是稳重的，以至于穆廖才三十出头，他却觉得不该叫他哥哥，只有叫叔叔才合适。今天慕容燕云还是第一次见到穆廖如此慌张，让他感到有些滑稽。

“师弟，你别笑，是真的出事了。”穆廖板着脸说。

“穆廖，出什么事了？”慕容邦问道。

“师父……”还没等穆廖说完，一个阴恻恻的笑声响起。

“哈哈哈，当初的神剑公子慕容邦竟沦落到满脑子只有老婆和孩子的地步，实在可悲、可叹、可笑啊……”随着笑声两道人影从远处一闪便到了三人面前。

“什么人？敢闯我燕回院！”慕容邦喝道。

“什么人？替先祖报仇的人！尔等如果识相就速速交出《天人剑法》，还可留个全尸，否则定叫你们死无葬身之地！”声音未落，两人已到眼前。

只见说话的是一个年逾半百的老者，头发、胡子已经花白，原本英俊的面庞已饱经风霜，年纪应该和慕容邦差不多，可能是因为没有慕容邦这样养尊处优式的生活，显得好像老了十多岁。他一身粗布黑衣，背后一把宝剑，内力收放间不怒自威。另一个少年与慕容燕云年龄相仿，十五六岁的样子，长方脸，一双星目，两道剑眉，背着一把宝剑，气质非凡，甚是俊美，与慕容燕云不相上下。

“替先祖报仇的人，不知先祖是哪位？”慕容邦淡淡问道，他心中已隐隐猜到了，这两个人应该是慕容仁的后代，从外貌上看和自己有几分相似。

果然如慕容邦所料，那老者道：“我是慕容国，这是我儿子慕容平州，辽东公慕容仁的后人。你先祖慕容皝杀了我先祖慕容仁，这事虽已过去了几百年，为先祖报仇一直是我慕容仁后代的两大心愿之一。慕容邦，纳命来！”

慕容国刚要移动身躯，身旁的少年道：“父亲，杀慕容邦和两个武功不入流的家伙还用不着您出手。”慕容国退到一旁点头道：“州儿你小心点儿。”慕容平州笑道：“料也无妨。”

慕容邦见慕容平州一人出手，不禁笑道：“小子，你是找死吗，打死打伤了你我可不负责。”慕容平州闻言笑得更狂了，说道：“慕容邦，我算你们三个人一起上，或许还有一丝胜算，不然小爷我杀了你，再放火烧了你的燕回院，让你们金陵慕容从此鸡鸭不剩、猪狗不留！”

慕容邦大怒，从旁边兵器架上取下一把宝剑。倏地拔出手中长剑，腕子一抖，幻化出万千剑影，刹那间将慕容平州全身尽围在剑影之中，不留一点儿空隙。

慕容平州淡淡地说道："华山的万花袭影，这种雕虫小技也配拿出来对付小爷，实在是不知小爷的厉害。"

慕容邦一愣，慕容平州早已长剑出鞘，只见一道白光，如神龙一闪，慕容邦的剑影便被尽数化解。慕容邦不敢置信地看向慕容平州，他怎么也想不到眼前这个毛头小子竟能一剑破了自己的万花袭影，他不由心神一凛。

正当慕容邦心神震颤之时，慕容平州又是一剑如灵蛇一般，从慕容邦的剑身缠向他的右腕。慕容邦这时只得把宝剑放开，身子向后猛纵三丈，这才没被慕容平州削去右腕。慕容邦此时彻底被慕容平州的武功所震惊，额角渗出冷汗。

慕容平州见慕容邦被自己打得如此狼狈，疯狂地大笑，他的笑声中内功激荡，在场众人闻得慕容平州的笑声，无不感觉耳中脑中如有刀割斧凿，体内真气不受控制地在全身经脉中暴走。就连慕容国也在慕容平州的笑声中痛苦地皱起眉头。

慕容平州笑了许久，这才缓缓停下。

慕容邦趁慕容平州停住笑声的刹那，强撑着痛苦，快步移身来到慕容平州的近前，左手一晃慕容平州面门，右手极快地在地上捡起宝剑，随后身子极速退回刚才三丈外所占之地，手掐剑诀，屏气凝神地看着慕容平州。

穆廖见师父不是慕容平州的对手，回身取过一把刀，站在慕容邦身边。

慕容平州道："小子，连慕容邦我都不放在眼里，就凭你也想攒鸡毛凑掸子，实在不知死活！"说着便一个跃身，来到慕容邦和穆廖身边，刚一跃近便是一剑。

慕容邦先前小看慕容平州，并未使出全力，此时方知慕容平州功力实在惊人，于是拿出了十成功力。穆廖护师心切，功力大增，两人一时与慕容平州你来我往，倒是难分胜负。

慕容国见慕容平州拖住了慕容邦和穆廖，而慕容燕云却是站在一旁不知所措。慕容国暗笑，身子忽地欺近慕容燕云，手中长剑恶狠狠地向慕容燕云横扫过来。

慕容邦眼见云儿要遭不测，却苦于无法脱身。慕容燕云见慕容国忽然攻向自己，不禁全身一颤。他出生以来还未真正与人生死相斗过，此时慕容国却是真的要取自己性命，心中不禁一阵惶恐。

慕容燕云虽然惶恐，可他手上没停。如刚才与父亲慕容邦切磋时一样，身子在慕容国长剑劈来那一刻向右一闪，顺势双掌在慕容国肘弯处拼尽全力一推，心中暗道："上天保佑，此招得手。"

慕容国哪能料到慕容燕云会有这么一手，他扫这一剑时已把全身力量尽赋予剑锋上，本已极难控制，加之慕容燕云又把全身力气都用在这一推上，此时再想收剑已不可能。慕容国眼见自己宝剑向自己项间砍来，他还未来得及叫一声，自己的宝剑已把自己的头颅割了下来，由于剑力太猛，鲜血霎时横空喷出！

慕容燕云见慕容国死尸倒地，心中震颤，这是他平生第一次杀人。

慕容平州听见那边情况不对，回头望去，只见慕容国人头落地。慕容平州心中一阵恐惧，他无论如何也想不到父亲慕容国竟会死在这里，死在一个还没自己大的毛头小子手中。慕容平州正欲上前与慕容燕云拼命，这时慕容邦的另外两个弟子钱坤、王丹带着一众门客赶到。而同时，远处忽然又传来一阵诡异的琴音，随着琴音一道白色身影也到了武场，正是幽夫人。慕容邦见众人来了，精神大振，对慕容平州道："小子，当初虽是我先祖杀了你先祖，不过是你先祖咎由自取，如今你父亲慕容国已死，只剩你一个人，你走吧，此事你我两不相欠了！"

慕容平州见来了这么多人，已是寡不敌众，他不能与这么多人硬拼，只好抱起父亲慕容国的尸身和头颅，惨笑几声，一道怨毒的目光射向众人，目光如刀般刺向众人灵魂深处。

他冰冷冷地说道："慕容邦休要假仁假义，你等着，先祖的仇，杀父的恨，我慕容平州定要尔等血债血偿……"

随着慕容平州的话音越来越小，只见他几个闪身便消失在了天际的尽头，沉进了那抹血阳中……

第二章　大难临头

慕容平州虽然走了，可他离开时那道冰冷的目光，搅得府中人心惶惶。慕容邦更是半月来茶饭不思，愁眉不展。

这日夜里，慕容邦正呆坐在暖香阁里的一张木几前，望着天空，双目中满是不安与担忧。半月来，慕容邦脑海中反复回荡着慕容平州留下的话语，还有那直击灵魂的眼神。

他痴痴地想："血债要用血来偿，想他慕容平州绝不会善罢甘休，定会再来寻仇。慕容平州武功已经到了如此地步，他请来的人，武功也一定十分惊人，我身为慕容家主，如果金陵慕容家毁在我手里，我可真是无颜面对列祖列宗……"

幽夫人端着一个木盘走了进来，盘上放着一碗莲子粥。"夫君，喝碗粥吧。"说着把木盘放在木几上。

慕容邦拉过幽夫人的玉手，轻轻抚摸着，说道："夫人，如果慕容平州带人前来复仇该如何是好？"

幽夫人轻轻一笑，装作轻松地说："夫君请放宽心，我们慕容家实力还不算太弱，一般的江湖势力还不敢招惹我们。"

慕容邦长叹了口气："慕容平州一来为父报仇，实则是打《天人剑法》的主意，他绝不会轻易罢手啊！"

幽夫人略一沉吟，说道："夫君，我未嫁给你之前就听说金陵慕容有一门名闻天下的神功，这门武功大成之时可用天地之威，运四时之力。来日夫君如用这门神功对付慕容平州，他就算再强也必败无疑了！"

慕容邦苦笑道："夫人，如果为夫会这门武功，莫说是小小的慕容平州，就是少林方丈、正一天师来了又有何惧？只是这武功早就不在我慕容家了。”

幽夫人甚感意外，惊奇地问道：“夫君，你说什么？这门神功不在慕容家了？”

慕容邦点头，说道：“是啊。当年我父亲怕留着这门神功引来祸端。加之娶你过门时，引来了段家人的怨恨。为了平息段家的怒火，这才把《天人剑法》送给了段前辈。”

幽夫人点点头道：“原来是这样，难怪没见夫君练过这门神功。不过慕容平州年少，他功力终究有限，也不可能认识太多高人，夫君不必太过忧虑。”

“可他的武功好像是神龙派的苍龙剑法啊，如果真是神龙派慕容家恐怕连还手的机会都没有。”慕容邦叹气道。

幽夫人本也是强装淡定，此时听到神龙派脸色也随之大变。“神龙派……莫非是三国时李凌风所创的神龙派！那可曾是武林的泰山北斗啊！后来随着少林、丐帮的建立，神龙派才稍稍弱了一些，但仍是武林中的不可小觑的门派啊。”

慕容邦缓缓点头道：“夫人所言极是。”他随即叹道，“唉，若是《天人剑法》还在，为夫又怎会惧怕神龙派！”

幽夫人半天才道：“不过，我听说神龙派现在掌门是李凌风十三世孙李明和，他现在才十六岁，虽然听说武功不错，可毕竟年少，派中有几位长老不服于他，不可能倾全派之力与我为敌，或许还有希望。”

“夫人只知其一，不知其二，神龙派大权如今落在涿郡分舵舵主赵弘殷和他儿子赵匡胤手中。他父子一边是神龙派的实际掌权者，另一边又是朝廷中人。”慕容邦道，“如果慕容平州请来赵弘殷和赵匡胤，那我们不但要对付神龙派，甚至还要得罪朝廷啊。”

幽夫人思忖道：“夫君，我想还是让云儿出去避几年，就算他们不放过我们，好歹慕容家没有绝后，也算对得起慕容家的列祖列宗了……”

慕容邦见夫人梨花带雨，不禁一阵心疼，一把将幽夫人搂进怀里。“夫人，我也只是胡说，慕容平州的剑法不一定是神龙派的苍龙剑法，也好像是……”慕容邦思索一下，“好像是长剑门的剑法，或是……松涛派的……”

幽夫人听慕容邦的话哭得更厉害了。她不怕死，却不想让丈夫和儿子遭到不测。她自幼熟读各门派秘籍，当然知道这神龙派的剑法与那些不入流的长剑门、松涛派全然不同，如太阳比之烛火，哪里是可以相提并论的。她知道丈夫的话是为了安慰自己，因此也就证明了慕容平州的剑法，定然是神龙派无疑了。

“夫人，不如你带着云儿回幽家吧，你侄儿幽凡一现在在江湖上可是有一定的名号。”慕容邦道。

“你说凡一侄儿吗？他虽武功高强，但终究不到二十岁，还是个孩子，哪能挡得住神龙派的各位长老。而且，我当初为了嫁你已经被逐出了幽家，如今回去族人容不容得下我们且不说，哪能长住。再说你我夫妻情深，若夫君不在了，为妻也绝不苟活于世！”

慕容邦知幽夫人一向外柔内刚，临危不乱。既然幽夫人说要留在自己身边，便是她已打定了主意，没人能改变得了。他不禁长叹一声，把幽夫人抱得更紧了。

这时慕容燕云敲了敲暖香阁的房门道：“父亲、母亲，孩儿想问一下正一派的上清剑法中‘紫气东来’一式，可不可以有第十三种变化。”

幽夫人听见是儿子慕容燕云来了，忙拭干泪水，说道：“云儿来了，进来吧。”

慕容燕云听见母亲应允，推开了房门，走了进来。

“父亲、母亲你们看这招可好。”说着慕容燕云以指为剑，比画起来。慕容燕云这一式本极好，甚至超过了本来的前十二种变化，但慕容邦与幽夫人哪有心思去看。

慕容邦见儿子演示完自己创出的第十三种变化后，说道：“云儿，你创出的招数很好，但为父想和你谈另外一件事。”慕容邦神情严肃到让慕容燕云有些害怕。慕容燕云小心地问：“父亲，出什么事了？”

“自从你误杀了慕容国以后，为父一直感到不安。那日慕容平州与为父交手时用的武功，极有可能是神龙派的苍龙剑法。”

慕容燕云这些年来对江湖上的门派、高手、武功虽不如父亲慕容邦和母亲幽夫人那样了如指掌，却也了解个七七八八，他当然知道神龙派在江湖上的威名。

“父亲这是想让我出去躲避一时呀！”慕容燕云不待慕容邦说完，便已猜到父亲的意思。

“父亲，从小你便教我男人要懂得什么是责任、什么是担当。如果我走了，那慕容平州带人前来寻仇，见不到我，岂不是要连累到二老和家人身上吗？果真是那样，我的罪过就大了。”慕容燕云义正词严道，“父亲你也曾教导我‘义之所至，何谓祸福。情之所至，生死可轻’，我绝不走，大不了我替慕容国偿命便是。”

幽夫人道：“云儿，不许胡说，你要是有个三长两短，要我和你父亲怎么活。况且就算你偿命了，难道慕容平州就会放过我们吗？”

慕容燕云一时语塞，不知如何反驳。

“云儿，听我和你母亲的话，快走吧，过几年等事态平息了再回来。”慕容邦不容分说地命令道。

“好吧……”慕容燕云无奈，他知道自己留在府中，只会让父母寝食难安，对扭转大局也毫无帮助，根本无法改变什么。

“云儿，义宁或许可以作为你的安身之处。”慕容邦说道。

“夫君，你是说让云儿去投奔段保隆吗？”幽夫人不敢置信而又羞涩地问，“夫君，你我都有云儿了，你还提此事干吗？”

“夫人，想他是重义之人，必会念旧情收留云儿。而且他得到《天人剑法》也已数十年，或许他已经参悟出其中奥秘，武功已经登峰造极，只有他才能保得住云儿啊。”慕容邦缓缓地说道。

慕容燕云听得有些蒙了，问道：“我只知他武功天下很少有人能及，极刚极阳的残阳指更是一门威力极大的武学，甚至可与少林的大力金刚指并驾齐驱。但他和我们有什么关系，为何他会保护我？”

慕容邦正想解释，却被幽夫人拦住道：“夫君，这事云儿早晚会知道，不必急在一时。”慕容邦知道幽夫人不想提这事，便不再说了，只是说道：“云儿，你今日先回辰星院，明日一早就起程吧。”

慕容燕云回到房中，躺在床上，辗转难眠，想着明日便要与父母生死离别，不禁眼中流下泪来……

次日清晨，慕容邦吩咐下人为慕容燕云准备好了一些应用之物和银两，门外套好了马车，又让弟子穆廖带了五个门客陪慕容燕云同往。

在燕回院的门口，慕容邦、幽夫人带着府中众人为慕容燕云等人辞行。

幽夫人语重心长地说道：“云儿，在外边不像在家，在家你是少爷，在外边你只是一个普通的江湖人，要学会自己照顾自己。”

“云儿，江湖险恶，你每走一步都要小心，每说错一句话都会给你带来杀身之祸，一定要谨言慎行。你找到段前辈后请求他把《天人剑法》交给你。你能参悟最好，否则一定要把它毁掉，你明白吗？”随即慕容邦把一把宝剑递到慕容燕云手中。他心里明白，今日一别，有可能是他们夫妻二人和慕容燕云的诀别。

慕容燕云点头道：“孩儿明白……”

幽夫人又从怀里取出一块绣着蝴蝶的白色手帕递给慕容燕云：“云儿，你把这帕子给段保隆，他定能保你平安。”慕容燕云连忙把手帕收藏起来。

三人抱在一起，痛哭了一阵，慕容燕云才道：“父亲、母亲，我希望早日与你们团聚，你们可要保重啊……”在场众人无不动情，纷纷落下泪来。

“廖叔，咱们该走了。”慕容燕云用哽咽的声音说道。穆廖和众人擦干泪水，坐到车前准备赶车，另外的人在车后站好，只待慕容燕云上车。

慕容燕云走下台阶，心中十分不舍，这十五年里他总想一个人出去闯荡闯荡，可真该走了，他心中却是那么悲伤。他最后一次回头，看向他的父母，看向这十五年里与他一起生活的家人们，看向那已挂了百年的木匾，上面“燕回院”三个大字还是那样苍劲有力，看似无声无息，其实已看透了慕容家百年的冷暖、世事的沧桑。

随着穆廖的一声鞭响，马声长嘶，车轮滚滚，直奔西南。马车卷起的尘埃，仿佛是慕容燕云向燕回院做最后的告别。当他多年后再回到这里时，早已物是人非了……

马车向西南走了半月，已行了大半的路程。一路上他们一直留意和打探家中的消息，并没有坏消息传来，慕容燕云等人悬起来的心慢慢放下了。

这日，夕阳西下之时，穆廖赶马车到了一间客栈。

以慕容燕云为首，几人走进了客栈，穆廖和老板要了三间上房。几人上了楼，稍做安顿后便又下了楼，在一张大桌边坐下，因多日劳顿，慕容燕云特意吩咐多要了一些酒菜。

几人正吃得高兴，这时门外走进来两个人。一个黄脸中年大汉，背着一把虎头金刀，很是威风，另一个则是佩剑的少年，面容英俊，气质不俗，一身华贵的黑衣，整个人本来极为出众的，却偏偏不修边幅。这两人皆是风尘仆仆，一眼便可看出是久涉江湖之人。

那黄脸汉子要了酒菜，与白面少年坐在了慕容燕云旁边的一张桌子那儿。两人坐定了先喝了三大碗酒，这才开始说话。两人所说尽是些江湖中的秘闻奇事，慕容燕云不禁好奇地听了起来。

“韩大哥，你知道吗，隐锋山庄的赤龙剑被神龙派给盗回去了。”白面少年对黄脸大汉道。

慕容燕云一惊，他当然知道隐锋山庄。号称藏尽天下宝剑，每任庄主都是剑术可以独步天下的角色，自东汉至今已有千年历史，而千年中山庄无一把宝剑丢失。如今隐锋山庄镇庄三剑之一的、曾让李凌风名扬天下的赤龙剑，竟被神龙派偷了回去，实在让人不敢相信。

黄脸大汉听后没有惊讶：“凡老弟，这有什么，我十四天前亲眼看到一个令人震惊的场面，神龙派的涿郡分舵主赵弘殷之子赵匡胤和慕容平州等人，亲手杀了你那被逐出家门的姑姑和她的丈夫慕容邦，就连慕容家的燕回院也被一把火烧了。可惜了，号称江南第一世家的金陵慕容，就这么完了……”

“你……你说什么……”慕容燕云听说父母死了，燕回院被烧了，他眼前一黑。也不管什么礼数不礼数的了，他站起身来，向大汉走去，穆廖等人心中本也想到会是如此，可当他们真的听见这个消息时也愣住了。

慕容燕云快步走到那大汉身边，一把便拉住他吼道：“你……你再说一遍，你再说一遍，谁死了……谁死了！”慕容燕云疯了似的摇着大汉的身子。

“我说慕容邦一家死了，怎么了，我亲眼看到的，你这人是不是有病啊！”大汉怒道。

“不可能……这不可能，我父亲不会死的，他不会死的……你这个骗子！”慕容燕云竟在这客栈中大哭起来。

哭声引得客栈中数十道目光纷纷看了过来，有的悲伤，有的惊慌。而其中有两道目光，没有惊慌，没有悲伤，两道目光一闪即过。

“你说慕容邦是你父亲，那你便是燕云兄弟吧。”那白面少年问道。

“我就是慕容燕云，我是慕容燕云。”慕容燕云激动地用哽咽至极的声音道。

“早就听说过燕云兄弟，在下幽凡一，不计较你母亲的事叫我一声表兄吧。”白面少年亲切地说道。

那大汉也一拱手道：“刚才多有得罪，还请原谅，愚兄是凡兄弟的忘年之交韩永林。”

慕容燕云听那大汉报号，拱手还礼道：“原来是万刀门的猛虎刀韩前辈，晚辈失礼了。”

韩永林见慕容燕云年纪虽小却知道自己名号，不禁一阵得意：“不愧是慕容家的人。”韩永林无意地赞了一句，刚一出口便后悔了。

“韩前辈，给我讲讲是谁杀的我父母，这仇我必报！”慕容燕云一字一顿，每说一个字便狠狠地咬一下牙，牙齿相撞咯咯作响，模样十分骇人，似要食仇人之肉，喝仇人之血。

“是赵匡胤，是他用盘龙棍打死了你父母，是慕容平州放火烧的燕回院。”韩永林用尽量能让慕容燕云平静的声音说道。

慕容燕云大叫道：“赵匡胤、慕容平州，我一定将你们碎尸万段！为父母报仇……”他眼前再次发黑，一口鲜血喷了出来，身子倒了下去。

第三章　赶尽杀绝

穆廖等人见慕容燕云晕倒，这才回过神来。“师弟，师弟，你怎么了！”“少爷，少爷，你快醒醒！”众人纷纷围上前来。

幽凡一略懂一点儿医术，他蹲下身来，一只手掐住慕容燕云的合谷穴，另一只手运气，抵在慕容燕云背心。过了片刻，慕容燕云一口黑血喷出，这才悠悠醒了过来。

“师弟，感觉怎么样？”穆廖关切地问。慕容燕云点点头道：“廖叔，我没事。”他又看向幽凡一，“多谢表兄。”幽凡一一笑：“咱们自家人客气什么。表弟，你应该早些休息，明日便无大碍了。”说着扶起慕容燕云，把他送回楼上休息。

刚躺到床上，慕容燕云又霍地坐起来说：“表哥，我要去为父母报仇！”话音未落，就撑着有些虚弱的身子要去找赵匡胤和慕容平州报仇。

幽凡一忙拦住他道：“表弟，你功力尚浅，报不了仇的！报仇之事，定要从长计议，表哥我定然会帮你，日后等你功力够了，我幽家定会帮你报仇。如果我食言了，我幽凡一的命你拿去便是。”

“表哥言重了。”慕容燕云叹气道，“我确实武功不够，现在只想求表哥护送我们平安到义宁，找到段保隆。”慕容燕云请求道。

“此事好办，莫说这里离义宁不远，就算万里之遥我也护送你们。对于我这种虽有家，却只爱在江湖上飘荡的浪子来说，江湖上的路实在比家门口的还熟，回家的路反倒有些陌生了……”幽凡一苦笑道。

第二日一早，韩永林辞别众人后，慕容燕云便带着幽凡一、穆廖等人很快也离开了客栈，继续向西南行去。一路上幽凡一很是风趣，常逗得众人笑得前仰后合，使得慕容燕云也一时忘了父母的大仇，整天与幽凡一一起谈文论武，大有相见恨晚之意。

如此五六天过去了，众人为了尽快到达义宁，便抄近路来到一处山谷，穿过山谷便是一处山坡，过了山坡便到了义宁境内。

山谷极是狭长，两边俱是立陡的岩壁，陡得连猿猴都难攀登，只有中间一条宽三四丈的小路，仅能容慕容燕云的马车勉强通过。

车内的小哥俩相谈甚欢，全然忘记了车外山势的险峻和江湖的险恶。

“表哥，你说这天下哪门哪派的武功最强？”慕容燕云问。

幽凡一想了一下，反问道：“不知表弟认为什么门派最厉害？”

慕容燕云道：“依我看当属少林、丐帮、正一、神龙四派吧。表哥认为呢？”

幽凡一听后笑道：“表弟，江湖上的传说你知道的太少，这四派实在算不上什么，不过是猴山中的猴王罢了。”

慕容燕云一愣：“表哥这话怎讲？”

慕容燕云有些糊涂了，他从小便听说这四个门派如何了得，在江湖中如何举足轻重，如今这威震八方的武林门派却根本入不了幽凡一的眼。慕容燕云不知还有什么门派能强过这四派，静静地等待幽凡一的下文。

幽凡一道：“少林武功一味刚猛，缺少了变化，而且自居正道之首，不屑于使用毒物与暗器，如果自己武功高过对方便是无妨，若武功不及对手便没什么反败为胜的机会了。而丐帮，连一门像样的内功都没有，所以除了帮主可借雷鸣掌略提一点儿内功外，其他弟子内功实在太差，如与高手缠斗，必不会持久。正一派底蕴不足，除了天心正法和三密真诀这两门内功外也没什么太多武功了，其他的尽是些所谓捉鬼请神的法术。神龙派倒是很不错，门中苍龙剑法、鹤翔功、御龙功、八步登空俱是一等一的神功。但光有好的武功却没有能集大成者，现在的神龙派中弟子，比起三国时的李凌风差得太多了，已经是徒有虚名了。”

幽凡一未说之前，慕容燕云一直觉得这四派武功神妙绝伦，弟子个个也定然不俗，听他说完后，慕容燕云也觉得十分有理，随即问道：“表哥，那什么门派才算得上厉害呢？”

幽凡一全身不禁一颤。半晌，他才一字一顿道：“九幽鬼境和极乐仙境！”

“九幽鬼境？极乐仙境？这是什么门派，我从未听说过啊。”慕容燕云疑惑道，“他们真的有那么强大吗！”

“表弟没听过很正常，这两个门派早在后晋时便隐世，如今已有二十多年未出现在江湖上了。很多人以为他们早已经不存在了，我原本也这么想，可近来却听到一些关于他们要重出江湖的秘闻。如果他们真的再次出世，给江湖上带来的震撼是无法想象的。”幽凡一正讲得兴起，这时却突然听见车前的马一声哀鸣，还没等慕容燕云看个究竟，车厢瞬间被利器划破，一道白光霎时刺向慕容燕云的咽喉。

只听“当啷”一声，不知幽凡一何时拔出了佩剑，挡住了刺向慕容燕云的剑。幽凡一与慕容燕云同时跃下马车，幽凡一打量车外的三个持剑之人，怒喝道：“你们是什么人，谁让你们来刺杀我表弟的？”这时，穆廖等人也纷纷抽出兵器。

为首一蓝衣少年道：“我们是神龙派的神龙三杰，奉赵舵主之命来取慕容燕云的人头。”

“神龙三杰，呵呵，江湖上好大的名头。”幽凡一冷笑道，“你便是老大于缺吧，”说着用剑指向蓝衣少年左手边的红衣少年道，“这个便是洪欣，”又指向另一个绿衣少年，“那这个就是吕岩了。”

“幽凡一，我们哥仨功力早已今非昔比，还不快让开，今天我们只取慕容燕云的人头，不想滥杀无辜。”于缺嚣张地说道。

“如果来的是旁人，我幽凡一还好商量，但在缺心眼儿面前我如让了，日后传到江湖上，我幽凡一岂不是比缺心眼儿还缺心眼儿了。”幽凡一笑嘻嘻地看向三人。

“幽凡一，你说谁缺心眼儿？”于缺怒道。

“自然是你们三个，于‘缺’、洪‘欣’、吕‘岩’和一起不正是缺心眼儿吗？”幽凡一也不在意三人神情，兀自笑个不停。

“幽凡一，你找死！”三人大喝，举剑同时刺来。三人刚一出手，便是一招极强的合击剑法，分上中下三盘刺向幽凡一，这三剑暗中相互配合，既封住了幽凡一的退路，又笼罩了幽凡一许多要害部位。

幽凡一心中一惊，暗道：“神龙三杰武功几时到了这种地步，倒是我轻敌了。”想到这里，幽凡一拿出了十成的功力，瞬间手腕一抖，手中的一把剑竟似乎成了三把，分上中下缠向三人手腕，后发而先至。

于缺三人见幽凡一使出这一手，只得撤剑变招。三人配合多年，彼此十分默契，不需言语，便同时展开了苍龙剑法中演变的苍龙啸天剑阵。只见三把剑如三条翻滚的神龙，彼此呼应，威力惊人，剑剑都攻向幽凡一的全身要害，剑剑致命。

不到二十个回合幽凡一便感有些力不从心，他心想：“这样打下去不是办法，必须保证表弟安全。”他只好引得三人让出一条出谷的路来，然后他对慕容燕云喊道：“表弟，你们赶快离开。”

慕容燕云见幽凡一处在下风，本想上前相助，却被穆廖拉住道：“师弟，我们快走，我们走了幽老弟便也可设法脱身了，不然以我们的功力上前帮忙只会白白送命。”

慕容燕云觉得有理，一咬牙，带着众人运起轻功快速向出谷方向奔去。

他走出不到五里地，突然听见一个阴冷的声音从崖壁上传来：“几位，往哪里去啊，老朽在此等待多时了。”说着竟用脚尖轻点几下岩壁，从十多丈高的岩壁顶跃下，轻轻地落在地上，连一点儿声响都没有。

“什么人？”慕容燕云惊道，他见过不少高手，却没见过有人有着如此高的轻功。穆廖等人也是暗叫不好，众人都看出，此人武功比刚才的神龙三杰又强出不知多少，不说独步江湖，也是少有人能敌的一流高手。

只见来人是一个老者，一张三角脸，一双细长目，一副花白胡，一身貂皮氅，一把七星剑，最醒目的是他手上戴的黄金戒指。

穆廖见老者的武功和打扮，他心中出现了一个让自己顿感惊慌失措的名字——赵弘殷。

“师弟，你快走，我们和他拼了！”

“想走？那也太不给我赵弘殷面子了！”语音未落，人已来到众人身旁，一记铁砂掌随即击向慕容燕云。眼看着赵弘殷这一掌向慕容燕云的胸前打来，这时一个年轻门客一个闪身，舍命挡在了慕容燕云身前。赵弘殷一掌打在这门客身上，门客立时身子被击飞了五六丈远，重重地摔在地上，七窍流血，五脏俱碎，没了呼吸。

穆廖见势喊道：“四位兄弟，我们和赵弘殷拼了！”说着举刀冲了上去，四人也都各挥兵刃与赵弘殷拼斗在一起。慕容燕云见状心想："我若不走，死的人会更多！"一狠心，暗道，"廖叔、几位对不住了，我慕容燕云先走了，你们的仇我一定会替你们报的。"

五人拼命拖住赵弘殷，慕容燕云便提起轻功，正准备离开。不想赵弘殷见慕容燕云要走，一掌劈来想拦住他。此时穆廖正一刀砍向赵弘殷前胸，赵弘殷无奈只能变招护住前胸。慕容燕云乘势脱离，向谷外冲了出去。

幸好这三里地中没人再出来截杀慕容燕云，他顺利地逃出了山谷。面前是一片茂密的树林。慕容燕云不假思索便进了树林。他在树林中慌不择路，身上被刮伤多处也浑然未觉。

不知走了多久，忽然听到有个苍劲的声音在唱歌："天地黑白何必分，往来尽为劳碌身。朝堂纷争江湖怨，万古功名终归尘。不如归来一壶酒，唯有星辰笑故人。"

慕容燕云一惊，想道："莫非又有人在此欲取我性命，那我只怕真的要命丧此地了……"慕容燕云向歌声处望去，只见唱歌的老者站在树林外的一处山坡上。

却见那个老人头戴箬笠，一身土黄的麻布衣，腰间一条褐色布带，别着一把柴刀，脚蹬草履，右肩上担着柴火，左肩上是一个半人多高的箩筐。从长相上隐约看出，是一个年逾七旬的沧桑老者，身长八尺，一张长方脸，长得慈眉善目，很是可亲。他走路的样子，完全像是不会武功之人。

"还好，这应该只是个普通的山间樵夫，我应该没什么危险了。"慕容燕云暗自庆幸自己逃过了一劫，他快步走出树林，来到了老者站的山坡下。

慕容燕云此时全身已大汗淋漓，于是他下意识地取出手帕，他本想拿自己的手帕，着急间却取出了母亲给他去见段保隆的信物。慕容燕云心想："这手帕虽贵重，但用一下应该也没什么问题吧。"想着便用手帕擦拭额头上的汗水。

这时山坡上的老者似是无意间走了过来，对慕容燕云和善地问道："小兄弟，看你像是大户人家的少爷，怎么走到这人烟罕至的桃源坡来了？"慕容燕云见老者很是和蔼，便道："老伯有所不知，我是为了逃避追杀才到了这里。"

"小兄弟，你这是奔义宁去吗？"老者问道。慕容燕云点头道："老伯猜得正是，我要去义宁寻段保隆段前辈。”老者闻言一笑：“呵呵，要见段保隆？小兄弟，段保隆是义宁布燮，相当其他国家的宰相，可不是说见就能见的。”慕容燕云道：“我有信物。”说着让老者看了看自己手中的帕子。

老者看了一眼帕子，道：“既然有信物那就好办了，不嫌弃今晚就在我的小草房里过上一夜吧。”慕容燕云摇头道：“老伯，现在有人在后面追杀我，我如不快走，只怕给老伯带来不必要的麻烦啊。”老者一听，脸色都变了，惊道：“什么人要杀你啊，杀人那可不是闹着玩儿的！”慕容燕云焦急道：“是神龙派的赵弘殷和神龙三杰，他们要找我报仇，还逼我交出什么《天人剑法》。我若不快走他们就要来了！”

这时远处林中传来四个人的脚步声，同时传来赵弘殷的声音：“你们神龙三杰真是一群废物，不但没杀了慕容燕云，就连幽凡一也让他跑了！”于缺战战兢兢地说道：“舵主息怒，我想这么短的时间慕容燕云跑不远的。”洪欣也道：“舵主弹指之间就杀了那几个随从，慕容燕云一定还在附近，您女婿慕容国的仇咱们一定能报，也一定能得到《天人剑法》的。”赵弘殷冷冷地哼了一声，不再说什么。

“老伯，他们来了！”慕容燕云拔腿便要走，却被老者拦下道：“小兄弟，你轻功能胜过那四人？能跑出多远？”慕容燕云觉得老者的话有理，如果自己就这么跑了，这桃源坡又没什么可隐藏的地方，很快便会被赵弘殷他们抓住，一时有些不知所措。

“小兄弟，不如你躲进我的箩筐里吧。”老者说着把筐和柴火撂下。慕容燕云也别无他法，只好来到箩筐边，见箩筐里刚好有小半筐的药材。

慕容燕云躲进筐里，用药材把自己藏好。此时他紧张得心都快要跳出来了，心想：“这次真的不知自己还能不能活下来了。”

第四章　渔樵耕读

很快，赵弘殷和神龙三杰便出了树林，到了老者跟前。

于缺没好气地问老者道："老头，你看没看见有个小子从这儿过去，快告诉我们他跑哪儿去了。"吕岩也道："老头，快说，否则让你这把老骨头受受皮肉之苦！"

赵弘殷一挥手："你们像什么样子，不会好好说话吗！实在给我神龙派丢人。"于缺、吕岩听罢连忙闭上嘴。

"这位哥哥请了。我们是神龙派的人，我是涿郡分舵舵主赵弘殷，这三个是神龙三杰，刚才多有得罪，还请见谅。"赵弘殷恭敬地说道。

老者听赵弘殷说话还算客气，一笑道："你们说有一小子，可老朽却看到了三个小子。"赵弘殷一愣，心想："莫非是幽凡一带了个人与慕容燕云会合了？"口中问道："不知哥哥这话是什么意思？"老者一指于缺三人道："你看，这不是三个小子吗？你们却说一个小子，是欺负老朽上了岁数，连数都数不清了吗？"

于缺三人大怒："老头，你耍我们。"赵弘殷也沉下了脸，拔出七星剑，指向老者："我本敬你年长，想好好与你说话，你却敬酒不吃吃罚酒，休怪我不客气！"说着长剑一摆，斜刺向老者右肋。

"杀人了！"老者喊道。就在赵弘殷的七星剑离老者右肋只有三寸时，虽不见老者脚步挪动人却如被风吹走了一般，倏地飘出了五六丈。赵弘殷见老者竟能躲过自己一剑，心中大吃一惊。

"还好风大，把我吹走了，不然老朽这把老骨头可就交待在这儿了！"老者笑道。

“你是什么人？”赵弘殷断不信眼前的老者只是一个普通的樵夫。

“老朽不过是个樵夫罢了，我年轻那会儿大家管我叫阿爕。”老者缓缓道，语气间很是平静。

“老头，不给我赵弘殷面子啊，连姓名都不告诉我，实在可恶！”说罢，赵弘殷连环三剑刺出，剑气纵横，如狂风骤雨般击向老者全身数处要害。

“谁说我没告诉你，我叫阿爕，是你莫名其妙地不信，这还赖老朽我吗？”老者无可奈何地说道。

老者说完，身子向旁一闪，便来到赵弘殷身前。赵弘殷竟未察觉，手中剑还兀自向先前老者所站之处递去，却不知自己手腕已在老者手边。

老者一笑：“拿来！”赵弘殷刚好手向前伸，手中剑握得不实，老者的手只在赵弘殷手腕处一缠一磕，他的宝剑便像主动送过来了似的，落在老者手里，倏地回到原位，一剑点向赵弘殷的咽喉。此时，赵弘殷空舞的手才停下。神龙三杰还没来得及看清，就见赵弘殷已被老者用他自己的七星剑制住，无不大感惊骇，如见鬼魅。

赵弘殷也知道自己与面前的老者武功相差太大，自己已没机会杀了这多管闲事的老头，就连自己的性命此时也已在老者掌握之中。

“走还是死，你选一个。”老者传音入密对赵弘殷说道，他的声音没了刚才的和气，取而代之的是威严到让人不敢有一丝忤逆的声音，这种声音可不是一个普通的江湖人能发出来的。

“阿爕？莫非你是……”赵弘殷用极吃惊、极害怕的声音传音道，“你是段……”

老者点点头，传音却道：“阿爕就是阿爕，与那姓段的无关。趁我没改变主意之前你快滚吧，否则你们一个也走不了！”

赵弘殷对神龙三杰道：“快走！”话音未落，赵弘殷自己已如受惊的兔子般蹿了出去。神龙三杰见赵弘殷都如此狼狈地跑了，也随着赵弘殷向来路狂奔而去。

老者见三人如此狼狈不禁大笑。

慕容燕云在筐里听着外边的动静，他起初十分紧张，尤其是听见了赵弘殷拔剑的声音，他在心中一叹，后悔自己躲在了这里，害了老者的性命。可此时他听见老者的笑声，实在想不出老者是如何躲过一死的，更想不出老者为何会发笑。他做好了与赵弘殷几人拼命的准备，把头从筐中探出，却只看到老者一人在那里发笑，哪里还有赵弘殷几人的影子。

“老伯，你没事吧？”慕容燕云不敢置信地问。

老者摇摇头道：“唉，一把年纪了，想死也死不了了。”

“老伯，他们是被您打跑了吗？前辈救命之恩晚辈实在没齿难忘！”慕容燕云说着便要给老者叩头谢恩。

老者忙往旁一闪，扶住慕容燕云道：“小兄弟，这是做什么，快起来。”

慕容燕云见老者不肯让自己叩头，只好深施一礼，转而又敬佩道：“老伯神功盖世，连赵弘殷都能打跑，实在是天下无敌啊！如果不是晚辈要去寻段前辈，真希望能留在您身边，拜您老人家为师，练就一身惊人的武功。”

“哈哈，老朽哪会什么武功，还天下无敌，小兄弟实在过奖了。”老者笑道，“不过，如果小兄弟真能留在老朽身边，老朽就不寂寞了，求之不得啊！”

“我也想多向老伯请教，怎奈我要去义宁了。晚辈再次谢过老伯的大恩。”说着慕容燕云又深施一礼，转身就要离开。

“小兄弟，你看天色不早了，不如今晚在老朽的小草房休息一晚，明日再走不迟。”老者热情地邀请道。

慕容燕云见太阳已经西斜，有些不好意思地说道：“那今晚麻烦老伯了。”老者一笑，弯腰正要捡柴火，慕容燕云却先扛起柴火，背起了箩筐。老者笑着点点头，领着慕容燕云向桃源坡西边而去。

一路走来，只见两边青草、树木高低有致，错落有序。上有蔚蓝的天，下有碧绿的水。远看沟壑万千，其势连绵不绝，近观野花满坡，其香沁人心脾。夕阳为草木披上金衣，浮云给远山遮上面纱。一切如仙境般美好，美好得让人不敢相信眼前的美景竟是在人世间。

慕容燕云有些痴了，不禁叹道：“待我报了大仇，一统天下后，如能在这里平平静静地度过一生，此生便知足了！”

老者见慕容燕云露出微笑。“小兄弟，你看那里，我们要到了。”老者指向西边道。

慕容燕云顺着老者指的方向看去，只见山坡下隐约有一间用茅草搭成的小屋，屋前还有一个小院，旁边是一个小水潭。

两人慢慢走近，慕容燕云看清了小屋、小院和那个小水潭。小屋虽是茅草所建，但十分精致，并无半分破旧落败之感，反倒清新雅致。小院用青篱围着，院中摆着三个石墩和一张圆形石桌，桌旁是一小片沙土地，地面十分平整，像一个小演武场似的。潭水十分清澈，潭内时常会有鱼冒出一个又一个的小泡。潭的南边有一大片田地，种着很多蔬菜瓜果和水稻，一派如梦如幻的田园风光。

很快，两人进了草屋，慕容燕云把柴火、箩筐放在地上。老者指着木桌旁的木凳笑着说："小兄弟，别嫌老朽这儿简陋，坐吧。"

慕容燕云点头微笑道："老伯，您也快坐下吧。"说着坐在木凳上。慕容燕云坐下后，仔细打量屋中陈设，见左手边窗下是处灶台，灶上有一口锅，灶旁放了几捆柴火。正对面是一个长方木箱，不知里面放了些什么。而木箱右边则是一个木制的书柜，书柜中满是各式各类的书籍，书柜旁还挂着两幅画，而墙角处还立着一把锄头、一支渔竿、一把镰刀和一把斧头。

"老伯，您生活很是惬意啊，渔樵耕读竟让您占全了，实在让人羡慕。"慕容燕云道。

"哈哈，小兄弟，老朽也不过是砍柴种地之余钓钓鱼，胡乱读几本书罢了。"老者摇摇头道，"小兄弟，你还年轻，年轻人就应该建功立业，你应该有自己的一番作为，等到年纪大了，再过老朽的生活吧。"

"老伯，刚才晚辈竟忘了问您的姓名。"慕容燕云这才想起与老者还没互报过姓名。

"年轻时别人都叫我阿夔，小兄弟叫我夔老伯便是。你叫什么呀？"

"晚辈复姓慕容，叫慕容燕云。"慕容燕云答道。

"你姓慕容啊，不知是哪支慕容？"老者好奇道。

"晚辈先祖是慕容皝，我是慕容邦的儿子。"慕容燕云道。

"哈哈哈……"老人笑了几声，"这倒巧了，那这两幅画小兄弟一定要看看。"

"夔老伯，这画的是什么？"慕容燕云说着看向左边那幅画。画中是两方军队在冰面上交战，其中一方在一个骑着白马、披着黄袍、手持宝剑，似君主模样的人带领下英勇地踏冰而行，所向披靡。另一方在一个骑着黑马、左手持剑、着蓝衣戴虎头帅盔的将军指挥下，正仓促应战。但他的部下不是投降便是被杀，极是狼狈。画中的风雪被描绘得极为形象，每一道劲风看上去都如宝剑般锋利，好像在协同黄袍君主和他的军队共同作战。

“这是你先祖慕容皝踏冰攻打辽东慕容仁的画像。”老者笑道，“哈哈，当年我与你祖辈慕容原交情深厚，今日你又来了，看来老朽与慕容家倒还真有缘分。”

慕容燕云道：“慕容原正是我的祖父。”转而又感慨道，“先祖当年的壮举实在神勇，渤海一战令慕容族的人至今还觉得振奋啊！”

慕容燕云发完感慨后才发现，如今这支慕容族人只剩下他一人了，不禁长叹一声。

老者不知慕容燕云为何原本振奋的脸上突然有了浓浓的悲哀，于是问道：“小兄弟，怎么了，不舒服吗？”

慕容燕云叹气道：“不瞒老伯，我家中如今只剩下我一人了。”

“老友慕容原不在了吗，他的儿子慕容邦和儿媳幽芳兰也不在了？”老者关切地问。

“老伯，我祖父去世多年了，我连他的面儿都没见过。前些日子父亲、母亲也都不在了。”慕容燕云悲伤地说道。

老者也叹了口气道：“老友慕容原已多年未见了，没想到二十年前扬州一别，竟成永诀！”随后又道，“你父母又是如何去世的，不知可否告诉老伯我？”

慕容燕云想起父母，泪水又在眼中打起转来：“老伯，我父母被神龙派的慕容平州和赵匡胤等人害死了。”

“实在可怜……”老者动容道，他心中想，“早知赵匡胤杀了老友慕容原的儿子一家，我刚才就应该杀了那赵弘殷为老友后人报仇！”

慕容燕云不想再和老者说这些伤心事，便看向另一幅画。只见在山坡上，一个年轻的将军和他的部队被打得丢盔弃甲，溃不成军，坡上打着魏国旗号的军队乘胜追击。

“这是你慕容家另一位先祖在参合陂被北魏军队打得全军覆没的画像，也是你祖父送的。他曾说，以后如果我遇到你慕容家的有缘人便把这两幅画还给他，既然你来了，老伯我就把这两幅画还给你。”说着就要把画摘下来。

慕容燕云忙道：“老伯，这画虽好，可它在老伯这里多年，也算是老伯的收藏了，晚辈不好拿走，除非老伯百年以后，到那时我自会取走。”

老者笑道：“我都这把年纪了，还有几年好活，不过早一日晚一日罢了，既然小兄弟不肯此时取走，老伯我再替你保管几年。”

老者做了晚饭，两人又谈了些古往今来的奇闻逸事，不觉已到三更天，老者打算让慕容燕云睡自己的木床，慕容燕云却执意不肯，老者只好抱了几抱蒿草铺在地上，让慕容燕云睡在上面。

当日就这么过去了。

第二天一早慕容燕云吃过早饭，便与老者辞别。

老者道：“小兄弟，如果没找到段保隆便回来与我过渔樵耕读的日子吧。”

慕容燕云笑着点头，便向义宁方向走去。

一路上慕容燕云在心中盘算着如何与段保隆相处，如何让他教自己武功，如何为父母报仇。可到了义宁城中，让慕容燕云不敢相信的是城中竟大多数人不知道有段保隆这个人，还有一些老人说段保隆已经死了好多年了。慕容燕云大失所望，只得在义宁住了一夜，第二天回到老者的桃源坡。

第五章　古怪游戏

傍晚，慕容燕云回到了桃源坡，老人家哼着山歌砍柴归来。

“小兄弟，你回来了。”老者笑着说，神情间好像料到慕容燕云会回来似的。

慕容燕云有点儿不好意思地说道：“以后要麻烦老伯了。”

“哈哈，好说好说！”老者道。

第二天清晨，慕容燕云醒来就见老人已在忙活早餐了。“老伯早。”老人见慕容燕云醒来，道：“小兄弟，你醒了，饭快好了。”慕容燕云道：“老伯辛苦了。”老人笑着摇摇头。

很快老人端上两碗粥和一碟小菜，两人吃了起来。

老人边吃边说：“小兄弟，以后你就要在这里长住了，应该给你打张床。”

慕容燕云那可是少爷出身，平日里过的是锦衣玉食的生活，睡在草堆上身子难免有些发酸，听老者这么一说，高兴地叫道：“好啊！好啊！老伯，我也正想要张床呢。”

老人道：“那小兄弟随我去砍些树来吧。”

两人向东走了三五里路，到了慕容燕云来时途经的那片树林中，一棵两人合抱的大树面前。

老人笑道：“我老了，这么粗的树有点儿砍不动了，小兄弟你自己砍吧。”

慕容燕云忽然想起没带斧头，一拍额头道：“老伯，我们忘带斧头了，这树怎么砍？我还是回去取来斧头再砍吧。”

老人笑道：“小兄弟，砍棵树何必非要斧头呢？”

慕容燕云正要问不用斧头如何砍树，只见老者围着树转了一圈，用手掌轻轻拍了拍这棵大树。

“老伯这是在做什么？”慕容燕云正在好奇间，只见老人的右臂从身后闪出，慕容燕云还没回过神来，突然见那么粗的大树竟在老人一掌之下齐根折断，树身向后倒去，落在地上，大地都随之颤动。

慕容燕云被老人这一手惊得目瞪口呆，他若不是亲眼所见，无论如何也不会相信眼前这一幕竟会是真的。

“老伯……这怎么可能……您是怎么办到的……”慕容燕云被惊得声音都颤抖了，一屁股坐在地上。

“没什么！”老人淡淡地一笑，“不过是一个人寂寞时随意拍拍树，当个游戏消遣消遣罢了，后来练得多了，慢慢就练成了。”

“老伯，您教教我吧，求您了，如果我会了这招，我父母的大仇就可以报了。”慕容燕云恳求地说道。

“小兄弟，这个没办法教。”老人摇头道。

“老伯，我给您跪下了。”慕容燕云说着便给老者跪下。

老者忙道：“小兄弟，你这是做什么？唉，我只说没法教，可又没说不能告诉你一点儿经验啊，慕容家人本就应该懂些掌法，再加上我的经验，依法练上个十年八年，绝对比老伯强。”说着把经验告诉了慕容燕云。

慕容燕云听后，初时还不明所以。可细细琢磨一番，才觉拨云见日，原本对掌法的不通之处，在老者的经验中竟渐渐明朗起来。

慕容燕云感激道：“多谢老伯，老伯的大恩我慕容燕云铭记在心，以后不管老伯有何差遣，纵然上刀山下火海，我慕容燕云也绝不后退一步。”

老人笑道：“我这儿既没刀山，也没火海，只有一些农活，小兄弟如果真想报答我，从明天开始就帮我干活吧。”

从此，慕容燕云便在老人这里住下了。每日早起去树林里练功，顺带砍柴，午后则阅读老者的藏书，夜里与老人谈天说地。时光匆匆，五个月转瞬即过。

慕容燕云的学识和武功都有了突飞猛进的提高。尤其是他的掌法，虽远不及老人那样神乎其技，可也非常人能及，用掌力击倒一棵碗口粗的大树已经难不住他了。

这天，田中的稻子熟了，老人便对慕容燕云说："小兄弟，你前些日子砍的柴还够用，这几日随我去收稻子吧。"

两人扛着镰刀，到了田间，撩起裤腿，老人便演示割稻子给慕容燕云看。慕容燕云见老者右手拿着镰刀，左手抓住一把稻子，在离地面大概二寸处运力一割，稻子便应手而倒。

慕容燕云看了几下，心中明白了，便说："老伯，我明白了，您可以休息了，我来割。"说着来到老者身边，接过镰刀，按老者的样子模仿起来。

干了一个时辰慕容燕云便有些体力不支，累得汗流浃背。

老者笑道："小兄弟，你这体力不行啊，不如我们休息一下，玩个游戏如何？"

慕容燕云直起腰道："好啊，老伯，我最喜欢玩游戏了。"

"小兄弟，我来割稻子，你猜猜我要割哪块稻子。"老者说着取过镰刀。

慕容燕云见老人胳膊已经伸出，手心向右。他心道："这有何难。"便不假思索地说道，"老伯，你是要割右边的稻子。"

老者一笑，突然手猛地向左，一把抓住左边的那一把稻子，向上一割，稻子应手而断，老者把稻子放在地上，转身笑着看向慕容燕云。

慕容燕云有些不好意思地笑了笑。

"无妨，再来。"老人说着手心向左伸了出去。慕容燕云心道："这次我不会再上当了。"想着道，"老伯是要割右边的。"慕容燕云以为自己这次不会猜错，正有些高兴，却见老人的手并没有中途改变方向，径直割向左边的稻子。

老人对慕容燕云道："小兄弟，这其中还是有一些窍门可循的，你要仔细观察。"

这样过了三天，慕容燕云却还是总猜错。

第四天两人又割起稻子，割了一个时辰，老者再次让慕容燕云猜。

只见老者手心向右，与前几日一样。慕容燕云这次观察得比以往更仔细，他见老者手心向右，他手臂上运的力道也是向右的，慕容燕云这才豁然开朗。

"右！"慕容燕云十分确定地说道。

"好，有进步！"老者称赞道，"再看看这次。"说着手心向左伸出。

“右！”

“好，再来。”

“左！”

…………

慕容燕云竟连着猜中十次，老人笑道：“小兄弟，说说你是怎么猜中的！”

“老伯，我不是猜到的，而是观察出来的。”慕容燕云得意道。

“说说看。”老者好奇地问。

“老伯，手心看似是您的出手方向，可我后来发现，如果看您的手心便会被您迷惑。这个我在第一天便发现了，可一直没发现什么地方才是猜中您出手方向的关键。直到今天我才发现，只有您手臂上的运力方向，才是您真正的出手方向。”慕容燕云胸有成竹地说道。

“小兄弟，你的天资真是惊人，竟能在这么几日便看出其中关键所在，老伯佩服。”老者由衷赞道。

“老伯过奖，我虽能看出这其中的关键，但论这干活的耐力还远远不行。”慕容燕云道。

“这干活如同运掌之道、运力之道一样，都是有窍门的。”老人说着又把这个中的经验告诉了慕容燕云。

老人说的经验，虽然表面上看都是一些干农活的方法，可细琢磨却俨然是一套绝妙的内功心法。慕容燕云被老人彻底惊呆了。

“老伯，您究竟是哪位前辈高人，还请看在咱们这些日子朝夕相处的情分上告诉晚辈。”慕容燕云诚恳地说道。

“小兄弟，我就只是一个叫阿夔的樵夫啊！如果再不相信，休怪老伯翻脸。”老人有些生气地说。

“老伯请息怒，晚辈相信。”慕容燕云嘴上连忙说，心中却想，“老伯一定是隐世的高人，或许他是不想再卷入江湖纷争罢了。既然如此，我便不好再问了。”

几天里，慕容燕云除了割稻子、砍柴、看书外都在加紧练习从老者那里学到的三样绝技。不知不觉间慕容燕云的掌法、内功以及观察能力都大大提升。

这天，老人和慕容燕云把该收的稻子、瓜果都收好了，柴也砍好了，用过晚饭后，老人对慕容燕云道：“小兄弟，老伯许久没钓鱼了，今晚月色不错，不如陪老伯去钓鱼吧。”

慕容燕云一听老人让自己陪他去钓鱼，不禁大喜，他心想：“每次老伯带我出去，总会教我一种绝技，不知这次又是要传授我什么。”

“好啊，老伯！”慕容燕云高兴地拿过渔竿、鱼饵和鱼篓，“老伯，咱们走吧。”

老者见慕容燕云高兴的样子，不禁一笑，说道：“小兄弟，你也是爱钓鱼之人吗，如此甚好！”

两人一边说着，一边走向水潭。

水面如镜，倒映着天上的那轮圆月和数不清的星星，倒影真实得让人有些恍惚，分不清哪个是天，哪个是水。

慕容燕云欣赏着这番月下美景，心情更是大好，说道：“老伯，我要下竿了。”说着坐在潭边，放好鱼饵，把手中渔竿一甩，渔竿轻落，划破水面，惊碎了那轮圆月和点点的星光。

老人见慕容燕云动作很是熟练，笑着点点头，看向慕容燕云的鱼漂。

不多时，慕容燕云就觉得有鱼咬钩，他忙收竿，生怕鱼再游走。用力一拉，鱼便被他从水中甩了出来，是一尾八九寸长的鲤鱼，他把鱼从鱼钩上取下，放入鱼篓。重新放好鱼饵，把钩抛入水中。

一个时辰慕容燕云就钓了五六条鱼，老人见他收获颇丰，笑道：“小兄弟，别一口气把鱼都钓尽了，明日再来就没的钓了，今日我们先回去吧。”

慕容燕云正在兴头上，哪肯停手，对老人说：“老伯，我再钓最后一条。”

“好吧。”老人点点头。

突然，慕容燕云觉得又有鱼上钩，他如上几次一样，想用力把鱼拉出水，哪知不但没能把鱼拉出来，反倒被渔竿传来的力量拉得一个踉跄，幸好他及时松手，这才没被水下那极大的蛮力拉下去。

“这是什么鱼？”慕容燕云有些诧异地问道。他从小就常钓鱼，钓过许多大大小小的不同种类的鱼，但他还没见过力量这么大的鱼。

“这是鲮鱼！”

老人说着一个闪身到了潭边，随即双脚竟在水面上凌波虚踏了五步，赶在渔竿未完全被水淹没前一把拉住，随着他拉住渔竿，运力道于右臂之上，把鲮鱼从水中拉了出来，他刹那间就把鱼从渔竿上取下。他一手拿着鱼，一手拿着竿，又踏水回到潭边。

慕容燕云再次被老人惊呆，他从未见过轻功能练到这般出神入化的人。老人那几步凌波步法极是潇洒飘逸，水面在他足下竟未有太多的波纹，星月似在他足下，他步月凌星来去自如，这招哪里还是人力能及，真如神仙下凡。

“老伯，好身法！”慕容燕云激动地称赞道。

“哈哈，小兄弟，它跑不了的！”老者笑道。

“老伯，这招也能教给我吗？”

“那是自然，你听好了。”老者朗声把身法口诀说了出来，“步月凌星凭胸意，气至涌泉身自轻。呼吸之间周天转，留神丹田百会精……”

慕容燕云听老者口诀，心中顿时一片雪亮，不由叹道：“这才是真正的轻功身法啊，以前我见的不过是皮毛罢了！”

当晚，慕容燕云都忘了自己是怎么回的草屋，他总觉得眼前的一切仿佛是一个梦。

第二天起床，慕容燕云习惯地叫道：“老伯早啊。”却半天没有人回答他，他连忙去看老人是不是又去钓鱼了。

他找遍了草屋、水潭，哪里还有老人的影子，只有一封信放在桌子上。慕容燕云慌忙打开，见信中写着：小兄弟，老伯岁数大了，也不知还能活多久，想再和几位老友见最后一面，我快则三月，慢则三年，定会回来，那时你若没走，我们到时再见。

慕容燕云有些呆了，口中叹道：“老伯真高人也，我会等你回来的……”

第六章　开封逸事

三年后。

咸阳城外十里，山上，一个身着孝服的高大男子悲伤地对着松树下的一座坟说道："父亲，又到了您的祭日，孩儿来看您了。三年了，孩儿有好多要和您说的话，可是您已经听不到了！"

天气阴冷，狂风大作。

下雨了，极大，一道闪电透过树的缝隙照下，照到男子的脸和石碑上。

这男子一张轮廓分明的长方脸，一双虎目，两道浓眉，白衣被风鼓起，显得气度极是不凡，不怒自威，纵然在千万人中也是最引人注目的。

那碑上，赫然写着五个大字——赵弘殷之墓。

"父亲，三年前您去追杀慕容燕云，哪知回来路上患上了重病，竟被九幽鬼境的贼人趁机把您杀害了。"男子哽咽道，"如果早知您会有不测，孩儿元朗无论如何也要拦住您啊！"说着虎目落下泪来。

这男子不是别人，正是赵弘殷之子赵匡胤。

赵弘殷膝下五子，老大早亡。赵匡胤排行老二，心高志远，仕途颇顺。在赵家兄弟中威望最高。因其公务繁忙，家中之事全由三弟赵光义协父料理。自从他最喜爱的五弟赵光赞被父亲的朋友带走治病的那天起，他就再也没回过家。三年前父亲的死让他万分悲痛，并发誓要为父亲报仇。

"老爷，您请节哀……"赵府的老管家赵福上前劝道，"老太爷已去了三年了，这三年中，老爷无日不在思念他老人家，您要振作起来，神龙派和朝廷还要靠您哪。"

赵匡胤止住哭声，说道："老哥哥，九幽鬼境的秦广王还没找到吗？我要把他千刀万剐，为父亲报仇！”

“老爷，秦广王还没找到……”赵福叹气道，“我按老爷您的意思，已派了神龙派全部力量去寻找，相信只要他敢在江湖现身，一定可以第一时间抓住他，为老太爷报仇。”

赵匡胤点点头。

赵福问道：“这三年老爷因有孝在身，朝中之事多半置身于外了，连这次淮南之战您都没去。那慕容燕云也因此多活了三年，今天孝期已满，不知老爷有何打算？”

赵匡胤道：“是时候了，我不能一直待在咸阳了，不然朝廷、江湖只怕要忘了还有我赵匡胤这一号了！”

话音未落，一道电光划破天际，带着轰轰的雷声，响彻大地，仿佛在回应着他！

两个月后，开封朝堂。

大殿中的龙椅之上端坐着大周皇帝柴荣，他三十四五岁的年纪，生得龙眉凤目，皓齿朱唇，三牙掩口髭须，头戴宝珠冕旒冠，一身黄色龙袍，气度尊严，颇具帝王之相。他俯视着殿中群臣，见众臣大多上了年纪，不禁叹了口气。

散朝后，独让赵匡胤留下。

赵匡胤见柴荣神情有些抑郁，问道：“陛下，何事忧心？不知臣能否为陛下分忧？”

柴荣道：“赵爱卿，这次淮南之战大捷，主帅是年轻的将军慕容延钊，听说打得南唐连孩儿听了他的名号也不敢啼哭，这才是我大周的上将啊！”

赵匡胤心中明白了，暗道：“满朝文武大臣大都老迈了，皇上这是要换年轻人啊。”口中却装作不知，“陛下，慕容将军年少有为，此乃大周幸事啊，为何反倒忧心呢？”

“赵爱卿，你看这满朝文武，多是些无用的老臣，打起仗、论起国事来已不堪重任了。如今朝中缺少像慕容延钊这样年轻的英才啊，这些老臣位高权重，年轻人难以选拔，不知爱卿有何良策？”柴荣郁郁地说道。

赵匡胤道：“不如陛下效仿前人，重开科举，选拔英才。”

柴荣一听心中大喜，点头称赞。

“赵爱卿所言极是，只有重开科举，广招天下英才，方能彰显我大周朝堂唯贤是用，壮我大周国威啊！”柴荣赞道。

赵匡胤心想：“此计一来取得陛下信任，二来可借机安插心腹，丰满羽翼。世人都说柴荣机智过人，今日却中了我一石二鸟之计，看来也不过如此。”

第二天朝堂上，柴荣先问过一些政事后，缓缓说道：“众位爱卿，朕有意举办科举，选拔少年英才，不知诸位以为如何？”

柴荣言罢，朝堂下一片哗然。

“不可……”突然文班之首走出一人，此人年纪已过六旬，须发皆白，说起话来已有些颤颤巍巍。

柴荣见出班的是太师冯道，不禁脸色有些难看，心想：“冯道，你偌大年纪，倒是不糊涂啊，你这是看出门道了，为了保住自己的乌纱而出班拦朕呀，实在可恶！”

赵匡胤见柴荣变了脸色，忙出班道：“陛下圣明，臣以为此举可行。”转脸对冯道，“冯太师，你公然反对这利国利民的圣举，阻拦我大周选拔英才，是何居心？”

冯道说道：“想当初，隋设科举二世而亡，唐延科举，终为所灭，况且陛下又怎能和唐太宗相比，科举之制实非明举啊！”

“哈哈哈！”赵匡胤大笑道，“冯太师，你此言大谬也！且不说别人，单说你，如果没有科举，你不过一乡间老朽罢了，哪里还有资格在此枉论陛下。你因科举而年少为官，如今陛下要再开科举，你却阻拦，又拿什么隋唐来诅咒陛下，实在该死！”

冯道被赵匡胤一阵抢白，不知该说什么。

赵匡胤继而对柴荣道：“陛下，冯道乱言欺君，臣请赐死冯道，不然我大周颜面何存？”

冯道见势不妙，忙跪倒，连连叩头：“陛下息怒，是老臣一时糊涂了。”

“赵爱卿，冯爱卿年纪已大，死罪就免了吧。”柴荣幽幽道。

冯道见赵匡胤如此得柴荣信任，长叹了口气，说道：“谢主隆恩，臣已老迈，又患病在身，不适合在陛下身边了，臣希望能告老还乡，颐养天年，还请陛下恩准。”

“冯爱卿，你是先朝老臣，一向勤劳王事，来我大周后，更是忧国忧民，积劳成疾。朕知你向来淡泊名利，远离朝堂纷争对于你来说或许是最好的选择，就去为太祖守灵吧。”柴荣有些惋惜地说道。

“臣等愿告老还乡。”殿中许多老臣见冯道都落得如此下场，便纷纷辞官。

柴荣只是假意婉言劝阻，心中却更是赞赏赵匡胤。

冯道听柴荣此言，心中一寒，暗道：“我本以为赵匡胤是个干国的忠良，哪知他却是个阿谀奉承的小人，如今逼得我们这些老臣都落得如此下场，实佞臣也！”

几位辞官的老臣也都在心里骂赵匡胤：“奸贼，大周江山早晚毁在尔手，陛下糊涂啊！”

重开科举掀起的风波很快就平息了，大周的朝堂暂时恢复了以往的平静。

天下文人听说大周要开科取士，一时齐聚开封，准备应考。

河南嵩山脚下有一书生刘三郎，为了考取功名改名宝恩。他自幼父母双亡，受乡亲接济过日，虽是如此，可他学富五车，长相出众，一直有心报国。近日乡亲们听说开封城要办科举，便纷纷借钱给他，盼他可以借此机会当上官，光耀四邻。刘宝恩千恩万谢，辞别众人，赶往开封。

刘宝恩到了开封城中已是傍晚时分。城中到处都是买卖的吆喝声，随处可见林立的店铺，城中百姓脸上都带着笑意，这乱世上竟有如此繁华、幸福之地。“开封不愧为帝都，果然不同凡响。”

正走着，忽见不远处有一座大庙，庙宇甚是宏伟，大门上方书写着四个大字——大相国寺，寺内人头攒动，殿前香火极旺。

“记得父亲曾说过，日后有机会到了开封城中，一定要去大相国寺还愿，如今总算到了此处，不如进去烧上两炷香。”刘宝恩想着走进庙中。

刘宝恩请了三炷香，在大雄宝殿前拜了三拜，正打算离开，这时一个小和尚到了他面前，双手合十道：“阿弥陀佛，这位施主，小僧弥远，本寺方丈普度大师有请施主去后殿一见。”

“方丈为何不请别人单单请我刘宝恩？”他好奇地想。

“阿弥陀佛，施主这边请。”弥远说着引导刘宝恩走向后殿。

后殿没了前殿的热闹，但更是清雅，小和尚在后殿正房门前站住，对里面道：“方丈，施主请来了。”

半晌，里面一个苍老的声音说道：“施主，请进吧。”

刘宝恩应道：“打扰大师了。”说着推开房门，走进屋来。

映入眼帘的是一位盘膝坐在僧榻上的老僧，这位老僧闭着双眼，好像已入了定。良久，他才慢慢睁开眼睛，双目中射出两道炯炯的精光，甚是惊人。

刘宝恩心道：“这位大师好强的内力啊！”

“阿弥陀佛，施主今日一来，老衲只觉满寺宏光，庭院生香。不知施主可否把生辰八字告诉老衲？”普度幽幽地问道。

刘宝恩和普度说了八字，普度一惊：“施主，你此来开封可是为了科举，如是，老衲劝你止住吧，你的八字如是入我佛门，日后定是得道高僧，为官只怕不能长久啊！”

“大师所言当真？”刘宝恩听后有些吃惊。

普度道：“出家人不打诳语。”

刘宝恩为难道：“大师，小生自幼确实仰慕佛学，不过科举并非我一人之事，小生还身负众乡亲的重托，如果此举不中，小生便没有了牵挂，那时再遁入空门也是小生所愿。”

普度点点头又摇摇头，说道：“施主所言也有道理，只有曾经拿起过，才懂得什么是放下。”

两人在房中谈到三更。普度在谈话间发现刘宝恩的许多想法与佛门中的要义甚是符合，而且也极对自己脾气，就是自己要找的有缘人。

普度道：“我已离坐化不久了，你我有缘，老衲便把全身功力传于施主吧，施主定不要辜负了我这身功力。”

“多谢大师！”刘宝恩自幼习武，苦于没有高人指点，听到大师说要传功给自己，不禁大喜。

“施主，请盘膝坐在老衲身边。”普度道。

刘宝恩依言盘膝坐在老僧身前。

大师双掌轻轻抵在刘宝恩的背上，真气源源不断地通过双臂传到了刘宝恩的丹田内，又引导着这股真气在刘宝恩体内运转了三十六周天，打通了刘宝恩体内任督二脉，这才缓缓停手。

刘宝恩只觉体内有一股真气如滔滔江河源源不绝，真气流转间，身轻神明，飘飘如仙。

普度看向窗外那轮残月，又仿佛看的是整个人世，他眼中渐渐从留恋，变成清明透彻。

“施主，老衲有个心愿，希望施主能替老衲完成。”普度虚弱地说道。

“大师请讲，只要我刘宝恩能办到的定当全力完成。”刘宝恩感激地说道。

“老衲本是少林俗家弟子，那年失手杀错了人，被方丈逐出少林，后来老衲便在这大相国寺出家了，可心中一直希望能重回少林，现在看来是不能了，施主日后如真能皈依我佛，还请去少林，替老衲完成这个心愿。”普度极为疲惫地说道。

“好，我记住了，不过我相信大师有朝一日一定会重返少林的。”刘宝恩坚定地说道。

普度苦笑，摇了摇头：“老衲累了，施主今晚便在寺中住下吧。”

刘宝恩见夜已深，便留宿在寺中。

第二日一早，刘宝恩听见寺内钟声大作，有和尚诵经的声音，又隐隐掺杂着悲痛的哭声。

“出什么事了？”刘宝恩一惊，忙起身出去查看，诵经之声之大，绝非寺中早课，倒像是在办法事。他刚来到正殿就见大相国寺的上百号僧人齐聚殿内，还有许多外来的僧众。

刘宝恩见昨日的小和尚弥远正在一边哭泣，忙问道：“出什么事了？”

弥远一见刘宝恩哭得更凶了：“施主，昨日你与方丈说什么了，他竟坐化了……”

“什么，普度大师不在了？”刘宝恩听完小和尚的话愣住了，他哪能想到普度大师昨日还与自己谈话、传功，今日竟再也见不到了。

“今早我去找方丈想问些寺中之事，推开门发现他已坐化了，身边只有一封给施主的信和三本书，他的脸上还带着微笑呢……”弥远哽咽，从怀中取出信和书，交给刘宝恩。

刘宝恩打开书信，见信中写道：刘施主，老衲心愿都要靠你了，莫要负了老衲。

再看那三本书，一本是少林绝学《易筋经》，一本是少林韦陀门武功，另一本是已经泛了黄的《金刚经》。

刘宝恩睹物思人，流下泪来。

第七章　翻云覆雨

刘宝恩心中感激普度，几日来一直留在大相国寺中随着众僧人一起吃斋念佛，心中对佛法更是有了进一步的了解。

这日夜里，他闲来无事，心中怀念普度大师，便向弥远要了笔墨，在普度大师曾经的住处前，洋洋洒洒写了一篇悼文，文笔之华美，意境之悠远，天下少有。

第二日清晨，刘宝恩还在熟睡，听见弥远在叫自己：“刘施主，快醒醒，有人要见你。”

刘宝恩揉揉眼睛问道：“弥远师父，谁要见我啊？”说着披衣而起。

“阿弥陀佛，是当今圣上要见刘施主。”弥远有些着急道。

“什么，圣上要见我？”刘宝恩无论如何也想不到，一大早要见自己的竟然是大周皇帝柴荣，他心中一惊。

弥远道：“刘施主，快点儿啊，圣上是从不进寺庙的，今日只因悼念普度大师特意前来，不能让圣上久等啊！”

“好，弥远师父，快带路吧。”刘宝恩有些惊慌道。

两人正要去待客厅，这时一个声音道：“刘居士，不必慌张，朕敬佩你的才华，想与你一叙。”

刘宝恩和弥远连忙跪倒。

很快，柴荣便带着赵匡胤等几个重臣来到两人面前。柴荣亲自伸手搀起刘宝恩道：“刘居士，不必如此，快快起来。”刘宝恩受宠若惊，低着头战战兢兢地说道：“谢主隆恩。”

柴荣一笑：“抬起头来吧。”刘宝恩道：“草民不敢，怕惊了圣上。”柴荣道："朕赦你无罪。"

刘宝恩这才缓缓抬起头，柴荣见刘宝恩长得极是出众，不禁心头一喜，暗道："我本是来悼念故人，不料偶见了这刘宝恩写的悼文，光这悼文便觉不凡，如今见他容貌更是极佳，如能为我所用，岂不极妙。"

"刘居士，世人常说，学好文武艺，货卖帝王家，朕见你文笔极高，有意想请刘居士到朝中为朕分忧，不知刘居士意下如何？"柴荣道。

"陛下过奖了，草民才疏学浅，如今听闻陛下要开科取士，正想去试一试，如能中榜，定会施展平生所学以报陛下。"刘宝恩道。

柴荣一笑："刘居士，你既然有意要到朝中，何必又要通过科举呢，朕这就给你封个官职。"柴荣一看赵匡胤道，"赵爱卿，你认为朕给刘居士封个什么官合适呢？"

赵匡胤琢磨一下道："陛下，微臣认为文渊阁大学士比较合适，不知陛下以为如何？"

"正合朕意。"柴荣高兴地说道，"刘宝恩听封……"

"陛下，草民不敢受封。"刘宝恩忙道。

柴荣一愣："刘居士，你这是何意？"

"陛下，这悼文不过一时有感而发，并非草民的真正水平，草民希望能通过科举，和天下有识之士一较高低，如是真能中榜，那时再封官也不迟。"刘宝恩诚恳地说道。

"哈哈哈，好！"柴荣不禁赞道，"刘居士真大才也！朕在金殿等着你。"说完带着一众人等离开了。

看到大周皇帝如此赏识自己的文章，刘宝恩很是高兴，就连普度大师带给他的悲伤都暂时忘记了，只等开科之日能金榜题名。

次日，刘宝恩闲来无事，一人在城中闲逛，赵福到了刘宝恩身边，施了一礼问道："这位公子可是姓刘？"

刘宝恩回过神，还礼道："在下确实姓刘，叫刘宝恩，不知老哥哥找我有事吗？"

"我们老爷请公子到府中一叙。"老管家赵福道。

"不知贵府老爷是哪位？"刘宝恩问道。

"我们家老爷是殿前都点检，恕个罪说赵元朗大人。"赵福恭敬道。

“原来是赵大人啊！”刘宝恩早就听说赵匡胤是柴荣面前的红人，他想道，“可说一人之下万人之上之人，如今竟派人找我，不知所为何事？”

刘宝恩跟着赵福走了一会儿，到了一座很大的宅院前，赵福让刘宝恩在门口稍候，他吩咐门口看门的小厮去禀报赵匡胤。很快一阵爽朗的笑声从院中传出，随着笑声赵匡胤到了门口。

“参见赵大人。”刘宝恩忙跪下道。

赵匡胤忙把刘宝恩搀扶起来，说道：“刘居士离家数日，为科举之事定是寝食难安，今日特备下一桌酒席为居士接风。”

席间，赵匡胤不断用言语拉近他和刘宝恩的关系，刘宝恩受宠若惊，两人直喝到深夜。

刘宝恩在大相国寺中又住了月余，这日到了科举的正日子。刘宝恩清晨早早就起来，草草用过饭后，就到了南贡院，准备应试。

很久才听见贡院中副主考喊道：“礼部侍郎李辉，李大人到了。”刘宝恩看向大门，见有一个上了年纪的老臣，被一众人围着走进贡院。

李辉一进贡院便皱起眉来，心想：“就是你们帮该死的年轻文人，使得我们这些老臣个个乌纱难保，实在可恨！”口中却道，“众位举子，我是当朝礼部侍郎李辉，圣上任命的主考官，我希望众位举子能金榜题名，为陛下分忧。来人，为众位举子发题！”

李辉一声令下，手下人忙活起来，为众举子发放试题。

半晌才发到刘宝恩这里，他接过题，道了声谢，展开题纸。题目竟是三教与治国之道，刘宝恩心中一动，暗道：“这题怎么与我那天的悼文那么像，莫非陛下有意为之？”

刘宝恩心中有了底，大笔一挥，一气呵成，文章写得行云流水，文道皆是上流，举世少有，比那日的悼文又高出不知多少，竟不亚于初唐四杰。

不多时他就交了答卷，笑着出了考场，心中道：“我的文章就算不能当上状元，也定然会金榜题名，这次总算要出人头地了！”

刘宝恩刚回到寺中，弥远便迎了上来问道：“阿弥陀佛，刘施主答得怎么样，可还顺手？”

“弥远小师父，我刘宝恩定然要平步青云了，过几日我当朝为官，定会为寺中佛像重塑金身，报答普度大师的再造之恩。”刘宝恩高兴地说道。

弥远道：“刘施主一定累了吧，快到屋中歇歇吧。”

刘宝恩点点头：“确实有些乏了。”说着回了后院自己的房中休息去了，可能因早起加之答卷着实累了，头一枕到床板就沉入了梦乡。

一个月后，到了发榜的日子，刘宝恩高兴地去贡院前看榜。

看榜的人很多，挤得偌大的街道水泄不通，有人中榜欢呼，有人落榜悲痛，甚是喧哗。

刘宝恩暗运内力，挤开众人，来到榜前。他以为前三甲中一定有自己的名字，可他从榜单第一名看到最后一名都没看到自己。刘宝恩心道：“怎么回事，莫非是我看漏了？”

他又反复看了三遍，都没见到自己的名字，他心中一寒，莫非自己文中有不妥之处，可他回忆半天并不觉得有什么不对的地方啊，不由得心中一阵迷茫。

正想着，赵福到了刘宝恩身边，施了一礼道：“我们老爷请公子到府中一叙。”

刘宝恩想道：“早就听说赵匡胤是柴荣面前的红人，可说一人之下万人之上之人，他如今又派人找我，不知所为何事？”

刘宝恩跟着赵福来到赵匡胤府中。

“参见赵大人。”刘宝恩忙跪下道。

“这是做什么，刘公子快起来。”赵匡胤搀起刘宝恩，笑着说，“今日发榜了，刘公子想必高中了吧。日后便要同殿称臣了，今日特意为刘公子祝贺。”

“唉，”刘宝恩听到赵匡胤的话长叹了口气，“赵大人，在下并没有中举。”

“什么，刘公子没中举？”赵匡胤不太敢相信，“以刘公子的才华圣上都赞赏，怎会不中，说来听听。”

说着赵匡胤引着刘宝恩进了府，一路穿廊过厦，到了后花园，穿过后花园的一处月亮门，到了一间极是奢华的小屋，这间小屋旁立着一块石碑，碑上写着“怡远轩”三字。两人在屋中坐了，下人端上茶来。

刘宝恩迷茫道：“不瞒赵大人，在下也不明白为何没中，依在下看来，应试的文章要比那日大人在大相国寺看过的悼文强过数倍啊！”他把自己在考场写的文章一字不漏地背了一遍。

赵匡胤听刘宝恩默诵着，不断点头，不禁称赞道：“大唐李太白为诗仙，我看以刘公子这篇文章可称文仙了！”

“赵大人谬赞了，在下自知不至于好到那般地步，可是榜中无名，这实在不知为何。”刘宝恩道。

“刘公子，你放心，今日你先住在这里，明日一早与我金殿面君，必能为你讨回公道。”赵匡胤道。

“那多谢赵大人了！”刘宝恩深施一礼，激动地说道。

当日刘宝恩去大相国寺与弥远辞别，取走了东西，到赵匡胤府中住下，一夜无话。

次日清晨，赵匡胤带着刘宝恩上了金殿。

柴荣刚在龙椅上坐稳，便看见殿中武班之首赵匡胤身旁站着一文雅少年，正是那日大相国寺中见过一面的刘宝恩。柴荣见刘宝恩站在殿下，心中一喜。

“众位爱卿，有何本奏？”柴荣道。

李辉当先道：“启奏陛下，这次科举招来不少年轻的俊才，现在可谓野无遗贤了。”

众人听李辉此言都跪下向柴荣道贺，柴荣心中大喜：“李爱卿，这次功劳不小，如今平章一职还空着呢，不如……”

“陛下不可！”赵匡胤忙出班拦住道，“陛下，李辉误国，臣请赐死国贼李辉！”

柴荣一愣，李辉斜眼瞪了赵匡胤一眼，心道：“我不过压下了你心腹刘宝恩的卷子，这陛下不可能知道，你又能奈我何？”

“赵元朗，你休在这里蒙蔽万岁，你的算计当我们不知吗？”李辉怒道。

“哈哈哈，我赵匡胤蒙蔽万岁？”赵匡胤大笑道，“陛下，您还记得那日的刘居士吗？”

柴荣更蒙了：“当然记得，刘居士不正站在爱卿身边吗？朕还指望他为朕分忧呢。”

“草民参见万岁！”刘宝恩上前跪倒，道，“陛下，草民恐怕不能为陛下分忧了。”

“这是何意？”柴荣只当刘宝恩有意出家，不由叹了口气，“莫非刘居士有意遁入空门吗？那朕便封你为护国法师吧。”

“陛下错了，他不是有意出家，而是金榜之上根本没有他的名字。”赵匡胤道，“臣之所以说李辉误国便是如此。”

“陛下明察，这刘宝恩的文章实在不堪入榜啊！”李辉辩解道。

“李辉，你这是在质疑陛下不识贤才了？”赵匡胤质问道。

柴荣也道：“李爱卿，刘居士的文章以前朕是见过的，如果以他的才华还不能入榜，那朕还真想见识见识本科状元的文采了。”

“什么，皇上见过刘宝恩的文章？那岂不是要弄巧成拙了！”李辉想着，嘴上却道，“陛下，那刘宝恩定是有人代笔，蒙蔽万岁。”

“好啊，把状元找来，如果他能写出比刘宝恩还好的文章，我赵匡胤这便立刻离开朝廷，从此做个普通百姓，再不管这朝中之事！”赵匡胤掷地有声地说道。

“好好好，你等着。”李辉身子略略颤抖着，不知是紧张还是生气。

“赵爱卿之意正合朕心，快宣状元进殿，朕要亲自出题一试两人高低。”柴荣道。

很快新科状元便被带到金殿之上，向柴荣施礼后道：“草民崔嵩参见皇上，吾皇万岁，万岁万万岁。”

柴荣打量崔嵩，不禁一皱眉，只见这崔嵩身材高大，穿着甚是华贵，满脸横肉，一双豹眼，留着络腮胡子，肌肤黝黑，甚是丑陋，活像阴间的判官。柴荣不禁看向刘宝恩，刘宝恩本就极是清俊，现在同崔嵩一比，更是如仙人下凡一般。

“崔状元，朕听说你文采非凡，这位刘居士也是一世之才，朕想亲眼看看你们的文笔，今天就当着满朝文武的面，把那日应试的文章再试一遍，让朕和满朝文武做个评断。”柴荣道。

“草民领旨。”崔嵩、刘宝恩应道。

殿中小太监早给两人抬来两张楠木方桌，桌上墨已研好，并铺上宣纸。

刘宝恩心道：“是成是败全看这篇文章了！”

两人到了桌前，挽起袖子，略一沉吟，便双双写了起来。不多时两人就写完了，呈给皇上御览。

柴荣见两人的文章各有特点，刘宝恩的清丽爽朗，崔嵩的沉郁顿挫，光凭文章竟一时也分不出高低。柴荣心想：“刘宝恩长相出众，而崔嵩实在丑陋，不如便判刘宝恩为状元，崔嵩为榜眼吧。”

李辉这时战战兢兢地说道：“陛下，圣意如何？”赵匡胤见柴荣神情，知是两人差距不大，不禁心中一沉。

“依朕看，刘宝恩略强于崔嵩，本科状元应是刘宝恩，崔嵩也确是人才，便做榜眼吧。”柴荣道。满朝文武也都纷纷应和。

“陛下，臣绝非冤枉李辉，他蒙骗陛下，定是收了举子们的不少好处，实在该死！”赵匡胤见柴荣有些犹豫忙道。

“赵爱卿所言甚是。”柴荣怒对李辉道，“李辉，朕念你年纪大了，死罪可免，活罪难逃，发配朔州永不录用。”

李辉此时已不敢多言，他心知这一切都是赵匡胤捣的鬼。但陛下如此信任赵匡胤，他多说无益，只能给自己带来杀身之祸，只能认命了。

柴荣又封刘宝恩为文渊阁大学士，刘宝恩慌忙叩首谢恩，心中却道：“这朝堂之上绝非如我想的那么简单，看来真如世人所说，伴君如伴虎啊！”

这时，满朝文武纷纷叩首：“谢主隆恩！”

虽是异口同声，但心境却各不相同，尽在不言中了。

第八章　凯旋还朝

李辉被流放，殿中一片喧哗。

柴荣正不知所措，这时从殿外跑来了个太监道："启奏陛下！"

跑来的不是别人，正是大内总管王安。"王公公，出什么事儿了？"柴荣问道。

"陛下，慕容将军还朝了！"王安高兴地说道。

柴荣大喜："快请慕容将军进殿！"

殿中众人原本议论纷纷，一听慕容延钊回朝，不禁都安静下来，他们早就听说过慕容延钊，虽然年轻，但心狠手辣，杀起人来往往都不需要什么理由。尤其是这次攻打南唐，他竟坑杀三万降军，屠了五座城池。现在不论是谁都对慕容延钊甚是畏惧。

"臣参见陛下！"随着一个阴沉的声音响起，一个人走进大殿，还未靠近，此人身上的阵阵杀气便逼了过来。

殿中群臣战战兢兢地看向来人，只见这人二十三四岁的年纪，发髻黑亮，两道英挺的剑眉斜飞入鬓，细长蕴含杀意的黑眸，轻薄的唇，轮廓分明的脸是那么冰冷，没有一丝表情，他的身材修长，一身暗黑色细鳞软甲，腰间一把乌黑的剑，显得是那么孤清冷傲又盛气凌人，宛如黑夜的雄鹰，只站在那里便有一种傲视天下的霸气。

慕容延钊来到殿前，单腿跪下。

柴荣忙道："慕容爱卿，快快请起。和朕说说淮南之战如何？"

"依臣看南唐小儿不过插标卖首罢了。"慕容延钊淡淡说道。

柴荣一笑："慕容爱卿，这次淮南之战你功不可没，朕封你为……"柴荣一时犹豫起来，心道，“我虽喜欢慕容延钊，可满朝文武怕他竟胜过怕朕，不可留在朝中。”

赵匡胤见柴荣为难，心中一笑，道：“陛下，臣认为派慕容兄弟为镇淮军都部署比较合适，不知陛下以为如何？”

柴荣道：“赵爱卿所言有理，慕容爱卿，朕封你为镇淮军都部署，为朕镇守边疆，有你在南方无忧矣！”

“谢主隆恩。”慕容延钊有些不悦道。

柴荣见慕容延钊神情不悦，心中明白，便道：“好了，众位爱卿，朕累了，退朝吧。”

众人跪下山呼万岁，柴荣回了后宫，群臣也陆续走出大殿。

“慕容兄弟，你等等。”赵匡胤在殿外叫住慕容延钊。

慕容延钊见叫自己的是赵匡胤，不由心中有气：“元朗兄，叫我何事？”

“化龙贤弟，我知你对我刚才的建议有些不满，但我也实在是想请贤弟帮我，这才出此主意，如是贤弟能帮我完成心愿，我保证这殿前副点检就是贤弟的了。”赵匡胤解释道。

“元朗兄，你在朝中翻云覆雨，哪还用得着小弟我帮忙？”慕容延钊语气缓和了一些。

赵匡胤一笑：“化龙贤弟，宫中不是你我久留之地，不如到我府中一叙。”

“好！”慕容延钊道。

两人在怡远轩中摆了酒席，席间赵匡胤叹了口气道：“不瞒贤弟，我眼下有两件事要拜托贤弟帮我。”

“何事？”慕容延钊冷淡地说道。

“这第一件事是想请贤弟帮我打探九幽鬼境秦广王的消息，我一定要杀了他为父亲报仇。”赵匡胤悲伤地说道。

慕容延钊正举起一杯酒到唇边，听了赵匡胤的话，他的手不由停了一下，这才慢慢饮了一口。

“这第二件事，是想请贤弟帮我杀了慕容燕云。”赵匡胤道。

“慕容燕云是谁？”慕容延钊心道，“如是其他杀一百个又有何妨，但姓慕容的我不会轻易动手的。”

赵匡胤知道慕容延钊心中所想，忙解释道："慕容燕云与贤弟虽是同姓，但他是鲜卑慕容，与贤弟的汉家慕容无关，他杀了我的妹夫，与我也有些仇。"

慕容延钊道："我记下了！"

此时，正觉得酒喝得无趣时，从后花园中传来了一个女子的笑声，这笑声如银铃般甚是动听，只听笑声慕容延钊心中便是一荡。

随着笑声，一个身着白色长裙的少女从花园假山后飘然而出。慕容延钊向她望去，见这少女十六七岁的年纪，一张瓜子脸，两道罥烟眉，肤如白雪，唇似涂朱，一双桃花眼，目中如秋水流转。俏笑间玉颜生春，顾盼间娇艳嫣然。身材窈窕，气质极佳，她翩翩而来，哪里像人间女子，恍然仙子下凡。

慕容延钊不由看呆了，心想："美女我见过不知多少，但如这样美的还是第一次见，天下美要有十分，她便占了九分啊！"

赵匡胤见慕容延钊的神情不由一笑："贤弟，喝酒啊！"

"元朗兄，这姑娘是谁啊？"慕容延钊痴痴地问道。

赵匡胤一笑："你说她吗？"说着一指园中白衣姑娘道，"这是小女赵婵雪，她自幼没了娘，被我宠坏了，打扰了贤弟雅兴。"

"元朗兄说的哪里话，令女实在如天人一般啊！"慕容延钊称赞道。

"雪儿，还不过来给你慕容叔叔见礼？"赵匡胤对赵婵雪喊道。

赵婵雪闻言走了过来，飘飘万福道："见过父亲，见过慕容叔叔。"她的声音如鸟儿轻啼，闻之让人心醉神驰。

"快快起来！"慕容延钊极是温柔地说道，这是他平生第一次温柔地对人讲话，神情间竟有些羞涩。

赵婵雪见慕容延钊的神情不由得扑哧一笑，这一笑让慕容延钊更觉三魂飘飘，七魄荡荡，不由又痴了。

"赵姑娘，我比你也大不了多少，以后叫我大哥或慕容延钊就是了。"慕容延钊笑着说。

"什么，你就是慕容延钊！"赵婵雪冷哼一声，"父亲，怎么什么人都能成为你的座上客吗！"说着拂袖而去。

慕容延钊见状不由心中一寒，暗道："我本有意与赵姑娘交往，怎知她竟连我面都未见过，就对我有如此成见，唉，看来她也把我看成心狠手辣、恶贯满盈之人了……”

赵匡胤见女儿让慕容延钊如此下不来台，只得尴尬地一笑道：“慕容贤弟，你不要多心，雪儿毕竟是女孩儿，第一次见如贤弟这样英俊的男子难免有些不好意思，不过避嫌罢了。”

“当真？”慕容延钊神情缓和下来。

“别人我不了解，难道我自己女儿还能不了解吗？她被我宠坏了，一向不守规矩。”赵匡胤道。

“没关系，只是不知道……”慕容延钊竟有些脸红了。

“化龙贤弟，有话请讲。”赵匡胤嘴上如此，心中却想，“哈哈，慕容延钊啊慕容延钊，没想到你这个冰坨子能看上我女儿，这样我彻底不怕你不肯为我卖命了，如果你也成了我的人，那这满朝文武谁敢不服我！”

慕容延钊道：“不知令爱是否婚配了？”

“没有没有。”赵匡胤连连摇头，假装犯愁道，“我这女儿生得虽还好，不过这脾气可有些……唉，和我这个当爹的提了几个条件，这符合条件的上哪儿去找啊！”

“不知什么条件？”慕容延钊好奇地问。

“第一，非当世英雄者不嫁。第二，非年少俊朗者不嫁。第三，非朝廷中之人不嫁。第四，非姓慕容者不嫁。”赵匡胤叹气道，“这四全之人上哪里去找，愁杀我也！”

慕容延钊心中一动，说道：“不知这非姓慕容者不嫁是何意？”

赵匡胤道：“不过是她小时候偶遇一位道长，赐卦给她，说小女只有嫁给慕容一姓，此生才会美满，她便当真了。”

慕容延钊听后忙给赵匡胤跪下了。

“贤弟，这是何意，快起来！”赵匡胤忙闪在一边，要搀慕容延钊起来。

“我要娶令爱为妻，如是不允，我绝不起来。”慕容延钊道。

“你能看上小女实在是赵家几世修来的福分，我答应了，快起来吧。”赵匡胤高兴道，“得婿如此，夫复何求！”

“拜见岳父大人！”慕容延钊给赵匡胤磕了三个头，这才高兴地站起来。

赵匡胤命下人重摆了一桌，两人推杯换盏，直喝到入更才尽兴。

“贤婿，三日后便是吉日，到时你与小女定亲吧。”赵匡胤醉醺醺地说道。

“好，多谢岳父，今日告辞了，三日后我再来。”

赵匡胤送走了慕容延钊，赵福便搀着他摇摇晃晃地到了赵婵雪闺房前，赵匡胤推开门走了进去。

“雪儿，为父告诉你个好消息……”赵匡胤笑着道，“为父给你定了一门好亲事，他就是当今圣上身边的红人……”

赵婵雪见过慕容延钊后心中本就不满，这时听父亲这么说当然明白父亲是把自己许配给慕容延钊了，生气道：“如果是别人我都嫁，慕容延钊我宁死不嫁！”

赵匡胤怒道：“慕容延钊有什么不好的，他论武艺，天下少有人能及；论地位，早晚不在为父之下；论相貌，比他强的可不多，这么好的人你都不嫁，你还想嫁谁？”

赵婵雪冷笑道：“呵呵，可他心狠手辣、卑鄙无耻，论起人品来就是邪魔外道也在他之下。”

“住口！”赵匡胤大怒，“你的婚事还轮不到你自己做主，你娘死得早，我这个当爹的便给你定了，再不答应休怪为父无情！”

“父亲，你怎么可以这么蛮不讲理……”赵婵雪正欲说下去，赵匡胤早一巴掌打了过去，赵婵雪玉颊之上顿时肿了起来，嘴角也渗出血来，在如雪的肌肤上显得格外殷红，显得更加楚楚可怜。

赵婵雪落下泪来：“父亲，你打吧，你打死我也休想让我嫁给那个败类！”

赵匡胤气得全身发抖，指着赵婵雪道：“你就在这房中待着吧，什么时候答应，什么时候再出来，不然你就在这里待一辈子吧！”

说着他走出房门，喊道：“赵福，你把这门给我锁上，窗子也封上，如果有人敢擅自放走这个不孝女，格杀勿论！”

赵福听见喊声，叹了口气，走了过来，心想：“小姐啊，你怎么敢惹老爷呀，没办法，我只能给你关起来了，你可别怪我。”想着从腰间取出一把大锁，把房门锁上了。

赵婵雪在房中哭闹了一阵，身子乏了，又躺在床上默默流泪，不知不觉睡了过去。

不知睡了多久，当她醒来时天早已大亮。她倚着床栏，痴痴地望向窗子的方向，自言自语道：“父亲，你好狠心啊，你以为这样我就会嫁给慕容延钊，你休想……”胡思乱想间她在房中踱着步。

这时房门开了个小缝。“小姐，该吃饭了。”小丫鬟紫桐朝房中喊道。半晌也没见赵婵雪有什么回应，她只得把门缝又开得大了些，竟没看见赵婵雪。

“咦，小姐去哪儿了？”紫桐奇怪地把房门又开大了些。

原来赵婵雪听见有人来，便躲到了门后，紫桐果然上当。

她暗道：“紫桐，我对不住你了。”只见她快步到了紫桐身旁，玉手很是迅捷地在紫桐身上点了几处穴道。

紫桐哪里能想到赵婵雪会有这招，此时才后悔起来。赵婵雪很快便换上紫桐的衣服，又在房中易容一番，这才在箱子中取了些银两，出了房门。

她到了门外，重新锁上了门，小心翼翼地低着头向后门走去。她一边走着，一边在心中盘算着该如何混出府去。刚走不远，迎面遇到了副管家赵顺。赵顺正带着几个下人安排后日赵府的订婚宴，恰好走到此处。

赵婵雪来不及躲避，和赵顺照了个正面。

“喂，那个小丫鬟，你是哪个院的，怎么如此眼生？”

“哈哈，或许这是我的机会啊！”赵婵雪心中得意。

“回管家的话，我是前几日刚招进府中的，现在老爷身边。老爷派我给小姐送饭，厨房管事的说买菜的赵婆病了，让我替她去买菜呢。”赵婵雪用略有些低沉的声音诚恳道。

“哦，难怪如此眼生。”赵顺说着取出一块出府令牌，道，“快去快回，不要耽搁太久了，小心按逃奴处置！”

“是。”赵婵雪答应着取过令牌。

赵顺并没察觉到有何不妥，继续带着几人往前去了。赵婵雪心中大喜，暗道：“嘿嘿，这回有了出府令牌，看谁还拦得住我！”

第九章　长街邂逅

一晃三年过去了。

慕容燕云一直盼着老人能早些回来，可一直没有老人的消息。

这期间慕容燕云自然没闲着，他日日苦练老人传给他的绝技，如今三门武功都有了些火候，他还给这三门武功起了名字。掌法凌厉绝伦，便取名叫凌绝神掌，内功来自于干农活，就取名为神农心法，而轻功则用了口诀中的前四个字，步月凌星。

这天慕容燕云用过了早饭，正无事可做，心中又想念老人，他掐指一算，明日正好到了三年之期，高兴得不得了。“太好了，明天老伯就要回来了，我该准备准备，迎接他回家。”

他一边高兴地想着，一边把屋子收拾整齐，又洒水扫了院子，里里外外一尘不染，又弄了许多柴火回来，到了晚上又钓了条鱼，放在锅中煲汤。

一切都准备好了，慕容燕云便早早躺在床上，心想：“明天早上一定可以见到老伯，三年没见了，真想他呀，也不知道这三年中他过得好不好……”

慕容燕云不知不觉睡着了，做了个梦，梦见老人回来了，还是一身朴素的樵夫打扮，但是全身肌肤尽成紫青色，显然是身中剧毒，奄奄一息。

“老伯，你怎么了！”慕容燕云焦急地喊道。

“小兄弟，你快走！快走！我不想你卷入其中，记住我的话，千万不要去大周啊，切记切记！”老人有气无力地嘱咐完，便气绝身亡。

“老伯，老伯……”

慕容燕云大叫着在梦中惊醒，已是次日清晨。他惊出了一身冷汗，心跳得很快，久久难以平静。可眼前并没有像他想的那样，老人并没有回来，只有锅中的鱼香味弥漫在小屋里。

他心想："老伯临行前给自己留下的那封信中说三年定回，可如今……难不成老伯真有什么不测吗？而且三年前听义宁城中人说，赵弘殷死了，想必赵匡胤是因此才无心追杀我吧，如今三年已过，他绝不会放过我。不行，我不能在这里等下去了，我必须去找老伯！虽然老伯不让我去大周，可除了大周我又能去哪里？"他想着忙起了床，走出草屋。

到了屋外，慕容燕云这才想起不知该去哪里找老人，也不知该去哪里躲避赵匡胤的人，心中一阵迷茫。半晌，他打定主意，回屋取了些东西，然后按梦中所说，前往大周。

路上慕容燕云乔装打扮，生怕被神龙派的人发现，给自己带来麻烦。

一个多月后他来到了大周都城开封。

进了开封城天色已不早了，慕容燕云便在汴河大街寻了家客栈住下。慕容燕云在二楼靠窗边的一张桌边坐下，点了些酒菜，边喝着酒边看着窗外景色，只见外面灯红酒绿，十分繁华，不禁心中惆怅。

"小二。"慕容燕云喊道。

"来了。"二楼一个跑堂伙计应了一声，快步走了过来，满脸堆笑道，"客爷，您有什么吩咐？"

慕容燕云笑着问："小二，我是第一次来开封，不知此地最近有没有什么热闹的事呀？"

伙计一听慕容燕云的话笑着说："客爷，您还真会挑时候来，这不，眼前这开封就有两件热闹事儿，如果您不急着赶路，那可就有得看了。"

慕容燕云见伙计说得眉飞色舞，顿时大感好奇："快说说，有什么新鲜事儿。"

"这第一件事儿就在明天，新科状元刘宝恩明天要在开封城内夸官了。这位状元爷可了不起，他写得一手好文章，被当今圣上亲口封为文渊阁大学士，那将来肯定前程无量啊！"伙计羡慕地说道。

慕容燕云自幼习武，对这朝廷的事没什么兴趣，听后只是一笑，问道："那另一件事儿呢？"

"另一件事儿更是热闹！"伙计兴奋地说道，"我大周第一美女、殿前都点检赵大人的女儿赵婵雪，要与我大周第一高手、镇淮军都部署慕容延钊订婚了。”

慕容燕云感到有些奇怪，他心道：“大周第一高手？我怎么以前没听过慕容延钊的名号，难不成是这三年间新出现的高手？只怕他做了赵匡胤的女婿，我就要多一个劲敌了！”

他略一沉吟，对伙计道：“小二，我知道了，你先去忙吧。”

伙计答应一声，转身离开了。慕容燕云又吃了几口酒，就回到了后院客房。

一夜无事。

次日清晨慕容燕云到前院用饭，一个人自顾自地上了二楼，见昨晚那张桌还空着，便坐下，要了些吃的。

他向窗外望去，看见有很多百姓都站在街边大声议论着什么。慕容燕云叫来小二问话，原来是这城中的住户，一大早特意来到街边，想要看新科状元刘宝恩的模样和那盛大的场面。

慕容燕云不禁觉得有些好笑。

不多时，听见街上一阵喧闹，有人喊道：“新科状元，文渊阁大学士刘大人奉旨夸官，闲杂人等快快回避！”

听见喊声，慕容燕云看向街中央，只见三个官兵手持长鞭，一边用鞭打地，一边口中喊着，让街上百姓回避，身后是一大队衣着隆重的官兵，有的骑马，有的步行，前呼后拥着一个身着大红罗袍、头戴乌纱帽的年轻人。

街上的百姓大多匆匆忙忙地躲到邻近的店铺去，想看看这新科状元的模样。

慕容燕云也有些好奇，便一直望向窗外。

很快，被护拥着的刘宝恩离这家客栈越来越近了。慕容燕云看清了他的相貌。只见这刘宝恩身长七尺，面若美玉，唇红齿白，玉树临风，颇有风仪。

慕容燕云暗道：“果真出众，光论长相只怕还在我之上啊！”

正看得有趣儿，突然发现有个丫鬟模样的姑娘从一个小巷走出，迎着官兵的队伍继续往前走，姑娘低着头，好像在想心事，浑然没有察觉到自己有什么不妥似的。

“这是谁家的丫鬟好不晓事。”慕容燕云心道，“若是与官兵大队撞上，只怕要被当作贼人抓起来。”

慕容燕云正想着，突听从官兵队伍中传来一阵急促的嗒嗒马蹄声。

很快，官兵队伍被一匹惊马冲散，这马很是高大，骠硕异常，蹄子有碗口粗细，势若惊雷，哪是寻常马匹可比。

惊马沿长街向前狂奔，带起呼呼劲风。此时那姑娘竟还未察觉，只低着头默默向前走去。

马未到，劲风已刮至姑娘身上，她这才猛地惊觉，她尖叫一声，身子却因惊吓，难以动弹！

“不好！”慕容燕云叫道。

眼见姑娘要被惊马所伤，慕容燕云忙一撑桌子，借力运起步月凌星身法，刹那间到了姑娘身边。此时慕容燕云焉能还顾什么男女有别，一把搂住姑娘的腰，向旁一个急闪，避开惊马。

同时，官兵队伍中一道红光到了惊马前，一把拉住惊马的辔头。惊马极强的力道竟被这道红光一拉之下，停住了，再难向前一步。惊马吃痛，立了起来，一声长嘶，随后平静下来。

慕容燕云见惊马被人拦住了，长舒一口气，放下心来。他打量那道红光，想看看是何方高人，可他这一看吃惊不小，那道红光不是别人，竟是新科状元刘宝恩。

“刘状元，好身手！”慕容燕云赞叹道。

“感谢这位兄弟马前救人！”刘宝恩同样敬佩道。

这时姑娘惊魂稍定，看向两人。她见拉住马的刘宝恩文雅俊秀，而搂住自己腰的麻脸黑面少年，极是丑陋。姑娘推开黑脸少年的手，向两人深施一礼道：“多谢两位恩公救命之恩，小女子感激不尽。”

慕容燕云这才有工夫打量自己救下的姑娘，见这姑娘面色蜡黄，头发干枯，身上衣服极是邋遢，笑道：“不必如此。”

刘宝恩也上前道：“此番让姑娘受到惊吓，实在对不住了！你是哪家的丫鬟，我派人送你回家吧。”

姑娘还了礼，并再三推辞，刘宝恩只好作罢。

这时一个骑马首领上前道：“刘状元，我们以前只知您文章写得好，不想武功也如此了得啊！”

“哈哈，张将军过奖了，我不过有番奇遇罢了。咱们走吧。”刘宝恩说着又对慕容燕云一拱手道，“这位兄弟，不知能否与在下交个朋友？”

慕容燕云一抱拳道：“此乃我江湖中人之本分，无须客气。刘状元，你夸官要紧，以后有缘再见吧。”

说着和那姑娘闪进了客栈，把长街让开了。

刘宝恩点头道：“这位兄弟是个高人啊！”说着上了马，并命令众人继续前行。

慕容燕云拉着那个小丫鬟进了客栈，本以为她会很是拘束，想着等人群散了送她出门，哪知她竟满不在乎地上了二楼，挑了一张桌子边坐下，对伙计喊道：“小二，来一瓶三十年的梨花酒，用翡翠杯，再多上几个小菜。”

伙计见点菜的是个丫鬟，不由笑道：“小姑娘，你家的主人是谁？这些你哪能吃得起啊！”

慕容燕云这时上了楼道：“小二，这位姑娘的钱算我账上吧。”

小丫鬟哼了一声道：“谁和你说本姑娘付不起了，这钱不必找了。”说着便从怀里取出一锭银子，拍在桌子上，发出“当”的一声。

小丫鬟的举动把伙计和慕容燕云都镇住了，慕容燕云心想：“这小丫鬟一定不是一般人家出来的，恐怕是朝中大官家的用人吧，希望她与赵匡胤无关，不然还真有些麻烦。”

伙计笑着收了银子，道：“哈哈，是我有眼不识泰山，没看出姑娘竟是位财神爷。”

很快，伙计便把酒菜端了上来。

小丫鬟看了慕容燕云一眼：“一起吃吧，不用客气。”

慕容燕云摇头道：“我刚用了饭，姑娘自己吃吧。”

“唉，你不知王摩诘曾说过‘红袖织绫夸柿蒂，青旗沽酒趁梨花’吗，这梨花酒用翡翠杯盛了，加味增色，人间美味啊！”小丫鬟说着斟了一杯，慢慢饮下。

慕容燕云听眼前的小丫鬟竟能引用王维的诗，不由心生疑惑，直接问道：“姑娘，你是哪家的小姐，为什么装扮成丫鬟？”

小丫鬟一惊，忙故作镇静道：“我把你当恩公，想请你吃顿饭作为答谢，你却在此套我词，实在可恶！”

慕容燕云感觉好笑，他想：“哪家的刁蛮小姐，好不讲道理。你不过客气了一下，就成了请我吃饭了，我问你句话，就成了套词，天下哪有这般道理。”

“怎么，我说的不对吗？”小丫鬟见慕容燕云的神情道，“别以为我不知道，你定是我父亲的人，你不过是想确定我身份罢了，还不快动手，把我抓回去请功吧！”

慕容燕云笑了：“小姑娘，胡说些什么，我连你父亲是谁都不知道，我怎会是他的人？再说抓你便能请功吗，你以为自己是谁呢？”

小丫鬟听慕容燕云的语气，这才放下心来，说道：“好吧，我信你一回，今日多谢相救，你我后会有期！”说着下楼出了客栈。

慕容燕云一愣，心想：“此女绝非寻常女子，或许在她这儿能打听到老伯的消息也未可知。”

想着便追出客栈，见小丫鬟并未走远，喊道：“姑娘请留步，我有一事相问……”

第十章　涟霞奇径

小丫鬟听到慕容燕云叫她，停下脚步，回头道：“恩公有什么事吗？尽管说！”

慕容燕云一拱手道：“姑娘，在下有一事相问。”

小丫鬟问道：“什么事，说来听听。”

“我想问问姑娘，这江湖中可有专门打探消息的机构？如能告诉在下，在下感激不尽。”慕容燕云道。

小丫鬟道：“这个嘛，以前倒是听我爹说过，在涟霞山上有一处水云阁，江湖之事他们无所不知，如果你去那里，应该能问到你想要的消息。”

“多谢姑娘相告，但不知这水云阁有多远？该怎么走？”慕容燕云听了小丫鬟的话高兴地问道。

“看你也像个江湖中人，连水云阁在哪儿都不知道吗？”小丫鬟笑道，“好吧，反正我不想欠你人情，就带你走一趟吧。”

“有劳了。”慕容燕云感谢道，“姑娘请稍候，我去去就来。”

“好，你快点儿，我等急了可自己走了。”小丫鬟道。

慕容燕云回客栈取了东西，付了店钱，又买了两匹马，和小丫鬟一起向涟霞山水云阁而去。

一路上慕容燕云和小丫鬟相处得还算融洽，虽然也经常和他拌嘴，但是已不像先前那样咄咄逼人，小丫鬟还告诉他，其实自己是一位大家小姐，为了逃婚才扮作丫鬟从家里逃了出来，但她是谁家的千金，她却绝口未提。慕容燕云也把他和老伯的故事讲给小丫鬟听，但自己的身份同样没有说。

这日，两人在涟霞山旁一处树林中下了马，小丫鬟累了，在树荫下坐下来道："我累了，你一个人上山去吧，如若不行，我们再想其他办法。"说着牵过了马，拴在树上。

慕容燕云见小丫鬟不想陪自己上山，只得嘱咐了句，一人向涟霞山而去。

到了山脚下，慕容燕云见有四五个蓝衣少年，腰间都配着剑，个个气质不俗，一看便是水云阁的年轻弟子。

为首之人看到慕容燕云从远道而来，穿着打扮像是江湖中人，猜到不是游山玩水的，便走了过来，抱拳道："这位兄弟可是要见我们主人？"

慕容燕云下了马，还礼道："在下正是要求见水云阁主人，还请这位兄弟带路。"

那蓝衣少年笑道："此事好说，给足银两，我这就引你上山。"

"不知要多少银两？"慕容燕云一边问着，一边掏出了一锭银子。

蓝衣少年收起了脸上的笑容，冷冷地说道："就这点儿银子还想上水云阁，实在可笑！"

慕容燕云又掏出一些碎银子，说道："我身上只有这些钱了，我确实有紧要的事，还请这位兄弟通融一下，日后我一定补足银两。"

蓝衣少年有些怒道："没有一百两休想从这前山上去！"

这时另外几人也围过来，道："好你个小子，你当我们水云阁是你说上就能上的吗！"

为首少年道："不过看你这人还算和气，我给你个面子，想上山，不交银两也行，但要从后山涟霞奇径上去！"

"不知这后山如何走？"慕容燕云问道。

"这倒不难走。"蓝衣少年说着指向西北，道，"从这边绕过去，走个几里地就到了。"

慕容燕云高兴道："多谢兄弟，叨扰了。"

"你先别高兴太早，这后山虽不要钱，但想上去，必闯四关，如没真才实学难如登天！自从有了这水云阁，除了神龙派鼻祖李凌风外，还未有人从这条路上去过。"蓝衣少年道。

慕容燕云暗道："即使难如登天，我今天也要上山。"想着一个人径直向后山走去。

一条蜿蜒的小溪绕过山腰流到后山脚下，小溪潺潺，清澈见底，慕容燕云顿感多日的焦虑和疲倦得到舒缓，脚步也更加轻松了。

走了一段路，忽然听到前面水声极大，滔滔不绝，仿如雷鸣。慕容燕云心想：“此处水声这么大，前方定是有一座瀑布吧，连日赶路又累又渴，不如到瀑布边上喝口水休息一下。”

又走了一会儿，果见前面是一片空地，瀑布从山顶飞流而下，气势磅礴，极是宏伟壮观，瀑布流入潭中，激起阵阵水雾。水潭边唯一通向山中的小路上蹲着一个红衣老人，他正饶有兴致地看着地面，地上好像有什么有趣的东西。

“老伯，你在看什么？”慕容燕云好奇地问。

“你看这鱼在水中那么自在，而到了岸边就会被蝼蚁吃掉，岂不正应了‘荡而失水，则蝼蚁得意焉’吗？”老人笑着道。

慕容燕云走过去看了看地面，见确有一条大鱼在地上，鱼已然干枯，被许多蚂蚁正分食着。

他心道：“这老人引用法家名言如此自然，想必不是凡人，恐怕是特意在此挡我去路吧。”

老人道：“小兄弟，你说法家比起儒道墨三家如何，是不是更有道理，可称天下第一家吧？你如能说出我法家有何不足之处，我便让你过去，如是一派胡言，乱闯后山，定按阁规处罚！”

慕容燕云一笑道：“法家欺师灭祖，残害同门，在下实在不敢苟同。”

老人怒道：“我们法家如何欺师灭祖、残害同门了，你一派胡言！”

慕容燕云平静地说道：“请问老伯，李斯可是你法家的？”

老人点头道：“李斯当然是我法家了不起的人物，如没有他，始皇帝如何能统一六国、一统天下呢？”

慕容燕云不假思索地说道：“他师从荀子，同门还有韩非子，可那李斯焚书坑儒、毒杀韩非，难道不是欺师灭祖、残害同门吗？”

“这……”老人一时不知如何反驳。

慕容燕云一抱拳道：“老伯，我刚才不过片面而论，你们法家公正严峻、不畏强权、灵活通便，也大有我敬仰之处。”

老人笑着点点头，道：“小兄弟，老伯我没法反驳你，你确实有些学问，过去吧。”说着给慕容燕云让开了路。

慕容燕云本想休息，但如此轻松就过了一关，心神一振，倦意便消了不少，他走过小路，继续前行。

前面古松参天，郁郁苍苍，怪石嶙峋，古藤盘缠，甚是壮美。

慕容燕云一边欣赏着景色，一边沿山间小路走着。走了七八里地又隐约看到前面有一片山间空地，但此时一阵倦意袭来，便想到那片空地休息一下。

离空地近了一些，慕容燕云听到了一阵琅琅的读书声——“齐宣王问曰：‘齐桓、晋文之事，可得闻乎？’孟子对曰：‘仲尼之徒无道桓、文之事者，是以后世无传焉。臣未之闻也。无以，则王乎？’”

慕容燕云心想：“这人读的是《孟子》，此处当是儒家了。”

很快，慕容燕云便到了那片空地前，他看见在空地上摆着一张石桌，桌上放着一把紫砂壶，桌边有两个石凳。一个石凳上端坐着一位四十多岁的中年人，他身着文士灰袍，一手拿着书，一手端着一个茶杯，面露微笑，很是儒雅。

“这位少侠，累了吧，过来休息一会儿，和我聊聊吧。”灰袍文士起身笑着道，他站起看似是为了礼数，但实则是把慕容燕云过去的路给封住了。

慕容燕云只得一拱手道：“这位叔叔，我正想休息一下，那就一起聊聊吧。”说着在另一个石凳上坐下。

灰袍文士也坐下道：“少侠可读过我儒家的经典？有何高见，还请少侠指教！”

慕容燕云略一思索道：“指教不敢，不过在下认为，儒家的代表人物孟子实在是个自相矛盾之人。”

灰袍文士问道：“不知少侠此言何意？”

慕容燕云道：“孟子反对墨子的兼爱思想，称无父无子即是禽兽所为，自己却又提‘老吾老以及人之老，幼吾幼以及人之幼’这种话来，实在有趣得紧。”

“你小小年纪焉能知我儒家大义，竟敢在此口出狂言！”灰袍文士怒道。

慕容燕云见灰袍文士脸上的神情并没有让他过去的意思，又说道：“孟子说曾经有个乞丐娶了两房妻子，又说有个员外一连偷了邻居家三年鸡，难道这样的话会有人相信吗？”

灰袍文士听了大笑道：“少侠，你说得极是，我读了这么多年《孟子》竟没发现这个问题，今日听你一句话，让我发现了新学问。”

慕容燕云又道：“不过儒家讲仁义、理性、重视自我反省，在下也很是崇敬啊！”

灰袍文士道：“少侠，你果然博学，休息好了便请过去吧。”

慕容燕云一拱手：“叔叔，有缘再会。”说着起身又向前行去。

过了灰袍文士这关后，前面逐渐从壮丽变得秀美。没了怪石、古松，山坡也变缓了，取而代之的是低矮一些的树木、芳草、野花，但是错落有致，既有一种自然生长的感觉，又似被人修饰过。

慕容燕云离很远便看见前面又出现一片空地，空地上有一张石桌，桌上放着一个木制的棋盘，一白衣少年，正与自己对弈，颇是聚精会神。

“这位哥哥请了。”慕容燕云半晌到了这白衣少年身旁。

白衣少年还在盯着眼前的这盘棋，似乎完全没有察觉到慕容燕云正在叫他。少年手持一枚白子，口中沉吟道：“以柔弱为用，用之不穷，嗯……当落在这里吗？”

慕容燕云又叫了几声，但见这少年只顾下棋，浑然没把自己放在眼中，不由心中有气，持起一枚白子，“啪”的一下，下在黑棋虎口中。

这时白衣少年才回过神来，有些生气道：“你要干什么，为什么乱动我的棋？”

慕容燕云一笑道：“你们道家不是说‘夫唯不争，故天下莫能与之争’吗，如是下在黑棋虎口中，让对方杀你一片棋这才是不争啊，如此说来，我下得有错吗？”

白衣少年道：“我们道家只说不争，说不用高着儿了吗？”

“棋倒没有，可人却有。”慕容燕云缓缓道，“‘不尚贤，使民不争’难道不是你道家的名言吗，如是用高着儿下棋岂不是尚贤了吗？”

“你……你一派胡言……”白衣少年本想反唇相讥，偏偏一时又不知该如何反驳，只得恨恨地说道，“你快快下山，别在这里烦我！”

慕容燕云笑着道：“这位哥哥别生气，你道家的清静无为、以柔克刚也是世间大道，何必因我一时胡说而生气呢。”

白衣少年听了慕容燕云的话，怒火平息不少：“这位兄弟也是个人才，快走吧，以后再切磋。”

慕容燕云道：“好，再会。”说着继续前行。

又走了十多里地，已快到山顶了，慕容燕云心想：“这水云阁并没有传说中的那么难闯，也不过如此嘛，看来很快就能见到少阁主，很快就有老伯的消息了。”

他正想着，忽见从前方不远处的一片树林中飞来了个东西，这东西飞得很快，瞬间到了慕容燕云眼前。慕容燕云伸手接住这东西，只见是一只木鸟，被雕得栩栩如生，慕容燕云不禁好奇道：“这是墨家的东西吧，以前在读过的书中见过对这种木鸟的记载，今天这是见到真的了。”

慕容燕云正觉有趣时，一个五六岁的黑衣小男孩儿跑了过来说：“哥哥，你拿我的木鸟干什么，快还给我！”

“哈哈，小弟弟，你也是来守关的吗？”慕容燕云见这小孩儿甚是可爱，笑着问道。

黑衣小孩儿道：“如果哥哥把木鸟还给我，我就让你过去；如是不还给我，呵呵，你就试试我墨家的大阵吧。”

慕容燕云把木鸟还给黑衣小孩儿，道：“小弟弟，还给你吧。”

黑衣小孩儿道：“谢谢哥哥，跟我来吧。”

两人向前走了一会儿，到了山顶，慕容燕云见山顶甚是开阔，景色比山间美上千倍万倍，尤其是崖边的云海，无风时如系在山间的一条条玉带，起风时如大海泛起的滚滚浪涛，时而平静秀美，时而怒气冲霄，绵绵长飘三万尺，疑似银河降人间。

慕容燕云心情大好，这时随着黑衣小孩儿又走半晌到了一座阵前，这阵挡住了两人的去路。慕容燕云望去，见这阵是用上百根几人高的木桩组成，分为三圈，最里面一圈有九根木桩，第二圈有四十五根，最外边有八十一根，每根木桩间的距离仅够一人勉强通过。

“哥哥，你进去吧。”黑衣小孩儿笑道。

“谢谢小弟弟，以后再见给你买糖吃。”慕容燕云说着摸摸黑衣小孩儿的头。

慕容燕云说着便向大阵走去，他心想：“这第四关简直如同虚设啊！”

慕容燕云高兴地走过了三圈木桩，正想再向前走，哪知木桩竟突然间极快地转了起来，把他困在了大阵正中。

“弟弟，你这阵怎么回事？”慕容燕云疑惑地回头问黑衣小孩儿。

黑衣小孩儿一笑：“哥哥，你好笨呀，这木鸟就是大阵的总机关，只有用它才能开启大阵，是哥哥自己还给我的啊！”

慕容燕云有些生气道："弟弟，你不是说还了你木鸟就可以让我过去吗，怎么出尔反尔？"

"哥哥，我的意思是你还给我木鸟就让你过前三圈啊，你现在不是过去了吗？"黑衣小孩儿得意地解释道。

慕容燕云气乐了，心想："我之前三关尽气别人了，没想到这最后一关被一个小孩儿给算计了。"他想着运起凌绝神掌，如在桃源坡打柴一般击向木桩。

只见他右掌极快地击在一根木桩上，木桩应手而倒。慕容燕云心想："这阵有何难破，只要打倒三根木桩便可。"他正要从倒下的木桩处走过去，哪知木桩在刹那间便又立了起来。

这时慕容燕云心中一惊，暗道："不愧为墨家，机关之术果然非同一般，倒是我小觑这阵的玄妙了。"

他想着双掌连连击出，要打出一条路来，但每次打倒一根木桩后，木桩又极快地恢复原状。慕容燕云又想用步月凌星从木桩上飞身而过，可忙活了一个时辰也没有一点儿希望。

"这阵法定不是凭蛮力可破，必有窍门。"慕容燕云心中想着，人站在阵中，仔细观察起来。

好在慕容燕云与老伯练过辨力之法，他看见面前一圈中的木桩，八根木桩的力道都是由一根木桩传递。他瞬间恍然大悟，暗道："这么简单的阵法我居然破了这么久，这不过是每圈都有一根主桩控制着其他木桩的运转罢了，只要毁了这根木桩便可破了这圈阵法。"

慕容燕云运足全力，一掌击向主桩，他掌力破空，隐隐带着风雷之声，气势之强很是不俗。他一掌击在主桩之上，主桩这次没有像之前那样倒地，而是硬生生从中折断。随着主桩一断，九根木桩尽数停住。慕容燕云又依法破了另外两圈木桩，走出了大阵。

出了阵，慕容燕云长舒一口气，想道："如今四关尽过，终于可以见到少阁主了！"

第十一章　水云少主

慕容燕云向前走不多时，转过一处崖壁，眼前忽现一座白色的庄园，阳光照在白砖上，白砖变得晶莹剔透，恍如上好的羊脂美玉，美丽而虚幻，似乎不是人间的建筑，仿佛九天宫阙。

“果然不同凡响！”慕容燕云感叹道。

很快到了庄园大门，见门上玉制的牌匾上有“水云阁”三个大字，字写得极是飘逸。

这时慕容燕云听到院中响起了琴声，这琴音犹如松涛，又似清泉，柔美恬静，仙乐飘飘，声声回荡在慕容燕云心田，让他心旷神怡。

慕容燕云由衷赞道：“此曲只应天上有，人间能得几回闻啊！”他不觉痴了。

半晌琴音渐渐停了，园中有一个爽朗的声音传音道：“这位公子既然闯过了涟霞奇径，为何不进来一叙？”

慕容燕云这才回过神来：“在下穆云燕求见少阁主。”说着推开门，沿宽阔的石板路走了进去。

庄内亭台楼阁美轮美奂，尤其是最高的玄天楼，更是精致壮观，引人注目。

慕容燕云到了玄天楼下，门前台阶处有一个俊朗少年迎过来道：“这位公子竟能闯过涟霞奇径，实在有本事，我们少阁主正在楼中等着你呢。”

“呵呵，过奖了。”慕容燕云一拱手，说着便上了台阶，进了玄天楼。

一进玄天楼慕容燕云又愣住了，只见一楼放了十多个书架，里面藏书无数，一切书籍应有尽有。最吸引人的当属屋中两根玉柱上的一副对联，上联写道：月如心心伴月人来无声如心月，下联配着：云亦水水随云风去有痕亦水云。

慕容燕云敬佩道："水云阁主确实是个少有的人才，竟能写出如此对联，实在佩服！"

慕容燕云上了楼，楼上只有一张木案，案上放着一张古琴，一个黄金打造的架子上立着一只通体雪白，没有一根杂毛的鸽子，这鸽子体形较大，肌肉内敛，身形紧凑，黄色的眼砂清澈见底，目光炯炯有神，似是通灵能看透人心。

在窗边负手立着一个人，这人身长八尺，头发用天青色飘带系了，一身月白暗纹长袍，配着青色玉佩，腰间一把白色凹凸的云纹宝剑，足踏云履，整个人是那么飘逸，似是随时都有可能御风而去。

"前辈可是水云阁主吗？"慕容燕云深施一礼恭敬地问道。

这人回过头来一笑："我有那么老吗，叫什么前辈？"

只见这人刚过二十，面如冠玉，凤眸微挑而柔和，淡眉舒长，清秀儒雅，仿如仙人。他一笑好像冰山被太阳融化，显得那么亲切和蔼，仿佛多年未见的故友。

"阁下是水云阁主？"慕容燕云不敢相信眼前这么年轻的少年竟是这偌大的水云阁的主人。

"也算是吧……"云逸墨眉头微微皱起，似是想起了一些让他不快的往事。

"阁主可是有心事？不知可否说来，让在下为您解忧？"慕容燕云见状，神情间有几分意外与不解，忙开口问道。

云逸墨叹口气道："唉，我自幼便没见过父亲，也不知道父亲是谁，是由师父抚养长大的。可十年前师父离开了涟霞山，至今音信全无。我本想下山寻找，可又念及山上不可一日无主，水云阁又是祖父基业，我也只好扛起来了……"

慕容燕云闻言心中一阵悲凉，不禁想起了自己的身世。他本想出言劝慰云逸墨，可偏偏一时又不知该如何开口。

良久，云逸墨说道："公子确实有本事。自我任阁主以来，还是第一次有人能从涟霞奇径上山的，不知来我水云阁是为了何事？"

慕容燕云道："我想问一下关于桃源坡独居老人的事，老伯照顾了我几个月，还教了我武功，但三年前他突然离开了，留下书信说最迟三年必会，可如今三年已过，还没有老伯的音信，我想请阁主告诉我老伯的消息。”

云逸墨脸色一暗，转瞬便消失，道：“这可是个大消息，我只能告诉你他现在正在回桃源坡的路上，至于老人有什么危险，这三年去了哪里，他为什么突然离去这些我不能告诉你。”

“求阁主把详情告诉在下吧，我实在担心老伯安危。”慕容燕云神情露出焦急忧虑之色。

云逸墨摇摇头道：“我不能告诉你，因为我们水云阁千百年来有个规矩，就是一人一次只能问一件事。我纵是少阁主也不能违背家规，我不会为了你自己受罚的。”

慕容燕云道：“可是我真的需要知道老伯的消息，他对我有过救命之恩啊，我怎能不问清楚？”

云逸墨怒道：“这位公子好不晓事，我告诉你，这位老人的确值得让全江湖人都敬佩，我也对其仰慕已久。如是我能告诉你，我定当知无不言，可奈何我云家祖训严明，我实在不敢破例！”

“阁主当真不告诉在下吗？”慕容燕云也怒道，“如是阁主不说，在下只能得罪了！”

“呵呵，就凭你吗？”云逸墨舒眉一挑，刹那间长剑出鞘，宝剑一出，一道银光冲天，满屋中似乎都被剑身的寒气充斥着。

慕容燕云心中一惊，他知道自己惹了一个自己惹不起的人物，不需要云逸墨武功高到何种地步，单凭他手中的流云剑就足以取了自己性命。他只得运起凌绝神掌，屏气凝神地看着云逸墨。

两人正僵持不下，这时门口的俊朗少年走了进来，到了云逸墨身旁，在他耳边道：“阁主，这山下有个蛮不讲理的小丫鬟，说是您的朋友，有重要情报要卖给您，不知该不该让她进来？”

云逸墨一愣，心想：“如是平日，什么江湖豪侠、达官显贵，我想见便见，但今日这浑小子在此，我便不见了。”

转瞬他心中又想：“与我真正有些交情的只有幽家了，莫非是幽家的大小姐幽若雨来了？如是她来了我倒不好不见，但听说她一直住在师姐的飞花山庄，她离开飞花山庄我怎会不知呢，实在奇怪。”

云逸墨想着收起流云剑，轻轻说道："请她进来吧。"慕容燕云见云逸墨收了剑，放下心来，不禁好奇地想见见来人到底是何方高人。

俊朗少年应了一声，转身出去。很快俊朗少年又回来，身后带着一个面黄肌瘦的小丫鬟。"阁主，人带到了。"

云逸墨一挥手，让俊朗少年退下，他打量来人半晌，问道："你是谁？"云逸墨竟一时没认出来人。

慕容燕云却心想："她怎么来了，是看我半天没下山等着急了，就一个人跑上来了？没想到这小丫鬟还挺讲义气。"

小丫鬟一笑："阁主，你不该好奇我是谁，你该关心的是我给你带来了什么情报。"

云逸墨问道："说来看看，如是真的重要，这价钱好说。"

"我这么重要的情报只能说给阁主一人听，这里还有个人，我不能说，快让他离开。"

慕容燕云心想："她定然是认为我没走是因为阁主阻拦，她才出此计策想让我脱身，可我如果走了，老伯的消息还没问清楚。"想到这里，慕容燕云道，"这位姑娘，凡事讲个先来后到，哪有没办完事儿就赶我走的道理呢？"

小丫鬟道："你说的倒也有理。"

慕容燕云便把刚才和云逸墨争执之事向小丫鬟说了一遍，让小丫鬟评评理，小丫鬟听了，转头问云逸墨："他说的是真的吗？"

云逸墨点点头："按说打听老伯的消息我本应该告诉他，老伯为人一向光明磊落，又是武林前辈，如不相告有点儿对不住他老人家。可是我也不能破了家规呀！"

"哈哈，这事好办，不如阁主抓阄如何？抓到有黑点的便告诉他，如是没有黑点，便让他下山就是。"小丫鬟一边使了个眼色，一边来到云逸墨耳边，轻轻说道，"我可以在这纸条上做些手脚，只要阁主能给个好价钱就行。"

云逸墨心想："看来她是为钱而来，此法可行，我只要随便一抽定是一张白纸，那时让他下山他也无话可说。"想着说道，"此法甚好，就这么办了。"

慕容燕云见小丫鬟如此，忙道："姑娘，你的方法……"

"怎么，我的办法有什么问题吗？不然你提个更好的主意来听听！"小丫鬟有些愠怒道。

“好吧……”慕容燕云心里偷笑。

云逸墨见慕容燕云同意，便喊道：“牧心，拿笔墨纸砚来。”

“是。”俊朗少年很快便拿上来，放在木案上。

小丫鬟见东西来了，便裁了两张纸条，道：“你们两个转过去，我要作阄了。”

两人依言转过身去。

很快，小丫鬟便做好了。“行了，转过来吧。”说着来到云逸墨身边，“阁主抽一个吧。”

云逸墨闻言转过身来，一笑道：“我就抽这个吧。”说着便随手抽了一个。

他心想：“呵呵，傻小子，我与这小丫鬟做好了扣，我抽什么都是你输。”他想着便打开纸条。

“什么，怎么会这样……”云逸墨看见自己抽到的纸条上竟有一个黑点，他转瞬一笑，“好你个小丫鬟，竟和他演戏，把我都骗了，倒是有点儿小聪明，看来是我小瞧了你。此事关乎前辈的安危，不如给你们个人情，说了便是。”

慕容燕云一笑，心想：“这姑娘确实很有手段啊，我如能有这样一个妹妹该多好！”

小丫鬟也笑道：“阁主，我要告诉你的消息就是，水云阁少阁主是当今世上最好、最善良的人，哈哈！”

三人大笑，甚是愉悦。

良久，云逸墨道：“你知道这老人是谁吗？”

慕容燕云摇摇头：“我不知道，还请阁主相告。”

云逸墨淡淡地说道：“他就是退隐江湖多年的段保隆。”

“什么，老伯就是段前辈？”慕容燕云吃惊不小，他虽料到老人定是江湖中的名宿，却哪能想到就是自己要找的段保隆呢?

云逸墨又道：“他之所以三年不归，是因为这三年里他一直被九幽鬼境追杀。”

慕容燕云听表哥幽凡一提起过九幽鬼境，知道九幽鬼境的实力甚是骇人，但他想不明白为什么九幽鬼境要杀这样一个早已隐居山林的前辈，不禁问道：

“九幽鬼境为什么要杀老伯，他们之间有什么仇吗？”

“算了。”云逸墨无奈地说道，“既然我已破例，索性便把我知道的都告诉你们吧。”

慕容燕云拱手道：“多谢阁主！”

云逸墨幽幽地说道：“你们知道这九幽鬼境的事吗？”

“九幽鬼境我不太清楚。”慕容燕云道。

“九幽鬼境虽不如神龙派悠久，却也已有百年历史，曾是江湖中邪魔外道之首，可谓剑之所向，无坚不摧，只要鬼境中人行走江湖，必然引起一阵腥风血雨。这种局面直到二十多年前才被扭转。那时出了一位天纵奇才，他一把宝剑杀得九幽鬼境人仰马翻，元气大伤，就连九幽鬼境掌门也被他杀了，那一战实在是江湖中少有的大战，其惨烈至今让人难以忘怀啊！”

“阁主，你说的这位奇才是谁呀，我怎么从没听说过？”小丫鬟好奇地说道。

云逸墨道：“此人名叫凤九天。”

“什么，凤九天？”慕容燕云一听凤九天三字，其神情比刚才更是吃惊，“凤九天不是杀师灭祖，屠戮江湖，被数位同门高手联手诛杀了的罄竹难书的大恶人吗，他怎么会灭九幽鬼境？”

“这些不过是他凌霄门自己误会了凤九天，一直不肯承认罢了。”说着把剑递给慕容燕云道，“这便是凤九天的流云剑，你自己看看。”

慕容燕云用有些颤抖的手接过流云剑，小丫鬟也凑过去，慕容燕云轻轻拔出流云剑，见剑身通体饰着云纹，其上一股极强的杀意不断冲出，似要杀尽天下恶人。剑身上錾着几字“邪魔外道杀无赦”字字都透着凌厉的杀机。

“竟是如此！是江湖中人误会他了！”慕容燕云叹道。小丫鬟也赞道：“的确是个让人佩服的前辈啊！”

云逸墨又幽幽地说道：“凤九天死后，他师父的女儿龙灵雪继承了掌门之位，改凌霄派为极乐仙境，又创出诸天玄剑神功，稳固了正道之首的地位，与九幽鬼境的残余势力继续为敌。极乐仙境占上风几年后，龙灵雪神秘失踪，大弟子郭素云继位。这时九幽鬼境出了个鬼才修罗，他与郭素云同归于尽，使极乐仙境实力也大损。从此两派都只得退隐江湖，一过便是二十多年，直到这几年才又崛起。”

小丫鬟有些好奇道：“阁主，为什么两派都已二十多年未涉江湖，如今却又崛起了呢？”

云逸墨道：“那是因为两派都出了百年难遇的高手，九幽鬼境的慕容章、极乐仙境的梅傲霜都把门中百年鲜有人能练成的两门绝世武功练成了。”

慕容燕云道：“那九幽鬼境要杀老伯又是为何呢？”

“这还不明白？”云逸墨道，“那是因为段保隆在江湖成名已久，又有慕容家的两门武功秘籍，九幽鬼境有意招揽，但他哪里会入这邪魔外道的门派呢，更不会交出武功秘籍，九幽鬼境一怒之下便派出数拨弟子要取他性命，他只得离开桃源坡，引开九幽鬼境人的注意。这三年中他一直与九幽鬼境的弟子交手，历经大小数十战，虽然他屡战屡胜，但怎奈九幽鬼境人手众多，逼得他只得回桃源坡取秘籍，然后乘船到海外孤岛躲避。”

“也就是说老伯现在很危险了？”小丫鬟焦急道。

云逸墨点点头：“现在段保隆危机四伏，随时可能有性命之忧。”

慕容燕云一拱手道：“阁主，老伯有危险我不能不管。”说着冲出了水云阁。

小丫鬟喊道：“你等等我……”

第十二章　九阴催命

到了涟霞山下，小丫鬟叫住了慕容燕云：“喂，你别一个人跑了呀，救老伯算我一个！”

慕容燕云道：“姑娘刚才帮了我，咱们已两不相欠了，我不能让你和我一起去冒险，如果你有个三长两短我岂不是要内疚一辈子！”

小丫鬟脸有些红了，心中想道：“没想到他不光人品出众、博学多才，还对我的安危如此关心，若那人能有他一半好，我又怎会逃婚呢？”转瞬她回过神来，“我在这里胡思乱想什么呢，我怎么可能对这个丑八怪动心呢？我可是堂堂的大小姐啊！”

慕容燕云见小丫鬟神情有异，道：“怎么了，不舒服吗？”

小丫鬟摇摇头：“我没事，我要和你去救段老伯。”说着向那片拴马的树林走去。

“你还是回家吧，说不定你的家人已经改变主意，正在找你。”慕容燕云道。

“我才不回家呢，我父亲只会为他自己考虑，这件事他是不会改变主意的，这样的家我不回也罢！”小丫鬟恨恨地说道。

“那你没有别的人可以投靠吗？总比跟着我安全。”慕容燕云叹气道。

小丫鬟苦笑道：“此时此刻你是我唯一可以依靠的人，除了跟着你我还能去哪儿呢？”

慕容燕云想，从小到大都是别人护着他，现在有人需要他的保护，他顿时觉得自己坚强起来，他思索半天道：“你跟着我要做好随时会有不测的准备，你敢与我一起冒险吗？”

小丫鬟道："有何不敢，我们走！"

"唉……"慕容燕云无奈地摇摇头，两人到了林中，策马而去。

一路上风餐露宿，小丫鬟并无怨言。她的善良勇敢，着实让慕容燕云感动。

两人昼夜疾驰，终于在半月之后赶到桃源坡前面的那片树林。

刚进林子，两人便听见远处有一阵阵兵器交鸣的打斗声，慕容燕云心下一惊说道："不好，老伯有危险！"

慕容燕云说着运起步月凌星身法，极快地向林中飞跃而去。小丫鬟也跳下马，想随着慕容燕云一同前去，但她哪里跟得上慕容燕云。只见慕容燕云足尖在树上一点，便向前蹿了几丈，身体轻灵得恍如在林间飞行。小丫鬟只得叹了口气，向慕容燕云飞去的地方狂奔。

"小兄弟，你千万别过来！"老人传音给慕容燕云道。

慕容燕云听见老人的声音感到兴奋的同时，更为老人担心，生怕九幽鬼境的贼人伤害老人。所以他并没有转身离去，反而更快地向老人那边赶去。

很快，慕容燕云出了林子，远远便看见在草屋前，有数个黑衣人正围攻老人。黑衣人个个武功极强，剑法灵动如龙，刀术猛烈似虎，刀剑并举，向老人攻去。老人左手凌绝神掌，势道无与伦比，右手残阳指，凌厉举世无双。纵使那几个黑衣人武功高强，可在老人面前也不堪一击。

只见老人一指点出，攻向一个使刀的黑衣人前胸，那黑衣人忙举刀相迎，他本以为能挡住老人这招，哪里想到老人指力之强竟一招点透了他的钢刀，直点在那人心脏之处，一指穿进他的胸中，那人大叫一声，气绝倒地。

这时老人身后空门大开，三个使剑的黑衣人见此机会，分上中下三盘攻去。老人却没回头，似乎没有发现，三人一阵得意，剑已离老人要害只差三寸，正以为能杀了老人，这时老人纵身跃起，连看都不用看就站在了攻他上盘人的剑身上。那人大吃一惊，这时老人使了个泰山压顶，身子变得重有千斤，那人哪里还拿得住剑，只得松了手。老人踏着剑又立在攻他中盘之人的剑上，那人也只得松手，老人顺势又立在攻他下盘的剑上，那人也只能同样舍剑。

老人从上剑到落地只一刹那，他落在地上，三把钢口极好的剑便断为三截。

“你们找死！”老人暴喝一声，运起凌绝神掌，连出三掌，三人被老人击得飞出六七丈远，骨骼寸寸断裂，哪里还能活。

“好你个老头，给我等着！”另一个持刀黑衣人惊恐道，他一边说着一边和剩下的三个同伙想要逃走。

老人哪里能让他们逃，喝道：“你们这些贼子还想走吗！”话音未落老人已到了四人身边。

“你不要欺人太甚！”那个持刀黑衣人只得强装镇定地说道，“我们秦广王就要来了，你如果杀了我们，他不会放过你的！”

“哈哈哈，秦广王，就凭他还想杀我，痴心妄想！”老人说着又出四掌，打得四人头颅崩裂，死尸倒地。

“老伯，我来了！”慕容燕云说着到了老人身边。

见慕容燕云来了，老人有些生气道：“小兄弟，你怎么这么不听话，我都说了让你别过来，你偏偏要过来，他们的秦广王虽杀不了我，可他要对付你却易如反掌。”

慕容燕云道：“段老伯，我实在不放心你啊！”

“哈哈，你知道我是谁了？也好，这事你早晚会知道的。”老人说着回到屋中把画摘下来放在一个上好的牛皮口袋中，走出草屋。

“你拿着快走吧，这画定不能落到贼人手里！”老人正要把口袋递给慕容燕云，这时一个冰冷而阴沉的声音响起：“老家伙、臭小子，你们今天谁也别想逃！”

来人一袭黑衣，戴着一个青铜鬼脸面具，显得那么阴森和狰狞，如一只黑鹰，眨眼到了两人身边。

“你就是慕容燕云，金陵慕容家唯一的孽种，今天你是来为这老家伙陪葬的吧！”那人说着拔出腰间的乌黑宝剑。

黑剑被拔出的同时，一股戾气袭向两人，老人当即拍出一掌，抵住了戾气，赞道：“好个元屠，竟有如此戾气，不愧是鬼境妖剑之首！”

“哈哈，老家伙，既识元屠，还敢与我动手？”来人冷笑道。

老人道：“贼子，有了元屠我便会怕你不成，实在可笑！”

“冥王，收拾这老家伙还用得着您亲自动手吗，把他交给我豹尾就是了！”一个身着黑衣，满脸横肉，手持豹尾鞭的中年汉子主动请缨。

来人轻轻点了一下头。

豹尾便一摆手中钢鞭袭向老人。老人正要出手，这时慕容燕云道：“老伯，你休息一下，把他交给我。”说着迎了上去。

豹尾见与自己动手的是慕容燕云，一阵冷笑：“小子，你找死！”说着钢鞭打向慕容燕云头顶。

慕容燕云身子向旁一闪，一记凌绝神掌已然拍出，带着呼呼劲风，直击豹尾前胸。

豹尾一惊，身子向旁闪去，想避开慕容燕云一掌，哪知慕容燕云使出万毒山庄的附骨之疽，身子跟着移了过来，一掌结结实实地拍在豹尾前胸，把豹尾打得口喷鲜血。

慕容燕云正要再补一掌取了豹尾性命，这时一个手持钢叉的粗壮大汉来到两人身边，喊道：“臭小子，休伤我兄弟，牛头来会会你！”

“小兄弟，你不是他的对手，快回来！”老人高声道。

牛头这时一叉便击向慕容燕云咽喉，叉上力道似有千钧。慕容燕云察觉到牛头的招数上的力道并不是全力向前，还隐隐有向左下的势道暗含其中。慕容燕云忙向后滑了一尺，左腿随即抬起。牛头一招果如慕容燕云所料，他见慕容燕云身子向后滑去，趁势向慕容燕云左下方大腿处叉去。慕容燕云抬腿刚好使牛头一叉落空，牛头正想撤叉，慕容燕云左脚已踩住钢叉，右脚飞起，踢在牛头的脸上。牛头大叫一声，嘴角渗出血来。

慕容燕云正要一掌击向牛头天灵盖，这时秦广王喝道：“臭小子，打些废物算什么能耐，有本事和我斗上几个回合啊！”

“小兄弟，快走！”老人喊着，身子已在瞬间挡在了慕容燕云面前，“贼子，你好歹也是九幽鬼境的四大冥王之一，和一个刚出江湖的小子斗算什么本事，我来陪你玩玩！”

“老家伙，我成全你，今天就送你上西天！”秦广王说着手中元屠一抖，瞬间连出十多剑，其速度快如闪电，其威力强若雷霆，宝剑化作一片剑雾，似是大雨欲来前的狂风，剑的戾气纵横在天地之间，元屠轻易不出，出鞘便要饮敌人之血！

老人的武功更在他之上，指点掌击所到之处，恍如日光，再大的雷雨遇到日光，又怎能持久？

慕容燕云被两人的武功惊呆了，他原以为赵弘殷、慕容平州的武功已经天下无敌，今天见了老人的武功才知道什么是举世无双！今日一战，老人哪里还像是凡人，恍如神明。他不禁暗道：“如有一日我能有老伯一半的功力，这天下又有谁能是我的对手，想报父母大仇，岂不是易如反掌！”

很快慕容燕云回过神来想道：“我在这里只会让老伯分心！”想着便运起轻功向林子而去。

老人见慕容燕云已经走了，便专心对付强敌，攻势越发强劲。转瞬过了百招，对方渐落下风，被老人逼得只有招架之功，没了还手之力。

秦广王心想：“老家伙果然名不虚传，看来只能用暗器取他性命了。”他一边想着，手中宝剑舞得更快了，招招与老人似要同归于尽。

老人一皱眉，他哪里肯与贼人以命换命，攻势只能缓了不少，他心想：“九幽鬼境确实是群不要命的家伙，哪有这样的打法？”

秦广王见老人攻势没有刚才那么凌厉，感觉时机到了，心中暗笑：“老家伙，你死期不远了！”

只见他一手持剑与老人缠斗，另一只手伸进怀里，取出三枚银镖扣在手中。

老人这时一记凌绝神掌打出，击向对方前胸，秦广王一摆元屠，化开招式，故意把后背留出破绽，老人见他背后空门大开，运起步月凌星身法，到其背后，一指带着嗞嗞的破空之声点向他的后心。

秦广王转过身子，向后滑去。老人哪里肯轻易让他逃了，忙跟着迎了上去，运起一掌，便要击伤他。

这时，对方甩出手中银镖，三枚银镖嗖地飞出，分击老人三处要害而去。

老人一笑：“就凭这个也想伤我？”说着身子微微闪了三下，三枚银镖便贴着老人衣服而过，没伤老人一根毫毛。

“老家伙，你太小看我九幽鬼境了！”说着又取出一枚通体紫黑色的细针，随手打出。

这针虽细，但来势比之刚才的三枚银镖强上数倍，老人见了飞针的势道脸上的笑容收敛了，他知道自己如果闪避，这掌再想伤敌就难了。他只好探出左手，接住了飞针，同时右手已打在其胸前。秦广王被打得吐了一口鲜血，身子被击飞数丈，这才站住。

“鬼境贼子，你败了，给我滚出桃源坡！”老人斩钉截铁道。

秦广王冷笑道：“哈哈，我败了？太可笑了！老家伙，你已中了我九幽鬼境的九阴催命散，死到眼前了，还不自知吗？”

老人这才发觉左臂发麻，他低头去看，发现自己左手已成紫黑色，他知道自己已然中毒至深。但他哪里会在敌人面前示弱，大笑道：“小小毒针就想取我性命，实在可笑！”说着左手一抖，细针比之前更快，反射向对方咽喉。

秦广王忙向旁疾闪想躲，但他闪开了咽喉，又哪里能闪得过右臂。只见飞针划破了他的衣裳，在右臂上擦过。

“老家伙，你要与我同归于尽吗？”秦广王见飞针划伤了自己右臂，有些慌了，他心想，“我只有手上练过毒砂掌百毒不侵，但这右臂中了九阴催命散这等奇毒哪里能吃得消？偏偏这解药只有冥尊才有，看来今日只能先放过慕容燕云那小子了。”他想着忙点穴封了自己右臂经脉来暂缓毒性发作。

老人强装无事道：“鬼境贼子，你还不走吗，是想让老朽取了你性命才肯罢休吗？”

秦广王用剑指着老人道：“段保隆，你已经是个死人了，还在此嚣张！我可还没活够，告辞。”说着带着十几个九幽鬼境的部下悻悻而去。

老人见九幽鬼境众人走远了，吐出一口黑血，身子已站不住，倒在地上，他叹了口气：“唉，看来我段保隆英雄一世，今日难逃一死了！”

这时慕容燕云带着小丫鬟来到了老人身边。“老伯，你怎么了？”小丫鬟急切地喊道，她虽是第一次见到老人，但对老人敬佩已久，此时见老人倒地，不禁焦急万分。

“小兄弟，你怎么又回来了……”老人有气无力地说道，他因动用内力，这时毒已然蔓延全身，每寸肌肤都成了骇人的紫黑色。

慕容燕云突然想起了那晚做的梦，不禁骇出一身冷汗！“老伯，您现在感觉如何，我用内力帮您把毒逼出来吧。”

老人苦笑着摇摇头说：“别白费力气，我中毒已深，你救不了我……”

小丫鬟叹气道：“老伯，您中的是九阴催命散吧，可能真的没有办法了，您还有什么要说的吗……”

老人道：“我段保隆活了这么多年也够本了，是该去会会那些老朋友了……只是小兄弟，我不能再保护你了，还有我儿思平的大业未成，看来我是没办法看到了……”

慕容燕云此时落下泪来，说道：“老伯，我一定铭记您的大恩大德，我一定灭了九幽鬼境，杀了秦广王为您报仇！”

老人一笑：“你不必为我报仇，你杀了秦广王，就会有人想杀了你，杀来杀去什么时候是个头呢？以后你如果见到了思平，告诉他成就大业之后，去过渔樵耕读的日子，不要贪恋权势，不然到头来一切只会是一场空。而你只要做个正人君子，继承你慕容家失传已久的两门绝技也就是了……”

“老伯，我一定会记住您的话……”慕容燕云此时已然泣不成声。

老人用最后一点儿力气道：“小兄弟，老伯我一身本事基本都教给你了，只有残阳指你还不会，我只能和你说一遍了，你听好……”

慕容燕云用心听着老人的话，老人说的每一个字都深深印在他的脑海中。“静皆欲空无染尘，残阳如血映心间。起落开合贯一念，气出丹田达指尖。练到骨节灵通处，一指可摧昆仑山……”

一套残阳指法说完，老人溘然长逝。慕容燕云抱住老人尸身痛哭，可老人再也回不来，只有精妙的指法留在了慕容燕云的心中，此生此世都难以忘怀……

第十三章　瘟疫横行

慕容燕云哭了不知多久，小丫鬟才劝住他："你别哭了，哭也没用，老伯再也回不来了……"

"是啊，再也回不来了……"慕容燕云慢慢止住悲声，擦干了泪水，叹口气道，"老伯去了，我要坚强起来，真真正正地独自面对一切了！"

小丫鬟随口说道："谁说你是一个人，不是还有……"她发觉自己口无遮拦竟说出这种话来，忙住了口，羞得低下头道，"你别胡思乱想，我可不是那个意思……"

慕容燕云哪里有心情听小丫鬟说话，他像是对小丫鬟，也像是对自己说道："老伯的事儿了了，姑娘该回家了，我也该闯荡江湖去了。"说着站起身，向树林走去。

"你又让我回家，是不是成心气我？我如果能回家，才不跟着你呢！"小丫鬟生气地说。

慕容燕云道："我自己都不知道该去哪里，你跟着我也是白白浪费时光。"

小丫鬟道："连段老伯这样的高人都惨死在九幽鬼境的秦广王手下，那他们的冥尊还不知道厉害到什么地步，也许这江湖中又要掀起一阵风雨了！你我一样，都是无家可归的人。我听说海外有处风景如画的海岛，到了那里便可忘记凡尘往事，不如我们去岛上避几年，等到中原安定了再回来。"

"我父母大仇未报，岂能一走了之。我不杀了赵匡胤、慕容平州，不灭了九幽鬼境誓不为人！"慕容燕云道。

小丫鬟心中一惊，变了脸色："你不用与我出海了，只要把我送到海边就行。”

慕容燕云心想：“此地离海边不远了，把她送到海边也不枉我们相识一场，她总该不会再跟着我了。”想到一路上小丫头对自己的帮助，慕容燕云的心中突然有点儿不舍，说道，“好吧，我把你送出海，然后我们各走各的，有缘还会再见。”

小丫鬟默默点点头，神情有些黯然。

两人上了马，向南而去。一路上小丫鬟的话比以往少了很多，可脾气却变得很坏。虽然在外人面前他们以兄妹相称，可两人的神情更像是一对情侣。

这日晌午，两人策马于南汉一处山道之上，小丫鬟有些饿了，对慕容燕云道：“喂，丑八怪！我快饿死了，咱们得找点儿东西吃啊！”

慕容燕云道：“丑丫头，我也有些饿了。你看那边好像有个村庄。”说着指向东南方向道，“我们去那里吧。”

小丫鬟朝慕容燕云指的方向看去，果然见隐隐有烟升起，不禁一阵高兴。“丑八怪，村子里会合，我可不等你了。驾！”只见她双腿一夹，马的速度猛地加快，一阵风似的向烟起处奔去。

慕容燕云摇头笑道：“唉，这姑娘怎么总是疯疯癫癫的，以后谁敢娶她呢？”说着慕容燕云也一打马，跟了过去。

马向前跑了许久才到村前，见小丫鬟正驻马立在村口。

“怎么不进去？”慕容燕云说着就要进村。

这时有许多南汉的士兵拦住他道：“哪儿来的小子，别往前来了，这里是疫村，我们是奉命来封村的。”

慕容燕云这才看见村中有许多尸体，还有一些人歪倒在街上不断发出呻吟声。几个士兵正在当街焚化尸体，刚才看见的烟哪里是什么炊烟，正是村子里焚化尸体发出的黑烟。

小丫鬟冲慕容燕云说道：“丑八怪，你也不看清楚就乱喊，害得我白高兴半天。”

慕容燕云道：“我们走吧，去别处寻吃的吧。”

小丫鬟点点头：“丑八怪，这次就算了，不与你计较。”

慕容燕云一笑：“好妹妹，下次我一定看清楚。”

两人正要圈马离开，这时一老婆婆踉踉跄跄地从村里向村口走来，被封村的士兵们拦住，只好大声喊叫："年轻人等等，老太婆我有个不情之请，求两位帮忙。"

慕容燕云见这个说话的老婆婆年近七旬了，神志有些不清，一阵风吹来，隐约可闻到她身体上有浊气发出，奇臭无比，慕容燕云知道这人疫情已重，本不想与她说话，可这时小丫鬟已下了马向那个老婆婆走了过去。

"老婆婆，你有什么事请说？"小丫鬟边走边问道。

"不许靠近！"两个士兵拦道。

小丫鬟哪里肯听两人的话，又往前走近了一些，到了离老婆婆几步远的地方这才站住。

"我想求姑娘到五十里外的张家村去送个信，让我儿子张猛带着小孙儿快快离开，莫要让他们也得上瘟疫才好啊……"老婆婆有气无力地说着。

"没问题，老婆婆你放心吧，我这就去给你儿子传信。"小丫鬟说道。

老婆婆高兴地说道："姑娘，你真是个好人啊……哇……"她话还没说完就吐了一摊污浊之物出来。

"啊！"小丫鬟惊呼了一声，她本能地向旁闪去，但身上仍被吐上了一些污物。

慕容燕云暗叫不好，他心想："这老婆婆身中瘟疫，病情很重，这一下只怕她也会染上瘟疫啊！"他心中想着，忙跳下马来，"妹妹，你怎么样？"

小丫鬟取出一块手帕，擦干净了衣服，对慕容燕云道："哥哥，我没事，我们快走吧，救人要紧！"说着跳上马背，催马而去。

"希望她能没事……"慕容燕云忙跃上马跟了上去。

太阳偏西时，两人到了张家村。小丫鬟一进村子就喊道："喂，村子里的众位，赶快离开村子吧，瘟疫要来了！"

村中人原本都在各忙各的，这时听到小丫鬟喊的话，都聚了过来。村民们十之八九都站在村中那株两人粗的榕树下看着两人。

一个拄着拐杖的老头问道："小姑娘，你是哪儿来的呀，怎么知道有瘟疫要来了？"

小丫鬟道："我刚从前面的村子路过，那里整个村子都被官府封了。"

"什么！临村闹瘟疫了？我母亲怎么样了，她也得瘟疫了吗？"一个中年大汉听了小丫鬟的话很是着急。

小丫鬟问道："你就是张猛吧，你母亲确实已经患病了，就是她让我们来找你的。"

"母亲！我真不该同意让弟弟把您接了去！"大汉狠狠地捶着自己的脑袋号啕大哭。

这时老人道："多谢两位了，真不知该如何感谢两位啊！"村中众人看着两人纷纷道："两位真是好人啊，愿上苍保佑你们。"

慕容燕云一笑，抱拳道："举手之劳，何足挂齿。"

小丫鬟道："诸位免礼，只是我们饿了，想要点儿吃的……"说话间她只觉一阵头疼恶心，竟昏了过去，摔下马背。

"妹妹，你怎么了！"慕容燕云慌忙跳下马，把小丫鬟抱在怀里，只觉得如同抱着一块火炭，"妹妹，妹妹，你快醒醒！"

"不好！这姑娘怕是也得瘟疫了！"那个老人惊恐地说道。

"什么，瘟疫！"许多村民一听都跑散了，剩下的几个人全没了刚才的态度，喊道："快埋了她，不要让她传染了全村！"

慕容燕云忙道："她得的不是瘟疫，只是受了风寒，我这就带她走！"

张猛这时也不捶头了，带着几个大汉快步走了过来，不由慕容燕云分说，就要把小丫鬟活埋了。

慕容燕云见状，拔出腰间长剑，喝道："你们谁敢动我妹妹，再往前走一步我就杀了你们！"

张猛怒道："你这小子少拿剑在这儿吓唬人，你家张爷可不怕，今天不把这小丫头埋了，要是大家得了瘟疫你担得起吗？"

慕容燕云收起了剑，冷笑道："你们如果有谁觉得自己的骨头比这树还结实，尽管来试试！"

张猛等人看向慕容燕云，不知他要搞什么把戏。只见慕容燕云从容地来到大榕树前站稳，他大喝一声，一掌从腰间击出，带着呼呼的劲风，直击在大榕树那粗壮的树干上。

张猛笑道："小子，你要是能把树击倒，我……"张猛的笑瞬间僵住了，在场所有人都目瞪口呆地看着慕容燕云，仿佛看到了什么怪物。

"小伙子，你居然一掌击倒了这么粗的大榕树，真是天神下凡啊！"老人见慕容燕云一掌便击倒了榕树，不由惊道。

“好……好小子……”张猛哪里还敢再惹慕容燕云，一时连话都说不利索了。

几个大汉一溜烟不见了踪影。

“哈哈，这位少侠好功夫呀，小女子柳闻莺佩服！这位姑娘的病就交给我吧。”一个少女妩媚的声音在慕容燕云身后传来。

慕容燕云转身看去，见来人是一个二十多岁的女子，骑在一匹通体洁白的马上，缓缓而来。此人一张瓜子脸，柳叶眉，身材苗条，体态风骚，一身绿色长裙，眼波流转，媚态横生。

“柳神医，快救救我们吧！”张猛见到来人仿佛见到了希望，忙恳求道。

“我是专门为救治诸位而来，你们只要按时服药，并往井中投上三颗药丸就没事了。”柳闻莺说着取出三个玉瓶，递给老人道，“张老伯，我要带这两位回庄治病，不能帮你们分药了，就拜托老伯了。”

“柳神医能赐药我们就感激不尽了，这点儿小事交给我你就放心吧。”老人又对慕容燕云道，“小伙子，算你妹妹运气好，碰上神医了，你妹妹有救了。”

“在下穆云燕多谢神医！”慕容燕云道。

“小女子是飞花山庄庄主柳闻莺，我保证不出三天你妹妹就能恢复如初。”柳闻莺一笑道。她这一笑显得更是妩媚动人，慕容燕云心中一动，转瞬回过神来，抱着小丫鬟上了马。

柳闻莺道：“我们走吧。”说着策马向西南而去。

第十四章　飞花山庄

三人向西南行了小半日的路程，总算在夕阳西下时，到了两山间的一处山谷。

“穆少侠，我们到了。”柳闻莺玉手一指前面的山谷对慕容燕云道。

慕容燕云向山谷望去，看见谷地中隐约有一处黑瓦白墙的建筑，占地甚广，极是清幽。

“神医，你的飞花山庄确实清雅，不次于水云阁呀！”慕容燕云不由得赞道。

“穆少侠去过水云阁？”柳闻莺问道。

“正是，前几日有幸见过少阁主云逸墨。”慕容燕云道。

“我的飞花山庄可不敢和大名鼎鼎的水云阁相提并论，我也只是为了病人治病期间有个住处才建了此庄，让少侠见笑了。”柳闻莺一笑道。

慕容燕云担心小丫鬟的病情，没有心思与柳闻莺多说什么，只低下头看着小丫鬟默默不语，眼中满是关切。

柳闻莺见慕容燕云没有再说什么，也不再言语，把马放快了些，赶回山庄。

半晌，到了山庄前。

两人刚在山庄前下了马，慕容燕云便闻到各种药材、药汤的混合气味扑鼻而来，其中还掺杂着一些奇特的香味，慕容燕云深吸一口气，顿觉神清气爽。

“神医，这香味很是特别呀。”慕容燕云道。

柳闻莺笑道：“不瞒穆少侠，这香味确实特别，你在别处是闻不到的，这是五帝花的香气，只有我飞花山庄才有。”

慕容燕云好奇地问道："五帝花，那是什么花？我还真从未听说过。"

"这五帝花是因长有五个不同颜色的花瓣而得名，此花五十年一开花，且只开有一朵，开时五色争艳，极是漂亮。花期也是五十年。花谢后，必有一枚奇香无比的五帝果生于花间，这果子配以一些草药制成五帝升仙丹，食之可令人内力大增。今日已是第四十九天，想必这丹药炼成了，故而香气更加浓郁了。"柳闻莺耐心解释道。

"原来如此，神医还是位武林中人啊，我倒是一时没看出来。"慕容燕云道。

"我哪会什么武功，不过是当年有位前辈高人把五帝花种在此地，我又爱养些奇花异草，就在这里盖了这庄子罢了。"柳闻莺道。

"原来如此。"慕容燕云道。

这时，一个一身白衣，容貌秀丽的小丫鬟听见了柳闻莺的声音打开了房门。"柳姐姐，又有病人来啊？"

"白芷。"柳闻莺对开门的小丫鬟道，"快把后院腾出来，这位姑娘得了瘟疫。"

白芷听了没有一点儿慌张，似乎把瘟疫看作是极普通的病似的，一个人从容地到后面收拾去了。

慕容燕云心想："一个小丫鬟对待瘟疫能这般淡定，那这位柳神医的医术定然是极厉害啊，妹妹的病一定可以治好。想到这里，慕容燕云的心情轻松了许多。"

很快，白芷回到门前，道："柳姐姐，后院收拾好了。"

柳闻莺点点头，慕容燕云抱起小丫鬟，随着柳闻莺从右边的门走进后院。

后院有一大片花园，园子正中种的五帝花只剩下了枝干，看不出和一般的植物有什么不同，显得很是普通。但周围奇花异草无数，阵阵香气熏得慕容燕云心旷神怡。在园子西北角有一个惟妙惟肖的假山，衬得山庄清朗大气。园子的东边有一趟木屋，有五六间，很是清新雅观。

"穆少侠，你和妹妹要在这里住上个十天半月了。"柳闻莺道。

"全听神医安排。"慕容燕云恭敬地回道。

"少侠，这五间木房你随便选一个吧。"柳闻莺说着指了指这些木房。

"这两间就好。"慕容燕云说着一指假山对面的两间房。

“好，少侠快背着妹妹到房中吧，我好为你们治病。”柳闻莺道。

慕容燕云道：“神医只医好我妹妹便感激不尽，我并未染上瘟疫，神医为何还要为我治病？”说着便把小丫鬟抱进木房中。

柳闻莺跟着进了屋，对慕容燕云道：“少侠，你虽有深厚内力护体，但也不能大意，还是小心一些好，不如到前面药房取些药来服用才更合适。”

“神医说得有理，不知取什么药才好？”慕容燕云问道。

“我现在要来救治你妹妹，不能带少侠去取药了，你去药房找管药的青黛，要一丸玉瓶里的生姜养安丸来，服下便当无事。”柳闻莺说着来到小丫鬟躺的床边。

慕容燕云一拱手道：“有劳神医了。”说着又看了看小丫鬟，担心地出了屋，向前院去寻药了。

“咚咚！”慕容燕云敲响了药房的门。“麻烦青黛姑娘开门，庄主让我来取一丸生姜养安丸。”房中没有人回应。慕容燕云又敲了半晌，却一直没有人开门。

“奇怪，怎么没有人？”慕容燕云这时才觉得隐隐有些头痛，他心想，“莫不是我也染上瘟疫了？不行，此事不能耽搁，不如我自己进去取吧。”想到此处，慕容燕云便推开了房门。

进了房门，药味更加浓重。只见房中一边立着十来个一人多高的药柜，另一边则是在墙上打了三条长长的木板，木板上放着无数各种材质制成的药瓶，多为铜铁所制，偶有用金银制的，但门口却没有玉瓶。

“这药想来宝贵，或许在里面吧。”慕容燕云只好走进里间，他一边走着，一边看着各种药瓶，心想：“这位神医虽然是个年轻女子，可光凭这药房里的药，她的医术就一定不凡，妹妹的病定然能很快医好。”他心中想着，眼睛已看到在墙角处有一个上好美玉制成的瓶子，看上去极是精美。慕容燕云见到玉瓶，忙走了过去。

慕容燕云拿起玉瓶时，只觉有一股暖洋洋的感觉从瓶中传出。他不由赞道：“能把性温的生姜炼出如此的热性真不愧为神医啊！”说着打开了玉瓶，见瓶中只有一粒五色的药丸，便倒在手中。

这粒药丸见了光，原本的五色变成了姜黄色，其中的热感更强烈了。慕容燕云心中赞道：“这药果然特殊，难怪能治疗瘟疫这种绝症，功效当真神奇。”

慕容燕云把药放在口中吞了，又把玉瓶放回原处，这才离开药房。

出了药房，慕容燕云只觉体内经脉有阵阵暖意如波浪般不断传来，一阵热过一阵。慕容燕云起初只以为是生姜性温，与其他药配在一起本该如此，倒也没在意。

可走了一会儿，慕容燕云只觉体内五脏奇热，如有火焚，哪里能受得住，他只得运起神农心法来压制这阵阵的热浪。热浪渐渐被慕容燕云用内力压住，但随之而来的是阵阵刺骨的寒意在五脏间肆意横行。慕容燕云冷得牙关都有些打战，“这是什么药啊，怎么会有如此感觉！”他只得撤下内力，让经脉中的热浪与五脏间的寒意互相化解。

他只觉冷热两方似在自己体内激烈地交锋，时而冷意占了上风，全身便如置冰窖，打战不止，当热浪处于上风时，通体又像进了火海，五内俱焚。慕容燕云只觉痛苦不堪，神志都有些恍惚了。

不知过了多久，慕容燕云才渐渐觉得身子不再那么难受，取而代之的是体内渐有清爽之感，飘飘然如要升天，极是舒畅。

慕容燕云运了运内力，竟觉内力似乎暴涨了许多，他不由大吃一惊：“我是不是误服了其他的丹药，这生姜养安丸想来不会有这般神奇的功效吧！”

不知不觉慕容燕云回到房间，正巧见一个青衣小丫鬟走了出来。她迎面见到慕容燕云一笑道：“你便是穆少侠吧，我把生姜养安丸给你送来放在桌上了，你快吃了吧。”

“有劳姑娘了，生姜养安丸，我已经服用过了。”

“什么，你用过了？我们庄子里只有这一瓶啊，青衣小丫鬟晃了一下手中的玉瓶，少侠怎么可能服用过了呢？”青衣小丫鬟奇怪地问道。

慕容燕云解释道：“神医让我去药房找青黛姑娘取药，她不在，我只好自己进去了，在墙角找到了药，服了这才回来。”

“什么！”青衣小丫鬟惊道，“少侠！你怕是把柳姐姐刚刚炼好的五帝升仙丹给吃了！这可怎么办……”

这时柳闻莺从小丫鬟房中刚出来，见青衣小丫鬟神情极是惊慌，便问道：“青黛，怎么了？”

“这位少侠把姐姐的五帝升仙丹给吃了！”青衣小丫鬟指着慕容燕云道。

原来是五帝升仙丹，难怪有如此神奇的效果！慕容燕云极是不好意思地对柳闻莺道：“在下误服了神医的灵丹实在该死，不知有什么办法可以弥补。”

“哈哈，我当何事，原来是这个呀。”柳闻莺看起来极是轻松地说道，“如是让我们这种不会武功的人服了，那才真是暴殄天物。但少侠武艺超群，又是误服，也算有缘分，终究没浪费了这等灵丹，少侠不必在意。”

慕容燕云一拱手道：“神医对我兄妹的大恩在下没齿难忘！”心中暗想，“看来柳神医应该是真的不会武功，不然怎会对这等灵丹看得如此轻松。”

柳闻莺一笑：“悬壶济世本就是我们杏林中人的职责所在，少侠不必如此。”

慕容燕云拱手道谢后，回了自己房中。

他一进房间，果见有一粒药丸放在桌上，不免有些难为情。此时慕容燕云觉得神志极是清明，百骸俱皆舒坦，不由心情大好，觉得身上像是有使不完的劲儿。这时慕容燕云又想起老伯来，想起老伯临终的嘱咐，于是关上了门，取下背着的包裹，拿出一幅画来。

慕容燕云缓缓展开画卷，见慕容戗破慕容仁的画面除了雄壮外，只有那几道风雪画得有些特别，他根本看不出这幅画与武功有任何关系。

“真是奇怪，我怎么丝毫没有发觉这幅画中有什么玄机呢。如不是老伯临死前让我用性命保护这两幅画，我绝不相信这画有多重要。”慕容燕云紧皱眉头地想着。

不知不觉天已黑了，慕容燕云却还是在两幅画中没有一点儿领悟，他不禁叹了口气道：“我慕容家的武功实在太难参悟了，难怪如天人剑法那样厉害的武功都失传了。这些武功如能传下来，哪怕只有一门，神龙派又怎么能灭了我堂堂金陵慕容！”

慕容燕云不由得想起已故的双亲，想起了燕回院为救他而死的亲人们，眼下他只有小丫鬟这一个亲人了，她要是再有什么不测……想到这里，慕容燕云向小丫鬟的房间走去。

他本想看看小丫鬟好些没有，但被柳闻莺拦住了，说是现在还不能见人，又说小丫鬟的病已略有好转，让他不必担心。

慕容燕云只得忧心忡忡地离开，一个人在园中慢慢地踱着步，试图静下心来去感悟两幅画中的奥秘，可依然没个头绪。他很无奈，便早早休息了。

一连两日过去，慕容燕云都没见到小丫鬟，也没从画中领悟到什么，很是郁闷。

“这画中到底蕴含着什么样的奥秘？我怎么连这其中是内家心法还是外门武功都没有一丝感觉，真不知何年何月才能勘破其中玄妙。”慕容燕云每天除了想着小丫鬟，就是对着画卷长吁短叹。

这天，慕容燕云正一个人在房中对画烦闷，感觉有人站在房前，他本能地问道：“是谁，找在下有什么事吗？”

房外一个娇媚的声音问道：“少侠，是我，方便进去吗？”慕容燕云听声音是柳闻莺，忙一边卷着手中的画，一边道：“神医请进吧。”

柳闻莺推开了房门，正要说什么，却一眼看到桌上那幅未来得及卷起的画。

她眼中似乎有种不寻常的神情一闪即过，转瞬又恢复如初，说道：“少侠，我来就是想告诉你，令妹的病可能要多花点儿工夫了……”

第十五章　柳暗花明

“穆姑娘，你醒了。”柳闻莺坐在小丫鬟床边，见小丫鬟悠悠醒转，便温柔地说道。

“你是谁，是你救的我吗？”小丫鬟有气无力地问道。

“我叫柳闻莺，是这飞花山庄的庄主，略懂些医术。我去疫村发药时偶遇你们兄妹，你当时染上了瘟疫，你哥哥都快急疯了，你们兄妹的感情真是好啊！听说你是为救别人才染上病的，真让人钦佩，于是我便把你们带回了庄子。”柳闻莺解释道。

“想不到这个丑八怪对我这么好。”小丫鬟自言自语，又怕柳闻莺多心，忙又转口道，“多谢柳神医，不知我的病几时能痊愈？”

“穆姑娘，你现在已无性命之忧，但想痊愈还需一些时日，虽然表症已解，还需每日泡药浴方能根治。”柳闻莺正说着，这时白芷在外面道：“柳姐姐，你要的药已经备好了。”

“白芷，穆姑娘醒了，你快把这药拿到前院那间泡药浴的屋子里去，别忘了再拿几桶热水。”柳闻莺吩咐道。

白芷应了一声便去准备了。

小丫鬟对柳闻莺道：“柳神医，我想见见我哥哥。”

柳闻莺一笑道：“这事好说。”说着便到隔壁敲了敲门，“穆少侠，你妹妹醒了，想见你。”

慕容燕云看似在研究那两幅画，可心中一直挂念小丫鬟的病，根本没有静下心来，一听柳闻莺的话，忙收拾起画，背在身上，高兴地来到小丫鬟的房间。

“妹妹，你醒了，好些了吗？”慕容燕云见小丫鬟虚弱地躺在床上，担忧地问道。

小丫鬟点点头：“哥哥，我好些了。”她缓了一下又道，“张村的人都走了吗？没有人再染上瘟疫吧？”

慕容燕云心想：“妹妹真是宅心仁厚之人，病成这样还去关心那些不相干的人，如是妹妹知道那些人想要活埋她，不知该有多寒心。”但他嘴上只道，“柳神医给村子里的人发药了，他们不会有事的。你应该关心的是你自己，一定要快点儿好起来。”

“谢谢哥哥，我相信神医会治好我的。”小丫鬟虽然很是虚弱，还是朝慕容燕云一笑。

柳闻莺道：“你们兄妹放心，再有几日我定能使穆姑娘痊愈。但是现在穆姑娘身子还弱，需要休息，麻烦穆少侠把妹妹抱到前院药浴。”

慕容燕云点点头，就要去抱小丫鬟。小丫鬟忙强撑着极是虚弱的身子起来要自己走，可走了没几步，就踉跄着险些摔倒。慕容燕云一把扶住小丫鬟说道：“妹妹，你别逞强。”说着也不管小丫鬟是否同意，一下便抱起小丫鬟。

小丫鬟脸一下就红了，娇嗔道：“哥哥，你干什么呀，快放我下来，我才不要你抱呢！”她嘴上虽说着要下来，可手却有些不听使唤，把慕容燕云的身子抱得更紧了些。

慕容燕云没有发觉小丫鬟有何异常，只是随着柳闻莺向前院走去。

柳闻莺让慕容燕云把小丫鬟放进一间空房，放下小丫鬟，慕容燕云便又回了自己的房间，继续去研究那两幅画。

如此又过了三天，慕容燕云见小丫鬟的病渐渐好转，心中宽慰许多。

这天午后，慕容燕云还在看画，小丫鬟的声音在房外传来：“哥哥，我病好了。”这声音比之以前温柔许多。

慕容燕云听说小丫鬟的病好了不由大喜，忙推开门，顾不上把画收起来，就迎了出去。

“妹妹，快进来，你现在身子还弱，别吹着风。”慕容燕云笑着道。

小丫鬟点点头：“谢谢哥哥关心。”说着进了屋。刚一进屋，她径直走到桌前，看着桌上的两幅画说道：“哥哥，这几天在画中可有什么领悟，能跟我说说吗？”

慕容燕云苦笑道："我哪有妹妹那般聪明，这几日我苦思冥想还是不得要领。"

"那能再给我看看吗？"小丫鬟道。

慕容燕云笑着把画拿给小丫鬟看。小丫鬟拿起一幅画，仔细打量起来，她看得极是仔细，生怕漏了一丝细节。她看看这幅，又瞧瞧那幅，没说一句话。

半晌，她摇摇头道："哥哥，你这画妹妹也实在看不出有什么奥妙。"

"唉！"慕容燕云长叹一声，"看来要从这两幅画中领悟出能杀赵匡胤、慕容平州的武功来实在太难了。"

小丫鬟却道："哥哥，这赵匡胤上欺天子，下压群臣，做了多少坏事，有朝一日你一定能杀了他，至于慕容平州更不在话下。"

慕容燕云一笑，想起那日在桃源坡，她一听自己要杀赵匡胤时神情都暗淡了，也不知她是不想让他们死，还是担心自己，但显然那时她并不希望自己去杀他们。而今日她却如此，实在有些奇怪。

两人又说了很多话，慕容燕云发现小丫鬟不再像以前那样总是和自己针锋相对，而是大多顺着自己的想法去说。慕容燕云很高兴，心想："这一病倒好，人变了这么多，我都有些不想离开她了。"

慕容燕云与小丫鬟说话间，发现小丫鬟对奇花异草和武功好像也很有兴趣，总是有意无意地提到这些。

不知不觉已到了傍晚，小丫鬟道："哥哥，这些天你总是吃庄中客饭，肯定吃腻了吧，不如今天妹妹下厨，你想吃什么？"

慕容燕云心想："我这妹妹未生病前说是不会做饭，一路上都是我做饭给她吃，怎么这病刚好就想起来给我做饭吃了呢？大病一场就像变了一个人似的。"他想着说道，"还真没吃过妹妹做的饭，随便什么都行。"

小丫鬟见慕容燕云这样说，犹豫了一下，走出屋去。不多时又开了门，端着个木盘进了房间，木盘上是一碗面和两个小菜。

慕容燕云见小丫鬟端着热气腾腾的面进来，忙接过木盘，笑着道："辛苦妹妹了。"

小丫鬟也笑道："哥哥说的哪里话，只是不知小妹第一次做饭，哥哥能不能吃习惯。"

慕容燕云端起面碗，正要吃，见面上漂着许多香菜叶，笑道："妹妹，你忘了我不吃香菜，我的香菜不是每次都被你抢着吃了吗？”

小丫鬟尴尬地一笑：“哎呀，看我都病糊涂了，把这事儿给忘了。”说着便要去取出面里的香菜。

慕容燕云拦道：“别人做的自是不吃，可妹妹做的什么我都吃。”说着就把里面的香菜一口气都吃了。

“哥哥，你的体质真好，一路上我们吃住一样，可我却染上病，你却没事。”

“妹妹，那是因为我的内力比你强上一些，所以才侥幸逃过一劫。”

“哥哥内力果然深厚，我要是有哥哥的武功就好了。你说我的武功怎样才能赶上你呀？”小丫鬟叹了口气道。

“这有什么难的。”慕容燕云笑道，“老伯临终前传于我那套残阳指口诀时，你不是也听到了吗，你如果把残阳指练成了，莫说是我，就是江湖上那些成名已久的人物也未必能是妹妹的对手。”

小丫鬟想了好久，说道：“哥哥，我不记得老伯说的口诀了。”

慕容燕云一拍小丫鬟脑门，说道：“小笨蛋，你以前不是记性很好的吗，怎么病好了记性却不好了呢？”

“呵呵，我怎么会那么笨，想起来了。”小丫鬟道。

“真想起来了？”慕容燕云问，“那你能背一遍我听听吗？”

小丫鬟道：“哥哥，你还是快吃面吧，不然一会儿该凉了。”

慕容燕云吃了一口面。只觉这面入口筋道，面汤鲜美，不由赞道：“妹妹好手艺，哪里像是第一次做饭啊！”

小丫鬟神情有点儿古怪，笑道：“哥哥，我这是第几次做饭你不清楚吗？”

慕容燕云只一笑，低头把面和小菜一扫而空。两人又说了会儿话，慕容燕云道：“我们去见柳神医当面道谢，明日我们就起程吧。”

小丫鬟道：“是该见见神医，我这就去请。”说着出了屋子。

半晌，柳闻莺来到慕容燕云房中，却不见小丫鬟同回。

“神医，你医术果真了得啊，竟能几日间把我妹妹从鬼门关拉回来，大恩不言谢。”说着一揖到地。

柳闻莺忙道：“这是令妹命大，又有一些内力，这才让我救回来了。少侠不必如此多礼，我实不敢当。”

“神医，我明日打算带妹妹离开，不知可否？”慕容燕云商量道。

柳闻莺摇摇头：“少侠，你们如不是非要赶这几日路程，还是不要急着走的好。令妹还应该再养上几天，那时她的病方能根治。”

慕容燕云点点头：“好吧，也不差几天了。”他见小丫鬟没有跟过来，奇怪地问道，“神医，我妹妹呢？她刚才还说要当面向你道谢呢！”

柳闻莺道：“穆姑娘刚才和我道过谢了，现在在前院和白芷聊得正高兴呢，一会儿就能回来。”说着便离开了。

慕容燕云心想：“妹妹好性情，才几日就和白芷姑娘成朋友了。”

半天，小丫鬟才回到房中，又和慕容燕云说了几句话，便回自己房中早早休息了。

当晚慕容燕云睡得也很早。他睡到四更左右，突然的头痛把他从睡梦中疼醒。

“这是怎么了，我的头怎么突然这么难受？”慕容燕云心想，“好在柳神医在，我去找她帮我看看吧。”想着穿好了衣服，直奔柳闻莺的房间。

慕容燕云敲了敲房门，发现里边并没有人，他又把庄子里的房间都找了一遍也没发现柳闻莺踪影，而且他发现小丫鬟也不知去了哪里，两人仿佛人间蒸发了一般。

慕容燕云感觉奇怪，但他却不知该去哪里找这两个人，心想：“这里是神医的地方，两人应该没事，我还是先回房间，等明天一早再说。”

慕容燕云回房运功，头痛渐渐缓解不少，他又睡了几个时辰，天大亮才起来。

他刚起来第一件事就是去找小丫鬟。他敲了敲小丫鬟的房门，小丫鬟笑眯眯地开了门说：“哥哥早啊。”

慕容燕云这才放下心问道：“妹妹，昨晚你去哪儿了？”

小丫鬟愣了一下，这才道：“昨晚做噩梦了，出庄透透气，刚好碰见神医，就一起聊了几句。”

慕容燕云一笑：“我当你们出什么事了，害得我白担心了半天。妹妹病刚好，不要总是贪玩儿，万一着了凉可就不好了。”

“我知道，以后不会这样了。”小丫鬟道。

这时白芷送来了两人的早点，小丫鬟便进了慕容燕云房间，与慕容燕云一起用餐。两人一边吃着一边聊天，聊着聊着慕容燕云提起了前一段去水云阁的事。

“妹妹，你当时好聪明呀，怎么想到用那种方法赢少阁主的呀？”慕容燕云问道。

小丫鬟先是一片茫然，随即笑而不语，只是看着慕容燕云。

慕容燕云看着眼前的小丫鬟，又想起这两日的种种，感到莫名其妙，心想：“眼前的人是那个平日里爱疯爱闹，陪着自己上过水云阁、救过老伯的小丫鬟吗？她不会是别人假扮的吧！”

他无法相信这个想法，他心中另一个声音告诉自己，眼前的就是小丫鬟，不是旁人，绝对不是……

半晌，他试探道：“丑丫头，你还记得那个游戏吗，你到底是怎么让少阁主输的，能不能告诉我呀？”

小丫鬟笑道：“还不是因为我做了手脚吗？这有什么好说的。”

“那你是怎么做到的呢？”慕容燕云好奇地问。

“我给少阁主手下几两银子，让他悄悄把棋换了呀，哥哥忘了吗？”小丫鬟道。

“你确定？”慕容燕云问道。

“这有什么不确定的呀？”小丫鬟反问道。

慕容燕云心中一惊，竟发现自己之前的想法没有错，眼前的人根本就不是小丫鬟，而是别人装扮的。而最有嫌疑的便是庄主柳闻莺！

“这人不管是不是柳闻莺，都一定是这庄子里的人。她假扮妹妹一定是有所图。我到底有什么是别人能看上的呢？好像只有这两幅画了。”慕容燕云念头急转。

“神医，你早啊。”慕容燕云故意看着房外说道。

小丫鬟并没有本能地回过头去看，仿佛知道柳闻莺根本就不会来。

慕容燕云偷眼看向小丫鬟，心中恍然大悟，暗道：“柳闻莺呀柳闻莺，我当你是个悬壶济世的神医，没想到你居然是冲我武功秘籍来的。好呀，你跟我演戏，我奉陪到底！”

“妹妹，你没发现这庄子里有些不对吗？”慕容燕云道。

“没有呀，哥哥是发现了什么吗？”小丫鬟神情有些变化，并不由自主地转了一下头，原本看着假山的眼睛，有意看向了别处。

这看似微妙的变化，却没能逃过慕容燕云的眼睛，他心想：“看来这假山有些不简单呀，不如我今晚便去探上一探，看看这里面到底有些什么古怪！”

第十六章　曲径通幽

天又黑了下来，慕容燕云擦拭了宝剑，收拾好周身，运起步月凌星身法，没发出一点儿声音便到了假山边。

慕容燕云围着假山走了三圈，见这假山是用一整块巨石雕琢而成，通体浑然天成，除了地上似乎有一些重物拖动的痕迹外，再没一点儿不同寻常的东西。

“柳闻莺白日的神情显然对这假山格外关心，怎会只是一个普通的假山呢，我可要看仔细了。”他一边想着，一边又走到了假山后面靠墙的一侧。

“嗯？”他突见假山后有一小块向外凸出的石块，这石块好像原本与这假山并不是一体的，而是被人为地固定在上面了。

慕容燕云一笑，暗道：“原来是这种雕虫小技啊，就凭这个也想难住我吗？”只见他在那石块上轻拍三下，又向右转了三圈，便听咔咔几声轻响，假山竟整个向右移了十多寸，露出假山下黑黝黝的人工建的一处洞穴，有石阶可供上下。

“看来这古怪定在这洞中，我今日索性探个究竟。”慕容燕云拔出手中长剑，下了台阶。

只见这石阶极长，不知通向何处。每走几步就隐约可见挂在两面石壁上的烛台，本是可以照明的。但他一来未带火折，二来生怕惊动这洞中的人，只得摸着黑向下行去。

不知走了多久，终于到了台阶的尽头。尽头处有两条路，一条向左，一条向右，慕容燕云犹豫一下，走向左边。他向里面走不多时，见前面有烛火，他停住了脚步，向前望去。

只见前面三处都是精铁所铸的监牢，里面只铐着一个衣衫破烂、蓬头垢面的老人。这老人身材魁梧，目中精光闪动，显是个内力极高之人。牢前站着三个女子，都背着一把长剑，似是在审问那个老人。

“方前辈，庄主好武成痴，想求您把神龙派的武功留下，这您是知道的。已经十多天了，您真的不打算说吗？我们庄主的耐心可是有限的，不想皮肉受苦还是快说吧。”为首一女子冷冷地说道。

“哈哈哈！”老人狂笑道，“真是龙在浅滩遭虾戏，虎落平阳被犬欺，想我方正乾当年在江湖何等威风。要不是我看不过赵匡胤那厮专横跋扈，一气之下离开了神龙派，被他派人追杀，奄奄一息时柳闻莺那贱人骗我来这鬼地方治伤，被她铐在这里，不然哪能落在你们这些小贱人手中。你们要杀便杀，我虽离开神龙派，可想让我说出神龙派的神功你们痴心妄想！”

“我们敬你是个前辈高人，本想与你好好商量，你却敬酒不吃吃罚酒，那可对不住了！”为首女子一只手从怀中取出一把雪亮的小刀，另一只手打开了牢门，抓住了老人的左手小指。只见她右手小刀一闪，老人的左手小指便齐根而断，鲜血瞬间喷了出来。

“哈哈哈！”老人没有叫，而是大笑，完全不把这三个人放在眼里的大笑，“小贱人，你以为这样就能让我说出神功，你们也太小看我方正乾了！想让我方正乾出卖神龙派，你们痴心妄想！”

那女子一惊，手中小刀抵住了方正乾的脖子：“老东西，你倒还真有点儿骨气，好，我数三个数，你如再不说，我便杀了你！”那女子仿佛死神般冷冷地倒数着一个活生生的生命，“二……一……”

“不是和你们说了吗，我方正乾你要杀就杀，不用费这个劲！”方正乾傲然道。

“扭转乾坤方正乾果然是个铁骨铮铮的盟主，忠义双全，为了门派连自己的性命都可以不要，何况又和赵匡胤不对付，我定要救他一命。”慕容燕云想到这里，大喝一声，“你们这几个女人太也狠毒，我慕容燕云在此，谁敢动方前辈！”说着一跃便到了三人身后。

“什么人？”三人都转过身拔出了长剑，虎视眈眈地看向慕容燕云，就连方正乾也一甩遮住脸的长发，看了过来。

“我慕容燕云生平最恨你们这些卑鄙小人，你们如果放了方前辈和我妹妹，我便饶你们一命，否则休怪我不客气，杀了你们这些伪君子！”慕容燕云长剑倏地拔出，点指三人。

“没有庄主命令，我们绝不会放人，你休要在此口出狂言，看剑！”为首的女子说着一剑刺向慕容燕云咽喉。

慕容燕云冷笑，向旁一闪，手中长剑压向那女子的剑身。那女子一见忙想变招，慕容燕云却早已看出其意，一剑便向女子变化之处刺去。那女子哪能料到，右臂被慕容燕云一剑刺中，鲜血直流。

另两个女子见为首的受了伤，都挺剑攻向慕容燕云要害。慕容燕云现在虽还不是绝顶高手，可要对付这三个女人实在不在话下，但见他一招苍龙剑法的龙飞凤舞使出，宝剑飘逸地化出无数剑影，眨眼工夫便把两人的剑磕飞。他冷笑着道：“放还是不放？”

“放……放……”三人全身发抖，哆嗦着取出钥匙，打开了方正乾身上的枷锁。

方正乾一被放开，大吼一声，如疯了似的连出三掌，三人当场毙命，他情绪这才缓和下来，对慕容燕云一抱拳：“慕容少侠，我方正乾是恩怨分明之人，今日救命之恩方某日后必报！”

慕容燕云看了看三个死去的女子，轻轻叹了口气，说道：“方前辈，晚辈久仰您的大名，今日一见果然名不虚传，不愧是神龙派长老。”

“慕容少侠也是年轻一辈中的高手了，既是姓慕容，不知是否认识神龙派的慕容平州？”方正乾问道。

慕容燕云咬了咬牙道：“慕容平州那贼子我自然认得，我恨不得把他千刀万剐了，以报我父母大仇！”

“这么说你是神剑公子慕容邦的儿子了，难怪听你名字如此耳熟。”方正乾道，“三年前的事，本不是掌门李明和所愿的，怎奈赵氏父子在门中势力强大，我们也只得听之任之了。今日方某在此代替掌门李明和向你赔罪了！”说着竟给慕容燕云跪下了。

慕容燕云一惊，道：“前辈快起来，折杀晚辈了！”说着忙搀起了方正乾，“我恨的是赵匡胤、慕容平州、神龙三杰这些人，不干其他人的事。”

方正乾一笑，说道：“慕容少侠能明辨是非，我们也算一条船上的人了，我相信我们早晚能杀了赵匡胤这干奸贼。”

慕容燕云也笑了：“如是能和方前辈这些盟主为友也不枉活这一世了。”

两人又说了几句互相敬佩的话，慕容燕云便带着方正乾向石阶尽头走去。

慕容燕云没有选择离开，而是走进对面的那条路一探究竟。所见和左边那条路大同小异，都是监牢，令慕容燕云吃惊的是，右边牢里关着的竟是两位绝世美女，慕容燕云正想仔细打量两人，这时看守的三个女子发现了慕容燕云，纷纷拔剑围攻过来。

慕容燕云出手一招神龙派的来龙去脉，震落了三人手中的剑，方正乾随后补了三掌，把这三人杀了，胸中之气这才消了大半，对慕容燕云赞赏道："慕容少侠你不愧是金陵慕容家的传人，竟能把神龙派的武功练到如此境界，佩服佩服！"

方正乾正赞扬慕容燕云剑法高明，这时牢里一美女嗔道："丑八怪，你怎么才来，还不快把我们救出去！"

慕容燕云一惊，这声音不是小丫鬟又是谁呢。他忙看了过去，哪里还是那个面色蜡黄的丑丫头，眼前分明是个长相、气质恍如仙女下凡的绝色佳人，如不是她的声音和感觉证明她就是小丫鬟，慕容燕云是绝对不会相信的。而她对面的那位姑娘，年龄与小丫鬟相仿，一张精致的鹅蛋脸，定是久未见阳光，皮肤极是苍白，越发显得冷艳绝俗。一双凤目间满是英气，却又结着说不出的愁怨，惹人怜惜，是那么清丽出尘，仿佛不食人间烟火，美得似真似幻。如果说小丫鬟给人的感觉像夏花，那这个姑娘便像雪莲，澄澈空灵，又给人一种难以接近的感觉。她的声音也很冷，只轻轻道了句："多谢少侠。"

"妹妹！"慕容燕云很是激动，收了长剑，从一个女子身上取下了钥匙，打开了监牢的门，先走到小丫鬟身旁，正要打开她的枷锁，却停住了，"你是……你是赵婵雪！"

慕容燕云见到小丫鬟绝世的容颜，想起她是从开封逃婚出来的，见识如此广博，又不想让自己杀赵匡胤，这样的一个人，除了传说中大周第一美女赵婵雪又会是谁呢？

"没错，我就是赵婵雪。"小丫鬟并不想再隐瞒了，直截了当地对慕容燕云道，"你也别再装了，我知道你是金陵慕容家唯一的后人慕容燕云了。"

"好，我慕容燕云是言出必行之人，一定送你到海边，那时候我们就互不相欠了，既然我们已经知道对方身份，以后再相见便是仇人！"慕容燕云说着打开了赵婵雪的枷锁，一脸的冰冷。

“慕容燕云，亏你平日还讲什么恩怨分明，不过是自欺欺人罢了。我告诉你慕容燕云，我父亲是我父亲，我是我，你与我父亲有仇，不要一块算到我头上！”赵婵雪怒道。

慕容燕云被赵婵雪一阵抢白，不知该说什么来反击，而且相处多日，慕容燕云心中已对赵婵雪暗生了一丝情愫，此时只得叹了口气：“唉，天意弄人……”

良久，慕容燕云这才回过神来，对那姑娘一笑：“在下一时竟忘了打开姑娘的枷锁，实在糊涂了。”

那姑娘道：“无妨，表哥只要打开小妹的枷锁便感激不尽了。”

慕容燕云疑惑地问道：“姑娘，你为何唤在下表哥？”

“小妹幽若雨，是幽凡一的妹妹，自然唤你为表哥。”那姑娘解释道。

慕容燕云这才想起三年前与幽凡一交谈时确曾聊到过这位貌似天人的表妹，今日一见竟不逊于大周第一美女赵婵雪。

“表妹，我这就打开你的枷锁，我们连夜离开这飞花山庄。”

幽若雨的枷锁被打开了，人一下瘫倒在地。慕容燕云忙问道：“表妹，你怎么了？”

“表哥，我没事，只是被锁了五六年，身子有些不灵便了。”幽若雨幽幽说道。

“表妹，柳闻莺为什么要关你？”慕容燕云好奇道。

幽若雨道：“我和柳闻莺是同门师姐妹，本来感情极好，但几年前师父便出外云游去了。老人家临走前把她的武功绝学给了我们一人一本，师姐本无意与我争夺什么，可直到她遇到了一个人，她的一个病人，就是赵匡胤身边的心腹赵普，这一切都变了。”

这时赵婵雪听幽若雨又提起父亲，不由冷哼了一声，但她平日也不是很喜欢赵普，便也没多说什么。

“那时赵普身染重病，眼见将死，是师姐把他医好了。而治病期间师姐与赵普常在一起，师姐又把她祖传的医术尽数教了赵普，日子一久两人互有了好感，便在赵普病好后，师姐同他回了滁州。本以为两人会幸福地过一辈子，可两个月后的一天夜里，师姐回来了。那天她非要我和她吃酒，她一边喝，一边痛哭，说赵普没有良心，在婚礼前一天抛弃了自己，又要抢夺师父给她的《百花手》，两人在抢夺中把书撕成了两半，如今的她已经一无所有了。她说得极是可怜，我只好不断地劝慰她，并说此生绝不会离开她，不知不觉间便喝多了。当我清醒过来，发现自己被师姐锁在了这里，她向我哭诉，想让我把师父传给我的《幻雨灵剑》交给她。她不念同门之谊，手段如此卑鄙，我哪里肯依她，便暗运内力毁了那书，好在我早已把书中剑法背下来了，于是便被她一直锁在这里，直到今日表哥来。”幽若雨一口气把郁积在心中多年的怨气都吐了出来，缓缓地站了起来。

慕容燕云长出了一口气：“原来还有这种事，难怪表哥幽凡一一直在江湖上寻不到你，等我哪日不用再躲赵匡胤追杀，非要找赵普那小子算算我们几个人的总账！”

方正乾这时道：“原来柳闻莺对我这么狠是因为赵普的缘故啊。哼哼，这柳闻莺好武成痴了。”

四人沉吟一下，慕容燕云道：“这里不是久留之地，我们还是快走吧。”说着当先向假山外走去，三人紧随其后，不多时便到了园中。

刚出假山，迎面便见柳闻莺假扮的小丫鬟手持一把宝剑飞奔而来。她手中宝剑在月光的映照下，竟呈现出美丽的天蓝色，灵气十足，显然这剑绝非凡品。她喝道：“谁也不许走！”

慕容燕云见柳闻莺杀气腾腾地赶了过来，刚要出手，幽若雨拦住他道：“表哥，你先别冲动，我与师姐谈谈。”说着上前几步。

柳闻莺这时已到四人身边，未及开口，幽若雨便道：“师姐，你真的要一错再错下去吗？今日如放我们走，我们定会记得师姐的恩情，日后我们定会帮师姐报仇。”

“师妹，我的事你不懂，师姐今日便看在同门情分上让你走，这三人休想离开！”柳闻莺说着拔出宝剑，连着两剑刺向慕容燕云。

幽若雨叹了一声，说道：“师姐，这雩霞剑是师父传给我的，你休要持它行凶。”说着便要出手。

却见慕容燕云早已从容地闪开，并没有还手。柳闻莺哪里肯罢休，一剑转攻慕容燕云右肋，慕容燕云无奈右手啄向柳闻莺手腕，柳闻莺见势手腕下沉，剑尖上挑，点向慕容燕云眉心。慕容燕云向后一仰，躲过这剑，口中道：“柳闻莺，我已让了你三剑，莫要说我不念你救命之情！”说着右脚踢向柳闻莺手腕。柳闻莺哪能躲得过慕容燕云一脚，只觉右腕吃痛，叫了一声，宝剑脱手飞出。

幽若雨忙接住雩霞剑，轻轻抚摸着雩霞那如水般的剑身，神情很是依恋，仿佛恋人久别重逢。

“柳闻莺，你这贱人，今日就用你的命报我一指之仇，受死吧！”方正乾说着便要一掌结果柳闻莺的性命，柳闻莺没有闪躲，没有闭上眼睛，似是已看轻生死。

幽若雨忙道：“方前辈，手下留情！”说着走到柳闻莺身边，叹气道，“师姐，不要执迷不悟了，你是可怜之人，师妹自然比谁都能理解，可师姐不能因为自己被骗，就要骗别人武功来偿还吧，那你与赵普又有什么不同呢？”

柳闻莺见幽若雨此刻连站都站不稳还在替自己求情，想到这几年自己对她的百般折磨，把她一个人关在阴冷的地牢里，她的心开始慢慢融化，不禁落下泪来：“师妹，我对不起你，我对不起三位，是我过于偏执了。”她把剑鞘给了慕容燕云，幽幽地说道，“穆少侠，这么多年我费尽心机想要一门武功而不得，今日轻易便被你打败了，让我明白了，我这些心机不过是自己痴心妄想罢了。你放心，从今往后，飞花山庄只是悬壶济世之地，我也不会再打什么武功的主意了，也绝不再使用武功，因为我不配……”

她转过了身，向山庄大门走去，泪落在地上，似是洗刷着自己的罪过。

“师姐……”幽若雨见柳闻莺似是故意掉下了半本书，忙叫道，柳闻莺却没再回头，只身走向远方……

第十七章　生死为注

看着柳闻莺的背影，三人心情都很沉重，虽从牢中走出，却没有喜悦，就连方正乾也长叹了口气。一时间谁也没有说话，院子里一片死寂……

良久，幽若雨捡起地上的残书，她的心又重重地一沉。这书竟是柳闻莺那本《百花手》，她不禁叹道："唉，如果不是这本书，又哪会有这些事呢，情因其所起，恨因其所起，今日舍了这书，师姐是真的看透了红尘，还是心已成了死灰呢……"

慕容燕云听罢，走了过去，劝道："表妹，我想柳神医是看透了这情和恨，我们应该替她高兴才对。"

"或许吧……"幽若雨半天才道，"表哥，这书引发了这么多事，我还是把它烧了吧。"

慕容燕云道："表妹，我看这书不如给赵姑娘，她回家了，便可以找赵普要回另一半，那时再还给柳神医吧。"

幽若雨思忖一下说："好吧，毕竟是师父她老人家的心血，毁了确实可惜。"

赵婵雪冷哼一声说道："你们也没问问我同意不同意，就交给我这么一件事。"

"赵姑娘，还请看在柳神医救你一命的分上，就帮她这一次吧。"慕容燕云恳求道。

赵婵雪一笑："好吧，谁叫本姑娘心肠好呢，这事我记下了。"

方正乾见三人相谈甚欢，自己在这里也没意思，便对三人一抱拳道："三位，方某还有些事要办，就先告辞了。青山不改，绿水长流，他年相见，后会有期。”说着几个跃身，消失不见了。

幽若雨见方正乾走了，也道：“表哥、赵姑娘，我久未归家，也该走了。表哥，还没见过哥哥幽凡一吧，有空记得来家里，你们好见上一面。当然也欢迎赵姑娘赏光，来我家做客。”

慕容燕云道：“表妹，我与表哥三年前见过的，确实很是想念他，等我不必东躲西藏了，定然去一趟。”

“幽家妹子，你人不错，以后有机会我自然会去叨扰一番的。”赵婵雪道。

“好，小妹这就回家，静等两位了。”幽若雨一抱拳，转身离去。

此时的园中只剩下赵婵雪与慕容燕云，两人已再难像以前那样亲密，他们心中是爱是恨，又非爱非恨，那样的滋味难以用语言来形容。

两人谁也没说话，只默默到了前院。慕容燕云见白芷、青黛等人神情是那么茫然，也不知该说什么，索性一言不发，在马厩里寻到自己的马，翻身上了马，离开飞花山庄。

一路上，慕容燕云、赵婵雪都恢复了本来的容貌，两人的关系也变得极是微妙，说的话不多，心中却是纠葛难断。

这日，两人终于到了海边一个小渔村。他们找来几个渔夫，拿出一锭银子，让他们备个大些的船，明天午后出海。几个渔夫见两人出手阔绰，满口答应。两人见事儿已谈妥，便早早在村中休息了。

第二日一早，两人骑马到了海边。

“慕容燕云，你看那里。”赵婵雪一指前方一处突起的山崖道，“我们去那边吧，我有话要和你说。”

慕容燕云点点头：“好吧。”说着一提马缰，向山崖行去。

很快两人便到了崖边，看着眼前茫茫海水，一个又一个浪拍打着沙滩，只觉心中更加难以平静。

半晌，赵婵雪美目中有泪在打转，哽咽道：“慕容燕云，我知道我们不会有结果，可我管不了我的心，我想，我是爱上……”

慕容燕云眼角也泛出了泪光：“赵姑娘，我又何尝不是呢？如果你是别人家的姑娘我定娶你为妻，与你白头偕老，可你偏偏是赵匡胤的女儿。这是天意使然，不是我们能抗衡的……”

“能知道你的心意足已，我不会求你放弃报仇的，父母大仇，你怎可能不报啊！”赵婵雪潸然泪下。

慕容燕云与赵婵雪不约而同地下了马，相拥在一起，他轻轻吻上赵婵雪的唇。他们能感受到自己的身子是颤抖的，他们知道自己不该这样做，他们知道彼此是仇人。可有时爱恨本就是同根生，谁又能斩断这情思，谁又会忘了那仇怨呢……

两人缠绵良久，见海上驶来了一艘三杆的渔船，停在崖下。两人知这船是来接赵婵雪的，慕容燕云叹了口气，放开了她。赵婵雪狠了狠心说：“慕容燕云，我该走了，我不希望再见到你，不然这仇、这爱恐怕我会记一辈子。”说着再也控制不住自己的眼泪，任它们大颗大颗地落下来。

慕容燕云伸手想去拭她眼角的泪，赵婵雪却躲开了，跃马离去。慕容燕云心中怎会不痛，他是多希望自己能忘了仇恨，随她出海共度此生。但他不断告诫自己，不能与她纠缠不清，她是仇人的女儿，自己不能爱她。

天若有情天亦老，或许人不能长存世间，便是这情字总看不开，看不破的缘故吧。可人如果没了情，又算是个有血有肉的人吗？

“小姐，真是你呀，快随我们回去吧。”这时有个男人的声音传了过来。

“不好，是于缺来了，恐怕神龙派追杀我的大队人马也到了吧！”慕容燕云一听这声音想起了三年前在山谷的那场伏杀，心中哪里还有半点儿女情长。他拔出手中长剑，屏气凝神，看向前方。

赵婵雪心中也是一惊：“不好，我父亲的人竟找到这儿来了！”

这时走来了三个人，正是神龙三杰。

于缺到了两人身边，对赵婵雪一笑说道：“小姐，舵主可找您多时了，不想这次出来杀方正乾，那老东西没找到，却碰见您了，这不是巧了吗？”

赵婵雪这时一副大小姐的威严，冷冷地说道：“我当是什么人，原来是你们几个，本小姐还不想回去，你们快走吧！”

洪欣上前道：“小姐，您别难为我们哥仨，赵护法可下了命令了，不论派中谁见到小姐了，都要把您请回去，如果不把您请回去，就要提头来见啊！”

吕岩也道：“小姐，您人最好了，不能眼见我们哥仨没命吧？”

赵婵雪冷笑道：“哼哼，赵普能杀你们，我能杀赵普，更何况是你们？要不想死，就快让开，不然我和父亲说你们调戏我，到时你们的项上人头可难保吧。”

于缺无奈，本想离开，忽然看见这里还有个男子，而且不是别人，正是他们要追杀的慕容燕云。于缺眼前一亮，心想：“请不回小姐是死罪，但如果杀了慕容燕云这小子，可就将功补过啊！”

“嘿嘿，慕容小子，你也在啊，好得很！这可真是踏破铁鞋无觅处，得来全不费工夫，受死吧！”说着就要动手。洪欣、吕岩这时也看见慕容燕云，纷纷拔剑。

赵婵雪忙道：“你们好大胆子，谁敢碰他一根毫毛，我绝不会饶过他的！”

“小姐，您糊涂了吧？他可是舵主的仇人啊！”神龙三杰极是不解，只当是小姐被自己气糊涂了。

赵婵雪斩钉截铁地说道：“我没糊涂，你们谁敢动他，小命就别想要了！”

神龙三杰哪敢当真违逆赵婵雪，只得摇头叹气，神情极是沮丧，于缺道：“小姐，我们管不了您，这便走了，但希望您能快点儿回来，别让舵主担心才是啊！”说着就要带人离开。

突然，一个威严的声音道：“婵雪，不要任性，快随叔叔回去！”他的声音虽不是极大，但却能震撼到人的心灵。

赵婵雪听见这个男人的声音，整个人都软了下来，想道：“唉，叔叔已多年未离开京城了，没想到这次竟也来了，看来我只能回去了。”

慕容燕云见赵婵雪如此，心想：“看来是赵匡胤的弟弟赵光义来了，不但她要被带回去，我也只能拼命了！”

只见从前面走来了十多个人，为首有三个人。当中的是个三十多岁的男人，一袭华贵的紫色长袍，面目与赵匡胤有几分相似，但要文弱一些，显得很清秀，可他通身的优雅贵气举世少有，隐有帝王之质。

左边是位眉目如画的青年，他衣冠胜雪，狭长的眼眸像春水，英挺的鼻子似远山。他额前的几缕长发逸动，说不出的风流无拘。他那红润的双唇微微扬起，淡淡的笑容，如三月的阳光，温暖惬意。

右边的是个年近六旬的老人，身子瘦长，三缕花白的胡子飘洒前胸，目光炯炯，很是威风。

神龙三杰见到三人如见到救星，忙向三人恭恭敬敬地深施一礼，说道：

“见过副舵主、护法、长老大人。”

紫衣人一挥手道：“免了。”

神龙三杰道：“副舵主，求您快带小姐走吧。小姐拦着，我们没法杀慕容燕云这小子。”

这时赵婵雪对慕容燕云道：“你看，这紫衣人就是我叔叔赵光义，这白衣青年便是赵普，还有神龙派长老贾安南。他们来了，看来我是走不了了，但我定会求叔叔放你走的。”

赵婵雪不待慕容燕云说什么，已走了过去，说道：“叔叔，想让我随你回家可以，不过叔叔要答应我一件事。”

赵光义笑道：“婵雪，你能随我回去，别说一件事，就是十件叔叔也答应你。”

“还是叔叔对我好。”赵婵雪一笑，幽幽道，“我要叔叔放了慕容燕云，我不想让他死。如果叔叔能答应，我这就和你们回去！”

赵光义见赵婵雪神情已然明白，心想：“婵雪呀，你好糊涂，你怎么能喜欢上他啊！看来我今日要做一次恶人了！”口中却道：“此事好说，叔叔答应了。”

赵婵雪没想到赵光义答应得如此爽快，心中一暖，仿佛回到了小时候和叔叔一起无忧无虑的日子。她走到赵光义的身边，准备和赵光义回去。

赵光义一招手，手下弟子忙牵过他那匹神骏非凡的追风马，赵光义翻身上了马，对赵婵雪道：“婵雪，我们走吧。”

赵婵雪点点头，来到慕容燕云身边，不舍地看向他：“慕容燕云，我不想再见到你，不想与你为敌。”

慕容燕云苦苦地一笑，没有说话，这时他能说什么，说什么都没有意义。他永远不会忘了仇恨，也不可能忘了她……

良久，赵婵雪上了马，来到赵光义身边说道：“叔叔，我们可以走了。”

“好，好，你们先走，不然叔叔可不放心。”赵光义一笑。

赵婵雪走了几步，又回头依依不舍地望了慕容燕云一眼，这才放开了马，疾驰而去。

赵光义见赵婵雪走了，对贾安南使个眼色，带着赵普打马追去。贾安南自然明白赵光义的意思，冷笑着逼近慕容燕云：“慕容小子，你好大胆子！不但杀了慕容国，还敢在小姐订婚前勾引小姐，坏了赵家名声。我贾安南今日便替舵主送你归西！”

话音一落，贾安南便已出手，他与慕容燕云瞬间过了五招，慕容燕云便落了下风。贾安南心中得意，一招鹤翔功中的风声鹤唳打出，别看只一掌，但他掌风阵阵，竟将慕容燕云周身都裹在其中。

慕容燕云只觉身前身后都有贾安南的攻势，仿佛地上的一草一木都成了他的武器，当真有风声鹤唳、草木皆兵之感。慕容燕云一时竟没想出有何方法能破此招。就在慕容燕云思索的瞬间，贾安南的掌已离慕容燕云只有半寸了，他的掌力足以断碑裂石，打在慕容燕云这肉体凡胎身上只有死路一条。

他哪肯就这么死在这里，脑海中突然出现了杀慕容国时的一幕，不由眼前一亮。

只见他运起神农心法，挥手间一招借力打力使出，顿时一股力量把贾安南的掌风尽数化去，那一掌更是转攻向他自己。贾安南大惊，好在他功力深厚，这才堪堪收住招数。

“小子，你这什么邪法，竟能如此厉害！”他鬓角已渗出冷汗，却因慕容燕云的一招之威，竟惊得浑然未觉。

一旁的神龙三杰有些傻眼了，他们哪能想到三年前武功还不入流的慕容燕云，竟能在这么短的时间里练得此功力。三人心中暗自庆幸刚才没有与他动手，不然只怕凭自己的功力，今日便要命丧当场。

“贾安南，我这招虽难胜你，但要自保却绰绰有余，我劝你还是莫要与我再动手了吧！”慕容燕云冷笑道。

“慕容燕云，你以为这样我就拿你没办法了？”贾安南看向身后弟子命令道，“用连弩射死他！”

神龙派弟子听贾安南让用连弩，纷纷从怀中取出一张制作精巧的铁弩，眨眼间便上了特制的羽箭，瞄准了慕容燕云。

“不好！”慕容燕云大吃一惊，如果说自己与在场众人拼斗，就算寡不敌众，或许也能逃走，可这十几张弩箭齐发，真的就是有死无生了！

这时三匹马从远处疾驰而来，当先的竟是赵婵雪，后面追的是赵光义和赵普。原来赵婵雪担心叔叔不会真的放了慕容燕云，执意要回来看个究竟，赵光义、赵普两人再三阻拦，赵婵雪便料到慕容燕云定有危险，趁两人一个疏忽，疾驰而回。

“贾安南，你住手！”赵婵雪喝道。

赵光义却喊道：“贾长老，快射死那小子！”

贾安南哪里会听赵婵雪的，一挥手，十多个弟子手中弩箭同时射出。

弩箭力道极强，去势极快，在空中发出呲呲的破空之声，如蝗灾时的万千飞蝗袭向慕容燕云。

慕容燕云未及拔剑，便身中数箭。这箭雨却不停，他知道自己根本没有一拼的可能了，不由长叹道：“苍天啊！当真要亡我金陵慕容吗？父亲、母亲、老伯，在天有灵，助我大难不死吧！”说着慕容燕云便纵身跳向大海。

“慕容……”赵婵雪见慕容燕云身受重伤，自己的心仿佛在滴血。她提起了全身的内力跃下马，运起轻功，可脚步有些踉跄。她是多么想救慕容燕云，她几时为了别人如此拼过，可当她到了崖边，却连慕容燕云的一片衣角也没有抓住。

她就这么亲眼看着慕容燕云跃下了山崖，落向那茫茫的大海，同时落下的还有她的泪……

第十八章　大难不死

赵婵雪见慕容燕云跳了海，心头一急，昏了过去，但还不忘最后说了句："燕云，你不要死，我不让你死！"

赵光义见赵婵雪竟为慕容燕云昏了过去，不由得连连摇头说道："婵雪，你怎么这么糊涂啊！"

赵普走了过来对赵光义道："廷宜兄不必着急，小姐只是昏了过去，没有大碍的。"说着到了赵婵雪身畔，伸手掐她的人中。

果然赵婵雪不久悠悠醒来，见到治好自己的人是赵普，不由冷哼了一声："柳闻莺教你的医术果然不错呀！"

赵普听赵婵雪提起柳闻莺，脸色不由一变，半天才有些尴尬地一笑，并没有过多解释什么，只说道："小姐，这事不是你想的那样，以后有机会我自会向你解释的。"

赵光义见赵婵雪醒了，问道："婵雪，好些了吗，我们现在能起程吗？"

赵婵雪痴痴望着崖下，说道："叔叔，燕云死了，我恨你。"说着又落下泪来。

贾安南这时在赵光义耳边小声道："副舵主，要不要我带几个人下去看看，要是慕容燕云那小子没死，我们就补上一剑送他归西。"

赵光义一直与赵婵雪感情很好，此时见赵婵雪如此伤心，心也不免一软，对贾安南小声道："贾长老，不必了。我相信从这么高的悬崖上跳下去，又身中十多箭，是必死无疑的，如果那小子真没死，也是他命不该绝了。"

半个月后，赵婵雪一行人到了开封城。

“老爷，小姐回来了！”老管家赵福兴奋地跑到赵匡胤的书房禀报道。

“她还知道回来啊！”赵匡胤听说赵婵雪回来了，不由有些生气，把手中的书重重摔在桌上，起身而去，但他心里还是暗藏着喜悦之情，毕竟是父女，他又岂会真的生气呢？

“婵雪，你回来了。”赵匡胤见女儿正站在门口，似丢了魂一般，不由有些担心，问她身旁的赵光义道，“弟弟，婵雪这是怎么了？”

“唉，”赵光义长叹了口气，“婵雪有喜欢的人了。”

“哦？前日我要把她许配给慕容延钊她都不干，竟会这么快就有喜欢的人了？是哪家的公子，我这就派人把这亲事定了。”赵匡胤有些高兴地说道。

“要是能把婵雪嫁给他，弟弟早就去帮婵雪把亲定了。这人却是万万不能呀！”赵光义无奈地说道。

“到底是谁呀，弟弟你快说呀！”赵匡胤有些着急了。

赵光义附在赵匡胤耳边低声回了一句。

“什么？慕容燕云！就是金陵慕容家唯一的孽种慕容燕云？”赵匡胤愣住了，不敢相信自己的耳朵。

“哥哥，就是他。”赵光义叹气道。

“慕容燕云！”赵匡胤一字一顿地念着这个名字，拳头不由攥得咯咯作响。

或许冥冥之中亲人们的灵魂在帮他，慕容燕云落入水中后，被一个渔夫救上了船。那个渔夫见慕容燕云昏死过去，还受了重伤，吃惊不小。“这不是租船的那位公子吗！”好在他祖上会些医术，箭又并未射中要害，还能治。于是忙帮他把身上的箭取了出来，又取出一些随身的金创药给慕容燕云涂上，最后又帮慕容燕云掐人中，拍后心，忙活了半天，慕容燕云才醒了过来。

渔夫见慕容燕云醒了，问道：“公子，你怎么从崖上跳下来了，那位姑娘呢？”

慕容燕云没有说话，只是摇头，神情很是沮丧。好在他发现背着的包还在，而且里面的画并没有湿，这才宽慰不少。

渔夫见慕容燕云神情，知是他心中有事，不想与自己说，便也没再问，只道：“公子，那这海外是去还是不去？”

他心中在想自己被贾安南用这种卑鄙手段逼得跳海，心中极是郁闷。又想起赵婵雪回去后定会与慕容延钊成亲，更是说不出地难过。此时听渔夫问自己，连考虑都没有考虑，随口道了声“去”。

众渔夫见慕容燕云还要去，也没阻拦，回了船底。慕容燕云呆坐在甲板上，看着船向远处驶去。

如此过了三日，慕容燕云整日里痴痴地望着海面，他心中好像有无数个念头，又似浑无一物，只是混混沌沌。除了吃饭时偶尔和渔夫们说几句无关紧要的话外，几乎是一言不发。

这天夜里，慕容燕云正在舱中熟睡，突然觉得船颠簸得很厉害。他睁开了眼睛，听外面渔夫的声音很是嘈杂，显是乱作一团。慕容燕云忙出了舱，问道：“几位大哥，发生什么事了？”

“公子不好了，这船进漩涡了啊！”一个渔夫惊慌地说道。

“什么？”慕容燕云心中一惊，低头向海面看去，果见船正被一个巨大的漩涡吞噬着，心想，“前几日大难不死，今天又出险情，莫非老天真要亡我？”

“咔嚓！”一道闪电划过，暴雨倾盆而下。

“啊！不好了，快跳船吧，这船要翻了！”一个渔夫见船尾已被漩涡吸了进去，惊慌失措地喊着，然后第一个跳下了海。

“不要慌！快降下船帆！”一个年岁较大的渔夫喊着，想让其他渔夫镇定下来，可谁又听他的话呢，都纷纷跳下了船，消失在一望无际的大海中。

突然，船体一震，向后立起来了。船这一立，尚未走的几个渔夫都摔倒在甲板上，船上物品无不向船下划去，东西的破碎声此起彼伏。只有慕容燕云还兀自镇定，运着步月凌星身法倒还勉强站得住。

“是我对不住几位哥哥，你们快跳下去吧，或许还有一条生路，再晚一点儿只怕……”慕容燕云正说着，船立起的角度又大了许多，一个身子瘦弱的渔夫向漩涡的方向滑了下去，另一个渔夫想拉，却随着一起被漩涡吞没了。

“公子，我们走了，你也快逃吧！”剩下的渔夫说着都跳下了船。

慕容燕云见众人都跳下去了，把心一横，自己也跳向海中。慕容燕云一进水，只觉海水冰冷，不禁打了个寒战。

这时，一道闪电劈在船的桅杆上，桅杆哪里承受得住雷霆之威，应声而断。慕容燕云见这桅杆倒下正好能砸到自己，心中一惊，忙向旁游开。但这桅杆来势极快，哪里能闪得开，慕容燕云暗叫不好，运起借力打力之法，竟将这近百斤重的桅杆硬生生移开了两三丈远，这才没被砸中。可他毕竟借力打力不到火候，这一下使出了全身的力道，只觉眼前一黑，吐了一大口鲜血。他下意识地抓住了一块掉落下来的船板，趴在船板上，昏了过去。

慕容燕云就这么抱着船板漂浮在海面上，不知过了多久，才到了一处岸边。他在沙滩上也不知趴了多久，总算醒了过来。

“这是什么地方？”慕容燕云悠悠醒来，站起身，想看看自己到了何处，睁开眼睛却发现眼前一片漆黑，不是黑夜那种隐约可以见物的黑，而是什么也看不见。

慕容燕云这几天连受打击，此时他心中竟再难有什么波动了，只是平静地想道：“看来我是瞎了，不知是不是会瞎一辈子，我的仇看来是老天不让我报啊！”

他坐在海边，听着浪涛的声音，感受着海风在身畔而过，竟有一瞬慕容燕云觉得自己虽看不到什么，但仿佛与天地隐隐有了一种莫名的呼应。他知道这种感觉应该就是武学至高境界——天人合一。

慕容燕云不由心中一喜，想去把握这种感觉，以提高功力，可这种感觉却稍纵即逝，他再想去体会，却只是徒劳。

良久，慕容燕云肚腹饿了，他本想用内力暂缓一下这饥饿感，却没有一点儿效果，这才想起自己或许是昏了很多天了，是该找些吃的了。但他看不见，无法分辨什么有毒什么无毒，自是不敢去吃野菜野果，只有盼着能打些猎物来充饥。

他摸索着向前行去，走了很久，他已是饥肠辘辘。可不知是这里太大了没有找到，还是这里根本就没有能吃的东西，慕容燕云感到从未有过的茫然失措。

“唉，没想到我中箭没死、跳崖没死、翻船还没死，却要活活饿死在这里了，实在是个天大的笑话啊！”慕容燕云苦笑着。

又向前走了许久，他突然听见前面有树枝晃动的声音，紧接着有一声鹿鸣。他心中大喜，但眼睛看不到，不能贸然出手捕猎，只好静心凝神，用耳朵去辨别猎物的方向。好在他以前在燕回院练过听音辨位，只听了一会儿，慕容燕云就确定了这猎物在离自己十丈外停住不动了。

慕容燕云一笑，心想："没想到我这听音辨位的功夫原只为了好玩，今日当真有用啊！"他想着正要出手，这猎物却向远处跑去了。

"还想跑？"慕容燕云哪里肯让它就这么在自己身旁溜走，他辨别着猎物的方向，脚下运着步月凌星身法，飞快地向猎物追了过去。

慕容燕云随着这猎物跑了不知多久，竟一直保持着一段距离，就是追不上。慕容燕云心中有些苦恼，暗道："如果不是我眼睛看不到，不敢用全力，否则我看你怎么逃！"

他追着猎物出了林子，上了处山坡。他正要再追，突然被一块类似石碑的东西绊倒，整个人趴在了一个土堆上。他好奇地伸手去摸那块石碑，碑上赫然刻着六个大字"茶公仪卿之墓"。

慕容燕云惊呆了，不禁想道，"这位当年助大恶人凤九天屠戮江湖的茶仪卿，为什么会葬在这荒岛之上？看来当年江湖上必有很多不为人知的秘密！"

他正想再去追逃跑的猎物，空气中突然漫起一股腥臭的气息，仿佛是血凝后的臭味。"不好！"慕容燕云闻到这股味道心中也是一惊，他常听人说，只有大型猛兽出没的地方才会有这样的腥臭之气，如果当真有什么猛兽，自己看不见，哪里还能与之抗衡啊！

他想到这里，便要离开，可就在这时，半空中顿时起了一阵大风，猛兽的吼叫声在他的耳边响起，震撼着他的心。

这猛兽不待慕容燕云有所准备，已向他扑了过来。他虽看不到，却可想象这猛兽定是张开了血盆大口，要吃自己。慕容燕云忙向旁一闪，躲过这猛兽一扑。

慕容燕云心想："这野兽再凶猛，身后却非目力所能及，定有破绽可寻！"想着运起轻功眨眼间便到了那猛兽身后。

那兽哪里肯放过慕容燕云，见他到了自己身后，腰胯便向慕容燕云一掀。它这一掀挂着风声，似有万钧之力，只要掀到人，那人就算是钢筋铁骨也必定骨断筋折。

这一招威势甚是惊人，慕容燕云虽未看到，但只听着风声，心中也是大惊，忙又向旁躲闪。

那兽见一扑、一掀都未能伤及慕容燕云一根毫毛，不由大怒，吼了一声，这吼声比之刚才更是惊人，恍如晴日里打了个霹雳，震得整个山坡都摇了三摇。

慕容燕云心中一凛，想道："好个畜生，果然威势非凡，如果我眼睛能看到还不怕它，但此时却要小心应付才是。"

猛兽不待慕容燕云动手，又把那如钢鞭的尾巴倒竖，剪向慕容燕云。慕容燕云知道自己一味闪躲只能让这畜生得寸进尺，便没有向旁躲闪，而是身子向上一跃。这一跃他运起全身力道，竟跃了一丈有余，轻松躲过这一剪。

这兽见自己一扑、一掀、一剪都没能打到慕容燕云，气性已减了大半，又吼了一声，想转过身再去咬他。

慕容燕云哪里能等这畜生再攻向自己，只见他借身子下落之势，大喝一声，一掌拍向它的额头。他这一掌用的正是老伯传授给他的凌绝神掌，威力哪里是寻常掌力可比，加之他这一掌又是用命相搏，自是没留半点儿余力，只见这一掌带着威势，如九天惊雷滚滚而下，隐隐竟带着风雷般的破空之声，直击在那畜生头顶。

他正自对这一掌很是满意，心想："我这一掌就是打在一等一的武林高手头上，他也必定命丧当场，何况这畜生！"却不料这畜生头骨竟硬如生铁，一掌并没有把它打死，只是打得那畜生向后摔出几尺而已。

那畜生吃了一掌，自然极是疼痛，大吼一声，又向慕容燕云扑去。慕容燕云对这畜生的攻势有了些了解，不待它扑到，早已一晃身到了它身侧，以手为刀，使出万刀门的万仞刀劲斩在它腰间。

猛兽头虽硬，腰间却是它柔软之处，哪里受得住慕容燕云这一斩，打得它原本腾空的身子重重落在地上，发出一声闷响。

慕容燕云听见这畜生倒地，心中一喜，运起全部力道拉着它的尾巴在空中抡了三圈。但见他大吼一声，奋起神力，竟把那畜生抛向空中。那兽在空中兀自张牙舞爪，却哪里使得出力气，身子从空中扑落下来。慕容燕云断喝，一记凌绝神掌打在那畜生肚腹之上，那兽立时五脏俱碎，在地上翻滚一下，哀嚎一声，气绝身亡了。

打死了那畜生，慕容燕云有些脱力地倒在地上。半天他才有了点儿力气，想起了刚才的那只鹿，他忙站了起来，想去抓，可却发现这鹿不知何时早已跑掉了，不由长叹一声，心想："看来今天只能吃这个畜生了。"

他又休息了一会儿，体力渐渐恢复了三四成，便拖着这畜生摸索着想找个能落脚的地方。

没走多久，他摸到了山顶，上面有个石洞，这石洞里足可容下几人。

慕容燕云把这畜生放在洞前，去不远处拾了一些树枝生起了火，又拔出腰间长剑，剥了这畜生的皮，割下它的肉架在火上烤来吃。

慕容燕云烤了一会儿，撕下一块肉放在嘴里，只觉这肉十分紧实，入口虽不是很美味，倒还算能吃。他早就饿了，哪里还管这食物好吃与否，只顾大口吃着。

他一边吃着，一边心想："雪儿说的海岛，想来就是这里吧。可我已经看不见了，她也不在我身边了，这里景色再美又有什么用？"

"什么人？"慕容燕云正吃着，忽听不远处有个人走路的声音响起，他心中先是一惊，随后大喜。

"我见这里有烟，当是谁来了这荒岛，原来是慕容少侠啊！这可真是人生何处不相逢啊，没想到这么快又遇到你了！"说话的声音不是别人，正是前几日在飞花山庄遇到的方正乾。

慕容燕云听见是方正乾，甚是高兴，可眼睛看不见，只能向方正乾来的方向胡乱挥了挥手，口中道："方前辈，你怎么在这里，快过来，一起吃点儿东西吧。"

方正乾见慕容燕云竟看不见了，忙问道："慕容少侠，你的眼睛怎么了？"

"我前几日出了些事，用力过猛，眼睛一时看不到了，不打紧的。"慕容燕云道。

方正乾听慕容燕云如此说，不由惊道："慕容少侠，你眼睛都看不见了竟还能屠虎，当真佩服！"

慕容燕云这才知道自己杀的畜生竟是只老虎，心下也自愕然……

第十九章　比武招亲

先按下慕容燕云暂且不表，再说开封城中的大周天子柴荣。

这几日，柴荣总是闷闷不乐，没有人知道他因为什么烦心。这日退了朝，单独宣赵匡胤入了宫。

两人在御花园的厅中坐下，小太监呈上了两碗茶。柴荣接过茶，抿了一口，对赵匡胤道：“赵爱卿，朕这几日有些烦心，想来你是察觉到了吧？”

赵匡胤一笑道：“微臣确实察觉了陛下这几日面带愁容，可是龙体欠佳？”

“赵爱卿，你向来懂朕，当真不知朕愁心何事吗？”柴荣问道。

“何事？只怕是你担心我势力强大，不好控制吧！”赵匡胤心中哪里能不明白，脸上却半点儿不露，说道，“陛下，臣当真不知。”

“寡人知道赵爱卿女儿赵婵雪回来了，想来过段时间还会与慕容爱卿定亲吧？”柴荣问道。

“婵雪这孩子被臣宠坏了，这门亲事还要看她最后是否同意。不过，就算不是与化龙结亲，也定会在一年半载里寻一个好人家嫁过去的。”赵匡胤道。

“就是这事让朕愁心啊！”柴荣叹了口气，“我那养女，小名唤作露儿的，也该成亲了。”

“这是好事啊，祝贺陛下了！”赵匡胤笑着道。

柴荣又喝了口茶，叹道：“虽是好事，可这得意的女婿却上哪里去寻呢？”

赵匡胤犹豫了一下，道：“陛下，这朝中文武大人的公子多是到了婚配的年纪，还有刘宝恩这些朝中的后起之秀也是极好的人选啊！”

柴荣摇摇头："我这女儿虽从小就被我收养在宫中，可她的性子却比男儿还烈。她非但日日不事女红，还偏偏爱与这宫中的高手习武，常说如武功不如她的人，她绝不会嫁。这朝中武功能胜过她的恐怕只有一人啊！"

"不知此人是谁？"赵匡胤有些好奇地问道。

柴荣一笑："就是赵爱卿你啊！"

赵匡胤听柴荣如此说，心想："陛下这是以嫁女儿之名，想派人在我身边监视我啊！既然如此，我绝不会上当的。"

"怎么了，赵爱卿？"柴荣见赵匡胤没有说话，便道，"赵爱卿，你既是没有反对，那太好了，就这么办了，朕这就下旨！"

"陛下，这万万使不得啊！"赵匡胤说着就给柴荣跪下了。

"赵爱卿，你这是干什么，快起来！"柴荣想拉赵匡胤起来。

赵匡胤却道："蒙陛下错爱，将公主相许，可臣年纪已大，又是个粗人，哪里配得上年轻貌美的露儿公主，臣实在不敢领命。"

"朕又没有非让你娶露儿不可，爱卿何必如此，快起来说话。"柴荣搀起了赵匡胤。

赵匡胤站起身，对柴荣恭敬地说道："陛下，臣以为既是露儿公主想要个高手为夫也无不可，当今江湖中确有些少年英才。陛下不如就在这城外十里建一处擂台。一月之后，来个比武招亲，让江湖、朝堂中人皆可参加，到时陛下亲临，定能选个称心如意的女婿。"

柴荣口中只得道："赵爱卿此言有理，就照你说的办吧。"心中却有些生气，暗道，"好你个赵匡胤，朕这招竟被你识破了，当真是弄巧成拙啊！"

一月后，擂台建好，江湖中人也早就闻风而动，有的是想娶公主为妻，有的则是想去以武会友，短短一月间竟有无数武林中人齐聚开封城外。

这日到了比武招亲的正日子，天还未亮擂台边便被人围了个水泄不通。天光大亮后，由赵匡胤为主证人，带着赵光义、赵普、刘宝恩几个朝中重臣和贾安南等亲信在擂台边席棚中坐下。柴荣却化装改扮成一剑客模样，带着几个心腹的大内高手来到台下。

赵匡胤见人来得差不多了，便一跃身上了丈余高的擂台。就这一手，便引得台下众人一片称赞声。赵匡胤有些得意，半晌才一摆手，让下面众人安静下来。

“蒙陛下信任，委托我赵匡胤为今天比武招亲的见证人。我知道这台下定是来了不少各路英豪，我赵匡胤虽是朝中人，可也是江湖中人。今日因比武招亲一事，我有幸在此一会天下英雄。今日擂台上众位不必顾忌身份，均可一展绝技。能成为驸马的，将来定会前途无量，成为我大周的栋梁之材，我在此提前祝贺了。不幸落败的只要有心为朝廷效力，我相信早晚也会有机会。好了，我也不多说了，下面就看众位的了！”赵匡胤说完向台下一抱拳，随即跃下台，回了席棚。

台下众人听了赵匡胤的一番话，更加跃跃欲试，有一个胖子见赵匡胤走了，大笑一声，走上台去。他刚一上台，就向下面人道：“喂，我可是这朝中一品大员薛博家的公子薛爽，你们谁有胆量和本少爷一战？要是没人，公主可是我的了！”别看这人是文装打扮，却敞胸露怀，神态间极是轻浮，便如市井无赖一般。

下面人见这胖子来气，但慑于他父亲薛博的威势，一时谁也没有上台。

这胖子见没人上台，只当是众人怕自己，更加嚣张，大笑道：“哈哈，我当这台下有什么高手，看来不过是浪得虚名罢了，要能有人赢了我，我赏他万两黄金，你们谁敢上来？”

莫说台下众人，就是赵匡胤也被他气乐了，对赵普道：“则平，你说说薛博大人也算是温文尔雅，怎么教出的儿子如此不堪？”

“哼哼，元朗兄，我看这小子今天定会吃些苦头了。”赵普冷笑一声。

果然，只见台下一个魁梧大汉大吼一声：“兀那小子，休要在此猖狂，我石梁门王虎今天就替天下英雄教训教训你这仗势压人的狂徒！”说着他走上擂台，每走一步，大地似乎就随之颤了一下，显然中气十足，外家功定是已有了些火候。

薛爽见有人上来了，有些惊慌，点指王虎道：“你……你敢和本公子动手，活得不耐烦了吗？看我神拳！”说着只见他拳挥脚踢，忙活得好不热闹，可却只是在离王虎五六尺外的原地手舞足蹈，一拳一脚都没碰到王虎丝毫。

王虎原本摆好了石梁门的起手势，就等薛爽出招，没想到薛爽自己打上了，完全没理他，不由心中好笑。于是他收了招式，抱着肩膀像看耍狗熊似的看着薛爽。

只见薛爽大喝一声：“看我神脚！”他一脚踢出，王虎忙戒备起来，却看见薛爽喊完，一脚踢出还没到自己小腹高，就一个踉跄摔倒在地，口中还喊道，“好啊，反了你了，竟然敢摔本公子，哎哟……”

王虎一脸无奈，他生平与人交手无数，却是第一次见有人能自己把自己摔倒的，不由笑道：“薛大公子果然神脚，不伤敌，只伤己，这种境界天下只怕还没人能达到啊！在下佩服佩服。”

台下众人都跟着起哄：“薛大公子神功盖世，我们都佩服得五体投地呀！”

薛爽一听众人如此说，不但不害羞，反倒高兴得拍了拍自己身上尘土，一抱拳说道：“哈哈，你们有机会来本公子府中，我定倾囊相授。今日露了一手，改日再见。”

王虎见薛爽下了台，神情便严肃起来：“台下众位好汉，不知谁肯上台赐教？”

可王虎连喊半天，台下上来的也俱是些泼皮无赖、纨绔子弟，一个高手都没有，王虎不禁长叹：“难道天下英雄都没来吗，怎么尽是些饭桶？”

这时台下一个声音冷冷地说道：“本王原是想再等等的，可既是没人上台，也不必再等了，这公主就是我的了。”

众人向声音处看去，竟没看到人，只见一道黑影。这黑影本是离擂台三四丈远，却在瞬间到了擂台上，并向王虎刺出了比身影更快的一剑，刺向咽喉的一剑，致命的一剑！

王虎知道终于来了高手，忙向旁一闪，想要躲过这剑。可这剑快如闪电，咽喉虽躲过了，却还是在项间划了一道极长的口子，鲜血顿时流了下来。

“你是谁，武功竟如此高强？”王虎有些惊住了，他知道天下能有如此功力的高手屈指可数。

“我是谁不重要，重要的是十年来和我交过手的人没有一个能活下来，我想你也不例外！”那黑影站在王虎面前，傲然地说道。

王虎这才看见动手伤自己的人一袭黑衣，戴着个紫铜鬼脸面具，身材瘦削，手中倒持着一把细剑，剑上有血一滴一滴地落在擂台上。

“我王虎认输便是。”王虎知道自己刚才能连战连胜，是因为没有遇到高手，而此时面前的却是个绝顶的高手，根本不是自己能惹的人物。

“认输？什么是输，只有死才是输，你既是认输，便是要求我杀你吗？”那鬼面人冷冷地说道。

“你不要逼人太甚！”王虎怒道，“我石梁门虽说不上是什么一等一的大派，可高手也不少，你今天杀了我，我师父定不会饶了你！”

“哈哈哈，你师父？就是飞瀑真人那老牛鼻子吗？就凭他还想赢我，笑话！”鬼面人冷笑着，一剑又刺向王虎。

他这一剑极是诡异，看似是一剑刺出，但当王虎向旁一躲，细剑竟似是分成了两把，而且另一剑更快、更无情。王虎哪里能料到鬼面人武功竟匪夷所思到这般地步，再想运起硬气功护体，却已来不及，这一剑已刺了进去。

刘宝恩见擂台上出了人命，就要出手。

赵匡胤把他拦住道：“刘大学士不可，这人武功高强，你一介文人上去岂不是送死？何况你是朝中派来做见证的，上台恐怕不太合适吧？”

“这……”刘宝恩想起自己的身份，一时无奈，叹了口气，心中默念往生咒，超度王虎亡魂。

这时台上鬼面人见王虎死了，便把细剑从王虎前心拔了出来，他看着剑上王虎的血滴了下来，仿佛看着世间最漂亮的美景，发出一阵如夜枭般的笑声。

台下众人一片喧哗，纷纷议论起这鬼面人来。

“贼子，纳命来！”只见一个胡须花白的使刀老者上了擂台。有些常走江湖的人见到这老人惊呼道：“威震塞北萧老爷子上台了！”其他一些不认识威震塞北的人，此时听见他老人家的名号也倒吸了口气。

萧老爷子上了擂台，点指鬼面人道：“贼子，你是九幽鬼境的楚江王吧！”

“呵呵，老不死的有些见识，不过你已经是个死人了！”原本背对着萧老爷子的鬼面人此时倏地转过了身，一声冷笑，剑已刺入了他的咽喉。

“什么！”萧老爷子不敢相信地看着刺进咽喉的细剑，然后缓缓倒在地上，气绝身亡。

萧老爷子成名三十多年，这三十年来尽是他一刀斩落敌人首级，今日竟连刀都没拔出来就被杀了，莫说台下众人，就是赵匡胤也不禁大吃一惊。

紧接着又有三四个成名已久的门主都死在了台上，鬼面人似乎完全没有把这几个人放在眼里，用剑点指台下轻蔑地说道：“我鬼境隐于江湖这二十年来，世人不是常把少林、正一、丐帮、神龙四派奉为正道的泰山北斗吗？少林、正一尽是些秃驴、牛鼻子想来不会来凑这比武招亲的热闹。丐帮那些臭叫花子但凡有点儿自知之明想来也不会来自取其辱。可神龙派为何迟迟没有人上来啊，莫非都是些浪得虚名的缩头乌龟不成？”他的声音用内力传出，纵使离很远也能听得一清二楚。

“舵主！他都欺负到我们神龙派头上了，我还是出手杀了这鬼境贼子吧！”贾安南见鬼面人点名道姓侮辱神龙派看不下去了，站起来，向赵匡胤要求道。

赵匡胤摇摇头：“咱们神龙派弟子众多，想来还不必贾长老你亲自出马吧。”

赵普也一笑：“元朗兄所言不错，贾长老不必焦急。”

“唉……”贾安南叹了口气，坐了下来。

鬼面人正叫嚣着，突然从远处响起了马蹄声，听这声音定是有一匹马飞奔而来，只是这马上的人到底是谁呢？

在场众人都发现这马飞驰而来，来人却看不清，只能隐约看见是个蓝衣背剑的少年。只见这少年未及马到近前，便一跃来到人群中。他不待众人闪开，便踏在众人肩头上飞跃到擂台，他前进如履平地，只见一道蓝影，人早立于台上。

这人站住，手中长剑便已出鞘，阳光照在他身上，显得那张英俊的脸更是非凡，恍如神人。

“鬼境贼子，你胆敢出言不逊，辱我神龙派，小爷我焉能容你！”蓝衣少年赫然便是当年一招便击落慕容邦长剑的慕容平州。

赵匡胤虽料到会有神龙派的弟子来，可没想到会是慕容平州。这慕容平州自从三年前灭了金陵慕容后便一直未再露面，赵匡胤多次打听，才知道慕容平州回了老家辽东，一来为父亲慕容国守孝，二来闭关修炼武功。没想到今日鬼面人在此嚣张，他竟现身了。

“慕容平州？我没听说过你这号人物，想来定不是我的对手，还是快叫赵匡胤上来，要么李明和也行！”鬼面人极是狂妄，根本没有把慕容平州放在眼里。

“就凭你这种邪门歪道，也配见赵舵主和掌门？受死吧！”慕容平州不想和鬼面人多说什么，一剑已然刺出。

鬼面人见慕容平州这一剑比自己还快，而且里面变化万千，难以揣摩，这才知道自己轻敌了，忙向旁一闪。

高手过招往往就在这瞬息之间，鬼面人一闪，便失了先机。慕容平州手中苍龙剑法极是熟练地使出，宛如行云流水，剑剑像神龙般威力惊人又灵性十足。

鬼面人武功虽高却只与慕容平州不分上下，此时他先机已失，剑招只能守多而攻少，处处被动。

慕容平州见鬼面人被自己压制住了，心中高兴，手里的剑更快了几分，谁也看不见他的手到底是如何挥动的，也看不见剑身如何变化，能看见的只有道道白光，能感受的只有不断扩散的剑气。他的剑法或许不是最强的，但他的速度却足以弥补剑招中的不足与破绽，天下武功唯快不破，正是如此。

两个人一个如神明，一个如鬼魅，两把剑使的招数虽不同，却是同样凌厉，同样快速，都随时可能杀了对方。或许，武功的招数虽不同，可却同途异路，都是杀人，能杀人的才是真正的好剑法。

谁也看不清两人到底交了多少招，只觉天地间都被剑气所弥漫。每个人都被感染，心中似乎没了所有的念头，只有一个字——杀！

良久，众人被慕容平州的一声断喝惊醒，只见慕容平州的剑已抵住了黑衣人的脖子，道：“贼子，你还敢在这里嚣张吗？”

“怎么可能？我竟然会输？”鬼面人不敢相信，可事实不容他不信，他知道自己如果不认输，就会死在慕容平州的剑下，只好颤抖着说出三个字：“我输了！”

“承认了还不快滚吗？”慕容平州放下了剑，他并没有杀他。

“好，我滚！”鬼面人极是不甘地几个纵跃，消失在台下。台下哪里还有人不服，纷纷道：“慕容少侠武功盖世，娶公主我们心悦诚服！”

“好好好！”柴荣见慕容平州武功惊人，又长得一表人才，心中大喜，拊掌笑着走上台来。

赵匡胤见柴荣上台了，知道他是想让慕容平州为驸马，不由心中一喜，忙带着几人也上了台。

慕容平州和台下众人并不认识柴荣，可见到赵匡胤几人都给他跪下了，口称万岁，这才知道此人便是大周皇帝，忙纷纷跪倒叩头。

“慕容少侠，快快请起。”柴荣亲手搀起慕容平州笑着道，“慕容少侠，寡人得婿如此夫复何求啊！”

第二十章　剑化三侠

大周公主成亲自是一番热闹，同时南唐的幽家也出了事。

这日傍晚，落日的余晖又映在幽家老宅上。

幽凡一正闲坐在院中，夕阳照在他那张潇洒的脸上，竟给人一种莫名的落寞感。他见到落日，心头有些郁郁，叹气道："又虚度了一日啊！真不知妹妹、表弟现在是生是死，我在家伤养，一晃就是三年多，如今伤已痊愈，也该出去寻他们了。"

"凡一，为父想让你出去办一件事。"一个庄重的声音从幽凡一身后传来，那是一种不容置疑的声音。

幽凡一的身后，走来一个年逾五旬的男子，这男子两鬓虽已花白，但他那棱角分明的脸、如寒星般的目光、浓重的剑眉、魁伟的身材，配上华贵的暗纹黑袍，显得有万夫难敌的威风。

"父亲，不知找孩儿有什么事？"幽凡一见到来人忙收了落寞的神情，摆出一副同样的庄重感。

两人的感觉不像父子，却更像君臣。他们虽心念相通、感情极近，却很难有亲人的感觉。或许是两人常因幽夫人的事情闹得很僵，这道无形的沟壑谁也不愿打破，又或是幽凡一的父亲幽凝寒本就像他的名字一样没有热度。

"凡一，为父的一个老友前几日病逝了。"幽凝寒有些惋惜地说道。

"不知是哪位叔叔去了？"幽凡一问道。

幽凝寒道："你不认识他。他生前是个铁匠，十分出色的铁匠，曾多次请咱们的幽远镖局帮他押镖，如此便与为父有了交情。几日前他死了，临终前托人把他呕心沥血打造的黄金甲交给为父，想让为父帮他押这最后一次镖。为父本该亲自押这趟镖，怎奈这几日有好多事要打理，无法离开。为父相信你的武功与为人，认为你去押这趟镖再合适不过。”

幽凡一道：“父亲，你放心吧，交给孩儿定保万无一失。而且趁这趟出门也可以再寻找妹妹与表弟，正是一举两得。”

幽凝寒点头道：“若雨这孩子虽是远房过继来的，但也毕竟是我幽家的人，她这一走便是这么多年，连一点儿音信都没有，为父确实担忧。你这次去如能找到她，也算了结了为父一桩心事。至于慕容燕云，虽是我妹妹所生，但她既已被逐出家门，就不是我幽家的人了，死活与我们无关。”

“父亲，你真的不把姑姑当成幽家的人了？”幽凡一有些不悦。

幽凝寒把脸一沉：“嗯？这么多年我们父子都在争论这件事，你觉得有意义吗？如是他慕容燕云真有本事，便让他来这里，当我面比画比画，如能破了我们幽家的剑阵，此事才有商量。”

“好，孩儿知道了。我相信表弟不会死的，而且现在武功也一定不在我之下了。”幽凡一说得很是肯定。

幽凝寒哼了一声：“这些是以后的事，你明日便去押镖吧！”说完便拂袖而去。

傍晚，幽凡一草草用过饭，便收拾好了一切，早早睡下了。

当天夜里，幽凡一正自熟睡，突然听见三声细微的破空之声，虽然极轻，但幽凡一还是醒了过来。他点破窗纸，向外看去，果见有三道人影落在离自己房间不远的院中。

天太黑，幽凡一没有看清来人相貌，只能隐约从身形判断出是一老两少，正小心翼翼地向自己房间而来。

幽凡一心下一惊，忙到床边取下了剑，暗道：“看这三人都背着刀，身手又都不简单，莫非是万刀门的弟子？”

三人很快到了幽凡一窗前，一个少年正要闯进房中，被那个老者拦住了，轻声道：“周刚，不可鲁莽！让为师来。”

老者说着向幽凡一房中断喝道：“幽凡一，你好生狂妄啊！我万刀门樊峰今日要会会你！”

幽凡一听老者如此说，心中一片茫然，推门便走了出去。他一出门，周刚便拔出刀，恶狠狠地盯着幽凡一。

幽凡一并不理会他，笑着向三人一抱拳道：“我当是有小贼偷偷摸进来了，原来是人称宝刀大侠的樊老前辈和周氏兄弟深夜造访啊。在下久仰三位侠名，快屋里请吧！”

樊峰见幽凡一如此客气，只当是幽凡一早有布置，要诓骗三人进屋，哪肯随幽凡一进去。他点指幽凡一道：“幽凡一，你在江湖上也有一号，敢不敢和老朽一较高下？如果你能胜了我，我们这就走，你再怎么小看天下英雄，我万刀门也不管了。但如果你败了，必须召开武林大会，当众向各位前辈道歉。”

幽凡一问道：“樊老前辈何出此言，我在家中评论江湖人物都不行吗？”

周刚怒道：“少要再装作无辜了，你只是在家中评论我们自是管不着，可你前几日在扬州城，口出狂言，羞辱正道高手，这我们就不得不出手教训教训你了！”

幽凡一闻言大笑道：“哈哈，恐怕是三位弄错了吧，我已三年未离开家了，怎会跑到扬州立擂？你们有什么证据说是我幽凡一干的，拿来看看？”

“弟弟，把他写的那诗给他背一遍，让他心服口服！”周刚道。

另一个一直没说话的年轻人周强，这时听周刚的话，开口背道：“幽家子弟在南唐，凡尘人间世无双。一剑在手生豪气，斩尽天下又何妨？”

周刚看着幽凡一道：“怎么样？这就是证据。”

“呵呵，我幽凡一几时会蠢到这种地步。你们以为如果这事真是我做的，我会留下这么一首诗？”幽凡一傲然笑道。

樊峰此时拔出了刀，说道：“幽凡一，老朽不管这诗到底是不是你作的，今日都要与你一决高低，动手吧！”

幽凡一见三人非要动手，也只得拔出长剑，对樊峰一拱手道：“樊前辈，既是非要过招就请您先出手吧！”

“好狂的小子，接招吧！”樊峰也不谦让，一刀挂着风声，恶狠狠地朝幽凡一头顶劈了下来。幽凡一见樊峰出手狠毒，没有留一丝情分，忙向旁一闪。

樊峰见幽凡一躲过自己一招，心中赞叹，可手中宝刀却更快、更猛，一记横刀揭斧向幽凡一腰间斩来。幽凡一又向旁一闪，并没有出手。樊峰见幽凡一轻松躲过自己两刀，竟没还手，显然是没把自己放在眼里，不由大怒，使出看家的招数吞刀刮肚又向幽凡一攻来。幽凡一身法玄妙，又轻松躲过樊峰一刀。

“小子，再不还手休怪老夫无情了！”樊峰冷冷地说道，幽凡一一笑道，

“樊前辈，我已让了你三刀，要出招了，小心！”说着一剑便刺向樊峰手腕。

樊峰见幽凡一的剑刺来，心中一惊，忙变招相迎，两人打在一起。但见一老一少，一刀一剑，在院中打得极是热闹。幽凡一招数老练，身影飘忽不定，忽前忽后，忽左忽右，剑剑极尽玄妙之能。而樊峰则是刀刀似有万钧之力，并且每和幽凡一过一招，刀上的力道便强上一分，一招使出当真便如万把钢刀齐出，隐隐有千军万马之势。

两人打了近百回合不分胜负，杀气腾空，弥漫在院中。周刚、周强为两人杀气所慑，脸色有些变了。

周刚有些吃惊地说道：“弟弟，咱师父在门中武功仅次于门主啊，没想到今日竟与这小子打得不分胜负。”

周强也道：“是啊，看来这小子的功力果然不简单，难怪如此狂妄。”

樊峰上了年纪，万刀门的刀招又过于刚猛，打着打着便觉有些力不从心。他偷眼看向幽凡一，却见幽凡一的招数似是比刚才更快，招招迅捷无比，仿佛完全没费体力一般。他不禁暗暗称赞道：“果然英雄出少年，幽凡一的武功确实天下少有对手啊！”

此时幽凡一一剑刺向樊峰左腿，樊峰见状忙一招封刀挂剑，抵挡过去。幽凡一却变了招，未及宝刀磕在剑上，剑早已撤回。樊峰这时一刀抽刀断水，便斩向幽凡一剑身。幽凡一手腕一抖，挽了个剑花，化去樊峰一招。他虽化去了樊峰这一刀，却显得有些散乱，樊峰见机会来了，一招单刀直入，手中宝刀向剑花中幽凡一的手腕刺去。

幽凡一见樊峰使出这招，精神一振，但见他手中剑向后一撤，身子随着向后飘了六七寸。就是这六七寸的距离，樊峰便觉手上力道有些不济了，心想不妙。

他刚要变招，幽凡一却身影如鬼魅一般，瞬间到了樊峰身侧，一剑平平伸出，抵在樊峰项间。

“樊前辈，你败了。”幽凡一说得极是轻描淡写，樊峰的脸却有些红了，闭上了眼睛道：“幽少侠，你要杀就杀吧。”

周刚、周强见师父被幽凡一制住，哪敢再轻举妄动，生怕惹恼了幽凡一。

“幽少侠，求你放过我师父吧！”兄弟俩跪下恳求道。

幽凡一笑了笑：“我不过与樊前辈切磋切磋，两位这是干什么？”说着收起了剑，向樊峰施了一礼，“樊前辈，晚辈多有得罪还请见谅。”

樊峰听幽凡一如此说，睁开了虎目，还了一礼，有些不好意思地说道：“幽少侠，老夫一时糊涂，听信了谣言。没想到幽少侠不但武艺超群，更是宅心仁厚，老夫佩服。”

“樊前辈，我知您是个惩奸除恶的大侠，定是对我有了误会。如蒙樊前辈不弃，可否与晚辈交个朋友？”幽凡一道。

“好！幽少侠既能看得起老夫，老夫也不管什么年岁了，便交了幽少侠这个朋友。”樊峰高兴地说道。

周刚、周强见两人和解，自是高兴，忙向幽凡一见礼，口称师叔。幽凡一一笑，也不多说什么，只对樊峰道：“老侠客，我这就去请父亲、叔叔来，和你们见上一面吧。”

“久仰幽氏昆仲武功高强，确实想见上一见。”樊峰道。

这时只见从其他两院走来许多下人，这些人手持火把，照得幽家的院中亮如白昼。灯火映照下走来两人，一人神情严肃，身着黑袍，威风凛凛，正是幽凝寒。而另外一人身着灰袍，脸上带笑，看起来很是和善，便是幽凡一的二叔幽瑞云。

“原来是万刀门的朋友啊！这位哥哥莫不是万刀门的长老樊峰？”幽凝寒见到樊峰一抱拳道。

“正是老夫樊峰。老夫久仰贵昆仲大名，今日一见果然不凡。”樊峰抱拳还礼道。

“不知峰兄今日怎么想起来到我们幽家了，也不提前通会一声，我们兄弟好迎接三位啊！”幽瑞云笑道。

“说来惭愧。”樊峰摇摇头道，“老夫有些老糊涂了，竟一时听信谣言，冒犯了贵府公子，实在内疚得很。”

幽凡一替樊峰解释道：“老侠客不知在何处听说孩儿在扬州摆了什么擂台，以武压人，便来幽家要和我过过招罢了。”

幽凝寒听幽凡一如此说，心中一惊，但见幽凡一并没有受伤，忙向樊峰深施一礼道：“多谢樊长老手下留情，没有伤了犬子，我替犬子谢过了。”

“幽贤弟，你说的哪里话来？老夫并非手下留情没伤贵公子，而是他胜了老夫啊！”樊峰道。

幽氏兄弟心中都是一惊，暗道："没想到凡一的武功三年间竟强到这般地步了，连万刀门长老都能胜了，实在惊人啊！"

幽凝寒心中高兴，嘴上却道："犬子年轻，不知天高地厚，得罪樊兄之处还请见谅。"

樊峰一笑，没有说话。

幽瑞云道："既是我们有些误会，不如摆一桌酒宴解释开了，才为上策啊！"

"好，来人啊！在宴客厅摆上好的酒席，款待三位大侠。"幽凝寒吩咐道。

樊峰摇摇头说道："不必了，我们还有一些事要处理，这便告辞了！"

幽氏兄弟再三挽留，樊峰还是带着周刚、周强离开了。

三人一走，幽凡一便对幽凝寒道："父亲，既是有人打着孩儿的名号，败坏咱们幽家名声，孩儿定要去管上一管。"

幽凝寒点头道："这押镖一事也不急于一时，你先去扬州走上一趟吧。"

"父亲，此事宜早不宜迟，孩儿这便去了。"幽凡一说着几个闪身，人已消失在夜色里。

第二十一章　隐锋初显

幽凡一出了家门，直奔扬州。这条路他极熟，没几日便到了城中，进了城他感到有些口渴，便进了一家茶棚。

他刚坐下，要了杯绿扬春，才喝几口，便听旁边有几个江湖中人谈起了自己。

一个年轻的蓝衣少年道："幽凡一这小子仗着自己是幽家的大少爷便不把我们江湖人放在眼里了，实在可恶！"

另一个白衣少年有些气愤地说道："可不是嘛，要不是他已经离开，没让我赶上，我非要好好教训他一顿！"

一个年纪略大一点儿的黑衣人道："别在这儿吹牛了，他虽然狂了些，可毕竟是幽家的大少爷，就凭你们哥俩还想赢他？"

"怎么？张兄是看不起我长剑门吗？"白衣少年怒道。

"长剑门连三流门派都不算，我自是不看在眼里。"黑衣人冷笑道。

白衣人气愤地问道："你那松涛派难道便是一流的名门大派吗？有什么资格看不起我长剑门？"

蓝衣少年见两人有些闹僵了，忙劝道："咱们仨谁也别看不起谁了，都不是少林、神龙这些大派的弟子，有什么好互相不服的。"

两人听蓝衣少年说得有理，也就不再争论了。

这时一只通体雪白的信鸽落在了幽凡一的左臂上，幽凡一见到这鸽子很是高兴，仿佛很熟的样子，轻轻抚摸着它的翅膀，笑着道："白雪，好久不见了，你还真厉害，竟能寻到这里来。云兄让你来找我有什么事吗？"

白鸽叫了一声，扑扇着翅膀，似是也很高兴见到幽凡一。

幽凡一和它闹了一会儿，这才取出绑在它腿上的书信。见信上的字如云逸墨的人一样，极是飘逸，信上写着：凡一贤弟，四五年未见，甚是想念。听闻令妹若雨已被慕容燕云找到，想必几天后便会回家，此事你不必再担忧了。不过近日有人冒充贤弟在扬州闹事，此人是鬼境中人，已向苏州而去，贤弟可速去苏州会会他。

“哈哈，不愧是云兄！我正愁不知去何处寻那贼子，云兄便修来此书，真是助了我一臂之力。而且表弟竟然找到了妹妹，实在让人意想不到，这可了结了我心中之事啊！”幽凡一见信大喜道。

幽凡一向小二要了笔墨，写道：多谢云兄相告。盼来日再与云兄对饮于涟霞山中，一叙别情。

他把回信绑在白雪的腿上，又摸摸它的头，然后一抬左臂，白雪便飞向空中。它飞到空中盘旋了几圈，叫了一声，便一扇翅膀，消失在天边。

幽凡一喝完茶，火速赶往苏州城，第三日一早便到了城中。

他一进城便向人打听，很快就有人告诉他“幽凡一”正在十全街卖艺。幽凡一一听，忙打马向十全街而来。

刚到街口，就见街中央有许多人围在酒楼前的一个空场边指手画脚，很是热闹。幽凡一下了马，挤进人群，向空场里看去。

只见里面一个黑衣的年轻人，和自己确实有几分相似，他正手持一把上好的白铜剑和一个魁梧大汉过招。这年轻人剑招很是玄妙，使得竟当真是幽家的剑法，而且已有了些火候。

两人打了才三个回合，“幽凡一”便一剑削掉了大汉的帽子。那汉子一惊，正要离开，“幽凡一”一脚便踢在大汉屁股上，笑道：“东海派难怪这么多年名头不响，原来弟子都如此饭桶，就算掌门来此，也难在我手下过上十招吧！如果不服，只管叫你们掌门来虞渊庄找我。”

“无量天尊，幽凡一莫要张狂，贫道来和你过几招！”说着一个身着道袍的中年道长来到“幽凡一”近前，用剑点指他道。

“幽凡一”笑道：“牛鼻子，你是什么门派的？输了也好让天下人知道知道，你又是哪个门派教出来的废物！”

“贫道正一派无极子！”中年道士傲然道。

幽凡一听这道士报了名，不由吃了一惊：“没想到这人竟是四十年来从未下山的正一派小天师无极子！他怎么会来这里？”

场中的“幽凡一”却轻蔑地一笑：“我当是谁，原来是小天师牛鼻子啊，就凭你也想胜我幽凡一，实在可笑。我劝你把你师父静应真君找来，他或许还能和我打上个十个、八个回合。至于你嘛，就不要在此丢正一派的脸了。”

“呵呵，这下惹恼了小天师我看你小子怎么收场。”幽凡一抱着剑看起热闹来。

“无量天尊，就凭你也敢口出狂言，当真不知我正一派的厉害！”无极子喝了一声，手结五品莲花印，稍一蓄力，便向“幽凡一”击了出去。

无极子天资极高，早就把天心正法练到了六七成，内力之深厚天下屈指可数。他此时一出手，真气便如滔滔江河汹涌而出，在空中凝成了莲花形击向“幽凡一”。

“幽凡一”见无极子内力如此精纯，竟能在空中凝结成形，心中难免有些吃惊。但他功力也绝非平常，身子急速向旁一躲，闪开无极子一记五品莲花印，但见这道被“幽凡一”躲开的真气继续向前，击在一酒楼上。这楼原本极是结实，但在被真气击中瞬间，只听“轰隆”一声，这楼竟塌了个角，很多酒客都逃了出来。

无极子见“幽凡一”闪开了，又结三山诀，三指同时点出，只见三道内力如剑气般带着嗞嗞的破空之声射出，攻向“幽凡一”的咽喉、前心和小腹。

“幽凡一”见势不妙，身子猛地向上一纵，避开三道指劲。无极子正要再出招，“幽凡一”却早已借着下落之势，一剑斜刺向无极子的脖颈间，他出手快似闪电，未及无极子避让，剑早已抵住无极子要害。

“幽凡一”见自己一剑便制住无极子，狂笑道：“小天师就这点儿本事？我早就劝你不要在这里丢正一派的脸，你偏偏不听，这可怨不得我！”

“什么？此人竟能一招制住小天师无极子，果真不简单，我要小心应付。”幽凡一见这个冒牌货竟胜了，心中不禁一凛。

“无量天尊，你果真有些本事，倒是贫道小看你了！”无极子吃惊地说道。

“幽凡一”撤下了剑，轻蔑道：“牛鼻子，本少爷今天不杀你，回去找你师父静应真君，让他来找我，那时叫你们正一派输得心服口服！”

“这人好生歹毒，羞辱了各门派高人后，都推到我虞渊庄来。难怪万刀门三位找到我家里来。”幽凡一心想。

幽凡一手中宝剑此时已出了鞘，正要出手，突然听酒楼上的平台处有人晃晃荡荡地走了出来。这人身材不高，目光迷离，一袭满是酒渍的白袍，头戴破旧的幞头，腰间缠着有些古怪的带子，两只手举着酒杯，仿佛看着美丽无比的女人一般，目光不肯错开一下。

“我当是什么高人，原来是个酒鬼，站那么高也不怕一会儿掉下来。”“幽凡一”一笑，对那人道，“这位哥哥，好酒性啊，下面都打成这样了，不快走，还有心情喝酒？”

那人一笑，举了举手中酒杯，高声道：“岑夫子，丹丘生，将进酒，杯莫停。下面几位别打了，不如上来一起喝几杯，不醉不归。”

“幽凡一”冷笑一声：“酒鬼，你喝你的，少生事端。就凭你还不配与我幽家大少爷一起共饮！”

酒鬼此时打了个嗝，他的酒气就连楼下的人都能闻到，他笑道：“哈哈，我……我不配……”他早已大醉，连说话都有些磕巴了。

幽凡一见这人一边说着，一边向前走去，仿佛根本没有发现再往前走便要跌下酒楼一般。他正要出言提醒，便见这酒鬼真的从三四丈高的酒楼摔了下来。

围观众人都闭上了眼睛，以为这酒鬼已经摔死，暗自感到有些可怜。

“幽凡一”却连身都没转，只冷哼了一声。

半天众人都没听到酒鬼摔在地上的闷响，不禁有些诧异，都向酒楼下看去，这一看就连幽凡一都吃了一惊。只见这酒鬼非但没摔死，就连他酒杯中的酒也没洒半滴，酒鬼笑着道：“南风吹归心，飞堕酒楼前。好酒啊，好酒！”

幽凡一一惊，心想：“这酒鬼不知是何方高人，武功竟能高到如此地步，看来比我要强上许多啊！”

“酒鬼，你是什么人？”假幽凡一心中也是一惊，用剑点指酒鬼问道。

这酒鬼见“幽凡一”用剑指向自己，没有半点儿惊慌，又笑了起来：“你拿的东西身长二尺一寸，柄长九寸。别看共有三尺，却没一点儿用处啊。要说是剑，可钢口却太差，当烧火棍吧，又太短，真是白白浪费了这么多铜，太可惜了。如果把这铜打成酒杯，那才不算是暴殄天物啊！”

“幽凡一”本极喜欢这把白铜剑，认为这剑极是锋利，此时听这酒鬼如此说，不由大怒道：“酒鬼，这东西就算不济，可想杀你却绰绰有余了，接招吧！”

“幽凡一”一剑刺向酒鬼眉心，酒鬼却似没看到一般，目光一直看着酒杯，连正眼都不看“幽凡一”一眼。当他的剑离酒鬼眉心只有半寸时，酒鬼笑了笑，只一闪身，便在两丈开外，目光仍看着酒杯，好像完全不把“幽凡一”放在眼里。

“好酒鬼，有两下子！”假幽凡一见酒鬼根本不理自己，只看着酒杯，有些生气。他刹那间连出三剑，剑剑刺向酒鬼手中酒杯。酒鬼脸上的笑容越发灿烂，不见他手如何动作，酒杯却在他手中如活了一般，在他手中闪展腾挪。酒鬼应付“幽凡一”，仿佛老朽戏顽童，完全不须费什么力气。

幽凡一见酒鬼的功力竟能强到这种地步，心想：“此人武功实在不可思议啊！天下能有这功力的酒鬼，莫非是传说中的隐锋山庄庄主，‘醉生梦死’万梦生？”

假幽凡一也很吃惊，他可是一剑便胜了小天师无极子的，但与这酒鬼打在一起，招招竟显得如此呆滞，连他的衣角都碰不到。

“酒鬼，你难道是隐锋山庄庄主万梦生？”假幽凡一哪敢再小觑这酒鬼，停了攻势问道。

这酒鬼笑着点点头，缓缓饮尽杯中酒，扔了酒杯道：“既然知道我是谁了，还不和我喝上一杯！如果不想喝也行，那就陪你比比剑。”他说着解下了腰带，内力一吐，腰带便直了，同时闪出了一道骇人的宝光。众人被宝光晃得睁不开眼睛，这才发现他手中拿的哪里是什么腰带，分明是把钢刃极佳的软剑。

幽凡一见到这光，心中竟生出一股寒意。他不禁又仔细打量起这酒鬼，只见这酒鬼宝剑在手，目光中哪里还有半点儿迷离，而是神光炯炯，颌下五缕短须随风拂动，极是潇洒。他原本给人的感觉是个邋遢的酒鬼，现在却有一种遗世独立之感，飘飘谪仙之气。

万梦生轻弹手中软剑，软剑被他一弹，发出一声龙吟，他笑道：“舒狂剑多年未出了，今日你有幸一见，算你运气了。”

假幽凡一本就有些惧怕万梦生，现在一听舒狂剑，更是紧张起来。他生怕万梦生先出剑，如果让他先出了剑，哪里还有他攻击的机会。他手中钢剑霍地攻出，猛击向万梦生面门。

万梦生哪里会把“幽凡一”放在眼里，他一摆舒狂剑，使出落尘剑法。两人交手几回合，万梦生却未取胜，心中有些急了，使出绝技青莲剑法。

但见他轻喝一声："挥剑决浮云！"他身子不退反进，大袖一挥，舒狂剑后发先制，斩向白铜剑。他的招数凌厉，动作却极是潇洒，仿佛舞蹈一般。

假幽凡一快速撤回铜剑，见万梦生并没有跟着削过来，松了口气，暗道："还好我撤得快，不然被他的剑斩上，我这铜剑定会被斩为两段啊！"

万梦生淡淡地说了声："庄周空说剑。"他话音未落，剑已划向假幽凡一的面门。假幽凡一听万梦生的话，知他这招是虚招，可偏偏又不得不出剑相迎。

万梦生见假幽凡一出剑护住自己面门，又说道："抽剑步霜月。"随着话音，他瞬间到了假幽凡一身后，一剑刺出，点向他后心。

假幽凡一吃了一惊，忙转过身，挥出一剑，随着挥剑，他身子忙向后退去。他这一剑却只能假装护身，哪敢当真去碰万梦生的舒狂，处境极是被动。

万梦生一笑，他大袖飘飘，身子却快如闪电，假幽凡一刚站稳，他竟又到了他身后，一声清啸，右脚向前踏了一步说道："剑歌行路难！"

假幽凡一心中惊诧，又转身出剑相迎。他这两次转身，已有手忙脚乱之感，此时手中剑已有些控制不住，磕向了舒狂。万梦生见假幽凡一出剑向舒狂磕来，正中下怀，他手中剑快如疾风，斩向假幽凡一的铜剑。

"呛啷"，轻轻的金铁交鸣声一响，舒狂剑便如切豆腐一样把铜剑斩成两截，白铜剑半个剑身落在石板路上发出了轻响。万梦生并没有伤假幽凡一，而是收回了剑，说道："你不是幽凡一，不要再在江湖上报幽凡一的名号了，而且你要亲自向各门派道歉。"

幽凡一见万梦生虽仗着宝剑在手，但能在四招之内就胜了假幽凡一，足见是武功极高之人，不由发出赞叹。此时又听万梦生断定这场中人不是自己，还让他向各门派道歉，对万梦生顿生好感。

假幽凡一还狡辩道："万梦生，你不要以为自己武功高强，我虞渊庄就怕了你，你等着……"

"哈哈哈，你如果是幽凡一，那我又是谁呢？"幽凡一笑着走到两人身边。假幽凡一见到真的幽凡一来了，也不再嚣张了，叹了口气："唉，你们要杀便杀吧！"

万梦生见来人果然是通体贵气，又不修边幅，剑鞘上用篆字刻着个"虞"字，知是真幽凡一来了。他对幽凡一一笑说："幽老弟，你果真与传说中的相差无几。唉，可惜了，你拿的只是普通的铁剑，不是你家的那把清影剑，不然我倒是有意和你比比剑。”

幽凡一知万梦生是个不见外的人，也没有抱拳，只是笑了笑说：“万兄，我们今日不比剑，我请你喝酒如何？”

“好呀！”万梦生听见幽凡一要请自己喝酒便大笑，他走到幽凡一身畔拍了拍幽凡一的肩膀，“幽老弟也是好酒之人吗？”

“好酒谁人不爱，只不知万兄爱喝什么酒？”幽凡一笑道。

“我第一爱喝的是自己酿的醉仙酿，可惜这里没有。那便去喝些上好的关外白酒吧。”万梦生道。

“这白酒自是要配犀角杯啊！”幽凡一说着从包中取出了两个精致的犀角杯。

万梦生见了极是高兴，指着幽凡一道：“世人道我是酒鬼，我也不曾随身带酒具啊，不想幽老弟你竟……”

两人相视大笑，携手揽腕向城中最大的酒楼而去。

第二十二章　琴瑟难鸣

幽凡一和万梦生进了酒楼，找了张桌子坐下，要了五坛上好的白酒和几个小菜。

“万兄，小弟敬你一杯！”幽凡一给万梦生斟了满满一杯酒，笑道。

“好，干！”万梦生也举起酒杯，一口就饮下杯中美酒，赞道，“这酒虽远不如醉仙酿，可也算得上好酒了。幽老弟，我也敬你一杯！”说着给幽凡一也斟了一杯。

“哈哈，万兄果然好酒量，小弟奉陪，干！”幽凡一接杯在手，一仰脖，杯中酒也是喝了个一干二净。

两人推杯换盏，不知不觉喝到了夜里。酒性虽好，可喝了这么久焉能不醉？幽凡一还能勉强撑得住，万梦生却已经趴在了桌子上，手中酒杯却未放开，杯中酒洒了一身，恍然不觉。

“万兄，我们……我们今天便在这里住上一宿吧……”幽凡一断断续续地说道。

万梦生好像并没有听到幽凡一的话，口中喃喃地自言自语道：“梦涵，我又醉了……我怎么每次一醉，就会想起你？你要是在……你要是在该多好……”

“万兄……你怎么了，梦涵是谁啊……”幽凡一好奇地问道。

“梦涵？她是我这生唯一爱过的女子，一个永远无法忘记的女子。她是那么贤惠、那么美丽，又那么和我情投意合啊！”万梦生长叹着，眼中竟不知不觉有了泪光。

幽凡一已醉，心中也没了什么顾忌，随口问道：“不知嫂嫂现在何处，万兄竟想念至斯？”

“三年前她不在了……”万梦生长叹一声，半晌苦笑道，“幽老弟，你当我自幼就喜欢饮酒吗？”

“万兄如此海量，难道不是自幼便饮酒吗？”幽凡一道。

万梦生摇摇头，说道：“我是在她去后才借酒消愁的。三年间我喝遍天下所有的美酒，去过天下所有的酒楼，却再也找不到那日的味道了……”

幽凡一动容道：“万兄，没想到你饮酒竟是为了消愁，不知能不能给我讲讲你们的故事？”

“当然可以，我这一生除了剑和酒或许只剩下那一段往事了。”万梦生神情极是悲伤。

他又倒了杯酒，缓缓饮下，往事如酒一样，点点滴滴地浮现了出来。

一日午后，隐锋山庄。

万梦生手中舞着一把宝剑，虽极是熟练，却终是少了些剑法中应有的神韵。

“唉，我万梦生练过剑法无数，怎么偏偏这青莲剑法就是难以大成呢？”万梦生看着手中宝剑，叹气道。

“庄主，您不必烦心，这青莲剑法老爷活着的时候也是没有练成。您现在还年轻，不要为这个整天长吁短叹才是啊！”万梦生身边一个老管家道。

“钟伯说得有理。”万梦生点点头道，“或许我该出去一段时间，游历一下名山大川、拜访一下前辈高人来找寻一下灵感。”

“庄主，这庄子有我在，你就放心去吧。”钟伯说罢就去给万梦生收拾了包袱。万梦生离开了隐锋山庄。

在外面待了一年多才回来，这一年里他拜访了许多江湖剑客，走过了很多壮美、秀丽的山川大河，却还是没有一点儿领悟。他只得无奈地返回隐锋山庄。

刚到鸣剑山下，万梦生就听见远处隐隐有打斗的声音。“嗯？何人敢在我鸣剑山下动手，莫非是山庄出事了？”他忙循着打斗声赶了过去。

他运着轻功在山间疾行，不多时便看到前面有五六个男子正围攻一个白裙女子。万梦生虽不知这女人是谁，但见有这么多男人围斗一个女人，他不能见事不管，于是迎了上去。

这女子手中一把长剑，使的是神龙派的苍龙剑法，只见剑在她手中仿佛化为一条白龙左冲右突，招数很是灵动。但那几个男子攻势更是强劲，有的使剑，剑招凌厉；有的用刀，刀势凶猛，还有人手中一把大斧，舞得呼呼作响，力有千钧。

几人打着打着，突听女子一声轻哼，肩头中了一剑，随即背上又挨了一刀。她的伤势虽不致命，却也不轻，可她手中的剑没有因受伤缓上半分，而是咬着牙，把剑舞得更快。

万梦生心中赞叹道："世间能有这般剑法的女子，实在难得，今日我定不会让这些人杀了这姑娘。"他想着，人已到了近前，他大喝道，"哪里来的贼子，我万梦生在此！谁敢在我鸣剑山下撒野！"

一听万梦生来了，为首一人看了身边几人一眼，小声说道："风紧扯呼！"其他人一听，都收了攻势，作了鸟兽散。几人才走，那女子便撑不住了，身子向后倒了下去。

万梦生见姑娘要摔倒，忙一把抱住了她，问道："姑娘，你是谁，他们为什么要杀你？"

那姑娘看着万梦生无力地说了声："我叫梦涵……"便昏倒在万梦生的怀里。

万梦生这才仔细看着怀中的女子，见她虽不够倾国倾城，但也极是清纯、温婉。万梦生莫名对这女子产生了好感。他轻轻抱起她，走进隐锋山庄。

"钟伯，快把我父亲留下的疗伤药拿来一些，这姑娘受伤了，我绝不能让她死！"万梦生见到钟伯焦急道。

"庄主，这姑娘是什么人，信得过吗？听说现在有很多人在打咱们山庄宝剑的主意啊！"钟伯提醒道。

万梦生有些生气道："钟伯，都什么时候了，你还管这么多，救人要紧，出了什么事自有我担着！"

钟伯无奈地点点头，取来最好的疗伤药交给万梦生。万梦生接过药，抱着气息奄奄的梦涵到了房中。

两人进了屋，万梦生哪里还管得了那么多，把梦涵放在床上，脱下了她的长裙。他见到梦涵白皙光洁的后背，只觉心潮澎湃，忘记了她有伤在身，愣了半天才静下心来。给她涂上了疗伤药，又用手抵在她的背上，为她运气疗伤。

待他做好了这些，为梦涵穿好了长裙，只觉身心俱疲，满头大汗。他坐在梦涵身边，看着这个清纯的少女，希望她能早些醒来。

三天后的傍晚，梦涵才醒了过来。

她见到眼前的万梦生，轻轻地问道：“我这是在哪里？”

“隐锋山庄。”万梦生答道。

“那您是万庄主吧？多谢庄主救命之恩。”

万梦生笑道：“梦涵姑娘，你终于醒了，真是太好了，上苍保佑啊！”

梦涵这时感觉伤口处已不太疼，还有些丝丝凉意，她的脸顿时红了，羞涩道：“庄主，你……”

万梦生也有些不好意思地说道：“在下为了给姑娘治伤，顾不了许多，冒犯之处还请原谅……”

梦涵沉默了许久，叹了口气道：“庄主，我不是个随便的女子，今日被你看了身子，我只有一死。”说着拔出放在身边的长剑，就要自刎。

“梦涵，我不……我不会让你死的！”万梦生哪里肯让梦涵就这么死在自己面前，他一把夺过了剑，关切地说道，“梦涵，我既救了你，今天便不会让你死。你说吧，怎样你才能不死。”

梦涵许久叹了口气，娇羞地说道：“除非……除非你肯娶我为妻……”

万梦生本以为梦涵会提什么过分的要求，听到梦涵要嫁给他为妻，只犹豫了一下，便道：“梦涵，你放心，我万梦生一定娶你为妻，今生今世都会守护你，再不让任何人欺负你。”

梦涵一笑：“梦生，你我才认识多久，你就敢娶我，难道不怕我是别人派来偷宝剑的吗？”

万梦生摇摇头：“不怕，虽然我们认识才三天时间，但我凭直觉相信你是个好姑娘，你不会骗我的。当然，如果你骗我，我便用这山庄的万千宝剑，换我们一世相守，你看这样够不够？”说着取出了一把打开剑库的钥匙交给了梦涵。

梦涵见到钥匙有些兴奋，嘴上却只一笑，轻轻说着：“够，当然够，能有一个像你这样爱我的人，我要这些宝剑又有何用？宝剑再好也终不及你对我的情分。”

很快，两人成了亲。那天万梦生第一次喝酒，喝的是自己的喜酒。开始万梦生喝酒她总是陪着他，有她在，烈酒也如甘醴。两人常常醒着一起谈论剑法，醉着一起纵情高歌，那时的万梦生是何等快乐。

可好日子只过了三个月，在一个伸手不见五指的夜里，飞来了一只比天还黑的信鸽。鸽子落在窗边，离梦涵不到一尺的地方。那晚万梦生喝得太多，没有察觉，梦涵却醒了。她见到鸽子的一瞬间，整个人都瘫软了，心在滴血。她取下了信，随手毁了，这信她不看也知道其中内容，美眸中不禁有了泪光。

她轻轻起了身，心中叹道："梦涵啊，你怎么这么糊涂，这本是一场戏，你却竟真的陷入其中了。"随即她又道，"梦生对我这么好，我又怎可负他呀！"

她正在纠结时，万梦生醒了，说道："梦涵，你怎么起来了，睡不着吗？"梦涵心中一惊，忙赶走了鸽子，勉强一笑："梦生，这天有些热，心中烦躁，便起来散散心，你接着睡吧。"

万梦生心思单纯，哪里会多想，只说道："梦涵，你穿得少，小心着凉了。"说着又睡了过去。

梦涵此时心中想："梦生对我这么好，我断不可负了他，只是如果我不偷到剑，想必那个人不会放过我，我该怎么办啊！"

她无奈地取出新婚前万梦生给她的钥匙，一个人小心翼翼地打开了剑库，从里面找到了赤龙剑，连夜偷偷离开了隐锋山庄。

第二天一早，万梦生醒了却没看到梦涵，只看到了她留下的一封信，信上写着：梦生，对不起，你对我那么好，我不该偷你的剑。我在婚前曾问过你，不怕我是来偷剑的吗？你却说我是个好姑娘。我梦涵并没有你想的那么好，我是别人从小养大的死士，做他的棋子是我的宿命，不过就算是一颗棋子，我对你的心却是真的。我想好了，我把赤龙剑交给他，然后脱离他的控制。梦生，希望你对我白头到老的许诺不是空谈。如果你能原谅我，两月后悠然谷再见。梦涵愧书。

万梦生看着书信，心中说不出的惆怅。他不怨梦涵骗了自己，他也不怨设计偷他宝剑的人，他更不怨自己爱错了人，他怨的是，为什么梦涵不把实情告诉他，如果这一路上梦涵有什么意外，他又如何能独活于世。

他当晚便收拾好了东西，第二日快马加鞭赶往悠然谷。

这一路只觉路程漫长，心中一直想着梦涵，那个与自己情投意合的女人。

两月后，他到了悠然谷，那个让他记了一辈子的地方。

“梦生，你来了。”万梦生刚下了马，就听见梦涵的声音在身后响起，她的声音有些沙哑，有些虚弱。

“梦涵！”万梦生激动地下了马，看见身后的梦涵此时足足瘦了一圈，而且额头、嘴角都有深深的血痕。万梦生有些惊住了，“梦涵，你怎么了，谁伤了你？快告诉我呀，我非杀了他为你报仇！”

梦涵只是苦笑：“梦生，我没事，为了你受些苦无所谓的，只要能离开这些人，永远和你在一起，我什么都愿意！”

万梦生抱住了梦涵，自责地说道：“梦涵，你受苦了，是我没用，没有保护好你。我向你保证，这是你最后一次受委屈，以后只要有我万梦生在，定不会再让你被人欺负！”

梦涵点头道：“梦生，我信你。我还要告诉你个好消息，赤龙剑……”

这时一个老者的声音响起，打断了梦涵的话：“小贱人，你当真以为舵主这么简单就会放过你吗？实在太天真了！”话音未落，贾安南便带着十几个神龙派的高手到了两人身边。

万梦生拔出了宝剑，点指贾安南怒道：“你神龙派号称名门正派，怎么如此狠毒，把梦涵打成这样还不算，竟敢在此埋伏，当我万梦生是好欺负的吗！”

贾安南冷笑道：“万大庄主，你以为我要杀这样一个吃里爬外的贱人用带这么多高手来吗？你身为隐锋山庄庄主，难道连这么简单的事都看不出来吗？”

“赵匡胤实在欺人太甚，今天我先杀了你们这些神龙派的走狗，来日我定取赵匡胤的项上人头！”万梦生说着一剑攻向贾安南。

贾安南一笑，身子向后飘出三丈，一挥手道：“给我上！”随着他一声令下，十几人手中长剑齐出，摆出苍龙啸天阵应付万梦生。

万梦生手中剑光闪闪、剑气震慑四方，他人如疾风，剑似游龙，在大阵中犹显得从容不迫、游刃有余。十几个高手竟被他一人杀得落了下风。贾安南心中一惊，忙指挥变阵，十几人也做出相应的变化。

这大阵本就按五行八卦所摆，威力非凡。此时在贾安南的指挥下，大阵灵活运转起来，威力顿时提升许多。只见十几把剑分袭万梦生周身要害，万梦生想挡，那个人便撤剑，另一个人旋即又攻了上来，如此循环往复，使得万梦生招招只是空耗体力，没有一点儿效果。

万梦生虽剑法精妙，又有宝剑在手，可却拿这大阵没有一点儿办法。他抵挡了一个时辰，已汗流浃背。他勉力又撑了半个时辰，彻底脱了力。

这时十几人的剑同时刺了出来，刺在万梦生的身上，万梦生吐了一口鲜血，随即大吼了一声，疯了似的挥出三剑，杀了五六个人，却再也握不住剑了，身子倒了下来，可他还是喊着："梦涵，你不要管我，快跑！"

"梦生！"梦涵此时的声音有些嘶哑，她想去救万梦生可她的武功已经被废了，若是上前只会被贾安南擒住。

如果随着万梦生死，她自是愿意，可被他们擒住，赤龙剑便会落在赵匡胤手中，她绝不会让这些恶人得逞的。她把心一横，看了看倒在地上的万梦生，长叹一声，眼睛流着泪，嘴角含着笑，向悬崖边走去……

后来万梦生的"尸首"被神龙派的人弃于荒野之中，再后来，他被一个路过的少女救活了。

他返回悠然谷，却没有一点儿梦涵存在的痕迹，他心中一阵悲伤，不禁吐出一口鲜血。他流着泪离开了，从此日日饮酒消愁，只为了心中那挥不去的思念。

天意弄人，他心中有了仇怨，身子常有醉意，竟悟出了青莲剑法的那一缕神韵。只是她已不在，万梦生纵然武功再高，又有什么用呢，他又能去保护谁呢？

幽凡一听着万梦生的故事，也默默流下了泪。许久他才问道："万兄，你认为嫂嫂一定是不在了吗？这些年你没去山崖下看看吗？"

万梦生含泪道："幽老弟，三年里我去过这崖下的次数不比我喝醉的次数少，可是没有发现一点儿蛛丝马迹能证明她还活在人世啊！"

"万兄，你被十几把长剑刺中不也是没有死吗，难道嫂嫂跳崖便一定会死吗？"幽凡一宽慰道，"没有痕迹就是最好的消息呀，如果她真的不在了，那她的尸身又去了哪里呢？"

万梦生的酒突然全醒了，眼中迸射出一道光，那是希望的光。"幽老弟，你说得对，这么简单的道理我怎么没想到！梦涵一定还没有死，她一定还活着，我一定可以找到她！"说着他走出了酒楼，消失在黑夜里。

幽凡一怎会想到万梦生有这样的故事，他的故事纵不饮酒，也足以让人大醉不醒，可醉的人或许更悲伤、更心碎……

第二十三章　天人神剑

朝阳照射着海岛，浪花拍着沙滩，海风习习，掠过阵阵波澜……

慕容燕云正坐在海边，这几天他的眼睛渐渐能看见一些了，但还是很朦胧。方正乾在烤着一条鱼，发出诱人的香味。

“慕容少侠，吃鱼吧。”方正乾递过了手中的鱼，对慕容燕云说道。

“方前辈，我不饿，我想一个人静一静。”慕容燕云平淡地说道。

“好吧，我给你放在这儿，你想着吃啊。我们在海岛已经三个月了，瞭望塔这几天就要搭好了，或许再过几日就会有船来接我们回去。”方正乾道。

慕容燕云点了点头：“我相信我们不会一辈子就待在这荒岛上的，我们一定会回中原报仇的！”

方正乾一笑，转身离开了。

慕容燕云心中胡思乱想，一会儿想起了父母的惨死、一会儿想起了老伯临终前的画面、一会儿又想起了与赵婵雪的爱恨纠葛，他的心便如这海浪，一波未平，一波又起……

海风渐渐大了，吹在慕容燕云脸上有一种剑割的感觉。海浪声此时充斥了他的脑海，他的心智仿佛进入了一种无法用语言形容的空灵境界。

他感觉世间万物似乎都与自己有一种莫名的联系。他呼吸，天地随之运转；他沉思，众生与之同寂。这便是天人合一，人便是天，天便是人，何为天下，皆在心中！

慕容燕云缓缓睁开了眼睛，突觉眼前的景物，不但清晰，而且比以前更加明朗。他心里明白，他的眼疾彻底好了。他一眼望去，仿佛就能看遍人间，看透万物众生。他下意识地取出了背在身后的古画，慢慢展开。

他看着慕容兟手中的剑，像一道闪电，看着那漫天卷起的风雪，仿如剑气散出的寒光，看着那几道醒目的疾风，像一条条剑道融汇天地，他突然笑了，看透一切地大笑，他心中原本的迷雾，现在拨云见日。

“天为剑，地为剑，人心为剑！”慕容燕云放声长啸，他拔出手中长剑，傲然而立，有种俯瞰天下的王者之气油然而生。

只见他一剑刺出，空气似乎都为之一凝，原本散乱的海风，此时化作万千剑气，击向海中。大海千万年潮涨潮落，现在却在一剑之威下断绝了海涛，海水逆行而去。

慕容燕云大笑，声音震荡在海岛每一个角落，花草为之颤抖，野兽为之战栗，只要一个念头，万物好像都可以被他粉碎成灰！

“慕容少侠，你怎么了！”方正乾被慕容燕云声音所惊，忙跑了过来。

“慕容平州，接招！”慕容燕云一摆手中长剑，剑身嗡嗡作响，携天地之威攻向方正乾。

方正乾哪里见过如此凌厉的剑法，只觉这一剑足可劈天裂地，排山倒海，哪里还是人力所能及，不禁心中大惊。好在他交战经验丰富，这才勉强躲开一剑，却也被海风化作的剑气所伤，吐出一口鲜血。

“慕容少侠，快停手！我不是你的对手，认输了！”方正乾喊着，想让慕容燕云收起剑。

慕容燕云只是冷笑：“赵匡胤，我父母大仇定要你血债血偿，受死吧！”说着如猛虎般手挥长剑，恶狠狠地扑向方正乾。

方正乾听慕容燕云叫自己为“赵匡胤”“慕容平州”大感奇怪，但看到他的目光血红，神情恍惚，暗道：“不好！慕容少侠走火入魔了！”

不等方正乾细想，慕容燕云的剑早已袭向方正乾咽喉，他剑法霸道绝伦，剑气举世无双，剑未到近前便有巨大的压迫感，此时到了方正乾身前，他竟觉得连呼吸都极是困难。

方正乾运起十成功力，身子急速向后退去，这才堪堪闪过一剑。只这两剑就让方正乾通体出汗，别说与慕容燕云动手，就是闪避也难如登天！

“鬼境贼子，我慕容燕云要杀了你为老伯报仇！”慕容燕云手中长剑一摆，拦腰向方正乾砍去。

方正乾每见慕容燕云使出一剑，心灵便受到一次极大的震撼，他看着此时的慕容燕云，哪里还能感觉出他原本的斯文，如战神附体，武仙现世！

“慕容少侠，我是方正乾呀，快停手！”方正乾焦急地大喊道，他十分清楚，现在的慕容燕云莫说自己，就是少林、正一、丐帮、神龙四派掌门同时出手，也只怕会死在他的剑下！

慕容燕云在方正乾的大声断喝下，神志略恢复了一点儿，手中剑明显一顿，拦腰斩去的一剑去势缓了一些。但这一剑仍不是天下任何人能使出的一剑，绝情、霸道又凌厉。

好在方正乾本也是世间少有的高手，慕容燕云的剑一缓，他便觉得让他窒息的压迫感减了不少，也能勉力应付几招，不至于连一点儿闪避都困难了。

他身子一扭，又躲过一剑，高声继续道：“慕容少侠，你要压制住心中的杀意啊，我们是朋友，你不可以杀我呀！”

慕容燕云极痛苦地从内心怒吼了一声，他表情悲严，极是可怕，显是他在与心中的杀意做着抗争。只是杀意太强，慕容燕云手不听使唤，根本没办法收剑。

方正乾见慕容燕云神情痛苦，心想：“慕容少侠人虽不大，却怨念太深，如今想来他定然是痛苦至极，实在让人怜惜！”

“慕容延钊！你休想娶到雪儿，去死吧！”他神志忽又迷离起来，眼中红得似是要滴出血来！他的剑没有一丝留情，刺向方正乾前心，他剑上的怒意仿佛足以点燃天地。

方正乾知道慕容延钊与赵婵雪定亲的事，此时听慕容燕云咬牙切齿地喊着要杀慕容延钊，心中又是一阵动容：“难怪慕容少侠从上岛第一天就有些闷闷不乐，原来心中仇怨深到这般地步。这也不能怪他，是这三年间的经历对他的刺激太大了……”

这时海面上驶来一艘大船，船上站着一位身着黑衣的俊朗少年，这少年怀中抱着一把长剑，正指挥着船向海岛靠近。

方正乾费尽全身解数，又躲开一剑，恳求道：“慕容少侠，你看，有船来了，我们可以走了，求你快收起剑吧！”

慕容燕云哪里肯听，长剑又袭向方正乾面门。方正乾早就筋疲力尽，撑过这几剑后哪里还能再躲过这一剑。方正乾心中长叹，闭上了眼睛。

眼见慕容燕云长剑已到了方正乾面门，突然只听“当”的一声，慕容燕云的剑被硬生生地挡住了。他睁开眼睛，见刚才还在船上的少年，现已在自己身前，挡住了慕容燕云这一剑。

“表弟，你怎么了，我是幽凡一啊！”黑衣少年喊着，吐出了一口鲜血。

“原来是幽少侠，慕容少侠他走火入魔了！”方正乾听说来的是幽凡一，心中略微放下一点心，忙解释道。

幽凡一看着慕容燕云冷冷地说道：“表弟，我担心了你三年，你就是这样报答我的吗？”

慕容燕云听了幽凡一的话，极力控制手中长剑，费力地说道：“表哥，我知道你对我好，可我控制不了心中的杀意，你们快走，我不想伤了你们！”

幽凡一对方正乾道：“这位前辈，你先上船，表弟交给我了！”

方正乾道：“幽少侠，你小心！”

“表弟是不会杀我的，前辈快上船！”幽凡一喊道。

方正乾点点头，正要离开，慕容燕云一剑便又击来，划向方正乾项间。幽凡一忙伸剑拦住慕容燕云，只听一声金铁交鸣，慕容燕云的剑削断了幽凡一的剑。

“表弟，你疯了！”幽凡一怒喝道。

慕容燕云长剑一挥，竟攻向幽凡一：“表哥，你别拦我，今天我不杀人，自己便会死！”

幽凡一本是使剑高手，现在长剑被慕容燕云削断，只得用拳脚和慕容燕云过招。两人本是亲戚，又是朋友，可现在慕容燕云杀意太盛，和幽凡一打在一起。

两人过了十几招幽凡一便觉得有些力不从心，招招被慕容燕云压制，场面极是狼狈。

慕容燕云一剑点向幽凡一，幽凡一身子忙向旁一闪，转到他身后。慕容燕云发现幽凡一到了自己身后，挥剑转身。就在这瞬间，幽凡一用起蒙古的摔跤手法，抱住慕容燕云的腰。

慕容燕云腰被抱住，只觉有力使不出，刚要用剑刺去。此时幽凡一双手一用力，竟把慕容燕云摔倒在地，他用全身力气压住慕容燕云，使他无法动弹。

“啊！”慕容燕云大叫一声，神情极是痛苦，俊朗的脸上五官都扭曲了，他身子被制住，剑无法击向幽凡一，竟挥剑向自己咽喉砍去。

“表弟！”幽凡一见慕容燕云竟要自杀，忙一把抓住长剑，右手瞬间鲜血淋漓。

幽凡一情急间突然想起自己曾与一位正一派的道士学过一点儿静心的口诀，忙死马当活马医，口中念道：“太上台星，应变无停，驱邪缚魅，保命护身。智慧明净，心神安宁，三魂永久，魄无丧倾。”

只见随着幽凡一口中念诵，慕容燕云的神情明显恢复了许多，眼睛上的血丝渐渐散去，换来一片清明。

“表哥，我没事了……”慕容燕云刚才有杀意支撑，并不觉得如何，现在杀意渐退，便觉浑身无力，内力已竭，大口吸着气。

“表弟，你刚才怎么了？”幽凡一放开了慕容燕云，极是关切地问道。

慕容燕云笑了：“表哥，我终于领悟了天人剑法！我能报仇了，我能杀赵匡胤、慕容平州了！”

幽凡一不敢置信地问道：“表弟，你当真学会天人剑法了？这天人剑法可是几百年没人练成过了，你竟领悟了？”

慕容燕云点头，神情激动地说道：“是的，我领悟了！这剑法之所以叫天人剑法，是因为只有在天人合一的情况下才能领悟。这剑法本身并不是一种武功，而是运天地之力的法门，可谓是天下剑法的总纲。不论以何种剑法使出，都能将剑法的威力发挥到极致，纵使胡乱舞出的剑招，只要运用得当，也足可一剑杀死绝顶高手！”

幽凡一听慕容燕云介绍，心中也是一阵澎湃，说道：“太好了，太好了！表弟，你有这剑法，想让我父亲承认姑姑、帮你报仇，都简直易如反掌啊！”

慕容燕云笑道：“表哥，现在就是我一个人想杀赵匡胤也不是什么难事了，纵然你们不出手也没问题了！”

方正乾见慕容燕云恢复了正常，这才过来道：“慕容少侠，你刚才武功实在惊人，老夫差点儿没了性命啊！”

慕容燕云一抱拳，神情间满是歉意道：“方前辈，晚辈刚才多有冒犯，还请你原谅。”

方正乾一笑，道：“老夫见过使剑的高手无数，可和少侠比起来却只能如萤火，哪里还有什么光彩呀。只是这剑法杀气太重，少侠以后最好不要勉强施展，不然一旦入魔，只怕于人于己都有害无益啊！”

“前辈提醒得极是，我以后会尽量压制这剑法中的杀意。”慕容燕云一边说着，一边捡起古画，内力暗吐，画便化为飞灰，消散在空气中。而另一幅画被他放入了怀中。

幽凡一见慕容燕云神情彻底恢复，于是道：“表弟，有什么话上了船再说吧。”

慕容燕云点头道：“表哥所言极是，方前辈，我们走吧。”

方正乾叹了口气道：“两位少侠，老夫就不随你们回中原了，我在这里等有机会能杀了赵匡胤，再回去不迟。”

两人都劝道：“方前辈，你一个人在孤岛上怎么活呀，还是随我们回去吧！”

“老夫本就是要来这岛上躲避追杀的，现在若是回去了，还是会被追杀的，不如就在这里待上一段时间，什么时候能杀赵匡胤了，只需你们派艘船来，我自会回去。”方正乾解释道。

两人觉得方正乾所言有理，也没再勉强他，挥手告别。

慕容燕云上了船，换了一身新衣服，下人又端来了一杯茶。慕容燕云谢过幽凡一，望着海岛，心中想道：“在岛上时希望有船能回中原，现在要回去了，怎么有种不舍的感觉。是啊，海岛上生活虽不方便，可毕竟没有钩心斗角、你杀我夺，真的可以让人忘记红尘，难怪雪儿叫这里是忘尘岛。如今再回中原只怕又要有一番腥风血雨了！”

第二十四章　前尘旧忆

船缓缓向中原驶去，幽凡一端着一杯茶，走到慕容燕云身边坐下，看到慕容燕云的神情，他明白表弟此刻的想法，难免有些担忧。

良久，慕容燕云先打破了寂静，开口道："表哥，这里人迹罕至，你怎么会来这荒岛呀？"

幽凡一笑道："父亲前些日子让我替他一位亡故了的老友，押最后一次镖。这镖是押到海外的，我们就乘船出了海。"

"原来如此，这趟镖还顺利吧？"慕容燕云随口问道。

"不瞒表弟，这趟镖我们运到时，海外的那位国王早已故去多年了。"幽凡一摇头道。

"表哥，舅舅的幽远镖局我早有耳闻，是天下屈指可数的大镖局啊！此番押的是什么贵重东西，怎么让表哥亲自来了？"慕容燕云好奇道。

"表弟不是外人，这东西让你看看倒也无妨。"幽凡一说着，吩咐手下镖头道，"老许，帮忙把那东西拿来，给我表弟看一下。"

一个持刀中年人应了一声，到另一间房中小心翼翼地捧来个箱子，他把箱子放在桌子上说："慕容少侠请看，这东西当真价值连城啊！"

两人走到箱子旁，随着箱盖被打开，里面一道金光射了出来。慕容燕云感觉这金光有些过于耀眼，忙眯着眼睛，向里面看去。

只见箱子里放着一件用纯金打造的铠甲，上刻九龙纹，密嵌八宝，华贵无比，举世罕见。

慕容燕云不禁赞道："好一身铠甲，只有文治武功的有道明君才配得上它呀！"

幽凡一点头道："表弟所言不差，这趟镖正是要送给一位国君的。只是他死了，现在这身铠甲或许天下只有一个人配得上它了，只是时机还未到，现在还不能穿此宝甲。"

"表哥，你说的这人是谁？"慕容燕云道。

"表弟不妨猜猜。"幽凡一笑道。

慕容燕云犹豫一下说道："表哥，你说的可是大周国君柴荣？我听说，他被世人评为当世第一明君。"

幽凡一摇摇头说道："柴荣虽有明君之名，可惜实权掌握在赵匡胤手中，只怕有朝一日柴荣驾崩，赵匡胤便会造反。他虽有才能，可这权力却有旁落之势，与这宝甲的品质还差上一些。"

"那南唐李煜呢？"慕容燕云问道。

幽凡一笑道："李煜？他还真是个妙人，除了不会当皇上，什么都会，如果这不是铠甲，而是笔砚之类的，那就非他莫属了。"

"那难道是蜀国孟昶、南平高保勖、北汉刘钧、义宁杨干贞吗？"慕容燕云不解地问道。

幽凡一大笑："这些人不过空有其名，比之柴荣差上太多，连柴荣都配不上这甲，这些人又怎会配得上呢？"

慕容燕云问道："表哥，这天下国君我基本都猜了一遍，难道此人不是国君吗？"

幽凡一缓缓说道："此人暂时不是国君，但我相信他早晚有一天会是的。如他那般聪慧博学、武艺绝伦，又一心想要复国的，普天之下只有他一人，我想他定非久是池中之物吧。"

慕容燕云有些焦急地问道："表哥，你倒是快说说此人是谁呀！我真想拜会一下这位高人！"

"哈哈哈……"幽凡一笑得直不起腰来，手指着慕容燕云道，"表弟，你也太能妄自菲薄了吧，我说的这人远在天边，近在眼前，就是表弟你呀！"

"什么！表哥说的人是我！"慕容燕云吃惊地说道，"表哥，我金陵慕容虽有复国之心，可一直没有实力，我又有何德何能光复大燕啊！"

幽凡一缓了一下道："表弟，你听我给你说说。所谓千军易得，一将难求，可眼下就有现成的五员大将可为表弟所用呀，而且这几人都家资颇丰啊。

你得这五人后，再请一个军师，何愁不能光复大燕！”

慕容燕云更糊涂了：“我还有大将和军师？表哥，你是在开玩笑吧？”

“先和你说说这五员大将，第一人看似身份极高，却只是个傀儡，想收为己用也并不是可望而不可即的。第二位，以表弟现在的剑法想收他还是有希望的，但须准备一些好酒。想要第三位就简单许多，有我在就易如反掌。第四位就更不用表弟费心了，因为他正和你商量怎么收那四个人呢。”幽凡一说完又是一笑。

慕容燕云猜道：“表哥，这第四位想来便是你自己吧，你的武功我是信得过的。只是另外三位是谁呢？这第一位难道是神龙派掌门李明和？这第二位是隐锋山庄庄主万梦生？只是这第三位是谁呀？”

幽凡一有些钦佩地说道：“表弟能猜对三人已经不容易了。这第三人与表弟也是见过的，就是万刀门的韩大哥。而那位军师我直接告诉你吧，他就是水云阁少主云逸墨。”

“表哥今日一席话，让我茅塞顿开呀！或许有你们五人我当真能成就一番大事！”慕容燕云神情激动地说道。

幽凡一道：“表弟，你若举兵，我幽凡一和韩大哥定会为你赴汤蹈火。可另外两人便需你想办法与之建立交情了，只有交情过命，他们日后才会为你所用。”

他说完起身去了甲板，慕容燕云一人坐在舱中，想起父亲的遗愿，从他刚出生的那天起，就把复兴大燕的愿望寄托在他的身上。他原以为今生遥不可及，但方才听幽凡一一番分析，心中感到有了些希望，他看着海面，顿觉热血沸腾。

船又行驶了两日，这天午后到达了离义宁国不远的一处港口。幽凡一觉得有些饥饿，便带几人下了船，要了几碗面，吃了起来。

几人正吃得津津有味，这时一个白族打扮的中年人进了面摊儿，见到慕容燕云先是一愣，随即深施一礼问道：“这位少侠可是慕容燕云？”

慕容燕云一愣，起身还礼道：“在下正是慕容燕云。我第一次来此地，不知这位叔叔怎会认得我？”

那人听了大喜道：“我们将军早就派人在附近寻找慕容少侠了，没想到今日慕容少侠果真来了！”

幽凡一警惕地问道：“这位叔叔，你们将军是谁呀，找我表弟有何事？”几个镖师也戒备起来，纷纷按着自己的兵刃，只待幽凡一定夺。

那人一笑说：“我们将军便是通海节度使段思平大人。想必慕容少侠应该听说过我们将军吧。”

慕容燕云想起了老伯临终前提起过他的儿子段思平，忙笑道：“原来是段叔叔找我，还请这位叔叔带路。”说着站了起来。

幽凡一听慕容燕云认识这位将军，便缓和下来说：“这位叔叔，可否带我们一起去见你们将军？”

“看样子几位是练武之人，如能助我们将军一臂之力，我便带你们前去，不然恐怕有些不方便。”那人为难地说道。

“不知你们将军要我们帮什么忙？”幽凡一问道。

那人道：“我们将军不满当朝暴政，不忍黎民受苦，要率领我们起兵反抗义宁国主杨干贞。如今他已集结其弟段思良、高方大人，又有滇东三十七部为援军，万事俱备，只待出兵了。如果几位愿意帮我们将军灭掉义宁国，自会有重谢。”

幽凡一心想：“如果我们帮段思平灭义宁国，想必将来表弟要举兵恢复大燕时，他定会出兵相助的。”于是点点头道：“我听闻你们将军武艺高强，又爱民如子，我便留下帮你们。”

那人高兴道：“多谢少侠，我们的力量又壮大了一分，待将军成就大业定会论功行赏的。”

镖师问幽凡一道：“少镖头，我们是随你留在这里，还是押着镖先回去？”

幽凡一道：“你们先回去吧，这镖要紧，莫要损坏了。”

镖师们应了一声，押着镖离开了。幽凡一和慕容燕云便随那人向西面行去。

三人到了一处军营。四周布置得极是森严，其中士兵出入纪律也极为严明，显然主将是个深谙军事之人。带头的白族中年人和辕门外的士兵说了几句，领着两人径直向中军大帐走去。

到了帐外，一个士兵拦住三人道：“中军大帐，闲杂人等不许擅闯！”

白族中年人道：“请通禀将军一声，慕容少侠到了。”

那士兵道："你们在这里等着，我这就去通禀将军。"说着走进大帐。

不多时，一个浑厚的声音从大帐里传出来："慕容少侠来了，快请进来吧。"说着一个年逾五旬的将军掀开帐帘走了出来。

慕容燕云看向这位将军，只见他生得剑眉虎目，鼻直口方，头戴三叉帅字盔，身着锁子连环甲，披一袭白色披风，腰间挂一口长剑，真是大将之仪，自带八面威风。

"慕容燕云拜见叔叔。"慕容燕云深施一礼，拱手道，"叔叔，我听闻您要救黎民于水火，心中佩服，不知能否为叔叔出一臂之力？"

段思平笑道："能有贤侄和这位少侠相助，我自是高兴至极，快随我进帐吧。"他说着让手下士兵准备了些酒菜，带着两人进了大帐。

慕容燕云还是第一次进军营，感到有些好奇，四下打量起来。他见这军帐正中有一把宽大的太师椅和一张案桌，椅后挂着一张巨大的皮质地图。图边立着一把长杆的方天画戟，宝光闪闪，而两边还对称地摆着四把椅子。

段思平手一挥，笑着道："两位请坐。"说着自己坐在太师椅上。两人见段思平坐下，便坐在段思平左右。

"贤侄，我派人到处寻你，是想问贤侄一件事。我父亲到底是怎么故去的，他有没有什么话留下？"段思平开门见山道。

"老伯是被九幽鬼境的贼人所害，他临去前让我告诉叔叔，成就大业后，不要贪恋权势，去过渔樵耕读的日子，不然到头来一切只会是一场空。"慕容燕云道。

段思平叹息道："没想到父亲临故去前还是如此淡泊名利，他的话我一定会记住的，等我推翻义宁，建立大理，我便要修缮庙宇，遁入空门了。"

慕容燕云道："叔叔，我有件事一直不解，想问问叔叔。"

"贤侄有何事不解，叔叔只要知道，定会相告。"段思平问道。

"我想知道二十八年前叔叔与我父母之间到底发生了什么事，为什么我父亲从那以后再不练武，为什么我母亲被逐出幽家，又为什么老伯见了这手帕就能认出我是谁？"慕容燕云恭敬地说道。

段思平苦笑一下，缓缓地说道："除了我，也只有幽凝寒清楚了。这事我本不愿再提，可既然贤侄问了，叔叔便告诉你。当年我无意拾到芳兰的一方手帕，与你母亲有了一面之缘，从此我就对她念念不忘，一心想要娶她为妻。幽凝寒的父亲那时正有意恢复大燕，他知我父亲手握重兵，见我提亲很是高兴，想让我们帮他复国。我把这事与父亲说了，他也同意相助，我们便把这亲事定下了。”

慕容燕云不解道：“叔叔，这事与我慕容家有什么关系呢？”

段思平道：“这事本是与慕容家无关，哪知娶亲那天芳兰她竟随人跑了，而这人便是你父亲慕容邦。”

幽凡一问道：“段叔叔，这事我也听父亲说过，但姑姑是怎么认识慕容姑父的呢？”

段思平解释道：“慕容邦对芳兰是一见钟情，他打听到芳兰常去万经宝库读书，于是就乔装改扮成一个穷酸书生，常到幽家门前卖些字画，幽凝寒见他有些才气，就把他招到宝库里做了个下人。慕容邦这样就能经常与芳兰见面了，这才互有好感。慕容邦后来听说芳兰已与我定过亲，过几日就要成亲了，他这才决定带着芳兰私奔。当然这些我也是后来听别人说的。”

“段老前辈就这样让他们走了？”幽凡一有些不明白地说道。

段思平说道：“当然没有这么简单，我父亲听闻此事后极是恼火，来到慕容家要人。慕容原前辈出面与父亲打了起来，哪知两人不打不成交，从此我父亲与慕容原老哥俩天天谈文论武，竟成了至交好友，在慕容家一住就是三年。直到南诏势危，他这才不得不返回南诏，临走前，慕容原老爷子将祖传的两幅内含武功秘籍的古画送给了他，算作是补偿。我父亲本是不想收下这重礼，可盛情难却，这才答应以后如是遇到慕容家后辈定会归还。我段家与你慕容家虽说解开了仇怨，但幽凝寒的父亲却一气之下离开人世，芳兰这才被逐出幽家，万经宝库自此被封，而且复兴之事也作罢了。”

慕容燕云听后长叹了口气：“原来如此，只是为什么我父亲自那以后就不练武了呢？”

段思平一笑道：“那是因为我曾与他约定，娶了芳兰后不可闯荡江湖，要替我一心一意照顾芳兰。”

慕容燕云和幽凡一这才彻底明白了当年之事，幽凡一叹道：“我说父亲为什么一直不与我提祖父的事，而且一提姑姑他就勃然大怒，原来如此。”

段思平说完见两人都恍然大悟了，一笑道：“哈哈，这些前尘往事听了就过去了，你们明日还要随叔叔出战，还是一起用些晚饭，早些休息才是。”

第二十五章　改朝换代

第二日一早，段思平在帐外帅台点兵。

只见台下，刀枪似麦穗，剑戟如麻林，旌旗招展，号带飘扬，仿如海潮。五色旗下并列五匹战马，正中一人乃是大将高方，上垂首是段思良、段思英，下垂首是慕容燕云、幽凡一，五人个个盔甲在身，手擎兵刃，只待段思平一声令下，便可率众出征。

段思平这时高声道：“诸位，今日在此，不论是我白族的弟兄、彝族的好汉，还是汉家的英雄，都是深明大义之人，我段思平在此谢过了。等来日灭了义宁，我定会兑付前言，减税粮半，宽免徭役，让这片土地上的百姓都安居乐业，永不再受刀兵之灾！”

台下众人喊道：“思平王，大理兴！思平王，大理兴！”

半晌，段思平一挥手，道：“高将军领命！”

高方一催胯下白马，来到帅台前，一抱拳道：“末将高方领命！”

段思平命令道：“高将军，我命你攻打义宁北面城池，到太和城下与其他军队会合，不得有误！”

“末将遵命！”高方说着率数万人离开，向北而去。

段思平又道：“思良何在？”

段思良一提马缰，到了帅台下道：“末将在！”

“你率部从东面攻打义宁，到太和城下会合，不得有误！”段思平道。

“末将定不会辜负大哥期望！”说完段思良也带兵而去。

“思英，我命你攻打西边，同样在太和城下会合！”段思平又道，段思英应了一声，也领命离开。

最后段思平对慕容燕云和幽凡一道：“两位少侠，随我从南面进攻！”两人忙应道：“是，谨遵将军号令！”

他下了帅台，提戟在手，早有人牵过枣红神驹。他翻身上马，手中戟向前一指，代替军令，大军随着他向义宁南面而去。

三人武功超凡，手下精兵又极是强悍，一路上的义宁守将哪里是他们的对手，他们攻城拔寨所向披靡，没几日便杀到太和城下。

太和城，义宁国国都，是第一坚城，乃是用上好的白砖所筑，阳光照射下显得极是圣洁，仿佛九天雄关傲屹天南。城上守兵无数，战将数员，都是杀气凛凛地看着城外段思平的军队。

慕容燕云立马于段思平身边，指着眼前极是高大坚固的太和城道：“叔叔，这一路上我们攻打的城池比起这太和城来实在不值一提，看来攻打这座太和城恐怕要费些力气呀！”

幽凡一点点头：“这城确实易守难攻，不知段叔叔有什么好计策吗？”

段思平笑道：“我们先按兵不动，等那三路军队到达，诸将合力定可一举拿下此城！”

三人在太和城南设下营帐，当晚三路大军也到了城下，把太和城围得水泄不通，只待明日与杨干贞做最后的了断。

当晚无话。

第二日清晨，下了一层蒙蒙的薄雾。段思平传令四路人马齐出，共同攻打太和城。

段思平横戟立马于城下，用戟指着城上守将喝道：“城上守将听着，我是通海节度使段思平，让杨干贞过来答话！”

城上兵将听了一阵骚动，有人下了城去通禀义宁国主杨干贞。不多时一个身着白色龙袍的中年人来到城头。而他身边还跟着一个三十多岁的文士，他打扮得很是诡异，笑容甚为邪魅，只看一眼便觉得绝非正派中人。

白袍君主点指段思平道：“段思平你这乱臣贼子，昔日亏我待你不薄，你如今竟敢带兵攻城，当真是要反了不成！”

段思平大笑：“杨干贞，你只听这妖人的谗言，几时把我们这些正派的大臣和治下的百姓放在过眼中了？”

那文士怪里怪气地说道：“段思平，本国师劝你还是快回去吧，国主大人大量，或许还能饶你一命。不然，一会儿我用起蛊术来，叫你求生不得，求死不能！”

段思平傲然道：“俗话说邪不压正，就凭你那点儿鬼蜮伎俩也想伤我，实在可笑！杨干贞、虚离，今天便要你们死在我段思平手下。”说着他一挥手，“众将官，随我一起取贼人首级！”

他一挥手，战鼓齐鸣，杀声震天，号角声响彻大地，无数士兵抬着云梯向太和城下冲去。

杨干贞见此情形，气得发抖：“来人，给我射死他们！”

他一声令下，守城士兵早就刀出鞘，箭上弦，此时听到命令纷纷开弓射箭，一时间乱箭如雨。段思平手下士兵不少都受了伤，但他们出身贫寒，指望着段思平能让他们安居乐业，自然个个拼命，纵使身中数箭也不后退半步。

很快，攻城士兵便架起了十数道云梯，有些胆子大的先爬上云梯，向城上攀去。守将见段思平手下士兵勇猛，转瞬间便要登城，忙下令放火烧云梯。云梯用木头所制，哪里禁得住火烧，士兵见云梯起火，一时慌了手脚，都想逃下云梯。可云梯狭窄，士兵又多不是久经战场之人，一时间无数士兵从云梯上掉了下来，摔在城下自是粉身碎骨。

段思平见手下士兵伤亡严重，不由长叹一声。慕容燕云这时见战况有些不妙，上前请缨道：“段叔叔，让我和表哥登城吧！”幽凡一也道：“我相信我和表弟联手定可一举攻上太和城！”

“两位贤侄，我知你们武艺超群，只是你们毕竟战场上经验不足，如果有个三长两短如何是好？”段思平拦阻道。

这时太和城上的床弩、投石机同时发动，射出无数巨箭、大石。巨箭穿在攻城士兵身上往往一下便会穿透数人，而巨石落在人身上，刹那就会让人化为齑粉。攻城士兵本就伤亡严重，很快城下士兵尸身堆积如山。

两人焦急道：“段叔叔，我们再不出手只怕来不及了！”

段思平无奈，点头道：“那就拜托两位贤侄了。”

两人见段思平同意自己出手，忙下了马，运起轻功，几个跃身便到了城下。守城将官只见有两个人影，刹那就到了城下，完全不把箭矢、巨石放在眼里，心中不由大惊，忙传令向两个人影射箭。

慕容燕云仗着步月凌星身法，虽着铠甲，其速度却也没受太多影响，如一道疾风，幽凡一也是自幼习练轻功，虽不如慕容燕云身法巧妙，却也不逊色。两人未及乱箭近身，早到了云梯之下。

只见慕容燕云足尖在云梯上轻点几下，每点一处，身子便借势蹿起数尺，不多时就上了云梯大半。

突然，城上有个力大的士兵一把推倒了慕容燕云的云梯。慕容燕云觉得脚下一空，心中却不慌，他舌尖一点上牙膛，运起神农心法，竟凌空向上虚踏了六七步，每步都有丈余高。

城上兵将哪里见过如此轻功，纷纷愕然，竟连手中弓箭都忘了射出，杨干贞见势不好，忙和虚离下了城，向城内逃窜。

两人刚下了城，慕容燕云身子便到了城上，他手中长剑一摆，运起天人剑法胡乱砍去，城上兵将立时沾到死、挨到亡，血肉横飞，谁能挡得住慕容燕云的一剑之威！

慕容燕云正杀得起劲，这时幽凡一也上了城，他手中长剑一挥，又是一片士兵应声倒下。两口长剑在城上杀得日月无光，城上原本兵将难以计数，此时却被杀得所剩无几。幽凡一见城上已无人阻拦，身子一晃到了城门处，打开了城门。

段思平本有些担心，此时却见两人非但没有受伤，而且打开了城门，心中大喜。他高声道："众位，建功立业的时候到了，谁能杀了杨干贞和虚离封万户侯，随我冲进去！"

攻城士兵对城上射下来的巨箭、大石本有些畏惧，此时见城门开了，精神都为之一振，呐喊着随段思平涌向城中。

慕容燕云见段思平一马当先冲进了城，忙和幽凡一下了城楼，迎了过去。段思平见到两人极是高兴道："哈哈，两位贤侄，今日之功当属你们最大，我日后定不会亏待你们，现在随我去杀昏君、妖人！"两人一抱拳，应了一声，紧随段思平向皇宫而去。

皇宫守卫极是森严，好像比刚才城头的兵将更多。段思平一笑道："这昏君、妖人定是躲在宫中了，咱们一不做，二不休，随我杀将进去！"

只见他跃下马背，身子一晃，到了众侍卫中间，他手指凌空虚点一下，竟化出六道凌厉绝伦的剑气，霎时六个高手未到他近前，就倒地身亡。慕容燕云和幽凡一心中赞叹，也都随着段思平加入了混战。

三人武功天下少有，尤其是慕容燕云和段思平更是天下无敌，他们同时出手，再多的侍卫又怎能奈何得了他们。不多时，几百名侍卫死的死，跑的跑，皇宫前死尸遍地。

段思平这时忽然有些不祥的预感，他只当是过于激动，没有在意，迈步向皇宫内走去。慕容燕云、幽凡一在他身后相随，一路上偶有侍卫出手阻拦，但都被三人在几招内解决掉了。

不知不觉间三人到了一处用石砖铺的空场，场中只摆着一个巨大的黄铜香炉。香炉后面似是一间庙堂，但此时的雾越发浓了，白日竟看不清里面到底是什么所在，只觉有些阴森森的，让人不寒而栗。

“两位贤侄，这里面恐怕有些古怪，小心些！”段思平只觉不祥的感觉越来越深，忙出言提醒道。

“哈哈哈，段思平，我可提醒过你，是你自己要找死。你到了这里，就是神仙也救不了你！”虚离那鬼魅的声音在这间屋中突然传来，此时他的声音诡异得已不像人，好像九幽的妖魔，给人一种想要夺路而逃的感觉。

慕容燕云手按长剑说道：“段叔叔，这里有古怪，我们还是先离开这里再做决断吧。”

幽凡一听了虚离的话后也觉背后有股凉意，听了慕容燕云的话，也出言道：“我听闻滇人多善巫蛊之法，这国师看起来绝非常人，不如先避其锋芒。”

段思平点头道：“两位贤侄言之有理。”他暗运内力于指尖，心神极是戒备。

他带着两人按原路返回，虚离却并没有出面阻拦，三人向来路走了一盏茶的工夫，看到宫门就在前面，三人加快了脚步，想要赶快出去。可到了宫门前，三人这才惊诧地发现，面前哪里是什么宫门，竟是又到了那间庙堂的门口。

慕容燕云惊道：“我们怎么回到原处了！这难道是传说中的鬼打墙？”

段思平也不禁渗出冷汗，段思平后悔道：“我太小看这妖人了，没想到他竟有这么一手，实在非人力所能达到呀！”

幽凡一假装从容地说道：“不要慌，这是迷雾幻魂阵，只要毁了此阵阵眼，便可破了这邪阵。”

慕容燕云道：“表哥，你既认识此阵，快出手破阵吧！”

幽凡一摇头苦笑道：“我之所以认识此阵是因为云兄曾与我提起过，但这阵眼却没有固定的物件，在哪里也随阵主心意而设。如果云兄来了，或许此阵还可破，不然就是千军万马也会被活活困死！”

虚离冷笑道：“嘿嘿，还算有点儿见识，不过破不了阵，还不是个蠢材吗？你们不是武功很厉害吗，倒是进来杀我呀，我就在这屋里，绝不会跑的。”

段思平大喝一声：“妖人，受死吧！”他话音未落，人已跨步迈进屋中。

慕容燕云和幽凡一想阻拦已来不及，只听房中段思平一声闷哼，显是极为痛苦。慕容燕云忙问道：“表哥，段叔叔这是怎么了？”

幽凡一原本潇洒的脸上，有了些惧意：“段叔叔应该是中了妖人的蛊毒，不知现在是生是死！”

慕容燕云正想再说什么，突然他惊恐地看向屋中：“怎么会有这么多的毒物！”

幽凡一听慕容燕云如此说，四下打量起来，他见原本空无一物的场地上不知何时从屋中爬出大大小小、五颜六色的毒物。有全身火红的毒蛇，有一巴掌大的蜘蛛，有半米多长的蜈蚣，还有许多不知名的虫子，它们正缓缓向两人爬来，眼中有一种骇人的光芒，仿佛看到了美味无比的大餐。

慕容燕云从小天不怕、地不怕，却偏偏怕这些蛇虫，虽然武功高强到了这等地步，心中仍不免有些发怵，忙道：“表哥，我们还是躲躲吧！”

幽凡一摇头道：“表弟，你看看身后，我们能躲到哪里去？”

慕容燕云不回头还能勉强淡定，可一回头，他心中更加紧张，见身后的毒虫比前面多出了数倍。

“嗖！”一条毒蛇突然凌空跃起，它张开嘴，露出锋利的毒牙咬向慕容燕云手臂。慕容燕云忙一摆长剑，向蛇七寸处斩去，那蛇身子腾空，哪里能躲得过慕容燕云一剑，顿时被斩成两截。

蛇身一落地，血流了出来，无数毒物立时更加兴奋，一拥而上把蛇身和蛇血吃了个一干二净，有些虫子发出了怪异的叫声。吃完蛇身的毒物更加疯狂地朝两人涌了上来。

两人忙摆剑相迎，立时杀了许多毒物，可剩下的毒物吃了那些死掉的尸体，变得越发兴奋了，不顾死活地攻了上来。

此时有许多兵将进了皇宫，可刚一进来便落入迷雾幻魂阵中，被毒物困住。当真如幽凡一所说，千军万马入阵也如陷进泥潭，越挣扎，陷得越深。

两人厮杀了半天已感筋疲力尽，毒物却不少反多，密密麻麻地铺满了庙堂前的空场。慕容燕云心中害怕，手中剑自是无法使出十成功力，打着打着，有一条蛇乘他不备，在他背后狠狠咬了一口。

慕容燕云只觉背上伤口如被火烧，不禁叫了一声。幽凡一转身去看，只见慕容燕云伤口红肿，不由分了心，也险些被一条蜈蚣咬到。

两人正要撑不住时，忽然，一阵悠扬的笛声从远处传来，只见刚才还在疯狂进攻的毒物，突然像潮水般退了下去。随着笛音，一个月白色的人影飘落到了堂前。不错，来人正是水云阁少主云逸墨。

幽凡一和慕容燕云见到云逸墨，长舒了一口气，幽凡一有些上气不接下气地说道："云兄……你可来了……"

云逸墨一笑，向香炉击出一掌："凡一贤弟，你如果死了，这江湖上还有谁能与我在涟霞山对饮呢？"他的语气虽是柔和，可掌力却极是惊人，只一掌便把硕大的香炉击碎。香炉一碎，迷雾幻魂阵便被破了，宫中弥漫的迷雾也随之散去。

"虚离，你这个叛徒，当年被鬼境贼子收买，偷了我的情报，致使段前辈被鬼境贼子追杀了三年，现在又害了段思平，还不自己出来让我清理门户吗？"云逸墨拔出流云剑，傲然而立，朝里面说道。

原本张狂的虚离，听到云逸墨来了，便如一只听话的小猫小狗，乖乖地走了出来，给云逸墨跪下道："少阁主，属下知错，今日只求一死。"

云逸墨冷笑道："虚离，我云逸墨生平不愿杀人，但今日不杀你，对不起段家前辈。"说着流云剑一闪，没入虚离胸膛。

虚离神情没有一丝痛苦，而是微笑道："杨国主已经从秘道离开了，段思平也必死无疑，我死而无憾了。"

慕容燕云见云逸墨杀了虚离，抱拳道："多谢少阁主救命之恩。"

云逸墨一笑，在慕容燕云的伤口上轻轻地拍了一下，然后说道："我是该叫你慕容少侠呢，还是穆少侠？那日涟霞山你和赵婵雪的表现至今让我难忘，我水云阁建立百年来，你们还是第一个能用那种方法要到答案的呢。"

慕容燕云也笑了："哈哈，那日得罪之处还请云兄见谅才是。"

幽凡一道："云兄，你还是干些正事吧，莫要只顾着与表弟闲谈呀。"

云逸墨摇头道："段思平中了灵蛊，已经没得治了，而慕容少侠的伤我也治过了，哪里还有什么正事呢？"

慕容燕云听了云逸墨的话才觉得伤口果然已经没了火烧之感，忙抱拳道："谢过少阁主！"

云逸墨摆了摆手道："慕容少侠，你中了烈炎蛇毒，毒性虽不致命，但三个月里且不可使用满成功力，否则余毒复发，就连我也没有办法了。"

"好了，既然此处没我什么事了，我这就回水云阁了，随时恭候二位来涟霞山呀。"云逸墨向幽凡一、慕容燕云拱手道别。

这时其他兵将也都过来与云逸墨道别，而高方、段思良、段思英也都到了空场。段思英听说父亲中了灵蛊忙跑进屋中，见到父亲段思平倒在地上神情极是萎靡，他忙抱起段思平，焦急地说道："父亲，你怎么了？"

段思平苦笑一下道："父亲没事，是你祖父想我了，我该过去陪他了。"

高方、段思良、慕容燕云、幽凡一四人一起走进屋中，见到正枕在段思英腿上的段思平。四人都看出段思平已经不行了，虎目中都有了泪光。

段思平一笑道："我以前被杨干贞逼得想当皇帝，想改变自己的命运，可现在看来就是当了皇帝又能如何呢？我明白父亲的话，再大的基业等到离开人世的那一天也不过是过眼烟云罢了。"

慕容燕云听了段思平的话心中一震，暗道："是啊，再多的功名到头来也不过过眼烟云，那这仇怨呢，到头来不也是如此吗？人生只有珍惜眼前才是最有意义的。赵匡胤，你如果能向我道歉，我或许可以放弃报仇。"

段思英抱着段思平大哭："父亲，你不要死，大理还等着您呢，没有您大理怎么办，难道您就这么看着刚到手的天下离您而去吗？"

段思平柔和地说道："思英，你已经长大了，不要哭，你是大理的皇帝，你要是哭坏了身子，谁来继承我大理段氏的基业呢？父亲累了，最后交代你们两件事。"

段思良、高方努力掩住悲伤道："陛下，您有什么要交代的？"

"第一件事，我段家要崇尚佛学，从思英起每个皇帝晚年都要出家为僧，以洗刷自己前半生的功利之心，以免再像我这般为了名利而断送了性命。第二件就是宽免徭役之事，莫要让我的承诺成为一纸空言……"段思平的声音越来越小，说完就撒手人寰了。

“大理皇帝段思平归天了！”高方悲声道。

在场众人都给段思平跪下叩头，段思英强忍着泪水道：“来人，传朕圣旨，宽免徭役，大建庙宇，让父亲的在天之灵能看到我大理强盛的那一天……”

第二十六章　幽玄剑阵

慕容燕云见到段思平归天，心中极是悲痛，也就无心留在此地，决定离开大理。他向段思英一抱拳道：“段兄，希望在你的治理下，大理能繁荣昌盛，成为世间的一方乐土。我和表哥还有他事，就不在此久留了，我们有缘自会再见。”

段思英神情凝重地说道：“两位少侠，你们与我段家渊源颇深，功劳又如此显赫，我本有意封你们为王，与我共治大理。如果你们一定要走，我也不阻拦，以后有什么用得着大理的地方，请尽管开口就是。”

幽凡一感激道：“蒙陛下错爱，我们还有许多事情要去办，等我们办完了事，或许还会再来叨扰一二。”

段思英点点头说：“好，我大理随时恭候两位少侠。”说着他一抱拳道，“今日暂且别过。”

两人忙还了礼，高方送两人向外走。三人到了皇宫大门，正要分别，这时突听一声马嘶，段思平那匹枣红神驹嗒嗒地跑了过来。此马性烈，平日除了段思平，还没人能靠近它。可今日它竟主动跑到慕容燕云身边，伸出舌头舔慕容燕云的手，神情很是亲密。

三人谁也没料到这马竟会主动择主，高方不由苦笑道：“畜生就是畜生，主人刚去世，自己就改投了门庭。”

慕容燕云也一笑道：“这马确实有些意思，如能有这样一匹神驹倒是方便许多。”

高方道：“慕容少侠，你如果喜欢这马，带走就是，不然我们也拿它没有办法。”

“那就多谢将军了！”慕容燕云极是高兴，朝高方一抱拳，翻身上了神驹。幽凡一也上了马，两人辞别高方，向虞渊庄而去。

慕容燕云这一路上发现此马不但脚程极佳，而且很通人性，越发喜爱这匹神驹。

两人途中常常谈文论武，不知不觉行了半月左右，这日傍晚到了虞渊庄前。

门前下人见少爷回来了，同来的还有一位携剑的俊朗少年，哪敢怠慢，忙牵过了二人的马，笑着说：“少爷，您回来了。”幽凡一点了点头，问道：“父亲、叔叔可在家中？”下人答道：“大老爷这几日一直在家中，从未离开过。二老爷昨日倒是出去了。”

他点点头道：“我知道了。”说着和慕容燕云并肩向院中走去。两人穿过数间院落，才到了幽凝寒居处。

幽凡一也没让人通报，径直走进屋里。“父亲，我带表弟回来了！”慕容燕云随之进了屋。见屋里一个年逾五旬的黑袍男子端坐在一把太师椅上，神情间极是严肃，没有一点儿感情，内力收放间竟给慕容燕云带来极大的压迫感。

慕容燕云知道幽凝寒这是有意要试试自己的内力，于是深施一礼道：“见过舅舅！”他随着施礼，运起了神农心法，身子顿时散发出一股比幽凝寒更强大的气场。

两股气场相碰，空气都为之一震，幽凝寒的气场只抗衡了片刻，便被慕容燕云压制住了。

“你母亲早已不是我幽家人了，你不必行此大礼。”幽凝寒嘴角露出一丝笑意。

慕容燕云见幽凝寒有了笑意，忙道：“舅舅，我随表哥前来，是想求您……”

幽凝寒一摆手，板起脸道：“你是想让你母亲重归我幽家，并让我们出手帮你报仇吧？”

“正是此意。”慕容燕云朗声答道。

“哼！你要真有本事，明日就破了我的幽玄剑阵，这些都好商量，如不能破阵，我虞渊庄可不想卷入这危险的旋涡之中！”

幽凡一劝道：“父亲，表弟的武功孩儿是见过的，绝对能破剑阵，只是他前几日身中剧毒，三个月内不能使满成功力，恐怕明日无法破阵啊！”

幽凝寒一听心里着实惊讶，不能使满力？刚刚一试就已觉得慕容燕云功力无边，但脸上还是一皱眉，冷哼一声：“慕容公子，虞渊庄可供养不起你这金陵慕容家的大少爷，你既是现在不能破阵，还是等什么时候能破阵了再来吧。”

幽凡一有些生气道：“父亲，你怎么可以强人所难呢，表弟他……”

慕容燕云打断幽凡一道：“表哥，你不必替我解释了，既是舅舅让我明日破阵，我就明日试上一试吧。”

“呵呵，这还像话，算是个男人，只是明日你可要小心！”幽凝寒冷笑道。

“多谢舅舅提醒。”慕容燕云一抱拳道。

幽凝寒点了点头：“我有些累了，明日剑阵见！”说着起身拂袖而去。

幽凡一见父亲走了，到了慕容燕云身边，有些生气道：“表弟，你怎么这么傻，连这点儿激将法都受不了，当真气死我了！”

慕容燕云摇摇头道：“舅舅说我什么都行，可他出言侮辱我金陵慕容，我是绝不会给慕容家丢脸的。表哥不必劝我，明日这阵我破定了。”

“唉！”幽凡一长叹道，“表弟，何必如此逞强。”

两人说着出了屋，迎面便见到了一身蓝色长裙的幽若雨。幽若雨见到慕容燕云，道：“表哥你来了，自从那日在飞花山庄一别，多日未见，心中一直记挂。”

慕容燕云点点头，神情间有些忧虑，轻轻地道了声：“表妹好。”

幽若雨见慕容燕云有些不高兴，忙问幽凡一道：“哥哥，有什么心事吗？”

幽凡一道：“父亲使激将法让表弟明日破幽玄剑阵，表弟竟答应了。当年父亲设这个剑阵是以幽玄剑法为根基，如今万经宝库早被父亲封了，书也藏起来了，谁还能知道这剑法到底有什么破绽。”

幽若雨沉吟一下道：“想破此阵确实很难，不过我小时候偷看过这个剑阵，还记得一些剑阵的布置，或许能帮表哥。”

慕容燕云听了幽若雨的话，神情为之一振：“表妹，果真如此，那可太好了！”

“我怎么会骗表哥呢，今晚你来我院中，我再和你细说吧。”幽若雨有些害羞地转身离开了。

慕容燕云到了幽凡一的院子，幽凡一把他安排在一间空房中休息。慕容燕云哪里坐得住，一个人在房间里踱来踱去，心想：“这剑阵到底是怎般玄妙，表妹当真能想出办法帮我破阵吗？”

不知不觉到了夜里，一轮新月斜挂在天。

慕容燕云出了房间，直奔幽若雨院中而来。只见幽若雨这间院子并非用砖石铺砌，而是地上长满精心修剪过的芳草、野花，不知从何处还引来了一条小溪，在院中静静流淌着，草地上有一张精巧的石桌和两个石凳，一个石凳上坐着位清丽出尘的姑娘。月色溶溶，照着院落，照着院中美人，此景哪里还像是人间，恍然广寒天宫。

幽若雨见慕容燕云来了，温柔地说道：“表哥，你来了，过来坐吧。”她声音本就极是动听，现在比起白日更多了几分柔情。

慕容燕云道：“表妹，我来迟了。”说着缓缓走到幽若雨对面坐了下来。

幽若雨轻轻地说道：“表哥，今晚月色真好啊，只可惜是新月，如是圆月就更好了。”慕容燕云点头道：“是啊，这新月虽美，可终究不圆满啊！”

幽若雨倒了杯茶道：“表哥，喝杯茶吧。”慕容燕云接过茶杯，温柔地一笑，“谢过表妹。”幽若雨见慕容燕云朝自己笑，不由心中一动，浅浅地笑了。

幽若雨看着慕容燕云那英俊的面庞，嘴角一直带着微笑。良久，两人都只相对不语，月色映照下两人如玉雕一般。

“表妹，这剑阵到底是什么样的，有什么玄妙之处啊？”慕容燕云开口打破了沉寂。

幽若雨回过神来，说道：“啊，表哥说这剑阵呀。这阵妙就妙在有七个对手，而且对手以静制动，绝不会先出招，而是等入阵者出手，然后在瞬间找到入阵者招数间的破绽，七个人同时出手，一击便可取胜。”

慕容燕云沉吟道：“这阵果真有些特别，他们如果不动也就自然没有破绽。以静制动、无招胜有招，实在是上乘武学，如果是这样，这阵当真不好破。”慕容燕云不觉忧心愈重了。

幽若雨忙安慰地问道：“表哥，你们金陵慕容不是也有许多武学秘籍吗，你都会什么武功，和我说说，或许我能想出一些办法来。”

“我会的武功很多，但真正得意的也就是天人剑法、残阳指、凌绝神掌和一些少林、正一这些名门大派的绝技。不知这些武功中可有适合破阵的武学？”

慕容燕云说出的这些武功幽若雨也都有些了解，她心中盘算着该用什么武功破阵。慕容燕云看着她认真思索的样子，不忍打断她的思绪，只好耐心地等待幽若雨想出办法。

她想了很久，长叹了口气：“表哥，这些武功除了天人剑法和凌绝神掌外，我都略懂些皮毛，如果用这些武功和高手对决自是厉害，但要破阵只怕有些困难啊！”

慕容燕云听幽若雨这么说，不由皱起了眉头：“表妹，那你说什么武功才能破阵呢？”

“既然他们是找对手破绽制敌，只有让他们找不出破绽的武功才能破阵，只是这天下哪有没破绽的武功呢？”幽若雨为难道。

慕容燕云思索道：“没有破绽？只要有招数就会有破绽，没有破绽的招数，就是没有招数，而没有招数又怎么能克敌制胜呢？”

两人脑中出现一个又一个招数，可随即又都觉得不妥，不由好生苦恼。

突然慕容燕云眼中露出喜色，一拍大腿，笑道：“有了！”幽若雨忙问道：“表哥，你想出什么好方法了，快和我说说！”

慕容燕云笑道：“明日破阵表妹就能见到了，现在我该回去休息了。”

幽若雨点点头说：“那好吧，表哥早点儿休息！”

当晚，慕容燕云躺在床上，心中又盘算了一会儿明日该如何出手，觉得自己已经有了很大的把握，这才酣然睡去。

第二日一早，慕容燕云就和幽氏兄妹到了幽凝寒的院子。幽凡一道：“父亲，表弟已想出了破阵之法，今天定能破这幽玄剑阵。”

幽凝寒冷笑道：“慕容公子，你连我大阵是什么样子都不知道，就敢说定能破阵，实在狂妄！”

慕容燕云道：“舅舅，我准备好了，请摆阵吧。”

幽凝寒点头道：“好，我就让你见识见识我的大阵！”他负手出了房间，吩咐弟子在后院摆下了剑阵。

三人随着幽凝寒到了后院，见后院是一个练武场，场正中有七个黑衣人，个个手中一把长剑，他们按奇门遁甲站好方位，虎视眈眈地看着慕容燕云。

慕容燕云见到七人没有一点儿紧张，连剑都没有拔出，就从容地向阵中走去。

幽凝寒见慕容燕云如此狂妄，不由冷笑道："慕容公子，你这是要破阵，还是要寻死呀，我的大阵可不会为你留情的！"

慕容燕云道："生死有命，今日如不能破阵，不能让母亲重归幽家，我宁可一死。"他说着人已进了大阵正中。

七人见慕容燕云已进大阵，身影便开始在他身旁盘旋起来，目不转睛地看着慕容燕云，只待他先出招，然后刺出制胜的一剑，一剑就让慕容燕云死于当场。

慕容燕云对奇门遁甲也有些研究，他见七人身形晃动，没有着急出手，等待着机会。很快七人便按照阵法身子交叉而过，慕容燕云见七人身子交叉，忙胡乱打出一掌，攻向离自己最近的一个黑衣人。

七人见慕容燕云这一掌打出心中窃喜，幽凝寒也放声大笑道："慕容公子，你这是什么掌法呀，怎么周身都是破绽，当真是不想活了？"幽凡一则焦急起来，叫道："表弟，你不是说有法子破阵吗，怎么如此胡来呀！"幽若雨更是替慕容燕云捏一把汗，喊道："表哥，你要干什么？"

慕容燕云不管几人如何想，只是看着同时刺出的七把剑，这七把剑分别刺向慕容燕云七处致命的破绽。这七个人很是绝情，剑自然也没留一点儿情面，使出全力向他刺去，只要刺中一剑，慕容燕云今日便会命丧当场。

一丈、六尺、三尺、五寸、三寸……

死亡离慕容燕云越来越近，剑尖上的寒意已微微刺痛慕容燕云的肌肤，慕容燕云却没有躲，只是缓缓地收回了那一掌，动作显得极是从容，仿佛不把自己的生死放在眼中。

幽若雨闭上了眼睛，她不想看到慕容燕云惨死阵中。幽凡一也扭过了头，心中暗道："表弟，你武功天下无敌，现在却在想什么，怎么就这样等死啊！"幽凝寒冷笑道："慕容公子，你好淡定啊！莫非你的骨头比铁还硬，不怕剑刺刀砍吗？"

慕容燕云一句话也不说，只看着七把长剑。这七把长剑转瞬离自己只有半寸不到，慕容燕云忽然大笑，暗运心法，右手随意一挥，顿时生出一股力道。眼见这力道竟然在刹那间逆转了形势，只见七把长剑非但没有再刺向慕容燕云，而是被这力道牵引着向身边人刺去。这七人手中长剑都运了十成功力，离这么近想要收剑谈何容易，纷纷忍不住惊呼起来，原本还处于劣势的慕容燕云瞬间反败为胜。

“哈哈哈！”慕容燕云不知何时拔出了长剑，但见剑光一闪，七把长剑同时应手而落。长剑落在地上，发出“当”的一声，激起地上许多尘土。

七人见慕容燕云随手就破了剑阵，还在那么短的时间内击落七把长剑，救了自己几人性命，忙深施一礼道：“慕容少侠神功盖世，谢不杀之恩，我们服了！”

幽凝寒原本板着的脸此时有了和蔼的笑容，他走过来拉住慕容燕云的手，柔和地说道：“外甥，你的武功实在是举世无双，这一招好比移天换日，实在让我佩服，我幽家能有你这样的后辈，实在是我幽家的大幸啊！”

“舅舅过奖了，舅舅肯认我这个外甥，能让我母亲重归幽家，我便感激不尽了！”慕容燕云说着一抱拳。

幽凝寒说道：“我们本就是一家人，何必如此客气。我只是用此良策激你一下，让你证明给舅舅看，金陵慕容和咱们幽家是后继有人的，也好告慰你九泉之下的母亲了。不过舅舅想问你，刚才那招究竟是何门派武功，我怎么从未见过？”

慕容燕云道：“舅舅，刚才那一招不是任何门派的武功，而是我自己悟创出来的，让您见笑了！”

幽凝寒钦佩道：“外甥，你实在天资惊人，小小年纪竟能创出这等神功，实在让我们这些前辈汗颜啊！只是不知这神功叫什么名字，此等神功定要有个配得上它的名字才好啊！”

慕容燕云道：“这武功本没有名字，舅舅刚才不是说这招好比移天换日，我想就叫移天换日吧。”

“移天换日？好名字！”幽凝寒笑道。

这时幽若雨跑过来，拉住慕容燕云的手说：“表哥，你刚才吓死我了，你要是有个三长两短……”

幽凡一见妹妹对慕容燕云如此热情，心里有点儿发酸道：“妹妹，你有点儿偏心呀，你几时对我这个哥哥如此关心过呢！”随即又笑道，“不过表弟这招实在厉害，让我们兄妹白白虚惊了一场！”

慕容燕云一笑，抱拳道：“表哥、表妹，我向你们赔礼了。”

幽若雨道：“好了，不要这样，表哥没事比什么都好。”

幽凝寒这时道：“外甥，明日起你母亲的灵牌就可回到幽家，世代受后人祭拜，你报仇之事舅舅也会帮你从长计议。”

慕容燕云道：“多谢舅舅，那我现在就告辞了。”

幽若雨忙拦道：“表哥，为何不多住几天，我还有很多话想和你说。”

“是呀，燕云，既然你父母都不在了，你就把这当成自己的家，留下来吧。”幽凝寒也挽留道。

慕容燕云心想：“我现在如果走了，确实无处可去，不如再留几日。”于是点点头说，“好吧，既然舅舅和表妹相邀，那我就再留几日。”

第二十七章　同室操戈

当日夜里，幽瑞云回府，他下了马径直向幽凡一院中而来。

幽凡一正和慕容燕云坐在院中闲谈，幽若雨也在一旁不时答言，三人言谈正欢，幽瑞云走进院子。

“贤侄，叔叔听说你助大理段氏当上了皇帝，好生厉害啊！”幽瑞云笑着道。

幽凡一见到幽瑞云来了，忙拱手道：“见过叔叔。”幽若雨与慕容燕云也向幽瑞云施了一礼。

幽瑞云笑着点点头说：“好，免礼。”他口中说着，眼睛却独看向慕容燕云，问道，“凡一，有客人光临我虞渊庄吗，这位公子是谁呀？”

幽凡一道：“叔叔，他是我表弟慕容燕云啊！”

幽瑞云一愣，随即笑道：“原来是从未谋面的外甥燕云啊！你何时到了这里，早知道你来，我就不出门会那几个朋友了。”

慕容燕云道：“见过舅舅，外甥刚到两日。”

“原来如此。”幽瑞云一笑，问幽凡一道，“你可曾带他见过你父亲了？”

幽凡一道：“我带表弟见过父亲了，而且表弟还破了他的剑阵，哈哈！父亲说明日起姑姑重归幽家，也会派人帮表弟报父母大仇的。”

幽瑞云脸色一变，转瞬笑道：“外甥果然有些本事，竟能破幽玄剑阵，我现在就去和大哥商量帮你报仇之事。”说着他转身离开，来到幽凝寒的居所。

幽凝寒此时手中捧着一本书，口中默诵着。他见幽瑞云来了，说道：“二弟，你回来了。”

幽瑞云微微点头，有些生气地说道：“大哥，你怎么可以答应帮那小子报仇，你难道不知道赵匡胤武艺超群，在朝廷、江湖都有很大的势力吗？如果得罪了他，恐怕幽家自此就要亡族灭种了呀！”

幽凝寒坚决道：“二弟，我幽凝寒一生从不愿失信于人，如今外甥既已破了剑阵，我又怎能食言？何况芳兰是我们的妹妹，她的仇连我虞渊庄都不报，那么天下人该如何看我们幽氏一族？与其在世间被人笑话，不如拿出我幽家男儿该有的骨气，大不了一死。”

“大哥，你当真要用我幽家全族的性命来换你一个所谓的承诺？”幽瑞云怒道。

“怎么？”幽凝寒抽出腰间一把黑漆剑鞘、上用绿钻嵌着七星的宝剑在幽瑞云面前一晃，“清影剑在我手里，我才是这幽家的家主，还轮不到弟弟决定幽家大事吧？”

幽瑞云瞪着幽凝寒道：“大哥，你如果非要置我们幽家于绝境，就休怪弟弟不认你这个大哥！”

幽凝寒冷笑道：“你不认我又能如何？难道你还敢杀了我不成？”

“幽凝寒！你太让我失望了，我没有你这样的大哥，幽家没有你这样的家主，你受死吧！”幽瑞云大吼一声，一记大力金刚掌拍了出去。

幽凝寒兀自笑着，哪里能想到幽瑞云当真敢杀自己，此时再想躲已来不及，胸口结结实实挨了幽瑞云一掌。

这一掌幽瑞云没留半点儿情分，运足了十成功力，打得幽凝寒身子直飞出三四丈远，重重摔在墙上。

他身子落在地上，口中喷了数口鲜血，心中剧怒，指着幽瑞云似乎要说什么，可幽瑞云哪里能等他说话，早已抽出腰间宝剑，一剑刺进了幽凝寒的小腹。幽凝寒身子抽动几下，气绝身亡。

幽瑞云见幽凝寒死了，心中没有一丝悲伤，他捡起地上的清影剑，狂笑道：“哈哈哈，幽凝寒呀幽凝寒，我早就想让你让位，你不肯。现在又想枉送了幽家，你死有余辜！”

此时外面守卫的护院听见房中声音不对，纷纷拔出兵刃，闯进屋中。几人一进屋就见老爷已死在墙边，幽瑞云却在狂笑。

几人瞪着幽瑞云冷冷地说道：“二老爷，你竟敢杀老爷，实在胆大包天！”说着就要出手。

幽瑞云高举手中清影剑，笑道："清影剑在此，你们胆敢造次？"

"这……"几人犹豫起来。幽瑞云见几人犹豫，道："你们难道不知持清影剑者为幽家家主吗？"

几人听幽瑞云如此说，忙跪下道："见过新庄主！"

"哈哈哈，免礼！"幽瑞云一摆手，"今日之事只有我们几人知道，如果谁敢外传，提头来见！"

"是，属下绝不敢向旁人泄露半字！"几人齐道。

烛火照在幽瑞云那一向可亲的脸上，此时显得是那么贪婪、狰狞……

第二日一早，慕容燕云三人正想向幽凝寒请安，忽听钟声响起，这钟每次敲四下，共敲了四遍。幽凡一和幽若雨的脸上出现了浓重的悲伤与惊异。

"表哥、表妹，你们怎么了？"慕容燕云不解地问道。幽凡一哽咽地说道："这是庄主去世才能用的丧钟，我……我父亲不在了……"幽若雨此时痛哭道："父亲，你昨日还好好的，怎么会一夜间就离我们而去呀！"

慕容燕云心中也很悲伤："舅舅，我们才和解，正想与您多亲近亲近，您怎么就去了！"

幽凡一眼中流着泪，缓缓道："我们该去议事厅了，听听父亲到底是怎么故去的！"

三人想着，一边默默流泪，一边极速向议事大厅奔去。

不多时，他们就到了一座大厅前。这间房子极高，上面雕梁画栋，极是宏伟，有汉白玉所制的楼梯以供上下。现在台阶下站着很多人，有的是商人，有的是江湖人，他们正议论纷纷，甚是喧哗。

幽凡一和慕容燕云本有意冲进大厅，问明一切，幽若雨此时却因悲伤过度，昏了过去。

慕容燕云见幽若雨昏倒，忙扶住了她，运起内力，将其唤醒。幽若雨醒了，哭得更凶，身子随着哭泣而微微颤抖，模样极是可怜。慕容燕云怜惜表妹，在她耳畔温柔地说道："表妹，舅舅虽故去了，但你还有哥哥和表哥呀。你不要哭，哭坏了身子，我们会心疼的。"

幽若雨听慕容燕云如此说，哭得如泪人般说道："父亲没了，你和哥哥又总是出去闯荡江湖，我能依靠谁呀？"

慕容燕云越发疼惜表妹，叹了口气说道："表妹，我答应你，等我报了仇，我永远陪着你，再也不离开你了。”

“表哥，你说的是真的吗？”幽若雨问道。慕容燕云点点头：“表哥什么时候骗过你？”幽若雨感动道：“表哥，能有你这句话我就很高兴了，我相信你不会说谎的，我们会一起相伴到老的。”

此时，幽凡一见妹妹醒了，就要进厅，突听大厅上一个下人大声喊道：“各位，我家老爷去了，现在由二老爷继承家主之位，感谢各位前来吊唁，各位请先到会客厅等待片刻。庄主要先和少爷、小姐处理一下家事，再来相陪。”

众人听后随着几个下人向会客厅而去。慕容燕云放开幽若雨，三人走上台阶，进了大厅。

一进大厅，就见幽瑞云端坐厅中，正看着手中的清影剑，神情很是忧伤，他周围站着几个心腹，个个腰间带着兵刃。

三人向幽瑞云施了一礼，然后幽凡一问道：“叔叔，我父亲怎么会一夜间突然离开人世？”

幽瑞云道：“大哥昨晚突发急病，我找家中郎中医治，却没救过来，三更天就气绝身亡了。”

幽凡一又问道：“既是我父亲昨夜发病，为何我却不知？现在郎中何在，我想问问他，父亲到底得的是什么病！”

幽瑞云摇头道：“昨晚我见他们没救活大哥，一气之下都被我杀了。”

幽凡一皱眉道：“这家主之位几百年来一向都是由长房继承。父亲去了，这家主之位自然是由我继承，叔叔当家主恐怕于理不合吧？”

幽瑞云一撇嘴：“凡一，你难道只记得长房为家主，却忘了有清影剑的才是最终的家主吗？”

幽凡一怒道：“这人是活的，剑是死的，现在没有一个人能证明我父亲是死于急病，还不是任由叔叔怎样说。谁知道叔叔到底是怎样得到这剑的？”

幽瑞云脸色一变问道：“幽凡一，我是你叔叔！你怎会有如此的想法？”

慕容燕云一拉幽凡一小声道：“表哥，此事确实蹊跷，不如你先让一步，咱们还需从长计议。”

这时，一个下人手中端着一个木盘，缓缓走来。他到了幽瑞云身边，道：“二老爷，您喝茶！”

他随手接过茶，正要让那人退下，忽然见这下人竟从木盘下抽出一把匕首，寒芒一闪，刺向幽瑞云，口中喊道：“你这个杀兄夺权的禽兽，我要为老爷报仇！”

幽瑞云心中一惊，忙击出一拳，打在这下人胸前。这下人本身不会什么武功，只凭着一股恨意，才出手行刺。他被幽瑞云一拳击倒，身子飞了出去。

他身子一落地，口中鲜血狂喷，他喊道：“少爷，你一定要为老爷报仇啊！”话音未落，他手中匕首已在自己项间一抹，毙命当场。

幽凡一见这人如此行事，焉能不明白父亲是被幽瑞云所害，他拔出长剑，大喝道：“幽瑞云，我今天就杀了你为父亲报仇！”

慕容燕云和幽若雨也都拔出剑，瞪着幽瑞云，只待幽凡一出手，就和幽瑞云等人拼命。

幽瑞云见事情已瞒不住，手中清影剑也出了鞘，但见宝光一闪，竟比幽若雨的雩霞剑更是夺目。随着幽瑞云出剑，他身边那几个人也纷纷拔出兵刃，只待幽瑞云一声号令，就要与三人动手。

此时双方的阵势如一潭湖水，只要有一丝风吹草动，立刻就会掀起一阵狂澜。

“幽凡一，我命令你收起剑，否则休怪叔叔绝情！”幽瑞云呵斥道。

“你杀兄夺权，不配做我幽凡一的叔叔！今天我就替父亲报仇，杀了你这个禽兽！”幽凡一长剑快如闪电，刺向幽瑞云。

幽瑞云冷笑，手中清影剑后发先制，未及幽凡一长剑刺到，先点向幽凡一咽喉。幽凡一要害受制，哪里还能反抗，暗叹道：“父亲，没想到咱们父子这么快就要相聚了！”

“幽瑞云！你把剑给我放下！”慕容燕云长剑此时竟比幽瑞云的剑更快，连剑影都没有看清，就磕在幽瑞云的剑身上。他一剑的威力，幽瑞云哪里能抗衡，手中清影剑非但没有削断长剑，反而被击落在地。

幽凡一见清影剑落地，忙弯腰去捡。幽瑞云见势不好，运起十成功力，隔空向清影剑抓去，剑被幽瑞云内力所摄，飞到他手中。幽凡一见剑回到幽瑞云手中大怒，正要再出剑。这时幽瑞云大笑道：“你们都给我下去吧！”

随着他大笑，只见他手在椅子扶手上轻轻一扳，大厅地面突然传出咔咔几声轻响。

慕容燕云三人听到轻响，心中一惊，知道幽瑞云必是启动了什么机关。只是这机关是什么，莫说慕容燕云不知，就是幽氏兄妹也完全不清楚。

三人正迟疑间，原本用石砖铺砌的地面，突然打开了，仿佛巨兽张开了大口。三人没有准备，此时身子都落了下去，很快就没入深不见底的洞中……

第二十八章　因祸得福

三人落下地洞，四周一片漆黑，伸手不见五指，只觉风在身边呼呼作响。慕容燕云随手向身边抓去，刚好抓到幽氏兄妹。他顿觉身子一沉，忙运起步月凌星身法，减缓了身子下落之势。

不知多久，三人才落在地面。慕容燕云虽身法巧妙，但毕竟手抓幽氏兄妹，此时也耗力不少，总算是三人都平安。

幽凡一轻功不错，自己站稳了脚。幽若雨却因困在飞花山庄的时间太久，身子一直没有恢复过来，此时一落地，身子踉跄着向旁边倒去。慕容燕云忙拦腰抱住她说道：“表妹，小心！”

幽若雨被慕容燕云一抱，身子这才站稳，她有些害羞道：“多谢表哥。”

幽若雨对慕容燕云道：“表哥，你的武功怎么如此神奇，这身轻功更是独步天下啊！”

慕容燕云一笑：“表妹，我练的是步月凌星，让你见笑了。”

幽凡一道：“表弟武功确实厉害，不过我们现在应该想想怎么才能出去。”他随即问道，“表弟，你带火折了吗？”

慕容燕云道：“那日离开大理后确是买了一些火折。”说着手在怀中一摸，取出了三个火折。他随手晃亮了，分给兄妹俩。

三人手持火折，这才看清自己所站的地方是地道入口。这条地道向前延伸到火折无法照到的前方。

幽凡一道：“这里原本应该是没有这条秘道的，不然我应该听父亲说过才对呀！”

慕容燕云道：“我们与其束手待毙，不如向里走走看。”他说着走在最前面。幽若雨有些担心这路上再有机关，拉住慕容燕云的手，走在中间。幽凡一则倒提手中长剑断后。

三人走了不久，忽然又在身旁传出了那机关开启的咔咔声，随着声响，他们脚下石路变成了一个地洞。慕容燕云向前看去，只见这翻板竟长逾数十丈，他不由暗道不好。

但他还是一手拉住幽若雨，一手拉住幽凡一，硬是向前越出了三四丈远，又凌空虚踏了数丈，怎奈三人沉重，翻板又太长，过了近十丈，他就力不从心，向下落去。

这时，又有机关启动的声音响起，随之翻板边的墙壁上分上中下三排，射出无数羽箭。

幽凡一对慕容燕云道："表弟，你放开我吧，不然我们今天只怕都得死在这里！"

幽若雨也道："表哥，我知道你对我好，但你还是放手吧，如果没有我们兄妹，你或许还能活着出去。"

慕容燕云见两人如此，摇头道："我慕容燕云不是贪生怕死之辈。怎会为了自己活命，就舍了你们？"他口中说着，脚下却没停，只见他弯下腰，足尖在下排羽箭上一点，身子就如一只大鸟，凌空又飞了起来。

幽凡一、幽若雨见到慕容燕云轻功如此惊人，不禁愕然，连赞赏的话都说不出了。两人只觉在慕容燕云的拉扯下，身子就如腾云驾雾般，任凭身旁有万千羽箭齐射、脚下有数十丈的翻板，依然自如地飞跃向前。

三人如此行了良久，这才到了平地。慕容燕云刚把两人轻轻放下，他体内蛇毒就发作了。他只觉五内如焚，经脉胀痛，极是痛苦，但怕两人替自己担心，表面不敢露出太多异样，只是倒在地上。他张嘴大口吸着气，全身大汗淋漓，说不出一句话来。

幽凡一不敢置信地看着身后翻板，半晌才道："表弟，如不是我亲眼所见，绝不敢相信天下有人能把武功练到如此出神入化的境界！"

幽若雨也道："多谢表哥。你以后教我武功吧，我要是能有你的一半就知足了！"

慕容燕云强忍着痛苦，笑道："表妹，我的武功也是一次次逼着提高的。我想我这三年间的经历落在谁身上都会有这般成就了……"

他忽然想起了老伯教自己武功时的画面，那时自己只要遇到稍微厉害一点儿的江湖中人就会险象环生。自己之所以武功能到了今日的地步，大半是老伯的功劳，只是现在老伯早已惨死，自己却不能找九幽鬼境的人报仇，心中不由甚是惆怅。

幽家兄妹见慕容燕云不说话，便也没再说什么，只是默默看着慕容燕云，等待他恢复了体力好继续前行。

不多时，慕容燕云体力就恢复了大半，他站起身来说："表哥、表妹，我们继续走吧！"

三人又向前行了一炷香的工夫，到了秘道尽头，空间变得开阔了许多。

他们打量眼前，并没有发现有什么出路。慕容燕云叹道："这秘道好生古怪，怎么途中设了这么狠毒的机关，到了尽头却什么都没有？"

三人正不知如何是好，慕容燕云突然发现自己面前的石壁有明显的人工凿击过的痕迹，地上还有一些石屑。这些凿痕看起来很新，似是有人近几日还凿过。他忙用手敲了敲石壁，发现这石壁看似坚固，实则很薄，后面一定另有洞天。

突然幽若雨摸到了一个微微凸起的石块，她下意识地轻按了一下。随着她的按动，空旷的空间里忽然"轰隆"一声巨响，三人头顶上落下了一块重有千斤的巨石。

幽凡一、慕容燕云见头顶有巨石落下，忙向后退出数丈，幽若雨却因身子有些不灵便，没能及时躲开。大石向她砸了下来，她跌坐在地，闭上了眼睛。

幽凡一见妹妹有危险，心中极是焦急，正欲出手相救，慕容燕云却已蹿了过去，瞬息到了石边。他大喝一声，手中运起移天换日神功，竟把巨石转换了方向，向刚才那面石壁推了过去。巨石虽被推出，可他也吐了一口鲜血。

巨石击在石壁上发出"轰"的一声，硬生生打穿了石壁，落在地上。石壁被打穿，里面露出了一个黑洞，似乎是个暗室。

幽凡一见妹妹没事，表弟却吐了血，忙上前扶住表弟，问道："表弟，你怎么样？可是蛇毒发作了？"

慕容燕云笑着摇摇头："表哥……我没事。"

幽若雨见慕容燕云为了自己，竟吐了血，抱住慕容燕云，哭了起来："表哥，你总是为了救我，宁可舍了自己性命……"

慕容燕云虚弱地笑笑，对幽若雨道："没事的表妹，有我在就不会让你有危险的。"

慕容燕云一边安慰幽若雨，一边暗运内力镇压体内蛇毒。过了一会儿，他渐渐压制住了毒性，对幽凡一道："表哥，依你看这后面的房间是什么所在？"

幽凡一盘算着秘道的方位、路程，半天才大喜道："表弟，这后面就是荒废已久的万经宝库！"

幽若雨听幽凡一如此说，止住了哭声说："哥哥，你确定这后面是万经宝库？那我们快进去吧！"说着就要走进去。

慕容燕云拦住她道："表妹，里面可能有危险，还是我先进去吧。"

幽凡一道："表弟，你现在身子虚弱，还是我进吧！"

慕容燕云点点头，叮嘱道："表哥小心！"

幽凡一手中长剑出鞘，小心翼翼地走了进去，只觉一股旧书发出的霉臭味迎面而来。他向里走去，见到一排排的书架上放着各种各样的书籍，倒是没什么特别的。幽凡一心中大喜道："没错，这里就是万经宝库，我虞渊庄所有藏书都在这里，一定能找到幽玄剑法！"

于是他走了出来，对两人道："表弟、妹妹，里面应该就是万经宝库，很安全，可以进去。"两人点头，随幽凡一进了房中。

幽凡一先在各个书架间找寻起来，他找了半天没有找到，一个人先上了楼。

慕容燕云一向爱看书，涉猎极广，不论是武功秘籍，还是周易八卦，抑或是诸子百家，他都颇有兴趣。他看着眼前这么多书有些走不动道，这个翻翻，那个看看，神色间很是激动。幽若雨见到慕容燕云如此爱书，不禁一笑，她陪在慕容燕云身边东瞧西看，感觉很是有趣。

很久，慕容燕云才到了四楼。他一上四楼就见幽凡一正按着一本古籍在练习武功，脸上说不出的兴奋。

慕容燕云见幽凡一所演练的招式与剑阵有些相似，极尽幽远玄妙之能事，以静制动、无招胜有招，竟不比天人剑法的境界差上太多。

幽若雨见到幽凡一长剑舞出的正是父亲所习练的幽玄剑法，而且招数似乎比幽凝寒更加强大，自然是替哥哥欢喜。

幽凡一练了多时才收了招数，对两人道：“咱们走吧，找那个禽兽去报仇！”三人下到二楼。

三人见窗子被一把铁锁锁住，无法打开。幽家兄妹有些为难，慕容燕云却只一笑，右手食指凌空虚点，一招残阳指击出。只见一股凌厉至极的力道破空而去，直击在铁锁上。铁锁被他指力击中，发出一声轻响，随即掉在地上。

幽凡一见铁锁已毁，率先跃了出去，紧接着慕容燕云也带着幽若雨跳了出去。

三人待在秘道里的时间并不是很长，但两番遇险，再见到阳光也恍如隔世。

一路上的护院都接到幽瑞云命令，如果见到三人格杀勿论，可是他们见到三人气势汹汹，哪里还敢上前，纷纷躲开。

不多时三人就到了幽瑞云的院子，幽凡一一进院就喊道：“幽瑞云，你给我出来，我要为父亲报仇！”

幽瑞云听见幽凡一的声音心中一惊，忙手持清影剑带着几个人走了出来。

他一出院就狂笑道：“哈哈哈，我知道里面有机关，每次去凿石壁还要再三小心，你们竟能从里面活着出来，实在命大呀！”

幽凡一冷冷地说道：“这石壁原来是你凿的，我父亲早有命令谁也不许擅进万经宝库，你竟然早就暗中打宝库的主意，实在可恶！”

幽瑞云得意道：“这万经宝库别人自然不能进，但幽家未来的家主进去，又能如何？只不过我没来得及挖通，便宜了你们三个！”

“幽瑞云，不要多说了，受死吧！”幽凡一喝道。

慕容燕云忙道：“表哥，你不是他的对手，让我来吧！”

幽凡一摇头：“父亲的仇我要自己报，表弟不要插手！”

幽瑞云冷笑道：“就连幽凝寒都不是我的对手，难道凭你一个人也想杀我？”他手中清影剑一挥，突然出现两个剑尖刺向幽凡一要害，而且每个都极为真实，足以以假乱真，竟是九幽鬼境剑法。

慕容燕云看到这招，想起老伯去世前与那鬼面人动手，那人就曾使过这招，只是比幽瑞云更加凌厉些，他忙喊道：“表哥小心，他是九幽鬼境的人！”

幽凡一没见过这剑法，只觉虽然厉害，但小腹间破绽极多，他身子向旁一闪，手中剑就随之刺进了幽瑞云的小腹。

幽瑞云不敢相信眼前的一幕是真的，自己四个时辰前还能一剑制住幽凡一，现在竟被他一剑刺入小腹。他难以置信地看着刺入的长剑，身子倒了下来，口中兀自说道：“幽凡一，我是家主，你竟敢杀我，以后一定不得好死！”

幽凡一冷哼一声，一脚踢倒幽瑞云，长剑又刺深了一些。幽瑞云觉得小腹剧痛，大叫一声，气绝身亡。

他见幽瑞云已死，俯身捡起了清影剑，向幽瑞云身后几个护院喝道：“清影剑在此，我从今日起便是虞渊庄庄主，你们可敢不服？”

几人忙跪下道：“少爷继承家主之位，我们自然没有不服！”

“召集庄中下人、护院都到议事厅前，我有事要说！”幽凡一命令道。几人忙答应着，走出院子，召集庄中众人。

三人缓缓走向议事厅，心中都有万千感慨，谁也没有开口，只默默行去。

幽凡一见议事厅前站着几百号人，他点点头，走上台阶。

“各位，如今我虞渊庄是多事之秋。幽瑞云为了家主之位杀害我父亲，又想害我们兄妹，如今已被我杀死。”他一举清影剑道，“从今日起，我幽凡一便做虞渊庄之主，你们有谁不服吗？”

众人都给幽凡一跪下道：“少爷继承家主之位理所当然，我们服气！”

幽凡一道：“好！那我命令你们即日起把姑姑的灵位供在祖庙里，并重开万经宝库。守丧半年，之后随我替姑姑一家报仇，杀了赵匡胤那贼人！”

“是，谨遵家主吩咐！”众人齐声喊道。

幽凡一听着众人如海浪般的声音，看着天边那如血的残阳，眼中有泪光在闪动……

第二十九章　庐山面目

幽凡一正要再说什么，这时一个如银铃般的声音传来："幽家妹妹，还记得我这个姐姐吗？"

慕容燕云听见这声音心中一颤，不知是高兴，还是紧张，暗想："是雪儿来了，如是她一个人还好，要是带着家人护卫，恐怕还会有一次恶斗呀！"

幽若雨也听出来人是赵婵雪，她回过头，见到了一个美若天人的白裙女子，微笑道："赵姐姐，你来了！"

赵婵雪缓缓走了过来，见玉阶上站着一个陌生的黑衣少年，阶下站着的是幽若雨，而幽若雨身边的那个人，就连做梦都不断出现在她的脑海中。

"慕容……你还活着！"赵婵雪见到慕容燕云活生生地站在自己面前，旁若无人地跑了过来，仿佛天地间只有他和她。

慕容燕云见到赵婵雪，心中哪里还记得有仇恨，两人紧紧抱在一起，慕容燕云眼中含泪，声音哽咽地说道："雪儿……没想到我们还能再见面，我真的好想你……"

赵婵雪此时哭得更凶了："哥哥……我以为你早就葬身大海了。你……你知道这些日子我是怎么过的吗……"

慕容燕云轻轻吻上她的额头说："雪儿，这三个月让你天天为我难过，实在委屈你了，我再也不会离开你了。"

赵婵雪神情忽然有些暗淡，沉吟道："慕容，你说这些又有什么用呢？你不会为了我放弃报仇的，我们终究还是会成为敌人的。"

慕容燕云长叹道："雪儿，我想好了，这仇我不报了。恨又能如何，报了仇又能如何，只要有你相伴，活着才真正有意义啊。你以前说海外有座风景如画的小岛，我巧合在那里住了三个月，那里真的很美很美，美得让人忘却红尘，我们以后便在那里共度一生吧。”

赵婵雪有些不敢相信地望着慕容燕云，问道：“哥哥，你说的是真的吗？你真的可以为了我放弃仇恨？你真的愿意与我到海外共度一生？”

此时慕容燕云的眼眸中含着万千柔情，他点头说道：“雪儿，我怎么会骗你？我说这仇不报了，就是不报了。只要不是你父亲非要置我于死地，我绝不再想此事了，此生与你相守，执手天涯，白头到老。”

赵婵雪把头埋进慕容燕云怀里，脸上洋溢着无比动人的微笑，说不出的幸福。

幽若雨见到赵婵雪在慕容燕云怀里，不由有些嫉妒，扭过头去。

幽凡一听到慕容燕云说不报仇了，忙跑下台阶，走到慕容燕云身旁，问道：“表弟，这位姑娘是谁呀？你刚才说为了她不报仇了，可是当真？”

慕容燕云放开赵婵雪，对幽凡一说道：“表哥，这位姑娘就是我常提起的雪儿。我说不报仇了是出自真心，并非玩笑。”

“表弟，你怎么可以说不报仇就不报仇了？如果你不报仇了，我父亲岂不是白死了？”幽凡一怒道。

慕容燕云说：“表哥，你已经替舅舅报仇了，但你真的高兴吗，难道没有一点儿为二叔的死而伤心吗？”

幽凡一坚决地说道：“幽瑞云那禽兽死了，我怎么可能……怎么可能伤心？”

慕容燕云摇头道：“表哥，你眼中的泪光难道只是为了舅舅吗？”

“这……”幽凡一此时心中有了迷茫。他想起小时候常和叔叔一起玩闹，叔叔还常教自己武功，就连心里话也只愿和他说，现在想来这样一个陪了自己二十多年的人，今天被自己亲手杀了，哪里还有半点儿报仇的喜悦，满满的都是悲哀与愧疚。

慕容燕云见幽凡一悲痛，缓缓地说道：“表哥，你为了报仇没了叔叔，我也怕为了报仇失去雪儿，所以这仇我不报了。”

幽凡一沉重地说道：“表弟，你说的虽然有道理，但从今往后莫要再跟我提报仇之事，我也不会再帮你。”

慕容燕云无奈地点点头说道：“表哥，我知道了，你和表妹自己保重，莫要太过伤心。我这就去牵马，然后和雪儿离开虞渊庄，从此我们相忘于江湖吧。”他说着牵起赵婵雪的手，转身离开。

“表哥！你不是说好和我相伴到老，难道你是骗我的！你喜欢的是赵姑娘，不是我对不对！”幽若雨哭了，朝慕容燕云喊道。

慕容燕云身子一滞，回头道：“表妹，你误会了，我一直只是把你当作亲妹妹，雪儿才是我要共度一生的人。”

幽若雨痛哭起来，哽咽地说道：“表哥……我知道了，我祝你和赵姑娘百年好合。但你要记住，此生我只喜欢你一个人……”

慕容燕云心中有些不好受，可还是转过了身，继续向前走去。

“哈哈哈，你们都是死人了，还有心情在这里说什么情啊爱的，实在可笑！”一个阴冷的声音狂笑，随着笑声一个黑衣人如一只黑鹰飞了进来。

慕容燕云只见一道黑影到了自己身后，直奔幽凡一而去。他心中一惊，忙对赵婵雪道：“雪儿，你躲到我身后，我要最后帮表哥一次！”

那道黑影瞬息到了议事厅前，手中原屠一摆，阶下立时出现一阵剑雾，只听下人们惨叫声此起彼伏，有数十人横尸阶前。这些人流出的鲜血染红了地上石板，惨不忍睹。

那人见到死尸遍地，笑得更加得意，他叫道：“幽凝寒那老东西去哪儿了，叫他出来，我今天要杀尽你们幽家人，让虞渊庄从此在江湖除名！”

幽凡一大怒道：“我父亲和叔叔已死，现在我是幽家家主，有本事你就杀了我，莫要伤我妹妹！”说着清影剑出鞘，跃下台阶。

黑衣人听说两人死了，又笑了起来，说道：“真的幽瑞云早就死了，今日幽瑞云是我圣境中人假扮的，实在是个废物，死不足惜。倒是便宜了幽凝寒那老家伙！”

“原来是你们这伙贼人捣鬼，杀害了我叔叔，纳命来！”幽凡一大怒，竟忘了幽玄剑法的要义乃是以静制动，先出手刺出一剑。

黑衣人见到这剑，身子向旁一闪，手中原屠磕向清影剑。幽凡一心想：“我手中清影剑乃是上好的宝剑，你那黑剑焉能比清影剑还锋利。”便不假思索地迎了上去。

“当！”两剑在空中相撞发出一声巨响，仿佛九天打了个霹雳，击出无数火花。幽凡一本以为这一剑能削断黑剑，哪知两剑撞在一起，黑剑非但没断，而且剑上力量极大，使得幽凡一虎口一阵酸麻。

黑衣人得意地笑道：“小子，你当我圣境第一剑是那么容易折断的吗？”

幽凡一并不搭话，一剑又刺向黑衣人眉心。黑衣人手中原屠一摆，又迎向清影剑。幽凡一哪敢再与原屠相击，见原屠到了忙变了招，剑锋下滑，攻向他左腿。

慕容燕云这时已赶到大厅，他见到和表哥动手的黑衣人正是杀害老伯的秦广王，不由大怒，断喝道：“秦广王，我要为老伯报仇，受死吧！”话音未落剑已出鞘，就要出手取他性命。

秦广王见慕容燕云拔剑，冷笑道：“慕容燕云，你那日连和我动手都不敢，今日却想要杀我？哈哈！”

慕容燕云本就心中满是恨意，此时又听秦广王出言相激，哪里还能沉得住气，一剑携着风雷之声刺了出来。

秦广王见这剑来势凌厉绝伦，光刺出的嗞嗞破空之声就极是惊人，不禁心中暗道不好，他身子忙向旁一闪。“慕容燕云，你好歹也是金陵慕容的后人，怎么如此不顾江湖道义！”

“江湖道义？杀你这种贼子还用讲江湖道义吗？”慕容燕云手中剑向上一挑，点向秦广王右肩。

“表弟，我不想欠你人情，快闪开！”幽凡一为刚才“不报仇”之争还没有消气，所以冷冷地说道。

慕容燕云却不理会幽凡一，剑势没有减缓半分，径直攻向秦广王。秦广王见两人有些不睦，笑道：“幽凡一，你堂堂虞渊庄难道也是如此以多打少，没有道义之地吗？今日实在见识了！”

幽凡一听秦广王出言相激，对慕容燕云喊道：“表弟，我幽家可是一向以道义为先，你莫要毁了我虞渊庄清誉，快给我住手！”

慕容燕云见幽凡一生气了，只得收剑道：“表哥，这人和我有仇，你如是能胜就胜，如胜不了就把他交给我吧！”

幽凡一微微点了一下头，手中清影剑挥出，又截向秦广王腰间。秦广王见慕容燕云收了剑，心中得意，暗笑：“小子，你们不一起合攻，就等我把你们一个个都杀了！”

秦广王身子向旁飘出三丈，手中原屠一抖，幻化出万千剑影，缠向幽凡一。幽凡一见秦广王这一招看似威力非凡，实则破绽百出，不由一笑，清影剑倏地向剑花破绽处点了出去。

可他这一剑才击出，忽然发现秦广王的剑比刚才快了数倍，原本的破绽在一刹那变成了凶险的绝杀。只要幽凡一手中剑撤得慢上半分，右臂定然会被原屠削断。

幽凡一大惊，忙向后撤剑，秦广王的剑却跟了上来，如一条黑蛇，随时可能重伤幽凡一。幽凡一暗道不好，身子极快地退后，眨眼间退了十多丈，这才堪堪闪过。

他见幽凡一如此狼狈，又是一阵冷笑，足尖在地上一点，手中原屠又攻了出来。幽凡一虽练会了幽玄剑法，但火候还是不够，遇到如秦广王这样的高手只能是节节败退。秦广王见幽凡一功力不如自己，更是得意，手中剑步步进逼，打得幽凡一只有招架之功，哪里还有还手之力。

两人不多时就打了近百招，幽凡一只觉秦广王越战越猛，招数狠辣刁钻，禁不住额角汗水直流。秦广王见幽凡一招数越打越慢、越打越拙，更是不给他一丝喘息的机会。

只见原屠一闪，压住清影剑，如一只饿虎压住一只野鹿。幽凡一见势不妙，只得勉力向后抽剑，怎奈秦广王力大，他的剑想向后抽半分都难。幽凡一只得运起全身力气，他本以为会极费力，哪知秦广王却突然撤回了剑。

幽凡一用力过猛，脚下一个踉跄，向后摔去。他忙脚下一较力，想要站稳，突然秦广王的剑横斩向幽凡一项间。幽凡一暗叫不好，向后一仰，头勉强躲过，可头发却被削下几缕。

秦广王大笑，就要一剑取了幽凡一性命。这时身后一道劲风袭来，威势惊人。秦广王收住了笑声，挥剑转身，迎向背后劲风。

“表哥，你快闪开，把他交给我了！”慕容燕云一声长啸，手中长剑击向摆出的原屠。

长剑虽非宝剑，可磕在原屠上并没有断为两截，甚至还把原屠的方向磕得转攻向秦广王。秦广王忙一用力，向外荡去，原屠这才没砍到自己。只一招秦广王就不得不佩服，赞道：“慕容燕云，你这剑法当真有些威力！”

慕容燕云喝道：“秦广王，今天我要你死在我剑下，为老伯报仇！”说着运足内力，又推了过去，两把剑上的内力相撞，震得长剑嗡嗡作响。

秦广王只觉慕容燕云内力虽不如自己深厚，但极是精纯。他心想：“如果与他耗下去，只怕最后只能落个两败俱伤，不如我用毒掌取他性命！”

他想着向慕容燕云身后喊道：“幽姑娘，快躲开！我可不想伤及无辜。”就在慕容燕云一愣神儿间，他的左手眨眼间就变成了黑紫色，一记毒砂掌打向慕容燕云前胸。慕容燕云只觉秦广王掌力雄浑，快如闪电，他身子正要向后飘去，胸口已经挨了一掌。慕容燕云被一掌打得口吐鲜血，手上哪还有力气与秦广王拼斗，长剑落在地上。

幽若雨见慕容燕云受伤，忙跑了过来，手持雩霞剑护在他身前：“表哥，我替你杀了这贼人！”

慕容燕云焦急地说道：“表妹，你不是他的对手，快躲开！”

秦广王见慕容燕云受伤，又是一阵大笑道：“哈哈哈，你也不过如此，今日你们兄妹三人谁也别想活！”

赵婵雪这时也跑了过来，点指秦广王道：“好你个恶贼，杀了我祖父，今日又使诈伤了慕容哥哥，难道不怕我父亲杀了你！”

“哈哈哈，我可舍不得杀你，我想赵匡胤也不会杀我吧？”秦广王倒提原屠，傲然笑道。

慕容燕云见秦广王没有防备，一跃身到了他近前道：“秦广王，我今日要看看你的真面目！”说着左手在他胸前一晃，右手已抓住他的青铜面具。

他见面具被慕容燕云抓住，又拍出一掌，想要打退慕容燕云，可慕容燕云却提前一步摘下了他的面具。秦广王的面具被慕容燕云摘下，立刻露出了一张冰冷孤傲的脸。

赵婵雪惊道：“什么，你竟然是慕容延钊……”

第三十章　青松之约

慕容延钊见自己身份暴露，邪魅地一笑道：“哈哈，是我又如何，谁又能把我怎么样！慕容燕云，你是活腻了吧，想不到你竟敢阻止我灭了幽家！今日之事不会轻易了结的，有本事后日正午你一个人到青松岗来，咱们做个了断！”

慕容燕云此时中了毒砂掌，蛇毒也被牵引着发作起来，自觉体内非常难受，就连说话都有些艰难，但他还是咬着牙道：“好，一言为定！慕容延钊！老伯的仇我一定要报，我也不会让你这种贼人娶雪儿的。你我后日就在青松岗一决生死！”

“呵呵呵，慕容燕云，你还真有些胆量，难怪婵雪喜欢你，你若赢了，我慕容延钊成全你们，后日再见！”慕容延钊冷笑几声，转身飞跃而去。

慕容延钊才离开，慕容燕云就吐了一口鲜血，身子有些踉跄，险些摔倒。赵婵雪、幽若雨忙上前扶住了他。“哥哥，你怎么样，坚持住呀！”“表哥，你别吓我，你要有个三长两短，我也不活了！”

“哈哈……”慕容燕云勉强笑了一下，“你们这是干什么，好像我快要死了，我没事的……”话未说完又吐出一口血。

幽凡一走过来，看到慕容燕云脸色已如黄钱纸一般，也不禁吃了一惊，忙喊来一个下人，叫他把山庄里珍藏的九转幻幽丹取来。

很快，下人拿了药回来了，恭恭敬敬地递给了幽凡一。幽凡一打开药瓶，取出三粒，给慕容燕云服下：“表弟，这药有奇效，平时只有庄主才能服用，你吃下去很快就会没事了。我本打算再不帮你，可你既然今日替我虞渊庄解除了危机，我不能不救你一次。”

“多谢……”慕容燕云费力说道。幽凡一不让他多说话：“你现在身子弱，我扶你回屋休息。”

幽凡一费力把慕容燕云扶到房间躺好，赵婵雪、幽若雨看着他，都在一旁默默流泪。

慕容燕云服了药，只一炷香的工夫，就觉体内经脉胀痛感消了大半，毒砂掌和烈炎蛇的毒性得到了缓解。他长出了口气，赞道：“表哥，你的药果然神奇，这么快我就好了许多。”

三人见慕容燕云好了一些，这才略放下心。幽凡一问道：“表弟，慕容延钊约你后日去青松岗，你当真要去？”

赵婵雪、幽若雨听了也紧张起来，赵婵雪劝道：“哥哥，你不必为了我去拼命，我嫁给他就是了。”幽若雨也道：“表哥，你不能去啊，你现在身子这么弱，要是硬撑着会出事儿的！”

慕容燕云摇头道：“雪儿，我不光是为了你，我还要杀了他替老伯报仇。我不会让你嫁给那个贼人，不会让老伯白死的！”他又看向幽若雨道，“表妹，你别难过，我不会有事的！”

幽凡一微微点头道：“表弟，你既是一定要去，不如我与你一起，也好有个照应。”

慕容燕云叹口气道：“表哥，谢谢你的好意，可慕容延钊说了要我一个人去，如果我们同去，岂不被他耻笑？”

幽凡一有些难过，半晌道：“表弟，你既是非要如此，我也拦不住你，我等你两个时辰，如果你两个时辰未回，我定前去帮你。”

慕容燕云道：“就按表哥说的办吧……”

三日匆匆而过，慕容燕云的身体也有了些好转。他一人骑马向城外五里处的青松岗而来。

青松岗并不高，周围的树木也不茂密，只有一片松林，岗顶更是一片空地。正午太阳很毒，照在岗顶有些炽热。慕容燕云把马拴在半山腰的一棵青松上，独自上了岗顶。

他本以为慕容延钊一定在岗顶等着自己，做好决战的准备。哪知他却没有看到慕容延钊，只看到一位背对着自己的蓝衣少年，此人正抱着一把长剑，似乎很是警觉。

蓝衣少年听见身后有响动，忙转过身，手中剑出了鞘：“鬼境贼子，小爷慕容平州在此，动手吧！”

慕容燕云见到蓝衣少年俊朗的面庞，心中一惊道：“慕容平州，怎么是你？难道你也是慕容延钊那贼人的同伙吗？”

慕容平州见到来的人不是秦广王，而是当年的杀父仇人慕容燕云，怒道：“慕容燕云，你不但杀我父亲，还投奔鬼境贼子，今日小爷我便先杀了你！”

两人相对而立，手中长剑都出了鞘，目光比钢刀更加犀利，直抵对方灵魂。他们谁也没有先出手，因为先出手的人一定先有破绽可寻，谁有了一丝破绽，就会被另一个一剑刺死。

良久，慕容平州有些沉不住气了，但见他大吼一声，手中长剑势如游龙，直刺慕容燕云咽喉。慕容燕云对苍龙剑法极熟，当即长剑向上一迎，左手一记残阳指激射而出，攻向慕容平州腰间。

慕容平州见慕容燕云不到四年工夫，武功就到了这等地步不由一惊，忙身子向上一跃，长剑凌空向下击出，使的正是一招飞龙在天。慕容燕云见慕容平州使出这招，身子向后退了三步，长剑向上一划，刺向慕容平州前胸。

慕容平州见势不好，身子急速向后翻去，右手长剑在背后向上挑出，攻向慕容燕云咽喉。慕容燕云这时不敢强攻，生怕牵动体内毒性，只得又向后退了两步，抡剑砍向慕容平州左肋。

慕容平州看出慕容燕云似乎是没有使出全力，他哪里知道慕容燕云是有伤在身，只当是看不起自己，不由大怒。他身子才落下，就用剑尖抵在慕容燕云的剑尖上。

慕容燕云只觉慕容平州剑尖上传来一股雄浑的内力，他只得运起心法，与慕容平州的内力相抗衡。两人内力都极是深厚，神农心法和御龙功更是举世少有的神功，如今拼在一起，一时间难分高下。

慕容平州坚持了一炷香的工夫，渐渐有些体力不支，暗道：“慕容燕云怎么可能在这么短的时间内超过我，实在难以置信。”

慕容燕云感觉到慕容平州内力有些败势，忙又加大了内力，运起全部功力于剑上，想要快速取胜。慕容平州被他内力所催，有些招架不住，眼见要被慕容燕云所伤。

突然，慕容平州觉得慕容燕云内力一下子泄了，自己的内力竟有长驱直入的迹象，他感到有些奇怪，看向慕容燕云。

慕容燕云这时再也忍不住，喷了一大口鲜血，长剑落在地上，神情极是痛苦。

慕容平州见慕容燕云吐血，收起了剑，问道："慕容燕云，你以为用这种手段就能骗过小爷吗？"

慕容燕云摇摇头："我本就身中蛇毒，前日又挨了秦广王的毒掌，刚才与你比拼内力牵动了毒性，现在难以与你动手了。要是想杀我报仇，就尽管动手吧。"

慕容平州叹口气，一抱拳道："慕容燕云，小爷我虽恨你，可我不是乘人之危的小人。今日就暂且饶你一次，等你解了毒，小爷再来会你，告辞！"

他说着正要走，这时从岗下松林里传来四个人阴恻恻的笑声："哈哈哈，你们两个蠢货！中了我们的计策，还想走？今天谁也别想逃！"随着笑声，走出四个黑衣鬼面人，个个手持长剑，杀气凛凛。

两人都暗叫不好，有些惊恐地齐声道："不好！鬼境四王竟同时到了！"

秦广王冷笑道："呵呵呵，既知我圣境四王威名，还不速速自裁更待何时，难道还要麻烦我们四人出手吗？"

楚江王也道："我们四人同时出手就是大罗金仙也休想逃走！"

手持白铜剑，戴着白铜面具的卞城王、戴着红铜面具的阎罗王也跟着一阵怪笑，拔出了长剑。

慕容平州见到四人是有备而来，忙对慕容燕云喊道："慕容燕云，小爷念在咱们同出一源，就与你暂弃前嫌，一起联手抗敌！"

慕容燕云点头，从怀中取出三粒九转幻幽丹服下，开口道："慕容平州，今日只有联手你我才能活命，我答应你！"

两人相视微微一笑，竟有一种老友间的默契。谁也没说话，却同时按苍龙啸天阵法站好了方位，持剑盯着四人。

四人见两人竟联起手来，又是一阵大笑："哈哈哈，没想到你们两个仇人还能联手，这种事真是难得一见呀！刚才一战，你们的内力已耗大半，就算联手又有何用，你们今日还是会死在这里！"笑罢，四人也摆出九幽鬼境的万魔无相阵法。

慕容平州抢先一剑刺出，慕容燕云也随即跟着攻了出去，两人使的是苍龙剑法，但见剑势如龙，招式均是大开大合，舞动间道道凌厉的剑风席卷着天地。

鬼境四王见两人已出手，也在瞬间发动攻势，长剑齐出，路数狠辣刁钻，剑招飘忽不定，加之他们每刺出一剑，都会运起音功发出鬼哭狼嚎，令人毛发悚然，说不出的恐惧！

阳光照耀下，六把长剑你来我往，时而杀得难分难解，时而又相对凝视，谁也不出半招。今日在场之人无一不是顶尖的高手，两大剑阵也都是两派武功之巅峰，这一战已不是个人之间的恩怨，分明是神龙派与九幽鬼境的一次对决。

场上六人，人人心中都不敢小觑对手半分，莫说每出一招，就是谁的身子微微一动，都足以引起所有人的注意。高手过招往往都是细节决定成败，而成是生，败就只有死！

青松岗，原本一处僻静的山岗，现在却剑光交织、兵刃相击，呐喊声引来了天地间的杀意。这杀意如春雷滚滚、乌云密布，在这小小的山岗上久久无法散去。

慕容平州与慕容燕云的配合可谓天衣无缝，这本不该是仇人间会有的，彼此眼中的目光分明是在望着一位共经生死的至交。或许，他们此时已经忘了仇恨，心中只有一个念头就是要活下去，只有杀了九幽鬼境的四王，才是他们脑海中唯一的念头。

鬼境四王从小就一起出生入死，默契到不需要有人做出任何动作，发出任何声音，另外三人就能按他意思改变招数。他们的剑招刁钻，声音骇人，但真正让人畏惧的还是四人间那本能的默契。

一个剑阵如神龙闹四海，一个剑阵像恶鬼出九幽。一正一邪，一明一暗，都同样犀利，同样致命，现在只要有一丝微风拂过，都会影响最后的战局。

慕容燕云无法使出十成功力，每次被两王合攻都会略落下风，初时慕容平州只需要帮忙抵挡个一招半式就能挽回局面。可随着时间一长，慕容燕云渐感内力不足，毒性又有要发作的迹象。几个时辰前慕容平州还一心想要慕容燕云的命，可现在他却极是担心慕容燕云的安危，真是造化弄人啊！

四王见慕容燕云招数虽比慕容平州更霸道，可却已是强弩之末，纷纷攻向慕容燕云。慕容燕云本就有些力不从心，现在被四人联手夹击，虽还勉强能应付，可体内却如翻江倒海一般，毒性激起，难以压制，又吐了一口鲜血。

“哈哈，慕容燕云，明年的今天就是你的忌日！”秦广王慕容延钊大笑，挥出毒辣至极的一剑，刺向慕容燕云。

慕容燕云极善于观察敌人的力道，身子忙向旁一躲，随手一剑，封住慕容延钊后招。虽压住慕容延钊出招，又见楚江王手中细剑已刺了过来。慕容燕云暗道不妙，又强行躲过了一式，却再难躲阎罗王的一剑。

慕容平州见慕容燕云危在旦夕，想要帮忙，可卞城王一剑刺出，缠住了慕容平州，让他无暇分心去救慕容燕云。慕容平州急得大叫道：“慕容燕云，你小心，莫要死在这些贼人手里！小爷还要用你的人头祭奠父亲的亡灵呢！”

慕容燕云听到慕容平州的话，只有苦笑：“慕容平州，我今日要死在这里的话，你就快走吧，不然不但我金陵慕容要亡族，而且你们鲜卑慕容都会消亡了！”他说着左手一招移天换日使出，把阎罗王的剑转攻向秦广王。

双方正打得难解难分之时，岗下忽然传来一阵急促的马蹄声，六人的剑都随着马蹄声的靠近而缓了下来。慕容燕云与慕容平州对望一下，眼里满是绝望，心想：“这定是九幽鬼境的援兵到了。”九幽鬼境四王也对看一眼，暗想：“没想到这两个小子还有后手。”

马蹄声在松林中停下了，一个洪亮的声音传了过来：“表弟，你怎么样，我来助你！”说着只见一个黑影一闪来到六人近前。

慕容燕云见来人是幽凡一，不禁大喜道：“表哥，你可算来了，快与我们摆苍龙啸天阵！”

卞城王见到幽凡一，脸上一阵变化，有愤怒，有恐惧，更多的还是杀意，不过他此时戴着面具，谁也看不出来他的神情有什么不同。

幽凡一从小对神龙派的剑法也是极熟，听慕容燕云号令摆苍龙啸天阵，便不假思索地拔出清影剑，按照阵法方位站在两人身旁，瞪着鬼境四人。

原本慕容燕云和慕容平州已落了下风，眼见就要死于非命，幽凡一一到，局势立时翻转过来。但见苍龙啸天阵在慕容燕云的引导下如一条活的神龙，不论是左右逢源，还是前后呼应，都极是得心应手，大阵威力瞬息间提了数倍。

两阵起初相当，后来苍龙落了下风，此时万魔无相阵彻底被三人压制的只有招架之功，没有还手之力。万魔无相阵讲究的是阵形为妖魔，人化为妖魔的一部分，而此时这妖魔不论是伸手，还是踢腿，都会被神龙牙咬爪撕，不多时就溃不成阵。

秦广王见势不好，忙虚挥一剑，转身要走，另外三人也都如此。慕容平州本想去追，可四王分成四个方向急速而去，哪里又能追得到。

这时慕容燕云又吐了口血，人昏倒在地上。幽凡一忙弯下腰为慕容燕云疗伤。虽然四王已走，可慕容平州见慕容燕云昏倒，还是焦急万分，好像已经忘了慕容燕云是自己的仇人，而是把他当作了朋友。

幽凡一给慕容燕云又服了三粒九转幻幽丹。然后两人到林中牵了马，把慕容燕云放在马上，一起回了虞渊庄。

第三十一章　断雨残云

三人回到虞渊庄，赵婵雪和幽若雨正焦急地在门口等候，唯恐慕容燕云这一去有个三长两短。她们见三人回来了，都喜出望外地迎了过去。

走到近前看到昏倒在马背上的慕容燕云，赵婵雪一阵心疼，抚摸着慕容燕云满是血迹的脸大声地哭了起来。

幽若雨也悲伤地说：“表哥，我早就说过你不要去，你不听，你要是死了，我也不想活了！”

慕容平州见到赵婵雪不禁一愣，一抱拳道：“表妹，你怎么也在这里呀？”

赵婵雪这才看到一旁的慕容平州，点点头说：“表哥，你也在。”

幽凡一听到慕容平州和赵婵雪是表兄妹，笑道：“哈哈，原来都是一家人，不如一起进庄吧。”

慕容平州摆摆手道：“幽庄主，我就不与你们进去了。你一定不要让慕容燕云死了，我还要与他一决生死，为父亲报仇呢！即使死在他手里对小爷我也算是一种解脱。”

幽凡一不由一惊问道：“你就是慕容平州？”慕容平州微微颔首道：“我正是慕容平州，如假包换！”

“慕容平州，没想到是你。你们彼此之间有着深仇大恨，可刚才竟能配合得如此默契，实在出人意料。”幽凡一道。

慕容平州叹息道：“是啊，我也没想到。如果我们没有仇，或许会成为这世上最好的朋友，实在可惜……”

幽凡一劝道：“慕容平州，你们彼此都有杀父之仇，那岂不是扯平了？何不放弃前嫌，从此真的成为朋友呢？”

慕容平州沉吟道：“幽庄主，你说得有些道理，只是我父亲在天之灵一定不希望见到我们化敌为友吧，而且就算我放弃报仇，那么慕容燕云能放弃吗？”

幽凡一叹息，摇头道：“我想慕容前辈是通情达理之人，一定不希望见到自己唯一的儿子心中只有仇恨，一辈子只为了报仇而活吧？至于表弟，我的话他会听的。”

“幽庄主，说得对，如果慕容燕云当真能不记恨我，小爷我的仇也可不报了，现在提这些还为时尚早，当务之急是要把慕容燕云这小子救过来。我就先告辞了，早晚有一天我们还会再见。”慕容平州说着朝几人一抱拳，策马而去。

三人见慕容平州走了，把慕容燕云扶进了房中。

幽凡一又给慕容燕云服了几粒丸药，可是疗效甚微。他看着慕容燕云已经紫黑的脸色，不由长叹：“唉，表弟看来真的要熬不住了……”

幽若雨哭了起来：“表哥，你不要死呀，你死了我怎么办？要是师姐来了一定有办法救活他的！”

赵婵雪伤心地说道：“要是柳神医在就好了，自是可保慕容哥哥无恙，只是她现在浪迹江湖，谁能找到她呀？”

“赵姐姐，你是赵匡胤的女儿，一定比我们知道的多，快想想办法啊！”幽若雨对赵婵雪焦急地说道。

赵婵雪沉吟一下：“慕容哥哥现在性命危在旦夕，看来只有我回去想办法找父亲要些灵丹妙药才可能救活他。此事不容耽误，我现在就走！”说着出去牵了马，向开封城奔去。

幽家兄妹见赵婵雪去寻药，感觉有了一线希望，忙轮流着用内力想帮慕容燕云把毒逼出体内。可慕容燕云身中两种剧毒，他们兄妹哪里又能逼得出来，只好勉强压制住一些，好在日日有独家秘制的丹药供着，三日后才悠悠醒转。

慕容燕云醒来见到幽若雨正牵着自己的手放在脸庞，泣泪涟涟，她眼睛早已哭得红肿，看起来楚楚可怜。“表哥，你要是死了，我一定随你而去，绝不独活于世……”

慕容燕云见幽若雨如此，浅浅一笑：“傻妹妹，就算我死了，你自己也要坚强地活下去才是呀。你如敢随我死了，我在地府也会把你赶回来的……”

幽若雨见慕容燕云醒了，破涕为笑：“表哥，我就知道你不会死的，一定不会丢下我的！”

慕容燕云轻轻地点头道：“我答应过你要陪你一辈子的，我绝不会食言的。我现在想见见表哥和雪儿，你叫他们进来好不好？”

幽若雨听慕容燕云要见幽凡一和赵婵雪，说道：“赵姐姐三日前就回家为你找药去了，现在还没有回来。哥哥倒是在，我这就去给你叫来。”

“好吧……”慕容燕云轻轻地说道。说完这句话他又觉有些乏力了，闭上眼睛，心里想：“雪儿，你为我费心了，我要是还能活下去，余生一定好好待你。”

不多时幽凡一快步走了进来说道：“表弟，你醒了，真是太好了！”慕容燕云缓缓道：“表哥，让你担心了。”幽凡一一笑道：“表弟，我前几日本打算与你断绝关系，可现在看来是老天不想让我们分开。哈哈！”

“表哥，此番给你和幽家添麻烦了，谢谢你和表妹对我的照顾。”

“罢了，既然你是我表弟，又身中剧毒，我焉能不费些心力呢？”

两日后，这天幽家兄妹和慕容燕云三人正说着话，一个下人匆匆走了进来。他见到三人恭恭敬敬地施了一礼，然后说道：“慕容少侠，有人送来了一封信，说是一位赵姑娘让他送来的。”说着递给慕容燕云一封信。

慕容燕云听说是赵婵雪的信，忙挣扎着坐了起来，接过信，见上面写着：燕云，我已在洛阳城外二十里的郁林庄寻到一位高人，据说能解天下所有的奇毒。但他性情古怪，只有你一个人前往求医，他才肯医治。希望你速来，莫要耽误了。赵婵雪书。

幽凡一见慕容燕云看到信后神情一振，知定是赵婵雪为他寻到了解毒的法子，高兴地问道：“表弟，这信上可是写了什么解毒的办法？快和我们说说，是要用什么药，还是要到什么地方请人，我这就派人去。”

慕容燕云摇头道：“表哥，信上写神医要求只能我一个人去，不然恐怕不会为我医治的。我现在就起程了，我的身子现在不能耽搁。”

两人再三劝阻，慕容燕云却执意要去，两人无奈，只得又给了慕容燕云一瓶九转幻幽丹，送他离开了。好在这一路上慕容燕云努力地用内力压制毒性，又没和任何人动过手，这才堪堪坚持毒性没有发作。

这日傍晚，慕容燕云到了郁林庄所在的一处不高的荒山下，他立马观望，只见这满山是苍松怪柏，树林掩映间隐隐能看见庄子，只有一条山间小路可通上下。深蓝色的天空配上这山色，总给人一种阴气森森的感觉。

慕容燕云心中隐隐有些莫名的紧张，他暗想："这位高人为什么会住在这样一个偏僻又阴森的地方，当真有些古怪。"他一边想着，一边策马上山，不多时就到了郁林庄前。

这郁林庄占地不大，却偏偏修得极是豪华。门口一座高大的影壁墙，用蓝色图文装点着。影壁墙对面是一个高大的院门，门上有一块巨大的黑漆金字牌匾，上书"郁林庄"三个大字，颇是气派。可如此气派的大门前却没有一个守门人，让慕容燕云更加感到有些奇怪。他虽觉眼前一切都有些不太正常，但还是下马叩了门。

不多时，里面走出来一位个子不高的老者。这老人满头白发，身子却很结实，显然是武艺非凡之人。慕容燕云见到老人更觉奇怪，这老人虽一身普通的绸缎衣裳却给人一种通身富贵之感。

慕容燕云心想："莫非这位老人也如段老伯那般，曾经是个了不起的人物？"他想着一抱拳道，"见过老伯，不知您是否就是此间主人？"

老人点点头："老朽正是这里的主人，不知小兄弟是谁，到我这里可有什么事吗？"

慕容燕云恭敬地说道："晚辈叫慕容燕云，身中烈炎蛇、毒砂掌两种剧毒，听闻老伯医术高超，特意来求您医治。"

"哈哈，小事一桩，你随我先进庄用些粗茶淡饭。等吃过了饭，我自会给你治病。"老人一笑，把慕容燕云让进了庄，随手把大门锁了。

两人走进去，慕容燕云发现这里只有一间不太大的院子。老人领着慕容燕云到了正对着院门的一间房中，房中有一张上好的黑檀餐桌，桌旁摆了几把黄檀木椅。

他们坐了下来，有一个下人模样的人走了出来。老人让他备下了酒菜，然后和慕容燕云道："前几日有一个姓赵的姑娘前来为你求医，不知她是你什么人？"

慕容燕云一笑："那位姑娘是晚辈的朋友。"

老人点点头，笑道："她当真是位好姑娘，你能有这样的朋友可是好福气。呵呵，年轻人，我作为过来人提醒你一下，要把握好你们的关系呀，不要到时后悔才好啊！”

慕容燕云一笑，摇摇头：“我们虽对彼此有好感，可她父亲是我的杀父仇人，想要真的到一起只怕还要费些力气。”

老人问道：“年轻人，你怎么会与杀父仇人的女儿相爱呀，老朽活了这么大岁数，可还没见过这样的事儿。”

慕容燕云叹口气道：“我们在逃难的途中相识，当时都易了容，名姓也都不敢相互告知，这才在不知情的情况下相爱了，现在……现在到了情难断的地步了。”慕容燕云脸上掠过一丝难为情。

“原来如此，那你为什么不试试与她父亲握手言和呀？”老人又问道。

慕容燕云道：“我曾经杀了他的姐夫，他父亲也因为追杀我，死在回来的路上，他女儿逃婚时，也因遇到了我，才迟迟没有回家。这三个原因恐怕他都会耿耿于怀吧。更何况他在朝中、江湖上都有极大的势力，定不愿意他的女儿与我这样一个无名后辈成亲吧。”

老人沉吟一下道：“如果按你所说，你们确实没有言和的道理。”他还要再说什么，这时有人陆续端上了许多菜肴，又搬来了两坛药酒。

老人见菜上来，对慕容燕云道：“年轻人，还是先吃点儿东西，一会儿我好为你解毒。”说着给慕容燕云倒了一杯酒。

慕容燕云感谢道：“多谢老伯，只是晚辈身中剧毒，恐怕不宜饮酒吧。”

老人摇摇头：“年轻人，我这是药酒，里面放了许多种解毒的药材，喝了对你的伤势大有好处。”

慕容燕云只好听从老人的话，笑着一口饮尽杯中酒。他刚要夹菜，老人又给他斟满了一杯酒说道：“年轻人，再喝一杯吧。”慕容燕云只得又喝了一杯。

两杯酒落肚，只觉经脉中的毒性似是被压制住了许多，他大喜道：“老伯，这酒果然神奇，我体内的毒性好像当真被压制了一些。”

老人脸上神情微微一变，随即笑道：“年轻人，我没骗你吧。既然感觉好，那要不要再饮上几杯？”

慕容燕云一向酒量极佳，只是平时不常饮酒，今日感觉这药酒神奇，自然不免要多喝一些。他自己又倒了一杯，笑着饮了下去。可第三杯酒饮下后，慕容燕云顿觉腹中内力混沌起来，似是一团糨糊。

“你这酒有问题！”慕容燕云大怒，点指老人吼道。

老人仰面放声大笑：“哈哈哈，慕容燕云，你难道才发现这里有些古怪吗？你也不想想，为什么你会这么快接到雪儿的信，为什么这么小小的山庄子会如此华丽，为什么门口连一个守门人都没有，为什么我会和你谈雪儿，为什么我会让你喝酒，这些你都不仔细想想吗？你还真是没长脑子！”

慕容燕云喊道：“你……你到底是谁，是赵匡胤的人，还是九幽鬼境的人，你想要干什么！”

老人又是一阵大笑，站起来说道：“哈哈，我就是殿前都点检、神龙派涿郡分舵主赵匡胤，你没想到吧！”他说着在头上一抹，原本的白发瞬间变成一头青丝，身子一挺，又高出数尺，哪里还是那个又矮又老的老头。

“赵匡胤，你要怎么样！”慕容燕云此时拔出长剑，就要和赵匡胤动手。

赵匡胤拿起酒杯，向地上狠狠一摔，发出刺耳的啪嚓声。随着杯子落地，廊中竟出现了个手持大棍的汉子，又从门外冲进来了数十个持剑的高手，封住了大门。

“慕容燕云，你好大胆子，我本与你金陵慕容无仇无怨，你却杀害我的姐夫，我父亲也因你而死，你又在婵雪定亲时坏我赵家名声，今日我非杀了你这小子，以解我心头之恨！”赵匡胤说着走到了外面，取过那大汉手里的盘龙金棍。

慕容燕云本想跃出房间，与赵匡胤决一死战，哪知他想运内力，竟发现内力完全不听自己使唤，他焉能不惊？

“慕容燕云，快滚出来，难道要我揪你出来不成？”赵匡胤喊道。慕容燕云这时内力完全使不出，只能缓缓走了出来：“赵匡胤，你不要欺人太甚！”

赵匡胤大棍一挥，带着呼呼劲风，打向慕容燕云头顶，慕容燕云忙用剑向上一挡。如在平时慕容燕云自是能挡住这一棍，现在却是手上无力，只觉大棍力有千钧，哪里还能扛得住，直压得慕容燕云虎口流血，单腿跪了下来。

“慕容燕云，我今天如果一棍打死你是便宜你了，我定要你求生不得，求死不能！”赵匡胤说着，一脚踢了过来。

慕容燕云被赵匡胤踢了一脚，口中喷出鲜血，倒在地上。赵匡胤见慕容燕云倒下后大笑，手中金棍又恶狠狠地打在慕容燕云背上。慕容燕云被大棍一打，又吐出一口血，背上霎时皮开肉绽，鲜血淋漓。但他没有叫一声，硬是咬着牙挨了一记。

赵匡胤见慕容燕云挨了一棍还忍得住，不由更加生气，手中大棍加大了力气，不留一丝情面地打在慕容燕云身上。他每打一棍，慕容燕云就吐出一大口血，伤口也瞬间血肉模糊。

慕容燕云只觉每一棍都痛彻骨髓，根本无法形容。他内脏仿佛被火灼烧，身上血流不止，头上大汗淋漓，但他没有喊出一声。他心里想："我父母死于这贼子之手，我宁可被打死，也绝不向仇人服软！"

赵匡胤见自己大棍打得慕容燕云全身被鲜血染红，没有一处完好的肌肤了。他本以为慕容燕云会呼天叫地，满地打滚，甚至求自己饶命，可慕容燕云却只是紧咬牙关，没有叫一声，似完全没有把这么大的痛苦放在眼里，更是气得他浑身发抖。

"慕容燕云，你小子真能忍呀！好，我今天就成全你！"赵匡胤怒喝一声，手中大棍高高举起，就要打死慕容燕云。

慕容燕云见到赵匡胤要杀自己，不由放声大笑，眼中没有一丝惊惧，有的竟是视死如归般的从容。这个眼神让赵匡胤记了一辈子，这绝不是一个普通的毛头小子该有的，或许就连他这样的盖世枭雄也不会有，他的心在这眼色下不禁战栗。

"赵匡胤，你给我住手！"突然庄外一个充满英气的声音大吼着，随着他的声音，一个遮面的白衣少年势如奔马，急如闪电。他的人影在庄中一闪，就把慕容燕云提了起来，向庄外而去。

赵匡胤哪里想到他精心布置的局面竟被这突如其来的白衣少年破坏。

"什么人，竟然敢救走慕容燕云？"赵匡胤又怒又急地喊道。

白衣少年傲然道："赵匡胤，你用这种卑鄙手段报仇，实在有损你的身份，令江湖中人所不齿！"

赵匡胤大怒，点着飞身出庄的白衣少年竟气得一句话也说不出来。

"小子，我赵匡胤定会让你后悔的……"

第三十二章　奇陵八卦

救下慕容燕云的不是别人，正是慕容平州。

慕容平州救出慕容燕云，运着轻功向山外疾行而去。走到山口，突听身后响起一阵马蹄声。慕容平州警觉，以为是赵匡胤派人追了出来，忙回头看去，却见跑来的是慕容燕云的枣红神驹。

慕容平州见到神驹大喜，抱着慕容燕云上了马，向东北方向飞驰而去。

慕容燕云见到慕容平州救了自己，感激道："平州兄弟，你竟在赵匡胤手中把我救了出来，此等大恩我实在不知该如何报答！"

慕容平州只笑了一下："小爷我虽然与你有仇，可毕竟同根同源，又一起联手抗敌。小爷绝不会让你死在别人手里，这天下只有我慕容平州才有资格取你性命。"

慕容燕云一笑："好，我的命是你救的，什么时候想要了尽管来取就是了。"

两人嘴上谈笑着，马却快如疾风，绝尘而去。

行了半月有余，两人到了辽国的地界，慕容平州把马放慢了些说道："小子，此地已属辽东，我辽东慕容在这一片还是有些实力的，我们不必疾行了。"

慕容燕云听后松了口气，有些愧疚地说道："平州，这次真多亏你了，我真后悔当初不该失手杀了你父亲……"

慕容平州摆摆手道："小爷不是也找赵匡胤杀了你全家，不然你哪来的如此大仇，如此说来小爷也有些对不住你。"

慕容平州此时有些饥饿，见旁边有处酒楼，便把马拴在一家酒楼前。两人进了酒楼，要了些吃的，对面坐下。

慕容燕云问道："平州，这次你得罪了赵匡胤，以后你有什么打算？"

慕容平州说道："我与父亲起初加入神龙派本是为了凭借他们的势力复国。如今神龙派在赵匡胤的带领下力量日渐恢复，我实在不想失去这个助力，如今之计只有回神龙派总舵了。"

慕容燕云激动道："原来我们都要恢复大燕，那是同道中人了。不如我们以后合力一处，共谋大业吧！"

慕容平州笑道："好！如果小爷我先有了势力，那你就要归顺我手下为将。若你先成事，小爷就听命于你，如何？"

"就这么定了！"慕容燕云握住了慕容平州的手，两人神情极是兴奋。原本的仇人此时竟为了共同的目标，成了挚交。

两人聊得正高兴，忽听酒楼前几声马嘶，有一队人马似是远路而来。为首一人一身黑衣，腰中挂着一把黑剑，正是慕容延钊。而他身边有三个大汉，武功似也不凡，个个精神饱满，手中持着兵刃。更引人注目的还是他们中间的一个女子，这女子一身华贵至极的白衣，远途而来却一尘不染，她手中拿着一把长剑，看起来英姿飒爽，不让须眉。

慕容燕云见这些来人都很不一般，却都对那白衣女子毕恭毕敬，想是此女子身份定不一般。慕容延钊他更是认识，几次与他交手，虽略占上风，但慕容延钊的武功也绝不能等闲视之，于是有些紧张道："平州，我们是不是行踪暴露了？看来我们只能和他们拼了！"

慕容平州见到这些人也是一愣，说道："慕容延钊、石守信、王审琦、韩重赟这些赵匡胤的大将怎么都出动了，实在糟糕！"他本就有些不知所措，看到这女人更是心中一沉。"露儿来干什么？她在这些人身边，我们还怎么动手？"

"她就是你的妻子，当今大周公主柴露？"慕容燕云听慕容平州提起过她，哪知竟会是在这种情况下见到，更是有些手足无措。

慕容平州见这十多个人下了马，进了酒楼，对慕容燕云道："我去拖住他们，你快借机从后门出去。"他说着迎了出去。

慕容燕云无奈，只得匆忙出了后门，连马都没来得及牵就向北一阵狂奔。他初来此地，四周环境不熟，没走多久就误入了一座山中。他无暇看山色，只是使出全身力气向大山深处奔去。

不知过了多久，慕容燕云已筋疲力尽，这才停住了脚步，喘着粗气。他见自己处于两山间的一处山谷内，四周没有一个人，草丛中时有野兔一闪即过，附近很是安全。

谷中有一块大石，他坐了上去，想要休息一下，然后继续行路。哪知他才坐下，就听头顶山崖上一阵喧哗，他知定是慕容延钊等人到了，暗道不好，忙站了起来，向山谷更深处前行。

慕容燕云往前走了一会儿，突然见到前面对称立着许多用石头雕刻的石人、石马，好似鲜卑打扮，只是已不知多少年没人修葺过，上面长满青苔，有些已经残缺不全。

“这是什么地方？我怎么好像是到了一座古墓？”慕容燕云心中犹豫，本不想再向前走，正要转身离开。

后面几个人影闪动。“那小子好像是朝这里面去了，我们快进去瞧瞧，抓到他交给赵大人领赏啊！”

慕容燕云身后数几十丈传来了石守信那瓮声瓮气的声音。慕容燕云听见这些人越来越近了，只得硬着头皮向古墓方向走去。

他走了多时，才走到了甬道的尽头，到了一座高大的石门前。这石门紧闭，没有一点儿缝隙。

慕容燕云长叹一声，苦笑道：“没想到我慕容燕云今日要死于这古墓门前。也不知这里是哪位前辈的埋骨之地，看来我们倒是真有缘分……”

石门上隐见有一块石匾，用鲜卑文篆刻着几个古朴苍劲的大字。慕容燕云本就是鲜卑人，多少认识些鲜卑文字，他见石匾的几个字是“辽东公慕容仁之墓”。

慕容燕云看后，不由笑道：“这里原来是大名鼎鼎的辽东公慕容仁的陵墓，我怎么误打误撞到了这里？平州兄弟刚救过我，现在又到了他的祖坟，实在是有趣！”

这时慕容燕云已经隐隐能听见十几人的脚步声近在咫尺，他不禁惊慌起来：“慕容仁前辈，虽然是我先祖杀了你，但请您念在同根同源的情分上原谅我进去打扰您的罪过吧！”

他心中想着，运力想把门推开，可连推了三次，石门都纹丝不动，他苦笑道：“前辈，你当真不愿让晚辈进去避一避吗，是想让我死在您的坟前替先祖谢罪？”

慕容燕云无奈地说着，他眼睛却在仔细打量这石门构造。他看见这石门异常高大厚实，他没了内力，硬推定然是不可能。可不硬推，这里如果没有机关，自己就只有死路一条了。

“现在最重要的是找找这门上有没有机关。”他想着，忽然发现这门有些特别，门上并非是寻常对称的两个门环，而是门两边都规则地排列着六个门环，总共有十二个门环。

他见到门环数有异，忙仔细去看。这才发现这十二个门环都雕琢成兽首形状，有鼠、牛、虎等十二个，正是十二生肖的模样，原本个个都是栩栩如生，只是多年没有修缮，此时线条已有些模糊了。

慕容燕云暗道：“这十二个兽首定是机关，只是该如何破解呢……”他在古籍中见过许多种机关，可这种以十二兽首门环为机关的还是第一次见。

他知道古墓的机关如果破解得当，就能打开墓室，可如果方法不对，都不需慕容延钊他们出手，光这墓门的机关就足以让自己有来无回。

嚓嚓的脚步声在慕容燕云身后越来越响，人离他越来越近，慕容燕云的心已经提到嗓子眼。他这三年间所遇凶险无数，可他或多或少还有反抗之力。可现在他内力不听使唤，体内暂时压制住的毒性，也随时可能要了自己的性命，这才是真的到了命悬一线的紧要关头，偏偏现在身边连一个朋友都没有，生死都只能靠自己。

三年间所有的人、所有的事，竟一时都涌到了慕容燕云的脑海。父母、老伯、雪儿、表哥、表妹……这些人的面庞不断地在他面前晃动着，慕容燕云的思绪此时如一团乱麻。他努力想让自己保持冷静，可却怎么也静不下来。

突然，那张让慕容燕云领悟了天人剑法的古画出现在他脑海中。这画越来越清晰，画中人物似活了一般，在他脑中不断变化着。他看到了一身蓝衣，头戴虎头帅盔的慕容仁，正用左手挥动着宝剑，指挥作战。他头上的虎头，竟似乎与石门上的虎头一模一样。

慕容燕云心中一动：“莫非慕容仁喜欢老虎？如果是这样，这虎头门环很有可能就是机关的所在。”他有些不敢相信，但还是把手放在了虎头门环上。

他先是向外拉，石门与刚才并没有一点儿变化，他又向里扳，依然没有一点儿效果。他不由叹气，认为一定是自己想得不对，正要放弃，手却无意间在兽首上轻轻扭了一下。这门环本不可能被扭动，但慕容燕云偏偏真的转动了。

随着门环被转动，石门似乎发出了“咔”的一声轻响，这声音慕容燕云相信不是自己听错了，而是当真有机关被自己启动了。他见这石门确是与古画有着千丝万缕的联系，忙又去回忆画中内容。

“慕容仁是左手拿剑，剑是凶器，必定代表死亡。而与死相反的是生，左既为死，那右就是生！”慕容燕云脑中突然出现了这个念头，当即就要向右旋去。

可他的手却停住了，说道：“我绝不可贸然转动机关，如果转动的圈数不对，那还是有死无生啊！”

慕容燕云想在古画中再寻找一些关于数字的线索，可却没有想起来任何有用的东西来。他想：“这画有三个部分，一部分是慕容仁这边，另一部分是两者的中间地带，还一部分是慕容皝。如今慕容仁这边已经让我确定了虎头与方向、中间的风雪让我领悟了天人剑法，只有慕容皝这边没有什么发现，莫非这数字落在他身上？只是慕容皝又与数字有什么关系？”

他突然想起来慕容皝被追封为帝，暗道：“人言帝王面南背北，为九五之尊，难道是九和五这两个数字！”

身后的脚步声已到了离慕容燕云几丈开外。韩重赟喊了起来：“你们看，慕容燕云就在那里，我们抓住他好领赏！”说着当先抽出腰间单刀，就要扑过来。

慕容平州拦住他道：“韩大人，且慢动手！慕容燕云这小子狡诈，他这么长时间都在门口不进去，其中定有蹊跷！”

慕容延钊向来疑心很重，此时听了慕容平州的话，点点头：“你说得有道理，韩大人不可妄动。”

慕容燕云见这些人没有一拥而上，暗暗感激慕容平州。他手转动得很快，把虎头门环先向右转了九圈，然后停了一下，随即又转了五圈。

慕容延钊见慕容燕云在那里飞快地转动石门，显然是急于打开石门，不由得一阵冷笑：“我们上这小子当了，他原来是没有想出如何破解机关，所以才一直没进去。我们现在还不出手更待何时？”他手中原屠一摆，当先朝慕容燕云扑了过来。

慕容燕云见慕容延钊扑到，手转得更快了，眨眼间就转完了机关。随着他转动结束，石门发出轰轰几声响，当真为自己开了个小缝。慕容燕云见石门露出了个缝，闪身钻了进去。

他一进去，就使出全力推在门上，想关闭石门。这石门机关倒也当真精巧，慕容燕云只觉并没有费多少力气，石门就快速关上了。随着石门一关，门口轰地落下一块高有数丈的万斤巨石，彻底封住了大门。

门外慕容延钊的身子正腾空向石门跃去，突见石门关闭，如果自己再向前半寸，就势必要撞在坚硬无比的石门上。他忙停了下来，可由于用力过猛，落地时脚下不稳，竟摔倒在地。

众人忙上前扶起慕容延钊，慕容延钊见自己当众出丑，极是恼火，大喝一声："慕容燕云，你这缩头乌龟，有本事给本将军滚出来！"

慕容平州心中偷笑，嘴上却道："慕容大人，依我看不如派人日夜把守大门，我就不信慕容燕云能在里面待一辈子。"

慕容延钊点点头："我们附近不是还有几十个部下吗，让他们全给本将军来守门，只要慕容燕云出来，立即格杀勿论！"

众人应了一声，几十人封住了大门，只等慕容燕云出来。

里面的慕容燕云晃亮了一个火折，借着火光打量周遭情况。他见到自己所在的地方是一条用青砖铺砌的台阶，两边并没用摆放任何东西。

于是他就径直向里面走去。走了一会儿，通过了一条甬道，就是古墓前殿。

慕容燕云刚到前殿，就为其气势所震惊，前殿虽不算很宽大，却立着一尊上好的白玉所雕的将军像。这像光宽度就逾六丈，往上看高度超过二十丈，给人一种顶天立地的感觉。将军右手掐在腰间，左手握着腰间宝剑，他目视远方，英气十足，极是威风。而雕像后是一道石墙，没有任何出路，似乎这坟墓并不是为了埋骨，而是为了供奉这尊玉像。

他走到石墙处上下打量，没有一点儿不寻常的地方。他又轻轻敲了敲石壁，发现这石壁后似乎还有空间，只是不知如何通过。

慕容燕云苦思许久，看遍了前殿的每一个角落，却是没有一点儿线索。他看着玉像，出了会儿神，半天才想道："这玉像定是慕容仁前辈吧，我既是进了他的坟墓，也该拜上一拜。"

于是他走到慕容仁的玉像前，恭恭敬敬弯腰行礼。他施完礼，正要直起腰，忽然看见慕容仁衣角下方隐约有几个小字。慕容燕云忙凑到近前，见这几个字写得很是潦草，又是古鲜卑文，极是难认。他看了半天才勉强看出来，这字写的是：辽东百里，皆我属地。后辈既来，安敢不跪？

慕容燕云看完气笑了，心想："你不过我先祖的手下败将，凭什么让我跪你？"但他随即又想，"所谓大丈夫能屈能伸，这墓到处透着古怪，不如我先跪下，看看到底能发生什么。"

他想到这里，便在他像前双腿跪倒，口中说道："晚辈慕容皝后人慕容燕云，如今落难自此，如果您地下有知，还请您帮我渡过难关。"说完郑重地磕了三个头。

三个响头磕完，咔咔咔，此时有机关开启声音传来。慕容燕云忙起身去看，见石壁缓缓移开，慢慢露出一条可供人行走的小路。里面弥漫着浊气，让人看不清，同时传出奇怪的声音，好像是有人在满意地放声大笑。

慕容燕云听到笑声，心中一惊，暗叫古怪。可他没有后退，只是随着笑声，也笑了起来，整间空荡的陵墓在两个笑声中都为之震颤。

忽然慕容燕云发现在自己笑声震荡下，眼前小路忽地冒出一股白烟。慕容燕云未及闭气，白烟就到了他近前，他只觉这烟有一阵淡淡的香气，他心想不好，此烟多半有毒，忙闭住气。

很快，白烟消失了，慕容燕云这才走了进去。发现小路尽头就是正殿，殿中停放着一口极佳的楠木棺椁，看上去极是华贵。而四周壁上都是一些线条流畅的壁画，似乎画的是慕容仁生前的生平伟绩。

慕容燕云在棺前又拜了拜，进了左边的配殿。他一进配殿，就觉得宝光耀眼。这配殿里光夜明珠就有六七颗，成箱的珠宝数不胜数，仿佛天下的财宝都被他收进了墓中，这些东西如果换成黄金，价值何止几十万两。慕容燕云出身富裕之家，可也从没见过如此多的宝物，心中难免一动。

可他转瞬笑道："我如果不能解毒，恢复内力，就只有死路一条了，要这些明器又有何用？"

他缓步走出配殿，来到后殿。他本以为后殿也定然是些珠宝，可让他意想不到的是这后殿没有一点儿宝藏，而且连普通的器物都没有，只在正对着正殿的墙上有两个一上一下，紧挨着的方格，地上却有许多白骨，白骨旁还有一条地道。

这两个方格看起来完全没有什么特别，只是有一条线作为分界，上面的格中画着一个抽象的太阳图案，而下面的是一轮新月。慕容燕云看着这两个方格，心中感到好奇，站在近前呆呆看了良久，却只是觉得有些古怪而已。

慕容燕云看了看地上的白骨，心想："这些工匠辛辛苦苦为他建完陵墓，却被活活闷死在这里，实在可怜。"

他突然发现有些不对。如果这些人是被闷死在这里的，那么自己刚才只瞬间把石门开了个小缝，不可能放进太多的空气，那么按理来说现在自己就算不和这些人一样在墓中被闷死，至少也该感觉到呼吸困难才对。但是他现在的呼吸却与在外面无异，极是顺畅，那也就证明这些人绝不是被闷死的工人，而是另有蹊跷。

他又发现这些白骨扭曲的方位有些奇怪，竟似是死前受到了极大的痛苦。而且地上这些死人手中都拿着兵器，但这些兵器不是放在了自己项间，就是刺进了别人的体内，只有少部分人似是在用兵器挖地道，想要逃生。

慕容燕云暗道："这些人好像多半是在为抢夺什么东西而自相残杀，还有一些人似是受到了什么极大的痛苦而自裁。可这里又没有一点儿珠宝，当真不知他们在抢夺什么？"

他还想再仔细打量一下后殿，如果没有什么特别，就要看看能不能从地道离开了。就在这时，从头顶石壁上又冒出了一种粉色烟雾，慕容燕云及时闭住了气，可还是有一部分雾气钻进了慕容燕云的鼻子。

慕容燕云吸进雾气，呛得一阵咳嗽。眼睛看东西突然模糊，而且脑中天旋地转起来，耳中有阵阵嗡鸣声响。他只觉自己要昏过去，可偏偏又没有昏，说不出的难受。

他实在难受至极，只想朝天吼一声。可他抬头的刹那，又看到了那两个奇怪的方格，此时的方格竟似乎在快速地旋转着。慕容燕云脑中随着方格转动更是迷糊，朦胧间他好像看到这两个方格发生了变化，由两个变为了四个，又由四个变为八个，八个不断运转着的方格。

慕容燕云通晓八卦，此时见到这奇景，心中一动："这难道是'两仪生四象，四象生八卦'的推演过程？看起来这推演是以阴阳对立为根基，应该是伏羲先天八卦了！"

他看得有些明白后，在他眼里的已不是简单的八个不断运转的方格，而是乾、兑、离、震、巽、坎、艮、坤八卦。这八卦中每一爻都在运转不停，演变出一个又一个的卦象。

慕容燕云看着这些卦象，心中原本不解的地方开始随之明了，可随之又有许多新的疑问。正疑惑间，他猛然察觉原本没有一个字的石壁，突然出现了许多鲜卑文。

他逐字逐句地看着，生怕漏了一个字："乾卦阳刚，自强不息。六爻盈滴，是故肥园。刚多易折，欠安之相。坤卦明柔，厚载万物。六爻虚衰，是故顺畅。虚多易挠，破裂之相……天地本一，混沌无极。无极至甚，是为太极。如无太极，阴阳不分。若无阴阳，四象何存。四象无界，八方安在。八方不定，万物无生。太极为无，有自无生。混沌为静，动自静演。是故崇无，则自来有。是故尚静，而自有动。心欲据有，先从于无。身欲占动，先从于静。如此行法，大道循环。周期不辍，天地长存。"

他本已达到了天人合一的境界，现在把这些注解从头至尾一气看完，只觉其中奥妙无穷。他原本被封住的内力，此时如洪水决堤，竟从丹田喷涌向周身十二经脉、四百零九处穴道，如滔滔江河顺畅流动，轻松地打通了任督二脉，隐隐有冲破生死玄关之感。

慕容燕云此刻觉得周身的内力不但完全恢复，而且较之以往更是精纯玄妙了不知多少倍。他高兴地放声大笑，古墓似乎都要在他的笑声里土崩瓦解。

第三十三章　天地心经

慕容燕云领悟了石壁上的武功后，就走下地道。地道已挖开了好长一段，里面正好有一把月牙铲，他微微一笑："正愁用何物开通地道，真是天助我也！"他拿起了大铲，沿着原本的方向往前挖去。

此时他的内力已经恢复，没费多少力就向前挖了十几丈。他发现下面的泥土越来越湿润，心中大喜："看来下面有水，如果是一处湖泊那我就省力了。"

慕容燕云的运气一向不错，出口下面果真是片湖水。他自幼水性很好，见到湖水，极是高兴，他顺着水很快就游了出去。

他出了水面，就想要去找赵匡胤和慕容延钊报仇，却突然觉得在内力冲击下，身上的毒性又隐隐有要发作的迹象。慕容燕云暗道不好，他心中苦想："雪儿竟配合她父亲赵匡胤想要害我，看来没办法指望她了。柳神医也不知现在何处。表哥的灵丹现在对我也没什么用了。我该去何处解毒呢？"

慕容燕云想了半天，才恍然大悟地一笑："哈哈，我何不再去一趟涟霞山，或许少阁主当时只是和我开了个玩笑，他知道天下所有的秘密，一定有办法替我解毒。"他想着忙向涟霞山方向而去。

没了枣红马，这一路上他自然没办法行得太快，用了将近一个月时间才到了涟霞山下。他自然明白涟霞山的规矩，要么用百两黄金，要么只能再闯一次涟霞奇径了。

想到这里，慕容燕云在山下有些踌躇起来，如果再闯一次涟霞奇径，那四位高人定会用更刁钻的问题来难为我，这该如何是好？

他正绞尽脑汁想着怎样才能上山，不知不觉便到了水云阁山门前。他本以为门前的守门弟子会像上次那样刁难自己，没想到这次几人见到自己，都笑着迎了上来。

为首那人笑着看向慕容燕云道：“慕容少侠，您当真来了，我们主人等候多时了。”慕容燕云疑惑地问道：“什么，云兄在等我？”

那人道：“正是，慕容少侠快上山吧，别让我们主人等急了。”说着让开上山的石阶。

慕容燕云一抱拳道：“多谢了！”然后快步走了上去。他一路上无暇看这里美丽的山色，不多时就到了水云阁的大门前。

大门口站着一个清秀的童子，正是云逸墨身边的亲信牧心。慕容燕云认识此人，忙走了过去：“牧兄弟，好久不见。可是云兄让你来此等我？”

牧心见到慕容燕云，点点头：“正是主人让我在这里等您，快随我进去吧。”慕容燕云跟着牧心向玄天楼走去。

两人到了楼下，牧心让慕容燕云自己上去。慕容燕云便进了楼，上到二楼，见到云逸墨正坐在木案前，手里拿着一支画笔，在画一把纸扇的扇面。

“慕容少侠，你来了。”云逸墨柔和地说道，但他并没有抬起头，犹自在画着。慕容燕云一拱手道：“见过云兄，让你久等了。不过云兄是怎么知道我一定会来的？”

云逸墨缓缓地说道：“我已经听说了慕容少侠与鬼境四王在青松岗那一场恶斗，就知道你不会把我的话放在心上，定是使出了十成功力，莫说你还中了毒砂掌，就光烈炎蛇毒也足以要了你的性命。你有幽贤弟的灵药定然不会让你那么容易死掉，而医毒高手柳闻莺又不知现在何处，自然只有涟霞山这一条路可以走。”此时他已画好了扇面，抬起了头。

慕容燕云不得不佩服云逸墨智慧过人：“云兄，我们也算有过几面之缘，而且你和表哥也是好友，我不来找你还能去哪里！”

云逸墨轻轻点头，随即又摇摇头道：“慕容少侠，你已是身中四毒之人。莫说我医术有限，就是天下最好的神医也难以救你了。”

慕容燕云听罢，神情不由极是沮丧。他不怕死，但是他死了，谁来延续金陵慕容的香火，谁来复兴大燕，谁来替父母和老伯报仇？这些只有自己活着才有可能实现，如果现在就这么死了，这一切到头来都成了泡影。

云逸墨见到慕容燕云表情落寞，也难免有些不忍，他说道：“慕容少侠，我虽不能救你，不过倒是有个办法，只是要看你的造化了。”

慕容燕云听到云逸墨说有办法，不由大喜道：“云兄，有什么办法，快告诉我。如是真能替我解了毒，我日后定会报答云兄大恩。”

云逸墨挥了挥手道：“慕容少侠，你不要高兴得太早，我说的办法是你只能自己救自己了，你或许能在我的藏书里找到解毒的法子，我这里确实有些奇书，只要你有足够的耐心和悟性，我相信一定能找到解毒的方法。”

慕容燕云从小也看过一些医书，不过他并不是很有兴趣，听说要自己到藏书里面找解毒的方子，不知从何处下手，只能望着这些书籍发呆。想到自己可能不久于人世，想到父母和老伯的大仇……想到老伯时，他随即心中一动想道：“我在老伯那里学了神农心法，又在石壁伏羲先天八卦上习得了另外一种内功，可以算是伏羲心法。又在柳神医那里误服了五帝升仙丹。此时是三皇五帝只差黄帝了，莫不是说这解毒的法子落在黄帝身上？”

云逸墨见慕容燕云神情有些奇怪，问道：“慕容少侠，你莫非是想到了什么解毒的办法？”

慕容燕云微微点头：“云兄，也许冥冥之中上苍都做了安排，不过还要看看书才知道是不是天不亡我。”

“好，我的藏书都在一层，慕容少侠可以自己随意翻阅。”云逸墨说着带慕容燕云到了一楼书架前，随手取出了几本医书交给了慕容燕云。

慕容燕云接过书，见有《难经》《神农本草经》《伤寒杂病论》等著作，还有一本《黄帝内经》。慕容燕云见到别的书倒没什么，见到《黄帝内经》心中更是震惊。

“莫非我想的是对的？这《黄帝内经》里定有能救我的方法！”慕容燕云忙翻开了《黄帝内经》。

他本对医术没有兴趣，也自然没有研究过《黄帝内经》，翻开来见里面分为《灵枢》《素问》两篇，他读道：“昔在黄帝，生而神灵，弱而能言，幼而徇齐，长而敦敏，成而登天……”

慕容燕云原本对书里面枯燥的医理是读不下去的，可当他看到“提挈天地，把握阴阳，呼吸精气，独立守神，肌肉若一，故能寿敝天地，无有终时，此其道生……”几句时不由愣住了，只觉其间奥妙无穷，体内内力似乎都随之一动。

云逸墨见到慕容燕云愣神，一笑："慕容少侠，这书中有许多玄妙之处，不是一时半会儿能领悟的。不如你就在这玄天楼旁的那间小院住上几日。我可以去为你寻些奇花异草，暂时压制住毒性，只是想要彻底解毒只有靠你自己了。"慕容燕云谢过云逸墨，就在旁边的碧溪院住下了。

此时院中只有他一个人，远离了江湖的险恶、市井的喧嚣，心中静如止水，读着这奇书，心神都随之沉浸其中。

《黄帝内经》多次提及天地、阴阳、虚实等物。慕容燕云早已达到了天人合一之境，现在看到天地万物阴阳相生相克之理法，自是比之常人有了许多独到的见解。他见到里面的生气通天论篇时更是有种莫名的契合感，他口中默诵着："黄帝曰：夫自古通天者，生之本，本与阴阳。天地之间，六合之内，其气九州、九窍、五藏、十二节，皆通乎天气。其生五，其气三，数犯此者，则邪气伤人，此本命之本也……"

慕容燕云被这博大精深的医理深深吸引进去，体内内力竟不由自主地运转着，很快他诵完这篇，只觉体内内力已不知不觉地行了六周天。他的内力按照书中内容每运转一周天，慕容燕云便觉得毒性似乎减了一丝，他自然大喜。他一连三日把《黄帝内经》读了不知多少遍，里面内容自是熟记在心。他发现随着自己对书中的内容理解越来越深，每天逼出的毒性也越来越多。起初还只是隐隐觉得体内的毒性像被抽丝一样，可三天后，每天按照领悟出的运气法门运起内力，身上就会流出许多黏稠腥臭的汗水，正是毒性流出体内的迹象。

慕容燕云每日用黄帝心法运功，一过就是七天。七天里除了有人送饭外，他几乎没见任何人，从早到晚沉浸于《黄帝内经》中。

练到第九天时，他发现黄帝心法不光让自己逼出了体内毒性，而且竟然还有把天人剑法、神农心法、伏羲心法、黄帝心法四者相互联系、贯通的作用。

他以前从未想过这四者会有什么关系，可随着他对黄帝心法理解的进一步深入，心中越来越明朗。神农心法炼精，让自己坚定精神；伏羲心法修气，让自己大增内力；黄帝心法修神，让自己重焕生机，而天人剑法则是让自己天人合一，从而让自己真正明白这三种无上心法。

慕容燕云想到这里忙把三种心法尝试着同时运转，只觉全身内力已不再是江河之势，而是如汹涌澎湃的汪洋。泛起阵阵巨浪，在巨浪拍击下，慕容燕云只觉体内的禁锢在一刹那被冲开，身子飘飘欲仙，仿佛能御风而去。

“什么！我竟冲开了生死玄关！”慕容燕云哪里敢相信，人体最大的禁锢，竟随着这些心法的同时运转，而轻易破解。

他心中无比激动，仰天一声长啸，犹如龙吟。他的啸声回荡在涟霞山中，大地山川仿佛都随之颤抖。这一刻涟霞山上所有人都为之震惊，云逸墨正端着一杯茶，听见慕容燕云的啸声，茶杯都落在了地上。

“慕容少侠，你不但解了毒，还打通了生死玄关？”云逸墨站在慕容燕云面前，不敢置信地问道。

“云兄，你说的没错，我……我打通了生死玄关！”慕容燕云激动地拉住了云逸墨的手。

“这生死玄关听说除了李凌风、达摩老祖、凤九天等几个前辈打通过外，放眼当今江湖你是第一人呀！”云逸墨说道。

慕容燕云笑道：“哈哈哈，看来我想报仇实在是轻而易举了！我再也不用把慕容延钊、赵匡胤放在眼里了！”

逸墨摇摇头道：“慕容少侠，我不是给你泼冷水，这赵匡胤本不是神龙派的人，他的武功出自青霞山玄空寺，师从行衍大师。当年行衍大师如果没有为情所困，想来也该是打破生死玄关的绝世高手了。但他自己虽没有成功，可他传给赵匡胤的武功想必也足以让他在武林中傲视群雄。慕容延钊也绝非常人，他是九幽鬼境当今冥尊慕容章之子，决不可小觑。”

慕容燕云刚才还豪情万丈，现在却有些闷闷不乐了：“云兄，你的意思是我虽打破了生死玄关，可还是报不了仇吗？”

云逸墨笑着摇头：“话不是这么说的，你既是打破了生死玄关，那么内力就会上升数倍，而且百毒不侵，生命极长，怎么会没有机会报仇呢？”

慕容燕云点点头，还想再说什么，牧心从外面走了进来道：“主人，山下有位赵姑娘要见您。”

“定是赵婵雪姑娘，让她上来吧。”云逸墨吩咐完，对慕容燕云一笑，“慕容少侠，赵姑娘来了，你难道不高兴吗？”

容燕云脸色一变道：“云兄，我不想见她。如果她是来找我的，就告诉她我已经死了。”云逸墨一愣：“慕容少侠，你这是为何？她如果听说你死了，岂不是很伤心？”

“赵婵雪与他父亲合谋，要取我性命。我要和她从此一刀两断！”慕容燕云怒道。云逸墨听了，笑道：“慕容少侠，你如果当真要和她恩断情绝，我就按你说的告诉她，只是到时赵姑娘出了什么事，你可别后悔。”

慕容燕云坚决地点了点头，到后院躲了起来，不多时，赵婵雪就走了进来。云逸墨见到赵婵雪一拱手道：“赵姑娘，此番来涟霞山不知想要问什么事呀？”

赵婵雪脸上神情极是焦急，见到云逸墨忙问道：“少阁主，你快告诉我慕容哥哥在哪里，我已经为他求到了一位神医，就是当世第一神医刘寒轩老先生，我要带他去疗毒！”

云逸墨心中一惊，想道：“刘寒轩可当真是天下唯一能解慕容燕云所中剧毒之人，他的名气江湖中人无人不知，无人不晓。他号称‘七日圣手’。三十岁之后只为女人看病，而且要她们在他门前跪上七天七夜，他才会出手。不然就是皇帝病了，他也绝不出手。他如果出手了，只要病人还有半口气在，他定能在七日之内让病人痊愈。既然赵姑娘请动了他，必是为慕容少侠跪门七日，她一个弱女子，竟为了他跪了七天七夜，实在让人动容啊！”

他虽然心中感动，嘴上却说：“赵姑娘，我真不知道慕容少侠在哪儿，也没办法告诉你。”

“少阁主，难道连你都不知道慕容哥哥去了哪里？”赵婵雪有些不相信。云逸墨叹息道：“慕容少侠或许已经不在了……”

“什么！”赵婵雪听了云逸墨的话，眼中涌出了泪水，“慕容哥哥，我当时怎么那么傻，怎么不带你一起去求医？如果带着你，你怎么可能会死啊！如果没有你，谁来陪我，谁来爱我，谁能陪我白头到老呀！慕容燕云我恨你，是你让我明白了这世间情为何物，让我知道了自己活着的价值，我本想与你共度余生，可你竟在这个时候扔下了我，一个人就这么匆匆去了。你走了我怎么办，你难道没想过我会孤单、会寂寞吗？天地再大，人海茫茫，没有了你又有什么意义，这人世间已经没了值得我付出一生的人了，那我还活着有什么意思。不如我随你去了，来世我们再续前缘吧！”她说着取下了头上的发簪，就要向自己咽喉刺去。

云逸墨见赵婵雪听到慕容燕云的死讯，竟要毫不犹豫地相随而去，心中说不出的感动，暗道：“赵婵雪当真是个好姑娘，这慕容燕云怎么会如此狠心？怎么会用这种事来骗她，又眼睁睁看着她死在自己面前呢？”

赵婵雪的发簪眼见就要刺进咽喉，这时慕容燕云再也忍不住，一个闪身到了赵婵雪身边，一边抓住赵婵雪举起的手，一边喊道："雪儿，我骗你的，你不要这样！"他喊着手中稍一用力，便打落了赵婵雪手中的发簪。

"慕容哥哥！"赵婵雪见到来人正是慕容燕云，哭得更凶了，"慕容哥哥，你怎么可以用这种事来吓我？你难道不知我对你的心？如果你当真死了，我又怎么可能独活呢？"

慕容燕云抱住赵婵雪说道："雪儿，我前几日接到了你的信，约我到郁林庄解毒，岂不知却是你父赵匡胤设下的圈套，差点儿被他活活打死。我还以为你和你父亲串通好了要害我，我自然不想见你。可我现在真的明白了，雪儿你是真心待我，绝不可能害我的，是我错怪你了……"

赵婵雪用拳头轻轻打着慕容燕云的前胸："慕容哥哥，你怎么可以怀疑我？我虽是赵匡胤的女儿，可我绝不会帮着父亲害你。你真是太辜负了我对你的一片心意了！"

慕容燕云也湿了眼眶说道："雪儿，我慕容燕云不知何德何能，让你如此待我。我从此再也不会骗你，如果再做对不住你的事，我宁可……"赵婵雪捂住了他的嘴："别胡说，慕容哥哥，我一生一世都是你的人，无论你怎样对我，我绝不会对不起你……"

两人抱在一起，哭了许久，赵婵雪才开口道："慕容哥哥，我们这就去刘老先生那里疗毒吧，不然你如果真的毒发身亡，我也真的随你而去。"

慕容燕云一笑道："雪儿，我的毒已经解了，而且已经打破了生死玄关，从此再也不会中毒了！"

"慕容哥哥，你说的是真的？"赵婵雪有些不敢相信。慕容燕云笑道："我刚说过再也不骗你，你现在就不相信我？"赵婵雪也笑了："我相信，慕容哥哥说的话我都信。只是你是怎么解的毒呀，快告诉我！"

慕容燕云得意地说道："三皇心法同时运转，可谓天地心经，天地心经玄妙至极，当然能解毒。当然天下最好的解药还是你对我的心呀！"

第三十四章　龙虎大会

赵婵雪听说慕容燕云已经百毒不侵，心中很是高兴："慕容哥哥，你能没事真是上苍保佑，我们不如就在这山中过一辈子吧，再不管武林中事了。我想少阁主也不会赶我们走吧！"

云逸墨没有说话，只是笑着点了点头。

慕容燕云却叹了口气道："我应该先回虞渊庄和表哥、表妹报个平安，不然他们一定会担心我的。你在此等我，我很快就回来。"

赵婵雪笑道："哈哈，我一时高兴倒是把这事儿忘了，不如我陪你一同去虞渊庄吧，我也想见见若雨妹妹。"

慕容燕云说道："好啊，我们现在就走吧。"

两人当即辞别了云逸墨，乘马返回虞渊庄。路程虽不远，可是一路上两人你情我意，又不赶时间，所以两日后才到了钱江县的地界。两人感到有些饿了，便进了县城。这钱江县极是繁华，街面上做生意的摊面无数。

"慕容哥哥，你看这里竟不比开封差，真是好热闹呀！"赵婵雪走在前面。她一面背着手向前走，一面浏览着街上的摊面，不时发出阵阵银铃般的笑声，好不悠闲。

慕容燕云见到赵婵雪此时的神情，不禁想起自己与她初次见时的情景，嘴角微微露出笑容。

赵婵雪走到一个首饰行前站住了说："慕容哥哥，你快来看看这个好不好看呀！"她朝慕容燕云喊着。

慕容燕云笑着摇摇头道："雪儿，你家里肯定有很多名贵首饰吧，怎么还跑到这种小地方来买？"他说着走了过来。

首饰行老板一看慕容燕云和赵婵雪就知两人绝非普通百姓，定是有钱人家的公子小姐，忙满脸堆笑地走了过来："这位小姐，你长得这么漂亮，这钱江县也只有我们家的首饰配得上您了。这位公子不给娘子买点儿什么吗？"

赵婵雪拿起一串极是精美的玉链，问道："慕容哥哥，你说我戴这链子会不会好看？"

慕容燕云看着她手中的链子确实别致，一笑："雪儿天生丽质，戴什么都好看。"说着从赵婵雪手中接过手链，小心地给她戴到玉腕上，赵婵雪本就肌肤如雪，再配上晶莹剔透的玉链，越发显得娇媚，慕容燕云看得发了呆。

"公子，这手链和你娘子简直就是绝配呀！"首饰行老板由衷赞叹道。

慕容燕云忙从怀中掏出一锭银子，问道："老板，这些够吗？"

老板见到慕容燕云手中的银子，笑得更加开心了："够够，公子当真是位财神爷呀，小店欢迎您常来光顾！"

他们正高兴，却没发现身后有一个黑衣人匆匆走过。黑衣人看到两人，目光中满是嫉恨，但他并没有停留，只是心中冷笑道："慕容燕云，我看你还能得意几时！"

两人买完手链，便在旁边一家酒楼里吃过了饭，继续赶路。

两天后到了虞渊庄前。这时，早有人上前牵过了他们的马，并通禀了幽凡一。幽家兄妹听说慕容燕云回来了，忙迎了出来。

"表弟，你怎么样了，让我好生担心啊！"幽凡一关切地说道。幽若雨也道："表哥，我这几天一直在替你祷告，求菩萨保佑你平安，你要是出事儿了，我也……"

慕容燕云见两人如此关心自己，不禁一阵感动道："表哥、表妹，你们不要担心了，我不但毒解了，而且已经破了生死玄关，再也不会如此脆弱了！"

幽凡一听说慕容燕云破了生死玄关，极是惊讶："表弟，此话当真？如此说来你的武功快要天下无敌了，就是慕容章和梅傲霜也不可能在几招内胜过你！"

幽若雨一拉幽凡一道："哥哥，你还不快让表哥和赵姐姐进屋吗，表哥他刚好，不能太劳累！"

幽凡一笑道："哈哈，我怎么把这事儿忘了！快进来再叙吧。"说着领三人到了自己的院中坐下。

四人你一言，我一语，聊得好不高兴，不知不觉就到了夜里。慕容燕云和赵婵雪被安排在客房住下，一过就是半月有余。

这日，慕容燕云和赵婵雪一起用过饭。赵婵雪说道："慕容哥哥，我们是不是该和他们辞别了。我想我们还是一起回涟霞山比较好。"

慕容燕云点头："雪儿说的是，我们既已和云兄约好，不可出尔反尔，一会儿我们就去和表哥他们辞行。"

正说着，幽凡一带着幽若雨来了，四人又说了一会儿话，慕容燕云就要辞行。这时有一个下人跑了进来说道："庄主，有一件大事属下想要禀报！"

幽凡一见这人神情很是慌张，不由好奇道："出什么事了？"

"庄主，江湖上传来消息，说是慕容少侠杀了神龙派、丐帮、少林三派的长老。并且说慕容少侠因恨神龙派，扬言要……"他说到后面有些害怕，不敢再往下说。

慕容燕云听了一皱眉道："快说，说我扬言要干什么？"

"说您是鲜卑后人，扬言要杀尽中原正道……"那下人的声音有些发抖。慕容燕云听了，大怒道："你可知道是何人在胡说八道，陷我于不义？"

下人哪里知道这些内幕，摇头道："慕容少侠请息怒，小人实在不知。不过慕容少侠向来光明磊落，定是有小人想要陷害您，才在江湖上如此诋毁您。"

慕容燕云点点头："我知道了，你先下去吧。"

赵婵雪沉思一下说道："慕容哥哥，这事想来应该不是我父亲的所为，定然是九幽鬼境那群贼子设计干的！"

幽凡一也说道："赵姑娘所说不错，赵匡胤虽然可恶，却绝不会为了陷害你一个人而冒如此大的风险，公开与天下正道为敌，此事只有九幽鬼境的那帮见不得人的东西才干得出来！"

幽若雨说道："不论是赵匡胤也好，九幽鬼境也罢，关键是要怎么才能向武林同道解释清楚。"

慕容燕云沉吟一下道："此事非同小可，想来只有请云兄帮忙了。"

幽凡一摇头道："表弟，你前几日去过水云阁，想来要害你之人一定知道了。如果此时请云兄来帮忙，他非但无法证明，弄不好他自己也会陷入其中，依我看还是我们自己解决为妙。"

慕容燕云正想再说什么，这时又有一个下人跑了进来道："慕容少侠，龙虎山派人送来请帖，让您十日之后赶到龙虎山，不然他们就要杀到虞渊庄来了！"

"什么！"慕容燕云一把夺过下人手中的请帖。竟是正一派掌门静应真君亲笔所书，上面写着：慕容少侠，贫道听闻你曾与九幽鬼境四王会斗于青松岗，本以为你是我正道中的后起之秀。不料竟为一己之仇，便要杀尽中原正道。贫道为维护江湖正义，现于龙虎山仙水岩设下英雄大会。贫道请慕容少侠届时务必到仙水岩一会，不然休怪我等绝情！

慕容燕云见到书信心中不由一惊，想道："既然武林正道于仙水岩设下英雄大会，想来少林、丐帮、神龙三派掌门也一定会前往，这可当真是要置我于死地啊！"

幽凡一见慕容燕云神情如此紧张，忙问道："表弟，这次英雄大会完全是九幽鬼境的阴谋，你千万不能去，否则后果不堪设想！"

赵婵雪说道："慕容哥哥，我这就去求父亲帮你，一定不会让你有事的！"幽若雨也劝道："表哥，你千万不能去，如果你去了，只怕真的回不来了！"

慕容燕云一拍桌子，激昂说道："这次大会我必须去，如果我不去，只怕虞渊庄也要保不住，我绝不会为了自己连累了你们兄妹。义之所至，何谓祸福，能保住虞渊庄，我死又何妨，虽千万人吾往矣！"他说着身上生出阵阵霸气，这种气概岂是有人能违抗的?

幽凡一叹了口气说道："好，我舍命陪君子！"赵婵雪和幽若雨也要求同往。慕容燕云本不想带着这三人，一来怕他们有危险，二来怕自己会分心，可再三劝阻也没奏效，三人定要同往，慕容燕云无奈，只得同意。

四匹快马风驰电掣，第九日当晚，他们到了龙虎山下。

次日清晨乘船直下仙水岩，四人无心观赏两岸的奇峰和船边的碧波，心中只想着如何能向众人解释清楚。

船行了一会儿，就遥遥望见远处有一处山峰，虽不是很高，却像一个巨大的鼓。鼓峰的四周旌旗招展，旗下站着许多江湖中人。慕容燕云看见这些人心想："以我现在的武功想要杀了他们并不难，可是想要解释清楚实在不容易。"

幽凡一让船夫在这石鼓峰下停了船，四人刚下船就见到岸边站着许多手持兵刃的壮汉，守住了上山的唯一通道。

四人前面有一个持剑的男子，这男子手中拿着请柬，对这些人恭恭敬敬地说道："长剑门弟子万正良应约而来，几位兄弟还请让开一点儿，放我上去。"

"嘻嘻，长剑门也有资格来参加我们的英雄大会？想上去也不是不行，不过我们总让来让去怪累的，这辛苦钱是不是得给上个几两银子啊？"这时从几人中走出三人，他们笑着对这持剑男子说道。

"原来是神龙派的神龙三杰，久仰三位大名，按理说这钱我应该给，只是在下身上并没带太多的银两，还要留作路费，还请暂且记上，日后一定会孝敬你们的。"持剑男子恳求道。

于缺摇摇头："你不给钱我们走不动呀，不如你回去吧，别挡住后面各位大侠的路。"持剑男子又恳求了一会儿，神龙三杰坚决不让，他只得转身离开。

他刚要走，幽凡一认出了此人正是扬州城茶馆里碰到的那个人，忙一把拽住他道："这位兄弟，你随我们一起上去吧。"

慕容燕云不由一笑，心想："表哥怎么到处都有熟人，这人哪里知道表哥这是根本没把他放在眼里，只怕还要感激表哥呢。"

这人见幽凡一要带自己上去，当真一抱拳道："多谢这位少侠，只是不知你们是哪个门派的，如是小门小户还是与我一起回去吧。"

幽凡一道："你放心，今天就算不让少林方丈上去，也一定会让我们上去的。"那人听了有些蒙："不知你们到底是何方高人？"

慕容燕云朝他一笑："哈哈，我就是慕容燕云，他们如果连我都不让上去，那谁又能上得去呢？"

这人听说面前站的竟是要杀尽中原正道的慕容燕云，吓得一屁股坐在了地上道："你……你是慕容燕云……别……别杀我。"

慕容燕云大笑，拉起了那人道："别害怕，我是被人陷害的，并非像传言中的那般。再说我就是要杀人，也得是值得我出手的人吧？"

那人半信半疑地说道："好，我暂且相信你一回。"说着站到赵婵雪和幽若雨身边，生怕慕容燕云会对自己不利。

慕容燕云心想："我们要真想杀你，雪儿或是表妹动手你也一样活不了。"他想着走到神龙三杰面前，一句话也不说，连请柬都没有拿出来。

神龙三杰见有人来了，刚想再要辛苦钱，突然发现面前站的竟是慕容燕云，吓得忙向旁闪开，连大气都不敢出，唯恐被慕容燕云取了性命。

慕容燕云见神龙三杰如此，不禁放声大笑。他笑时暗运无上内力，一笑间天地似乎都为之变色，山峰仿佛都摇了三摇，在场众人无不为之震惊，看向慕容燕云的目光好像在看着一位神。

他们五人一路畅通无阻，不论认不认识慕容燕云的人，见到他都向一旁闪去，露出一种敬畏的目光。

很快他们就到了石鼓峰山顶，只见山顶早已围着的一处空场站了数百号高手，他们个个精气十足。他们中有的是俗家，有的是和尚，有的是道士，可谓三教齐聚，万人大会，而更引人注目的还是这几位。

最东边的一张椅子空着，椅后立着一群身着白色长裙的丽人，她们个个手持长剑，容貌出众，衣袖飘飘，立于人群中当真如天女下凡。定然是武林正道之首的极乐仙境的众女了。

东边稍偏西一点儿的都是出家的和尚，他们身披袈裟，巍然而立，极是引人注目。这些和尚前面端坐着一位白须白眉的高僧，他长得宝相庄严，身材雄伟，气度不凡，正是少林方丈宏泰大师。

他旁边坐着一位头戴银色垂冠，身着华贵黄衫的少年。这少年五官立体如刀刻般俊美，目光深邃而犀利，通身散发着一种不该是他这么小年纪该有的霸气。可他却能在不知不觉间就给人一种压迫感，皱起的眉头间有一道竖纹，似是开了天眼一般，更是让人不敢直视。他的腰间挂着一口黄金剑鞘的宝剑，不须出鞘就有凛凛霸气溢将而出。这少年自然就是神龙派掌门李明和。他身边站着一蓝衣少年，正是慕容平州。

李明和身边是一个衣衫有些破烂的乞丐。这乞丐一张饱经沧桑的国字脸，手脚粗大，身材魁梧，目光炯炯有神，一看便是高手。虽是个乞丐，却有一种神圣不可侵犯的威严。天下除了丐帮帮主司徒震外哪里还会有他人。

司徒震的西边是一位仙风道骨的老道长，他头戴紫阳巾，身着紫色八卦道衣，凤目舒眉，神态飘逸，他的气质在人群中极是突出，不由得让人想要多看上两眼。此人正是此间主人，正一派掌门静应真君。

静应真君旁边还有一位威风凛凛的老者。他后背单刀，胡须飘洒，看起来是位老当益壮的英雄，便是万刀门掌门太史烈。

慕容燕云见这些坐着的人皆是大派掌门，武林正道中的泰山北斗，他不禁看向极乐仙境众女前空着的石椅，心想："此事惊动了五位掌门，梅傲霜却没有亲临，实在太小看这几位掌门，更是藐视于我啊！"

想着走进场内，向围坐的各位掌门深施一礼道："在下慕容燕云，拜见各位掌门。"他一边说着，身子运动天地心经，周身顿时出现了一股强大至极的气场。

几位掌门见有人走进来本没在意，可一听来人就是慕容燕云，心中便吃了一惊，现在又见到慕容燕云周身骇人的气势，哪里还敢小觑他半分。

李明和见到慕容燕云心中想道："慕容燕云确实是个百年难遇的大才，如能让此人为我所用，哪里还用怕赵匡胤。更何况他本来就与赵匡胤有仇，我不如趁机拉拢，方为上策。"可他转瞬又想，"此事不妥，如果为了他而惹得江湖正道对我不满，岂不是更加糟糕！"

他正思索间，静应真君当先开了口："无量天尊，慕容少侠敢来这龙虎大会当真好胆量，贫道佩服！"

慕容燕云一笑，抱拳道："见过真君，在下今日之所以敢来是因为我相信身正不怕影子斜，我是受人冤枉的，所以特来证明。"

司徒震冷笑一声："呵呵，你是被人冤枉的？那么请问我手下的掌棒龙头是怎么死的？"

慕容燕云见司徒震质问自己，转过身抱拳道："见过司徒帮主，久闻司徒帮主是讲情理的好汉，今日一见是虚言了。请问司徒帮主说是我杀的人，那么又有何证据呢？"

司徒震傲然道："慕容燕云，我司徒震几时冤枉过好人，如果只是你留下的血字我自然不信。可是掌棒龙头惨死于他的成名绝技擒蛇手下，试问天下除了你金陵慕容与虞渊庄外可还有人能精通其他门派的绝技吗？"

慕容燕云点点头："我确实会擒蛇手，不过从未使用过，如果我的擒蛇手都能杀掌棒龙头，那他岂不是天下最大的废物了吗？"

司徒震大怒："慕容燕云！你杀了我帮中弟兄也就罢了，居然还出言侮辱死者，实在可恶至极！你敢不敢接我几记雷鸣掌？"

赵婵雪这时出言道："司徒帮主，慕容哥哥说没杀人就是没杀人。何况他这些日子一直与我在一起，从未离开过，怎么可能杀人？"

宏泰大师口念佛号："阿弥陀佛，请问这位女施主是什么人，能否让天下英雄信得过？"

赵婵雪一笑："我是什么人？还是请李掌门告诉大家，否则我说了你们该认为我是冒名顶替的。"

在场众人听赵婵雪如此说，都看向了李明和。

李明和见大家看向自己，点头道："这位姑娘我确实认识，她便是我派中涿郡分舵舵主赵匡胤的女儿赵婵雪。"

太史烈听说来人是赵婵雪，不由大笑："哈哈哈，我当是什么侠女，原来是远近不分、疏亲不明的小贱人。就凭你也配在此为慕容燕云证明？"

赵婵雪闻言大怒："太史老儿，你当我不知道你当年在扬州干的好事吗？你信不信我当众人面前把你如何害死慕容原前辈的事都抖搂出来，让天下英雄看看你的嘴脸？"

太史烈闻言脸色大变，用手指着赵婵雪道："小贱人，你休要满口胡言，在此妖言惑众！看刀！"

慕容燕云拔出长剑，喝道："太史烈，原来是你杀害了我祖父，又在此蛮不讲理，你想动手我慕容燕云奉陪！"

司徒震见慕容燕云拔剑，又是一阵冷笑："哈哈，慕容燕云，你说你是被冤枉的，却在此拔剑弄刀的，岂不是自认理亏了吗？"他对太史烈道，"太史兄，和这种贼人不需要讲什么道理，咱们哥俩一起上！"

幽凡一见两人要联手，也拔出了清影剑，大喝道："司徒震，我虞渊庄主幽凡一陪你！"慕容平州本也想出手相助，却被李明和阻止了。

宏泰大师和静应真君忙出言相劝："四位且慢！这里定有误会，解释清了再动手不迟！"

可太史烈与司徒震哪里肯听两人劝，一个挥掌，一个使刀就要上前拼命。这时众人身后一棵大树上突然有了响动，众人纷纷回头去看。太史烈喝道："什么人？不要装神弄鬼，有本事就给我出来！"

那树上传来一个醉鬼的声音："陈王昔时宴平乐，斗酒十千恣欢谑。你们在此开会却没有酒，委实无趣得紧。我本想睡上一觉就走，却被司徒震、太史烈你们两个搅得连觉都睡不安稳，那就让你们见识见识我的青莲剑法！”随着话音响起，一个白色身影一闪，到了场中。

这人虽是酩酊大醉，落在场中却轻飘飘的，如棉入水，没有半点儿声响。只这轻功就让在场众人无不佩服，他在腰间取出舒狂剑后，更是惊得一干门人大呼起来。

幽凡一见来人不是别人，正是隐锋庄庄主万梦生，不由大笑：“万兄别来无恙啊！小弟昨日买了两袋白酒，本想大会后再喝，既是你来了，便给你吧！”他说着就从怀中取出，扔给了万梦生。

万梦生见到幽凡一本就大喜，又见有好酒，当即笑着接住酒袋道：“哈哈哈，幽老弟，你可真是我的福星，一见到你就有免费的好酒喝！古人云‘酒后竞风采，三杯弄宝刀’。我今天就来个酒后竞风采，两袋弄宝剑，替你们收拾收拾这两个老东西！”

他说完打开了一袋酒，只一仰脖，就饮尽了袋中之酒，再一仰脖喝完了另一袋。两大袋酒只一瞬间就一滴不剩，众人又不禁赞叹起他的酒量来。

“幽老弟，要是能再有几袋才痛快呀！”万梦生一连喝了两袋竟还是有些不尽兴。

慕容燕云笑道：“万兄果然好酒量！等大会结束了我陪你喝个痛快，不醉不归！”

第三十五章　威震众英

万梦生听幽凡一提起过慕容燕云，此时听慕容燕云要请自己喝酒不由大喜道："哈哈，慕容老弟也是好酒 之人啊，实在太好了！"

赵婵雪一笑道："万兄，我赵婵雪酒量虽不如你们，可如果你能帮慕容哥哥胜了这些老东西，我也陪你喝！"幽若雨也道："还有我，随时奉陪！"

万梦生听了更是高兴："哈哈哈，好，痛快！你们几个人肯陪我喝酒，那今日我定要大展神威了！"他笑着将手中的舒狂剑向自己刺了过来。

太史烈和司徒震得知是隐锋庄庄主万梦生来了，心中哪敢小视，都做好了动手的准备。他们原本严阵以待，准备与万梦生恶斗一场，现在却见万梦生的舒狂剑倒卷向自己，不由冷笑："酒鬼就是酒鬼，连剑的方向都搞不清，还想在此大展神威吗？"

两人大笑一声，司徒震猛击出一掌，打向万梦生前胸，这一掌带着雷霆之音，威势竟在慕容燕云的凌绝神掌之上。太史烈的单刀也势如猛虎下山，直劈向万梦生头顶。

万梦生见两人刹那间到了身前，喝道："弹剑拂秋莲！"但见他内力一吐，手中舒狂剑倏地倒弹向两人要穴。剑势看着很轻，可只要拂在两人要穴上，两人就算不死，也势必重伤。

两人的笑声登时停住了，极力控制向前跃去的身子，他们看到只要再往前一寸，两人便要栽在万梦生的剑下。两人虽堪堪站住了，都倒吸了一口凉气。

万梦生口中说道："宝书玉剑挂高阁！"手中舒狂剑凌厉地向太史烈眉间挑去。太史烈见万梦生的舒狂剑可刚可柔，来势极快，忙用刀去磕。

"雄剑藏玉匣！"舒狂剑如灵蛇般缠住了太史烈的单刀，当真如把单刀放入了匣中一般。太史烈还想再撤刀，万梦生的舒狂剑已缠向他手腕。

太史烈忙扔了刀，转身就要走，万梦生喝道：“悲来欲脱剑！”随着他大喝，手中舒狂剑向外一挥，剑中的单刀如弓箭般笔直射向太史烈后心。

司徒震见势不好，想拦住万梦生却已来不及。幸亏静应真君运起了天心正法，手结五岳印，微一蓄力就打偏了飞来的单刀。此时万刀门中晃出一条大汉，手中虎头刀一摆，打落单刀。

众人见静应真君打偏了单刀并不觉得意外，可万刀门中竟有人能在眨眼间击落离太史烈近在咫尺的单刀，实在出乎众人意料。

幽凡一见此人立住了身子，不由吃了一惊，这人竟不是别人，而是他的至交韩永林。他不禁疑惑地喊道：“韩大哥，你为什么要救太史烈这个老贼！”

韩永林转过身，说道：“幽老弟，这太史烈与我有师徒之情，再说你们今天杀了他，定会引出无数事端来，到时慕容少侠就算是被冤枉，也无法洗脱罪名了！”

慕容燕云听韩永林如此说，心生感激，一抱拳道：“韩大哥，多亏你及时出手，不然我们险些铸下大错！”

万梦生却没把韩永林放在心上，兀自与司徒震缠斗起来，两人打得难解难分。但见一人出掌如神明，一人舞剑如谪仙，你来我往，杀得不分胜负。慕容燕云本就极善观察运力，又有天地心经助力，此时仔细看着两人过招，竟在不知不觉间学会了两人许多招式。

宏泰大师见两人一时难以斗出个胜负来，说道：“阿弥陀佛，两位施主快住手吧。”他说着轻轻推出一掌，把两人的招数都推得微微改变了方向，正是少林七十二绝技的少林绵掌。

这看上去轻微的一掌，使原本凌厉的杀气，登时就变成了无用的废招，两人只得收了招式看向宏泰大师。

宏泰大师见两人停了手，双手合十，说道：“阿弥陀佛，今日我们在龙虎山举行英雄大会，是为了慕容少侠之事，两位施主打起来算是怎么回事？”

两人被他一问，都不知该如何反驳，只得相对瞪了一眼，转身分开。

宏泰大师见两人停止了打斗，又对慕容燕云道：“阿弥陀佛，老衲久闻金陵慕容精通各种江湖绝技，但一直没见识过。以老衲看，今日不如就让慕容少侠一个人用我们各派武功与我们各派掌门比试比试。如是慕容少侠败了，便要为三位长老偿命；如是我们败了，我们就当面向慕容少侠赔罪，从此再不与慕容少侠为敌。此事还要请极乐仙境的仙姑们做个见证。”

幽凡一不满道：“宏泰大师，你们出家人讲究慈悲为怀，怎么也如此不讲道理？你们都是前辈高人，习武时间比我表弟年纪还长，此为以大压小。你们人多，又不让人相助，此为以多欺少。如此不公之事，我幽凡一决不答应！”

赵婵雪、幽若雨、万梦生都纷纷出言反对宏泰大师的建议，慕容平州和韩永林脸上也颇有不服之色。

慕容燕云却只是一笑：“哈哈哈，在下慕容燕云虽略懂各派武功一二，但也只是皮毛，倘若方丈不弃赐教，晚辈愿意领受。”

在场众人听慕容燕云如此出言，不禁议论纷纷，就连几位掌门都交头接耳起来。众人议论半晌，太史烈当先站回场中，冷笑着朝慕容燕云一抱拳：“慕容少侠，我太史烈今天就见识见识你的万刀神功！”

慕容燕云见第一个出场的是太史烈，知道他是急于在众人面前找回面子，出手必定拼命，而他一旦拼命招数间必定破绽百出，自己想要取胜并非难事。他朝韩永林道：“韩大哥，借你的虎头刀一用！”

韩永林见在场用刀人众多，慕容燕云唯独借自己的刀，不禁一喜：“慕容老弟，接刀！”他说着把刀扔向慕容燕云。

慕容燕云接刀在手，道了声谢，便走进场中。太史烈没等慕容燕云站稳，就一刀点向慕容燕云前心，他刀上力量甚大，使的是万刀神功起手势单刀直入。

慕容燕云见他出刀虽快，力量虽猛，却周身破绽，他身子向旁迅速一闪，虎头刀霎时点向太史烈右肋，正是万刀神功中最著名的两肋插刀。

太史烈见慕容燕云当真精通万刀神功不由一惊，忙手腕一摆，钢刀舞出一片刀花，挡住慕容燕云招数的同时，反手砍向慕容燕云腕处。

慕容燕云见太史烈果真使出此招，大吼一声，运足十成内力，手中虎头刀猛地斩出刀花。慕容燕云这一招快刀斩乱麻，使得极快，让太史烈根本没有反应过来。但见两人手上刀光一闪，太史烈的单刀便被慕容燕云的内力击碎，掉在地上。

太史烈再想躲已来不及，慕容燕云早已把虎头刀横在了他项间。太史烈一日之内连败两场，哪里还有半点儿斗志，垂头丧气地说道：“慕容少侠神功盖世，我万刀门服了！”

慕容燕云见太史烈回了座位，笑着一扬手，把刀抛还给韩永林。韩永林接刀在手，思忖自己的万刀神功远远不如慕容燕云，心中不禁赞叹。幽凡一他们见到慕容燕云轻易取胜，自是高兴。

司徒震这时内力恢复了八九成，见太史烈败了，一晃身就上了场，口中得意地大笑道：“哈哈哈，我丐帮弟子都是带艺入帮，你要用我丐帮武功，除非你用雷鸣掌胜我！”

慕容燕云见司徒震如此张狂，也大笑起来：“哈哈哈，早听说丐帮雷鸣掌只传帮主，我慕容燕云刚才只粗略地学了几招，还请帮主承让，见笑了。”他说着便一掌拍向司徒震，掌风阵阵，破空之声宛如惊雷，竟当真是雷鸣掌中的最具杀气的一招，天打雷劈。

司徒震原本以为会难住慕容燕云，让他在人前出丑，哪里料想慕容燕云一掌竟真如雷鸣，心中大吃一惊：“小子，你会雷鸣掌？”

慕容燕云也不答话只是一掌拍下，这无疑是最好的答案。

司徒震忙向旁闪身，双掌齐出向慕容燕云双耳打来，正是一招如雷贯耳。慕容燕云并不退让，摆掌迎向司徒震，使出一默如雷。

两人双掌相接，谁也不愿就此撤掌，双方运力于掌上，比拼起内力来。初时两人内力还旗鼓相当，慕容燕云又多运起一成内力，片刻就占了上风。司徒震哪里想到慕容燕云内力深厚至斯，再想收招已来不及，只觉慕容燕云内力如永不枯竭的汪洋，一波又一波地攻向自己的经脉。在这股强大内力的冲击下，司徒震整个人飞了出去，倒在三丈之外，吐出一口鲜血。

他想爬起来再打，可是丹田受损，痛苦至极，哪里还站得起来。这时慕容燕云走了过来，一掌打向司徒震的小腹。场中众人见慕容燕云如此得寸进尺，无不出声谴责。

可慕容燕云像是没有听到，一掌打在司徒震的小腹上。司徒震闭上了眼睛，心想：“我司徒震英雄一世，不料今日竟死在慕容燕云这乳臭未干的小子手里，实在可悲！”他想在生命的最后时刻大骂慕容燕云，却突然发现自己的丹田传来一阵暖意，这暖意在他丹田内游走几周，受损的丹田竟完全修复了。

司徒震不敢相信地看向慕容燕云，问道：“你……你为什么要救我？”

慕容燕云一笑：“司徒前辈，你是当世英雄，不过一时受小人挑拨与我有了误会，我救你就是要证明你的兄弟不是我慕容燕云杀的，其中另有蹊跷。”

司徒震此时听慕容燕云解释，点点头：“慕容少侠，你确实是宅心仁厚之人，我相信你。我丐帮今日败在你手下心服口服，从此不再与你为敌。”

“慕容少侠，好功夫啊！”一个少年笑道，“只是不知敢不敢与我过上几招呢？”

慕容燕云循声看去，说话的正是神龙派掌门李明和。慕容燕云一笑，抱拳道：“原来是李掌门。听说你是位少年高手，今日能与你过招，也不枉我苦练了三年苍龙剑法！”

慕容平州见李明和要与慕容燕云动手，心想：“我绝不能让两人打起来。”他忙附在李明和耳边说道：“掌门，属下那日在青松岗见过他的苍龙剑法，当真极是老练，比之万刀神功、雷鸣掌更是强上不知多少倍，还是不要勉强啊！”

李明和冷笑道：“慕容平州，我堂堂神龙派掌门如果用苍龙剑法都不能胜过一个无门无派的毛头小子，我颜面何存？”他话音未落，人已到了慕容燕云身前，同时还有那殷红如火、杀气极盛的赤龙剑。

慕容燕云见李明和的赤龙剑刺向自己的咽喉，使的是苍龙剑法中的一世龙门，忙向旁一闪，避开了三丈。他心念一闪，手中剑随着身子晃动，猛地向赤龙剑上磕去。

李明和见面前白光一闪，慕容燕云的剑已离自己剑身只差半寸，慕容燕云手上真气十足，只要磕上赤龙剑，自己的剑势必要脱手。他不由一惊，赞道：“好个龙驭上宾！”他仗着自己手中赤龙剑锋利无比，忙运足内力，想要斩断慕容燕云手中长剑。

慕容燕云见李明和果真中计，心中暗笑。他手中长剑竟在分毫之差间撤了回来。李明和见慕容燕云长剑撤回，心中一惊，暗道不好，可想收剑已来不及。但见慕容燕云长剑忽又向上一挑，点向李明和手腕。他出手极快，李明和还未来得及摆剑相还，幸亏他鹤翔功也有了七八分的火候，身子这才在电光火石间向后飘出数丈。

李明和瞪了慕容燕云一眼：“慕容燕云，你这是什么苍龙剑法，如此没有章法？”

慕容燕云见他生气了，不禁笑道：“哈哈哈，李掌门太过迂腐了，谁说招数一定要按常规打出？岂不闻，兵者诡道也？”

李明和点点头：“受教了！”他话音未落，人已跃起了两三丈高，赤龙剑向慕容燕云头顶点去。

慕容燕云见势，手中长剑忙舞出一片剑花，此招正是暴腮龙门。李明和见慕容燕云使出这招，不由大笑，他身子急速坠下，一招龙蛇飞动，剑势矫若游龙，直刺慕容燕云小腹。

“你这又是什么剑法？”慕容燕云身子也只得向后一退，避过一招。李明和笑道：“慕容燕云，我这是和你学的。兵者，诡道也！”

两人相视一笑，又双双出剑缠斗在一处。两剑皆是如神龙游走，洒脱自如，宛如行云流水，你来我往，转瞬间就过了几十招，杀气鼓荡在场中，激得众人无不心神动摇。

静应真君看了宏泰大师一眼：“无量天尊，大师，你看这两人的功夫好像竟在你我年轻时之上啊！”宏泰大师也是含笑点头：“阿弥陀佛，这两人的武功莫说你我年轻时，就是现在你我也不见得能有几成胜算呀！”

太史烈本来还对慕容燕云有些不服，现在看来，只觉自己败在慕容燕云手中实在没有一点儿不光彩。司徒震本就钦佩慕容燕云，此时更是佩服得五体投地。

万梦生看到两人剑法，也没了半点儿醉意，不断出言称赞，只是他发现李明和手中的赤龙剑并非真的赤龙剑，不由有些不解。一直一言不发的极乐仙境众女此时也都为之动容。

幽凡一、赵婵雪、幽若雨等人虽知慕容燕云武艺高强，但面对神龙派掌门这样的高手，也难免会替慕容燕云捏了一把冷汗。

两人越打越快，早已看不清招数，只见得一团红光与一团白影激烈异常地打在一起，满场的劲风如阵阵龙吟，传入人的灵魂。不知过了多少招，突听“当”的一声，一把剑落在了地上。

在场众人见胜负已分，全都目不转睛地看了过去。但见落在地上的是李明和手中的赤龙剑，而慕容燕云的剑已抵在了李明和的项间。

“慕容燕云，你凭什么能胜过我？”李明和有些愤怒，也有些不解地问道。

慕容燕云一笑：“李掌门，我还要告诉你一句话，就是当断不断，必留祸患。你刚才如能果断用龙跃凤鸣，手中出剑，口中暗运内力，输的定然是我。可你却不敢冒着大耗内力的代价赌上一赌，所以是你的优柔寡断让我胜了。”

李明和一抱拳，说道：“今日我不但败在慕容兄弟手中，更是领会了为人处世的道理。我李明和一生还未服过什么人，慕容兄弟是第一个让我服气的人。”

慕容燕云一拍李明和肩膀道：“既然你能看得起我慕容燕云，以后我就叫你李兄吧。咱们是不打不成交，今后还要互相关照才是。”李明和也拍了拍慕容燕云的肩膀道：“好，我李明和今生没有一个知己，从此我们便是一生一世的朋友了！”

两人说罢，李明和回到石椅上坐了下来，笑着对慕容平州道：“慕容平州，我幸亏没听你的，今天如果没与慕容兄弟打上这一仗，哪里能结交到这样的英雄豪杰？我命令你以后不许与慕容兄弟为敌，如敢不从，门规处置！”

慕容平州说道：“掌门，慕容兄弟早就是属下的朋友了，你如是想要结交慕容兄弟何须如此麻烦，你告诉属下一声就行了。”

李明和假装板起脸道：“那你不早说，如果慕容兄弟是心狠手辣之人，此时我早已死在这石鼓峰了。”

慕容平州笑道：“过几个月我在三星楼摆上一桌，那时我们再和慕容兄弟把酒言欢吧。”

第三十六章　力压群豪

李明和一败，在场众人中也只剩下宏泰大师、静应真君可与慕容燕云一战了。

宏泰大师双手合十道："阿弥陀佛，慕容少侠三次胜而不杀，老衲相信你是受人陷害的。不过老衲虽是出家人，可遇高人也不愿交臂失之，还是想请教一下慕容少侠的少林功夫，不知可否赏脸啊？"

慕容燕云点头道："既然大师要与晚辈切磋，晚辈焉有不赏脸的道理。大师请！"

宏泰大师缓缓走了过来，他不愧为少林高僧，身上有着世人少有的气度，庄严慈悲。他走到慕容燕云面前，说道："慕容少侠，请先出手吧。"

慕容燕云摇摇头："无论是按辈分、还是按地位都理应大师先出手才是。"

宏泰大师一笑："阿弥陀佛，既是慕容少侠相让，老衲就先出手了。慕容少侠小心了！"只见他右手暗运内力，地上一片落叶被他摄入手中，随即他倏地将手中落叶射向慕容燕云。

慕容燕云见这小小落叶被宏泰大师随手一拈，竟如强弓射出的快箭般凌厉、迅捷，不禁叹道："宏泰大师果然厉害，少林七十二绝技的拈花指竟能练到如此境界，佩服佩服！"话音未落，他右手食指凌空虚点。他的手指看似完全没有用力，可如此难以抵挡的落叶却在两人之间的半空中化为飞灰。

宏泰大师焉能不认识少林绝学无相截指，这一招被慕容燕云随手使出，不禁赞道："阿弥陀佛，慕容少侠，你的无相截指竟在老衲之上，实在厉害！"

慕容燕云一笑："大师小心！"他说着右手又使出一掌，正是韦陀掌中最绝的一招，恒河入海，他掌力刚柔并济，内力精纯深厚，把韦陀掌使得威力绝伦。

宏泰大师见了先是一愣，随后笑道：“阿弥陀佛，慕容少侠不但精通我少林的无相劫指，而且韦陀掌也练到如此火候，实在难得！”宏泰大师随即使出大力金刚手应了上去。

两人双掌相交，内力相应，宏泰大师竟发现慕容燕云不但使的是少林的武功，就连内力也是少林般若堂的降龙伏象功，心中更是说不出的敬服。他们掌力刚一交，又立即散开，谁也不想用内力伤了对方。

少林有七十二绝技，能精通一两门在江湖上就难有敌手，如是会十门以上就是不世出的高人，宏泰大师已精通近二十门少林武功，已被江湖中公认乃当今武林中会少林绝技最多的人，可今日见识了慕容燕云的武功，他不禁为慕容燕云所折服。刚才见慕容燕云连出了近三十招，却没有一招重复，每出一招都是少林的一种绝技，而且极为精通，这恐怕是少林历代掌门都无法办到的啊！

慕容燕云一会儿使出光明拳，一会儿又是大慈大悲千叶手，接下来又转为澄静指，武功之博学，天下无双。在场无一人不敬服。

两人过了四十多招后，慕容燕云使出一指禅，点向宏泰大师眉心。宏泰大师忙使出袈裟伏魔功，大袖一甩，抵消了慕容燕云一指之力。可就在宏泰大师使出这招相抵的同时，慕容燕云早已使出大挪移身法，不见他抬脚，人已平地挪了数丈，到了宏泰大师身后。慕容燕云喊了声：“大师小心！”随着喊声，他左手握拳于腰间，右拳带着呼呼破空之声直打向宏泰大师后心，其威力竟比前面数十招加起来还大，当真如金身罗汉般威不可当。

宏泰大师吃了一惊，哪里想到少林入门功夫罗汉拳竟能让慕容燕云打出如此大的威力，大得让自己难以抵挡，心中大吃一惊。他学艺时就听师父说过，少林拳法真正厉害的当属最基本的罗汉拳，他一直半信半疑，如今已过了五十多年，宏泰大师今日才相信了当年师父所言非虚。

慕容燕云自然不会伤了宏泰大师，只是这一拳威力之大，慕容燕云自己也控制不住，只得急中生智向地上的石砖打去。石砖原本极是坚硬，可被他一拳打中，霎时碎裂成十多块，地上留下了一个深深的拳印。

“阿弥陀佛，慕容少侠竟把我少林除了《易筋经》外所有的绝技几乎都使了一遍，实在让老衲败得心悦诚服。”宏泰大师对着慕容燕云拜了三拜，这才回了石椅。

赵婵雪见少林方丈都败在慕容燕云手里，喜笑颜开道："慕容哥哥，我就说你的武功当属天下第一，今天在场的各位英雄都能见证，有你这样的哥哥，实在觉得脸上有光啊！"

慕容燕云摇头道："静应真君可还没与我比试过，还不能算是天下第一呢。"

静应真君微微一笑道："无量天尊，慕容少侠武艺出众，又宅心仁厚，贫道也不必与你再比试了，贫道认输就是了。"

赵婵雪听静应真君认输了，说道："慕容哥哥，静应真君都主动认输了，这天下第一可真的非你莫属了！"

慕容燕云的朋友也都上前祝贺，几人说笑了一阵，突见极乐仙境众女中走出了一位年纪略大一点儿的白裙丽人，她喝道："慕容燕云，你少要得意，我师父梅傲霜才是当今正道第一高手，你只怕连她老人家三剑也接不住，怎敢号称天下第一！"

"这位姑娘莫非是要与我慕容燕云比试比试？"慕容燕云听这白裙女子出言相讥，不由有些生气，可他刚说完就有些后悔。其他任何门派的武功都好办，只是极乐仙境的剑法他却是一窍不通。

这女子点头道："有本事就用我极乐仙境的剑法赢了我，不然当今天下第一就是我师父，天下第二也轮不到你，而是师父她老人家的首徒，我九天玄女，至于你慕容燕云，勉强排在第三吧！"

慕容燕云一抱拳道："这位姑娘，我几乎熟识这天下所有门派的武功，可唯独你们极乐仙境的剑法我是不会的。我自认天下第三也就是了。"

九天玄女冷哼一声："慕容燕云，你就是个胆小鬼，欺软怕硬，只敢欺负那些小门小派，遇到我们仙境弟子连动手的胆子都没有。就你也配称天下第三？我看天下倒数第三都不如！"

幽若雨见这九天玄女如此嚣张，走上前道："表哥，极乐仙境的武功我师父教过我，我在旁边指点你，你一定能打败她的！"

九天玄女瞪了幽若雨一眼道："你是何人？会我仙境剑法？莫非是偷学不成，实在可恶！"她说着手中长剑已点向幽若雨前心。

慕容燕云见九天玄女出手飘忽如仙，长剑快得难以捉摸，不禁吃了一惊，暗道："极乐仙境不愧为正道武林之首，只一个弟子，武功竟不在我之下，莫说是掌门了！"

幽若雨见势不好，忙喊道："表哥，右手旋腕，刺向她的右肋，左掌轻推，打向她的前额！"

慕容燕云不及多想，只能依幽若雨所说出招，他自领悟了天人剑法后，使任何剑法都能把剑招中的威力发挥到极致，此时虽是第一次使这种剑法，却也熟练无比，极是老到。

九天玄女见慕容燕云出剑又快又狠，只得撤剑护身，她哪里相信他是第一次用此剑法，不由喝道："慕容燕云，你本来就会用二仙传道，还想在此诓骗于我？"

幽若雨不待九天玄女反应过来，又喊道："表哥，你快舞出一片剑花推过去！"

慕容燕云微微一愣，心想："这是什么招数，我连想都没想到过？"可他还是依言照做，登时一片白光逼近九天玄女周身要害。慕容燕云这才明白了，这看似古怪的一剑非但洒脱好看，而且更是威力绝伦。

九天玄女见到慕容燕云又使了一招琼瑶仙境，心中有些蒙了，她怎么也不敢相信幽若雨当真会用自己门中剑法，而且慕容燕云竟能在本能反应下就胜过自己数年苦练。她本就对慕容燕云要当正道第一不满，现在更是怒火中烧，招数一招快过一招，一招狠过一招，可在外人看来，她举手投足间说不出的优美，完全不像在比剑，就如天上的仙子在跳舞一般。

慕容燕云在幽若雨的指点下，已领会了剑法神韵，此时他出剑越来越得心应手，往往在幽若雨出口之前，就已使出了一模一样的招数。他与九天玄女斗了一会儿，就发现这极乐仙境的武功竟比其他门派的武功更强上几分，既有少林的刚猛浑厚，又有正一的浑然天成，既有丐帮的强勇随性，又有神龙派的奥妙无穷，单就其中那股飘飘欲仙的感觉就不是其他派别可比的。

仙水岩上两仙斗法，石鼓峰上喊声震天。慕容燕云与四派掌门的精彩打斗本已是引来无数喝彩声与议论声，现在又见到极乐仙女出手，与慕容燕云斗得难解难分，大家已控制不住自己，喝彩声震得仙水岩都摇了几摇。

初时慕容燕云剑势霸道，九天玄女招数绵密。可时间一长，九天玄女内力不如慕容燕云这般浩荡无际，深厚至纯，渐渐内力不支，落于下风。慕容燕云见九天玄女处了下风，哪里能给她喘息之机，手中剑招越发地飘逸不群，势如飞瀑，忽快忽慢之间，剑风逼得九天玄女几乎要窒息。

九天玄女又勉力强撑了二十多招，再也控制不住手中长剑，被慕容燕云一剑击落在地，发出一声轻响。虽只是轻响，可在众人耳中宛如雷霆，他们不敢置信地看到慕容燕云又胜了一场，而且是用自己以前根本不会的剑法战胜了极乐仙境的首徒，这实在不得不说是江湖中前所未有之事。

“慕容燕云，我输了，要杀就杀！”九天玄女看到慕容燕云的剑抵住了自己的咽喉，冷哼道。

慕容燕云一笑，收剑说道：“我与你无冤无仇，何必杀你？再说杀了你我又能有什么好处，反倒惹得我与梅前辈有了过节，岂不是大大地不划算？”

九天玄女瞪了慕容燕云一眼道：“知道我师父的厉害就好！”她说完气冲冲地回到了极乐仙境众女之中。

“阿弥陀佛！”宏泰大师念了句佛号说道：“众位江湖同道，老衲相信是我们冤枉慕容少侠了。慕容少侠今日以德报怨，威震江湖，当真是我正道中百年难得的少年奇才，正道能有如此后辈，实是你我之幸，江湖之幸，天下之幸啊！”

静应真君点头道：“无量天尊，大师所言甚是！我作为本次大会的主会之人，代替各派向慕容少侠赔罪了。”静应真君竟站了起来，当着众人的面向慕容燕云一揖到地。

慕容燕云忙上前扶住静应真君道：“前辈怎能对我行此大礼，实在折杀在下了！”

幽凡一见在场众人皆是正道之首，又都对慕容燕云佩服得五体投地，心中一动，说道：“各位前辈，我虞渊庄庄主幽凡一见过各位了！”

众人听幽凡一说话，都看向他。幽凡一继续道：“各位都是江湖正道中的泰山北斗，今日难得在此齐聚一堂，实是武林中数十年未有之盛会。如今九幽鬼境已经崛起，而且极是猖狂，想要灭我们正道，一统江湖。我幽凡一不才，在此提议，我们正道中人应该结盟，从此团结起来，共同对抗九幽鬼境贼人，不知诸位意下如何？”

宏泰大师和静应真君都点头，齐声说道：“幽庄主所言甚是，邪教贼人势大，当今最好的办法就是我们大家结盟，推出一位武林盟主来统率正道，这样才能万众一心。”

李明和、司徒震也道：“此事有利于江湖，确实是该为之事！”

太史烈、九天玄女见大家都同意，也只得随着赞成。但九天玄女说道：“此事我极乐仙境同意。不过这武林盟主之位天下除了我师父外只怕没有人配得上吧？”

宏泰大师略一沉吟，看向静应真君道：“道兄，依你看这位置该不该让梅施主担任？”

静应真君思索道：“大师，极乐仙境虽已二十多年未出江湖，可它当年的势力你我是清楚的，依我看这位置当让她极乐仙境掌门来当。”

李明和与司徒震虽有些不同意，可一时也没有理由来反驳，只得跟着默认了。太史烈原本就不愿结盟，见大家要让梅傲霜来当盟主，哪里还敢再说什么。

幽凡一本意是要让慕容燕云来当这盟主，可见到五人都如此说，心中好生后悔，但却无计可施。赵婵雪这时却笑着走了出来：“哈哈哈，当真是笑死我了！”

在场众人见到赵婵雪大笑，纷纷看了过去。宏泰大师不解地问道：“阿弥陀佛，我们在商量武林盟主之事，赵施主何故发笑，可否说来让大家听听？”

赵婵雪见大家的注意力都被自己所吸引，缓缓又向前走了几步，说道：“我笑当然是有原因的。我笑你们妄为大派掌门却如此糊涂，如果说大师、道长年纪大了也就罢了，怎么年纪轻轻的李掌门也如此不明事理？”

“雪儿，不要胡说！”慕容燕云想喝止赵婵雪。可赵婵雪却没有理慕容燕云，继续说道：“我想请问宏泰大师，梅前辈虽然德高望重，但她绝不可能像慕容哥哥会这么多少林的绝技吧？”

宏泰大师摇摇头：“阿弥陀佛，只听说梅施主武功盖世，却从未与梅施主切磋过，但我相信天下能会那么多少林绝技的人恐怕至今也只有慕容少侠一人吧。”

赵婵雪又问司徒震道：“司徒前辈，我也想问问你，这世间除了慕容哥哥外可还有人能用雷鸣掌胜过你？梅前辈能做到吗？”

司徒震笑道：“决计不可能！莫说用这掌法胜过我，就是会这掌法的，天下也没有第三个了！”

赵婵雪转头对李明和道："李掌门，天下用苍龙剑法能胜过你的又有几人，梅前辈可是其中之一？"

李明和道："我虽不是天下第一，可单论苍龙剑法，我却完全有自信说是这天下第二了！莫说梅前辈不一定会我的苍龙剑法，就是会也不可能胜得过我。"

赵婵雪问太史烈道："太史前辈，你的万刀神功可也是天下第二？"

太史烈虽有些不服，可自己败给慕容燕云是有目共睹之事，这是想赖也赖不掉的。赵婵雪问自己是不是第二，如果自己否认，岂不是说天下还有人能胜过自己吗？他只得道："那是当然，我堂堂万刀门掌门的万刀神功如果不是第二，那谁又敢说自己是第二？"

赵婵雪点点头，看向九天玄女说道："你口口声声说你师父是天下第一，那么敢问她能用自己不会的剑法胜过你吗？"

九天玄女被赵婵雪问得无言以对，半晌才道："不能！"

赵婵雪说道："现在大家知道我为什么笑了吧？我笑这梅前辈武功不是天下第一，却能当武林盟主，可慕容哥哥天下第一却不能做盟主，天下有这样的道理吗？"

众人听赵婵雪如此说，纷纷赞成，喊道："慕容燕云神功盖世，他才有资格当盟主！"

九天玄女见众人如此，不禁冷笑道："赵姑娘，难道这盟主是谁武功高就能担任的吗？慕容章的武功最高，难道就能推他当盟主不成？当然不能，因为这位置只有真正心向正道，心向苍生之人才能担得起，而我师父就是这样的不二之人！"

众人听九天玄女说出这番话，也觉得有理，又有许多人支持起梅傲霜来。

赵婵雪听了九天玄女的话，笑得更是得意起来："哈哈哈，我想问当初大家为什么会来这里开这次武林大会？"

九天玄女没好气地说道："那是因为我们误信了贼人挑拨，以为慕容燕云要杀尽中原正道，这才来此商议。此事谁人不知？"

赵婵雪问道："那如果你师父当真心向正道，心向苍生，她为什么不亲自与会，只是派了你们这些弟子来？"

九天玄女说道："那是因为家师有要事在身，这才没有前来。"

赵婵雪说道：“好啊，好个要事！连有人要杀尽中原正道的事，在她看来都不是天下最大的大事，那她叫什么心向正道，心向苍生？如果鬼境贼子大举来犯，她是不是又会以这样那样的大事为借口而不能前来，只派些废物来滥竽充数呢？”

九天玄女被赵婵雪一番话说得脸色铁青，身子气得有些发抖，一句话也说不出来。

宏泰大师、静应真君见赵婵雪说得极是有理，都说道：“慕容少侠不仅武功天下无敌，而且心地良善，确实比梅施主更加适合这盟主之位，不知各位意下如何？”

众人齐声说道：“慕容少侠当武林盟主我们服气！此后愿听盟主号令，共抗邪教，还江湖一个太平！”

“慕容盟主，天下无敌！慕容盟主，天下无敌！”欢呼声响彻石鼓峰，回荡在云端！

第三十七章　力挽狂澜

众人为有这样一个天下无敌的盟主而感到高兴，正在欢呼雀跃，议论纷纷之时，空气中突然飘来了一片淡绿色的烟雾，异常诡异。

这烟雾飘到众人身旁，初时只觉其味道很香，可还来不及辨别是什么香气，双眼便觉火辣无比，泪如雨下。

“慕容哥哥，这是什么东西，我的眼睛好难受呀！”赵婵雪感觉眼睛已经有些睁不开了，痛苦地钻进慕容燕云怀里。

“雪儿，这烟恐怕有毒，你尽量闭住气，千万不要多闻！”慕容燕云提醒完赵婵雪，又对在场群豪喊道，“诸位，这烟有问题，大家千万小心啊！”

他正喊着，突然感觉有一股连自己都无法抗衡的戾气弥漫在天地间。随着戾气越来越重，在淡绿色的烟雾后出现了无数黑衣人，这些黑衣人发出阵阵鬼哭狼嚎的声音，听起来甚是可怕，仿佛九幽的恶鬼出现于人间。

“阿弥陀佛！什么人如此大胆，竟想扰乱我们正道武林大会！难道不知道邪不压正吗？”宏泰大师不愧是少林方丈，此时还是如此镇静。

“哈哈哈，我慕容章今日要送你们这些所谓的正道中人统统上西天！”黑衣人中走在最前面的一个人放声大笑起来。他的笑看似很轻松，但在众人耳中好像打了个霹雳，震得耳朵嗡嗡作响，许多人听了他的笑声都吐了一口鲜血，有内力差一些的竟直接被他的笑声震得肝胆俱裂，气绝身亡。

幽凡一正想和这些人拼命，却觉身子完全没有一点儿力气，连行走都很艰难，更别说动手了，他忙喊道：“表弟，这烟有毒，我动不了了！”

随着他的喊声，宏泰大师等群英也都发现自己已无法动弹。万梦生大怒道：“我就算喝得烂醉如泥也不可能动不了啊，这到底是什么鬼东西，竟能奈何得了我！”

慕容燕云见在场众人都浑身无力，跌坐在地，只有自己还能行动自如，这才真正体会了打破生死玄关的妙处。他只微一运气，眼睛就不再难受，他知道自己现在是武林盟主了，应该挺身而出。

“义之所至，何谓祸福；情之所至，生死可轻。慕容章，我慕容燕云不管你武功高到何种地步，为了江湖正道，为了天下苍生，今日和你拼了！”慕容燕云大喝一声，拔出长剑，跃了过去。

慕容燕云才越过去几丈，就有几个黑衣人纷纷出剑，他们出手狠辣，剑剑刺向慕容燕云要害。慕容燕云一声长啸，手中长剑霎时舞出一片凌厉的剑气。只见剑气纵横开来，几个黑衣人应声被斩为数截，尸身横飞。

其他的黑衣人见到同伴惨死在慕容燕云剑下，都疯了似的冲了过来。他们口中怪叫，手中剑光舞动，极是恐怖，好似一群恶狼。慕容燕云哪里会把这些东西放在眼里，长剑挥洒间，这些黑衣人纷纷死于他的剑下。

十大阴帅想要上前擒拿慕容燕云，可未及靠近就有数人死于慕容燕云势不可当的剑气之下，剩下的见慕容燕云杀气如麻，武功如神，哪里还敢上前半步。

“圣境四王何在？把这小子给本尊千刀万剐了！”慕容章喝道。

“属下领命！”鬼境四王齐齐应了一声，闪身都到了慕容燕云面前，摆出了万魔无相阵。

慕容燕云见到四王摆出万魔无相阵，大笑道：“你们四个以为我还是青松岗时的我吗，这点鬼蜮伎俩也配在我面前摆出来！”他脸上虽没有一丝惧意，可毕竟是在鬼境四王的万魔无相阵前，却也丝毫不敢怠慢，他手中长剑一摆，气势便如排山倒海，仿佛四周的空气都要为之寸寸碎裂。

鬼境四王本就傲空一切，尤其是四王共同携手御敌，他们的威力已到了匪夷所思的地步。在慕容燕云这种劲敌面前，四人都使出了最厉害的招数，却没能伤得了他半分。

慕容燕云使出了极乐仙境的诸天玄剑剑法，这剑法本就是九幽鬼境的克星，由慕容燕云使出更是发挥到了极致，每一招都恍如仙人。剑招凌厉而不失飘逸，霸气而不失灵动，当真可谓天下第一剑！

鬼境四王与慕容燕云每过一招都暗自心惊，他们哪里能相信面前的对手只是个二十岁的青年，就是百年的江湖名宿比之也是烛火与日月争辉。他们自出道江湖以来，哪个不是威震武林的绝世高手，可与慕容燕云交手却还是渐落下风。

慕容燕云舞动手中长剑，奇招妙技层出不穷，宛如九天剑仙临凡，每一招都有千重万重的剑气，势如大浪滔天，激荡在八荒六合之间。他剑随心动，每一剑都穷尽了天下所有的变化，哪里是凡夫俗子所能接得住的？

“啊！”卞城王一声惊呼，左臂被慕容燕云齐跟削断，顿时血如泉涌，哪里还有还手之力。慕容燕云又出一剑，斩下了卞城王的头颅。

楚江王见卞城王死了，心中一惊，手中剑势不由得慢了一些，慕容燕云见机长剑一摆，竟平地起了一阵旋风，剑气冲天，直刺向他的咽喉。

“不好！”楚江王喊着身子极力向旁躲去，虽躲开了咽喉，可右肩还是重重中了一剑，立刻皮开肉绽，鲜血淋漓。慕容燕云正欲再取他性命，突觉自己手中长剑像似刺进了一个泥潭，不论如何用力，只会越陷越深。他不由大吃一惊，带着惊诧的神情看向面前之人。

只见眼前之人体魄奇伟，一身华贵至极的天蚕丝暗纹黑袍，面戴黑金鬼面，周身散发着诡异至极的霸者之气，仿佛九幽的冥河至尊，哪里有半分人的感觉。

此时，慕容章站在了慕容燕云面前。

慕容燕云自从学会天地心经后，还从未有过这种无力的感觉，在慕容章出手前，他真的以为自己是天下第一了，可慕容章才出了一招，慕容燕云就知道自己错了，大错特错，他比之慕容章实在还不如四王比之自己。鬼境四王好歹还能与自己打过数十招，可现在自己实在是连能撑十招的把握都没有，如果与他硬拼，只会深深陷入他用内力编织的大网，而彻底被他控制。

他怎会就此服输，慕容燕云脑海中不断闪现出一个念头——“我绝不能死在慕容章手中！我如果死了，谁来替父母报仇，谁来复兴大燕，谁来维护江湖正义，谁来照顾雪儿。”他念头一动，体内天地心经急速运转起来，运于剑尖之上，刺出的一剑登时有了力量，一道剑气如利箭穿空，发出嗞嗞的破空之声。

剑抵在了慕容章的掌心上，两股绝世神力撞在一起，空气为之一震，时间在这一霎好像凝固了。在场的上百人，没有一个还能说出话来，此时的石鼓峰就算掉一根针都能听得一清二楚。

九幽鬼境，天下邪道之首，冥尊慕容章便是天下至邪之人；武林盟主，人间正派之首，慕容燕云就是人间至善之人。一正一邪，一恶一善，他们的胜负，哪怕只是一招一式间的差距都足以让无数生命为之而亡。他们谁也不肯败，谁也不敢败，如果败了，那么自己身后的人就会因为他们而丢了性命。

两股内力都有着至纯无上的力道，天下本不该有两道，可偏偏有了，一天不能有两日，有了就颠倒了黑白众生，既然都到了这种地步，只有分出胜负两人才能罢休。

随着两人的拼斗，刮起阵阵旋风，他们的衣服在风中鼓荡，呼呼作响。他们的内力似乎可以震九州，撼五岳，运天地之威势，用日月之造化。一个如冥尊出世，一个如天神下凡，一时难分伯仲。

不知过了多久，慕容燕云吐了一大口鲜血，身子向后猛退了四五步，而他的剑也随之落在了地上。他输了，他还是输了，他虽然用意志支撑了这么久，可还是没有办法弥补两人实力上的差距。

“慕容燕云，本尊可是天下第一，就凭你也想阻止本尊？实在太自不量力了！”慕容章得意道。他的身子没有退后半步，却也不由猛摇了几下，顺着面具渗出了滴滴鲜血，显是也受了内伤。

“慕容章，就算你再强，我慕容燕云也绝不会让你残害我正道中人的！”慕容燕云大喝一声，又要冲过来与慕容章拼命，可身子却有些不听使唤，脚下一个踉跄，摔倒在地。

慕容燕云知道自己如果倒下，那么整个正道也随之倒下了。如果江湖中邪道横行，那么天下势必要生灵涂炭。为了亲人、为了爱人、为了无辜的生灵，他决不允许自己就这样倒下。慕容燕云强撑着站了起来，随之又吐了一口鲜血。

赵婵雪见慕容燕云与慕容章只过了几招就已经身受重伤，心如刀绞，喊道：“慕容哥哥，不要硬拼，你快走吧。只要你活着，我们的仇早晚有一天能报的！”

幽若雨、幽凡一等人也出言让慕容燕云离开。宏泰大师、静应真君也道：“慕容少侠，古人云‘留得青山在，不怕没柴烧’，你现在是武林盟主，只要你活着一日，我正道一日就不算垮了。你现在还是走了的好！”

可慕容燕云哪里肯就这么一走了之了，勉力说道：“诸位，你们都是我慕容燕云的亲人、朋友，如果你们不在了，我慕容燕云苟活于世又有什么意义？今日我就算死了，也要保全你们！”

在场众人中虽非慕容燕云的故交，更多的还是今日才相识的，这些人看到慕容燕云与自己萍水相逢，却肯为保全自己以性命相搏，无不感动，心想：“慕容燕云义薄云天，我们能有这样的盟主，真是正道众生的福气。”

慕容章此时大笑道：“慕容燕云，你说这些豪言壮语有什么意义，我看你是不知死活罢了，难道你认为自己能胜得了我？不过你倒是提醒了本尊，本尊今日可以不杀这些人，只要他们能归顺我圣境，我便可以不杀人，这样会让你死得安心些，岂不是两全其美？哈哈哈！”

慕容燕云喝道：“慕容章，你少在此痴心妄想了，我正道中人就是死也绝不会向你低头的！”

谁也没想到慕容燕云话音刚落，就有人恳求道：“慕容尊主，求你放过我的性命，我愿意归顺圣境！”

慕容燕云一皱眉，扭头看去，说话的竟是万刀门掌门太史烈。众人见太史烈身为堂堂大派掌门，却向九幽鬼境的贼子服软，个个心中不耻，司徒震更是气得想要出手杀了他。

慕容章见太史烈肯投降，有些出乎意料道：“太史烈，你当真肯归顺于我？”

太史烈使出全身的力气跪在地上，毕恭毕敬地给慕容章磕了三个头：“小人久仰慕容尊主武艺天下第一，更是有雄心壮志想要一统武林，小人早就有心归顺，怎奈一直没有机会。今日慕容尊主能给我万刀门这样一个千载难逢的机会，我万刀门自是愿意归顺于您，从此为尊主大业赴汤蹈火，在所不辞。”

万刀门弟子见自己掌门如此无耻，纷纷大骂道：“太史烈，你这个老不死的狗贼，真是给我们万刀门丢脸！你这样做对得起祖师刘定邦吗？你这老东西归顺鬼境，我们可不会随你出卖武林正道的！”

慕容章见万刀门众人不服，瞪了太史烈一眼道：“太史烈，你手下人好像很不愿意加入我圣境呀？你这做掌门的很是失败啊！”

太史烈被慕容章一瞪，全身不由哆嗦起来，说道：“尊……尊主……您如果能把我的毒解了，我一定能让他们归顺您的。”

慕容章点点头，轻轻一挥手，他身边有两个黑衣人走了过去，拿出了一粒解药递给了太史烈。太史烈接过药，又向慕容章叩了几个响头，这才服下。

他服下解药片刻，立时觉得全身又有了力气，忙站起来道：“我门下弟子听着，今日起随我加入圣境，不得违抗，有敢违抗者，定斩不饶！”

“哼！我们万刀门是正道名门，焉能随你这老贼投降鬼境，我们宁可死，也绝不会像你这般不知廉耻！”万刀门弟子齐声喝道。

太史烈见带头反对自己的是大弟子乐宁，他冷笑道：“乐宁，你的武功是为师教的，你的命也是为师救的，你今日却胆敢在此带头反对我？我看你是活腻了吧！”他话音未落，早已从给自己解药的黑衣人腰间抽出一把长剑，恶狠狠地刺进了乐宁的胸膛。

“太史老贼，我乐宁真是瞎了眼，拜你这老东西为师，今日一死，好过随你在人前丢人现眼！”乐宁惨笑了几声，倒在了地上。

万刀门弟子见太史烈竟连大师兄都杀，更是骂声不绝。太史烈又连杀了几人，可却没有丝毫吓倒万刀门弟子，他们齐声怒斥太史烈。

慕容燕云见万刀门众人如此，心中豪气更盛，想要杀了太史烈为众人报仇，为正道除害。可就在这时，一件让他意想不到的事情发生了。

“掌门，我愿意随你归顺圣境。”万刀门中突然有人说道。慕容燕云见说话的不是别人，正是表哥的好友韩永林。

“韩大哥，你如果敢归顺鬼境，我幽凡一与你从此恩断义绝！”幽凡一见到韩永林竟要投降，不由大怒。

韩永林却似完全没听到一样，给慕容章跪下道：“慕容尊主，我想归顺于您，还求不弃！”

慕容章见说话的人是韩永林，不禁一笑：“你就是韩永林，我听说过你，我圣境就需要像你这样有本事又听话的人！”他又一挥手，黑衣人也给了韩永林一粒解药。

韩永林服下解药，恢复了力气，大笑一声：“慕容章，你真是瞎了狗眼，我韩永林是堂堂八尺男儿，怎可能与你这种恶贼为伍！”他说着拔出背后虎头刀，连挥两刀结果了两个黑衣人的性命，随即大喝一声，向太史烈冲了过来。

太史烈见韩永林竟敢使诈，忙一摆手中长剑迎向韩永林。太史烈使惯了单刀，此时用起长剑，哪里是韩永林的对手。两人过了十多招，韩永林虎头刀猛地从太史烈头顶劈了下来。太史烈想要用剑去当，可他的长剑哪里能挡得住力有千钧的虎头刀。只听太史烈一声惨叫，被韩永林从头顶劈开，活生生被劈成了两半。

慕容章仿佛没有看到一般。一个掌门人的性命，对于他来说，实在连踩死只蚂蚁都不如，他完全没有要为太史烈出手的意思，因为这样一个无耻的废物实在也不配他为之出手。

“慕容章，你也受死吧！”韩永林手中虎头刀挂着呼呼风声劈向慕容章。这一刀仿佛穷尽了刀之威力，就连慕容燕云都有些心惊。

慕容章却只一笑，蔑视至极地笑，他轻轻一抬手，韩永林的刀就被他击落在地。随即他的左手如魔王伸出了魔爪一般，掏向韩永林心脏。

韩永林哪是慕容章的对手，此时没了虎头刀，更是无计可施，自知挡不住慕容章这一抓，于是长叹一声，闭上了眼睛。

“休伤我韩大哥！”慕容燕云大喝一声，一记残阳指点出，攻向慕容章眉心。

慕容章冷笑一声，收回了攻向韩永林的一爪，挡住了慕容燕云的指力。韩永林听声音知道自己还有希望，身子向后飘了数丈，躲到慕容燕云身后道：“慕容兄弟，多谢。你也要小心！”

慕容燕云微一点头，一招凌绝神掌就拍了出去。他的凌绝神掌不次于天下第一掌般若掌，堪称绝世神功，此时掌中又融入了他心中的浩然正气，更是势不可当，无坚不摧。

慕容章见到慕容燕云这一掌，也暗暗心惊，不过他知道慕容燕云的内力已是强弩之末，所以也没太在意，只是一掌迎了过去。

“慕容燕云，本尊今日就让你见识见识我圣境的万魔噬心大法！”慕容章此刻全身散发出的气息更加诡异，全身黑袍无风自鼓，就连头上青丝都随之狂舞，骇人之势不是用语言能形容的，气场之强大不是天下任何一种武功能达到的。

慕容燕云被他内力一冲，只觉全身经脉痛苦万分，内力似乎都开始逆行，径直反噬向自己心脏。慕容燕云暗道：“不好，这慕容章当真不愧为天下第一，这种邪功天下哪有人能挡得住？”

慕容章冷笑道：“慕容燕云，你不要再做无谓的反抗了，如果本尊连你都对付不了，我还怎么能杀尽江湖正道呢？”

“我明白了，是你杀了三派长老，制造了这次武林大会，为的就是要把我们正道之人一网打尽！”慕容燕云说道。

“哈哈！没错，可惜你们明白得太晚了！”慕容章说到最后一个“晚”字，内力又加大了几分，想要在瞬间取了慕容燕云性命。

慕容燕云只觉心脏已经受不住了，如果自己一招之内制服不了慕容章，只有死路一条。可自己内力比之慕容章差得实在太多，哪里又能取胜呢？

他正不知如何是好时，幽凡一喊道：“表弟，用移天换日！”

慕容燕云听了幽凡一的话，心中猛地一片雪亮，心道：“我怎么把这门神功给忘了，这招既然能反弹招式，自然也能反弹内力呀！”他忙暗运起黄帝心法，缓了反噬之力，随即运起移天换日，把自己源源不断的反噬之力、慕容章强大无比的内力以及自己所剩的内力统统转还到了慕容章身上。

“什么？这不可能！”慕容章只觉两股如滔天巨浪般的内力全都到了自己经脉中，激得自己经脉似要鼓胀裂开，其痛苦哪里是肉身所能承受的。

慕容章虽强大，可毕竟也是肉体凡胎，被慕容燕云一招移天换日倒转了内力，无论如何也承受不住了，口中喷出数口鲜血，倒在地上。

众人见慕容章竟被慕容燕云击败，个个欣喜若狂，要是能使出力气，全都想上前了结了慕容章的性命。

“慕容章，你也有今天！你不是要杀尽中原正道吗，我作为武林盟主今日就杀了你，以谢天下！”慕容燕云说着一掌拍向慕容章头顶。

莫说九幽鬼境的弟子，就是十大阴帅、鬼境三王也没有一个不为慕容燕云冲天的豪气所慑，难以动弹。

眼见慕容燕云一掌已离慕容章头顶还差半寸了，突然从石鼓峰的石阶处闪现出一道白色身影。这身影快过疾风，谁也没能看清楚来人是谁，只闻到这人身上一股淡淡的香气，才知道是位女子。

这女人在慕容燕云身前一闪，击出比闪电还迅捷的一剑，这一剑不但快，而且变化万端，哪里是人能攻出的。慕容燕云想要躲开，却已经晚了，被一剑刺中了心窝，若剑再深一丝，慕容燕云非死于当场不可。

她无意杀慕容燕云，只是一把抱起了慕容章，然后又飘然下了山，没了踪迹。她的厉害或许比慕容章还差了一分，不过也不是慕容燕云等人能胜得了的了。

九幽鬼境的众人见冥尊被人救走都长舒了口气，四下逃窜了。

慕容燕云心窝被刺一剑，身子倒在血泊之中。韩永林此时已经给许多人分了解药，恢复了体力的众人见武林盟主倒下，忙纷纷围上前来。

“慕容哥哥，慕容哥哥！”赵婵雪和幽若雨已经当先冲了过来，抱住了慕容燕云。

“雪儿、表妹，我没有保护好你们，我对不起大家，今日死了这么多人，都是我这个当盟主的没用。你们快让大家下山吧，以防再有不祥之事发生。”

慕容燕云喘了口气，虚弱至极地说道：“雪儿，我没事，我答应过陪你去忘尘岛的，我不会食言的……”话未说完，人已昏了过去。

第三十八章　篡派夺权

宏泰大师见慕容燕云身受重伤，忙从身上取出少林独门愈伤药还生丹，交给了赵婵雪道：“阿弥陀佛，赵姑娘，慕容盟主为保全武林正道，身受重伤，老衲谢过了。这里有些特效灵药，快给慕容盟主服下吧。”

静应真君也道：“无量天尊，慕容盟主当真是天下第一侠士，贫道绝不能让他有个三长两短。如果几位不嫌弃贫道这里简陋，就随贫道回观，贫道定要用全身内力，为慕容盟主疗伤。”

司徒震、李明和也走上前来说道：“赵姑娘，如果有什么用得着我们的地方，只管送封信来，即使上刀山下火海在下也在所不辞！”

刚才还傲慢无比的九天玄女此时也说了几句感激的话。

赵婵雪一抱拳道：“弘扬武林正道，维护江湖正义，一直是慕容哥哥的愿望，大家不必客气。我打算和幽庄主、若雨妹妹在真君观中住几日，等慕容哥哥伤好些再离开。”

静应真君点头，吩咐手下道士小心抬慕容燕云回观。几位掌门见到慕容燕云被静应真君带走，都放下了心，纷纷离去。

李明和带着神龙派弟子下了石鼓峰，晓行夜宿，数日后回到了神龙派许昌总舵。

两天后的一个夜里，有两位帮中长老来找他议事。这两位长老一个叫萧然，一个叫夏峰，是帮中为数不多拥护李明和的长老。李明和见两人来了，忙屏退左右，关严了门窗。室内的气氛极是紧张。

萧然向李明和深施一礼道：“掌门，林长老不在了，赵匡胤在门中已经彻底没了忌惮之人，依我看他不久就会向掌门你发难，自己来做这个掌门之位！”

夏峰也道：“萧长老所言极是，赵匡胤绝非久居人下之人，当年他设计盗取赤龙剑，就是最好的证明。这赤龙剑是数百年帮主的信物，如果他再设计从掌门这里盗走赤龙剑，那我神龙派就真的落入他赵匡胤手中了！”

李明和谨慎地看了看四周，这才小声道：“两位长老所言极是，我早就有心除去赵匡胤，怎奈他生性狡诈，武艺又极是高强，实在是难对付呀！”

萧然凛然说道：“掌门如果有除此贼人的勇气，我们几位兄弟宁可把内力都传给你，也会支持你杀掉赵匡胤的。”

夏峰点头道：“萧长老所言甚是，我们宁可自己不要这身武功了，也要为神龙派除此恶贼。”

李明和摇摇头：“两位长老，我虽然有决心，也有胆量除掉赵匡胤这个贼人，只是如果你们没了内力，我一人孤掌难鸣，恐怕大事难成了！”

萧然一笑：“掌门，你这就有些妄自菲薄了，以你的功力，再加上我们几人的内力，定能胜过赵匡胤的。”

“掌门，这事不能再拖了，以前有方正乾、林尚道两位长老，赵匡胤还不敢公然造反，现在林长老不在了，方长老也生死未卜，再拖下去唯恐夜长梦多，有百害无一利了。”夏峰劝道。

李明和犹豫一下说道：“我看不如禀明慕容盟主，如果他能来帮忙，那杀了赵匡胤简直易如反掌。”

萧然说道：“掌门，我听说慕容盟主身受重伤，短时间内不可能恢复了。等到他伤好了，只怕赵匡胤那厮早已把掌门之位夺去了！”

李明和沉吟道：“那依两位所言，我们能有几成把握？”

“有两三成。”夏峰不假思索道。

“只有两三成？”李明和道，“如果只有两三成，那我们岂不是在以卵击石？牺牲我李明和一人没什么，如果再赔上几位的身家性命，我有何颜面去见神龙派的历代祖师？”

萧然摇头道：“如果不同意我们办法，只有一种可能，就是让赵匡胤这个贼人篡夺了你们李家数百年的掌门之位呀！”

李明和一拳重重地打在桌子上，说道：“也罢！我李明和好歹也是李凌风的后代，不能纵容赵匡胤在我神龙派里横行霸道了！”

两人见李明和决心已下，大喜道："掌门，果真如此是我神龙派的大幸。我们这就去秘密安排传功事宜。"两人说着一揖到地，转身离去。

两位长老前脚才走，后脚贾安南就到了。李明和见是赵匡胤的人来了，哪里敢有丝毫的怠慢，亲自迎了出去。

"贾长老，几日未见越发威风了！"李明和竟向贾安南一拱手。

贾安南咧嘴一笑："掌门怎可对属下行礼，实在折杀老夫了！"

李明和问道："不知贾长老深夜来此可有什么要紧之事吗？"

贾安南趾高气扬道："舵主知道掌门手中赤龙剑乃是神兵利器，百战无一败。可却听说在石鼓峰竟败给了慕容燕云那小子。舵主爱宝，不想使其蒙尘了，所以想替掌门代为保管，现已经安排妥当，三日后在神武林进行宝剑交接之事，特意让老夫来告知掌门一声。"

李明和心想："好你个赵匡胤，这么快你就前来发难了，分明是没把我放在眼里，真是反了！"可他嘴上只能说道，"赵舵主的心意本掌门明白了，就按他所说三日后神武林交接宝剑吧。"

贾安南没想到李明和这么轻易就同意了，不由一愣，可转瞬一想，赵舵主平日就掌握着神龙派的实权，只是没有掌门之名而已，也没什么好反对的，看来这李明和还挺识时务的。

"掌门，那属下就回去禀告赵舵主了。三日后神武林再见。"贾安南笑着转身离去。

李明和见贾安南走了，他紧握右拳，咬牙切齿，像是想掐死赵匡胤一般，他右手手心有滴滴鲜血流出。可李明和似乎完全没有感觉，只是眼中流露出无比恨意，瞪着贾安南离去的方向，良久不能自已。

他当晚一夜都辗转难眠，次日天还未亮就起来思索该如何除掉赵匡胤，连早饭都没心情吃。

天刚放亮，萧然、夏峰以及另外三位长老小心翼翼地来到了李明和的院子。

几人进了屋，萧然开门见山道："掌门，我听说昨夜贾安南那个走狗来了？依我看三日后的神武林，也许是我们下手的最好机会。"

夏峰也道："掌门，我们这就把功力都传给你。三日后掌门便可趁交剑之机刺杀赵匡胤，我相信掌门那时一定能为我神龙派除此恶贼的！"

李明和无奈，只得深施一礼道：“各位长老，是我无能，这么多年都没能除此奸贼，如今让你们耗尽毕生内力来助我，实在对不住几位啊！”

五人齐声道：“能为掌门分忧，能为本派除贼，莫说没了内力，就是没了性命，我们也绝无半句怨言！”

当即五人坐在地上，一个抵住另一个的后心，都把内力传给了修为最高的萧然，而萧然又源源不断地输送给李明和。李明和只觉内力在体内瞬间暴增了不知多少倍，周身不由自主地散发出傲睨万物的凛凛霸气。

五人忙活了两个时辰，早已满头大汗。

“五位长老，我李明和在此谢过五位的大恩，等除了赵匡胤，我定与你们共治神龙，重霸江湖，绝不相负！”李明和抱拳道。

五人道：“掌门，我等为了神龙派数百年的基业定会倾尽全力。”

五人把内力尽数传给了李明和，略感体力虚弱，相继离开，回府休息了。李明和此时心情大好，感觉除掉赵匡胤已经大有希望，便让下人给自己端来了早点。

用过早点，便在院中练起了神龙派的武功，直到深夜才停止。如此过了两日，李明和已感胸有成竹，只待明日神武林除贼。

到了交剑之日，李明和带着五位长老以及亲信和弟子来到神武林。这神武林始建于李凌风，后来在他儿子手中扩大了规模，渐渐成了神龙派交接掌门之地。

他们到了神武林中一片空场，发现赵匡胤早已带着贾安南、慕容平州、神龙三杰等在此等候了。在场中一处不高的石台上，赵匡胤端坐在一把太师椅上。而慕容平州、贾安南、神龙三杰以及若干神龙派弟子站在他四周，给人一种巨大的压力感。

李明和见到赵匡胤，忙一抱拳道：“赵舵主别来无恙啊！”

赵匡胤见李明和快到面前了，才慢吞吞地站起来说道：“托掌门的福，赵某日子还过得去。只是近日听说这赤龙剑败给了慕容燕云那臭小子，一直睡得不安生，故请掌门来这神武林，赵某虽不才，可这鞍前马后的人总归比掌门多，这赤龙剑还是交给我更稳妥些。”

李明和笑道：“赵舵主，我早有此意，只是怕赵舵主朝中之事繁忙，没有时间打理派中之事，这才没敢用这种事情来麻烦你。既然赵舵主提出此事，我自然求之不得啊！”

赵匡胤听了李明和的话，心想：“亏你还是李凌风的后代，怎么连半点儿血性都没有，早知道我就不必费此周折了。”他想着又坐回椅子上，轻轻挥了挥手。

慕容平州心想：“掌门当真让我好生失望，如果赵匡胤真的当上了神龙派掌门，我再想借神龙派的力量复兴大燕就完全没有希望了。也罢，我何不用这赤龙剑杀了赵匡胤！”他想着走过去，想接过赤龙剑。

李明和见是慕容平州来接剑，有点儿意外，暗想：“天助我也！”他忙向慕容平州使了个眼色，口中说道，“慕容平州，我手中的赤龙剑可是历代掌门信物，你还没有资格碰这把剑吧？”

赵匡胤见李明和不让慕容平州接剑，也没在意，笑着一招手道：“好啊，那就劳烦掌门亲自把剑交给我吧。”

李明和见赵匡胤中计，心中偷笑。他双手捧着赤龙剑，假装毕恭毕敬地往前走，右手却慢慢地移到了赤龙剑的剑柄上，只要他想，赤龙剑随时可以出鞘。

赵匡胤却仿佛没有看到一样，完全没有阻止李明和上前的意思。

李明和离赵匡胤越来越近，他的脚步不由有些沉重起来，呼吸也变得有点儿紊乱。他慢慢来到了赵匡胤面前，脸上突然一阵冷笑，随之赤龙剑被他拔了出来，一剑刺向赵匡胤的前心。

赵匡胤完全没有闪避的意思，只是也冷笑起来，让李明和的赤龙剑刺中了自己前胸。

出人意料的一幕就这么发生了，李明和的赤龙剑竟在赵匡胤的胸前停住了，没有办法再刺进半分。

赵匡胤的人见到李明和行刺，都拔出了长剑，剑尖齐齐指向李明和。

李明和此时已经方寸大乱，他不相信自己刺出的一剑竟然没有办法使出半点儿内力，而且稀世神器竟被赵匡胤挡住了。“这怎么可能！难道是天意如此，老天不让我杀这贼子？为什么，为什么！”李明和绝望地喊道。

赵匡胤笑道：“李掌门，我来告诉你为什么。因为我早就买通了你的厨子，让他在菜中下了损经摧脉散。我算准三日里你服的量正好在此时发作，如今你用了力，经脉已经尽毁，就是刘寒轩也救不了你！而且三年前我早就知道这赤龙剑是假的，当然刺不穿我的狻猊宝甲，我要来也不过做个信物罢了。”

李明和认为自己已经是机关算尽，可在赵匡胤面前自己这些雕虫小技实在是不值一提，就像是三岁的孩子想要戏耍一个大人那样可笑。

李明和知道自己已经没什么活下去的希望了，却还是傲然道：“赵匡胤，我今天杀不了你，一死而已。不过我要你放过我手下的长老和弟子，他们是无辜的！”

赵匡胤摇摇头：“李明和，你现在已经是个废人了，我就是不杀你，你也活不了多久了。只是你手下人如果要杀我报仇，还是有些麻烦吧，李掌门，你说呢？”他放声大笑，一挥手，神龙三杰便齐齐出手。

五位长老已经没了内力，很快就死在三杰的剑下，那些弟子自然也是没有活下来一个。

李明和见众人惨死在自己面前，自己却连一点儿反抗的力气都没有，有如万箭穿心。他掉转自己手中的赤龙剑就要自裁。

“且慢！”慕容平州一晃身到了李明和面前，一把夺过赤龙剑，“掌门，留得青山在，不怕没柴烧，你只要不死就还有机会重新夺回掌门之位。”

赵匡胤见慕容平州竟出手救李明和，怒道：“平州，你要干什么？连你也反了不成？”

慕容平州傲然道：“赵匡胤！你在朝中欺君、在派中压众，手段卑劣，为人不齿。我慕容平州是堂堂八尺男儿，焉能助纣为虐，帮你这贼子！我实话告诉你，那日郁林庄救走慕容燕云的白衣人就是我，你奈我何？”

赵匡胤大怒：“好啊，慕容平州！原来是你坏我好事，不过你毕竟是我外甥，你不仁，我不能不义，今日我不杀你，废去你神龙派武功也就是了！”话音未落，人已到了慕容平州身前。

慕容平州拔出长剑，想要抵挡，可赵匡胤的武功是何等高强，他哪里挡得住。才过几招慕容平州头顶泥丸宫就为赵匡胤所制，赵匡胤运起内力，大喝一声，掌心运出一股磅礴至极的内力，一下就震破了慕容平州的丹田。

“啊！”慕容平州丹田被震破，惨叫一声，昏了过去。良久，他才颤颤巍巍地站立起来，走到李明和身边，轻声说道：“掌门，我们去找慕容盟主，相信他一定能为我们报仇。”

李明和与慕容平州相互搀扶，向林外走去。两人都是少年高手，平日里神采飞扬，可现在却被赵匡胤瞬间废了武功，变成了风烛残年的老人一般，举步维艰。

身后传来赵匡胤得意的声音："我可以放你们两个废人离开，不过把赤龙剑给我留下！"赵匡胤一声长啸，暗运内力，伸手向前一抓。只一抓，赤龙剑就被赵匡胤摄入手中。

赤龙剑落入赵匡胤手中，他放声大笑，笑声中是目空一切的狂妄："哈哈哈，从今日起，神龙派就是我赵匡胤的了，我这么多年的梦想总算实现了一样。我相信另一样也快了，这神龙派是我的，这天下也是我的！我就要称霸武林，一统江山了！"

第三十九章　否极泰来

两人离开神武林，向东南而去，走不多时，看到前方是一片树林。两人正在犹豫要不要进树林，突听身后有一阵嘈杂的脚步声，好像是有许多人追了过来。

“掌门，你快躲到林子里，我去把他们引开，属下就是拼死也要保护掌门！”慕容平州忙一指身边林子，朝李明和喊道。

李明和一抱拳道：“平州兄弟，以后你我就兄弟相称吧。这次如果我还能活下去，永生永世都会铭记兄弟的大恩！”他说完便转身进了林子。

身后的追兵很快就到了。慕容平州见追他们的是一群黑衣人，个个手持长剑，不禁叹息道：“鬼境贼子的消息竟然如此灵通，这么快就知道我们武功被废之事，看来我今天是要死在这群贼子手里了！”可他不想就此束手，还是拔出了长剑，傲然而立。

“哈哈哈，慕容平州！你也有今天，我们尊主就在后边，你跑不了了！”几个黑衣人大笑几声，一拥而上，如一群恶狼扑向慕容平州。

慕容平州喝道：“贼子，小爷我虽然没了内力，但也绝不会就这样轻易让你们杀了我的！”说着，手中长剑刺出，因内力已失，剑气全没了平日里的凌厉，竟一时奈何不了这些黑衣人。

黑衣人见慕容平州出剑无力，笑得越发放肆，长剑齐出，剑剑刺向慕容平州要害。

慕容平州与几人斗了几个回合，发现这些人虽然用的鬼境剑法，可是并不熟练，好像使的不是自己的本门功夫，如初学者那般生硬。慕容平州虽发现破绽，可又有什么用呢，只能边打边退，尽量让这些人远离那片树林。

他身上被黑衣人刺伤了好几处，这才退出一两里路，好在没有伤及要害，还勉强能撑住。可黑衣人的剑却没有一刻停止攻势，随时可能杀了慕容平州。

慕容平州正不知如何是好，这时身后一个洪亮的声音响起，如晴天打了声霹雳："慕容兄弟莫慌，我韩永林来助你！"

慕容平州听身后来人是前几日刀劈太史烈的韩永林，真是喜出望外，说道："韩大侠，多谢你了！"

韩永林这时已经飞身到了近前，他大喝一声，手中虎头刀舞动如飞，没几个回合就打跑了这群黑衣人。可他并未追赶，只是冷哼一声："就凭你们也想害我兄弟，这些鬼境贼子真是吃了熊心豹子胆了！"

慕容平州深施一礼，说道："多谢韩大侠仗义援手！"

韩永林一笑："平州兄弟，天下人管天下事，我韩某就是看不惯这些邪门歪道的东西，竟敢在光天化日之下横行霸道。你以后也不用叫我大侠，听着太见外了，如果不嫌弃就叫我大哥吧。"

"韩大哥，我是和掌门李明和一起逃出来的，现在快随我回去救掌门，晚了恐怕掌门凶多吉少。"慕容平州说着就要走。

"平州兄弟，我们快走吧，如果他们是分两路追杀，那李掌门现在就危险了！"韩永林说着就和慕容平州一起往刚才那片林子而去。

两人很快到了林边，慕容平州叫道："李兄，快出来吧，贼人已经走了。"

他叫了数声，可没有人应答，两人有些着急。他们把整个林子搜了一圈都没有发现李明和，慕容平州叹道："没有听到此方有打斗声，看来李兄已经一个人离开了，希望他能平安地活下来。"

韩永林见李明和不在，问道："平州兄弟，既然李掌门不知去向，你有何打算呢？"

慕容平州道："我本是打算回龙虎山找慕容盟主，可现在受了些轻伤，只得先找个地方休养几日再起程了。"

韩永林道："平州兄弟，不如你随我到前面城中住上几日，我认识一个好郎中，等你伤好了，再去找慕容盟主不迟。"

慕容平州摇摇头："韩大哥，你们万刀门掌门刚死，一定有许多事要处理吧，我不能误了你的大事。我听说离此地不远有处碧月山，山中有两个门派，一为羲和派，一为望舒派。这两派掌门都是我父亲的故交，我去投奔他们就是了。”

韩永林见慕容平州说得很坚决，只好点头道：“好吧，既是平州兄弟要去羲和派，我就不陪你一同前往了，我们以后有缘再见。”

慕容平州一抱拳道：“韩大哥，有缘再见。”说完转身向东行去。

夕阳西下时，慕容平州到了碧月山，他还是第一次来这里。此地的两座山并不是很高，一座为圆形，宛如太阳，一座山体内有个很大的山洞，把整个山旋出一个弧度，远看好似立在地上的一弯新月。这两座山间有一条悬木桥可以往来。

慕容平州心想：“听说羲和派掌门夏侯阳开朗热情，而他弟弟望舒派掌门夏侯阴却为人冷漠，不如我先去羲和派吧。”他想着便向赫日山而来。

如果内力不失，爬上这赫日山也就是半个时辰的工夫，可现在没了内力，直爬到深夜才到了山顶。

这赫日山山顶，有一座很大的庄院，四周古树参天。映衬着院墙上的红漆，如同宫殿一般。更奇特的是，山上随处都有太阳形状的装饰点缀，尤其是大门上那对用红铜所制的太阳门环格外显眼。

慕容平州来到门前，轻轻地叩了叩门道：“小侄慕容平州，如今有难，想投奔夏侯叔叔。”

他敲了很久，才有一个弟子揉着惺忪的眼睛打开了大门问道：“你是什么人啊，深夜来我羲和派有何贵干？”

慕容平州见来人一身似火的红衣，胸前绣着一轮金黄的烈日，看起来极是特别。他一抱拳道：“这位兄弟，我父亲是你们掌门的故交，我现在受了些伤，想要在此暂时休养一下。”

那弟子这才睁开眼睛，上下打量了慕容平州一遍道：“我师父已经休息，您明天早上再来吧。”

慕容平州正想发火，就在这时，一位全身红衣、脸色赤红的老人走了出来，说道：“徒儿，不得无礼！”

这老人见到慕容平州，问道：“我就是羲和派掌门夏侯阳，不知小兄弟是哪位老友的后人？”

慕容平州见夏侯阳亲自迎了出来，忙深施一礼道：“见过夏侯叔叔，小侄是慕容国之子慕容平州。”

“哈哈，原来是慕容兄的儿子呀！快进来，快进来！”夏侯阳笑着拉起慕容平州的手进了门。

两人先到了待客厅，分宾主落座，夏侯阳问道：“贤侄，你我叔侄从未谋过面，今日怎么想起到我这儿来了？你身上的伤又是怎么回事？”

慕容平州有些惭愧地说道：“小侄早就听说叔叔练就一门羲和神功，一直想来见识一下，怎奈没有机会。如今赵匡胤篡夺了神龙派掌门之位，我出手保护掌门，被他废了功力。本想去龙虎山找慕容盟主，却在路上被鬼境贼子追杀，这才来找叔叔，想在此休养几日。”

夏侯阳点头，随手取出一个铜瓶，递给慕容平州道：“贤侄，叔叔这里有几粒愈伤的丹药，你拿去用吧。”

慕容平州接过药，说道：“多谢叔叔。”

夏侯阳一笑，问道：“贤侄啊，你刚才所说的慕容盟主是何许人，这九幽鬼境又是几时重出江湖的，叔叔实在有些兴趣。”

慕容平州道：“叔叔，看来你闭居山中已久，连这样的两件大事都不知道？九幽鬼境已经重出江湖数月了，所到之处，血雨腥风，江湖中人闻风而逃。为了对抗九幽鬼境，江湖正道在龙虎山召开了英雄大会，推选金陵慕容家唯一的后人慕容燕云为盟主，共同御敌。”

夏侯阳一皱眉：“就是那个杀了慕容贤弟的小子？我羲和神功刚刚练成，正想下山寻他为你父亲报仇！如今你却和他联手，这到底是怎么一回事？你快告诉我！”

慕容平州忙道：“叔叔，我与慕容燕云的仇已经了结了，我们现在是朋友，他是武林正道推举出来的盟主，武功盖世，你们日后如果相见千万不要动手啊！”

夏侯阳叹息道：“和仇人做朋友？我真是有些想不通，不过他既是你的朋友了，我就不杀他了，算他命大。”

慕容平州道：“叔叔，我现在丹田已经被赵匡胤震碎了，不知叔叔可有什么良策能帮我恢复功力？”

夏侯阳沉思半晌道：“你再想练神龙派的武功是不可能了。不过，你学会了我的羲和神功和对山那家伙的望舒功，或许可以不再用丹田存气，达到气存周身的境界。”

慕容平州大喜道：“叔叔，你所说当真？那我明日就去二叔那里求来望舒功，与您一起参详这气存周身之法！”

“贤侄莫急，这望舒功可不易拿来。”夏侯阳说道。

“为什么呢？二叔当真不会帮我吗？”慕容平州有些失望。

夏侯阳摇头道：“不是说他不会帮你，而是那家伙防我比防贼还严，生怕我偷学了他的武功去。如果你练了望舒功便下山，他自会帮你，可如果拿到我这里来，绝不可能。”

“那小侄该怎么办，还请叔叔指条明路。”慕容平州恳求道。

夏侯阳道：“这倒不难办。只要你先与我背熟了羲和功心法，再装作刚来此地，没见过我，他自会教你，那时你再把望舒功背下来，两门武功融会贯通，定能打通经脉，气通周身。”

慕容平州很是激动，当晚住在羲和派中，次日起与夏侯阳开始背羲和功。他原本不知羲和功有何厉害，可随着每日参修，他发现这羲和功分为内功和外功两部分，其刚猛之处竟远胜于大多数的少林、丐帮绝技。不过由于过于刚猛，往往强行练习容易导致经脉受损，甚至有反噬的可能，并且与对手过招时难以控制。

他背了三日，就把羲和功背得一字不差，便辞别了夏侯阳，来到碧月山，拜见夏侯阴。望舒派与羲和派建筑相似，只是用蓝漆粉刷，全都以新月形状为装点。

“我是慕容国之子慕容平州，想求见夏侯叔叔。”慕容平州见到门前几个蓝衣弟子，一抱拳道。

一个弟子进去回禀，许久才出来道：“慕容少侠，我们师父说你可以进去了，到客厅找他。”

慕容平州道：“多谢！”说着走进大门。他看到主位上坐着一位蓝衣老人，胸前一轮明亮的新月，面色却很阴沉。

“见过夏侯阴叔叔！”慕容平州见到蓝衣老人忙说道。

夏侯阴微微点头道：“慕容贤侄，你来这里可有什么事吗？”

慕容平州恳求道：“夏侯叔叔，小侄被赵匡胤打破了丹田，听说叔叔的望舒神功神奇无比，可通周身之气，故此小侄有个不情之请，想求叔叔把神功传给我，我好去报仇。”

夏侯阴摇摇头道：“慕容贤侄，你是不是从赫日山那边来的，想要替那老家伙骗我神功吧？在我没翻脸之前，我劝你还是快离开这里吧。”

慕容平州知道夏侯阴是在诈自己，于是说道：“夏侯叔叔，小侄听说当年叔叔得来此功，是得益于我父亲的帮助，现在小侄想来求教，叔叔却怀疑我是来骗取武功的，我实在不知该说些什么好。”慕容平州说完就假装要离开。

夏侯阴见慕容平州要走，说道：“慕容贤侄，你口说无凭，让叔叔如何信你。不如让叔叔看看，你体内到底有没有羲和功的气息。如果真没有，我就把望舒功传给你。”

慕容平州走到夏侯阴面前，伸出了右手。夏侯阴握住慕容平州的手，微一运内力，就发现慕容平州体内莫说羲和功，连一丝内力都没有。夏侯阴忙收住功力，生怕误伤了他。

“好吧，你体内确实没有一点儿羲和功的气息，我就把望舒功传给你，只是学完了，你必须马上离开，不许你偷偷跑去对山，绝不能交给那个老家伙。”夏侯阴拉起慕容平州到了后院。

慕容平州在碧月山住了三日，背熟了望舒功。他发现望舒功过于阴柔，容易使自己周身经脉尽为寒气所侵，外功招数也有些过于柔弱，杀招也成了无用的虚招。

第三日夜里，慕容平州背完望舒功，夏侯阴就想让他离开，唯恐他连夜去赫日山见夏侯阳。慕容平州无奈，只得准备离开碧月山了。

他才到门口，刚准备下山，突然见到有许多黑衣人在一个紫色鬼面人的带领下冲上山来。

“哈哈哈，慕容平州，本王奉命来灭这羲和、望舒两派，没想到你也在这里。本王听说你被赵匡胤废了武功，那可真是省事儿了！”楚江王大笑道。

“鬼境贼子，小爷我武功虽废，可也绝不容你们这些贼人在此放肆！”慕容平州说着就拔出了手中长剑。

“慕容贤侄，你现还不能动手，小心！”夏侯阴说话间拔出一把蓝色的宝剑指点着楚江王。

“哈哈哈，老东西，就凭你也想杀我？让夏侯阳也过来，你们双剑合璧，或许还能与我斗上个三招五式的，也省得麻烦我还要再去赫日山。”楚江王得意地大笑起来，完全没把夏侯阴放在眼里。

夏侯阴大怒，宝剑一摆，刺向楚江王。慕容平州见夏侯阴出手，招数极是奥妙，可却轻飘飘的，如弱柳扶风，完全没有什么力道。

楚江王笑得更加张狂：“哈哈哈，一个男人舞剑，偏偏像女人绣花，实在滑天下之大稽！”他说着细剑只一挑，就磕飞了夏侯阴手中宝剑，简直不费吹灰之力。

“这怎么可能，你竟破了我的望舒神剑？”夏侯阴看着手中宝剑飞出，目瞪口呆。

“夏侯阴，你这掌门实在是我见过的最废物的掌门，这剑法也是天下最可笑的剑法。要不是尊主有命，我今天真不想杀你，你根本就不配死在我的剑下！”楚江王说着一剑刺出，就了结了夏侯阴的性命。

“叔叔！”慕容平州见夏侯阴转眼间就死在自己面前，不禁一阵愤怒，他点指楚江王，“鬼境贼子，小爷我今日和你拼了！”他说着就要出手。

“慕容贤侄莫慌，我夏侯阳到了！”一个中气十足的声音传了过来，随着他一声大喝，人已从木桥上飞跃而来。

夏侯阳刚到几人身旁，就看到弟弟惨死，尸身正倒在地上，犹自鲜血横流。

“戴面具的小子，我不管你是谁，敢杀我弟弟，今日就让你血债血偿！”夏侯阳手中一把红色宝剑，带着呼呼劲风，刺了出去，好似有九牛二虎之力。

楚江王见到夏侯阳的剑法，又笑道：“哈哈哈，刚死了个绣娘，又来了个铁匠，当真可笑！夏侯阳，我这就送你去那边陪你兄弟！”

但见楚江王身子向旁一闪，躲过夏侯阳一剑，紧接着他一剑刺出，寒光只一闪，就刺穿了夏侯阳的咽喉。

“哈哈哈，我以为再也找不出像夏侯阴这样废物的掌门，没想到又让我见了一个。如果天下的掌门都这么没用，我圣境早就一统江湖了！”楚江王的冷笑声震荡在日月山间，两派弟子哪个还敢上前半步。

慕容平州见到两位叔叔片刻间都被楚江王所杀，横尸当场，心中焉能不怒。但他却没有着急出手，心中念头急转，飞快地将两门武功合二为一。

慕容平州当真是百年难遇的奇才，竟在瞬间心中就有了感觉，他体内新生成的几缕内力被他重新控制，导入了周身经脉，竟真的成了储气入脉。

“鬼境贼子，小爷今日就用两位叔叔传给我的武功杀了你，为两位叔叔报仇！”慕容平州手中长剑倏地攻向楚江王。

楚江王见到慕容平州使的并非苍龙剑法，而是羲和剑法，他不由大笑。可笑声未落，就笑不出来了，但见慕容平州使出的羲和剑，既有羲和剑本身的刚猛绝伦，也有望舒剑的阴柔棉巧，竟有了阴阳互补、刚柔并济的感觉。

慕容平州用苍龙剑法与楚江王交过手，也只能是略胜一筹，可此时他贯通两派武功，游走于周身，却已远在楚江王之上了。他刺出的每一剑都玄妙至极，相辅相成，新生的内力已比从前精纯了不知多少倍，整个人的武功此时已达到出神入化之境。

才过了二十招，楚江王就被慕容平州压制得只有招架之功，没有还手之力。他越打越是心惊，暗道：“没想到这两派武功合二为一后的威力竟能如此强大。这两个废物定是怕对方偷学自己武功，老死不相往来，没有一个能做到融会贯通，不然恐怕今日死的就是我了！”他想着，从怀里取出三枚毒镖，随手打向慕容平州要害。

慕容平州见楚江王打出三枚暗器，忙摆剑格挡，楚江王趁机带着众人逃走了。

“贼子，你往哪里逃！”慕容平州说着就要去追，可身后望舒派众人却喊道：“慕容少侠，我们师父不在了，此时只有靠你来主持大局了！”

慕容平州听见喊声，只得停住脚步，转过身道：“众位，在下大仇未报，不能在此久留，先把两位叔叔安葬了吧，以后门中大事还是让大师兄来继承掌管吧。”

这时羲和派众人也走了过来，为首一位年纪稍大的弟子，冲慕容平州一抱拳道：“慕容少侠，我就是羲和派的大弟子王少阳。我自认武功比之慕容少侠相差太远，不敢坐此大位。”望舒派也有一人出来道：“慕容少侠，我是望舒派大弟子张少阴，我也有同感。”

慕容平州问道：“那两位叔叔可有子嗣？”

两人摇头：“师父并没有留下子嗣。”

“你们不肯做掌门，两位叔叔又没有子嗣，那这掌门之位就传给派中有才能的弟子吧。”慕容平州说道。

两人又是摇头道：“这两山中，论武功、人品我们只怕已经是最佳的人选了。”其他弟子也纷纷同意两人的说法。

慕容平州大感无奈道：“那这位置该让谁来做，两位叔叔毕生的心血，总不能就这样在江湖上消失了吧？”

众人齐声说道：“慕容少侠，如今只有您能做这两派掌门了。”

慕容平州摇头道：“万万不可，如果我做了掌门，天下人岂不会说小爷我是乘人之危吗？我慕容平州可不想担此恶名。”

众人听慕容平州这么说，全都跪倒在地，声泪俱下道：“慕容少侠，您就忍心见到两派从此一蹶不振，任人欺压吗？这难道对得起师父的在天之灵吗？”

慕容平州见众人如此恳切，只得退一步说道：“好吧。我就暂代掌门之位，等以后你们有了合适的掌门之人，我当奉还，绝无二话。”

“慕容少侠，您能当我们的掌门真是两派之幸，我们相信在您的带领下，两派必能驰名江湖，为师父报仇雪恨！”众人激动地喊道。

慕容平州拾起地上的两把宝剑，发现这两把剑竟能合二为一，他心中一动，说道：“依我看以后两派便如这剑一样，合为一派吧，大家精诚团结，这样才能避免两位掌门的惨剧再次上演。至于派名，就各取一字，叫舒和派。”

“谨遵掌门之命，舒和之名定能威震武林，留名百世！”

第四十章　密谋天下

开封城的上空，这几天阴沉得有些吓人，不时刮过阵阵疾风，人人心中都有种不祥的预感。

大周的朝堂中，柴荣看着殿中群臣问道："当年石敬瑭为了称帝，置万千生灵于不顾，向辽国割让燕云十六州。中原自从失去了燕云十六州，便无长城可御外敌，才致使我大周屡遭涂炭。朕虽收复了朔州，可燕云十六州大部分疆土仍在辽国控制之下。朕不忍置百姓生死于不顾，定要彻底收复燕云十六州，还治下百姓太平！只是众卿认为，朕该当如何收复朔州，实现一统中原之夙愿呢？"

殿中群臣面面相觑，不知该如何应答。这时赵匡胤率先出班说道："陛下，不如让微臣领十万精兵，不日即可攻取，也好早日替陛下一统天下！"

柴荣见说话的是赵匡胤，心想："赵匡胤，如果你当真是为了朝廷出兵，我相信你有此才能。如果你想借此拥兵自立，我岂不是纵虎归山，自食其果吗。"于是说道："赵爱卿，朕的身边离不开像你这样的贤臣来辅政，你绝不可带兵亲去。"

赵匡胤暗道："柴荣，你果真对我有戒心，如果此番我不能亲自出兵，那么我要取而代之，不知要等到何年何月了。"他只得又道，"陛下，如今朝中除了微臣，也只有化龙领兵能确保万无一失，可如今他镇守淮南，抵御南唐，怎可轻易离开。还是让微臣去比较合适。"

正在柴荣左右为难之时，文臣中走出一人说道："陛下，依微臣看此时不易发兵。"

柴荣见说话的是自己最倚重的刘宝恩，忙问道："刘爱卿，你说此时不宜出兵，是何道理？”

刘宝恩道：“陛下，我们打败南唐时日尚短，此时虽有慕容大人镇守淮南，却未必固若金汤。如果陛下此时再出兵幽州，必定造成国库吃紧，朝廷内乱，朝中有些居心叵测之人必借机生事，还请陛下明察。”

赵匡胤脸色微微一变道：“刘大人，你说朝中有居心叵测之人，还请名言，我们做臣子的岂有明知陛下身边有奸臣，却不为陛下锄奸的道理呢？”

刘宝恩摇摇头道：“清者自清，浊者自浊，我相信陛下圣明，自能辨别忠奸，就不需我言明，伤了满朝和气了吧。”

赵匡胤想再说什么，突见龙椅上的柴荣一阵咳嗽，竟吐出数口鲜血，几欲昏厥，朝堂中顿时大乱。他心中暗笑道：“柴荣啊柴荣，看来我的灵药起作用了，你定然活不过七日了。你一死，这天下就是我的了！”

众臣见皇上昏倒，都喊着传太医，殿中议论纷纷。柴荣由身边的亲信宦官扶回了寝宫，众人随即散去。

赵匡胤回府进了书房，大笑数声，提笔在手，飞快地写了四封书信，让手下人快马送出，发往四处，只待回信。

最先接到信的是殿前都指挥石守信，他素来与赵匡胤交情极好，接到信当即来到赵匡胤府中。

赵匡胤亲自在门前迎接石守信，两人一前一后到了怡远轩，分宾主落了座。

“元朗兄，不知把小弟找来所为何事？”石守信问道。

赵匡胤压低声说道：“石兄弟，我们成大事的时机已到，今日柴荣在朝堂上吐血，想来兄弟你也该看到了吧，我想他已命不久长，已到了我们该动手的时候。”

石守信点头道：“元朗兄说的是，我早就有心拥元朗兄为帝，只是那柴荣年轻有为，难以对付。如今有了机会，只是接下来要如何行动，还请元朗兄明示。”

赵匡胤一笑，得意道：“也不难办，兄弟只要暗中派人在朝中散布消息，造成辽国即将出兵来犯的假象，新帝尚不经世，必不辨真假，定会派为兄统兵。到那时，只要兄弟打开城门，我们里应外合进去，定成大事！”

石守信点头，一抱拳道：“此事就交给我了，我定不负元朗兄所托！”

赵匡胤拍了拍石守信的肩膀道："好兄弟，等我大事一成，你就是开国功臣之首，我定封你为马步军副都指挥使，兼归德军节度使。"

石守信大喜道："多谢元朗兄，我这就去准备！"说着大笑而去。

赵匡胤见石守信答应得如此痛快，十分高兴，又找来弟弟赵光义表明成大事的决心，赵光义也十分赞同。

两人刚说完话，刘宝恩就到了赵匡胤府前。赵匡胤又亲自迎了出去，一番客套，把刘宝恩让进了怡远轩中。

"刘大人，今日我们在朝上有些误会，还请见谅！"赵匡胤笑着施了一礼。

刘宝恩本对赵匡胤的印象不好，可坐在这怡远轩中，不禁想起自己初来开封，科举落榜，是赵匡胤力保自己，这才有了自己现在的荣华富贵，又见赵匡胤如此礼待自己，心中不免感动。

"赵大人，今日我言语有不当之处，还望多多包涵才是。"刘宝恩说着还了一礼。

赵匡胤忙扶住刘宝恩，叹息道："唉！刘大人，我有一事想与你说，只是不知该如何开口。"

刘宝恩平日见惯了赵匡胤趾高气扬，何曾见过他如此忧心，问道："赵大人，不知你有何事要与我说，还请言明，我也好为赵大人分忧。"

"刘大人，想必你也听说过小女之事吧。"赵匡胤叹口气，继续说道，"我原本以为化龙能值得小女托付终身，可日前我才知道，他与江湖邪道有些瓜葛，怕是再难相托了。而慕容燕云虽是什么武林盟主，可毕竟与我赵家有仇，更是不可信任。依我看这天下真正值得相托之人，只有刘大人了。唯恐刘大人不肯，故此才烦忧啊！"

刘宝恩哪里能料到赵匡胤竟要把女儿许配给自己，忙说道："赵大人，我听说令千金才智过人，又有倾国倾城之貌，确是少有的好姑娘，只是在下福薄，无法同意这门亲事。"

赵匡胤听刘宝恩说前半句时，心中暗喜道，如果刘宝恩也能站在他这边，那想成大事就更容易了！可他听到最后，心中不禁一沉。

"刘大人，我听你言中之意对小女赞许有加，但却不同意这婚事，不知所为何故，莫非刘大人已经与别人定过亲了？"赵匡胤疑惑地问道。

刘宝恩点头，从怀中取出半块玉佩道：“赵大人，我父亲在我未出生前就给我定了亲，我不愿违背父亲遗愿，故此我虽心仪赵姑娘，却万万不能与之结亲。”

赵匡胤见刘宝恩说得很真诚，只得叹了口气：“看来天意如此，不让我得刘大人这等贤婿，真是太可惜了！”

刘宝恩说道：“赵大人，赵姑娘是世间少有的奇女子，想来要找比我更好的丈夫，应该并非难事，还请赵大人宽心些才是。”

赵匡胤沉吟半晌，转而说道：“刘大人，今日陛下在朝堂上呕血，病情似乎不轻呀，恐怕要不久于人世了，不知刘大人有什么想法？”

刘宝恩道：“我既为大周臣子，自会鞠躬尽瘁。如果陛下百年后，我自是扶保新帝，又怎敢做他想。”

赵匡胤问道：“皇帝一旦驾崩，大周局势必定不稳，边境纷争，朝中内乱，如果朝中有能人自立为帝，挽救大周，那时刘大人可愿相助？”

刘宝恩义正词严道：“赵大人，你我为人臣子，只该想如何为陛下分忧，为百姓请命，焉能在此谈论这等大逆不道之事！如是朝中奸佞小人篡权夺位，他根本不配我来扶保！”此时刘宝恩已完全明白了赵匡胤之意，说着冷哼了一声，拂袖而去。

赵匡胤心中震怒：“刘宝恩！如果没有我，你现在不过是个落榜的举子罢了，如今我需要你相助，你不帮我已属忘恩负义，竟还敢在此羞辱于我！你等着，我定让你头上的乌纱不保！”

刘宝恩才走不久，赵普又来到赵匡胤府中。两人极熟，便省去了客套，没有去怡远轩，而是安排在书房中见面。

赵匡胤说道：“则平，你前几日给我的药已经奏效，柴荣今日朝堂上已经见血，想来活不了几日，依你看下一步该当如何是好？”

赵普一笑：“七日后柴荣必死。他死后一定是柴宗训继位，范质为相，宗训年幼，范质迂腐，我们大事可成！现在只需找来石守信、刘宝恩、慕容延钊三人，共做商议，便可有应对的计策。”

赵匡胤摇头道：“则平，我如今已找过石守信与刘宝恩。石守信极是赞成，而刘宝恩却极力反对，还指桑骂槐，羞辱于我，说我是奸佞小人，实在可恶！”

赵普道："元朗兄不必烦恼，只要石守信同意，此事就好办。至于刘宝恩，尽快让他离开朝中，我想就派他到洛阳城做个洛阳公，无实权可用，便已不足为患了！"

赵匡胤有些不满道："真是便宜了这小子，如果当了洛阳公，爬到了你我头上，我真是心有不甘！还不如……"

赵普冷笑道："如今洛阳洪灾，他如果治理不当，就足以因失职而被处置了。如果他处置得当，那我们再动用派中势力，刺杀他又有何难？"

赵匡胤听赵普如此说，大喜道："则平之言正合我意！我明日就去朝中上报，想来柴荣将死，不可能不给我这个面子！"

赵普道："元朗兄所言极是，那柴荣一死，刘宝恩又不在朝中，大周就是我们的天下了！"

赵匡胤的笑容有些僵住了，说道："则平，你我起事，总得有个服众的理由吧，如果百姓不服，我们又该如何？要是他们也认为我们是小人得志，失了民心，我们又该如何是好？"

赵普摇摇头："元朗兄，不必担忧，不就是减些徭役、赋税的事儿嘛，我自当为元朗兄处理。"

赵匡胤有些犹豫起来，只轻轻点了下头，神情有些难以决断。

赵普见赵匡胤突然有些要变卦，心想："元朗兄定是听了刘宝恩的一番言语，心中迟疑了，如果小姐在，定然可以让他下定决心。不过小姐与我有嫌隙，看来只有用半本《百花手》与她做个交易了。"

几日后，慕容延钊偷偷来到赵匡胤府中。

两人到怡远轩中坐下，赵匡胤亲手端来一盏茶道："化龙贤弟，我有一事要感激你。"

慕容延钊问道："不知何事？"

赵匡胤站起来，轻描淡写地说道："你替我找了这么久杀父仇人，也真难为你了，从此你可以歇歇了。"

他话说得极轻，可慕容延钊心中却如雷鸣，他知道这是早晚会发生的事，却没想到赵匡胤这么快就知道了，他出生入死从来都没眨过眼，此时不禁冷汗直流，全身轻轻地颤抖起来。

"我杀了他父亲，看来莫说娶婵雪为妻，只怕今日想活下来都难了。"慕容延钊想着，给赵匡胤跪下了，“赵大人，你不用再说了，你想如何处置我，我都认了！”

赵匡胤哈哈大笑道：“化龙，你起来。”说着搀起慕容延钊道，“化龙，冤冤相报何时了，按理说我该杀了你为父报仇，不过我知道你是受你父亲慕容章之命才下此毒手，我也不想为难你，只是这亲事就此作罢。我不久就要坐上皇位，你要替我镇守住淮南，不可让南唐来阻碍我大事，也就是了。”

慕容延钊见赵匡胤竟如此轻易地放过自己，心中很是感动，抱拳道：“赵大人，我慕容延钊从此一心一意为您卖命，肝脑涂地以报大恩！”

赵匡胤点点头：“化龙，我能有你这样一员大将，也是我今生的福分，以后你我不要因为此事生分才好。”

慕容延钊道：“赵大人谬赞了，我这就回防淮南，决不让南唐小儿前来打扰大人的好事！”

赵匡胤笑道：“化龙，有你我就放心了，这就回去吧。”

“是！”慕容延钊应了一声，转身离去。

慕容延钊表面看似镇定，实则惊出一身冷汗！他深知赵匡胤心狠手辣的性格，没杀自己说明他已经有了钳制自己的计策，一向沉稳自信的慕容延钊也不禁眉头紧锁，忧心忡忡。

赵婵雪正在观中照顾慕容燕云，这时有人也给她送了一封信。她无意回避慕容燕云，随手就打开信件，未及看完，脸色一变，长叹一声。

“雪儿，出什么事了？”慕容燕云见赵婵雪神情有异，连忙问道。

“慕容哥哥，我父亲思念我，忧思成疾，现在病情严重，想让我回去。可是你也需要人照顾，这可怎么办？”赵婵雪道。

“雪儿，我虽与你父亲有仇，可你身为女儿，如今他有病了，我是不会阻拦你回去照顾他的。如今我的伤已好了许多，你不用担心，这一路上你自己小心就好。”慕容燕云温柔地说道。

赵婵雪心中不禁一阵感动：“慕容哥哥，等父亲好一点儿我即刻回来，我们还要一起去忘尘岛，共履前约呢！”

慕容燕云点头道：“好，雪儿，我等你回来。”

赵婵雪深情地与慕容燕云对望良久，轻轻吻了一下慕容燕云的嘴唇，便转身出了屋。她又与幽家兄妹辞别，就策马向开封而去。

到了开封，她径直回到府中，一句话都没说，就跑到赵匡胤的房间。“父亲，你怎么样了？我回来了！”

赵匡胤见是女儿回来了，眉开眼笑：“为父武功高强，又常进补，怎么会有病？不过我确实想你，如果不说我有病，你定然不肯回来吧。”

赵婵雪哼了一声：“父亲，你知不知道这一路上我有多担心您，连觉都睡不好，原来您却是骗我的！”

赵匡胤道：“雪儿，你陪我到城头上站一站，我有话要与你说。”赵婵雪无奈道：“好吧，不过我一路风尘，要先梳洗一下，才好见人啊。”

赵婵雪说着走了出去，迎面撞见赵普，她转身就想离开，赵普却道：“小姐，可否借一步说话？我有事要与你说。”

“赵普，你能有什么好事，难倒是要去害慕容哥哥？”赵婵雪没好气地问道。

赵普摇头：“非也非也，我是要与小姐说说《百花手》的事。”

赵婵雪多次向赵普要《百花手》，可他一再借故推却，今天却主动提起此事，不由有些意外，便随他来到后花园一处凉亭中。

“赵普，你要把书给我就快些，我可没时间陪你。”赵婵雪见赵普许久没有说话，有些生气道。

赵普微微一笑：“小姐，当年我与闻莺是因有了误会，这才闹了些不愉快，你不要听别人一面之词才是。至于这武功……小姐想要我自当奉送，不过在下有一事相求，如果小姐答应了，我立刻把书交给小姐。”

赵婵雪问道：“到底是什么事，你说来听听。”

赵普缓缓地说道：“小姐想必不太了解朝中之事吧。当今陛下已不久于人世，而太子柴宗训年幼无能，难以担当国家大业，必无法长久继承皇位。当今满朝文武对皇位大多都有觊觎之心，如是昏君登基，百姓定然还要受苦。如今天下只有你父可为明主，只是赵大人有所犹豫，所以我想求小姐帮你父亲下此决心，莫要迟疑不决，让皇位落入他人手中啊！”

赵婵雪摇摇头：“你们做这些事情我可不懂，谁做皇帝又与我何干？我还是去陪父亲上城观景吧。”

“小姐，如果说此事你不懂，那么就不说此事，单说小姐你的婚事。”赵普一笑道。

赵婵雪冷哼一声："赵普，我的婚事和你有什么关系，难道我父亲把我许配给你了不成？"

赵普摇摇头："小姐真会开玩笑。不过我要告诉小姐的是，你父亲亲口对我说，他已取消了你和慕容延钊的婚约。"

赵婵雪听说她与慕容延钊之事父亲已经反悔了，说道："多亏慕容哥哥打落了他的面具，让我知道了他的真实面目，父亲这才退了此桩婚事。不过这已在我意料之中，你又有什么好说的？"

赵普道："小姐，你只知其一不知其二，你父亲虽然退了你与慕容延钊的亲事，却又把你许配给了刘宝恩大人。"

赵婵雪生气道："父亲怎么这样，难道不知道我非慕容哥哥不嫁吗？"

赵普点点头："那日在崖边我就知道了小姐的心意，我与你父亲说过多次，他却执意如此，我也没有办法。"随即赵普神秘地一笑，"不过，我倒是有一计可保小姐不用嫁给刘大人，不过成与不成，还要看小姐的。"

赵婵雪问道："你有什么办法，如果我能做到，我一定要试一试。"

赵普道："那就是小姐要讨你父亲高兴，依他的性子，你再求什么事或许都不难了。"

赵婵雪叹息道："讨父亲喜欢？我与父亲因这婚事已经有了很深的隔阂，如何能再让他像以前一样喜欢我，这恐怕不可能吧？"

赵普摇头道："小姐，此事不难。你是他唯一的女儿，虎毒还不食子呢，何况你父亲一向极疼爱你，眼下朝堂动乱，胜者王侯败者寇的道理想必小姐也清楚，如今你父亲下了起事的决心，在下求小姐劝说你父，莫让他中途变卦，就可以了。等他坐上皇位，一定会想起是小姐你让他下的决心，他自会更加宠爱小姐，小姐再求此事又有何难？只是小姐万万不要提起与刘大人的亲事才好。"

赵婵雪犹豫道："赵普，你所说当真？"

"千真万确，我不敢欺骗小姐。"赵普说道。

赵婵雪下定决心道："好吧，为了能和慕容哥哥在一起，我就信你一次。你敢骗我，定让慕容哥哥收拾你！"

赵普一笑，从怀中取出了半本《百花手》道："小姐，那这书就交给你了。希望小姐日后能够天下无敌，也好了结了我多年的心事。”

赵婵雪接过书，又从怀里取出了自己的一半，见两本书当真可以拼凑起来，不由大喜道：“赵普，你也算做了一件好事，我会让父亲关照你的。”

赵普一拱手道：“多谢小姐了！”他说着回了赵匡胤的房间。

赵婵雪无心听两人说话，等到赵普出来，才与父亲出了门。父女俩到了开封城头，守城士兵向赵匡胤见了礼。赵匡胤让他们下去休息，带着赵婵雪向城外看去。

“婵雪，为父在你小时候也带你来过这里，那时为父问过你，你在城头看到了什么，我记得你说看到了家，你还记得吗？”赵匡胤温柔地问道。

“我记得，那时父亲还是个小官，常与我到城头来。我总是能看到城内简陋的家，那时家虽简陋，却是我一生中最幸福的时光。”赵婵雪缓缓说道。

“婵雪，你告诉我，现在你再看，看到了什么？”赵匡胤问道。

“家。”赵婵雪说道。

赵匡胤有些不解道：“婵雪，这城外怎么会有我们的家？”

赵婵雪解释道：“因为我知道当今陛下将不久于人世，而父亲是乱世中可以带领百姓的明主。所以我相信，不久的将来父亲一定能救民于水火，爱民如子，这整个天下都是我们的家了，所以我才说看到了家。”

“这是则平与你说的？”赵匡胤问道。

赵婵雪摇头：“赵普只与我说了陛下将不久于人世了，至于其他的完全是女儿由衷的真心话。”

赵匡胤笑了，他目视远方，大手一挥：“婵雪，你既然也如此想，我便答应你，以后你不论站在哪里，目之所及，都是我们的家！”

第四十一章　陈桥兵变

七日后，柴荣升坐金殿，对满朝文武叹息道："诸位爱卿，朕曾说过要三十年一统天下，可天不遂人愿。这几日朕越发觉得龙体不适，只怕在世间的时日不多了。"

众人听了皇上的话，无不感到震惊、难过，整个朝堂都被一种悲伤的气氛所笼罩，只有赵匡胤心中偷笑："柴荣啊柴荣，你如果不死，我又怎能坐上这龙椅，实现我多年的夙愿呢？"

"朕心中还有两件事放不下，不知众位爱卿可有人能为朕分忧？"柴荣俯视着群臣问道。

赵匡胤出班问道："不知陛下有何心愿？"

柴荣缓缓说道："慕容爱卿大破南唐已近一年，如今四方诸国谁不畏惧我天朝圣威，故朕有意把当年石敬瑭献给辽国的燕云十六州纳入我大周版图。而且朕见到奏报，说是洛阳发了大水。朕哪忍心见百姓生活于水深火热之中，所以要派一位爱卿前去赈灾。"

赵匡胤一笑："陛下，臣蒙圣恩多年，如今有了为陛下效力的机会，臣愿亲自统兵收复燕云十六州，而赈灾之事，依微臣看刘大人去督办更稳妥。"

柴荣略一沉吟道："也好，刘爱卿，你才智过人，老宅又离洛阳不远，此事就交给你去办吧。"

刘宝恩上前道："陛下，百姓受苦，臣理应为陛下分忧。不过，微臣现领礼部尚书之职，内务繁杂，前去洛阳恐怕有些不妥吧。"

柴荣点点头，问赵匡胤道："刘尚书所言有理。"

赵匡胤道："陛下，刘大人为官时间短，朝中无帮派，地方无势力，一定能秉公办差，依臣看只有刘大人最合适。不如就让刘大人暂为洛阳公，全权处理此事，等日后水患解决，再让刘大人回京，重任尚书之职就是了。”

柴荣微微一皱眉，暗道：“赵匡胤，你这摆明是在排挤朝中忠良啊！只是朕恐怕撑不了几天了，如果此时驳了他的面子，日后朕不在了，他定然会加害于太子，朕只能委屈刘爱卿了。”

他想到这里，说道：“刘爱卿，赵爱卿所言极是，朕就封你为洛阳公，去洛阳办差。”

刘宝恩焉能不明白赵匡胤这是在报复自己，只是皇上决心已定，也只得照办了，忙跪倒接旨：“微臣领旨，定不负陛下所托。”

柴荣又道：“赵爱卿要出征收复燕云十六州，朕万万不能答应。朝中诸多事情要处理，朕还须仰仗赵爱卿，你不在朝中只怕有些事情不好办。”

赵匡胤心道：“柴荣，没想到你虽将死，头脑还是很聪明。小事上给足了我的面子，到了大事上却又委婉驳回，让我又无话可说，不过幸好我早有准备，今日你的死期就要到了，等太子登了基，我就不信我出不了兵。”

“蒙陛下信任，微臣遵旨。”赵匡胤假装受宠若惊地说道。

柴荣此时的脸色已由蜡黄变成铁青，一张嘴又是吐出一大口鲜血，竟在金殿上气绝身亡了。

赵匡胤见柴荣已死，欣喜若狂，表面上却显得极是惊恐、悲伤：“陛下！您刚说完有许多大事要交给微臣办，怎么就这样去了？古人云‘一朝天子一朝臣’，如今您去了，微臣怎么办，不如就随您去了吧！”他说着竟一头向大殿金柱撞去。

朝中文臣武将中都有赵匡胤的人，个个大惊失色，而忠于柴荣的几位大臣却恨不得赵匡胤就这么一头撞死。石守信、韩重赟忙上前拉住了他：“赵大人，万万不可啊！陛下才刚驾崩，您再有个三长两短，我大周岂不是要大乱了！”

赵匡胤声泪俱下地说道：“陛下对我有知遇之恩，当年一手把我从一个小小的将官提拔到了如今的位置，我的一切都是陛下给的，如今他去了，我怎能独活于世？你们快放开我，我要随了陛下去！”

以宰相范质为首的许多忠臣见赵匡胤如此伤心，不像虚情假意，纷纷心想：“也许这些年我们是误会赵匡胤了，看来他才是这朝中第一忠臣啊！”

刘宝恩却暗道："赵匡胤，我刘宝恩今日算服了你了，做人能做到这般地步，实在也是前无古人，后无来者呀！"

赵匡胤想努力挣脱两人，却挣脱不出，竟一时气极，昏了过去。

宰相范质摇摇头："石大人，你们快派人把赵大人抬回府中吧，千万不要再出了什么意外才好。"

石守信点头，当即派人把赵匡胤抬回了府中。赵府中下人见到赵匡胤被抬回了府中，个个焦急万分，忙把他放到床上。老管家赵福跑到赵匡胤床边。见赵匡胤紧闭双眼，气息微弱，赶紧让下人去喊小姐。

四下无人时，赵匡胤突然睁开了眼睛，放声大笑："哈哈哈，范质老儿，你上了我的当了！"

赵婵雪赶来时，见父亲醒了，在放声大笑，当即明白这是父亲为了蒙骗朝中群臣而上演的一出戏。她嗔道："父亲！你又在吓我！"

赵匡胤笑道："为父如果不演这出戏，范质老儿纵然不设计取我性命，只怕日后也绝不会同意我出兵的。如果为父不出兵，又如何实现我对你的承诺呢？"

赵婵雪哼了一声："父亲，你以后不许用这种方法来骗人了，女儿很担心，你知不知道！"

赵匡胤点点头："为父就要做皇帝了，再也不用骗人了！"

次日，宫中还沉浸在皇帝驾崩的哀伤中，赵匡胤却没有心情看柴家这最后的一幕，他心中想的只有一件事，就是他命石守信制造的谣言几时能传到这开封的朝堂上来。

他并没有等太久，三日后，消息就在开封城中传得满城风雨了。

第四日，才七岁的柴宗训还未来得及登基，就坐在比他高出半头的龙椅上打理朝政了。偌大的朝堂，对于刚刚七岁的他来说实在是太大了，根本就不是他能把控的。他看朝臣的眼光中自然而然地流露出一种说不出的紧张与恐惧。

"众……众位爱卿，朕听说辽国已经出兵，要攻打我大周，不……不知你们谁能前去替朕平乱？"柴宗训有些没有底气，他的声音竟在发颤。

赵匡胤见柴宗训如此年幼无能，心中大喜，出班道："陛下，微臣赵匡胤愿出兵，还请陛下恩准。"

柴宗训哪里知道该派谁去，他的目光看向了范质。范质曾做过一段时间的太傅，太子与他熟识一些。

范质知道太子是在向自己求助，连忙说道："陛下，赵大人武艺超群，治军有方，又忠心耿耿。先帝在时就有意让他出兵收复燕云十六州，如今我大周尚在国殇时期，陛下又年幼，辽国这是欺我大周无人呀！依我看，此时唯有派赵大人出兵最为合适。"

柴宗训见范质同意赵匡胤出兵，忙说道："范……范爱卿所言甚合朕意，就这么定了，三日后就起兵吧。"

赵匡胤心中极是得意，一拱手道："微臣领旨！"

众臣见赵匡胤终是遂了心愿，都以为他会就此罢休，没想到赵匡胤接着又说："只是我手中兵马不足，难以与辽国的四十万大军相抗，如陛下能把兵马大权交与微臣，节治天下兵马，臣定不负陛下重托！"

范质一惊，果真如此，等于把陛下的身家性命交到了赵匡胤手中，这可如何是好？

可他转念又一想，如果不把兵马大权交与赵匡胤，这大周的江山恐被辽贼的铁蹄践踏，看他对先帝如此忠心，想来不会拥兵造反……也罢！于是说道："陛下，要想击退辽兵的进犯，这满朝的文武中恐怕只有赵大人能担此重任，不如就把这兵马大权交与赵大人，等退了辽兵再收回不迟。"

"就依范爱卿所言。"柴宗训应允道。

下朝后，赵匡胤把赵普找来，两人又密谋了许久，把起兵之事商量得天衣无缝，赵普这才离开。赵匡胤已经胸有成竹，只待点将出兵了。

三日后，赵匡胤早早就来到点将台，放眼望去，台下旌旗招展，战鼓咚咚，号角齐鸣，他不由心潮澎湃！点齐众将，便浩浩荡荡向辽国边界方向进发。

当晚，军队驻扎于离开封二十里外的陈桥驿。

晚饭后，赵普、赵光义两人见到众将都围坐在篝火旁谈论着什么，他们忙侧耳去听。

"先帝是有道明君，我们为他卖命，纵死又有何惧？可当今陛下年幼，凡事又只听信范质，真不知道我们是在为他卖命还是为范质那老东西卖命！"

"可不是嘛。只怕我们在外拼死拼活都不如范质说的一句话管用，这样的皇帝我们保他作甚？"

“你说得有理，只是我们又能怎么办，难不成还能去投南唐、大理等国吗？”

“要是赵大人能当皇帝就好了，我相信他定能成为明君，至少比这柴宗训要强。”

“那是，不过听说先帝驾崩时，赵大人要随之而去，这样的忠臣怎么可能反啊？”

赵普听见这些将军的话，不由暗喜，缓步走了过来，假意问道：“诸位，你们在说什么？也与我说来听听吧。”

为首一人见到是赵普来了，忙笑道：“哈哈，我当是谁，原来是赵大人。我们不过胡说八道，赵大人还是不听为好。”赵普莞尔一笑，并不多说什么。

几人见赵普如此，知听到了自己的谈话，唯恐他传到赵匡胤耳中，纷纷给赵普跪下了，说道：“赵大人，我们都是忠于朝廷的，只是一时心中有些不满，才发些牢骚，求您千万别声张出去啊！”

“诸位，你们快起来。我也有意扶保赵大人为帝，可赵大人就是不肯，我已暗中赶制了一件黄袍。依我看今晚等赵大人睡熟了，我们偷偷给他披上黄袍，那时候就是赵大人不想反，也只有反了！”

几人听赵普如此说，无不高兴，都站了起来说：“赵大人，您果然神机妙算，我们今晚便动手吧！”

三更时分，一轮圆月高挂天际，明亮异常。

几人小心翼翼地取来了黄袍，偷偷进了赵匡胤的营帐。他们见赵匡胤正侧躺在床上，一动不动，不时有鼾声传来。几人对望一眼，走到床边，赵普当先拿着一领黄袍到了赵匡胤身边。

赵光义轻声唤道：“哥哥，哥哥……”他唤了几声，见赵匡胤没有反应，便把手中黄袍轻轻披在了他身上。随即跪倒在床前，几人也都随之跪下。

“吾皇万岁，万岁，万万岁！”几人大声喊道。

赵匡胤知道自己的计划已经成功，他却还是假装悠悠醒来，惊道：“你们这是要做什么？莫非要陷我赵匡胤于不忠不义之境地吗？”

赵普、赵光义齐声道：“赵大人，我们一致认为当今皇帝年幼无能，大周江山危在旦夕，我们都不愿为他再卖命了，都想拥立您为帝，带领我们建立一个富强的国家，让百姓安居乐业，不再受战乱之苦！”

赵匡胤摇头叹息道："你们想要自贪富贵，这才立我为天子是不是？"

众人皆道："不敢，不敢，我们实乃为江山社稷着想，为黎民百姓请愿的呀。"

赵匡胤沉吟片刻道："能从我命则可，不然，我不能为主矣！"

众人纷纷道："唯命是听！"

赵匡胤无奈地点点头："好吧，你们既然都有此意，我也不好违拗你们的心意，从今日起，我便做了这皇帝，带诸位回开封！我有言在先，到了城中不许骚扰百姓，不许惊犯太后与幼主，不得欺凌各位公卿，服从者有赏，违者满门抄斩！"

几人忙磕了三个头，应道："喏！"

"今晚就起兵回城！"赵匡胤说着穿好了盔甲，一挥手，退了众人。

众人当即回营向手下士兵宣布了赵匡胤称帝的消息，众官兵哪管谁当皇帝，只要有饷钱有饭吃有衣穿就行，听说赵匡胤又比当朝太子强，大多拥护赵匡胤为帝，都随着回了开封。

到了开封城下，天已大亮，赵匡胤朝城上士兵喊道："众位听着，我赵匡胤顺天应时，自立为帝，你们还不快快打开城门，迎接朕吗？"

城上守将正是石守信，他见到赵匡胤已经引兵回城，就要下令开门，这时城上的侍卫首领韩通见到城下赵匡胤，当先喊道："打开城门，我要与赵匡胤这反贼决一死战！"

"哈哈，就凭你也想伤我主？"韩通身后有人冷笑一声，刀光一闪，斩落了韩通的首级。

赵匡胤见杀韩通之人正是自己的亲信王彦升，他大喜："王爱卿，你杀贼有功，等我进了皇城，定给你封赏！"

石守信道："元朗兄，还有我呢！"他说着下令开了城门。

赵匡胤大笑："石兄弟，我怎么可能忘了你！"他说着一挥手，大军进了城。

大军在城中穿行，竟未惊扰到一个百姓，当真是支仁义之师。他们很快包围了皇城，赵匡胤当先手持大棍走进了宫门。宫中宦官、宫女见到赵匡胤，都躲了起来，哪敢阻拦。

赵匡胤很快到了大殿，他一进殿，正在议事的满朝文武个个大惊失色，柴宗训更是吓得躲到了龙案下，瑟瑟发抖。

范质看向赵匡胤喝道：“赵匡胤，反了你了，竟敢擅自撤军，持棍闯殿，难道不怕祸灭九族吗？”

赵匡胤大笑道：“范质，你如果识相就快快拜见寡人，我自会饶你一命；如是你执意阻拦，我可管不住我的部下，他们如果想杀了你，我也没有办法！”

这时石守信、王审琦都拔出了兵刃道：“诸位大人，我们不想伤了和气，你们还是快快归顺明主吧！”

范质叹息道：“唉，是我误了大周啊！事到如今，也只能如此了！”

柴宗训见范质都归顺了，他战战兢兢地说道：“朕……朕……传位给爱卿就是了，还求爱卿饶过朕和母后的性命。”

赵匡胤一笑：“那是自然，我封你为郑王，并赐丹书铁券，永保你柴家富贵。”

柴宗训这才从龙书案下出来，给赵匡胤跪下道：“多……多谢陛下……”

赵匡胤点头道：“郑王，快快起来吧。”他说着大摇大摆地坐上了龙椅。

群臣有反对赵匡胤的，见到柴宗训都跪地称臣了，知道自己就是不服，也已经没有任何意义了，也只好都跪下道：“吾皇万岁，万岁，万万岁。”

赵匡胤说道：“从今日大周改称为大宋，诸位可有意见？”

“臣等没有异议，全凭陛下定夺！”群臣山呼道。

赵匡胤一笑，他以前一直有两个梦想，一个是做神龙派的掌门，一个是当皇帝。如今他坐在这龙椅上，握着腰间的赤龙剑，不禁突然有些惆怅。

他想到今日自己的梦想都实现了，可以后的路又该怎么走呢？谁又知自己日后会不会失去皇帝之位，会不会失去掌门之位呢？

当日，他操办登基大典，直忙活了一个多月才接近尾声，只差择日祭天，然后自己就是名正言顺的皇帝了。

夜里，无月，无风，天地间万籁俱寂。

赵匡胤已经睡熟了，突然听见有一阵轻响，划破了寂静的夜空。他忙睁开了眼睛，取过了身边的盘龙金棍，屏气凝神地等着这个刺客前来。

果真，一个身着夜行衣的人悄悄跃进了房中，脚步很轻，看身影竟是个女人。这女人见到赵匡胤已经醒了，而且正手握金棍等着自己，不禁吃了一惊。

“什么人，竟敢到皇宫来行刺！是什么人让你来的？”赵匡胤喝道。

“赵匡胤，我父亲做皇帝时你就上欺天子，下压群臣，如今欺我弟弟年幼，你竟敢率众谋反，逼得他退位，我柴露焉能容你！”这女人说道。

“朕当是什么人，原来是柴露。我赐了你弟弟丹书铁券，保你柴家永世富贵，又没派人杀你那大逆不道的丈夫，对你柴家可谓仁至义尽了，你为何还要杀朕？”赵匡胤问道。

柴露冷笑道：“呵呵，赵匡胤，你夺了江山，却只用小小的丹书铁券就想应付了事，你没找到我夫君平州，就算放过了，难道当我是傻子不成？”

赵匡胤点头道：“朕不愿杀你们，可既是你非要取朕性命，朕又怎能容你？”他说着大棍一摆，挂着风声打向柴露。

柴露虽自幼习武，可又哪能是赵匡胤的对手，她手中匕首只与大棍过了几招，就被磕飞。赵匡胤大吼一声，一棍打在柴露头顶，直打得柴露头颅崩裂，尸身倒在地上。

可惜一位年纪轻轻、花容月貌的公主就这么香消玉殒。赵匡胤摇摇头，叹息道：“柴露啊，朕本不想杀你，可你非要逼朕，实在可惜了！”

这时从外面跑来许多侍卫，见到房中有人死了，都纷纷跪下道：“陛下，我等保护不力，还请降罪。”

赵匡胤说道：“算了。这是原来的公主柴露，你们收了她的尸身，明日派人按公主规格，为她风光下葬吧。”

次日清晨，一骑快马从开封城南绝尘而来，马上之人是一位少年。这少年身着蓝衣，袖口、领脚都用红线装饰着，腰间一把古怪的双色宝剑，整个人看起来极是与众不同，正是舒和派掌门慕容平州。他策马进了开封城，一进城就见到了城中许多人面有哀色，不打听还好，一打听知道自己的妻子已被赵匡胤杀害，他又是愤怒，又是悲痛，怒火攻心竟昏了过去。

许久他才悠悠醒来，痛心疾首地说道：“赵匡胤，你恨我慕容平州就冲我来啊，你竟杀了露儿，我慕容平州今生但凡还有一口气在，定要让你死无葬身之地！”

第四十二章　阴差阳错

刘宝恩就任洛阳公已一月有余，这期间他摒除杂念，专心勤政，不但治理了水患，而且使洛阳百姓安居乐业，政通人和。可是非但没有接到召他回京的旨意，还几番遇刺，幸亏他武艺超群，这才保住了自己的性命。想来心中却越发抑郁，日日闷闷不乐。

手下人见老爷有心事，都想着法儿地哄老爷高兴，有一个下人名唤王小五，向来聪明伶俐，这日傍晚便借端茶之机到了刘宝恩身边。

“老爷，您整日苦闷也不是个法子，不如出府找些乐子，才是上策啊。”王小五劝道。

刘宝恩摇头，叹息道：“大丈夫处世，不能施展宏图大志，空负八尺身躯！我本在朝中为官，不料被奸人算计，现在只落得个赋闲的下场，哪还有心情找什么乐子。”

王小五一笑：“老爷，您来洛阳的时间短，又每天勤于政事，您当然不知道这洛水之滨的牡丹巷可是个好地方……或许您的日子能好过一些。”

“王小五，你胡说些什么？我怎会不知牡丹巷是个什么地方？我刘宝恩岂是那种酒色之徒，你莫要再说，否则休怪我赶你出府！”刘宝恩板起脸，义正词严道。

王小五却说道：“老爷您不知道，那牡丹巷里有个春华楼，可不是那种下贱的妓馆，那可是个只有当官的才能去的地方。”

刘宝恩怒道：“那又有什么区别，一般地肮脏龌龊。你真的不怕我轰你出府吗？”

王小五跪下道：“老爷，您实在冤枉小人啊。我是听说那里有位才貌双全的姑娘，据说是前朝的官宦家小姐，平日里以文会友，这才想让老爷去看一看呀，凑个乐子。”

刘宝恩听说那里竟有前朝的官宦家小姐，不由感到有些奇怪，心想：“如果只是去那里见一见这位小姐就回来，倒也不算负了妙烟。”他想到这里，说道，“好吧，老爷我实是苦闷，就去洛水之滨走一趟，会一会这位才女，不过下不为例！”

王小五笑道：“老爷，这就对了，我马上去安排轿子。”

很快轿子备好，在府外等候，刘宝恩换了便衣，上了轿子，不多时便到了洛水边上的牡丹巷。他在巷口下了轿，只带着王小五一人，向巷子深处而去。

两人走了一会儿，就听到巷子两边做买卖的吆喝声此起彼伏，很是热闹，刘宝恩见到自己治下的洛阳城有如此繁华之地，不禁欣喜万分，心中的阴霾也消散了不少。东瞧瞧，西看看，不觉已到傍晚时分，两边的商铺华灯初上，巷子中来来往往的人越发多了。

靠近巷子里有一处稍微隐蔽点儿的地方，建有一幢三层高的木楼，楼前有许多打扮得花枝招展的年轻女子，正笑着招呼客人。有许多男人见到这些女子就走不动路了，随手搂过了一个姑娘就笑着往楼上走。

刘宝恩见到这些人一皱眉，暗道：“如果今日不是我亲临此地，还真想不到，这些白日里一本正经的地方大员，到了晚上，竟如此荒淫！”

他正想着，这时老鸨从楼里走了出来。见到刘宝恩面生，又是一身平常的布衣，立刻收起了笑脸，说道：“喂，我说那两个穿布衣的，我们这春华楼可不是你们这些平常百姓来得起的，快走快走！”

刘宝恩正想着今后要如何治理吏治，被老鸨一喊，回过神来，正欲开口，王小五却当先道：“老鸨，你是没长眼睛吗，这位可是咱们洛阳新来的洛阳公刘大人，你可知罪？”

老鸨一听来人竟是洛阳公，忙赔笑道：“哎哟，我真是有眼不识泰山，该死该死！”她一看身边的姑娘们道，“你们还不快来见过刘大人？”

众位姑娘纷纷拥了过来：“刘大人，真是稀客啊，今晚我们就陪着您吧！”说着你拉我抱，立刻把刘宝恩围得水泄不通。

刘宝恩被这些姑娘身上浓重的胭脂味熏得简直喘不上气，一摆手喝道：“你们都给本大人退下！”

老鸨见刘宝恩让众姑娘都退下了，只当是都不满意，忙笑道：“刘大人，您眼光真高啊，那就随我进去，让头牌玉翠姑娘来陪您吧。”

刘宝恩摇头，喝道：“老鸨，我不是来逛窑子的，莫要纠缠本官！”

老鸨一笑：“刘大人，您可真会说笑，您来春华楼不是找姑娘的，那来此又为何事？”

王小五这时道：“我们大人前来干什么，难道还用告诉你不成？”

老鸨笑道：“不敢，那刘大人请自便吧。”

刘宝恩微微点头，继续向前走去，却一直不见哪里有什么以文会友的姑娘，问王小五道：“王小五，你说的姑娘在哪里？如果你是诓骗我，我定不会饶恕你的！”

王小五怯生生地说道：“老爷，我也只是听说，并不知晓详情。”

刘宝恩瞪了他一眼，说道：“回府！”他说着转身就要回去。

突然，他听见前面嘈杂的人群中，有一个女子好像在喊救命。他心中一惊：“王小五，我听前面有人喊救命，你可听到？”

王小五却不以为意：“老爷，或许是您听错了，再说就是有人喊救命，又与老爷有何关系，我们找那位姑娘要紧。”

刘宝恩冷哼一声：“王小五，你如此自私自利，以后不要再跟着我了！”他说着运起了轻功，只几个闪身，人已如一阵疾风，消失在人海中。

他向前疾行了片刻，就见到前面僻静处有一座凉亭。凉亭上正站着一位碧裙女子，看上去恍如仙子临凡，她的身边有几个纨绔子弟正要轻薄于她。刘宝恩怎会袖手旁观，大喝一声道：“你们这些无耻之徒，快给我住手！”

这些人听到有人让自己住手，都看向刘宝恩，带头的一个富家公子打扮的人笑道：“你是什么东西，敢在这里大呼小叫的，给我揍他！”

这群人里显是以这人为尊，几人听他发话都舍了姑娘，向刘宝恩扑了过来。刘宝恩见这些人扑来，不由一笑：“就凭你们也配与本大人动手？”他谈笑间三拳两脚就把这些人统统打倒在地。

那富家公子有些紧张道：“你、你、你这是找死！你竟敢打我的人，我父亲可是洛阳太守，你等着，我定让你吃不了兜着走！”

刘宝恩大笑：“本官洛阳公刘宝恩，你有本事现在就把你父亲找来，我好当面与他说一说你的禽兽之举！”

“什么……您是刘大人！”这人哪敢惹刘宝恩，忙跪下来，向他连连叩头，“求刘大人饶过我这次，我以后再也不敢了……”

刘宝恩点头，傲然道：“你先起来，向这位姑娘赔礼。如果她饶你，算你运气好，不然就陪我去见你父亲吧！”

这人忙恭恭敬敬地向碧裙姑娘连连施礼道：“这位姐姐，求您大人有大量，饶过我这次吧。”

那女子道：“你平日虽做了许多坏事，不过听人说你在治水时捐了不少银子，倒也并非恶贯满盈之人，我便饶过你一次，只是以后不许再作恶！”

“是……我再也不做坏事了……以后一定做个正人君子，多为百姓做好事！”

“那就好。”碧裙女子对刘宝恩道，“恩公，我看就饶他这一次，如他不知改悔，又行恶事，您再处置也不迟。”

刘宝恩点头：“既是这位姑娘饶过你了，你还不快快离开？”

“是，小人这就走。”他说完连忙向府中跑去，哪里还管这些与他同来之人。

这些人见来人是洛阳公，全都跪倒在地，向刘宝恩求饶，刘宝恩不愿看他们的嘴脸，只一挥手，就让他们都走了。

碧裙女子见这些人走了，忙给刘宝恩深施一礼：“小女子多谢恩公，如果没有恩公，小女子日后只怕再没脸见人了……”

刘宝恩忙搀住她道：“姑娘，我既是本地官员，百姓有事，怎能见之不理，姑娘无须如此客气。”

碧裙女子一笑：“恩公，不知小女子可否为大人抚琴一曲，以此来略表寸心？”

刘宝恩微微点头：“那就有劳姑娘了，我愿倾耳恭听。”

碧裙女子在石桌前坐好，纤纤玉指在古琴上轻轻一扫，流水般的音韵就踏波而来，直抵刘宝恩的灵魂，她的琴音时而如三月融雪，潺潺流过心田，时而清新明快，让人远离凡尘。后又变得像荡漾的春风，轻轻吹开了枝头朵朵梨花，散出一股沁人心脾的芬芳。刘宝恩听得不觉有些痴了。

许久，一曲抚罢，刘宝恩才回过神来。

“姑娘，你弹的莫非是《梨花雪》？你怎么会弹这首曲子？”刘宝恩不解地问道。

碧裙女子听刘宝恩竟能叫出自己方才所奏之曲，颇觉意外道：“这首曲子是小女子自己所作，只为一人弹过，恩公怎么会识得？”

刘宝恩吃了一惊：“姑娘，莫非你是妙烟？出生在离此地不远的林家村，父亲便是前朝的林大人？”

碧裙女子又是一愣：“恩公，你怎么知道这些？”

“妙烟，我是三郎啊！我可算找到你了！”刘宝恩激动无比。

林妙烟不敢置信地问道：“你……你是三郎，我的未婚夫？这怎么可能，莫非我在做梦不成？”

“妙烟，这不是梦，我真的是三郎。你不记得以前我们常在一起读书习字吗，你的名字还是我帮你父亲起的呢。”刘宝恩拉住了林妙烟的手，温柔地说道。

“你一定不是三郎，这不是真的，这不是真的，一定是我又做梦了。”林妙烟挣脱了刘宝恩的手。

刘宝恩从怀里取出了半块玉佩道：“妙烟你看，这玉佩在此，你不认识我，难道还不认识这玉佩吗？”

林妙烟见到玉佩，也从怀里取出了半块，两块玉佩对在一起，竟完全严丝合缝，她全身都为之一颤，泪水流了下来，说道：“三郎，你真的是三郎，我终于等到你了！”她哭着抱住了刘宝恩。

刘宝恩用手轻轻抚着她那乌黑的发丝，温柔地说道：“妙烟，我又何尝不是日日思念着你，为了有朝一日能与你重逢，我连宋朝公主都拒绝了。我原本怨赵匡胤把我贬到此地，现在看来这是上苍的安排，现在好了，我们又在一起了，谁也无法拆散我们了。”

林妙烟小鸟依人般在刘宝恩怀里抽泣着说道：“三郎，你怎么改名叫宝恩了，如果我知道你就是治理水患的洛阳公，我早就到你府上找你了，那样我们就不必等了这么久才见到面……”

刘宝恩叹息道：“唉，此事说来话长。当年你我青梅竹马，我们父亲又是好友，才为我们定下了这门亲事。可你父亲先得了功名，带着你离开了村子，你们才走没多久，村子就毁于战火，我父母都在这次混战中离开了人世，所以我从小就励志，想要辅佐一位明主，来结束这乱世。可要辅佐明主，我一定要先考取功名，所以就舍弃了小名，改作宝恩二字。”

林妙烟说道：“我懂了，你不论是叫三郎也好，叫宝恩也罢，只要是你就好。我等了这么多年，终盼到了你。”

刘宝恩问道：“妙烟，我们三日后就成亲如何？”

林妙烟一笑：“我们的婚约早就存在了，如果你不嫌弃我，你说什么我都依你。”

刘宝恩点头，又问道：“妙烟，不知你父亲身体如何？不知他老人家可否同意？”

林妙烟开口道：“三郎，我父亲积劳成疾，三年前已不幸离世了。说来话长，我们坐下来吧。”

刘宝恩笑道：“妙烟，这水边凉，你衣衫单薄，我还是送你回家吧，来日方长，我们还愁没时间说话吗？”

林妙烟摇摇头：“三郎，我就住在前面，自己回去就好。”

刘宝恩知道妙烟的性子倔强，说过的事从不反悔，只得道：“妙烟，你自己要小心。我三日后便来娶你。”

林妙烟回眸一笑，是那么楚楚动人，刘宝恩不禁心中一荡，有些出了神，直到林妙烟走远了，他才回过神来。

刘宝恩回了府，喜笑颜开，下人见了都感到有些奇怪，整日愁眉不展的老爷，怎么几个时辰的工夫像变了一个人似的。刘宝恩招呼大家过来和他们说了自己遇到了未婚妻的事，又让他们在三日内备齐一切应用之物，要风风光光地办一场婚事。

三日后，刘宝恩府中张灯结彩，敲敲打打，热闹至极。但见刘府门前数里，俱用红绸装点，刘宝恩身着红袍，骑着一匹高头大马，由无数士兵护卫着，他身后有抬聘礼的、鼓乐班子以及围观看热闹的百姓，满满站了一条长街，人群涌动，络绎不绝，摩肩接踵。

队伍走得不快，许久才到了牡丹巷。牡丹巷也已是精心装点，气派非凡，与三日前的风光大不相同了。刘宝恩骑在马上，心想：“我竟忘了问妙烟住在哪里，这该如何接轿呢？”

想着，他的马已离春华楼不远了。他遥遥望见自己的队伍将到时，从春华楼内抬出了一顶花轿，显然是结婚用的轿子。刘宝恩一摆手，让队伍停了下来。

他下了马，拦住了向自己而来的花轿，见轿边站着的正是那天春华楼那个老鸨，他问道：“前面的轿子可也是结婚的队伍，我们的队伍太长，不知可否让一让？”

老鸨见说话的是刘宝恩，笑道：“刘大人，您说的是什么话，我们抬来的正是你的妙烟姑娘啊！”

“什么！”刘宝恩有些不敢相信自己的耳朵，“妙烟怎么可能是你们的姑娘，你休要欺骗本官，快让开！”

老鸨见刘宝恩不信，说道：“刘大人，妙烟姑娘住在我春华楼已经有三年了，难道刘大人不知道吗？”

刘宝恩心中起疑，走到了轿边，轻轻掀起了轿帘。他不看还罢了，一看这轿中蒙着盖头的竟真的是林妙烟，他头脑不禁嗡了一声，整个人险些昏过去。

“林妙烟，我当你是个清白的姑娘，没想到你竟然做出这等下贱之事，我刘宝恩今日如是娶了你，岂不是要被贻笑万年吗？”刘宝恩一把扯下了林妙烟的盖头，一巴掌狠狠地扇了过去。

林妙烟被刘宝恩打了记耳光，俏丽的脸立时有了五个又红又肿的手印，“三郎，你干什么，我不是你想的那样！”林妙烟说着出了轿子。

刘宝恩冷哼道：“哼，林妙烟，你如果不是我想的那样，那你怎么可能在这种地方住三年？你莫要再狡辩了，我刘宝恩虽不才，可也不会娶你这种贱人！”

林妙烟流下泪来，说道：“干娘，你快替我和三郎解释清楚呀！”

老鸨正要出言，刘宝恩一瞪眼睛：“我都亲眼看到了，还有什么好说的？林妙烟，你这个贱人，亏我等你这么多年。从今日起，我走我的阳关道，你过你的独木桥，我们谁也不认识谁！”他说着，掀翻了聘礼，里面金银珠宝洒落一地。

刘宝恩还觉不出气，取出怀中半块玉佩，使足全力摔在地上。玉佩被他大力摔出，落在地上立时碎成数片，再也不能拼全了。

“三郎，你太绝情了！我林妙烟无话可说，只有一死，来证明我的清白！”林妙烟说着就向前面洛水跑去。她一边跑，一遍流下泪来，在场众人无不议论纷纷。

老鸨想要拉住林妙烟，刘宝恩却抬手一掌，拦住了老鸨道："你不许拉她，她这种贱人死不足惜！"

刘宝恩说着向林妙烟走来："林妙烟，今天我就亲眼看着你死，省得让世人耻笑于我！"

林妙烟本来只是想吓一吓刘宝恩，哪知他如此绝情，竟真的想让自己死。"三郎，我今天就死在你面前，还你清白！"她说着人已到了洛水畔，凉亭旁。

"三郎，你一定会后悔的！"林妙烟说着竟真的投入了洛水之中。她只稍做挣扎，人就没了气息，尸身随着洛水向东而去。

刘宝恩见林妙烟真的死了，心中突然有一种莫名的哀伤，叹息道："妙烟，难道真的是我冤枉你了？不知你生死时，我总是想找到你，当我见到你还活着时，我却逼死了你。明明是我想让你死，可你真的死了，我为什么又会如此难过呢？"

老鸨走了过来，缓缓说道："刘大人，您是真的误会妙烟姑娘了。她父亲林大人曾有恩于我，林大人不在了，她孤苦无依，我想要报恩，这才把她接到了春华楼来，对外只说她是我的干女儿。这三年来她莫说卖身，连卖艺都不肯。她每日里除了念着刘大人的名字，就是默默流泪，这三年你可知道她是怎么熬过来的？凭她的姿色、才华原本早可以嫁得很好，可她这么痛苦地过活，还不是为了与刘大人的婚约吗？你今日却如此待她，莫说是她，就是我看着都觉得肝肠寸断……"

"你说的都是真的？"刘宝恩不敢置信地问道。老鸨点点头，眼角流下泪来。

"妙烟啊，妙烟！是我刘宝恩对不住你！如果早知如此，我怎会如此狠心？妙烟，我这就随你去了！"刘宝恩说着也要投河自尽。

老鸨拉住他劝道："刘大人，妙烟虽已经不在了，您可不能想不开，您要继续活下去。你可知道妙烟这三年来，日日都在为你祈祷，盼你能长命百岁，盼你们能早日相聚！"

刘宝恩闻听，整个人的精神都彻底崩溃了，他跪在洛水边上号啕痛哭，以手捶地，直捶得鲜血淋漓，心中的自责与愧疚让他已近癫狂。

可这些又有什么用呢，水一去难追，人已逝不回……

第四十三章　皈依佛门

“阿弥陀佛。一切有为法，如梦幻泡影，如露亦如电，应作如是观。刘施主还请节哀。”一个苍老的声音在刘宝恩身后响起。

在场众人谁也没发现刘宝恩身后何时伫立了一位老僧。这老僧正是白马寺方丈，与刘宝恩有过几面之缘。“大师，《金刚经》中这几句话，我以前只当已经参透，可落在自己身上时还真是看不破啊！”

老僧一笑：“刘施主，你既是信奉我佛之人，又何必为这些名利、情爱所累，何不远离红尘，与老衲一般皈依佛门，从此青灯古佛，了此一生呢？”

刘宝恩沉吟道：“不瞒大师，开封大相国寺的普度大师也曾说过我与佛门有缘，与红尘无分。或许这一切都是上天的安排，让我历经这些凡世间的劫难，从此好远离红尘，一心遁入空门。只是我辞官虽小，只怕会有更多的百姓处于水深火热之中……”

老僧点点头：“阿弥陀佛，刘施主，救百姓于水火，在家与出家又有什么分别。难道只有为官才能让全天下的百姓都安居乐业吗？我佛慈悲，出家人只要勤修佛法，最终一定能断尽烦恼，超越生死和苦痛，一样能度化众生！”

刘宝恩顿感慧根震动，他此时灵台有了一片前所未有的清明。他站起身来，笑着深施一礼：“多谢大师指点，我明白了，我这就回开封辞官，从此在少林出家，了结普度大师的遗愿。”

他抬起头来，面前哪里还有什么老僧人，早已不知去向，随即老僧传音给他：“刘施主，这一切，冥冥之中早有安排，或许都是前世的因果，不必挂怀老衲对你的小恩，记住你父母、普度师兄和林姑娘的大恩。如果你是知恩图报之人，便把我们对你的恩情，回报给众生吧！”

刘宝恩颔首道：“大师，当真高人也！我受别人恩惠太多，日后我定会善待众生，度化世人的，永不忘记我受过的恩情。”

老鸨见到刘宝恩如此，微微笑道：“妙烟，你在天有灵就保佑刘大人能多做善事，化解心结吧。”

刘宝恩向在场众人施了一礼：“诸位，你们也都是对刘某有恩之人，我定会在佛前帮诸位祈祷的，这便告辞了。”他说着默默走出了人群。

他回到了开封城，向赵匡胤提出了辞官，赵匡胤知他和自己不是一条心，本就想让他永远离开朝廷，此时自然是求之不得。但他还是假意挽留了一番，并赐刘宝恩护国法师之名，才让他离开。刘宝恩又到大相国寺取出了普度大师的尸骨，这才向少林而去。

几日后，他到了嵩山五乳峰少林寺的山门之外。放眼观望，见少林庙宇极是庄严气派，寺门用朱漆刷就，门外古木参天，刘宝恩不禁心生向往。“难怪普度大师这么多年对此地念念不忘，少林这座百年古刹的确不凡，我如能在此度过余生，倒也是件美事。”

他上前轻叩寺门，口中说道：“劳烦师父打开寺门，在下刘宝恩想求见方丈宏泰大师，亲手奉还宝刹神功《易筋经》。”

才敲了几下，里面一个小和尚就打开了寺门。他见到刘宝恩，双手合十，问道：“阿弥陀佛，这位施主可是前来上香的？”

刘宝恩摇摇头，虔诚地说道：“小师父，我想把普度大师的尸骨寄存在此，并在宝刹皈依，还请成全。”

小和尚忙道：“阿弥陀佛，施主请在此稍候，我这就去禀明方丈。”

刘宝恩道了声谢，小和尚退回了寺中。不多时，庙门大开，从里边走出许多僧侣。为首一人白眉白须，宝相庄严，手持九锡禅杖，正是少林方丈宏泰大师。他身边跟着五位比他略微年轻一点儿的和尚，有的持棍，有的携刀，是少林寺中一院四堂的五位首座。他们身后跟着有上百的弟子。

“阿弥陀佛，刘施主，老衲听说你身怀我少林宝典《易筋经》，还请交给老衲，归还少林。”宏泰大师说道。

刘宝恩点头：“这是自然，不过在下有个条件，请方丈把普度大师的尸骨存入宝刹的塔林。”

宏泰大师问道：“不知刘施主所说的普度大师是谁？老衲并未听闻过此人

啊！”

刘宝恩说道：“这位普度大师原本是宝刹的俗家弟子，因误杀好人，被逐出了门墙。后在开封大相国寺出家为僧，法名普度。就是大师传了我一身武艺，又让我有了向佛之心。”

“方丈师兄，刘施主说的这个人好像是当年杀了朝中忠臣的那个弟子，我们少林虽佛法宏大，却也容不下这种恶人吧！”戒律院首座宏法小声说道。

宏泰一皱眉，义正词严道：“阿弥陀佛，刘施主想要用《易筋经》来换这恶人存骨少林，恕老衲无法答应！”

刘宝恩从怀中取出了《易筋经》，问道：“几位大师请看，《易筋经》在此，难道你们真的不想让宝典重归宝刹吗？”

宏泰大师道：“阿弥陀佛，老衲虽日夜盼望《易筋经》能重回我少林，不过施主用这种手段，不觉太过卑劣了吗？”

刘宝恩笑道：“哈哈，我们俗家人都知死者为大，你们佛门弟子更是讲究众生平等。如今普度大师已去世一年，他这一世的孽账善缘已了，你们却如此不通情达理，难道就是君子所为吗？”

“阿弥陀佛，刘施主，既是你非要为难我少林，老衲只好得罪了！”宏泰大师身边一位身材魁梧的老僧走了出来说道，正是达摩院首座宏音法师。

刘宝恩点点头：“好，大师既是想动手，我就陪你过过招，如果你能在三十招内拿到我手中的《易筋经》，我自当把宝典奉还，立即带着尸骨下山！”

“阿弥陀佛，施主也太小看老衲了吧！”宏音说着身子已到了刘宝恩面前，一把抓向他手中的《易筋经》。他一抓之力带着呼呼劲风，宛如龙吟，正是少林绝技龙抓手。

刘宝恩却不慌不忙，双手合十，仿佛拜佛一样。他见到宏音大师的手已抓到离《易筋经》三寸外时，一刹那把书抛到了左手，腾出右手，极快地抓向宏音大师手腕，他指力破空，似能将空气都撕碎。

宏音大师吃了一惊，暗道：“这位刘施主竟将我少林韦陀门韦陀十八式降魔手练到了这等火候！”他心中已不敢小视，忙使出全力，想要拿到《易筋经》。

但见两人，一个潇洒随意，招招精巧，内力非凡，另一个招数老到，用力刚猛，也绝非常人能及，你来我往数十招，可这《易筋经》就像长在刘宝恩身上一样。

宏音大师内力本就不如刘宝恩那般浩荡无际，又被三十招之限所累，已不敢贸然出手，唯恐是刘宝恩使诈，故而攻势缓慢了许多。

宏泰大师及少林众僧见到刘宝恩武艺如此高强，竟能将达摩院首座宏音戏耍于股掌之间，无不惊叹。

很快，三十招就到了，宏音大师却连书边都没摸到一下。他只得停了手，说道："阿弥陀佛，刘施主神功盖世，老衲认输了！"

宏泰大师见师弟宏音出手都没有夺回《易筋经》，不由有些吃惊。他看向另外几位老僧，问道："几位师弟，你们谁能为本寺夺回宝典？"

"阿弥陀佛，师兄，我愿为本寺出力！"

宏泰大师看去，见说话的是戒律院首座宏法，点头道："师弟，这位刘施主武艺高超，你可要小心！"

宏法大师一笑，足尖轻点间，人已来到刘宝恩身前。他手持一禅杖，使出的招数威力虽不是很大，可却极是巧妙，每出一招都让人难以躲避。

刘宝恩微微颔首道："宏法大师，你的普门杖法确实威力非凡，不过想夺晚辈手中的《易筋经》，还欠了一些火候！"

他说着使出少林轻功一苇渡江，只见他身子在原地不停转圈，如被疾风吹得摇摆不止，可却在摇摆间轻而易举地躲过了宏法大师的攻势。

宏法大师见刘宝恩身法如此玄妙，竟往往避之于绝境，游刃有余地游走于自己看似滴水不漏的招数间，不禁暗自感叹："阿弥陀佛，刘施主的功夫无不出自少林，可却招招都在我们师兄弟之上，当真难得！"

宏泰大师见到刘宝恩如此了得，不由想起了慕容盟主，他心中感慨："阿弥陀佛，我少林弟子平日都自以为武功盖世，可与这两位少年高手比起来，实在相差太远了！"他看到刘宝恩已完全占了上风，看来宏法也夺书无望。

此时，刘宝恩体内真气鼓荡不息，脚下步法不辍，口中气息竟还能如平常一般："大师，我看你还是答应了在下的请求吧，不然晚辈当众胜了大师，只怕大师脸上无光啊！"

宏法大师点头，收住了招式，双手合十道："阿弥陀佛，刘施主武艺远在老衲之上，老衲认输了！"

刘宝恩一笑，对宏泰大师道："方丈大师，我是真心想要皈依佛门，并奉还《易筋经》，还请大师莫要再为难在下了。"

宏泰大师说道："刘施主，少林虽广开善门，老衲也真心实意想迎接《易筋经》回寺，只是施主的要求老衲实在无法同意。"

刘宝恩叹息道："那大师就让您身后的弟子一起出手吧，或许还有机会抢回宝典！"

宏泰大师犹豫一下，皱眉道："刘施主，你如果定要让一个罪人存骨于我少林，坏我少林清誉，老衲也只能不顾江湖道义了！"

刘宝恩放声大笑："哈哈哈，方丈不许普度大师尸骨存放于宝刹之中，并多次出言辱及死者，已没什么江湖道义、佛门慈悲可言了，又何须再说这些呢？"

宏泰大师一挥手："阿弥陀佛，刘施主执意如此，老衲也只得造孽了！"

宏泰挥手间，少林众弟子纷纷向刘宝恩围拢过来，他们有的使刀，有的使棍，有的舞动双掌，齐齐攻向刘宝恩。

刘宝恩丝毫不把他们的攻势放在眼里，但见他身如旋风，拳似流星，整个人散发出一阵凛凛正气，是那么神圣不可侵犯，恍惚韦陀降尘、罗汉临凡。

一人与数百僧侣过招，却没落一丝下风，依旧是那么从容不迫，挥洒自如，少林众人谁不惊叹他的武艺？

宏泰大师见刘宝恩神勇至斯，心中惊诧已难言表，不断地念着佛号："阿弥陀佛，阿弥陀佛，只怕达摩祖师武艺也未必高过刘施主吧！"

众人斗了近一个时辰，群僧已大多体力不支。可刘宝恩却越战越猛，拳打肘撞间，群僧许多都被他打倒在地，他的内力似乎无穷无尽，永无止息。

少林门前打得正酣，忽听寺内一个铿锵有力的声音传了出来："诸位住手，都是一家人，不要伤了和气！"

众人听到这声音，都看向说话之人，众僧见到此人，欣喜之色溢于言表。只见此人生得极是俊朗，身上竟隐隐有一股王者之气，使在场的所有人都显得暗淡无光，而他身边的黄衫少年气质也颇是不凡，举手投足间贵气自现。

"见过慕容盟主！"众僧纷纷向来人施礼道。

慕容燕云忙还了礼，说道："方丈大师，这位兄弟与我有过一面之缘，也算是我的朋友，有话好说。"

宏泰大师颔首道："阿弥陀佛，慕容盟主教训的是。"

慕容燕云缓步走到刘宝恩身边一抱拳道："慕容燕云见过刘兄。"

刘宝恩这才知道来人便是大战仙水岩、一人救群雄的武林盟主慕容燕云，忙还礼道："慕容盟主神功盖世、义薄云天，我仰慕已久，一直无缘得见，今日有幸能见到盟主，实慰平生啊！"

慕容燕云说道："刘兄过奖了。我们其实是见过一面的。"

刘宝恩疑惑地问道："不知我几时见过慕容盟主？我怎么完全没有印象啊？"

慕容燕云道："不知刘兄可记得一年前你夸官时，在街上救了一位姑娘，还遇到了一个黑脸少年？"

刘宝恩点头道："是有这么一件事，慕容盟主是如何知晓的呀？"

慕容燕云一笑："哈哈，那个黑脸少年就是我乔装的！"

刘宝恩也笑了："原来如此，看来我与慕容盟主还是有些缘分的呀！"

慕容燕云说道："刘兄，你以后也不必叫我什么盟主了，叫我燕云就是了。"

刘宝恩点头，叫道："燕云贤弟。"

慕容燕云拍了拍刘宝恩的肩头，说道："刘兄，我带你见一位朋友。"他说着拉刘宝恩到了李明和身边介绍道，"刘兄，这位就是李明和，李兄弟。"

刘宝恩听说面前之人就是前任神龙派掌门，不禁肃然起敬，忙抱拳道："我当何人如此气质不凡，原来是李兄弟呀！"

李明和也笑道："刘兄，我早就听说你是位两袖清风的干国忠良，今日一见武艺竟也如此出众，小弟佩服！如不是那日我去龙虎山见到慕容盟主，他带我到了少林，宏泰大师为我疗好了经脉，我也遇不到刘兄这样的大才了。"

刘宝恩轻轻摇头，说道："李兄弟实在谬赞了！"

慕容燕云这时问道："对了刘兄，我听说你已经到洛阳上任，怎么有时间来少林呀？"

刘宝恩叹息着把自己与妙烟的事都说了，又把普度大师的事也讲了。慕容燕云听后，很是感动，对宏泰大师道："方丈大师，刘兄经历实在让人心酸。依我看，少林不应只向尘世中人广开善门，还应该收留了这位虽然故去，却始终心向少林的普度大师呀！"

宏泰大师听慕容燕云发话，也只好说道："阿弥陀佛，既是盟主也这么想，老衲便念在普度师弟一心向佛，收留他尸骨于少林吧。"

刘宝恩见慕容燕云只一句话，竟能让少林方丈都唯命是从，不禁越发佩服。他向慕容燕云和宏泰大师千恩万谢后，一行人进了少林。

他们进了少林稍坐，片刻刘宝恩就恭恭敬敬地奉上了《易筋经》，并把普度大师的尸骨也递给了宏泰大师。

宏泰大师见《易筋经》重归少林，喜笑颜开，忙让弟子把宝典供入藏经阁，普度大师的尸骨也被放入了塔林之中。

刘宝恩又提出了愿皈依佛门的想法，宏泰大师便亲自替他在佛前剃度了，并按照他的心愿赐法名报恩。

报恩跪在佛前，喃喃地说道："一切有为法，尽是因缘和合，缘起时起，缘尽时无，不外如是。妙烟，你在天有灵，还请保佑我能普度众生，以报这世间对我恩惠之万一……"

第四十四章　弄巧成拙

慕容燕云见李明和伤势已好，刘宝恩也已经了却心愿，便想要辞行。这时一个小和尚走了过来，对李明和施了一礼：“阿弥陀佛，李施主，寺外有人给你送来一封信。”

李明和还了一礼，接过信仔细观看起来。慕容燕云见李明和看信时，脸色变了几变，知道信中有异，忙问道：“李兄弟，出什么事了，这信上写的什么？”

“贤弟，这信是赵匡胤写的，说他如今做了皇帝，日理万机，无暇打理神龙派之事，想求我回去，重接掌门之位。”李明和说道。

慕容燕云一笑：“赵匡胤又耍手段，不足为奇。”

李明和却道：“慕容兄弟，我想好了，无论此事是真是假，我都要去神龙派走一趟。如果是真的，那自是最好；如果是假的，如今我学会了《易筋经》，御龙功又有所突破，想杀赵匡胤也是有些机会的。”

慕容燕云摇头：“李兄弟，赵匡胤诡计多端，千万不要上了赵匡胤的当啊！”

报恩也说道：“阿弥陀佛，我在朝中与赵匡胤周旋了一年，深知他阴险狡诈。此番让李施主前往，必是不怀好意，万万听小僧和慕容施主一句劝吧。”

宏泰大师道：“阿弥陀佛，我佛家弟子虽不应在别人身后说长道短，可老衲不得不说，这赵施主确非善良之辈，还望李施主多加考虑才是。”

李明和说道：“诸位不用再劝了，我意已决！”他说得极是坚决，没有一丝动摇之意。

慕容燕云无奈地说道：“好吧，既是李兄弟定要去，我便随你一同前往，再给方正乾前辈写封信，让他与我们同去，也好做到万无一失。”

李明和感激地点点头：“那就有劳慕容兄弟了！”

当即慕容燕云就给方正乾修书一封，让少林寺的小和尚送往了虞渊庄，请他们派人找到方正乾。

半月后，方正乾到了少林，他一见到慕容燕云，高兴道：“哈哈哈，慕容少侠，我原本以为不知要等到何年何月才能报仇，没想到这么快就有接近赵匡胤的机会，真是天助我也！”

他正说着，见到一旁的李明和，忙深施一礼：“掌门也在啊，属下见过掌门！”

李明和叹了口气道：“方前辈，这段时间发生了很多事，让慕容兄弟与你说说吧。”

慕容燕云见李明和让自己说，便把这段时间所发生的一切都告诉了方正乾。方正乾听完，不禁感慨：“原来慕容少侠已经做了盟主，实在是可喜可贺呀！可掌门却失去了掌门之位，而赵匡胤那厮又出此毒计，欲除掉掌门，实在让老夫愤慨啊！”

李明和问道：“方前辈，不知你可愿意与我们同去？”

方正乾一笑：“那是自然，老夫本就想杀了赵匡胤，如今掌门、盟主又看得起老夫，老夫焉能不效犬马之劳？”

慕容燕云说道：“方前辈严重了！为了不让赵匡胤疑心，我们还须乔装改扮一番，也免得生出不必要的麻烦。”

方正乾为难道：“论武功老夫就不如两位，说到这易容，更是一窍不通啊！”

“前辈不必担心，这事就交给我了。”慕容燕云说道。

方正乾点点头：“盟主还会易容之术，实在佩服！”

次日，慕容燕云把方正乾改扮成了一个老年车夫，自己化装成一个伙计，又雇了辆马车，三人向许昌城外，神武林而去。

他们行了数日，才到了神武林外。一里开外就见到了有许多神龙派弟子手握长剑列立两厢，当众站着一位老者和三个少年，正是贾安南和神龙三杰。

“李少侠，把车停下吧！”贾安南一抱拳道。

李明和听见贾安南说话，下了车，抱拳还礼道：“有劳贾长老相迎，实不敢当。不知陛下现在何处？”

贾安南一笑：“陛下就在里面等着少侠呢，快随我进去吧。”

李明和点点头：“贾长老，我们走吧。”他说着随贾安南向林中走去，慕容燕云、方正乾也跟着想要进去。

贾安南回头，见到两人要跟着进去，冷哼一声：“陛下只请李少侠一人，你们这两个做下人的怎么如此没有规矩？”

李明和解释道：“这是我的两个伙计，他们不会武功，贾长老尽管放心。”

贾安南点点头：“那把你们的剑交出来吧！”

慕容燕云依言把剑恭恭敬敬地交给了一个神龙派弟子：“这位少侠，就麻烦你帮我保管了。”

贾安南见慕容燕云把剑放下了，说道：“我今天给李少侠一个面子，你们都随我进来吧。”

四人走到林中空场，见赵匡胤正坐在一把太师椅上，他身边站了一个弟子，帮他拿着盘龙棍，台下神龙派弟子众多，场面极是宏大，给人一种几欲窒息的压迫感。

李明和三人见到赵匡胤都跪倒道：“见过陛下！”

赵匡胤笑着摆摆手：“免礼，都平身吧！”

“谢陛下！”

赵匡胤微微点头：“李少侠，朕听信了小人的谗言，一时糊涂，下毒害了你，还夺了你的赤龙剑，现在想想朕就后悔。”他说着起身，拉起李明和。

“陛下，实在折杀在下了。”李明和说道。

赵匡胤道：“李少侠，朕今日召你来此，是想归还你的赤龙剑，让你重掌神龙派大权，不知你可愿意？”

李明和抱拳道：“陛下，莫说要在下重做掌门，就是让在下上刀山、下火海，在下也在所不辞！”

“好！那李少侠就来接剑吧！”赵匡胤说着从腰间取下赤龙剑，右手伸了过去。

李明和知道如果自己接剑，赵匡胤必会趁机取自己性命，而如果不接剑，就是抗旨不遵，同样是死罪。好在他已经练成了《易筋经》，内力极是雄浑，但见他右手抬起，凌空一摄，竟险些把赤龙剑从三丈外赵匡胤的手中拿了过来。

赵匡胤见到李明和短短一月，内力不仅恢复了，而且到了足以与自己抗衡的境界，心中吃了一惊，手上内力忙加了数成，这才没让剑落入李明和手里。

“李明和，你好大胆子！朕好意还你赤龙剑，你竟敢对朕动武！”赵匡胤喝道。

李明和冷笑：“哈哈哈，赵匡胤，你也不用再装好人了，难道以为我不明白你的诡计吗？”

赵匡胤见状，也放声大笑：“李明和，算你聪明，不过又有什么用？这神龙派弟子都是我的人，而且林外已经暗排了数百精兵，你来了就别想再活着出去！”他说着一挥手，神龙派弟子都手持长剑，冲了过来。

李明和见已有十多把长剑对准自己，他大吼一声，内力猛地从周身发出，势如奔马，竟在刹那间击落了这十多个弟子手中的长剑。

赵匡胤一皱眉：“李明和，你以为你一个人能逃出去吗？今天就是慕容燕云来了，也别想救你！”他说着拿起盘龙棍，一棍打向李明和头顶。

李明和见赵匡胤力大无比，棍法精奇，忙向旁一闪。紧接着，赵匡胤又一棍，带着阵阵劲风直扫他的面门。李明和心中不由一惊，又闪开了。

赵匡胤见李明和连躲自己两棍，不禁大怒，手中金棍嚯嚯地舞动开来，劲风撕裂空气，金光灿烂，棍棍致命，没有半点儿废招。

李明和虽武功大成，可与赵匡胤斗在一起，还是守多攻少，步步后退，想要取胜，实在难如登天。

慕容燕云见李明和不是赵匡胤对手，忙一记凌绝神掌打死了他身边的神龙派弟子，从他手中夺过了自己的剑。握剑在手，一声轻啸，足尖一点，人已到了赵匡胤面前。

赵匡胤见李明和带来的伙计身手如此敏捷，心中已然明白了八九分，只是眼前之人到底是谁假扮的，他却全无头绪。“什么人，竟敢与朕动手！”他喝问道。

慕容燕云不答，手腕一抖，一剑已刺了出去。他使的是极乐仙境的诸天玄剑剑法，但见他身影飘逸如仙，剑气纵横，与赵匡胤斗在一处。

两人都是世间少有的高手，此时一把长剑，一根金棍，转瞬就过了数十招。挥剑决浮云，大棍扫六合，神武林中风声大作，天地间都为杀气所笼罩，仿佛大雨将至，天雷将鸣。见者谁不心惊，闻者孰不胆战？

方正乾见慕容燕云与赵匡胤打得旗鼓相当，也夺了把长剑，想要上前帮助慕容燕云。贾安南见方正乾要动手，也拔出了剑，一道寒芒逼向方正乾。

“贾安南，我方正乾今天新仇旧恨都与你们一起算一算，你受死吧！”方正乾大吼一声，长剑刺向贾安南前胸。

贾安南这才看出来，这车夫竟是自己多年的敌人方正乾所扮，不由大为恼火道：“老匹夫，我今日就送你归西！”他一摆手中长剑迎了上去。

两人武功相差不大，一时谁也胜不了谁。

神武林中两对厮杀，场面无比激烈。李明和一晃身，使出鹤翔功中一式白鹤亮翅，打倒了身旁数个弟子，他随即就想上前相助慕容燕云，可这时又有数十个神龙派弟子围了过来，李明和无奈，只得与这些弟子缠斗在一处。

神龙三杰听见林中声音不对，忙带着身边十几个弟子冲了进去。他们看到赵匡胤与慕容燕云厮杀太过激烈，完全不是自己能插手的，而方正乾武功虽比自己强上一些，倒是可以动手，于是全都向方正乾扑了上来。

贾安南见到神龙三杰相助，精神一振，手中招数越发凌厉。四人合斗方正乾一人，方正乾立时觉得手忙脚乱起来，额头大汗直流。才几招间，他就堪堪要败。

慕容燕云见到方正乾危险，虽想上前相助，可怎奈赵匡胤大棍使得滴水不漏，根本不给他离开的机会。李明和被无数弟子的苍龙啸天阵围攻，自顾尚且有些不暇，如何还能上前相助。

方正乾又打了几招，肩头、背上都被刺了数剑，鲜血淋漓。但他深知，自己只有舍命撑住，才能拖住四人，不给慕容燕云、李明和增加负担。他手中长剑此时使得更快，他是在用命换取两人取胜的机会，风吹起他那花白的发丝，夕阳照在他那苍老的面颊上，是那么悲壮！

“老匹夫，你死期到了！”贾安南此时长剑已经刺入了方正乾的后心，这一剑冷酷、绝情。

方正乾大笑：“我虽有心杀贼，奈何天不助我，一死罢了！不过老贼，你也别想活了！”他说着长剑反手后刺，剑身没入贾安南胸膛。两人都倒在了地上，没了气息。

李明和见方正乾死了，心中大怒，内力越发强劲，随手间杀了无数弟子。

众人见李明和已经鲜血满衣，目光赤红，仿如杀神附体，谁还敢再上前半步。

他见没人再阻拦自己，一跃身便到了神龙三杰身旁，一招风声鹤唳，地上一草一木皆已为兵，但见他一招间，数块石子如飞蝗般激射向神龙三杰要害。

“啊！”吕岩后脑被飞石打碎，惨叫一声，倒在地上，暴毙而亡。洪欣也被李明和一掌打得身子飞出了六七丈，口吐鲜血，气绝身亡。于缺武功虽略胜两人，可与李明和只过了四五招，也死于李明和手中。

赵匡胤见贾安南、神龙三杰已死，不禁心中一颤，大棍有些控制不住，直磕向慕容燕云手中蓄满内力的剑身之上。两件兵刃相击，只听“咔”的一声，赵匡胤的大棍、慕容燕云的长剑都在顷刻间断为两截。

李明和此时身子已到了赵匡胤身边，一把抢过了他腰间的赤龙剑，对在场弟子喝道：“赤龙剑在此，我才是掌门，速速杀了赵匡胤这奸贼！”

赵匡胤大怒：“李明和，你敢弑君！”

李明和一笑：“赵匡胤，我李明和已没了退路，有何不敢？”

慕容燕云也道：“赵匡胤，我慕容燕云今日如果不与李兄弟联手杀了你，也已经没有退路了！”

赵匡胤放声大笑：“哈哈哈，等我的精兵到了，你们一个也别想活！”他说着双手挥舞起断为两截的大棍，但远不如方才那般霸道凌厉了，明显被天下两大高手的夹击给压制住了。

三人正交手间，突听林外石守信喊道：“陛下，微臣来了！”他说着已经催马到了近前，他身后跟着数百弓箭手，只待他一声号令，就可万箭齐发，射死两人。

慕容燕云一惊：“不好，李兄弟，快撤！”他说着运起步月凌星身法，足不踏地，就飞跃出了数丈，李明和也急忙随着慕容燕云向林外逃去。

“不能让他们跑了！”赵匡胤喝道。

石守信应了声，一挥手，弓箭手纷纷射箭，羽箭破空，发出无数的嗞嗞声，激射向两人。

但弓箭还是晚了一步，两人早已逃出了林子，消失在远方……

第四十五章　逐天之剑

慕容燕云与李明和逃出了神武林，向前又跑了不知多远，这才放慢脚步。见李明和全身是血，慕容燕云不由问道："李兄弟，你受伤了吗？"

李明和摇头道："慕容兄弟，我没事，这些血都是溅上的。"李明和随即又哀伤道，"如果那日我拦住慕容兄弟给方前辈写那封信该多好，如今枉送了前辈性命，我实在愧对前辈在天之灵。而且你祖传的长剑也已折断，我实在不知如何补偿？"

慕容燕云舒了口气，劝道："李兄弟，方前辈深明大义，为救我们而死，如今我们活着出来，日后我们定有机会为前辈报仇的！而家传那把长剑虽是纪念，可毕竟不算是一把宝剑，虽然可惜，却不必太过在意。"

李明和取下腰间赤龙剑递给慕容燕云说道："慕容兄弟，我就把这赤龙剑送与你作为报答吧！"

慕容燕云忙摇头道："李兄弟，万万不可！这把赤龙剑可是神龙派掌门信物，怎可送与我这个外人？"

李明和见慕容燕云不收，无奈道："慕容兄弟，我们如今犯下弑君之罪，如果待在一处太过显眼，不如在此别过。相信我们有缘自会再见！"

慕容燕云点点头："李兄弟，你说得不错，行走江湖不能身无佩剑，我正要到隐锋山庄求取一把宝剑，如果你方便，半月后可到隐锋山庄会合。"

"好！我们不见不散。"李明和说完，对慕容燕云一抱拳，向西南方向而去。慕容燕云见李明和走了，也改道隐锋山庄。

慕容燕云知道隐锋山庄的每一把宝剑都是有故事的，万梦生又爱剑如命，能否施剑给自己，他心里一点儿把握也没有。可不管怎么说，见到万兄总会有一场痛饮。“快哉，快哉！”慕容燕云高兴地喊出声来。

半月后，慕容燕云到了鸣剑山下一处酒楼，买了两坛上好的关外白酒，这才上了山。他见山色清秀，草木错落有致，给人一种心旷神怡之感，不禁心情大好。

他到了隐锋山庄门前，轻叩门环：“万兄，我是慕容燕云，想与你一起饮酒、比剑，快开门吧！”

叫了几声，大门开了，老管家钟伯走了出来。他朝慕容燕云一抱拳道：“慕容盟主，您来了，我们老爷正在后堂饮酒呢。”他说着引慕容燕云到了后堂。

慕容燕云对钟伯说了两句感谢的话，就进了屋。

刚一进屋，就觉一股浓郁醇美的酒香扑面而来，万梦生似醉似醒地横躺于桌案后一块蒲团之上。他手里捧着一坛美酒，正喝得痛快，一袭白衣上洒落了许多酒水。

“万兄，别来无恙啊！”慕容燕云一抱拳说道。

万梦生见到是慕容燕云来了，缓缓坐了起来：“慕容老弟来了，太好了！快坐下，陪哥哥喝几杯！”

慕容燕云把手中酒放在桌案上，一笑：“那日仙水岩小弟说过要请万兄喝酒，可自己却受伤了，没能遵守诺言，今日特意买了两坛好酒，给万兄补上！”

万梦生大笑：“哈哈哈，慕容老弟，你到我隐锋山庄还拿什么酒，我酿的醉仙酿天下第一，胜过了一切外面的好酒。不过，既是慕容老弟送的酒，哥哥就多谢了！”他说着把身边一个酒坛递了过来。

慕容燕云笑着点头，接过了酒坛，坐了下来。开坛后，只觉一股异香扑鼻，沁人心脾。慕容燕云向来对好酒来者不拒，于是把酒坛端起，一仰头，就倒进去小半坛。

“好酒，好酒！这酒烈而不辣，醇而不腻，确实当得上天下第一好酒！”慕容燕云赞道。他说着又把剩下的酒一饮而尽。

万梦生笑道：“慕容老弟，好酒量，就是哥哥我也不敢两口就喝干这坛佳酿啊！”他笑着，又递给慕容燕云一坛。

慕容燕云一笑："哥哥，你是'酒剑双绝'，小弟佩服。可惜我们今日只能饮酒，却无法比剑了，实在是一大憾事！"

万梦生问道："慕容老弟，你如果想比剑，又有何难呢？"

慕容燕云叹了口气："小弟前些日子应赵匡胤之邀，陪李明和兄弟去了趟神武林，我把父亲留下来的剑折断了，没了剑，我们又怎么比试呢？"

万梦生提议道："不如我们就以目为剑，切磋一下。"

慕容燕云点头道："以目为剑，有意思，小弟奉陪！"

两人说着对面端坐，慕容燕云神情戒备，万梦生也没了半分酒意。万梦生目光凌厉，极具侵略性地看着慕容燕云，只待有一个机会，哪怕是慕容燕云小小的破绽，他也绝不会放过。

慕容燕云稳坐如山，身上没有一丝动作，目光依旧那么柔和。可恰恰他周身每一个部位、每一处经络都运行得恰到好处，彼此呼应，气贯全身，整个人浑然一体，哪有半分破绽可寻？

万梦生见慕容燕云如此，心中不禁有些急了，头脑间把青莲剑法的招式都飞快地过了一遍，却偏偏没有一招能有效果，而且只要自己出招，慕容燕云就可以在瞬间找出自己剑招间的破绽来。他生平用剑，剑快如电，随心而发，可现在却连一招都使不出来。

慕容燕云见万梦生为难，不禁一笑，打开了身边的酒坛，朝嘴里倒去。但见酒如飞瀑，哗哗地流向慕容燕云口中，可他饮了许久，酒坛中的酒却一直还在流着，似乎酒坛中的酒无穷无尽，永远都无法喝干。

万梦生见慕容燕云饮酒，本以为会有机会可寻，但他用目光连出几式，慕容燕云的目光都有意无意间看向了他的破绽处，让他全身如被针刺了一下，不得不投鼠忌器。只过了十多招，万梦生就发现自己已经被慕容燕云随意间刺到了六七剑，不禁冷汗直流。

他见慕容燕云喝酒，竟一喝就是三炷香的工夫，而这酒坛中还有酒源源不断地流出，他不禁好奇地看向慕容燕云手中的酒坛。

他一看不要紧，大大地吃了一惊，但见慕容燕云真气流转间，酒虽入口，可却没向下流，而是向酒坛中又涌了回去。所以，只要慕容燕云想，就算是喝一天，酒也不可能被他喝干。

万梦生此时神情彻底僵住了，他生平从未服过什么人，可今天慕容燕云这一手他却打心底敬佩万分。

“慕容老弟，哥哥输了！”万梦生一抱拳道。

慕容燕云这才泄了全身内力，任由坛中酒流入自己唇齿之间。他喝了几口才说道：“万兄，你的剑法果然名不虚传，如不是我领悟了天人剑法，通晓了天人变化，只怕早就败在万兄手中了！”

“哈哈哈，老弟过谦了！哥哥我这里要别的没有，要酒和剑可多的是，哥哥这就打开剑库，让慕容老弟自己挑选！”万梦生说着就要起身。

慕容燕云忙道：“哥哥，隐锋山庄所藏都是绝世宝剑，世人皆知，小弟就不用挑了，哥哥只管随意送一把，小弟就感激不尽了！”他说着恭恭敬敬地一抱拳。

万梦生有些为难道：“慕容老弟，你剑术高强，又是大燕皇族后裔，如今还是武林盟主，一般的剑肯定是配不上你。这镇庄三剑中的赤龙剑已经不知去向了，而另外两把剑与老弟你略有不配，哥哥还真是不知送你什么剑比较合适。”

慕容燕云忙道：“哥哥，这镇庄三剑中的回雪剑、蔽月剑已是绝世罕见的宝剑了，配小弟实在绰绰有余了！”

万梦生却摇摇头，沉吟道：“这回雪剑乃是张雪菲所用，女子用起来自是极佳，男子用起来霸气不足。蔽月剑乃是李凌风之子李霖轩所用，未免有些不吉利。”

他又想了许久，突然严肃起来道：“镇庄三剑之上还有把逐天之剑，这把剑配老弟当真是天下绝配了！”

慕容燕云以前常听人说隐锋山庄有镇庄三剑、护院六铗，却从未听说过在镇庄三剑上还有什么逐天之剑，不禁好奇道：“万兄，不知这逐天之剑到底是什么模样，又由何人打造啊？”

“这剑可是春秋时四位绝世大师所铸之剑，从东汉末年就在我隐锋山庄了。这么多年来一直未曾出过世，慕容老弟自然不知。”

万梦生走了出去，吩咐钟伯打开剑库，取出逐天之剑。钟伯很快恭恭敬敬地双手捧着一方华贵至极的锦盒，对万梦生道：“老爷，这逐天之剑可是咱们隐锋山庄最好的一把剑，给慕容盟主看过后还是快快放回去才好！”

“钟伯，这剑我送给慕容兄弟了！”万梦生说道。

“什么！”钟伯吓了一跳，“这剑老爷当真要送给慕容盟主？”

万梦生点点头：“我决定了，钟伯莫要再说了。”

钟伯摇摇头，暗道：“慕容盟主当真好福气！”

万梦生回了屋，笑着把锦盒放在了慕容燕云面前。“慕容老弟，快来看看这把由欧冶子、风胡子、干将、镆铘共同打造的绝世第一剑——逐天之剑！”

慕容燕云听万梦生如此说，不由大吃一惊，小心翼翼地打开了锦盒。锦盒一开，就有一股冲天的剑气激射而出，骇得慕容燕云全身都是一颤。随即盒中紫芒映照满室，仿佛黑夜里亮起了无数盏明灯。

“好剑，绝世好剑！”慕容燕云大喜道，他说着把手伸入锦盒，握住了剑柄。剑柄入手，只觉一阵令人神清气爽的冰凉之感从他的手掌中直传心间。

他取出长剑，仔细观看，但见这剑是由最佳的紫晶所造就。长约二尺八寸，宽一寸有余，通体紫色。阳光照耀下隐隐呈透明之感，宛如龙泉水，颇似冷秋光。剑鞘上从上至下可见一条蛟龙，刀工苍劲雄浑，栩栩如生。他拔出宝剑，王者之气更重了几分，剑光所到之处，天地似乎都没了光彩。剑身光滑如镜，冷气森然，离剑柄两寸处有两个遒劲的古朴篆文，刻着“逐天”二字。

“万兄，我慕容燕云长这么大，莫说没见过如此宝剑，就是做梦都不敢想这世间还有这般神兵！”慕容燕云由衷赞叹道。

万梦生一笑：“慕容老弟喜欢就好，今日起这剑就是你的了！”

慕容燕云忙深施一礼：“万兄大恩，我没齿难忘！”

万梦生叹了口气：“唉！老弟不用客套，我们今日就喝个痛快吧。只怕过了明日，我们就再也不能一起饮酒了！”

慕容燕云还是第一次见万梦生如此犯愁，忙问道：“哥哥，发生什么事了？你快告诉小弟，我自认武艺虽不是天下第一，可也绝非常人可及，如果我能帮得上忙，你尽管开口！”

万梦生又是一阵叹息，他喝了口酒道：“老弟，我不瞒你了。前日九幽鬼境的楚江王来了，他说冥尊慕容章练功反噬，如今功力下降，也不知怎么知道我山庄藏有逐天宝剑，想要借逐天之剑一用，我哪里肯给他。但慕容章的武功我们在仙水岩有目共睹，我哪敢惹他，只得答应他们明日磨锋崖交剑。”

慕容燕云恍然大悟道：“万兄，你把剑给我，莫非是想让我护剑离开，而你与慕容章同归于尽？”

万梦生点点头，没有说话，只是默默饮酒。

慕容燕云激昂地说道：“万兄，此事万万不可！我慕容燕云怎能如此无情无义，见朋友有事而袖手旁观呢？他慕容章就是在功力鼎盛时期，我不是也把他击败了吗，何况他练邪功练得走火入魔，更不可能是我的对手，我明日就为中原武林除此恶贼！”

万梦生苦笑：“慕容老弟，你上次赢得侥幸，如果不是乘他不备，用了移天换日，他又怎么可能败呢？明日如果你与他动手，他有所防备，你敢保证能取胜吗？”

慕容燕云沉吟着摇摇头：“那我也不能眼睁睁看着哥哥你就这么去送死啊！”

两人正觉束手无策，这时钟伯引着李明和到了房前。李明和推开门，见到万梦生与慕容燕云都愁眉不展，不禁好奇道：“万兄、慕容兄弟，出什么事了？”

慕容燕云见李明和来了，便把慕容章要剑之事说了。

李明和听了此事，略一思索，放声大笑起来：“哈哈哈，慕容章命不久矣，九幽鬼境大厦将倾了！”

两人忙问道：“李兄弟可是有了什么好计策？”

李明和激动地说道：“慕容兄弟，此事全看你的了。只要明日你化装成万兄，替万兄前去，而又不带逐天之剑，慕容章必会大怒，与你动手。慕容兄弟就用青莲剑法与他过上几招，许败不许胜。到时他必不甘心就此杀你，必定会把你抓到九幽鬼境老巢去严加审讯。那时你只要沿途做几个标记就成了。而我与万兄这就去少林、龙虎山、虞渊庄等处，召集来所有的正道中人，来个合攻鬼境。我们里应外合，就不信他慕容章能活，九幽鬼境还能在江湖上猖獗！”

两人一听李明和的妙计，都大喜道：“李兄弟，你的计策当真高明，慕容章纵有通天的本事，也休想活命了！只是这逐天剑……”

李明和忙又说道：“慕容章生性多疑，必不会来庄寻剑，所以在下认为，逐天剑放在山庄里反倒最安全。”

慕容燕云和万梦生都点头赞同。三人分头去做准备，只待里应外合一举攻下九幽鬼境。

次日正午，磨锋崖上。

“哈哈哈，万梦生，你还真有胆子！”随着话音，一道黑色身影从崖底一闪，转瞬间就如鬼魅般出现在崖顶。他身后跟了上百黑衣人，个个神情狰狞，给人一种不寒而栗的感觉。

慕容燕云假扮的万梦生，正站在一棵老松下，背对着崖边。他听见身后风声，忙转过身来，有些紧张道：“见……过慕容尊主！”

慕容章一笑：“万梦生，本尊让你交出逐天之剑，你可把剑带来了？”

慕容燕云摇摇头，无奈地说道：“尊主，这把宝剑是我隐锋山庄最好的一把宝剑，我祖上有遗训，不准这把剑出庄，在下不能违背祖训，只得把剑藏了起来。”

慕容章一皱眉：“万梦生，难道你就不怕本尊杀了你吗？”

慕容燕云叹息一声：“慕容尊主，我死了就一了百了了，所以现在只求一死。我万梦生能死在尊主手上也是一件光彩的事！”他说着拔出舒狂剑，一剑刺向了慕容章。

慕容章见慕容燕云剑招奇妙，洒脱随意，正是青莲剑法，心中哪有半分怀疑。他当即右手运足内力，五指成爪，凌厉至极地抓向慕容燕云手腕。

慕容燕云忙向旁一闪，变了招数，使出一招腰间延陵剑，直刺慕容章腰眼。慕容章见慕容燕云武功虽高，可要对付自己，却差上许多，不禁一阵得意。

两人转瞬间就过了六七招，慕容燕云发现慕容章此时的功力确实已经远远不如在仙水岩上那般足以傲视天下，只是比自己略胜一筹而已，心中不由暗喜。

慕容燕云与他又打了几招，故意让自己背后露出一处破绽来。慕容章正要一掌取了慕容燕云的性命。可这一掌离慕容燕云背后只有三寸时，他突然收了内力，说道：“本尊今日如果就这样杀了你，实在太便宜你了！”

随着话音，慕容章已经提起慕容燕云。不过几个纵身，竟如只苍鹰一般，从崖边飞跃而去，消失在远方……

第四十六章　善恶到头

慕容章等人一路挟持着慕容燕云向北方而去。这一路上，九幽鬼境众人使尽手段，想让万梦生说出逐天之剑所在，虽然费尽心机，可却没有一点儿收获。慕容燕云每次趁众人休息之机，都小心翼翼地留下了隐蔽的印记。

这日，已近九幽鬼境老巢——幽冥谷。慕容章下令，让手下打昏了慕容燕云，并蒙住了他的眼睛，亲自提着他向前飞奔，舒狂剑也被他围在了腰间。

不知过了多久，慕容燕云悠悠醒转，发现自己被数根铁链绑在一处石柱之上。石柱旁是一座火池，其中烈焰腾腾，虽离自己还有两丈，可却甚是炙热。距火池数丈外，有一把黄金打制的太师椅，椅上坐着一个霸气无比的鬼面人，正是慕容章。他身后站着十来个黑衣人，鬼境的楚江王、阎罗王也赫然在列。

“万梦生，你认识这是什么地方吗？到了这里你还想活命的话，就快告诉本尊，你把剑藏在哪儿了？”慕容章喝问道。

慕容燕云冷笑道：“慕容章，我万梦生宝剑虽多，可只赠当世英雄，你这种邪恶之人，休想从我这里拿到宝剑！”

慕容章并不生气，只是从怀中取出了一把匕首，轻轻擦拭着。这匕首看似不凡，乃是用黄金打造，饰以鸡血石，火光映照下，仿佛燃起了邪异的熊熊火焰。虽只一把小小的匕首，给人的感觉却宛如阿鼻地狱般可怕。

“万梦生，你号称藏剑无数，想来对相剑之术极是精通了？那你看看，本尊手里的阿鼻可是把好兵刃吗？如果在你的耳朵上轻轻刺一下，会不会掉呢？”慕容章得意地笑道。

慕容燕云冷哼一声：“慕容章，如果你敢伤我半分，那逐天剑你就永远别想得到了！”

慕容章的笑僵了一下笑道："哈哈，你好大胆子，本尊只想吓唬吓唬你，你倒威胁起本尊来了！"

慕容燕云怒道："我万梦生连死都不怕，还有什么是我会怕的呢？慕容章，如果你有胆量，你就速速杀了我！"

慕容章站了起来，点指慕容燕云道："万梦生，本尊不会就这么轻易杀了你的。不急，我再给你七日时间，让你好好想想。七日后，若再不说出藏剑之处，本尊可真要杀了你！"他说着就要拂袖而去。

慕容燕云见慕容章生气了，放声大笑："哈哈哈，冥尊别生气呀，不然气死你七日后可就不好玩了！"

慕容章心中怒气更大，狠狠瞪了慕容燕云一眼。他目光如刀，从鬼面中射出，越发骇人。他什么也不想再说，转身走了。

幽冥宫里终日不见阳光，过了多久慕容燕云并不知道。这期间除一个黑衣人进来送一次饭外，没有任何人进来过，幸好他内力深厚，才勉强撑得住。他正思索着如何对付慕容章，这时石柱后的石门大开，慕容章一个人踱着步，神情看似很轻松地走了进来。

"万梦生，这几日过得还好吗？我这幽冥宫是不是很舒服？想没想好，到底几时交剑？"慕容章故作轻松地问道。

慕容燕云还是摇头："慕容章，你九幽鬼境也算是大家大业，却如此抠门，七日里就送来一餐饭，这样待客还想要剑，你莫要痴心妄想了！"

慕容章立刻变了脸色，拔出阿鼻在慕容燕云面前晃了晃，威胁着道："万梦生，本尊的耐心可是有限的，你当真不交吗？"

慕容燕云朝他冷哼道："慕容章，快给我拿几坛美酒来，喝完酒好带你去拿剑！"

慕容章冷笑道："万梦生，你要是敢耍滑头，你今天就死定了！"说着一挥手喊道，"快去酒窖取两坛好酒，把万庄主放下来。"

不多时，一个黑衣人送来两坛酒，慕容燕云一饮而尽，连声说："好酒，好酒！"喝完冲慕容章一抱拳道，"谢冥尊，在下告辞了！"

慕容章一愣，随即拔出匕首："你敢骗本尊，我这就送你归西！"他说着手中阿鼻一闪，一道金光携着劲风，直刺向慕容燕云前心，没留给他一丝挽回的余地。

慕容燕云见到慕容章要杀自己，心中大喜，暗道："慕容章，你聪明一世，糊涂一时，看来老天安排如此，你就瞑目吧！"他正想，见阿鼻已离他仅有半寸，他随即运起了移天换日神功。

慕容章本以为自己出手就能了结万梦生，哪知就在要刺中他前胸的一刹那，匕首被一股无形的力量所扭转，反刺向自己胸膛。他见自己手中阿鼻竟掉转了方向，这才明白自己上当了，眼前之人哪里是什么万梦生，正是慕容燕云。可一切都已来不及了，他因走火入魔，功力大降，又是出其不意，哪里还能控制得住手中的匕首，直刺入离自己心脏一寸的地方。

"慕容燕云，你敢耍本尊！"慕容章大吼着，拔出了刺入体内的阿鼻。

慕容燕云冷笑道："慕容章，你明白得太晚了！你日前想杀尽我们中原正道，今日我正道弟子就要血债血偿，与你们算总账！"

"慕容章，明年的今天就是你的忌日！"慕容燕云一记凌绝神掌打出，风雷之声大作，掌力之雄厚，天下无双。

慕容章本就功力大损，此时胸口又受了重伤，哪里还能是慕容燕云的对手。可他平日里耀武扬威、不可一世，哪肯就此受死，他忙出了一掌，抵向慕容燕云掌心。

两掌相交，两股无上的内力鼓荡，直震得整个石室都为之摇晃起来。

慕容章原本是天下第一，可自那日败在慕容燕云的移天换日之下，心中大是不甘，便苦练《万魔宝典》中至高无上的万魔蔽天大法。怎奈这门邪功太过阴毒，只要稍有不慎便会反噬，轻者内力大损，重者当场丧命。他练功时再三小心，但还是有些不当，大大损了内力，此时他再与慕容燕云对掌，内力哪里维继得上。

慕容章表情极其痛苦道："慕容燕云！要不是本尊内力受损，哪里会让你如此得意！"话才说完，就吐了一口血。他只觉自己丹田也变得越来越脆弱，内力无法运转，经脉已开始逆行，不需慕容燕云再用移天换日，他的内力便已自行攻向心脉。

慕容燕云见慕容章受伤，越发无所忌惮，全身内力如滔天巨浪般压了过去，想要速战速决，结果了慕容章的性命。

慕容章见自己不敌对手，忙高声喊道："楚江王、阎罗王何在？速速前来相助本尊！"

慕容燕云见慕容章想喊人，冷笑道："慕容章，我想此刻正道众人应该杀上山了吧。他们已经自顾不暇，哪里还会来救你？你已经恶贯满盈，今日便是你的死期！"

"尊主，不好了，少林、正一派的人马已经杀到奈何桥了！"楚江王身受重伤，慌慌张张地跑了进来。

"什么！"慕容章不敢相信平日里固若金汤的鬼门关竟已失守，不禁一慌。

慕容章一慌，内力自然随之一顿。慕容燕云见到这种天赐良机，焉能不抓住。他运起天地心经，内力无穷无尽，无歇无休，一波又一波地朝慕容章本已快要破裂的丹田冲击而去。

"啊！"慕容章痛苦至极地大叫一声。他的丹田本就脆弱，被如此刚猛精纯的内力长驱直入，再也维持不住，碎得四分五裂。慕容章丹田一破，再也没了任何防御的可能性，倒在地上。

楚江王见慕容章倒地，正想舍命相救。慕容燕云却出手更快，一掌打在慕容章的面门之上，打得慕容章七窍流血，一代枭雄就此殒命……

慕容燕云见慕容章已死，取过了他腰间的舒狂剑，笑道："慕容章，你不是天下无敌吗，没想到自己也会有今天吧！"

他说着就要出手再杀了楚江王，突然一道白影快如闪电，倏然而至，赫然就是那日救慕容章的那个女人。她虽徐娘半老，却韵味犹存，通身气质缥缈出尘，神情却又庄严凌厉，宛如一把出鞘的宝刃，立在那里好似九天下凡的王母。

"慕容燕云，慕容章是你可以杀的吗？这天下除了我梅傲霜，谁也没有资格杀他，因为他是我的丈夫！"白裙丽人说道，她的神情是那么高兴，又那么悲伤，欲哭无泪，欲笑无声，让人不禁有些害怕。

慕容燕云不敢相信眼前这一幕是真的，他怎么也没有想到江湖邪道之首的九幽鬼境冥尊，竟会与江湖正道之首的极乐仙境仙圣是夫妻。他不由喃喃道："这怎么可能，这怎么可能……"

梅傲霜伏在慕容章的尸身上哭道："这世上谁也不会像我这样爱你，也没人比我更恨你。你以前是一个多么好的人，可一时为我误入邪道，竟难以自拔。我曾多次劝告过你，你非但不听，还在我刚刚生下延钊后就忍心将我抛弃，你可真是绝情啊！我当时只是一个武功低微的弱女子，你可知道我是多么绝望，多么不易吗？我想过出家，想过自杀，可我却一直傻傻地以为你有朝一日会回心转意，与我重归于好。可你偏偏又给我写了封那么无情的信，如果不是遇到了师父，入了极乐仙境，只怕我早就活不成了！我现在练就的一身武功，都是为了杀你报仇，可你却偏偏没有死在我的手上，而是被慕容燕云这小子杀了，我实在心有不甘啊！”

此时此刻，一个堂堂极乐仙境的仙圣，却哭得像一个小女孩儿那般可怜、无助。她不断抽泣着，身子颤动间甚是凄楚。

慕容燕云叹了口气：“唉……没想到慕容章一生做尽坏事，死后还有人为他如此伤心，真不知道我死后，雪儿会不会像她一样……”

梅傲霜哭了许久，站了起来。她一双凤目，已经血红，瞪着慕容燕云道：“小子，你夺我武林盟主之位也就罢了，还敢杀死章哥，我今日就把这新仇旧怨与你一道清算！”她说着，手中一把轻巧的宝剑出了鞘，光华耀眼，直刺向慕容燕云。

慕容燕云见她的诸天玄剑剑法出手就剑气纵横，杀意激荡，飘逸凌绝，全不似人力所能为，尽夺天地之功。慕容燕云自己虽也精通此剑法，可与梅傲霜比在一处，就显得是那么呆板、可笑。

两人打在一起，使的都是诸天玄剑剑法，才过十几招，慕容燕云鼻洼鬓角就已大汗直流，全身更是有些脱力。但他不能就这样死在这里，只好苦苦坚持。

又过了几招，梅傲霜毫不手软，招招欲杀慕容燕云。慕容燕云越发抵挡不住了，只得节节败退，步步后撤，就连招架都极是费力，更别说反击了。

梅傲霜的剑，一剑比一剑快，一剑比一剑玄妙，已是穷尽了平生之所能，莫说世上还会有第二个人能使出如此威力的剑法，就是能闪避开此剑法的，只怕天下也不会有第二人了。

慕容燕云自悟到了天人剑法后，从未在剑法上服过任何人，可现在已经彻底为梅傲霜的剑法所折服，他暗道：“我真是井底之蛙，总以为自己剑法天下无敌，可却在梅傲霜面前显得是如此不堪一击……”

梅傲霜宝剑流转，往往寓杀招于优美至极的动作之间，比之舞蹈更是让人赏心悦目，说不出的秀逸，可偏偏又是致命到只要稍有触碰，慕容燕云必会命丧当场的地步。

慕容燕云多次想要用移天换日来反弹她的剑招，可她的剑招却已经不是自己所能扭转的。如果自己用十成内力，则她的宝剑势必变招，让自己白耗真气，可如不用十成功力，她那凌厉绝伦的剑势根本就无法逆转。慕容燕云完全束手无策。

眼见梅傲霜就要使出诸天玄剑剑法中最后的绝杀——羽化登仙。如果她使出这一招，休说是慕容燕云，就是鼎盛时期的慕容章，也未必能接得住那足以惊天地、泣鬼神的一剑。

慕容燕云的心已经彻底沉下去了，他知道只要梅傲霜这一剑使出，自己今天是决然没有生路了。他不禁默默慨叹道："唉，我多次大难不死，都幸运逃脱，可今天再也不可能如此侥幸了，她的剑不会留情？而我的梦想、我的心上人，如今也只能都放下了。"

梅傲霜的一剑已经斜向滑下，光耀无比的一剑，就像那灼热的太阳，坠落人间，要燃烧一切的黑暗与痛苦，这哪里是人所能抵抗的……

慕容燕云被这一剑的光彩晃得睁不开眼睛，只好本能地胡乱挡出一剑。他知道，自己这一剑无济于事，出与不出，也只能是个样子，也只是不想让自己临死前显得太软弱罢了。

可他突然听到了一个倒地的声音，竟是梅傲霜发出的。

慕容燕云忙睁开了眼睛，不敢置信地看着躺在地上的梅傲霜。她刚才的一剑，没有斩向慕容燕云，而是中途改了方向，抹在了自己的项间。

梅傲霜躺在地上，项间鲜血直流，她的神情间此时是满满的无奈与欣慰。"章哥，我这招剑法是为你练的，就是想有朝一日亲手杀了你，为自己报仇。可如今你已经不在了，这剑法又有何意义？我这一生不是都白活了吗？我现在随你去了，希望来世我们能做一对白头到老的恩爱夫妻，再也不像今生今世这般爱恨纠缠了。"

慕容燕云看着梅傲霜，不禁莫名有些伤心。他一直希望自己是天下第一，可以前有慕容章、梅傲霜，他怎么也只能算是天下第三，如今两人都不在了，自己就要真真正正地成为天下第一了，但他却没有一丝一毫的喜悦。他看看慕容章的尸身，又看看将死的梅傲霜，不由感慨良多……

"梅前辈，在下对不住你。"慕容燕云竟给梅傲霜跪下了。

梅傲霜只是一笑："慕容燕云，你的剑法能有如此境界，已属不易。而且我听说你做了不少好事，也算是我正道中难得的后起之秀，我今天便把这九幽鬼境和极乐仙境都交托给你了。至于我儿延钊，如能管教，还请为我多费一些心力，但如他真的执迷不悟，就让他自生自灭吧……我还有一件未了的心事，恐我死后再无人知晓，日后若见到水云阁少阁主……你告诉他，他的生身父亲是……是凤九天……"她说着说着，声音越来越小，直到彻底没了气息。

"梅前辈！"慕容燕云哭了。他此时心中着实感动，他怎么也想不到梅傲霜临死前竟会将她自己，以及她丈夫慕容章苦心经营的两个绝世门派，就这么交给了自己一个外人。

一旁的楚江王见证了一切，也大感震惊。怎奈梅傲霜是尊主的妻子，她遗愿如此，慕容燕云的武功又远在自己之上，自己又有什么办法，只得给慕容燕云跪倒道："慕容尊主，请受属下一拜！"

慕容燕云以前一直把灭掉九幽鬼境看成自己毕生的使命之一，可万万没想到自己会继慕容章后，成为这里新的主人。他站了起来，亲手扶起了楚江王："快免礼吧……"

"谢尊主！"楚江王毕恭毕敬地说道。

慕容燕云微微颔首，让楚江王安排两人的后事，自己拿着两人的兵刃走出了石室，这才见到了阳光。

被困在黑暗的石室里已有七日，再见到阳光时，慕容燕云倍觉温暖，可他的心却因两人的死变得很冷。

他到了奈何桥头，看到了正在激战的双方人马。正道这边是他最熟悉的那些人，慕容平州、李明和、万梦生、幽凡一、韩永林、宏泰大师、报恩、静应真君等一干豪杰全都前来相助。其中最让他留意的还是表妹幽若雨，慕容燕云从未见她出过手，可此时的幽若雨神情焦急，全然不顾自己受伤，手中淡蓝的雩霞剑不断挥舞着，无数鬼境弟子倒地身亡。

再看九幽鬼境这边，弟子死伤惨重，横尸遍地。阎罗王早已身受重伤，犹带着弟子在奋勇抵抗，不想让任何一个正道中人渡过长桥。

慕容燕云不忍见到两边再厮杀下去，忙喝道："两边众位，都给我住手，莫要再相互残杀了！"

两边人都停了手看向慕容燕云。

正道中人以武林盟主号令是从，见到慕容燕云下令，全部停手。而阎罗王见到慕容燕云手里拿着尊主信物——阿鼻匕首，自然也只有唯命是听。

“众位，如今慕容章、梅傲霜两位前辈都不在了，按梅前辈遗愿，由我来接管两派，不知众位谁有异议？”慕容燕云问道。

众人听慕容燕云如此说，谁敢反对，宏泰大师上前一步道：“阿弥陀佛，善哉善哉。九幽鬼境能有慕容盟主这样一位冥尊，想来必会让中原第一邪派改邪归正的，真是武林之福啊！”

慕容燕云点点头：“大师放心，有我慕容燕云在，九幽鬼境从此便会成为正道中一股不可小觑的力量，为苍生造福，为天下谋利的。”

正说话见，九天玄女领着一群飘飘如仙的白裙丽人到了。她见到慕容燕云手中拿着师父的清霜剑，不禁一愣，问道：“慕容燕云，你怎么可以乱拿我仙境的仙圣信物，我师父呢？”

慕容燕云叹息着将刚才发生的一切讲了一遍。九天玄女听说师父已死，痛哭失声起来，她身后的白裙丽人们也都号啕不止，就像没了父母的孤儿，极是可怜。

“古人说‘善恶到头终有报’。可万万没想到，这善与恶、美与丑到最后赢来的不是你死我活，却是和平统一，这才是天道……”慕容燕云缓缓叹道。

奈何桥头的气氛有些古怪，谁也没想到这次围攻幽冥宫会以这种结局收场，都不知道该说些什么。

万梦生这时开口道：“慕容老弟，这么多兄弟相聚在一处，太不容易，不如找个地方喝酒，才是正理！”

李明和看了慕容平州一眼，慕容平州一笑道：“万兄所言极是，我早就有意摆上一桌酒席，结交各位英雄，反正三星楼离此地不远，不如我们便去三星楼一叙吧！”

“好啊，好啊！”万梦生听说慕容平州要请自己喝酒，不由大喜，运起轻功便向三星楼方向而去。

众人见堂堂隐锋山庄庄主万梦生如此嗜酒，听到有酒喝，竟高兴得像个大人要领去买糖吃的小顽童，不由都哈哈大笑起来，向酒楼方向走去。

宏泰大师见众人都随万梦生而去，只有慕容燕云站在原地没动，于是上前说道："阿弥陀佛，慕容盟主想必是还在为梅施主的离去而难过吧？恕老衲多言，不如把这清霜剑留与九天玄女暂为代管，慕容盟主也好放心离去呀！"

慕容燕云觉得宏泰大师所言有理，把手中的清霜剑交给九天玄女，沉重地说道："梅前辈生前，你我虽因这盟主之位有些不合，可我也一直敬佩你人品端正，武艺高强。如今梅前辈辞世，我临终受托，却自知难以服众。今日便把这清霜剑暂交与你。希望你能代我统领好江湖正道，不要让梅前辈在天之灵失望！"

九天玄女有些不敢相信地问道："你……你真的要让我暂领仙圣？"

慕容燕云点点头，缓缓地说道："不错，我正是此意。"

九天玄女向来对慕容燕云印象不佳，可此时心中不禁极是感动，更是由衷地敬佩。她郑重地接过宝剑，对慕容燕云深施一礼，说道："我不会辜负你的信任，更不会辜负师父的毕生心血，就请放心吧！"随即带领众仙女飘然而去。

慕容燕云见大家都走了，心中升起一阵莫名的惆怅。他呆呆地看着天空中那如血的残阳出了神，谁也不知道他究竟在想什么。半晌他才慢慢地说道："大师，我们也该走了……"

第四十七章　三星之宴

众人第二日一早到了三星楼，包下了整个酒楼，摆下数桌酒席。好酒好菜自是琳琅满目，数不胜数，并且还为正一派、少林寺的众位出家之人设下了上好的素斋。

万梦生见到这些酒菜心中大喜道："哈哈哈，这可真是'金樽清酒斗十千，玉盘珍馐直万钱'呀，'陈王昔时宴平乐'想来也不过如此啊！"

一干人从早晨直吃到正午，这才尽了兴。

幽凡一见众人都已经酒足饭饱，这才开口道："诸位，我幽凡一不才，在此有个提议，还请诸位一听！"

所有人的目光都看向了他，他继续说道："如今慕容盟主不光是号令正道的统帅，而且成了鬼境的冥尊，可以算是一统江湖了，我作为他的表哥，自是替他高兴。只是慕容盟主出身鲜卑，是大燕皇室后裔，多年来一直有心终结乱世，重建大燕，怎奈以前人马太少，无法成事。如今他一统江湖，终于有了放手一搏的实力，所以想求在座各位能够鼎力相助，如吾弟真能达成夙愿，诸位便是开国元勋！"

"无量天尊，慕容盟主，您的为人、武功，贫道敬佩至极，只是这天下各路诸侯并起，如再重建大燕，便是谋反，其罪大矣！"静应真君当先开口反对道。

宏泰大师也道："阿弥陀佛，依老衲看，如今大宋皇帝虽人品有些不端，但登基以来政绩不凡，治下百姓皆已安居乐业。慕容盟主如果此时再重建大燕，只怕会使更多的生灵毁于战火啊！"

慕容燕云这时站起身来，朝众人深施一礼道："众位，我知道你们会认为我因一己之私，置百姓于不顾，我对此无言以对。自古以来，汉武也好，唐宗也罢，哪个不是双手沾满鲜血，才换来的锦绣河山？我慕容燕云自认虽不及古人雄才大略，却也有一腔热血和远大志向，不忍祖辈多年的心愿在我这里再成泡影。所以，纵然诸位与我慕容燕云为敌，我也无话可说，只是我重建大燕的决心是谁也阻拦不了的！”

司徒震这时叹息一声：“慕容盟主，老乞丐我要不是年纪已经大了，又身患重病，眼见时日无多，倒是有心助盟主一臂之力。可惜，现在已经是无能为力了！”

太史烈死后，樊峰继承了万刀门掌门之位，此时他说道：“慕容盟主，我万刀门也有心相助，奈何定邦祖师遗训，不让我们万刀门弟子插手朝廷中事，我们也爱莫能助了。”

韩永林听樊峰如此说，一抱拳道：“掌门，我韩永林有心帮慕容盟主成就大事，现特请求掌门能将我逐出万刀门，好歹不算我违了祖训！”

樊峰含笑点头道：“韩永林，你也算是我万刀门最杰出的弟子了，如果你相助慕容盟主，想来必可有一番作为。本掌门答应你，从现在开始，你就不是我万刀门的弟子了，可以尽心扶保慕容盟主成就大业了！”

李明和见韩永林为帮慕容燕云，竟主动离开了万刀门，忙道：“慕容兄弟，我李明和的命都是你救的，哪有不相助的道理。我带着神龙派残余的弟子，都投奔兄弟了！”

万梦生此时难得清醒，他说道：“慕容盟主，哥哥我虽是个酒鬼，可心中不糊涂。我知道如果没有老弟你，我此时早被慕容章那恶贼杀了。所以，只要老弟你能让哥哥像以前一样饮酒，哥哥我便为你效犬马之劳！”

慕容平州见已有四位江湖中一等一的高手都愿意相助慕容燕云，一笑道：“燕云兄弟，我们那日在辽东说过，谁先起势，另一人便为大将。现在你已一统江湖，我却还只是个舒和派的掌门，自然会话付前言，为燕云兄弟万死不辞！”

慕容燕云感激地朝五人抱拳道：“我慕容燕云不知何德何能，能得五位兄弟相助，我心中万分感激。待大事已成，定不会忘了你们的大恩大德！”

五人齐声道：“能为慕容兄弟效命，我们求之不得！”

“诸位，我慕容燕云想要起事，众位兄弟相助，我便知足了，至于各位前辈，你们却都有各自的想法，我也勉强不得。从此，我便再不是什么武林盟主，我要做的是千秋万载、一统江山的大燕皇帝！”

宏泰大师等人不禁叹息摇头，无可奈何地说道：“慕容少侠，我们江湖中人虽不会再助你，但你对我们的恩情，我们会铭感肺腑，绝不会与你为敌的。”

慕容燕云一抱拳道：“多谢诸位了！”

“慕容少侠，这世间虽山高水长，但我们之间已有了朝廷、江湖之别，只怕再会无期了……”众人慨叹着，抱拳还礼，随后陆续离开了。

慕容燕云站在窗边，看着众人的背影，心中有许多不忍与无奈，他暗道：“人生悲哀莫过于爱人反目，朋友凋零，如今身陷其中，才知个中滋味啊！”

这时幽若雨看到慕容燕云神情，已明白其中缘由。她轻轻走到慕容燕云身边，温柔地说道：“表哥，你别伤心，这世间能留住的不用留，留不住的再留也没有用。你还有我和这些留下来的兄弟，难道还不够吗？”

慕容燕云微微点头道：“是啊，还有你们，我还有宏图大志，或许这一世，就该如此吧。”

幽凡一此时问道：“表弟，你说我们下一步该怎么办？我们该有个落脚之地才好啊！”

慕容燕云缓缓转过身：“平州兄弟，这里离辽东不远了，你可知道有什么适合的去处吗？”

慕容平州沉吟一下，说道：“嗯……离此六十里便是燕山，那里有处黑蛟寨。听说，寨中兵强马壮，刀枪粮草不计其数，算是个好去处。”

万梦生问道：“平州兄弟，我们是要起兵，还是要落草为寇了？”

韩永林一笑：“万贤弟，这你就不懂了，我们现在只有一些江湖弟子，无法与军队相抗衡呢！如今之计，只有先寻得个安身处，将这些弟子训练成一支攻无不克的精兵，我们才好有下一步的动作啊！”

慕容燕云颔首道：“韩大哥所言不错，我们如今迫在眉睫的就是要训练出一支精兵，为夺取天下做好准备。”随即又说道，“我们本都是江湖中人，平日只擅长步下动手，如何能训练出马上的军队呢？”

李明和微微一笑：“慕容兄弟，这件事就交给我了。”

“哦？李兄弟，你怎么会这训练军队之法啊？”几人不禁好奇地问道。

李明和缓缓说道："想当年我先祖李凌风创建神龙派时，得了一位外号'剑胆琴心'的蒙前辈相助，而这位蒙前辈是秦朝蒙恬将军的后人。他与我先祖当年是生死之交，只是后来有了些误会，这才分道扬镳。他临走前便把蒙家祖传的兵书交给了先祖，这么多年来，这套兵法成了神龙派掌门的不传之秘。我有幸曾研究过这套兵书，我虽不敢说带兵能屡战屡胜，但要训练这些军队却不在话下。"

正说话间，突听楼下传来一个婉转动听的声音："诸位英雄，小女子晚来一步，未能助大家一臂之力，实在抱歉！"

但见楼下走上来一位腰挎宝剑的白裙女子。她风姿绰约，倾国倾城，举手投足间，给人的感觉仿佛百花仙子临凡。

慕容燕云见到此人，不禁惊喜交加，问道："雪儿！你怎么来了？你是如何找到这儿的？"才一个月未见，却恍如隔世，两人全然不顾在场众人的注视，四目痴痴地对望着。

过了好一会儿，赵婵雪说道："父亲听说各位英雄要攻打九幽鬼境，特让我前来相助，紧赶慢赶还是来晚了，甚是遗憾。各位都没有受伤吧，慕容哥哥你还好吧？"

"雪儿放心，我没事，比任何时候都好！"慕容燕云高兴地说道。

这时幽凡一拉过慕容燕云说道："表弟，不知赵匡胤又要什么阴谋，赵婵雪说的话你信吗？赵匡胤不暗算我们也就罢了，又如何会助我们？贤弟你可千万别上当呀！"

"我相信雪儿所说不会有假。表哥所言也不错，赵匡胤又怎会真的相助，不过是借天下正道之威名捞取人心罢了！"慕容燕云愤慨地说道。

"我们在此密谋乃是兴兵造反，如何一统天下的大事，如果她知道了，只怕会走漏消息给她的父亲，一旦被赵匡胤知晓我们的计划，我们再想成大事可就千难万难了！"幽凡一满是担忧地说道。

慕容燕云不假思索道："雪儿善良单纯，相信她并不知真情，此事还需从长计议，先别告诉雪儿，免得伤到她。"

这时赵婵雪走过来笑道："两个大男人说什么悄悄话，也说出来让我听听。"

慕容燕云笑着说道："雪儿途中劳顿，我先送她到客房休息。"

两人下了楼，到了后院客房。慕容燕云掩好门，任何语言在此刻都是多余的，两人紧紧地抱在一起。此时窗外微风拂动，树枝随之摇摆，娇艳、纯洁的花朵在那一霎盛开了，燕啭莺啼……

良久，听到门外幽凡一喊道："表弟，众位兄弟有要事要与你相商。"

"我们现在要谈些正事，你在房里回避一下，稍候我来陪你。"慕容燕云柔情无比地说道。

赵婵雪虽然有些生气，却也没有多想什么，笑道："慕容哥哥，你说什么？你让我回避？我们之间还有什么不能说的事情了？"

慕容燕云无奈地一笑："也罢，雪儿，我信得过你，我们一起前去就是。"

赵婵雪一笑："哈哈，我不过开个玩笑，不过既是慕容哥哥信得过我，我便一同过去听听。"说着随慕容燕云走出房门。

房门打开，慕容燕云见到幽家兄妹，正要再说些什么，幽凡一见赵婵雪也跟了出来，起初觉得甚是不妥，可转瞬他就莞尔一笑，带着两人回了酒楼。

他们才上了楼，就见有许多人用一种敌对的目光看着赵婵雪，韩永林更是沉不住气了，他说道："燕云兄弟！莫要再与她纠缠不清了。你们之间的爱恨谁心里都有数，不如我今天把话挑明了，对我们大家都好。"

随即，韩永林对赵婵雪冷哼一声，说道："赵小姐是大宋的公主，天下第一美人，想要做什么，天下人莫敢不从，这天下的男人多的是，为何总是和燕云兄弟纠缠不清，难道也是你父亲的旨意不成！"

韩永林不等赵婵雪还口，也无视慕容燕云瞪大的双眼，他又接着说："赵姑娘，何苦非要如此呢？你父亲已经做了大宋皇帝，而我们也要起兵，恢复大燕，你们早晚都是两国的仇敌，再也不会是单纯的个人恩怨了。你们迟早都要面对的，何必再自欺欺人！天下没有不散的宴席，不如就在今天，你和燕云兄弟做个了结吧，在座的各位兄弟也好做个见证。"

"慕容哥哥，他在说什么，我听不懂！"赵婵雪的声音在颤抖。

慕容燕云难过地低下了头，没想到韩永林竟会和雪儿摊了牌，此时此刻他不知该对赵婵雪说些什么。

如果说刚刚赵婵雪还有些怀疑，就在慕容燕云低头的一瞬间，冰雪聪明的赵婵雪明白了一切。

“慕容哥哥，你不是答应过我放下仇恨吗？难道你一直在骗我！父亲自登基以来，专心勤政，万民拥戴，此番他又授我尚方宝剑，派我前来助战，说明他有心与你们和好，你们怎么还要如此啊！快告诉我，他说的不是真的！”赵婵雪极是气愤地说道。

慕容燕云看到赵婵雪，刚才在自己怀里，还像只温柔的小鹿，此时眼角却满是杀意，想要与自己拼个你死我活。他终于彻底清醒了，他和赵匡胤之间的仇恨赵婵雪不可能置身事外，他和雪儿此生也恐怕再难相守。

“赵姐姐，你快住手，此事或许还有挽回的余地！”幽若雨说着一横雩霞剑挡在慕容燕云身前。

赵婵雪喝道：“幽妹妹，你闪开，姐姐不想伤了你！”

幽若雨却坚决地说道：“赵姐姐，我也爱表哥，你难道不知道吗？我怎么忍心见到表哥受到伤害？如果赵姐姐今天一定要与人发泄，也请不要为难表哥，我愿意代表哥与你一战。”

赵婵雪冷笑道：“幽妹妹，我不想和你动手，再说就凭妹妹你的功力，根本就不配与我一战！”

幽若雨一狠心，摆出雩霞剑，使出幻雨灵剑。幽若雨的武功虽不是十分厉害，可要与一般的高手过招还是绰绰有余的。她手中宝剑晃动，招数极是紧密，又是那么空灵，仿佛漫天剑雨洒落空中。

赵婵雪见到幽若雨的剑法，不禁又是一阵冷笑，她的百花手遇到雩霞剑，就像百花逢雨，越发娇艳起来。

两人过了三十多招，幽若雨手中宝剑还是被赵婵雪夺了过去，并且在她的气海穴上点了一指。幽若雨因长时间被关在地牢里，寒毒入侵体内，周身湿重如裹。穴道被点，只觉顿时内力一滞，人竟昏了过去。

“妹妹！”幽凡一见赵婵雪竟伤了自己的妹妹，不由大怒，用剑点指道，“赵婵雪，你好生狠毒！你明明是恨我表弟，为何出手伤我妹妹？”

赵婵雪冷笑道：“幽大庄主，我伤你妹妹怎么了？你没看到是她先出的手吗？如果你自觉武功能胜得过我，就来替妹妹报仇啊！”

幽凡一点头：“好，你接招吧！”他说着拔出了手中清影剑，屏气凝神地看着赵婵雪，只待赵婵雪出手，自己就要一招制敌。

赵婵雪见过幽凡一的剑法，自然知道他剑法的奥妙，于是她左手如兰花，一招拂向幽凡一的要穴。

幽凡一见赵婵雪出手，忙一剑刺向她的破绽处。哪知赵婵雪这一招只是虚招，要的就是幽凡一以假为真，见幽凡一果然上当，心中暗笑，左手飞快地收回，右手一拳打向幽凡一的太阳穴。

幽凡一见势不好，忙变招相护。不料已中计，此时再过招难免有些被动，好在他这些时日已将幽玄剑法练得有了八九成火候，才能施展出其中奥妙。

赵婵雪原本武功远远不如幽凡一，自她拼成了《百花手》后，每日参悟，此时武功已略胜幽凡一，再动手幽凡一哪能讨到便宜。

两人你来我往，斗得煞是热闹。百招过后，幽凡一就有点儿难以招架了。他见赵婵雪玉手柔弱无骨，偏偏一招比一招致命，总不离自己周身大穴，剑招越发散乱。

又打了不到五招，赵婵雪已绕到幽凡一的身后，指尖在幽凡一的灵台穴上重重一点。幽凡一只觉眼前一阵模糊，随即昏了过去。

幽凡一才倒在地上，万梦生、李明和、韩永林三人就到了。他们见赵婵雪竟点了幽家兄妹的穴道，纷纷拔出了兵刃，虎视眈眈地看着赵婵雪，只要她再上前半步，就要齐齐发难。

慕容燕云叹息道："你们都让开。我与雪儿的恩怨看来已难化解，不如今日就让她杀了我吧。"

"盟主！"三人本想规劝，见慕容燕云神情坚决，只得撤到一旁了。

赵婵雪见无人拦阻自己，一步步逼向慕容燕云道："慕容燕云，受死吧！"她说着运足全力，一指点向慕容燕云的膻中穴。

这膻中穴乃属人身死穴之一，如是被点中，纵然不死，也再难动转了。她本以为慕容燕云定然会躲避，可她眼见自己一指离穴道只有三寸了，慕容燕云还是一动不动，仿佛真的宁愿一死。

与慕容燕云的过往在赵婵雪脑海中闪过，她的手哪里还能再向前半分。赵婵雪长叹一声，落寞地转过了身，独自下了楼，谁也没有看到，她眼角边那晶莹的泪光和心底渗出的滴滴鲜血……

"雪儿，你别走……我虽要恢复大燕，可对你的心何曾有一丝一毫变过呀……"慕容燕云深情地喊道。

可她终究还是走了，慕容燕云心中也极是酸楚，如不是有群豪在场，他真的想大哭一场……

慕容燕云望着赵婵雪远去的背影，内心久久无法平静。

这时幽凡一命下人抬来随身携带的一个箱子，献出金光灿灿的黄金宝甲。万梦生和慕容燕云对换了宝剑。见此，慕容平州也叫手下牵来了枣红马。

一切准备就绪，一队人整装出发。阳光照耀下，慕容燕云身披黄金甲，手持逐天剑，胯下枣红神驹，整个人宛如九天战神。只见他宝剑向东北方向一挥，代替号令，带着众人向燕山而去……

第四十八章　反客为主

众人一路上偃旗息鼓，分开前行，生怕沿途的官兵有所察觉，第三日到了燕山中麓的雾灵山脚下。

慕容燕云让众人在山下暂驻，带着慕容平州和几个弟子上了山。不久，穿过一片密林，几人就到了黑蛟寨。

慕容燕云见此地山高林密，风景极佳。远处有涓涓水流汇入寨中。此时寨门紧闭，哨楼上站着几个小喽啰，个个斜刀挎剑，很是精神。

一个小喽啰看到慕容燕云几人，高声问道："哪条线上的？莫不是些鹰爪孙？快亮个蔓！"

慕容燕云一抱拳，恭恭敬敬地说道："并肩子，我们要挂桩，求见你家瓢把子！"

慕容平州说道："老合，招子放亮点，这可是座阴阳山。"

众喽啰一听，有些意外，忙开了寨门，迎接众人。慕容燕云见他们下来了，便送上了拜帖。一个小喽啰见到拜帖更是吓了一跳，有些慌张地进了山寨，回禀寨主去了。

不多时，从寨中走出来三个大汉，为首一人极是魁伟，满脸横肉，后背倒持一把砍山刀。他身边两人一个极是高挑、瘦削，身高九尺挂零，仿佛一截竹竿。另外一人又矮又胖，仿佛矮冬瓜一般。

"哪里来的点子，野鸡闷头钻，哪能上天王山？"为首的大寨主冷言冷语道。

慕容燕云哼了一声，说道："地上有的是米，喂呀，有根底！"

竹竿问道："嘛哈嘛哈？"

慕容平州微微摇头："阴阳山哪里能做过暗线？"

矮冬瓜点头："瓢把子，这些吃搁念的看来是真的。"

大寨主颔首，深施一礼道："慕容大侠，请里面抿山！"

慕容燕云一笑，当先随三人进了山寨，慕容平州众人紧随着跟了进去。

几人到了山寨议事大厅，但见里面规模虽不算很大，但器物摆放得极是规矩，颇有些威严之感。

慕容燕云被让在上手边的虎皮椅上坐下了，其他人在他左右也落了座。大寨主一抱拳，介绍道："慕容大侠，在下'出水蛟'程江，这位高个的是老二'擎天手'杜方，矮个的是老三'撤地虎'王明。我们弟兄不知慕容大侠您来了，未曾远迎，望请恕罪！"

"瓢把子，客气了！"慕容燕云还了一礼道。

程江吩咐手下人道："快给各位大侠上软富！"他一声吩咐，手下小喽啰便忙活开了。不多时，就在议事大厅中摆下了一桌酒席。

席间，慕容平州对三个寨主问道："三位，我们有心想要在贵宝寨挂注，不知可否让我们容身啊？"

慕容燕云听见慕容平州说话，也不开口，只是用眼睛盯着三人。他眼神中没有一丝凌厉逼人，神情也是不阴不阳，一副清风皓月的模样，仿佛置身事外一般。

程江一皱眉，说道："慕容大侠，我们庙小供不起大神仙，如果您留在山寨，我们弟兄又该如何排位呢？"

杜方也问道："慕容大侠，您既是座阴阳山，何不另寻更好的去处，偏偏看上了我们这里？"

慕容平州一笑："我们听说三位寨主武艺不凡，手下兄弟、粮草都多，而且地处大宋、辽国边境，自然是我们最好的来处啊！二寨主何必明知故问呢？"

王明冷哼一声："慕容大侠，你这摆明了是要抢占地盘啊，我'撤地虎'王明今天第一个不答应！"

慕容平州喝道："王明，别敬酒不吃吃罚酒！你难道真以为我们要上山，非要经你们几个恶贼同意不成？"他说着拔出宝剑点指三人道，"你们早就恶贯满盈了，此事有商量也就罢了。若是要翻脸，我们今日就要替天行道了！"

见慕容平州拔剑，随行的几个弟子也都纷纷拔出了兵刃，只待一声号令，就要出手相搏。

“好啊，你们这些吃搁念的，比我们兄弟还不讲礼！”王明大怒，拔出腰间一口单刀，使出地躺刀法来。

他身材又矮又胖，在地上灵活地翻滚着，宛如一只活了的皮球，虽然刀招凌厉迅捷，可在慕容平州眼里却是那么可笑。

“哈哈哈！”慕容平州放声大笑，手中双色宝剑快如疾风，招招攻向王明的破绽之处。

王明哪里能是慕容平州的对手，只过了三五招，背上就被慕容平州刺中一剑，鲜血霎时流了出来。

程江见三寨主王明这么快就身受剑伤，不禁心头一急，取出背后的砍山刀，朝二寨主杜方使了个眼色。两人多年配合，极是默契，杜方见大寨主程江眼色，当即会意，拔出丧门剑，两人齐齐攻向慕容平州。

慕容平州见两人同时出手，也只是轻蔑地一笑，手中双色宝剑得心应手地刺了出去。但见他招数奇妙，虽只一剑，可其中刚柔变化万端，哪里是两个寨主能接得住的？

程江、杜方只觉慕容平州剑招飘飘，刚如猛火，柔似清泉，欲东攻西，指南刺北，他们生平所见之人哪有一个比得上他的。他们又看到坐在虎皮椅上的慕容燕云连头都不抬，只是缓缓斟着手中一杯酒，一副云淡风轻的模样。

“不好！今天真碰到高手了！”程江心中一震。可他江湖经验老到，随即就镇静下来，嘴角微微含笑，带着两位寨主跪倒在慕容燕云面前。

“慕容大侠，求您不要误会。我们虽落草为寇，可也算是江湖中人，遇到高手不想交臂失之，故而冒犯之处还请您见谅啊！”三人给慕容燕云连连叩头，模样极是诚恳。

慕容燕云微微点头：“你们起来吧！”

程江站起来，吩咐道：“来人啊！快给大侠们上好酒！”

他话音才落，就有小喽啰端上了两个玉壶，送到了程江面前。程江接过木盘，恭恭敬敬地给慕容燕云斟满了一杯，递了过去。

慕容燕云接过酒杯，看了一眼，嘴角有了一丝难以察觉的笑容，他随即一口饮尽了杯中之酒。

程江见慕容燕云喝了酒，心道："慕容燕云，就凭你还想与我斗？你已经喝了我的毒酒，离死不远了！"当他发现慕容燕云喝完了一杯毒酒竟全然无事，不由心中惊恐万分。

莫非是药量不够？那我就让你再喝一杯，就是再强的高手今天也别想活着走出我的黑蛟寨！他想着满脸堆笑道："哈哈，慕容大侠好酒量，再来一杯如何？"

慕容燕云点头，又连喝了两杯，才冷笑着说道："哈哈，程寨主，这酒中的鹤顶红如果再多一些，才合我的胃口啊！"

程江三人对酒中的毒性自然无比清楚，这酒中药量莫说是给人喝，就是神仙喝了三杯，也要死在当场。可眼前的慕容燕云竟真的喝了，而且是在知道酒里面有毒的情况下，就这么从容不迫地喝下了三杯酒，这些人个个惊惧地看向慕容燕云。

"慕容……慕容大侠，您……您真能开玩笑……"程江战战兢兢地说道。

慕容燕云摇摇头："我可没心情和你们这些死人开玩笑。"他说着挥手间，逐天剑出鞘，但见一道紫芒闪过，二寨主、三寨主的人头已落在地上，满腔鲜血喷得一地都是。

程江见到慕容燕云就坐在那里，出手也只一剑，自己手下的两位寨主却已经死于非命，他此时只觉眼前这微微含笑的慕容燕云，比之九幽的恶鬼还要可怕，他下意识地拔腿就向门外跑去。

慕容燕云哪里能让他就这么跑了，不见他如何动作，手中的逐天剑就已经像一支羽箭般，带着惊人的破空之声，直刺向程江后心。

程江听到自己身后声音不对，但再想躲已来不及，胸膛被逐天剑刺穿，人被活生生地钉在了地上，哪里还能活命。

慕容平州见慕容燕云两招出手，三人就已横尸厅中，也自是佩服，说道："燕云兄弟，你两招就杀了三个贼首，武功当真不愧天下第一！"

慕容燕云一笑："我的武功也不过如此，只是梅傲霜和慕容章两位前辈死了，才显出了我而已。"

两人正说话间，突听门前一阵大乱，慕容燕云以为是李明和等人上山来了，便迎了出去。可他才到门口，就见到了一个身着褐色长袍的高手从几丈外一晃到了他面前，此人的模样与气息让慕容燕云感觉有种莫名的熟悉。

“什么人！”慕容燕云见不是自己人，以为是山寨的高手要为寨主报仇，一记凌绝神掌击了出去。

那褐袍人也出了一掌，抵住慕容燕云的攻势。两人的内力一交，心中都是一阵愕然，停了手。

“师弟？”

“廖叔？”

两人随即大笑起来，慕容燕云见到穆廖竟还活着，焉能不喜，忙问道：“廖叔，您还活着？这么多年去哪儿了？”

穆廖摇摇头：“师弟啊！我当时侥幸在赵弘殷手中逃得一命，本想去找你，可怎奈身受重伤，只得先寻了个地方养伤。后来伤好了，再去找你，就没有找到，我只当你已不在人世了。我只得一个人自寻生路去了，不想误打误撞一路向北，到了辽国。我在辽国有了番奇遇，练成了一身武艺，还成了这辽国八山十寨的总瓢把子，真是一言难尽啊！”

慕容燕云点点头，一笑道：“原来如此！要是早知道这里是廖叔您的地盘，我又何必如此麻烦呢？”

穆廖这时看到了厅中的慕容平州，不禁一阵怒意直冲心田，就要上前结果了他的性命，替师父一家报仇。慕容燕云忙拦住他道：“廖叔，莫要冲动，平州兄弟如今已经与我化解了仇怨，现在都是一家人。”

“什么！师弟你怎么如此糊涂？如果连父母大仇都可以不报，不是枉为人子！今日你放弃仇恨，可我穆廖不能，师父师娘待我如父母，这仇我穆廖一定要报！”穆廖说着，足尖轻点，一掌拍向慕容平州。

慕容平州知道慕容燕云与他关系非同一般，自己如果出手，势必要得罪慕容燕云，但如果不出手，穆廖武功又实在难以对付，当真是好生矛盾。

这时，幽凡一等人在山下等得急了，正到了厅前。

幽凡一看到穆廖竟要与慕容平州动手，忙喊道：“穆大哥，这其中有误会，你快住手！”

穆廖听身后有人叫自己，回过头，看到是幽凡一，不禁长叹一声：“幽老弟，怎么你也拦我？难道忘了你姑姑一家是死在慕容平州这恶贼手中的吗？”

幽凡一解释道：“穆大哥，此一时，彼一时了。慕容平州虽杀了我姑姑，可现在他与表弟志同道合，为了重建大燕，已经走到一起了，就不要再提往事了好不好？”

穆廖冷笑道：“哈哈哈，慕容平州，你是当真厉害，给他们吃了什么迷魂药，让他们连你这样一个杀父仇人都能放过！”他转身对慕容燕云道，“师弟！既是你们执迷不悟，我穆廖也没有办法，我这就把八山十寨的两万人马交给你了，师父当年托付给我的大燕玉玺、大燕皇帝世袭表也都交给你，我再也不管你们这些事了！”

慕容燕云叹息道：“唉，廖叔，您总是这么固执！我怎么好把你多年苦心经营的基业都拿去，您还是再考虑考虑吧……”

穆廖摇头，从怀中取出了一块铁制令牌和另外两件宝物，说道：“师弟，有慕容平州就没有我穆廖，我告辞了！”他说着把东西都交给了慕容燕云，自己如一阵风般下山去了。

慕容燕云接过三件宝物，心中泛起一阵酸楚。

慕容平州见慕容燕云心中难过，说道：“燕云兄弟，你如果对穆廖大哥不舍，我离开就是，何必如此难过？”

慕容燕云摇摇头：“平州兄弟，我并非此意，这其中的原委你我谁不清楚。廖叔想来也是一时没有转过弯而已，我想他早晚有一天会回来的。”

慕容平州长叹一声，不再言语了。

慕容燕云见人马已经来齐了，便在议事大厅前召集了众人。他朝众人先是深施一礼，然后当众说道：“诸位！你们有的是从三星楼随我同来的弟兄，还有原本这山寨中的豪杰，不论是谁，都是我慕容燕云的朋友。今天，廖叔把这山寨托付给我，今后，我慕容燕云就是这山寨的大寨主，还望各位兄弟多多帮衬！”

慕容平州带头道：“我兄弟做寨主，我慕容平州无二话！”众人也纷纷应和。

慕容燕云点点头：“我既是大寨主，就要变一变这寨子的名号与规矩。从今日起，黑蛟寨改名为潜龙寨，不许再欺压百姓，为祸一方。”

有些原本山寨的喽兵，听慕容燕云说不许再抢劫，纷纷问道：“大寨主，我们都是落草为寇之人，如果不去抢劫，那么我们如何度日，还请大寨主明示！”

慕容燕云沉吟一下道：“我们潜龙寨从今往后只可以去抢那些为富不仁的

土豪劣绅、欺压百姓的朝廷走狗、恶贯满盈的绿林强盗。”

众人齐声答道：“请大当家的放心，我等绝不再做伤天害理之事！”众声洪亮，响彻山间！

慕容燕云激动地环视着众位兄弟，心中的火种已被点燃，如今这潜龙寨就是他的起点，复兴大燕的梦想似乎离他已经不远了！

第四十九章　浴血奋战

两个月后，慕容燕云正坐在虎皮椅上处理着山寨中的事务，一个小喽啰有些慌张地跑了进来。

“报寨主！山下有一位姑娘，自称叫赵婵雪，求见大寨主，说有要事相告，小的不知该不该让这位赵姑娘上山！”小喽啰请示道。

慕容燕云放下了手中的事，有些惊奇地抬起头来，他心道：“雪儿怎么可能来，那日在三星楼她走得那么决绝，今日来山寨，怕是出了什么大事！”

他想着说道：“快请她上来，告诉手下兄弟，万万不要得罪了她。”

小喽啰见寨主一听赵婵雪的名字，神情如此惊喜，自是猜中了七八分，忙下山传令去了。小喽啰一走，慕容燕云哪里还坐得住，亲自迎到了寨门口。

赵婵雪见到慕容燕云时，嘴角不禁微微有了笑意，可很快她又冷哼了一声：“慕容燕云，你好大的出息，放着堂堂的武林盟主不做，跑到这种鬼地方做起山贼来了！”

慕容燕云见手下的众喽兵对赵婵雪的话大感不满，不由有些尴尬地一笑：“雪儿，我虽有心恢复大燕，可眼下势力有限，也只好走一步筹划一步了。这几日你过得还好吗……”

赵婵雪摇摇头：“不好，非常不好！我本打算与你们一刀两断，今生今世再也不见面了。可途中我听说宋朝大将石守信、韩重赟率领三四万人马要来此抄山，如果换作别人，我才不管呢，但既然知道你在这里，我就不得不来报个信了……”她说到“你”时，不禁含笑看向自己的腹间。

慕容燕云听说石守信带三四万人来抄山，不禁有些紧张，并未观察到赵婵雪神情间微妙的变化。他心想：“如今山寨人马不过两三千，虽说此处易守难攻，可双方人马悬殊，两下对阵，根本不是他们的对手，这仗该如何打啊？”

赵婵雪见慕容燕云愣神，全然没发现自己神情与往日的不同，心中有些郁郁，暗道：“难怪都说男人粗心，慕容哥哥此时只想军情，竟没发现我已经怀上了他的孩子，也不说对我温柔一点儿，真是气人！哼，那我就不告诉他，让他蒙在鼓里好了……”

慕容燕云出了一会儿神，这才想起来两人还站在寨门口，忙笑道：“哈哈，雪儿，我可真是糊涂了，竟忘了让你进屋休息。”

赵婵雪点点头，随慕容燕云进了山寨。慕容燕云为她安排好了房间，说了几句话，就回了议事大厅。还未坐稳，就吩咐身边喽啰把另外几位寨主都请了过来。

慕容燕云把赵婵雪带来的消息同几人说了，问道：“朝廷派出重兵前来抄山，目前情形不容乐观。几位兄弟，你们有什么好计策吗，快说出来听听！”

万梦生等人对带兵打仗之事一窍不通，只有李明和开口道：“大寨主，我虽然不才，好歹也读过些兵书战策，明白这‘兵来将挡，水来土掩’的道理。如今，宋朝派来三四万大军，人多势众，如能调动穆廖大哥的人马，或是平州兄弟的人马前来相助，危机可解。只是这样势必定会惊动辽国，惹来更多麻烦，所以只能凭我们寨中人马与他们决一死战了！”

慕容燕云问道：“李兄弟，我们现在人手这么少，如何能够取胜呢？”

李明和沉吟一下道：“大寨主，你派人连夜打造几十辆铁滑车，再多备些滚木礌石，务必守住上山的道路。再派人到山中林间设下陷坑、绊马索，多备引火之物，以防敌人从隐蔽的山林中摸上山寨。最后派一队长枪手，埋伏于北面绝壁之前，如有敌人强行登壁，就让他们有来无回！”

慕容燕云点点头：“李兄弟所言有理，就由你来分派兵马吧！”

李明和一拱手，道了声：“得令！”就见他缓步到了虎皮椅前，从桌上取过几支令箭，环视着在场几人，当真有种大将点兵的风度。

“慕容平州接令！”

慕容平州没想到恢复大燕的第一支军令竟落在自己手中，不禁极是兴奋，恭恭敬敬地走到李明和面前，应了声：“在！”

李明和缓缓说道：“慕容平州，我命你带七百弟兄，到南面山路迎击敌军主力，莫要让他们杀上山寨。否则，军法处置！”

“在下领命！”慕容平州说着接过了令箭，到外面点起了人马，到山寨南面驻扎。

李明和又说道：“幽凡一接令！”

幽凡一见第二支令给了自己，精神一振，到了李明和身前，问道：“不知李兄弟有何差遣？”

李明和说道：“幽凡一，我命你带七百人马到东边驻扎，敌人从东面进攻，万万不可放他们上来！”

“在下接令！”

“万梦生，你带长枪手到北面绝壁上埋伏，如有敌人强登绝壁，定要让他们有来无回！”

“韩永林，你带人到林子观察，如是小股人马潜入密林，不需管他，但如果人马超过五千，便下令放火烧林，让朝廷走狗们葬身火海！”

万梦生、韩永林也都接令而去，慕容燕云问道：“李兄弟，不知这西路由谁把守，可用得到我吗？”

李明和微微颔首道：“大寨主，这场仗最关键的地方就拜托你了！”

慕容燕云忙问道：“不知李兄弟有何妙计，快说来听听，我也好依计行事。”

李明和说道：“大寨主，这东边、南边是敌人最有可能攻击的方位，我已派了大半人马前去阻拦，想来就是阻拦不住，也可大大地消耗一下敌军的力量。而敌军如果受阻，势必不甘心，必出险招，强登绝壁，万梦生带着长枪手埋伏在那里，他们想上来也是千难万难。”

“可敌人如果攻西边，我们岂不是要溃不成军？”慕容燕云问道。

李明和一笑：“大寨主，这就看你的了。你带两百人马下山迎敌，许败不许胜，引他们从西边攻山。而我带人在山上备好铁滑车，只要大寨主带人过了埋伏圈，我们就放车痛击敌人，他们纵然不全军覆没，也会人仰马翻，那时你我一起杀下山去，便可大获成功！”

慕容燕云赞赏道：“李兄弟，你比当年的韩信、李靖有过之而无不及啊！有你在，我等恢复大燕又有何难？”

次日，石守信就带着大军到了山下，把个雾灵山围得水泄不通。慕容燕云带着五百人马下山迎敌。

石守信点名让大寨主出马，慕容燕云只得催马到了两军阵前，手中逐天剑点指石守信、韩重赟喝道："对面大将听着，我慕容燕云上应天时，中继祖志，下顺人心，欲将恢复大燕，尔等如若不想枉送性命，还是快快离开，否则休怪我们与朝廷为敌了！"

石守信大笑："哈哈哈，我当这山大王是谁呢，原来是你慕容燕云。一个手下败将，少要在此嚣张！那日在慕容仁坟前如果不是我们一时犹豫，放走了你，你早就成石某的刀下亡魂了！你若识相，还是速速放下兵刃，随我们回开封城请罪去吧！"

慕容燕云听石守信提起那日之事，不禁心中一阵恼火，拍马舞剑直取石守信。石守信哪里会有半分示弱，也挺刀迎了上来。两人缠斗在一处，刀剑并举杀得极是激烈。

过了二十招后，慕容燕云心想："李兄弟是让我来诱敌的，我不可恋战。"他想着手中剑招渐渐地散乱起来，越打越没了章法。

石守信见慕容燕云已经有些招架不住，不由暗喜，心道："慕容燕云终究还只是个江湖中人，与我这种马上大将动手，实在不堪一击！"他想着刀上的力道越发雄浑起来。

慕容燕云又出了几招，故意漏了个破绽，装作不敌的模样，带着五百人马向西边逃去。

石守信见慕容燕云退走就要带兵去追，韩重赟忙拦阻他道："石将军，莫要追赶，小心上了慕容燕云这贼人的恶当！"

"韩将军，你太过小心了！你难道忘了，那日在慕容仁坟前我们就是因为太过小心，才让这贼子逃走的吗？你莫要拦我，我今日定要斩下他的人头，献给陛下！"石守信说着就带了一万人马直扑西山而来。

韩重赟见石守信不听自己劝告，长叹一声，下令道："剩下的弟兄听着，随我从东、南两面攻山，定要一举剿灭匪患，一个也不能放过，违者军法处置！"

石守信的兵马很快就到了西边山道，慕容燕云假意又与他打了几招，便打马上山。他的枣红神驹乃是万里挑一的宝马良驹，自是快如疾风，他身边的五百人马，也都是山寨中的精锐，个个身强力壮，走起路来比之平常士兵自是快上许多，很快就消失在了远方的山路上。

“给我追！”石守信见慕容燕云就要逃回山寨，再想杀他就难上加难，心中自是有些焦急，带着队伍加快了速度。

他们沿着慕容燕云刚才上山的坡路，向上疾行了许久，却一直没有发现慕容燕云等人的踪迹，他正想着要不要下令撤退，却突然听到了在林中有数声古怪的响动，好像有什么沉重的铁器在地上拖动。石守信心中不禁一惊道：“不好！我莫非是中了慕容燕云的诡计？”

就在他迟疑的片刻，李明和已下令推出了十多辆铁滑车。这铁滑车每个都重逾千斤，上面密嵌数十把钢刀，阳光照耀下，刀身泛着瘆人的寒芒，让人有种不寒而栗之感。

石守信见到李明和推出了铁滑车，忙打量了一下周遭地势，但见这条山路甚是陡峭，道路高于两旁的树林许多，而身后士兵太多，间隙太密，哪里撤得下去，在这种地方想要全军后退，实在难如登天，他不禁暗道：“是我小看慕容燕云这群贼人了，不想今天我石守信竟要命丧于此！”

此时，李明和下令放车。只听得铁滑车车轮转动，发出咯咯的巨响，如一头头力大无穷的猛兽般扑了下来，直冲向石守信以及他身后的上万人马。

石守信惊呼一声，他正准备用尽平生神勇，用刀硬去挑铁滑车，还未及动手，竟看到当先一辆铁滑车的车轮好像出了问题，竟突然停住了，后面的车也都陆续停了下来，满满地占住了山道，李明和想带兵杀下来也完全没有可能了。

这个变化莫说石守信吃惊，就是李明和也万万没有想到，他不禁心道：“这铁滑车莫非是被什么人动了手脚？可山寨中人除了兄弟几个，谁又有这个胆子？难道山寨人中有宋朝的卧底不成？”

石守信见铁滑车停住了，不禁大笑：“哈哈哈，苍天助我啊！来人，你们去把铁滑车都搬开，本将军要上山擒贼！”众官兵忙上前七手八脚地把十几辆车都搬开了，石守信见没了阻碍，得意地催马直向李明和等人杀来。

李明和被眼前的一幕惊呆了，他本以为仗着有铁滑车在，不仅可以封住石守信上山之路，甚至可以打得宋军人仰马翻。可现在情形突变，再想调人来援助，已经来不及了！他只得带着自己的两百人马仓促应战。

李明和的两百人，与石守信的万人大军相比，实力差距太过悬殊，纵然李明和武艺高强，手下也都是以一敌十的精兵，但也是无济于事。双方只厮杀片刻，李明和的队伍就已溃不成军了。

这时慕容燕云听山下已经打起来了，只当是计谋成功，忙带兵杀了下去，想要全歼石守信。可他冲到近前，才看到局势竟是反转的，石守信非但没有溃不成军，反而包围了李明和等人，李明和身受重伤，眼见随时都有战死的可能。

慕容燕云灵机一动，小声吩咐手下做好了准备，这才冷笑上前说道："哈哈哈，石守信，妄你也是宋朝大将，难道没发现这其中有些不对吗？"

石守信听慕容燕云如此说，忙让手下停手，问道："慕容燕云，你倒是说说，这其中有什么不对了？"

慕容燕云假装得意地说道："当然不对，大大地不对！你以为我们的铁滑车会随便停下来吗？我之所以派这些做过手脚的铁滑车出来，就是为了让你轻敌。我念在与你当朝公主的情分上，别说我没提醒你，你如果再不撤军，我山上准备好的一切，足以让你死无葬身之地了！"

石守信本不信慕容燕云说的话，可见到慕容燕云身后的林中飞出许多惊鸟，隐隐有烟尘腾起，正是设有埋伏之兆，只得冷哼一声，带军下山而去。

李明和见慕容燕云出言诳走了石守信，不禁心中佩服，一抱拳道："寨主大志大勇，多谢救命之恩！"转而又说道，"今日之事定有蹊跷，这铁滑车分明是被人动了手脚！"

慕容燕云点点头："李兄弟，现在不是说这话的时候，西边虽说是保住了，可南边和东边的战事此时只怕更加激烈啊，真不知弟兄们还能活下来多少……"

话说慕容平州和幽凡一虽然占了地利，以上攻下，滚木礌石齐发，死伤敌军难以计数。可毕竟双方人数上差距太大，韩重赟带众官兵几次冲锋，两人的部下就被杀得尸横遍野，官兵险些就要杀上寨子了。

韩重赟见敌兵血流成河，自己就要一举荡平匪寇，正自高兴，突见寨子中飞出一匹白马，马上坐着一个美如仙子的姑娘。这马上姑娘离自己还有数丈，就喝道："韩重赟，你给我住手！"

韩重赟正欲与慕容平州恶斗，听见有人叫自己住手，忙仔细打量来人。他只看一眼，心中就是一震，忙让部下停手道："公主，您怎么在这里！"

赵婵雪见韩重赟下令让身边众人停了手，胆子越发大了，喝道："韩重赟，本公主命你速速带兵离开，永远不许再来攻打潜龙寨。”

韩重赟为难道：“公主，是陛下命微臣前来剿匪的，微臣实在不敢就此离去啊！”

赵婵雪冷笑道：“我父皇早已给了我尚方宝剑，受我便宜行事之权，你们胆敢抗旨吗？”她说着从腰间取下宝剑，向上高高举起，阳光映照下，金光闪闪，夺人眼目。

韩重赟见到尚方宝剑，忙下了马，恭恭敬敬地朝赵婵雪深施一礼道：“见过陛下，微臣不敢抗旨，这就带兵离开。”他说完不甘心地上了马，带兵离开了潜龙寨。

战事虽了，慕容燕云看到那些一起浴血奋战的弟兄，现在已成了漫山遍野的尸骨，心中不禁一阵怆然道：“唉……才只一战，我的弟兄们就死伤惨重，我想要成就的大业，难道一定要用这么多无辜的性命来铸就吗？”

可是，心中的执念又告诉他，人生不能要求每走一步都是对的，但每走一步都必须是无悔的。为了世代鲜卑人复兴大燕的梦想，他决不能后退半步了。

第五十章　生死攸关

慕容燕云在晚霞中看着满山的尸骨，心中泛起一阵阵难以言说的情感。他明明是想救万民于水火，可眼前这些人却已经为自己的梦想付出了性命。

但他明白，现在的他就像离弦的箭，已经没有回头的可能，只有一往直前，射穿敌人的咽喉，成就自己一生的辉煌!

他想着心事，人已不知不觉地到了山脚下。抬头望去，见几个猎户打扮的大汉横尸于山根处，死状甚是凄惨。手中握着猎物，到死都不愿放开，这些猎物可是他们用数日的辛苦换来的，是他家中老小活下来的希望。

慕容燕云心想："唉，这些人真是可怜，定是两方交战时被当作了探子，才惨死于此……"他想着，就要弯下腰，把这几人的尸体掩埋了。

这时，从远方跑来个七八岁的小男孩儿，他手持一把小镰刀，背着一个小背篓，衣衫破烂，满面灰垢，全身血迹斑斑，跑起来脚步有些踉跄。

慕容燕云看这小男孩儿像是在寻找自己的亲人，不禁心中更是一阵酸楚道："唉，他还这么小，就要经历这些，苍天实在对他太不公了！"

他正想着，小男孩儿已经跑到了他身边。但见小男孩儿看到地上一具尸体，随即蹲下，用手中小镰刀就要割下那具尸身的头颅。

慕容燕云忙喝道："哪里来的小兄弟，竟如此狠毒，死者的尸身也是你可以随便游戏的吗！"他说着，一把夺过了小男孩儿手中的镰刀摔在地上。

小男孩儿见慕容燕云拦阻自己，不禁哭了，说道："大坏蛋！你们杀了我父亲，又仗着比我大，我打不过你，就拦着我，不让我为父亲收尸。今天我和你拼了！"他说着就要冲向慕容燕云。

慕容燕云一愣，忙问道："你说这人是你父亲？你为什么要割你父亲的人头？”

小男孩儿有些义愤填膺地说道：“他自然是我父亲！他被你们打仗的杀了，我们的村子也被你们烧了！我岁数小，力气不够，没办法抬走他的尸体，只能把他的头颅带走，好歹也算是让他不致暴尸荒野！”他说着落下泪来。

慕容燕云心中一震：“没想到事情竟是如此，战争虽可救民，却先害了民啊！”他随即温柔地说道，“小弟弟，是哥哥错怪你了，你快别哭了，我帮你把他的尸体送回庄子可好？”

小男孩儿半信半疑地问道：“哥哥，你说的是真的吗？”

慕容燕云点点头：“哥哥不会骗你的。”他说着抱起了尸体。此时，他已经热泪盈眶。

两人无言地向前走着，一路上的狼藉让他们的心无比凝重，谁也说不出一句话，语言在此时是那么苍白，难及心中怆然之万一……

他们走了不久，到了一处村庄前。慕容燕云记得，自己在上山前曾路过这里，那时这里还是一片安静祥和的乐土，此时却已成了一片让人不忍目睹的残垣断壁。除了阵阵未散尽的烟火，只有一具具尸骨，让人触目惊心。

小男孩儿领着慕容燕云来到村子后面的一片乱坟岗。这里隆起的坟包一座挨着一座，没人能查得清楚，也没人记得清楚这里面的都是谁。但人人心中清楚，这些死者都是在一次次战争中死去的无辜的百姓。

他把大汉的尸体仔细地埋了，随即眼中的泪水再也控制不住，夺眶而出。小男孩儿此时却没有再哭，只是神情有些落寞，仿佛死的只是个邻居一样。

“小弟弟，你为什么不哭？”慕容燕云不禁问道。

小男孩儿叹了口气：“唉，前几年我爷爷在战争中被误杀了，奶奶也死了，母亲、哥哥都死了，都是死在可恶的战争中，我哭了一次又一次，实在有些哭不动了……”

慕容燕云此时心中之沉痛，实在难以言表，半晌才说道：“小弟弟，我现在还没有能力终结战争，不过可以教你几招剑法，便于你防身，也可以去保护你身边想要保护的人！”

小男孩儿点点头：“我好像听长辈们说过以战止战，如果我能学会剑法，一定要让这些可恶的贼人血债血偿！”

慕容燕云拔出了逐天剑，连使了五剑。这五剑并非世间原有的剑法，而是慕容燕云一时感伤随手舞出，但其威力就像战争之于人心，是那么残酷，永远无法磨灭……

小男孩儿仔细看着慕容燕云的剑法，只看了一遍心中就记住了。慕容燕云让小男孩儿自己慢慢领会，苦笑一下，转身缓缓离去。

当晚，慕容燕云又想起了白日之事，一人坐在议事大厅的虎皮椅上喝着闷酒。此战虽是胜了，可他手下的兄弟却已死伤大半，他已很久没见到这么多人为自己而死了……

“大燕，啊，大燕！”慕容燕云仰天长叹，“我要做的是大燕皇帝，却连这小小的寨主都做不好，连自己手下弟兄都保护不了，我又有何本事敢说能救民于水火呢！”

他端起酒碗，本想一饮而尽，哪知酒才入口，就是一阵咳嗽，酒水溅了一身。

这时，赵婵雪拿了一件淡灰色披风，缓缓从厅外走了进来。

赵婵雪到了慕容燕云身边，温柔地为慕容燕云披上了手中的披风。

“雪儿……”慕容燕云轻轻地抓住赵婵雪的玉手，缓缓地问道，“你说，我与你父亲到底谁对谁错？我们谁能最终一统天下，终结乱世？”

赵婵雪摇摇头，轻叹一声：“我不知道。我只知我父亲打着顺天应时的旗号，已做了大宋皇帝，他已经让治下百姓过上了他们所期望的太平日子。而你现在却还只是一个小小山寨的寨主，名义上也成了反贼……”

慕容燕云点点头，随即苦笑道：“雪儿，你父亲真的是顺天应时？你可看到了山下的惨景？他手下的所谓大将，治军却还不如我们山寨，好好的一个村子，就那么被他们毁了！”

赵婵雪有些不敢相信，慕容燕云便把事情从头到尾说了一遍。赵婵雪听后心中也是一阵感伤，说道：“没想到父亲的军队竟会做出这样的事情，实在太让我失望了！”

慕容燕云说道：“雪儿，你说我该怎么办，怎样才能救民于水火？”

赵婵雪沉吟道：“慕容哥哥，这小小的山寨绝不是你最终的归宿，你的志向也绝不应只是恢复大燕，只是……”

慕容燕云微微颔首，拦住赵婵雪道：“雪儿，你不用说了，我全明白了。我想要终结乱世，救民于水火就要以战止战，一统天下！”

赵婵雪似乎要解释什么，慕容燕云一笑：“如果我统一了天下，绝不会伤害你父亲的，你放心吧。那时这天下便是我们的家，我们就永远可以在一起，任何人都无法把我们分开！”

“天下就是我们的家？这句话父亲也曾说过，我该怎么办，这天下要是能有两个该多好！”赵婵雪心中想着，可她见到慕容燕云的神情，知道自己无论说什么都为时已晚。

战后，李明和暗中叫来看管铁滑车的士兵，悄声问道：“当晚可有什么人靠近过？”士兵答道：“回将军话，没有闲杂人靠近，只有慕容平州将军过来巡视过。他还叮嘱小的打起精神，务必要看好铁滑车。”李明和点点头，吩咐他不要把今日说的话告诉别人，就叫他退下了。

两日后，慕容燕云正在大厅与几位寨主议事，喽兵跑了进来，喊道：“不好了！大事不好了！快马来报，朝廷又派大军前来围剿我们了！”

慕容燕云一皱眉，李明和忙问道：“你快说清楚，带兵的是哪位大将，又带了多少人马，现在离寨子还有多远？”

喽兵答道：“禀寨主的话，领兵的是大将慕容延钊，带领十万大军前来，现离山寨只有十多里了！”

几人听了喽兵的话，不禁个个愕然，万梦生怒道：“你们这些探子是做什么的，出了此等大事，怎么才来回禀，真是岂有此理！”

喽兵见几位寨主神情不悦，不禁全身颤抖起来：“是……是小人们没用，还求几位寨主饶……饶命啊！”

慕容燕云一摆手道：“算了，你先下去吧，以后再有这等大事早早来报。”

喽兵见大寨主发话了，让自己下去，忙磕了几个头：“多谢大寨主，以后我等定不会再误了战机！”他说着恭恭敬敬地退了出去。

慕容平州叹了口气：“唉！大寨主，我们人手本就不多，经前日一场厮杀，人马更是不足一千了，依我看，此战实在没有胜算。”

幽凡一、万梦生等人也是信心不足，个个愁容不展，一言不发，齐齐看向李明和。

李明和知道，莫说是自己，就是管乐复生，也不可能以不到近千人马，去战敌人的十万大军。可此时，如果连自己也一筹莫展，那么整个山寨就真的连半点儿士气都没了，那时势必成为一盘散沙，任人宰割。

他只得振作精神地说道："诸位莫慌，敌军虽有十万，可我们未必就没有取胜的机会，当年项羽能破釜沉舟、孙刘能火烧赤壁，不都是以少胜多吗？我想只要咱们兄弟齐心，敌军纵然再多，我们也能让他们片甲不留！"

几人听了李明和的话，果然都有了些底气，慕容燕云忙道："李兄弟，你既然有把握取胜，那就快快派兵布阵吧！"

李明和说道："依我看，我们还是按上次的部署进行吧。只是再想用诱敌之计却已不太可能，只有硬拼了！"

慕容燕云说道："李兄弟，我听说这北面有一处地道，要不要派兵把守住出口，这样我们纵然败了，还有一条退路。"

李明和摇摇头："大寨主，你所说不错，但这出口知道的人极少，而且离大辽太近，我想宋军不可能会派兵围困那里。所以，我们与其耗费兵力在那里，还不如把所有的人马都放在山寨的驻防上。"

慕容燕云点头："李兄弟所言有理。"

几人正在商议间，又有一个喽兵来报："报，几位寨主，宋军离山寨只有五里了！"

慕容燕云忙让大家按李明和刚才的部署带兵前去把守，不到两个时辰，山下来报，几位寨主都已身受重伤，手下的弟兄更是死伤殆尽。

慕容燕云无奈道："快传我命令给各位寨主，速速从北山地道撤退。"

这时又一个喽兵来报："大寨主，地道已经被大队敌兵包围了！"

慕容燕云一愣，忙披挂整齐，上了枣红神驹，带着众人准备亲自迎敌。这时赵婵雪也骑着一匹白马到了慕容燕云近前："慕容哥哥，我听说父亲又派人来攻山了？"

他微微点头："雪儿，你都知道了。快快躲起来吧，千万莫要被伤到了。"说着就要催马而去。

赵婵雪忙道："慕容哥哥，我随你同去。上次我用尚方宝剑退了韩重赟，我想这次有我在，他们绝不敢造次的！"

慕容燕云犹豫一下，说道："也好，只是两军阵前，刀枪无眼，你要小心。"

到了寨门前。慕容燕云立马向山下看去，但见山下敌军黑压压的一片，无边无际，仿佛无法被风吹开的乌云，当真是“黑云压城城欲摧”。

慕容燕云不禁有些心惊，但他还是催马下了山，到了阵前。

慕容延钊此时正在阵前，只见他手持元屠，一身细鳞软甲，胯下一匹神骏至极的黑马，整个人说不出的威风。正准备下令大举攻山，见到了从山上冲下来的慕容燕云，不禁嘴角露出一丝邪魅的微笑。

“慕容燕云，我们好久不见了！前几次虽然都让你逃了，难道这次在我十万大军面前，你还能那么幸运吗？”慕容延钊得意地笑道。

慕容燕云也只是一笑，从腰间取出阿鼻，说道：“慕容延钊，你既是我九幽鬼境弟子，难道见到本尊还不速速来拜吗？”

慕容延钊见到阿鼻，不禁大怒：“慕容燕云，你杀了我父亲，还自称我圣境冥尊，实在欺人太甚，我慕容延钊只听命于大宋皇帝，你休想让我承认你这个冥尊！”

慕容燕云点点头：“好！慕容延钊，算你有本事，从今日起，你便不是我门中之人了！”

慕容延钊冷笑：“慕容燕云，我从来就没承认过你这个冥尊，我是与不是又有什么区别？今日你难逃一死，还如此狂妄！”他说着就要带兵一拥而上。

此时赵婵雪也策马到了山脚下，她看到慕容延钊要下令攻山，忙喝道：“慕容延钊，本公主在此，尔等休要造次！”

慕容延钊见到赵婵雪，心中不禁一震：“公主，您可是陛下的亲生女儿，难道真的要与自己父亲作对，帮助这些反贼吗？”

赵婵雪坚决地说道：“慕容延钊，本公主助谁与你何干？你如识相，就快快带兵离开。不然你便是抗旨不遵，小心本公主取了你的性命！”

慕容延钊看着赵婵雪手中的宝剑，说道：“公主，陛下赐你尚方宝剑可不是让你用来与朝廷为敌的，如果公主一意孤行，在下也只好得罪了！”

赵婵雪一笑：“得罪？就凭你也敢与本公主动手，就不怕父皇治你的罪吗？”

慕容延钊摇头：“就算陛下真的治罪，我也绝不会撤军的！”赵婵雪大怒：“好！算你有胆子！”她说着就要拍马大战慕容延钊。

此时，一骑追风马从众军中穿行而过，众官兵见到马上手捧圣旨的紫袍人无不毕恭毕敬。这人到了阵前，点指赵婵雪道：“婵雪，你又仗着皇兄的宝剑在此任性了！圣旨在此，快随叔叔回宫！”

赵婵雪见到来人是叔叔赵光义，心中不禁一沉：“叔叔，如果你们今天不放了慕容哥哥他们，我决不回宫！”

赵光义一笑：“婵雪，你真的要抗旨吗？”

赵婵雪点头道：“父皇未取江山前，是我让他下定的决心，论功劳我可不亚于这些开国的功臣。而且我毕竟是他的女儿，他又能把我如何？”

赵光义劝道道：“婵雪，陛下料到你会胡搅蛮缠，特下此圣旨，收回你的尚方宝剑，你拦在这里又有什么用？难道你以为，叔叔就不敢下令攻山吗？还是听叔叔的，跟叔叔回宫吧。如果你答应，叔叔就让他们撤军！”

赵婵雪冷哼一声：“叔叔，上次在海边我就是听信了你的话，慕容哥哥差点丧命，这次我才不会上你的当呢！”

赵光义见赵婵雪识破了自己的计谋，问道：“婵雪，你又要做什么？难道你认为仅凭你的公主之尊，就能扭转今日的战局不成？”

赵婵雪决绝地说道：“叔叔，今天如果你不让慕容哥哥他们离开，我就死在你面前！”她说着拔出宝剑，横在项间。

“婵雪，快快住手！你怎么这么傻，为了慕容燕云这小子，你这么做值得吗？”赵光义见赵婵雪竟以死相胁，仰天长叹道，“唉，婵雪呀婵雪，我实在拿你没有办法……”

赵光义无奈，一挥手：“让他们走吧……”

慕容延钊忙道：“晋王，您真的就放他们走了吗？他们可都是与朝廷作对的反贼啊！”

赵光义只是微微颔首，没有说一句话。

慕容延钊虽不甘心，也只得无奈地让开了一条路，放慕容燕云等人离开了。

确定慕容燕云一行人此刻已安全撤离，赵婵雪这才放下项间的宝剑，随赵光义等人向开封而去。

赵婵雪的仗义让潜龙寨的兄弟无不动容，想到在三星楼时大家对她的敌意，心中都一阵阵惭愧。

幽若雨也在心中称赞赵婵雪，同时又感叹上苍不公，同样是女人，老天给了赵婵雪一切，美丽的容貌、尊贵的身份，还有表哥的心！就连为表哥挺身而出的机会都给了她，在生死面前我会像她一样义无反顾！可是我对表哥的爱又有几人明白？

慕容燕云见到赵婵雪要舍命保全自己，心中更是感动，随即而生的痛楚感让他整个人都在微微颤抖，他知道，他和雪儿今日一别，此生注定不会再有结果！不禁暗叹道："雪儿，你对我的好，我慕容燕云永远都记在心中，如果真有来世，我们做一对平凡夫妻，没有仇恨，没有战争，你的恩情就让我来世偿还吧！"

第五十一章　潜龙出渊

慕容燕云等人在大辽境内落下脚，一点身边的兄弟，除了几位寨主外，只剩下不到百人了。慕容燕云不禁感叹道：“唉，经此一战，部下弟兄所剩不多了……”

李明和见慕容燕云伤感，忙请罪道：“大寨主，是在下指挥不力，请您治罪！”

慕容燕云摇摇头：“李兄弟，你说的什么话，你何罪之有？”

李明和有些惭愧，说道：“大寨主，您虽不治在下的罪，可是在下自知智谋不足，难以为全军之师。”

慕容燕云点点头，有些为难道：“我军确实需要一位足智多谋的军师，只是这样的人才要到哪里去寻呢？”

幽凡一见慕容燕云为难，出言提醒道：“表弟，你难道忘了涟霞山，忘了还有云兄吗？”

慕容燕云顿时心中一片雪亮，笑道：“哈哈哈，我实在糊涂，竟把云兄这等大才忘了！只是云兄过惯了闲云野鹤的生活，恐怕不肯下山呀！”

幽凡一说道：“表弟，我与云兄交情不错，我去请他定然肯出山。”

慕容燕云点点头：“好，那就有劳表哥辛苦一趟了！”

“表弟，择日不如撞日，我今天就起程，你就等着我的好消息吧！”当日幽凡一打马向水云阁方向而去。

慕容燕云等人心中都甚是高兴，只待幽凡一请来云逸墨，便要有一番惊天动地的大作为。

数日后的清晨，幽凡一到了涟霞山水云阁。他与云逸墨素来关系要好，上山自是畅通无阻，很快就在玄天楼内见到了云逸墨。

云逸墨此时正在书案前自奕。但见，他轻轻拈着一粒晶莹如玉的白子，眉头微蹙，低头沉思。微风吹动他的长发，整个人如遗世独立的仙人，说不出的飘逸出尘。

“幽贤弟，你来了。”云逸墨缓缓下了一子，这才抬起头来，轻声说道。

幽凡一笑道：“哈哈，云兄好清闲呀！”

云逸墨云淡风轻地说道：“幽贤弟，我可不像你，有那么大的志向。我的一生只愿在这涟霞山，静观花开花落，笑看云卷云舒，哪天看得倦了，就是我该离开这片红尘的时候了。”

幽凡一见云逸墨已知道了自己的来意，只得说道：“云兄，小弟来此，本是想请你出山，助我表弟一统天下。你既如此说了，小弟也不能强求。我们兄弟已经很久没有一起品酒了，不如今日我们一醉方休如何？”

云逸墨微微点头，两人便在山边云海前摆下了一张木桌，上面只放了两个玉壶，与两个玉盏。

幽凡一为云逸墨斟满一杯，说道：“云兄，这世间风光，唯涟霞最美！小弟早就有心与你再在此地沐云品酒，可一直为俗事所扰，今日才得再次在山上相聚。”

云逸墨一笑：“幽贤弟，你心中所思所虑太多，终难及愚兄这般逍遥自在啊。”

幽凡一点头：“是啊，我真是羡慕云兄这般闲云野鹤的神仙生活呀！”他说着，给自己也斟满一杯。

两人相视一笑，都举起了玉盏，缓缓饮下了美酒。

云逸墨是懂酒爱酒之人，他从不像那些凡夫俗子一般，喝酒只为了痛快，他则是慢慢地品酒中的滋味，他总是认为，每坛酒味道都既有共同之处，却又都截然不同，就如同人生一样，虽看似大同小异，其中体会，却都各有不同。而这酒中的酸甜苦辣，亦如人生的悲欢离合，只要还有，就不会平淡。

两人酒喝得很慢，话谈得很多，但每次幽凡一有意无意地提及让云逸墨下山时，他却总是故意绕开了话题，避而不谈。

他们从朝霞升起，直喝到夕阳漫天，这才喝干了玉壶中的酒。幽凡一见酒已喝完，自己也没了再待下去的理由，只得叹口气道：“云兄，小弟告辞了，我与你说的事，还请你考虑才是……”

云逸墨一笑，说道：“幽贤弟，你这样回去，恐怕燕云贤弟会认为你办事不力吧？不如我写一首诗，你带给燕云贤弟，也算是回应了。”

幽凡一忙道：“如此甚好！”他说着到水云阁内取来了纸墨，递给云逸墨。

云逸墨略一沉吟，写道：

烟随晨风暮夕斜，云卷云舒笑谈月。

亲山爱水逍遥看，来无踪影去无间。

他写完，轻轻递给了幽凡一：“幽贤弟，你把它交给燕云贤弟，我想他看后，自会明白。你如不想在山上过夜，这就下山去吧。”

幽凡一微微颔首，叹了口气：“云兄，今日一别不知何日才能再见，你要珍重啊！”

云逸墨微笑一下，道：“幽贤弟，我们后会有期。”

幽凡一见自己不走已经不成了，只得下山向辽国方向而去。

几日后，幽凡一到了辽国境内，找到了慕容燕云等人。众人见是他回来了，都忙问道：“幽兄弟，云少阁主怎么说，他同意下山相助，共谋大业了吗？”

幽凡一摇摇头，叹息道：“唉，云兄他志不在此，不愿出山相助，只是托我捎来了一首诗。说是表弟你看了这首诗，自会明白他的意思。”他说着把那首诗递给了慕容燕云。

慕容燕云忙接过诗，其他几人也都凑了过来，想看看少阁主写的诗到底是什么内容。

几人很快就把诗看了一遍，万梦生、慕容平州、幽若雨都没有说话，全在思索诗中之意，韩永林却道：“大寨主，你不用猜了，少阁主这诗句说得如得道高人一般，定是不想相助我们了！”

李明和却只一笑，正要出言解释。慕容燕云看到他的神情，心中已然豁然明朗。

“哈哈哈，我明白了！”慕容燕云放声大笑，神情间说不出的激动。

众人忙问道："大寨主，你笑什么？"

慕容燕云一看李明和，李明和便说道："少阁主的诗是首藏头诗。你们看，这诗四句话的头一个字，都拿出来是什么？"

众人按照李明和的提示看去，齐齐说道："燕云亲来！"

慕容燕云点点头，笑道："云兄好大的架子！"

众人也都笑道："哈哈哈，这个少阁主！他明明是想出山，却偏偏要用此手段，当真是有趣！"

慕容燕云说着，就要出屋上马，一人前往水云阁，去请云逸墨。

幽若雨忙道："表哥，我与云兄有过几面之缘，不如我陪你同去吧。"

慕容燕云摇头道："表妹，现在我们都成了宋朝的钦犯，在大宋每走一步都可能有危险，你还是留在此地为妙。"

"表哥，你现在是众人的首领，如果这一路上你出了什么事，我们该怎么办？小妹武功虽不如几位哥哥，可好歹也能照顾表哥啊。"幽若雨解释道。

幽凡一见妹妹对表弟如此关切，知道自己阻拦也无用，只好说道："表弟，我前番没有请动云兄。现在再去，恐怕有些难为情。不如就让妹妹陪你一起去，我们也好放心。"

慕容燕云觉得两人说得也有些道理，便说道："那好吧，那就麻烦表妹与我一同前往吧。"

幽若雨见表哥同意自己同往涟霞山，心中自是高兴，忙到马厩牵出了两人的马，生怕表哥再反悔。

慕容燕云心想道："唉，表妹呀，我知道你心中有我。只是我爱的是雪儿，这个你是知道的，你又何苦错付了情衷呢？"

两人上了马，向水云阁行了数日，才到了山脚下。他们都来过水云阁，门前弟子早已知道两人是少阁主的朋友，自然没有阻拦，就放两人上了山。

水云阁前，牧心先迎了出来，说道："少阁主算出两位必会在这几日来山上，你们当真来了！"

"哈哈，有劳牧兄弟带我们前往，拜会云兄了。"慕容燕云高兴地说道。

牧心有些为难道："慕容少侠，主人这些日子天天在玄天楼内，吩咐过了，不见任何人。"

幽若雨问道："少阁主他难道连我们两个都不见？"

牧心点点头："主人听说有人在一座山中，发现了一棵百年难见的梧桐树，树下还有一潭醴泉，他心向往之，决定四日后前去。故此，在楼中日日沐浴焚香，不见任何客人，唯恐坏了他的一番诚意。"

幽若雨叹了口气："表哥，你说少阁主怎么这样啊！他为了去游山玩水，不见别人也就罢了，我们都是他的朋友，又是远道而来，却被他拒之门外，实在太过分了！"

慕容燕云听了牧心的话却道："牧兄弟，我们不上楼，只在楼下站站，不知可否？"

牧心犹豫一下："如果慕容少侠不打扰到主人，想来也不打紧。"他说着领两人到了玄天楼下。

慕容燕云抬头向玄天楼上看去，只见三楼的窗开着，云逸墨正立于窗前。他手持一把精致的剪刀，修剪着窗台上的一盆兰花。他神情恬淡，动作很轻，生怕伤及一片新叶，整个人说不出的风雅。

"云兄……"慕容燕云正要与云逸墨说几句话，云逸墨却已闭上了窗子，仿佛完全没有听到慕容燕云叫他似的。

幽若雨有些不高兴，娇嗔道："表哥，少阁主架子太大了，分明是没把咱们放在眼里啊！依我看，咱们这就下山，另想别的办法吧。"

慕容燕云摇摇头："表妹，你别急。你难道忘了云兄三日后要出门的事吗？我们就在这里等，一定能见到云兄的！"

幽若雨一愣，忙问道："表哥，你说什么？我们要在这里站三天？"

慕容燕云点头："表妹，我相信，我的诚意定会打动云兄，云兄必会随我出山的。这里山风太大，你一个姑娘家只怕受不住，还是先回去吧。"

幽若雨摇头道："表哥，我们既然一起来，就要一起走，我才不会让你一个人站在这里呢。不就是站三天吗，我陪你站就是！"

慕容燕云见幽若雨神情坚决，也只得道："表妹，你既是定要陪我在这里，表哥也不劝你了。这三日中，如果你受不住了，千万不要硬撑。"

牧心见两人要在这里站三日，忙道："慕容少侠，万万不可呀！如果主人见你们站在这里，扰了心境，怪罪下来，我可担当不起啊！"

慕容燕云坚定道："牧兄弟，我决定了。这三天，我们就在这里，哪儿都不去。我相信云兄不会怪罪你的。"

牧心叹了口气，嘱咐道：“慕容少侠，我真拿你没办法，如果你一定要站在这里，就站吧，只是千万不要高声说话，打扰到主人！”

慕容燕云微微颔首道：“牧兄弟放心吧！”

牧心无奈地摇摇头，转身离去了。

两人在玄天楼下伫立，初时还觉眼前风景优美，气候宜人。可时间一长，便觉山风阵阵，甚是寒冷。白日里，阳光照耀，两人只觉全身如被火焚，一动不动也是大汗淋漓。到了夜里，山风寒冷刺骨，两人如同置身冰窖，浑身不由自主地颤抖。这其中的艰难，只有身临其境的两人心里才最清楚。

才只一日，幽若雨就觉全身酸痛，似要脱力，可她见表哥静静地站在那里，没有一丝动摇之意，也只得咬牙硬挺。

此时，她看向慕容燕云那英俊的面庞，心想：“我喜欢的表哥就在我身边，这三天他是我一个人的，谁也打扰不到我们，我还有什么不满意的呢？”她想到这里，便觉全身有了使不完的力气，再苦再累也是甘之如饴。

慕容燕云看了幽若雨一眼，见她正有些害羞地想着心事，不由无奈地一笑。他明白，爱情这种东西，永远没有对错，没有应不应该，只有愿不愿意。

两人正各自想着心中之事，这时一个四五岁的黑衣小男孩儿跑了过来，甚是可爱。慕容燕云当初在闯涟霞奇径时，曾见过这个小男孩儿一面。此时再见，发现他神情间，越发地透出一种不该是他这个年纪拥有的睿智。

慕容燕云正待与他说几句话，小男孩儿却先开了口：“大哥哥，你上次答应我，再见面时给我买糖吃，我的糖呢？”他说着向慕容燕云伸出小手。

幽若雨见这小孩儿可爱，问道：“小弟弟，你也是山上的人吗，姐姐怎么从没见过你呀？你叫什么名字，能不能告诉姐姐？”

小男孩儿点点头：“我当然是这山上的人，只是没有糖，我才不告诉你们我是谁呢！”他说着一吐舌头，扮了个鬼脸。

慕容燕云一笑：“小弟弟，哥哥来得匆忙，身上忘记带糖了。你们这个少阁主让我们在这里站三天，他不出来我们就不能动。如果，你真想要糖，就想个办法让他出来。”

小男孩儿摇头，冷哼一声：“哥哥，你骗人！如果他出来了，你们便会在一起谈个没完，哪里还会记得我呢？”

幽若雨忙道：“小弟弟，就算我表哥不给你买糖，姐姐也会买糖给你呀！”

小男孩儿又摇头道：“我可是一向不愿欠人情的，大哥哥答应过给我买糖，我吃他的糖是应该的。但如果姐姐你给我买糖吃，我岂不是欠了你一个人情吗？将来你万一有什么事情要求我，我岂不是很吃亏？”

慕容燕云叹了口气：“小弟弟，你这样也不行，那样也不行，到底想让我们怎么办，我总不能分身吧？”

小男孩儿听慕容燕云这么说，闹得更凶了，不断地喊道：“大哥哥，快给我买糖！大哥哥，快给我买糖！大哥哥，快给我买糖……”

他正喊着要慕容燕云买糖吃，这时玄天楼内传来云逸墨的声音：“霄儿，不要胡闹！”

云逸墨的声音虽很轻，但小男孩儿却立刻停住了声音，变得乖巧无比。“父亲，你别生气，孩儿这就回涟霞奇径……”他说着灰溜溜地离开了。

慕容燕云和幽若雨相对一望，心中都奇怪道：“没听说云兄与哪位姑娘成过亲呀，怎么孩子都这么大了？”可他们知道此时如果打扰云逸墨，询问此事，他必然会怪罪，那么两人一天的辛苦可就都白费了。

两人只得又像刚才一样，一言不发，任由风吹日晒，静静地站立着。

人的一生中，都经历过时光飞逝与度日如年。往往想要留住时间时，时间就像白驹过隙，疏忽之间，韶华百年。而想让时间过得快一点儿，时间就像与人作对一样，一分一秒都是那么漫长……

两人艰难地数着时间，每过一个时辰都足以让他们感到激动。慕容燕云一向都不低头，不向敌人低头，不向命运低头，此时更不会向时间低头。时间纵然再漫长，只要还有尽头，他便要支撑到最后一刻。

终于，到了第三日夜里。山风却越发大了，天空打起了闪电，大雨倾盆而下。

“表哥，我好冷呀！”幽若雨全身被大雨浇湿，牙关打着战，实在有些忍受不住了。

“表妹，你还能坚持吗？要不要我送你下山？”慕容燕云说着脱下自己的披风，给幽若雨披上。

幽若雨披上了慕容燕云的披风，还是觉得寒冷刺骨。可她知道，现在已经快到第四天了，如果表哥送自己下山，那么就不可能在第四天清晨赶回来了，只得强撑着道："表哥，我没事了……"

慕容燕云见幽若雨虽说没事，却好像冷得越发厉害，只得抱住她，希望能用自己的体温帮她熬过这最后的雨夜。

幽若雨被慕容燕云抱着，只觉说不出的幸福。她是多么希望表哥能永远这样抱着自己，再也不放开啊！

"表哥，我喜欢你……"幽若雨小声喃喃自语道。

慕容燕云说道："表妹，我明白你的心思，只是……"他正想继续说下去，却发现表妹已经昏倒在自己怀中。她虽昏倒了，可嘴角露出了难得的微笑，是那么美，那么动人。

"如果我先遇到的不是雪儿，而是表妹，我会不会喜欢上她呢……"慕容燕云心中想着，不由有些出了神。

此时的云逸墨手里握着一把刻刀，面前是一方未雕完的玉器，人却拄着桌案，已经睡着了。

睡梦间，他梦到了高贵至极的北辰星，似是从九天落下，落到了自己的楼前。他正觉奇怪，雨声却大得把他惊醒了。

"这是什么预兆？"云逸墨轻轻站起身来，缓缓上了五楼。

五楼，没有书籍，没有瑶琴，没有棋盘，只有一扇很大的窗与一个精致的浑天仪。

他打开了窗，通过浑天仪观察今晚的星辰。但见，外面虽大雨如注，可夜空却如水洗过一般，极是澄澈空灵，星辰也越发明亮耀眼。

"北辰星今日怎么会这么亮？莫非是有什么大事要发生？"云逸墨说着忙掐算起来。

随即，他大吃一惊，一向平静如湖面的脸上，此时竟惊起阵阵涟漪："难道燕云兄弟真的是我的天命之主吗！"

云逸墨想着，心中泛起一个又一个想法，让他久久难以平静……

不知什么时候，雨停了，天亮了，第四天到了。

慕容燕云看着怀里的幽若雨高兴地说道："表妹，你还好吗？我们终于熬到了第四天的清晨！"

幽若雨揉揉眼睛："表哥，我很好。我们终于能请少阁主出山了，真是太好了！”

两人正说话间，云逸墨缓缓走出了玄天楼。他看到慕容燕云全身被大雨淋湿，却还站在那里，等自己出来，心中更加感动。

“主公，在下对不住你！”云逸墨说着一揖到地。

慕容燕云忙放开了幽若雨，上前搀住云逸墨道：“云兄，不要行此大礼，我可不敢当啊！”

云逸墨一笑：“主公，您能看透那首藏头诗，又明白我以凤凰自比，提出这等无礼的要求，更是真心实意地等待在下，这一礼当得起！”

慕容燕云问道：“云兄，你可愿随我下山了？”

云逸墨微微点头，说道：“主公，您不嫌弃在下才疏学浅，在下自是愿意一展平生所学，为您的千秋大业，效犬马之劳！”

慕容燕云感动得不知该说些什么，只是目不转睛地看着云逸墨，他从云逸墨的双眸里，似乎看到了他不久后的万里河山。

云逸墨叫来牧心，让他为自己收拾好了包裹，又拿来了流云剑和折扇，这才随两人到了阁外。门前，有弟子牵来了一匹神骏非凡的白马，他跃然上马，眼神温润，飘然出尘。

慕容燕云、幽若雨也都上了自己的坐骑。三人正要离去，这时见涟霞四友前来送行。

他们见云逸墨要下山，都有些恋恋不舍。小男孩儿更是哭了起来。云逸墨一笑：“子霄，你哭什么，为父又不是再也不回来了！父亲不在山上的日子，你要听几位伯伯的话，不要耍小孩子脾气。”

云子霄抽泣道：“父亲，你记得要早点儿回呀，我会想你的！”

另外几人心中都有些不是滋味，齐齐抱拳道：“少阁主，您可千万要早些回来啊！”

云逸墨点点头，一抱拳道：“等我助主公一统天下，自会回来与你们相聚的，诸位不必悲伤！”他说着随慕容燕云和幽若雨向山下行去。

“恭送少阁主！”几人朝云逸墨的背影又是深施一礼。

三人就这么渐行渐远，消失在远方的天际……

第五十二章　语惊四座

一路上，慕容燕云和云逸墨相谈甚欢，从恢复大燕谈到为亲人报仇，慕容燕云一度黯然神伤。

云逸墨见此安慰道："主公不必难过，至少你还有仇可报，可在下连亲人是谁都不知道！"

慕容燕云闻言说道："那日梅傲霜前辈临终前曾让我带话给云兄，说凤九天前辈是云兄的生身父亲，不知可信否？"

这时，两人不约而同地看向云逸墨，只见云逸墨勒马站立，半晌没有说话。良久，他激动地说道："从小师父就给我讲凤九天的故事，他一直是我敬佩的英雄豪杰，能有这样的父亲是我的骄傲！"

慕容燕云闻言稍加思索，问道："云兄，你师父可是姓茶名仪卿？"

云逸墨笑道："主公怎会知道师父姓名，是若雨告诉你的吧？"

慕容燕云正想着应不应该告诉他实情，云逸墨却已打马而去……

这日，慕容燕云三人终于到了辽国境内，与另外几人会合了。

几人中除了幽凡一外，都是只听过云逸墨的名头，却未曾见过面。此时，众人看到云逸墨气质若仙，潇洒不羁，不禁都为之气概所折服。

"哈哈，我云逸墨今日一下就见了这么多英雄，实在有幸啊！"云逸墨说着，随手收了折扇，笑着对众人抱拳道。

几人忙抱拳还礼道："见过少阁主！"

慕容燕云一笑："都是一起并肩奋斗的弟兄了，大家就不要如此见外了！"

这时慕容平州走上前道："寨主，你离开这数日我一直派手下兄弟打探，听说赵光义并没有带兵离开，而是陈兵北汉边境。北汉向来依附于辽，故此辽国皇帝听闻此事，甚是震惊，这几日与群臣商议对策，一直没有个结果。”

慕容燕云微微颔首，说道：“是啊，我们回来的路上确实见到了赵光义的军队，他们似乎并不满足于灭掉我们的山寨，而真正的目的是要与辽国交锋啊！”

韩永林几人问道：“大寨主，那我们该怎么办，如果宋军真与辽国打起来，我们在这里岂不是很危险？”

慕容燕云叹了口气：“依我看，我们还是再向北走，避开他们的激战，养精蓄锐才是正理。”

几人都觉得慕容燕云所言有理，正要传令下去，向北而去。云逸墨却是一笑：“诸位，我们放着这么好的机会不用，又要去哪里啊？”

众人听闻云逸墨之言，不禁一愣，慕容平州道：“少阁主，我们现在可都是朝廷钦犯，如果赵光义听说我们在这里，若是发支军队前来围剿，我们岂不是有性命之忧？”

云逸墨一挥折扇，笑道：“非也非也，不需更多人陪同，我只带万兄一人前往辽国都城临潢府足矣！”

慕容燕云问道：“云兄，此时你两人去临潢府，所为何事？是不是太冒险了？”

云逸墨摇头道：“主公，在下虽不才，但凭借三寸不烂之舌，定可说服辽国皇帝，让他把辽东两三座城池交给主公。如果主公有了城池，又何必再东躲西藏呢？”

众人有些不敢相信地看着云逸墨，惊得半晌说不出话来。

“云兄，你当真能为我要来两三座城池？”慕容燕云半信半疑地问道。

云逸墨点头，自信道：“主公，您若是不信，在下可立军令状！”

慕容燕云摇头道：“云兄大才，我自是信得过，但不知此去，你可需要带什么东西吗？”

云逸墨一笑：“倒是需要借两样东西，如果主公肯借，我此行确保万无一失！”

慕容燕云忙问道：“不知云兄所要之物是什么，我这就派人去寻！”

“主公，这东西就在此地。”云逸墨说着一指桌上的大燕玉玺，以及书架上的大燕皇帝世袭表，继续说道，“在下所需之物，就是这两件宝物。”

众人更是有些不明所以，慕容燕云问道：“云兄，这两样宝物倒是可以借你一用，只是这两件宝物与要辽国城池又有什么关系，不知可否告知，也好解诸位心中的疑虑。”

云逸墨神秘地一笑：“主公，恕在下暂时还不能告之，待取来城池，我再言明不知可否？”

慕容燕云点头：“好吧，那我们就在这里静候，等着云兄的好消息了！”

云逸墨只微微点头，也不停留，只身向辽国都城临潢府而去。

两日后，云逸墨到了临潢府。他以前在水云阁时，就曾与辽国的内客省副使耶律蒲奴有些交情，此时自是没费什么力气就见到了耶律蒲奴。

“耶律大人，好久不见啊！”云逸墨见到耶律蒲奴深施一礼道。

耶律蒲奴一笑：“少阁主，什么风把你吹到我这里来了，快快免礼吧。”说着把云逸墨迎进了屋中。

云逸墨到屋中坐下，长叹了口气道：“唉，这世道当真不太平呀！眼见就要到春节了，不想我来耶律大人这里时，还是随处可见各国征战的硝烟，就连大辽边壤都有大兵压境啊！”

耶律蒲奴有些愤慨道：“可不是嘛，这宋朝的赵匡胤打着剿灭什么潜龙寨的旗号，竟派十万大军压境，实在是没把我大辽放在眼里！”

云逸墨问道：“不知朝中众位大人，以及陛下对此事是怎么看的？”

耶律蒲奴说道：“朝中武将大多主战，认为应该给宋朝一个教训，让他们从此不敢小觑于我大辽。而文臣却主张议和，认为现在宋朝虽刚刚建国，可赵匡胤文韬武略，并非寻常，大辽此时应该尽量保留国力，以防其他国家坐收渔利。”

云逸墨又问道：“那耶律大人认为，大辽是该战还是该和？”

耶律蒲奴道：“自然是战！我辽国自太祖耶律阿保机建国百年以来，何曾惧怕过什么了！现在朝中论武有耶律休哥、耶律斜轸等大将，论文有韩知古、萧律珍等贤臣，焉有不胜之道理！”

云逸墨点头道：“耶律大人所言甚是，只是皇帝摇摆不定，大人纵有心杀贼，却也没有机会啊。”

耶律蒲奴不禁叹息道："唉，我如果能有少阁主这般才华，自是能说服群臣，可惜我才能有限，难以左右局面啊！"

云逸墨一笑："耶律大人，你如果真信得过我，不如明日便带我上朝，面见陛下。"

耶律蒲奴听说云逸墨肯随自己上朝，不禁大喜道："少阁主你有经天纬地之才，能有你出面，我相信陛下定肯派兵出战，一展我大辽之威！"

云逸墨微微颔首道："好，一言为定！"

次日，耶律蒲奴带着云逸墨进了皇宫。两人来得很早，便先到了朝房中休息。

不多时，从外面陆续进来了许多辽国大臣。这些辽臣的打扮与中原的大臣极是不同，无论文臣武将，个个项系狐尾，文臣戴的翎子，武将戴的头盔也都用毡子装饰着。

其中最显眼的莫过于两个人。一个是二十五六岁的少年将军，他生得面容英俊，气度不凡，举手投足间英气十足，正是大将耶律休哥。另一人则是个五六十岁的文臣，他头发已经花白，长髯飘洒前胸，眼神却极是明亮，透着常人难及的睿智，正是中书令韩知古。

这两个人进了房间，所有的大臣都向两人行礼，目光中透着说不出的敬佩之情。

耶律蒲奴也向两人施礼道："见过韩大人、耶律将军。"

这两人见到众人施礼，也只是稍稍还了一下礼，显然是已经习以为常了。两人近日来，一个主战，一个主和，有些不睦，他们正打算再辩论一番。突然，发现在人群中站着一个气质出尘的少年，这少年见到两人非但没有施礼，反而摇起了手中折扇，显得更加潇洒，站在朝臣中颇有鹤立鸡群之感。

韩知古见到此人，不禁一愣，随即笑着走了过来，略一拱手，问道："这位年轻人，好面生啊！"

云逸墨一笑："阁下莫非就是韩大人，久仰久仰！在下水云阁少阁主云逸墨。"

韩知古点点头："原来是少阁主，我听过你的名字，不知你来我大辽所为何事？"

云逸墨说道："我听说宋朝大军压境，陛下在战与和之间徘徊不定，所以想要面圣。”

韩知古问道：“那依少阁主看，我们是该战还是该和呀？”耶律休哥这时也上前道：“少阁主，大宋欺我们太甚，此战我大辽势必要打，如果你也是劝和，就请离开吧！”

云逸墨一笑：“哈哈，耶律将军不要激动，我也认为该战！”

韩知古冷哼一声：“少阁主，你又不是我大辽之人，我们与宋打起来，你正好在旁边看个热闹。你可知道我大辽现在国力，比之太祖时下降了多少吗？如果两国交战，其中胜负几人能知？”

云逸墨摇头道：“韩大人所言差异，岂不闻唇亡齿寒之理？如果大宋灭掉北汉，他们的实力就会越发壮大，下一步势必攻辽。现在的大宋虽强，可毕竟兵士作战经验有限。但到了那时，他们可就不仅有了经验，就连后方的粮道都可畅通无阻了。依韩大人所言，现在大辽都未必是宋朝的对手，试问到那时还有什么实力与大宋一决雌雄呢？此番如是大辽愿意出兵，我与主公自会助一臂之力，我想要胜宋朝，可谓易如反掌！”

韩知古被云逸墨反驳，不禁一愣，随即他问道：“少阁主，你不是高卧涟霞，不愿参与俗事，几时有了主公？但不知你家主公又是何人？”

云逸墨答道：“韩大人有所不知，我家主公正是原来的武林盟主慕容燕云。他日前亲自到涟霞山恳请我出山，我心中感念知遇之恩，自然要为之效命。”

韩知古听后，不禁放声大笑：“哈哈哈，我当你家主公是何许人，原来是那个连山寨都守不住的慕容燕云！少阁主也算是当世大才，竟投了这么个无才无能的主公，让人笑掉大牙！”

在场二十余个文臣见韩知古笑了，也随着大笑起来。他们的笑声极是放肆，完全没把慕容燕云和云逸墨放在眼里。

云逸墨见他们嘲笑自己，并不生气，只是冷笑：“呵呵，难怪中原百姓都称你们是蛮夷，果然是些目光短浅、胸无大志之人。”

韩知古听云逸墨如此说，脸上的笑容不禁一凝，本想发难，忽又冷静下来，问：“少阁主，你倒是说说，我们怎么就目光短浅、胸无大志了？你又有何才能，就敢说自己眼光独到、胸有河山了？”

云逸墨缓缓说道：“韩大人，你难道不知，当年汉高祖也不过区区一亭长，数次败于项羽，却在垓下一战成功，逼得霸王乌江自刎，得了大汉锦绣江山。岂不闻三国时，刘备仅为织席贩履之徒，却可坐拥荆、益两州，三分天下。你们只知我家主公败于宋军之手，但你们可知他带千人退宋朝四万大军之事吗？如果我家主公能有大辽这般国力，只怕宋朝只配仰我们鼻息而活，哪里会像你们这样畏缩不定？”

韩知古听云逸墨口若悬河，言辞犀利，难以对付。他正犯愁间，萧律珍开口道：“少阁主，你说你们如果有我大辽的国力就能让宋俯首称臣，不知你的才能可比哪位古人啊？”

云逸墨一笑，折扇轻摇道：“我也不想夸口，自比兴周八百之吕尚，定汉四百之子房也就罢了。”

萧律珍冷冷地说道：“不知少阁主治过什么经典，就敢如此大言不惭！”

云逸墨问道：“不知萧大人所说的经典都有哪些？”

萧律珍一笑，得意道：“自然是诸子百家、易经八卦、兵书战策之类的了，少阁主倒是说说，你都治过什么呀？”

云逸墨微笑道：“我当是什么经典，原来萧大人指的是这些。在下才疏学浅，却明白为大将者必要通天文、识地利、知奇门、晓阴阳、观阵图、明兵势。方才萧大人所说的经典，我无一不是倒背如流，不信萧大人就来考考在下呀！”

萧律珍见云逸墨说得如此轻松，自然明白云逸墨对此之精通，绝非在场众人所能及，如果自己真的去考他，到头来丢丑的反倒是自己，他一时也是不知如何应对了。

这时一人冷笑道：“少阁主，你自诩人中龙凤，那依你看赵匡胤又是什么人呢？”

众人循声看去，见说话的是辽国名臣萧处文。云逸墨见到萧处文问自己，答道：“赵匡胤受周大恩，却心怀不臣之心，行此篡逆之举，乃天下少有之逆贼，又何必问？”

萧处文道：“少阁主，此言差矣！赵匡胤胸怀大志、武艺超群，他现在已有了大周之地，将来必定一统南方。就是我们大辽也不敢与之正面交锋，你家主公与他斗，岂不是以卵击石，自不量力？我要是少阁主你，就劝你家主公降宋算了！”

云逸墨闻听此言，不禁大怒，点指萧处文，厉声道：“萧处文，你少在此说这种无父无君之言！赵匡胤篡周自立，打死公主，可谓倒行逆施至极，本应天下共讨之，天下共诛之，你却在此为奸贼张目，你这种小人实在是不知天下还有‘忠义’二字！”

萧处文被云逸墨痛斥，不禁满面惭愧，哪里还能再说出一句话来。

“少阁主，你少要在此学苏秦之口、张仪之舌，你以为就凭你几句话就能让我们大辽出兵，让你们这群无落脚之地的草寇得利吗？”这时李皙不由怒道。

云逸墨看向李皙，问道：“李大人，你以为苏秦、张仪只会信口开河吗，那你可大错特错了！想当年苏秦佩六国相印，联合六国共抗暴秦，当真英雄也！张仪更是机智百出，骗得楚怀王身死国灭，亦高人也！他们几时像你们这些人一般，见到敌军就只知议和，实在把耶律阿保机的英雄豪气丢了个一干二净！”

众人见无论怎样为难云逸墨，都被他引经据典、鞭辟入里、对答如流地给化解掉了，众文臣个个心中都不得不佩服，谁也说不出话来。

耶律休哥此时大笑：“哈哈哈，少阁主之才华世间只怕再无第二人了！我相信凭着这番口才，想要说服陛下，只是举手之劳罢了！”

云逸墨对之一笑：“耶律将军，此战要胜，只怕还要你费些力气。”

耶律休哥点头：“我身为大辽臣子，焉有不出力的道理。如果陛下肯派我出战，我定保先生为军师！”

云逸墨却摇头，正想再说什么，这时一个小太监进来说道：“诸位大人，陛下要升殿了，快随杂家上朝去吧！”

众人听说陛下要升殿了，云逸墨当先走了出去，辽国众臣也都纷纷随着向金殿走去……

第五十三章　初试锋芒

云逸墨到了金殿中依旧从容不迫，他折扇轻摇，嘴角微微带着笑意，心中良策早已成竹在胸，只待辽国皇帝耶律璟升殿了。

半晌，一位身着龙袍的中年人走了出来，他缓缓坐到了龙椅上。刚坐稳，便连连打了几个哈欠，一脸的倦意。金殿中群臣这才山呼万岁，许多大臣正欲进言，耶律璟竟已然打起瞌睡。

韩知古、耶律休哥本有许多事想要上奏，可看到陛下睡着了，不敢打扰，不禁长叹起来："唉，陛下夜夜饮酒，白日酣睡，奈何奈何呀！"

云逸墨却没有一丝着急，只是笑着道："陛下，你可知这天下最好的佳酿是什么吗？那可真是闻者流涎，饮者更是终生难忘啊！在下有幸，曾品过此酒，其香醇确是天下无双无对呀！"他说着咽了咽口水，仿佛甚是陶醉。

耶律璟隐约听到云逸墨所言，竟从睡梦中醒了过来，神情极是兴奋地看向云逸墨，问道："你是什么人，寡人怎么没见过你？你快告诉寡人，你所说的到底是什么美酒，朕这就派人去重金买来！"

云逸墨一笑："回陛下，在下是水云阁的云逸墨。陛下想喝这美酒，何须花重金去买，只要您肯答应一件事，在下这就让手下人带美酒入宫！"

耶律璟闻言大喜："哈哈哈，好说！好说！你快说是什么事？"

云逸墨手中折扇一收，发出"咔"的一声，之后从容说道："陛下，在下不但可以送您美酒，还可为大辽解燃眉之急。"

见耶律璟睁大了眼睛还伸长了脖子，云逸墨故意停顿了一下："现大宋陈兵北汉边境、对您的属国虎视眈眈，只要您肯把兵马大权暂交与在下，在下便可为您退去大宋十万人马，不知陛下以为如何？"

耶律璟点头道："云逸墨，你既能为寡人退敌，又肯为寡人送酒，当真难得！你有什么要求，快说，朕无有不允之理！"

云逸墨一笑："在下知大辽国土辽阔、物阜民丰，大小城池不下百座，所以想求陛下能将辽东三城借与在下，也好让在下和我家主公有个安身之所。"

耶律璟笑道："不就是三座城池吗，送你就是，只是退敌、送酒之事可要尽快！"

云逸墨点头："陛下，您放心，在下必在十五日内办妥，到时陛下莫要食言啊！"

韩知古见云逸墨竟出口就要城池，正欲拦阻，耶律璟却已说道："寡人一生从不愿失信于人，你大可放心！"

云逸墨一拱手道："那就多谢陛下了，在下就不打扰陛下政事了，告辞！"他说着潇洒转身，从容而去。

他才一出金殿，耶律璟便又沉沉睡去，全不把殿中等候上奏的群臣放在心上。

云逸墨出宫，打马回了耶律蒲奴的府邸。才到府门，下人便迎了过来。云逸墨吩咐他们取来了笔墨纸砚，自己紧闭了房门，洋洋洒洒写好了一封信，随即把信交给了下人，让他把信火速交到慕容燕云手中。

这时，耶律蒲奴也已经下了朝，回到府中。云逸墨见到他，便道："耶律大人，我有一事相求。"

耶律蒲奴笑道："少阁主，你今日在朝房和金殿上的表现，当真让我敬佩至极啊！你有什么事，尽管说，只要我能办到，一定满足你！"

云逸墨莞尔一笑："倒也不是什么难事，只是想烦请您把耶律将军请到府中，我有事与他商议。"

耶律蒲奴点头，当即亲自到耶律休哥府中，把他请了过来。三人到了一处，见了礼数，随即到了书房中，紧闭房门密谋起大事来。

话说陈兵北汉边境的十万宋军，在慕容延钊的带领下，按梅花形在山麓前五里外扎下了营寨。慕容延钊向来治军极有法度，日日练兵，他每天都让士兵演练九幽鬼境的万魔无相阵，只待赵匡胤一声令下，就可荡平北汉。

可这日，他正站在帅台上指挥军兵操练，忽然发现在离自己军营一里外，不知何时竟建起了一座极高的瞭望台，在瞭望台上有辽国的士兵朝自己军营方向观察。

慕容延钊见此一皱眉，心道："北汉是辽国属国，我要用此大阵荡平北汉，如果被辽国人看破其中变化，岂不是很麻烦！"但没接到朝廷命令，他哪敢擅自出兵，不禁心中一阵恼火。

慕容延钊白日里忙着演练大阵，哪得休息，到了夜里，他自是睡得很熟。正在熟睡之际，突听自己营中一阵大乱，似乎是有敌人前来截营，他忙披挂整齐，手握元屠，出了大帐。

帐外一片混乱，只见一个手持赤红宝剑的大将，率领着数百的辽国铁骑从东北方向大营杀来，直奔自己的中军大帐。他们横冲直撞，所过之处死伤了无数官兵。

慕容延钊认出来人正是李明和，他心中一动："慕容燕云离开了潜龙寨，到了辽国境内，没想到他竟投了大辽，如今这是带兵前来报仇了！"他想着上了马，就要大战李明和。

可李明和见到慕容延钊，却没有和他恋战的意思，只是与他过了几招，就带着铁骑从西南方向杀了出去。慕容延钊不禁感到有些奇怪，正欲带大军追赶，可李明和与众铁骑奔驰如风，早已杀了出去，哪里还能拦得住。

慕容延钊见李明和跑了，感到甚是可惜，叹了口气，回大帐休息去了。

慕容延钊刚躺下休息，就听营中又是一阵大乱，他只得又出去迎敌。这次来的是幽凡一，如同李明和一样，他也是带着数百铁骑穿营而过，但方向却与李明和不同，是从西北杀向东南。

慕容延钊想要派兵阻拦，可幽凡一等人的马太快，哪里能拦得住。慕容延钊不禁大感抑郁，心道："久闻辽国铁骑天下无敌，没想到果真实力非凡，我堂堂十万大军的军营，就这么让他们来去自如，当真可恶！"

次日，慕容延钊又在帅台上演练大阵，他昨晚一夜几乎未眠，但仗着内力雄厚，还可支撑，可台下官兵却个个疲倦，精力远不如以往。

慕容延钊无奈，抬头看向远方，可当他看到瞭望台上的辽兵，不禁更是气恼，他心道："如果不是我手下士卒疲倦，对面的实力又不清楚，我真想出兵把这台子拆了！"

到了夜里，慕容延钊命令官兵严加巡查，以防敌军再来截营，可到了三更，果真又有几拨人带着铁骑穿营而过，怎奈辽兵骁勇异常，宋兵抵挡不住，扰得全营不得安宁。

如此过了数日，莫说十万大军有些受不住了，就是慕容延钊白日里也不禁常常犯困，演练大阵时全没了往日的威风。

转眼到了正月十五，这日慕容延钊正坐在大帐桌案前，手托着腮，心中发愁，几个副将走了进来。

“将军，如果我们再不想办法，只怕弟兄都要耗不下去了！”众副将齐齐说道。

慕容延钊叹了口气：“唉，我又何尝不想解决此事，可除非撤军，不然哪有万全之策？只是，我们是奉陛下之命在此驻军，没有圣旨，焉能撤军？”

一个副将提议道：“将军，依我看我们不必撤军，只要把军营换换地方，改改布置，我料想此事就可解决！”

慕容延钊看了他一眼，问道：“你有什么好办法，说出来听听。”

那副将道：“将军，敌方白日通过瞭望台观看我大阵奥妙，夜里又屡屡从不同方向骚扰我军大营。是欺我军地势开阔，如果我们把军营移到五里外的山中，他们铁骑再强，到了林中山地便没了用武之地。我们之前按梅花形状摆阵，防御敌军进犯不失为合理的阵形，但过于分散，给了他们可乘之机，现在如果按方形状布置，把十万大军集合起来，他们若还敢来犯，便是自投死路！”

慕容延钊听后犹豫起来，不置可否。另一个副将却道：“将军，此法万万不可，如果我们在林中驻军，敌军若放火箭，我们岂不是要全军覆没？”

“这个你倒是多虑了。”这时慕容延钊开口道，“我们可以让士兵日夜巡查，在敌军未逼到一箭之地前，就出兵阻拦。而且现在是冬天，地上积雪甚厚，我们可以把军营间的距离拉大，他们如放火箭，多半也都落在地上，哪里会有效果？”

“将军所言甚是，那我们还迟疑什么，您这就下令吧！”提议的副将说道。

慕容延钊却道：“此山两侧尽是悬崖，后面又是河道，如果他们困住前山，我们岂不是无处可逃？”

副将道：“将军，现在河道已被冰面覆盖，如果敌军真困山，我们也可从冰面撤军，您就不要再犹豫了！”

慕容延钊点头："你说得也有些道理。传我命令，大军后撤五里，到山上扎营！"

他一声号令，十万大军齐齐移动，有条不紊地向山上而去。

到了山上，很快就安营扎寨，布置停当。辽军连日骚扰，众人都疲惫不堪，除了巡视的官兵外，无不沉沉睡去。

古语云，"每逢佳节倍思亲"。春节在外的众官兵本就思乡，可这几日被敌军骚扰，哪里还会把这种事情放在心中。可如今已经安定下来，又到了上元节，巡营的官兵多是望月思乡，哪里还能全心防备，有些人更是坐在一起拉起话来。

"唉，我答应过儿子陪他在上元节放灯的，他最喜欢放灯了。"一个士兵叹息道。

另一个士兵道："可不是嘛，我每年总是在今天与娘子一起看灯会的，现在却只能在这个寒冷的军营外巡逻了。"

巡逻的众人听了两人的话，不禁都有些郁郁。这时一个士兵指着辽国的方向喊道："你们快看，辽国那边也有人放孔明灯！"

众人闻言纷纷看去，只见这个孔明灯比寻常的灯略大一些，是用上好的彩纸所做，极是漂亮，众人不禁叹道："这辽国的灯当真漂亮，比我们南方的灯还好看啊！"

这支孔明灯随着夜晚的微风，向军营方向越飞越近，很快飞过军营，消失不见了。

"唉，这灯虽漂亮，可惜只有一个，要是能多一点，倒也过过咱们兄弟的眼瘾，也算是过节了！"一个老兵叹道。

他话音才落，就看到辽国方向竟真的升起了无数的孔明灯，带着点点红光，向宋朝军营方向飞了过来。

"哈哈，老张，你的嘴开过光啊，还真说啥来啥！"一个士兵笑着拍了拍他的肩头，继续笑着说道，"哈哈，你就看吧，这辈子的灯都让你看了！"

老张点头道："可不，我一辈子都没见过这么多的孔明灯，好看好看！"

众人正说着，孔明灯已离军营不远了，其中几个聪明点儿的士兵感到有些不妙，说道："不好，你们看，好多灯的高度正好能挂在树上，如果着火了，我们岂不是要被活活烧死！"他们说着忙取出弓箭，向孔明灯射去。

不少人听他们提醒，也都反应了过来，可他们箭法平常，人手又不多，怎么可能将数百的孔明灯都射下来？而且，很多孔明灯被射下来，都落挂在树上，有几座帐篷也起了火。

他们见营帐着火，都有些慌了，忙去禀报慕容延钊。营帐被烧，许多熟睡的士兵被烧死，没死的都逃了出来。他们正自慌乱间，突然刮起了大风，孔明灯哪能经得住大风，纷纷翻落下来，霎时营中一片火海。

原来这一切都是云逸墨精心安排的。这孔明灯乃是慕容燕云接到信后，专门派人特制的，其中有的放着大量的燃料，有的放了火药，如今统统翻落下来，天空便如下了火雨一般，直照得军营上空亮如白昼。

慕容延钊此时闻报，匆忙披挂出帐，他虽武艺高强，又极有韬略，可看到这漫天的火雨、遍地的火海，他哪还有半分主意可想了。他本想指挥剩下的官兵灭火，突然一个孔明灯在他身边落下，这灯中放着极强的火药，此时在他身边爆炸，其势极是骇人。

他轻功高超，才勉强闪开，可在他身边的许多士兵都被炸得血肉横飞，惨不忍睹。

慕容延钊见此情形，知营帐再难守住，忙上了马喊道："众兄弟，随我冲出去！"

他话音才落，耶律休哥就带着慕容平州及麾下铁骑从正面杀了过来。慕容延钊知自己此时应战，非但无法取胜，反倒可能连自己都会被获遭擒，只得带军从陡峭至极的河道冲了下去。

慕容延钊一马当先，冲上河道，却发现河道过于光滑马匹根本无法立足，他只得舍了马，用轻功身法仓皇逃窜而去。他虽过得去，可他手下士兵哪有这般的功力，每走几步就是一个踉跄，有的直接活活摔死，有的走慢了，被耶律休哥等人所杀。

初春的天气，河上的冰面已经难以承受如此多的兵马，从未见过冰雪的南方人哪能料想到这些！

走在前面的士兵，运气还算好些，一部分人已经过了河，走在后面士兵大多落入水中，淹死的、践踏而死的、被杀死的不计其数，鲜血染红了河水！

慕容延钊带着剩余的一部分官兵向前逃窜，他们走了不久，前面出现一个岔路口。慕容延钊问道："这两条路都分别是通往什么地方的？"

有对地形比较熟悉的士兵答道："将军，这两条路都是通往大宋河间府的。大路远十五里，但是好行走，小路此时多半已被积雪覆盖，难以行走。"

慕容延钊看去，只见小路中有阵阵烟气升腾，他不禁大笑："哈哈哈，实在可笑啊！"

手下士兵不解地问道："将军，您笑什么？"

慕容延钊道："我笑辽国这些蛮夷之人，还敢与我使诈！岂不闻虚者实之，实者虚之。对方定是想将我引入小路，我却偏偏要走大路。"他说着带兵就朝大路而去。

他们正想继续前行，忽然发现前面竟是一处山谷，大路变得极是狭窄，慕容延钊一挥手："不好，这谷中定有埋伏，我们回去走小路！"

他正想后撤，这时幽凡一、李明和已带兵从他们身后杀出，封住了回去的道路。慕容延钊见此，不禁虎躯一震："莫非天要亡我不成！"

突然，他听到身后谷中传来一阵打斗的声音，很快一员大将策马出了谷，他身后带了无数人马。马上大将见到慕容延钊喊道："慕容将军莫慌，我石守信到了！"

慕容延钊听闻来人是石守信，不由大喜，转过身来，朝石守信跑了过去，口中说道："石将军，你怎么来了，当真天助我也！"

石守信说道："慕容将军，则平已经知道敌方军师便是水云阁少阁主云逸墨，特此派我带兵前来援助。此刻你我不宜多说，谷中的伏兵已被我击退，你速速离开吧！"他说着带兵直扑李明和等人。

慕容延钊点头："我说辽国这些蛮夷怎么会算无遗策，原来是云逸墨坏我们好事，当真可恶！云逸墨，你等着，我慕容延钊必报此仇！"他说着人已逃出山谷，消失不见了……

第五十四章　纵横捭阖

云逸墨用计退了慕容延钊十万大军的消息传来，大辽的朝堂内，众大臣议论纷纷。

韩知古说道：“陛下，您答应将辽东三城送给慕容燕云，实在是不妥呀！我们大辽的国土，都是先帝耶律阿保机带领大辽勇士用鲜血和生命换来的，我们应该寸土必争，怎可因一个承诺，便将三座城池送给这些草寇？”

耶律休哥此时也带兵回京，他也说道：“韩大人，你我多年来一直意见不合，可这件事却是完全一致的。在下也认为我大辽绝不可将三座城池拱手送给外人！”

耶律蒲奴却道：“两位大人之言，下官难以赞成！想我大辽，向来信守承诺，几时失信于人？如今云逸墨用计退敌，解了北汉危机，我们如果出尔反尔，岂不是让天下人耻笑吗？”

韩知古有些生气，说道：“耶律蒲奴，你前几日擅自带云逸墨来我大辽朝堂，我就极力反对。如今又想为他求情，把我们的城池送与他，你居心何在，莫非你被他们收买了不成？”

耶律蒲奴忙摇头，解释道：“韩大人，你实在冤枉下官了，我对大辽一直忠心耿耿，对陛下也绝无二心，怎会被别人收买啊！”

三人的争执，引得满朝文武无不出言相争，有的倾向耶律蒲奴，但更多的还是站在韩知古这边。群臣你一言，我一语，吵得好不热闹，龙椅上的耶律璟却早已不耐烦，酣然睡去了。

众人正在议论间，突然闻到一阵浓郁的酒香，从大殿外传了进来。随着酒香，云逸墨手摇折扇，缓步走进殿来，身后还有两个随从推着一辆小车，车上载着七八坛酒，这股香醇的酒气便是从这些酒坛中散出来的。

耶律璟睡得正香，闻到酒味竟猛然睁开眼睛，一脸的激动，说道：“云逸墨，你来了！这便是你前几日所说的美酒吧，快给朕搬上来一坛，朕要喝个痛快！”

云逸墨一笑：“陛下，您想喝这醉仙酿又有何难，不过要先把辽东三城的印绶交给在下，不然这些酒坛说不准会碎，那样就真是暴殄天物了！”他说着在酒坛边做了个要打破酒坛的动作。

耶律璟忙道：“云逸墨，你给朕住手！千万不要打碎酒坛呀！”他说着就从龙椅上站起来，想要上前阻拦云逸墨。

云逸墨点点头，微笑道：“陛下，您不必着急，在下说的是如果您不交城，我才打破，所以现在我还不会打破酒坛。”

“那就好，那就好！”耶律璟微微放下了心，喊道，“来人啊，快把辽东三城的印绶给寡人拿来！”

大内总管从怀中取出一把钥匙交给一名太监，太监接过钥匙进了后宫去取印绶。云逸墨见此，不禁心中得意：“没想到这昏君还真守信，看来我带来的三样宝物都派不上用场了。”

云逸墨正想着，韩知古却走了过来：“云逸墨，你区区几坛破酒就想换我大辽的城池？你休要痴心妄想了！”他说着竟举起一坛酒，重重地摔在地上。

酒坛落地，顷刻间摔得粉碎，里面的佳酿淌了一地。大殿中的酒香越发浓烈起来，耶律璟闻到香气，馋得直咽口水。可韩知古却全不为之所动，依旧砸着酒坛。

“韩爱卿，你快住手，别砸了，给朕留几坛呀！”耶律璟见到一坛坛的美酒被砸，心疼得险些昏了过去。

“陛下，您糊涂啊！您到底是想要咱们大辽的万里河山，还是想要这几坛黄汤？”韩知古生气地说道。

很快，七八坛酒就被他尽数砸得粉碎，美酒流得满地都是。云逸墨看到这一幕，连眼睛都没眨一下，依旧微笑着轻摇折扇，好像这事儿根本就与他无关一样。

待到韩知古尽数砸完这些酒坛，他才笑着开口道：“韩大人，您砸完了？要不要我再命人搬来几坛，也好让您砸个痛快？”

韩知古本以为美酒被砸，云逸墨没了要挟皇上的器物，定会沮丧无比，可没想到云逸墨却还是这般从容不迫，仿佛早就料到自己会砸一样。

“云逸墨，你还有什么鬼主意，尽管使出来。我韩知古今日就是被陛下降罪，也绝不会让陛下送城池与你们这些草寇！”韩知古厉声喝道。

云逸墨一笑：“韩大人，你不要激动，我主慕容燕云也只是想要恢复大燕，这才一时落草为寇，你还是放尊重些为好。而且你们辽国本就属鲜卑一脉，既是同气连枝，又分什么彼此呢？”

韩知古心想：“大燕距今已过数百年，大燕的信物绝不可能留到今日，不如我就借此为难他一番。”

他想到这里，问道：“世人皆知，凡是皇帝，必有两样宝物。一为玉玺，一为世袭表，你如果能将大燕的这两样宝物公之于众，我们就相信你家主公真的是当年大燕的后裔。那时你若再要城池，我便无话可说了！”

云逸墨笑道：“这有何难？”但见他拍了拍手，从外面走进来了三个随从，手中分别捧着一样宝物。

“韩大人，借你的眼睛一用。”云逸墨笑着看向韩知古。韩知古哼了一声，忙上前仔细查看，他本就对这些皇家的器物有些了解，看后，自然知道并非造假，不由得心中一愣，对刚才所言极是后悔。

云逸墨故意问道：“韩大人，这下你无话可说了？我现在再要城池，你难道还要阻拦吗？”

韩知古无奈地摇摇头，一句话也说不出来了。

耶律璟这时好奇地看向另外一个用上好绸缎蒙着的木盘，他问云逸墨道：“云逸墨，你说这两个是大燕皇帝的信物，寡人相信你，只是不知道这木盘中又是何物？”

云逸墨一笑：“陛下，这件东西可是天下无人不爱的宝物。”他说着，掀开了绸缎，露出了里面的物件。众人都围拢过来，但见盘中是一方玉玺，是用无瑕美玉精心雕制的，比之大燕玉玺更加古朴，也更加晶莹剔透，给人的感觉很难用语言形容。

“云逸墨，这又是哪国的玉玺呀？”耶律璟问。

云逸墨答道：“这方玉玺不属于任何国家，它是属于全天下的。当年黄帝升天前，亲制此印，只有乱世出了明主，此印才会现世，帮助明君一统天下。”

他故意卖了个关子，问道：“韩大人，你博学多识，可知道这方玉玺吗？”

韩知古思索半晌，才惊诧地说道：“莫非……莫非这就是九州宝印？我听说得此印者，可得天下！当年周武王、汉高祖、唐高祖都曾得过此印，开创了三个万物安宁的太平盛世啊！”

云逸墨一笑：“韩大人果然有见识，你既认得出此印，我便也不用多说什么了吧？”

耶律璟高兴道：“云逸墨，你是想把这方玉玺献给寡人吧！”

此时去取印绶的太监已经回来，只待皇帝下令，就要把印绶交给云逸墨。耶律休哥出言道：“陛下，万万不可把印绶交给他，您如想要这玉玺，我们花重金来换就是了！”

云逸墨见耶律休哥阻拦，拿起玉玺，却不交给耶律璟，只是高高举起，说道：“陛下，这玉玺乃是无价之宝，就是陛下拿再多的金银珠宝，我也不会换的！”

耶律休哥大怒：“云逸墨，你不要仗着与我大辽有功，就如此嚣张！你今天把玉玺献与我大辽，我们还是朋友，如果你不交，休怪陛下下令，强夺此印了！”

云逸墨喝道：“耶律将军，你不要逼人太甚，如果你把我逼急了，我大不了一死，不过这玉玺你们也休想得到！”他说着就要摔手中玉玺。

韩知古见势大惊，喊道：“陛下，您千万别让他摔，如果这玉玺毁在我大辽，我大辽不但无法一统天下，而且会招致亡国灭种之灾！”

耶律璟听了大惊，忙道：“云逸墨，朕一生从不求人，今日朕求你了！你千万别摔玉玺，只要你不摔，朕就再给你加两座城池！”

云逸墨点点头：“好，陛下快把五座城池的印绶都交给我，不然我这就要摔了！”

耶律璟忙喊道：“快再拿来两方印绶，朕都交给云逸墨！”

皇帝一声令下，太监又取来了两方印绶，把五方印绶都交给了云逸墨。云逸墨见印绶到手，态度这才缓和下来，把玉玺交给了太监，自己一抱拳说道：“多谢陛下，在下告辞了！”

他转身离去，动作是那么飘逸，他的背影让大辽的群臣一辈子都难以忘记……

两日后，云逸墨和万梦生策马回到了慕容燕云所在之地。守门的士兵们见到云逸墨和万梦生回来了，早就跑进去，报告了慕容燕云。

慕容燕云听说云逸墨回来了，心中激动无比，忙带着另外几人齐齐迎了出来。

“云兄，辛苦你了！”慕容燕云说着，亲自扶云逸墨下了马，“云兄真乃仙人下世，你的计策可谓神机妙算，佩服佩服啊！”

李明和等人也笑着道：“慕容延钊出世以来，几时吃过如此大亏？只怕是永远也不可能再来进犯了！”

云逸墨却摇摇头，取出印绶道：“此番为了向大辽皇帝要这五座城池，计谋过于狠毒，以慕容延钊的性格，此仇他必定会报。所以我们必须先到城中休养生息，备战待敌，早晚还会有一场大战。”

慕容燕云听说还要与慕容延钊开战，问道：“云兄，我们现在虽有了安身之处，可要与慕容延钊大军相抗衡，还是以卵击石啊！不知你还有何良策，可使我们再获全胜？”

云逸墨笑着点头，自信道：“哈哈，主公放宽心，我不但有良策可以退敌，而且这次北汉的兵马大权就要握在我们的手中了！”

慕容燕云忙问道：“云兄，你何出此言？北汉虽然势弱，可以我们现在的实力也难以攻下呀！”

云逸墨折扇轻挥，说道：“主公，恕我现在不能相告，难道你忘了铁滑车之事吗？我们不得不防啊！只有等到慕容延钊带大军来犯之时，一切才可明了。”

慕容燕云点头：“好吧，就依云兄所言。我们这就前往辽东！”众人整装出发，向辽东而去。

到了辽东，凭着手中印绶，慕容燕云毫不费力就接管了五座城池。云逸墨之才可谓经天纬地，不但战场上奇谋无数，治理城池方面也极是拿手，在他的治理下，五座不大的城池，很快就发展得异常繁荣。

这期间，云逸墨重金收买了耶律璟身边的两名近侍，只待慕容延钊发兵，他们便要有所行动。

半年后的一天，云逸墨正在府中处理公务，这时白雪飞到了他的桌子上。云逸墨半年未见到白雪，心中不禁有些想念，他轻抚了一会儿鸽羽，这才取出它足上的信纸。

他读完书信后，轻声说道："慕容延钊，料想你这匹夫会如此行事，你果真要来了！我们的机会也到了！"他轻轻地放走了白雪，一个人来到慕容燕云处，两人商议起来。

"云兄，你难道也相信慕容平州是赵匡胤的人？"

云逸墨微微一笑，不置可否。

三日后，辽国传来了耶律璟被近侍所杀，朝廷大乱的消息。又过了一日，慕容延钊大军也压到了北汉边境，北汉本想向辽国求救，可辽国此时朝野内乱，各派纷争，哪有人顾得上出兵援助邻国，北汉陷入了前所未有的困境。

这日，北汉皇帝刘继元升殿议事，他年少无能，凡事都只能听信宰相郭无为的建议。

"郭爱卿，这次宋军来犯我北汉，依你看我们该如何抵挡？"刘继元问道。

郭无为皱眉道："陛下，我北汉向来依附辽国，屡有危机，都得辽国相助，才能生存至今。可现在宋朝大军压境，辽国却无法出兵相助，以我北汉现有将力，实在难以抵挡，微臣这次也无计可施了！"

刘继元叹息道："唉，朕以前恐各位将军拥兵自重，错杀了很多武将，如今落得空有数万大军，却无一人可带兵出征的局面，实在追悔莫及啊！"

两人正说话间，突然一个小太监来报："陛下，外面有两个年轻人，自称是慕容燕云和云逸墨，想要求见陛下。"

郭无为一惊，忙对刘继元道："陛下，前番慕容延钊来犯，多亏了云逸墨的神机妙算。如果没有他们，我们早就被宋朝灭了，如今他们来了，真是天助陛下啊！"

刘继元也道："是啊，慕容燕云也算少年英主，云逸墨更是千古的奇才，他们来了，我北汉有救了！快快请他们进来！"

小太监见皇帝要见两人，忙下去传旨，宣两人进殿。

很快，两人走进大殿。见到刘继元，两人都恭敬地施了一礼，慕容燕云一抱拳，当先开口道："在下见过陛下，我等听闻北汉有难，特带人马前来相助！"

云逸墨也道："我家主公一向英明仁厚，不忍见到北汉的百姓经受战火，所以有意助陛下击退宋兵。"

刘继元大喜："太好了，如果真能再退宋兵，朕定有重赏！"

云逸墨一笑："陛下，重赏就不必了，我家主公绝不会乘人之危的。我们现在要退宋兵，已是万事俱备，只欠东风了。只是，这最后的一步，必须要陛下做出牺牲才行。"

刘继元道："只要能守住北汉，朕做什么牺牲都是值得的！"

云逸墨点头道："那就好！我家主公现在人马不足，光凭我们的实力，肯定无法与宋朝的八万大军硬拼，所以我们想借陛下的兵马大权一用。如果您肯将此等权力交与我们，我们定可大败宋军，还北汉安宁！"

刘继元心中一惊，不知该如何开口，郭无为先道："云大人，你所提的要求太过无理，我们断然不会接受的！"

"郭大人，你既是觉得不妥，那我们这就告辞了。北汉亡与不亡，就看天意造化了，我希望有生之年还能再见到陛下与大人。"云逸墨说着就要与慕容燕云离开。

刘继元忙道："两位且慢！"

两人闻言转过身来，云逸墨问道："陛下，我想我们这是第一次见，也是最后一次了，您还有什么要说的吗？如果没有，我们这就走了！"

刘继元犹豫再三，言道："两位还请留步，朕答应将兵马大权交给你们就是了！"他说着忙命手下取来了虎符，郑重地交给了慕容燕云。

慕容燕云微微颔首道："陛下，如今共同抗敌，我们便是有缘。既然您信得过我们，我定会为陛下分忧，全力为北汉御敌的，您就放心吧！"

郭无为无奈，看着两人离开金殿的背影，不禁长叹一声："唉，只愿此战之后慕容燕云能归还兵马大权，不然北汉虽未灭，却与亡国又有什么区别啊！"

慕容延钊率八万大军卷土重来，气势汹汹，北汉举国上下人心惶惶。而慕容燕云等人也做好了迎敌准备，急速前往北汉边境，大战一触即发！

第五十五章　卷土重来

自云逸墨下山以来，慕容燕云顿觉轻松很多，纵使两军大战在即，他也全然没有了以往的紧张和焦虑。

这日，探马来报，慕容延钊的大军已长驱直入，用万魔无相大阵连夺了北汉边境五座城池。此时慕容燕云等人也已到了边境，准备再战慕容延钊。

两日后，慕容延钊带领军队，到了慕容燕云所在的沁州城下。

“慕容燕云！云逸墨！十个月前本将军一时不慎，才误中尔等奸计，今番我军的万魔无相大阵已练成，你们就受死吧！”慕容延钊手持元屠，点指城上众人狂妄出言道。而他身后的八万大军，也已摆出万魔无相阵，时刻准备迎敌。

慕容燕云在青松岗领教过此阵威力，现在看到这八万大军所摆成的大阵，心中更是惊骇。他忙问云逸墨道：“云兄，你足智多谋，不知能否破阵？”

云逸墨此时也站在城头，向下观看，但见此阵连绵不绝，变化万端，兵士动作整齐划一，其间更是隐隐透出惊人的戾气，他见此，不禁一皱眉。

他叹息一声：“主公，此阵乃是九幽鬼境不传之秘——万魔无相大阵。在下虽精通这世间大多阵法，可唯独这万魔无相阵，却是知之甚少啊。”

这时李明和上前道：“主公，敌军主帅慕容延钊在大阵的西南方位，在下愿率五千精兵，从敌军大阵的西北方撕开一个口子，杀出一条路来，到时你们再见机行事。”

慕容燕云摇头道：“敌军兵力充足，可随时补上缺口，形成合围之势，如果硬拼，必然损失惨重！”

“唉，我们战败是小，只是连累了北汉的百姓，我实在不忍心啊！”慕容燕云有些沮丧道。

云逸墨思索一下道："主公，你是九幽鬼境的冥尊，如果派人到九幽鬼境，请楚江王或是阎罗王前来相助，我想还有胜算。"

慕容燕云恍然大悟，笑道："我真是糊涂，竟把他们忘了！"他说着转身对幽凡一道，"表哥，麻烦你辛苦一趟，尽快赶到幽冥谷，把他们请来。"

幽凡一点头："表弟，此事交给我，你就放心吧，十日内我必能回来！"他说着就下了城，从北城门疾驰而去。

慕容燕云又下令，在城头高挂免战牌。慕容延钊见到慕容燕云不敢破阵，不禁越发得意，日日前来讨战。慕容燕云却下令，援军不来，绝不与慕容延钊开战。

很快十日之期便到了，幽凡一果然带着楚江王到了城中。慕容燕云和云逸墨见他们来了，忙迎了出来。

"见过尊主！"楚江王恭恭敬敬，向慕容燕云施了一礼。

慕容燕云忙扶住楚江王："你不必行此大礼。本尊此次请你前来，是有事相托，不知你能否为本尊分忧？"

楚江王有些为难道："尊主，这路上幽庄主已与在下说明此事。此阵乃是圣境宝典中所记载的阵法。此阵最大的特点就是摆阵人数越多，大阵威力也就随之越强，当初我们四王摆阵，就已能困住尊主和平州少侠，现在八万大军摆阵，在下苦思良久，也是无计可施啊！"

慕容燕云不禁长叹一声："唉，连你也破不了阵，奈何奈何！"他随即问道，"极乐仙境向来在武功上克制九幽鬼境，她们可有什么妙法能破阵吗？"

楚江王摇头道："尊主，极乐仙境本有一种极厉害的阵法，可以克制万魔无相阵，只是早已失传，再加上梅前辈不在了，其他人就是来了也无计可施呀！"

慕容燕云正不知如何是好，幽凡一开口道："楚江王，我听说你和慕容延钊交情甚厚，你如果到阵前劝他投降，想来还有一线机会。"

楚江王点头："幽庄主所言极是，为今也只有这个办法了。希望他能念在这十几年与属下的交情上，听我之言，归顺尊主。"他说着下了城，带了几百官兵，到了阵前。

慕容延钊连日讨战，慕容燕云却一直不肯出战，这日见到沁州城门打开，一个黑袍人带着几百士兵出来，他忙命关兵摆阵迎战。

楚江王到了阵前，见到慕容延钊，开口道：“秦广贤弟，好久没见了，愚兄甚是想念你呀！”

慕容延钊见到来人竟是曾经的至交，不禁一愣。可随即他就明白了一切，用元屠点指楚江王道：“楚江兄，你今日前来，莫非是要做说客不成？”

楚江王点头道：“秦广贤弟，慕容燕云现在已是我圣境的尊主，就是我们的主人，你怎可与他为敌？不如听愚兄一句话，归顺尊主吧。我相信尊主大人大量，不会计较的。”

慕容延钊冷笑，厉声道：“哈哈哈，慕容燕云那小子也配当尊主？如果不是我父亲死在他手下，这尊主之位应该是我的！我本与慕容燕云那小子无冤无仇，可他抢走雪儿、杀我父母，又使奸计灭了我十万大军，这等血海深仇我慕容延钊怎能不报！”

楚江王无奈道：“秦广贤弟，他不仅武艺高强，而且善待官兵，安抚百姓，可谓当世明主。你还是听愚兄的吧，莫要再固执了！”

慕容延钊怒视楚江王，喝道：“楚江王，他慕容燕云早就把我逐出圣境了，难道你不知道吗？本将军要不是念在你我曾经的交情上，才不愿与你废话！如果你非要为慕容燕云那小子卖命，本将军今日就送你下地狱吧！”他说着跳下了马，竟用手中元屠劈向楚江王。

楚江王见慕容延钊竟不念往日情分，想要杀自己，他也只得拔出细剑抵挡。

但见两把长剑并举，同时使出九幽鬼境的剑法攻向对手。曾经的挚友，现在却招招都欲取对方性命，下手间没有半分留情。但见阵前戾气汹涌，剑气纵横，慕容延钊手下的兵士见到两人的武艺，不禁都目瞪口呆。就连城头的慕容燕云，也觉得两人剑法之高妙，已属世间少有。

慕容延钊原本武功就要略胜楚江王。虽在陈桥兵变前他喝了赵匡胤的毒茶，但服了赵普给他解药后，功力竟随之大升，此时再与楚江王对战，更是游刃有余。

两人过了三十多招，慕容延钊就把楚江王压制得没了半点儿还手之力。又过了几招，只听楚江王一声闷哼，胸膛已被元屠刺穿。“秦广王，你还是回头吧，莫要再为赵匡胤这等奸贼卖命了！”说完，楚江王便气绝身亡。

“哼！楚江王，你已经是一个死人了，我凭什么听你的？想让我听命于慕容燕云，除非天地颠倒，海枯石烂！”他说着恶狠狠地抽出了元屠，一脚将楚江王踢倒在地，割下了他的头颅。

“唉！”慕容燕云见楚江王死了，甚觉痛惜，长叹了一声。

云逸墨也摇摇头：“听说慕容延钊六亲不认，没想到竟然对曾经共患生死的弟兄也下得去手！”

慕容燕云派人为楚江王收了尸，继续闭门不战。

这日，慕容燕云心中苦闷，在府中喝起闷酒。这时云逸墨却笑着从外面走了进来。

“主公，不必忧愁了！”云逸墨笑着对慕容燕云说道。

“哦？云兄可是想到了什么妙计？”慕容燕云激动地问道。

云逸墨点点头，吩咐下人拿了个水盆过来。他把水盆放在桌上，右手快速地伸入了盆中。但见他手进入水盆的瞬间，水面被他微微划开，可又很快就合上了，他的手也被水包围在其中。

“主公，你可明白了？”云逸墨问道。

慕容燕云看着云逸墨的动作，心中恍然大悟，他也笑了：“哈哈哈，云兄之计果然高明！明日就派人依计行事吧！”

云逸墨微微点头：“主公真是知我之人啊！”

次日，慕容延钊又在城门前耀武扬威，慕容燕云便派李明和带着五千人马前去迎敌。慕容延钊见李明和带兵杀进自己大阵，不禁放声大笑：“哈哈哈，李明和，本将军的大阵也是你能乱闯的？今日定教你来得，去不得！”

但见慕容延钊手中元屠一摆，万魔无相阵随之运转起来，当即如群魔乱舞，缭乱盈天。李明和哪里能招架得住大阵变化，只见他刚入大阵，便被困在其中。好在他武艺超群，手下士兵也都训练有素，这才勉强杀出大阵。李明和一败，慕容燕云忙带兵撤离沁州城。

慕容延钊见如此轻易就得下了沁州城，心中不禁极是得意。他大笑道：“哈哈，慕容燕云、云逸墨，你们也不过如此，你们既是螳臂当车，就为北汉陪葬吧！”

十日间，慕容延钊仗着万魔无相大阵，连连取胜，杀得慕容燕云等人仓皇逃窜，溃不成军，连得了四五座城池，眼见就要杀到北汉都城晋阳。

这日黄昏，慕容延钊又夺下隆州，他心想："此地离晋阳已经不足二十里了，明日我就可带兵灭了北汉，立下不世奇功！"他想着不禁极是激动，带兵进城休息，只待明日一战告捷了！

他进了城，在街上没有看到一个百姓。但他此时已被胜利冲昏了头脑，哪里还会考虑许多？

当晚，慕容延钊早早就休息了，准备明日决战。

就在他酣睡之时，一件让他意想不到的事情发生了。他所在的隆州城，被慕容燕云所率的大军已然悄悄包围了。

次日清晨，慕容延钊正欲出兵夺取晋阳，突然看到城外铺天盖地的北汉大军，不禁心中一震："不好！我又中了慕容燕云的奸计！"

他此时才明白，自己为什么能那么轻松击败慕容燕云的军队，可为时已晚。已有五万大军分散驻守在新得的城池，此时身边只有三万人马，再想摆万魔无相阵哪还能有先前的威力？

"来人啊！快查查这城中粮库还有多少存粮！"慕容延钊连忙命令道。

很快士兵回报道："报将军！城内粮仓一点儿粮食都没有了，就连百姓也早就撤离了！敌军没有给我们留下一点儿粮食！"

"什么！"慕容延钊此时深知，自己莫说再出兵攻取晋阳，三万大军随时都可能困死城中，他不禁扶着城头，连连叹息。

就在慕容延钊被困之时，李明和已经带兵绕道北汉边境。没了慕容延钊指挥，李明和轻易就收复了宋军所占城池，斩慕容延钊手下两员大将，断了慕容延钊的后援。几日后，也带兵到了隆州城下，与慕容燕云会合。

慕容延钊自出世以来，几时遭遇过如此绝境，就是那次军营大火，也远远不如现在城外大军围困，城内草枯粮断来得绝望。

七日后，军中士兵有许多人被活活饿死。慕容延钊知道如果自己再死守城中，只会坐以待毙。他只得率军出城迎战，以求能有一线生机。

慕容延钊虽身陷绝境，可到了阵前，威风却未减往日。他朝众人簇拥的慕容燕云喝道："慕容燕云，你屡出奸计，算什么英雄好汉？你要真有本事，就和本将军单独斗上一场！"

慕容燕云大笑："哈哈哈，慕容延钊，你是我手下败将，还敢在此叫嚣？好，我就让你输个心服口服！"

“算你小子有胆量！不过，我们必须找个无人的僻静处决斗，不然我可信不过你！”慕容延钊说道。

“那是自然，跟我来吧！”慕容燕云说着一催马，带着慕容延钊向西北而去。

两人行了两三里路，到了一片树林前。慕容燕云下了马，拔出逐天剑，傲然道：“慕容延钊，你既是自己找死，就休要怪我了！”

慕容延钊也拔出元屠，相对而立。时至深秋，天地萧瑟，两口宝剑散发出的杀气，显得肃杀无比！

“慕容燕云，你少要废话，纳命来！”慕容延钊当先一剑刺出，带着阵阵戾气呼啸而来，宛如一条出水的黑蛟，威力极强，霸道无比，竟不下于其父慕容章。

慕容燕云眉间微蹙，心道：“没想到我们只是一年未交过手，他的武功竟到了这般地步，难怪他敢与我单挑，我倒要小心了！”不过他向来不会低头，此刻更加不会就此认输。但见他的逐天剑使出诸天玄剑剑法，化出一片剑光，迎向慕容延钊。

两人深仇大恨积怨已久，此时到了该一决雌雄的时候了，谁也不会有一招半式的留情。此时如果对敌人留情，就是对自己最大的绝情……

两把宝剑你来我往，真气鼓荡，杀气激昂，天地似乎都为之变色，日月仿佛也随之无光。此时，一股久违的感觉在慕容燕云心中升起，他仿佛回到了曾经的仙水岩，仿佛回到了曾经的幽冥谷，他已经很久没有与绝世的高手拼斗过了，不由心中一阵激动。

慕容延钊的武功早已今非昔比，这十个月更是练成了九幽鬼境的嗜血魔剑，招招使出都如九幽嗜血的恶龙，只要刺中慕容燕云，哪怕只是一剑，就足以要了他的命。

“慕容燕云，你抢走我的雪儿，杀了我的父母，今天我慕容延钊定要杀了你！”随着慕容延钊一声大喝，他的眼睛变得血红，青丝也披散开来，随着内力运转，无风自鼓。此时的慕容延钊戾气冲天，哪里还像是人，分明是九幽的恶魔！

“慕容延钊，你找我报仇？我还要找你报仇呢！你当年杀害段老伯，这笔账是该血债血偿的时候了！”慕容燕云说话间，全身散发出的浩然正气，也不是一个凡人能发出的，宛如九天剑圣降世！

两个人的决斗，背负了太多太多。他们不只是为了自己而战，不只是为了仇恨，更是为了不同的梦想。他们只有致对方于死地，才能罢休。

起风了，一片树叶飘落……

慕容燕云见到落叶，心头杀机一动。但见他身子猛地向后飘出了三丈，剑尖轻轻地接住了落叶。落叶在他剑尖内力的控制下，宛如活了般自己旋转起来，越转越快，力道也越来越强。初时还只是轻微转动，后来竟发出了嗡嗡的声响，其势宛如奔马。

“慕容延钊，你当年用毒针杀害了段老伯，今天我就让你死在飞叶之下！”他说着，剑凌空向慕容延钊猛地劈了出去，剑上的落叶被激射出去。

可就在这一霎，慕容燕云脑海中突然出现了梅傲霜的面孔，他不禁心中长叹：“唉，梅前辈对我有恩，慕容延钊终究是她的儿子，也罢……”

被激射出的一片小小枯叶，此时的攻势竟比闪电还快，已绝不是任何暗器所能比肩的。这正是天人剑法，大成之境所能达到的——借天地之威，用四时之力！

慕容延钊看到落叶激射向自己，他知道自己是躲不开了，但他怎么可能甘心，就这样死在慕容燕云手中，他本能地用元屠挡向落叶。

“当！”

落叶与宝剑相撞，竟发出了金铁交鸣的声音。元屠剑本该斩碎落叶，可现在断的却是元屠，而飞叶同时划破的，还有慕容延钊那张狷狂的脸，从额头斜斜延伸到嘴角，留下了无法抹去的痕迹……

慕容延钊一生最无法承受的就是羞辱，他此时怒喝道：“慕容燕云，你为什么不杀了我！我慕容延钊宁可死，也不会任你羞辱的！”

慕容燕云轻轻叹了口气：“唉，慕容延钊，我念在你母亲的情分上不想杀你。她曾和我说，如果你能被教化，就要你改邪归正；如果不能，就任由你自生自灭。我知道，你不会听我的话，所以你走吧，莫要再做坏事了。”

慕容延钊不服气地狂笑道：“哈哈哈！慕容燕云，我慕容延钊今生不会再带兵攻打你了，不过你给我听好了，你最好别有后人，否则我定要用他的性命，偿还我被你毁掉的一生！”他说着，几个闪身，人已消失在凄凉的秋色中……

第五十六章　自取其辱

主帅战败，留下的士兵也都无心抵抗，大多都归顺了慕容燕云。

次日，慕容燕云正在府中与云逸墨品茶，商议下一步该如何继续壮大势力。这时外面进来了个下人禀报道："主人，北汉派人来犒军了，现在府外等候！"

慕容燕云一皱眉："此时北汉派人来，想来是要收回兵马大权了！"他想到这里，有些为难地看向云逸墨。

云逸墨却一笑，说道："主公不必多虑，在下还要恭喜主公！此番刘继元派人来，正合我意，如今辽东也已将归属主公了！"

慕容燕云疑惑地问道："恕我愚钝，不能领会云兄之意？想那辽东之地覆原极广、兵精粮足，岂会是那么容易攻下的吗？"

云逸墨微微摇头："主公尽管放宽心，在下自有良策，只是说来话长，在下有机会了再与主公慢慢道来。现在，我们还是先去迎接北汉使臣吧。"

"好！"慕容燕云点头，与云逸墨并肩迎了出去。

两人到了门外，看到北汉使臣正在门前等候两人，他身后还带着无数犒军的礼物。他们互施了礼数，慕容燕云假装糊涂地当先问道："这位大人，不知你此次前来，所为何事？"

北汉使臣一指身后的礼物，恭敬地说道："见过慕容大人，陛下听闻您此番又大获全胜，再次为我北汉立下了不世奇功。陛下感激您的大恩，特此派在下来聊表寸心，并请您明日进宫，陛下还有封赏。"

慕容燕云心想："如果明日我真去了皇宫，怎能推托不交兵权，不如托故晚去几日，也好做做准备。"

他正要开口回绝，云逸墨却先说道："我替主公谢过陛下了，明日我们必到皇宫，面见陛下，当面谢恩！"他说着吩咐下人把礼物都收下了。

慕容燕云见云逸墨如此行事，知他已有计策，也不多说什么。只是向北汉使臣施了一礼："云兄之言，正是我要说的，大人就放心吧！"

北汉使臣本以为慕容燕云会借故推辞，定然不会同意明日前往皇宫，可是两人的表现真是大出他的意料。"慕容大人，我这就回禀陛下，明日皇宫再会！"他说着一抱拳，上马而去。

次日，慕容燕云带着云逸墨，前往北汉皇宫。刘继元此时正在大殿上议事，闻听两人到来，连忙请两人上了大殿。

"慕容大人，此次多亏有你，我北汉才得保全，这等大恩朕定不会忘记的，一定重赏！"刘继元说道。

慕容燕云一抱拳："陛下言重了，我也是不忍见到百姓遭受战火，又承蒙陛下信任，这才冒昧地替陛下分派了兵马。此次大战能够取胜，还是托了陛下的洪福呀！"

刘继元一笑："哈哈，慕容大人真是谦虚！不过，宋军已退，你是不是该把兵权交还给朕了？"

慕容燕云却是摇头，叹了口气，随即又是一阵大笑，大殿上的北汉群臣无不为之所惊。

慕容燕云此时的举动，让刘继元感到甚是困惑，问道："慕容大人，你因何发笑？"

云逸墨走上前道："陛下，我家主公的性情，我最清楚不过了。他摇头叹气，乃是感到陛下出尔反尔，有失皇帝身份。而他大笑，乃是笑郭大人以及满朝文武，尽是些糊涂之人。"

"哦？"刘继元更加不解了，他问道，"你倒是说说，朕如何出尔反尔了？"

云逸墨解释道："陛下，这才几日，你难道就忘记了吗？破敌之前，我们与陛下谈的是将兵马大权交给我们，而不是借给我们，何来交还之理？陛下不是出尔反尔又是什么？"

郭无为心中长叹："当时我就想到，兵权一旦落入外人手中，岂能轻易拿回！但我以为慕容燕云也算是条好汉，不会做此落井下石之举，没想到他当真如此无赖！”

刘继元虽然有些生气，可他知道，如果在金殿上惹恼了慕容燕云，莫说要回兵权，就是自己的性命都难以保全了。他只得赔了个笑脸道：“哈哈，朕作为北汉的皇帝，怎会出尔反尔呢？刚才只是开个小小的玩笑而已。”

慕容燕云点头：“那就好，如果陛下没有其他事，在下这就告辞了！”他说着与云逸墨转身就要离开。

刘继元心想：“尔等欺人太甚，你们等着！我这就给大辽皇帝写封国书，让他替朕要回兵马大权，朕就不信辽国兵强马壮，岂能任你们几个山贼猖狂！”

半月后，慕容燕云接到大辽新帝耶律贤的国书，信中约定五日后，在大辽清风岭中，商谈归还北汉兵权一事。慕容燕云见到信中语气强硬，心中不禁有些紧张，他已不是当初的江湖中人，纵是不把自己的生死放在心上，可他的一举一动，关乎的不再是他一个人，而是成千上万的将士和百姓。

他请来了云逸墨，商量对策。

云逸墨嘴角挂着一抹自信的微笑：“主公，大辽五日后要与我们谈判？如此甚好啊！哈哈！”

慕容燕云见云逸墨没有一点儿紧张，反而无比从容，知道他早就胸有成竹。“既然云兄已有妙策，那我就放心了！”他说着当即给耶律贤写了回信，派人送到大辽皇宫。

五日后的一早，慕容燕云等人带了五百军兵，到了清风岭。这清风岭三面环山，中间低洼，洼地四周尽是茂密的树林，洼内则是寸草不生。

慕容燕云等人刚一进清风岭，就有辽国士兵接引他们进了山谷。在洼地北面，摆着几张桌案，桌案上放着许多美酒佳肴。正中间并列摆了两张桌案，一张桌案后坐着一位儒雅的中年人，穿着极是华贵，此人乃是耶律贤的弟弟，宁王耶律只没。另一张桌案是空的，显然是为慕容燕云准备的。而他身边一张桌案后，坐着一员大将，正是耶律休哥。耶律休哥旁边还坐着数位辽国将军。

几人身后站着许多辽兵，个个精气十足，腰挎马刀，场内的气氛给人一种压迫感。

慕容燕云早就见惯了这种阵仗，在他眼里，这些如狼似虎的辽兵，也不过是些没用的摆设罢了。

“见过宁王、耶律将军！”慕容燕云到了两人面前一抱拳，他周身内力收放间，散发出阵阵逼人的英气。

耶律只没哪里见过慕容燕云这等高手，不禁脸色都有点儿变了。“见过慕容大人……”他的声音竟不自主地有些发抖。

慕容燕云见此，不禁一笑，缓缓坐了下来。同来的弟兄见主公坐下了，也都依次坐在他身边。

耶律休哥对慕容燕云一抱拳道：“慕容大人，我耶律休哥向来说话直截了当，不愿拐弯抹角。王爷与本将军今日邀你们前来，不是为了喝酒取乐，而是要和你们谈谈这北汉兵权之事。”

慕容燕云质问道：“耶律将军，这北汉兵权之事还有什么好谈的？当初宋朝八万大军压境，北汉朝廷和百姓都面临灭顶之灾，刘继元无计可施，才同意将北汉的兵马大权交与我等，我们并没有逼他。而且五日前，北汉皇帝刘继元已承认他当初是交权而不是借权！你们此时再干涉此事，不觉得有些不妥吗？”

耶律休哥闻言十分气恼：“慕容大人，北汉历来是我大辽属国，你有什么权力与我大辽争夺？难道不怕我大辽出兵讨伐你们吗？”

慕容燕云一笑：“哈哈，不知耶律将军比慕容延钊如何？如果耶律将军自认为强过慕容延钊，我们也不妨领教一番！”

“慕容燕云！”耶律休哥大怒，用手点指慕容燕云，竟一时语塞。他看向宁王耶律只没，等着他帮着自己出言相击。可是耶律只没为慕容燕云气势所慑，哪还能说出话来，眼睛总是不由自主地看向四周的树林。

云逸墨见此，不由微微一笑，随即有些尴尬地说道：“主公，在下腹间有些不适，去去就回。”

慕容燕云微微点头，没有说什么。云逸墨离席时，悄悄叫走了身边一名亲兵。他轻轻在这个兵士耳边吩咐了几句，兵士点头而去，他也回到了席间。

自信满满的耶律休哥，此时正与慕容燕云因兵权之事争执，无心留意去方便的云逸墨。

不多时，云逸墨返回席间，一笑道：“主公、耶律将军，你们别争了！如果你们肯听我一言，此事很快就会有结果。”

慕容燕云和耶律休哥同时看向云逸墨。

云逸墨接着说道："主公、耶律将军，不如我们玩个游戏，换个轻松的方法，何必伤了和气。"

耶律休哥喝道："云逸墨！本将军现在只想收回北汉兵权，没心情陪你玩什么游戏！"说着，狠狠地一摆手。

一直没出声的耶律只没此时却来了兴致，说道："耶律将军，本王倒想听听这游戏怎么个玩法！不如就让云逸墨说出来大家听听。"

耶律休哥不敢违背宁王，只好道："云逸墨，既是王爷让你说，你就说说。如果可行，我们按你说的做就是了！"

云逸墨微微点头："这就对了。我说的这个游戏，就是由王爷来出题目，我们双方各派三人比赛，三局中胜两局者取胜。"

耶律休哥听说让宁王出题，自然高兴："好！那就依你所言，我们今日就比上一比，也好叫你们心服口服！"

耶律只没思索一下，小声问耶律休哥："耶律将军，你看本王出什么题目才好？"

耶律休哥提议道："王爷，我大辽是马上的民族，论起马术、射箭，这些中原人根本不是对手，我们焉能输给他们！"

"好，就依耶律将军所言。我们就比骑马、射箭！"耶律只没说道。

慕容燕云心中微微一怔："云兄不知是何用意，为何要让对方出题？他们身边都是些能征惯战的马上大将，如果说比轻功、剑法，我们这边自是稳操胜券。可比起骑马、射箭，我们又能有几成胜算啊！"

他正犯愁，李明和开口道："主公不必多虑，如果耶律将军要比骑马、射箭，我李明和奉陪！"他说着从席间站了起来。

耶律休哥笑道："李明和，你虽马步娴熟，可要与我们辽国的大将们比起来，实在相差十万八千里！本将军定要让你知道我辽国大将不是你们这些江湖中人能比的！"

他说完，看向身边众将，问道："你们谁愿陪李明和玩玩？"

他话音未落，一员英气十足的年轻将官应道："耶律将军，末将耶律斜轸愿意与李明和比试箭法！"

"好！"耶律休哥点头。他深知大辽朝中论起武艺，除了自己，就数耶律斜轸最强，尤善骑射，堪称百发百中。现在耶律斜轸愿意与李明和比拼，自然是自己这边占尽上风。

“耶律将军，既然两位有意比箭，如果派兵士擂鼓助威，岂不更妙？”云逸墨说道。

“好！来人啊，给本将军击鼓！”耶律休哥命令道。

士兵为两人取来弓箭，牵过马匹，又在席前五十丈外设下了两个箭靶。还有几个身强力壮的辽兵，抬来了三面大鼓，用力地敲了起来。但闻鼓声震天，战马咆哮，在场众人无不为之热血沸腾。

耶律斜轸先上了马，但见他胯下宝马奔驰如电，一眨眼就到箭靶前三十丈处，他一勒马缰，战马一声嘶鸣，立了起来。他拈弓搭箭，不见如何瞄准，一箭已然射出。

“正中靶心！”宁王耶律只没见耶律斜轸箭法高超，不禁高兴地喊了一声。

耶律斜轸向来认为自己箭法天下无双，此时他已圈马到了李明和面前，骄傲地说道：“李明和，本将军的箭法就是你再练十年，也不可及，你就不要当众出丑了！”

李明和一笑：“耶律将军，我想达到你的箭法，确实要再练十年。不过，是要往回练了！”

耶律斜轸正自得意，听李明和这么说，不禁一愣。他正欲出言相争，李明和早已催马疾驰。李明和的马比耶律斜轸更快，初时他整个人的后背紧贴马背上，使出金刚铁板桥，一会儿，又单脚钩住马镫，把身子藏在马腹下，使出镫里藏身。单这份马术，就震惊了在场的所有人。

接下来，出现了更惊人的一幕，他虽身在马腹下，却抽出三支利箭，只轻喝一声：“中！”

随着他的喝声，这三支利箭从马腹下，挂着飕飕的劲风，射了出去，分别射向靶心，和悬挂在靶子左右的两根细绳。

耶律休哥见到李明和同时射出三箭，不禁冷笑道：“李明和，莫说是你，就是本将军也不可能射得中，你就……”他得意的笑容突然凝住了，这三支箭真的全都射中了，没有一丝一毫的偏差！

耶律斜轸看到李明和的马术、箭法，心中大感佩服，他心想：“难怪李明和敢口出狂言，没想到他竟弓娴马熟至斯！”

慕容燕云等人更是激动，万梦生则是大笑，一连喝了四五杯酒。

耶律只没此时已目瞪口呆，整个人看得傻了。云逸墨一笑："王爷，这一场是谁输谁赢啊？"

"你们赢了……"耶律只没叹息道。

耶律休哥一皱眉，对耶律只没小声说道："王爷不必慌张，他们只是赢了一局而已，我相信只要把陛下赐给王爷的宝物取出，他们一定会输！"

耶律只没摇头道："耶律将军，你别忘了，他们那边可有万梦生在，本王听说天下没有他不认识的宝剑，如果我们以此为题，岂不正中了他们下怀？"

耶律休哥摇头，一笑道："王爷，您难道忘了？当初有多少相剑大师看过此物，他们没能有一人认出此剑，结论都说是尺。后来还是我大辽第一剑师耶律燕文参考了无数古籍，这才识得此剑。我料万梦生就是见识再高，也绝不可能胜过耶律燕文，王爷就放心吧！"

"好，那就依将军所言。"耶律只没说着吩咐手下兵士，取来了自己的一口怪剑。

"慕容大人，本王听说你手下都是见闻广博之人，大将万梦生更是识剑无数。本王前日新得一剑，不知你们可否为本王看看，有谁识得此剑？便算作这第二场的比试了！"耶律只没对慕容燕云说道。

慕容燕云点头道："请王爷把剑交给我们观看。"

耶律只没依言，将手中宝剑交给了慕容燕云。慕容燕云接剑在手，先是一愣。这是一口用黄金打造的宝剑，造型奇异至极，所有剑该有的剑鞘、剑格一概没有，而且就连剑刃都没有，这与其说是剑，不如说是一把尺。

"真是奇了，天下怎会有这样的宝剑？"慕容燕云一边喃喃自语，一边把剑递给了身边的云逸墨。

云逸墨接过宝剑，也是一愣，随即他小声对慕容燕云道："主公，我早听说辽国有把外形似尺的名剑。可惜，这把剑几乎从未在中原现世，传言中也未提及剑名，故此不知其名。"

李明和、慕容平州、幽凡一、韩永林都一一看过这口怪剑，一致认为这根本不是剑，而是一把量天尺，

万梦生此时正喝得痛快。他本以为凭云逸墨的才能，绝不会不认识这把剑，可他见所有人都看了一遍，依旧没有叫出剑的名字来，不禁有些好奇地凑过来。

他接过怪剑，略一思索，就笑了起来。他向耶律只没道："哈哈，王爷，

你出的题目太过简单。如果你手下大将有人先认出此剑，就算我输！”

耶律只没微微颔首，向身边辽国众将道：“众将官，你们都是我大辽少有的人才，你们先来说说，这口剑到底是什么剑？”

大将萧天显当先道：“王爷，如果末将看得没错，这根本就不是剑，而是外门兵刃量天尺。”

耶律只没摇头：“不，这是口剑，而且是口宝剑！”

萧天显闻言大感疑惑，韩勋说道：“此剑用黄金打造，上面又有繁复的纹路，莫非是当年的轩辕宝剑？”

辽国众将听韩勋说得似乎有理，都以为自己这边已经取胜，不禁个个兴奋。万梦生却是大笑：“哈哈哈，真是笑死我也！轩辕宝剑本就是传说，天下又怎会真有此剑！而且你听说过没有剑刃的轩辕剑吗？”

众将听万梦生说得似乎更加有理，不禁纷纷垂头丧气起来。

就在此时，大将萧敌鲁说道：“此剑比之平常宝剑宽大厚重，依我看乃是名剑巨阙！”

众将闻言，又都兴奋起来，看向万梦生，等着万梦生出丑。万梦生却又是摇头道：“非也非也！你们听说过没有剑鞘、剑格的巨阙吗？”

“这……”萧敌鲁一皱眉，不知如何分辩。

辽国大将们纷纷说出了自己认为的剑名，可都被万梦生一一反驳了。这时耶律休哥心想：“莫非万梦生真的认识此剑？不可能，他定是在等我大辽将军说完，用排除法猜出剑名，定是如此……”

耶律只没说道：“万将军，你既然说本王手下将官说的都不对，那你就说说这剑叫什么，又是什么出处，如果说得对，本王就判你赢！”

万梦生连饮了三杯美酒，这才缓缓道：“王爷，这剑名为非攻！乃是春秋战国时期，墨家祖师墨翟所铸。他铸此剑不为杀人，而是希望世人，不要再打不义之战，所以可称得上是天下第一仁义之剑。而且此剑虽说无刃，在高手掌中，其威力却可远胜寻常宝剑。”

耶律休哥一笑：“万梦生，你刚才说我们辽国大将说得不对，都有证据，不知你又有什么证据，能证明自己说的就是对的呢？”

“此剑无刃，就是非攻最大的标志！”万梦生自信无比地答道。

“好！”耶律只没点头，随即好奇地问道：“万将军，此剑少说已有百年未进中原，你怎会识得此剑？”

万梦生一笑，“哈哈，说来巧了，我与此剑故主有旧交，焉有不识之理？”他话音刚落，便又一个人自斟自饮，喝了起来，全不把在场的辽国众人放在眼中。

耶律休哥见自己这边连输两阵，知是难再取胜。不禁有些后悔同意玩这种自取其辱的游戏。随即他心中一阵冷笑，举起酒杯，缓缓走向慕容燕云：“慕容大人，你手下果真都是能人异士，本将军服了！本将军今天敬你一杯，权当赔罪，从此我大辽再不干涉此事了！”

慕容燕云一笑，也举起了杯：“耶律将军，此事莫要再提，你我今后还是朋友！”他说着一饮而尽。

“痛快！”耶律休哥也陪着慕容燕云喝干了杯中美酒，随即他用力地把酒杯狠狠摔在地上，放出“噹”的一声闷响。

随着酒杯落地，洼地四周的密林中出现了无数精兵，把洼地团团围住。耶律休哥得意地狂笑道：“哈哈哈，慕容燕云！本将军早在这林中埋伏好了伏兵，今天这兵权，你们是想交得交，不想交也得交！”

耶律只没一直畏首畏尾，此时也不禁轻松起来，笑着对慕容燕云道：“慕容大人，今天，你们交出兵权还自罢了，如果胆敢不交，本王只要一声号令，就让你们这群不知天高地厚的山贼，死无葬身之地！”

辽国众将也都拔出兵刃，虎视眈眈地看着慕容燕云等人，只待王爷下令，就要一拥齐上，结果众人性命。

“哈哈哈！”云逸墨却也笑了起来。此时，他的脸上没有一点儿紧张，甚至比以往更加从容自若。

他缓缓地说道：“王爷、耶律将军，你们可要看仔细了，这些伏兵可是你们辽国的人马吗？”

两人本自得意，但听云逸墨所言，他们仔细看向这些士兵，脸上的笑意瞬间僵住了。辽国众人也都不敢相信自己的眼睛，此时围住洼地的，竟不是辽国的人马，而是慕容燕云帐下的北汉大军！

“不可能，这不可能！绝不可能！”耶律休哥此时已经有些绝望了，他怎么也想不到自己精心埋伏的军队，此时竟全都变成了北汉的士兵。

“哈哈，耶律将军！多谢你带来的战鼓，方才的鼓声可还悦耳？我早就看破尔等诡计，特意让士兵们擂鼓助威，为的就是缴械你的伏兵时，不破坏了王爷的雅兴！”云逸墨折扇轻摇，笑着解释道。

耶律休哥不禁大怒道：“云逸墨，你安敢如此！”他说着，一刀恶狠狠地劈向云逸墨。

云逸墨笑容依旧灿烂，他身子飘逸地向后移去，刹那就到了三丈开外。而慕容平州也拔出了剑，与耶律休哥斗在一处。耶律休哥在辽国虽可谓第一大将，但怎会是慕容平州的对手，两人才过了不到三十招，慕容平州的宝剑就已抵在他的项间。

“慕容平州，你杀了我吧，但我决不允许你伤王爷！”耶律休哥虽已被制，傲气犹自未减。

耶律只没此时全身颤抖起来：“本……本王是陛下的弟弟，你……你们敢杀我，就是与我大辽为敌，皇兄定不会放过你们的！”

云逸墨一笑：“王爷，我们不会杀你，不过……”他故意拖长了声音说道，“不过，我们现在城池太少、兵马不足，所以希望王爷能将辽东割让给我们，只要王爷答应，我们这就放你们走！”

耶律只没此时一心只求活命，见云逸墨要用辽东换自己等人性命，连忙道：“好好，本王答应你就是！你们可不许反悔！”

慕容燕云点头道：“王爷，我们向来言而有信，只要你们肯将辽东割让给我们，我们定不会伤了你们性命。”

“好！给本王取笔墨来！”耶律只没说道。

“王爷，不要啊！”耶律休哥出言想要阻止，但慕容燕云身边士兵已取来了笔墨纸砚，放在了耶律只没面前的桌案上。耶律只没没有理会耶律休哥，兀自提笔在手，很快就写完了，交给了慕容燕云。

慕容燕云点头道：“好，多谢王爷了！你们走吧！”他说着让慕容平州放下了抵在耶律休哥项间的剑，并下令让手下的士兵闪出一条路来。

“慕容燕云！”耶律休哥咬牙切齿地瞪了慕容燕云一眼，随即保护王爷，向西北而去。

慕容燕云见辽人走了，不禁笑着看向云逸墨：“云兄，多亏你神机妙算，今日我们兵不血刃就得到了辽东，你功不可没呀！”

云逸墨微笑不语，只是看着越行越远的辽国众人，心中盘算着下一步的计划……

第五十七章　固若金汤

当初，李辉因在大周朝堂上公然反对重开科举，又按下状元刘宝恩试卷之事，被大周皇帝柴荣贬到幽州。可他刚到幽州不久，燕云十六州就被大辽重新夺了回去。

韩知古素知李辉才能，并且听说了他被赵匡胤排挤之事，料到他定对大周心怀不满，所以在先帝耶律璟面前，力保李辉掌管燕云十六州。

近来，大辽新帝耶律贤刚刚登基，就失去了辽东之地，他生怕因此会有人反对自己。故此派出自己的心腹韩荣庭作为钦差，巡查大辽各地。他每到一处，当地官员无不对之溜须拍马，更是献上无数的金银珠宝，以求他能在皇帝面前替自己美言几句。韩荣庭向来贪财，他怎会放弃如此良机，自然是来者不拒。

这日，他巡查到李辉治下的燕云十六州。他本以为李辉定然也会像其他官员一样，急于巴结自己，可没想到李辉却是丝毫没有讨好自己的意思。韩荣庭不禁大感恼火，李辉素来勤政爱民，两袖清风。他想方设法想在李辉治下找出问题，可偏偏却是无懈可击。

正苦于无计可施，这天突然来了两个人，自称是李辉手下心腹。他们偷偷地告诉韩荣庭，李辉为人看似忠诚，其实心中早就对大辽不满，有谋反之意。

他闻言大喜，次日就到了李辉府上，以此要挟李辉。他本以为李辉定会畏惧，他好借此索要好处。不料李辉闻言大怒，与韩荣庭争吵起来，甚至还拔出了腰间佩剑，想要与韩荣庭拼命。

韩荣庭不会武功，见李辉拔剑，哪敢再多说什么，只得暂且作罢。他回到京城后，就对耶律贤进谗言陷害李辉，说其有意谋反，还用剑威胁自己。耶律贤闻言不由龙颜大怒，下圣旨招李辉回京候审。

李辉接到圣旨，知是自己定遭奸人陷害，此去凶多吉少。于是推托自己得了重病，要求推迟入京时间。他明白，这件事定是韩荣庭在背后捣鬼，恐怕自己在大辽再难立足。

他心想：“我李辉在大周时遭赵匡胤排挤，在大辽又被韩荣庭诬陷，如今天下虽大，群雄并起，可真正能与宋朝、辽国抗衡的只有慕容燕云了。如今之计，只能投靠慕容燕云了。”

次日，李辉命儿子李卫去探幽州知府的口风，见其无意投燕，李卫当即将他刺死，占领了幽州，并夺得了知府大印和燕云十六州的兵力驻防图。随后，李辉又让儿子李卫带着自己的书信、燕云十六州的兵力驻防图与慕容燕云等人联络，准备里应外合，献出燕云十六州。

如此绝好的机会，慕容燕云和云逸墨怎肯放过。当即同意李辉父子投诚，接手燕云十六州。李卫见事已办妥，便回了燕云十六州，通禀父亲李辉，准备里应外合。

慕容燕云命慕容平州、幽凡一镇守辽东，自己带着云逸墨等人率十万大军，进攻燕云十六州。

云逸墨一向神机妙算，现在又有了燕云十六州的驻防图，自然不费吹灰之力，就连得了十五州，大兵逼近李辉所在的幽州。李辉见慕容燕云大军到来，心中大喜，只待慕容燕云兵临城下，自己好带兵投诚。

慕容燕云轻易攻陷燕云十六州的消息，传到辽国朝中，韩知古便料到其中定是李辉捣鬼。新帝耶律贤当即带领耶律休哥、耶律斜轸率五万大军赶往幽州，抵挡慕容燕云，捉拿李辉。

他们到了幽州城下，派士兵在城下叫门。守城士兵见到陛下带着两位将军到了，不知如何是好，忙报告了李辉。李辉本有意僵持一段时间，等待慕容燕云大军到来，好解了自己的困境。

但论起打仗，李辉怎会是耶律二将的对手，不多时城池就被攻破。李辉父子兀自奋战，直到生命最后一刻……

辽兵刚攻下城池，慕容燕云的大军就到了。耶律休哥、耶律斜轸前几日在清风岭遭云逸墨算计，现在心中仍有余悸，再见云逸墨，心中怎能不慌？

耶律贤也听说过慕容燕云等人的厉害，知道自己如果下令守城，也决计不能得逞。他只得在城头对慕容燕云道："慕容燕云，你莫要急于攻城了。朕想与你谈个条件，如果你答应，朕立刻带兵回京。"

慕容燕云问道："陛下，你要提什么条件，不妨说来听听。我也是通情理之人，如果能接受，便按陛下所言行事就是了。"

耶律贤点头道："你们让朕割让了辽东，又攻破朕的燕云十六州，大辽半数国土已落入你们手中，还不满意吗？如此下去，会有更多的士兵送命，有更多的百姓遭受战乱之苦。为了能够停止战争，朕答应将辽东和燕云十六州归属你们所有，不过希望你们从此永远与大辽免战！"

慕容燕云犹豫一下，心想："辽国领土大多在塞北，如果再往北打，气候过于寒冷，不是我们所能适应的。而且我志在消灭宋朝，不能再与辽国消耗下去了，让大宋得利。"

他想到这里，说道："好吧陛下，我答应你。不过，我们与宋朝交战之时，也请陛下不要做渔翁得利之举。如果你答应，我当然乐于同意陛下之言。不然我定要长驱直入，请您为我座上之宾！"

耶律贤点头："这个自然，朕答应你们就是！"他说罢，带耶律休哥、耶律斜轸撤军回了临潢府。

慕容燕云轻易得了燕云十六州，感念李辉父子恩情，命人把父子二人风光下葬了。

三日后，消息就传到了赵匡胤的耳中。他听闻了慕容燕云等人连占北汉、辽东、燕云十六州，不禁心中担忧起来。他忙派人找来了现在已当上丞相的赵普。

赵普刚一进宫，他便问道："则平，不知你可听闻，慕容燕云那小子占领了燕云十六州？"

"陛下，微臣对此略有耳闻。"赵普恭敬地答道。

赵匡胤点点头，随机问道："那依你看，他下一步是不是要对朕用兵啊？我们又该如何抵挡？"

赵普思索了一下："陛下，耶律贤与他有了不战之约，看来他接下来定是要攻打我们大宋了。慕容延钊已算是我大宋出类拔萃的大将了，可他之前被云逸墨连败两阵，现已拒绝与慕容燕云交锋。所以依微臣看，满朝文武中能胜过云逸墨者，或许只有微臣了，只有微臣亲自带兵镇守边关，方能有胜算！”

赵匡胤点头：“是啊，云逸墨确实是惊世之才，也只有则平你可与之抗衡。朕就命你带领十五万人马，迎战慕容燕云，千万别让朕失望了。”

赵普忙站起身，深施一礼：“陛下，您就放心吧。如果微臣不能胜过云逸墨，微臣甘愿接受军法处置！”

赵匡胤扶住赵普道：“则平，放心去吧，朕相信你！有你镇守我大宋边境，我大宋定然固若金汤。朕等着你的捷报！”

赵普当即领命，带着石守信、韩重赟，以及十五万大军直发边境。此时慕容燕云有些迫不及待地想要消灭大宋，于是留云逸墨等人安抚燕云十六州，自己带着李明和、韩永林先一步到了宋朝边界。

李明和趁赵普未到之前，火速攻下了大宋边境的五座城池，慕容燕云的大军直逼武牢关前。这时赵普带领的人马也已进了武牢关，双方大战就在眼前。

次日清晨，慕容燕云便与李明和、韩永林带兵攻打武牢关。双方军队在武牢关前，展开了一场血战，慕容燕云亲自带兵勇猛杀敌，杀得大宋军队死伤惨重。赵普无奈只得撤军，下令严守城池，任何人没有自己的命令，不许出战。

经过一夜的休整，加上昨日大胜，李明和手下的将士个个精神抖擞，兵临城下，准备一举攻下武牢关。

李明和见城头士兵不多，个个都无精打采，只当是昨日一战，敌军已经没了士气，心中放松了许多。

韩永林更是笑道：“哈哈，主公！我只当有赵普驻守这武牢关，定会是固若金汤。看来这赵普也是徒有虚名，不过如此，才此一战，就当起了缩头乌龟，哈哈，同之前的五座城池一般，不过如同虚设罢了！”

慕容燕云也很是轻松，下令士兵攻城。

十几个云梯顺利地搭在了城墙上，就在士兵们登城之际，城上突然一阵锣响，城头涌现大量宋兵，这些士兵手中都捧着滚木礌石，瞬间这些东西就铺天盖地地砸了下来，许多登城的士兵还未及反应，就都被乱石击中，横尸当场。

赵普见自己略施小计，就让慕容燕云手下士兵死伤无数，心中不禁得意。他原本就是一个爱笑的人，现在嘴角那抹笑意越发灿烂，他朝关下慕容燕云说道：“哈哈哈，慕容燕云！我当你们屡战屡胜，定是支智勇双全的劲旅，看来，少了云逸墨，你们就是一群废物。如果听我一句劝，不如快快投降吧！”

慕容燕云见攻势受挫，许多弟兄都死于非命，不禁心头一阵难受，又听赵普出言相讥，更是怒火中烧。正要回击赵普，这时身边的韩永林说道：“主公、李兄弟，看来这关上是早有了准备，我们不能再贸然强攻，这样攻下去，定然伤亡惨重。不如我们三人用轻功登城，杀了赵普，打开关门算了！”他说着拔出虎头刀，就要登城。

慕容燕云不由想起当初与表哥幽凡一攻破太和城之事，当即赞成韩永林所言：“韩大哥，你所言甚是，留李兄弟在城下带兵接应，我们一起杀上城去！”

李明和忙道：“主公，您现在可不比往日，以前您一人一剑，无牵无挂，为了大义可把生死都抛在脑后。但现在，您已经有了这么大的基业，有了这么多弟兄，您如果有个三长两短，我们又该如何是好？听我一句，你们万万不要登城，以防中了赵普的奸计！”

慕容燕云摇头叹气：“唉，李兄弟，你虽然说得有理，可我们照这样强攻，不过白白折损人马而已，实在不是良策啊！”

李明和略一思索，笑道：“主公您放心，我已有妙计了！”他说着命攻城士兵都撤了回来。

然后，他下令让这些士兵，每个人拿着一个布袋，到营后挖土。很快，每个人的布袋都被沙土装满，如此反复数次，营中装满沙土的布袋已堆成一座小山。

当晚，李明和命士兵趁着夜色，悄悄在关下堆放布袋，又准备了许多火箭，只待来日攻城，一战告捷。

此时，赵普正在府中想着白天退敌之事，知慕容燕云不会甘心，定会再来攻城，思索着下一步该如何防御敌军，这时一个心腹兵士走了进来，向赵普深施一礼：“报丞相，敌军在城下大量堆放布袋，不知何意，请丞相定夺！”

赵普一皱眉，心中也有些不解，只得亲自上城观看。他见敌军偷偷搬运沙袋，放在离城一箭之处，瞬间就明白了其中用意，不禁一笑：“哈哈哈，李明和！本丞相以为这些日子你跟随着云逸墨，定会有些长进，没想到比以前在许昌之时更蠢了！”

石守信当日午后，押运完粮草，与赵普会合。此时他也听说了敌军搬运沙袋之事，大感好奇，也上了城。他恭敬地对赵普说道：“丞相，不知慕容燕云和我们玩的是什么把戏，还请丞相为我解惑。”

“石将军，我们所驻守的城墙太高，若直接用箭射击，定然无法射到。所以，敌军在关前堆放沙袋，是为了方便城下敌军射箭攻城，同时掩护城下冲车，攻击我们的关门。”赵普缓缓解释道。

“原来如此！”石守信闻言恍然大悟，“丞相，敌军这招果然厉害，我们该如何防备才好啊？”

赵普从容一笑：“石将军莫慌，敌军区区小计而已，奈何不了我们。”他当即下令，让手下士兵准备了许多铜盾立在城头，并大量地运来了滚木礌石，只待明日再战。

次日，李明和果然让弓箭手站在沙袋上，用强弓硬弩向城头士兵射击。可未待箭矢到达城头，早有士兵高高举起了铜盾，挡住了如同飞蝗般的箭雨。同时另外一批士兵，在铜盾掩护下，拼命地向下投掷滚木礌石。

瞬间，慕容燕云手下将士，又是死伤无数。

“李兄弟，你的计策竟被赵普识破了，赵普真不愧是赵匡胤手下的头号谋臣，果然厉害！”慕容燕云见赵普竟轻易就化解了李明和的计策，不禁由衷叹道。他随即命令手下士兵，到辽东调慕容平州带兵前来援助。

李明和也叹了口气，他看了看离此不远的汜水，说道：“主公，依我看，我们现在只有引汜水，淹武牢关，方为上策！”

慕容燕云摇头道：“李兄弟，这武牢关中虽多是敌军，可毕竟也有百姓，如果放水淹城，岂不是害了无辜的百姓？那日我痛恨宋军在山下乱杀无辜，如今我怎能自己行此恶举？”

李明和劝道：“主公，两军交战没有不死人的道理，虽然此举牺牲了少部分的百姓，却因此解救了更多的百姓，难道这能算是恶举吗？主公，您就莫要犹豫了，如今唯有这一招，才能破了武牢关！”

慕容燕云沉吟良久：“李兄弟，事到如今也只好如此。不过你记住，我们行侠仗义也好，以战止战也罢，终究是要为国为民，方不失侠之本意。”

李明和点头道：“主公说的是，我从今往后定会更加爱惜百姓，多做善事，把百姓的安危看得比自己的性命更加珍贵。”

慕容燕云欣赏地看了他一眼，默认了李明和的计划。李明和当即安排手下士兵，把营寨移到高地。并且日夜开工，挖开汜水大堤，水淹武牢关。

赵普见慕容燕云手下士兵，不分昼夜想要掘开汜水大堤，心中不禁有些慌张。他知道，如果汜水一旦决堤，自己所在的武牢关，就会变成一片绝境。

这日，李明和与慕容燕云正在商议水淹武牢关的具体计划，大将慕容平州带着五万大军，到了营中。他们刚说了几句话，这时韩永林也进来道："主公，在下以为，水淹武牢关虽为攻城之计，但难免死人太多，在下实在于心不忍。依我看，我们手下身强力壮的士兵不少，想要挖一条地道，进入武牢关应该不是难事。我愿意带兵杀入城内，得手之后点火为号，与主公里应外合，一举拿下武牢关！"

李明和犹豫一下，说道："韩大哥，你说的也不失为一种方法，只是有些太过冒险，万一失败，不但要损兵折将，就连你可能也回不来。依我看，与其冒险，不如不做。"

慕容燕云却道："李兄弟，兵法说虚虚实实方为上策。我们明面挖掘汜水大堤，敌军定然把注意力都放在防水上，哪里能想到我们暗里还有如此一招？"

慕容平州也道："主公所言极是，我也认为此计甚妙！"

李明和见两人都站在韩永林这边，无奈地说道："既是主公决定如此，我也不好多说了。只是韩大哥一定要小心，千万不要身陷城中才好。"

"李兄弟，你放心吧。如果哥哥没有这个本事，又怎敢提出这种方法呢？"韩永林自信地说道。

慕容平州说道："韩大哥，不如兄弟与你同去吧，也好有个照应。"

韩永林摇头道："平州兄弟，哥哥一人前去足矣，怎能让兄弟陪我一起冒险？"

慕容平州坚决道："韩大哥，古人云'舍命陪君子'，你救过兄弟的命，无论如何我也不能让哥哥只身犯险！"

韩永林无奈道："好吧，既是兄弟定要同往，我也不拦你了。"

当日，数百士兵就开始秘密地在营寨中挖掘地道。半月后，地道挖通，夜半三更之时，韩永林、慕容平州带着一千军兵偷偷下了地道。慕容燕云、李明和看着两人的背影，不禁为他们捏了一把汗。

两人带兵一去，就是一个时辰。这一个时辰中，韩永林没有送出一点儿消息，更没见到城中有火光。这地道仿佛野兽的巨口，人一进去，便如泥牛入海，再没了音信。

慕容燕云一直等了两个时辰，不由为韩永林担心起来。他正想自己下地道查看，接应韩永林，就在这时，两人领着几百残兵逃了出来，他们个个身受重伤，狼狈至极。

“主公！属下无能！请您军法处置吧！”韩永林见到慕容燕云就跪了下来，满脸羞愧道。

一向狂傲的慕容平州，这时也低下了头，说道：“主公，赵普早有防备，我们一出地道口，就被敌军的伏兵包围了。我们与其厮杀良久，无奈敌众我寡，败兵而归，我实在无颜面对主公……”

慕容燕云忙搀起韩永林说道：“韩大哥、平州兄弟，胜败乃兵家常事，你们不要放在心上。看来只有水淹武牢关这一招可行了，明日你们将功赎罪就是了。”

李明和心中一震，心道：“我军日夜挖堤，明摆着是要以水淹城，挖地道是韩将军临时起意，一直秘密进行，难道赵普是神仙不成？韩大哥刚出地道，怎会就遇到赵普的人马，这其中恐怕不会那么简单呀！”但见两人都受重伤，血染衣袍，心中疑虑便在瞬间消散了。

第二日，汜水大堤已被掘开，滔滔河水直灌向武牢关。慕容燕云以为，此时武牢关内定是瞬间积水，淹没了许多粮草与库房，有无数士兵被大水活活淹死，城中一片狼藉。

慕容燕云有些得意，下令士兵攻城。可他的大军到了城下，却发现城头上的守兵并没有想象当中的惊慌，而是防备如常，似是一切都没有发生，还如平常一般无二。

李明和也愣住了，心中盘算，如此大水怎会轻松逃生，难道自己的计策又被赵普破了，他又是怎么破得如此轻松？

此时，城头上的赵普笑着看向慕容燕云，笑道：“哈哈哈，慕容燕云！你手下的士兵真是帮了我的大忙，如果没有你们挖掘地道，这城中之水还真是一时半刻排不干净呢！”

慕容燕云、李明和心中的疑虑，瞬间都变得明朗起来。慕容燕云看向韩永林，懊恼道：“韩大哥，我怎么没想到赵普会有这招，我们真是低估了赵普！”

慕容平州闻言，也不禁一阵羞愧，满含歉意地看向慕容燕云。

韩永林更是拔出虎头刀，横在自己项间：“主公、李兄弟，是我考虑欠周，害得你们的计划失败，我今天就以死谢罪！”他说着就要自刎。

慕容燕云忙道：“韩大哥，快把刀放下！”他说着，运起残阳指，一指凌空点向韩永林手腕。韩永林手腕吃痛，手中虎头刀“当”的一声落在地上。

“主公……”

“唉，韩大哥，你不必多说了，这不能怪你们，要怪就怪我无能！”慕容燕云说着，看向李明和，“李兄弟，赵普之能世间少有，我们还是请云兄来，再做计议吧。”

李明和微微颔首，自知才能比之云逸墨，实在相差了太多，只好收兵。

慕容燕云下令，全军回营，等待云逸墨带援军前来相助。

城头上的赵普见到慕容燕云再次无功而返，心中极是得意，他看着大军远去的背影，笑得异常灿烂……

第五十八章　歧路沾巾

赵婵雪自那日被赵光义带回宫后，就没有再离开皇宫半步，日日心中思念慕容燕云，常常以泪洗面。只是她知道，现在的一切早已不是曾经的样子了，她和慕容哥哥已经是红尘陌路，一丈天涯。

两个男人之间的争斗，已经不是为了自家的仇恨，而是为了这个让无数英雄折腰的天下，这已经不是自己能左右的了……

几个月后，赵婵雪生下了慕容燕云的孩子，是个女孩儿，她继承了两人所有的优点，赵婵雪心中甚是欣慰。

出乎意料的是，对于孩子的降生，赵匡胤不但没有生气，反倒很是高兴。因为他认为，女孩子比较斯文，而且从小生活在宫中，定然温婉贤淑。不会再像上两代人一样，整日里为了爱恨情仇，拼得你死我活了，更不用担心她会为了慕容燕云与自己反目成仇了。

父亲没有因为慕容燕云的原因，讨厌这个外孙女，这足以让赵婵雪感到欣慰。她还想求什么，她还能求什么呢?

孩子一天天长大，自己对慕容燕云的思念并没有一点点减退，而是越来越浓。每日里她偷偷以泪洗面，这是她唯一的排遣。她总是哭到睡去，在梦中兀自想着她的慕容哥哥……

赵匡胤见女儿对慕容燕云如此牵肠挂肚，日渐消瘦，心中也是有些不忍。这日夜里，他到了赵婵雪宫中，没有让丫鬟们禀报，径直来到女儿房中，看到赵婵雪还在哭泣。

他缓缓走到赵婵雪身畔，温柔地说道："雪儿，为父知道你心中放不下慕容燕云，为父虽然讨厌慕容燕云那小子，可也不忍见你如此难过。为父准你带着孩子，到阵前与他见上一面吧。”

赵婵雪听父亲如此说，不禁微微一愣，随即止住哭声，不敢相信地问道：“父亲，你说的是真的吗？你真的同意我到阵前与慕容哥哥相见？”

赵匡胤点点头，微笑道：“哈哈，为父现在是皇帝了，对旁人尚且不会戏言，何况是我的女儿呀！”他随即又叹了口气，“唉，只是你这一去，定然不会再回来了，这偌大的皇宫，此后只剩下父皇一个人了……”

赵婵雪破涕为笑，说道：“父亲，你对我这么好，我怎么会丢下你一个人？你放心，我不会一去不回的，我只想与慕容哥哥再见最后一面，此生也就没了牵挂。”

赵匡胤点头：“谢谢我的好女儿！你终于在为父与他之间，做出了自己的选择。为父定会为你选一位如意郎君，从此我们一家人共享天伦之乐。”

赵婵雪摇头：“父亲，我心中已经被慕容哥哥占满了，此生虽无法与他在一起，可心中始终只有他一个人，再容不下别人了。”

赵匡胤一笑：“雪儿，为父早晚有一日会先你而去，为父不在了，你要依仗何人？莫要犯傻了！”

赵婵雪叹了口气：“父亲，我意已决，如果哪一日你驾鹤西去了，我便出家为尼，从此跳出红尘，倒也落个清净自在。”

赵匡胤笑道：“哈哈，雪儿，不要胡说！你是我大宋的公主，怎么可以出家为尼呢？我相信，即使为父不在了，你的叔叔们也会照顾好你的，而且天下之大，难道真的只有慕容燕云才能得到你的心？”

赵婵雪正要反驳父亲，赵匡胤却先说道：“雪儿，你不用辩解什么，为父都明白。你既是那么思念他，为父明日就派高怀德之子高处俊护送你，到阵前与他相见吧。”他说完转身离去了。

“父亲，唉……”赵婵雪叹了口气，但想到很快就能与慕容哥哥见面了，心中自然无比兴奋。

当晚，赵婵雪激动得一夜未眠。次日清晨，就早早起来，精心打扮了一番，赵匡胤亲自送她到了宫门。高处俊早已在宫门外静候，他身后还带着几百兵士，护送赵婵雪前往两军阵前。

赵普此时正在武牢关中，任凭韩永林如何叫骂，就是闭关不出。赵婵雪与高处俊就在此时进了武牢关。

赵普、石守信见到赵婵雪，恭恭敬敬地施了一礼，口中说道：“见过公主！”赵婵雪应付地点点头，问道：“赵普，本公主问你，现在慕容哥哥可是在对面营阵中吗？”

“正是，前日微臣还与他在阵前见过面。”赵普答道。

赵婵雪点头道：“那就好，本公主现在就要到对面营中见他。”她看了守兵一眼，“快给我把关门打开！”她说着就要下关。

赵普忙道：“公主不可，你不能就这样过去，万一有危险，微臣如何向陛下交代呀？不如您再等一日，明日一早我们一起出城，在阵前再见不迟啊！”

高处俊、石守信也都劝阻，赵婵雪只得说道：“好吧好吧，明日你们不许再推三阻四，不然本公主可生气了，定要父皇治你们的罪！”

次日一早，赵婵雪带着众人在关前摆开阵势。

慕容燕云一直在等待云逸墨的到来，这时，听哨兵来报，大宋公主赵婵雪到了阵前，他连忙带兵在离宋军半里开外之处列开大阵。

这日的风异常大，却吹不动她那颗痴恋的心……

赵婵雪见到对面棕红马上的慕容燕云，两人以前的点点滴滴在一刹那都涌向她的脑海。她瞬间就红了眼眶，泪水在她的眼角打转，此刻她有千言万语想要对慕容燕云说，可偏偏不知该如何开口。

慕容燕云见到赵婵雪心中也是感慨颇多，想到两人以前同生死共患难，亲密无间。他想过自己可能会与所有人为敌，却从未想过会与自己深爱的雪儿反目。他想过无数种与雪儿重逢的场面，可此刻在阵前相遇，却在他的意料之外。

“雪儿，我们难道真的要动手吗，真的没有其他的办法了吗……”慕容燕云喃喃道。他似是在问赵婵雪，又似在问自己。

本与云逸墨留守在燕云十六州的幽若雨，因极度思念慕容燕云，所以与云逸墨辞行，昨日来到阵前，与慕容燕云相会。此刻她就在慕容燕云身边，见到慕容燕云看到赵婵雪的神情，心中不禁有些泛酸，心想：“我昨日特意来与表哥相会，他却对我只说了几句客套话。今日见了赵姐姐，魂都丢了，实在让我有些难过啊！”

她随即又看到表哥神情间极是迷茫，自然明白其中原因，于是劝慰道：“表哥，你不要难过，你与赵姐姐或许今生注定有缘无分。不过，表哥还有我和这些兄弟，我愿意陪表哥一辈子，我们永远都不会反目成仇的。”

慕容燕云苦笑道：“表妹，你在我心中永远都是妹妹，我会永远爱护你，那是因为我是你的表哥，我不忍心再见到你受伤害。说起雪儿，我心中满满的都是她的一颦一笑，这辈子也不会改变了。”

两人说话间，风更大了，随着一声嘶鸣，幽若雨胯下的白马有些惊了，竟把满是心事的幽若雨颠得有些坐立不住。慕容燕云见状，忙一把扶住了她。

赵婵雪正在犹豫怎么开口，见到慕容燕云与幽若雨的亲密举动，心中难免误会。她看着怀中的孩子，轻声说道：“唉，咱们母女两个是这世界上最傻的人。你父亲早就移情别恋了，我们却还远道而来，想要给这个负心之人一个惊喜，天下到哪里去寻我们这么傻的人？”

慕容燕云此时对赵婵雪大声说道：“雪儿，这些日子你过得还好吗？我们真的要交手吗？你为何怀中抱个孩子？”

赵婵雪一时不好意思当众说出口，她正思索该如何告诉慕容燕云，眼睛无意间看了高处俊一眼。

她正要说话，慕容燕云却随着她的眼神，注意到赵婵雪身边有一位年轻英俊的白袍小将。

慕容燕云冷笑道：“哈哈哈，我明白了，孩子是你与这位将军的吧？何必故意到阵前辱我。好好好，你既然如此无情，我们永生永世都不要再见面！”

赵婵雪见慕容燕云不仅误会自己，还如此无情，心中也是大怒，冷哼一声道：“慕容燕云，我怀中的孩子是谁的，与你有什么关系？你爱怎么说就怎么说好了！我祝你与幽家妹妹百年好合，我赵婵雪今生再也不想见到你了，告辞！”她说着取下当年慕容燕云给她买的玉链，狠狠地摔在地上，打马就要回关。

她的话虽然说得极是硬气，可就在转身的瞬间，泪水却不争气地夺眶而出，只有她自己才知道，她的心到底有多么难受……

“雪儿，我刚才一时冲动，你不要误会，你听我解释，我心中永远只有你一个人啊！”慕容燕云绝望地喊着，眼角也落下了泪水。他知道自己误会了她，是自己一次又一次地伤害她，一切都是自己造成的，他怨不得任何人，只能怪自己。

他想再说什么，可已经来不及。赵婵雪的心原本是一团火，但火燃得越旺，灭得也越快，现在火已燃尽，只剩下了死灰。

慕容燕云看着地上散落的颗颗玉珠，他的心都要碎了。他知道自己错了，大错特错。这世上他可以怀疑所有人，唯独雪儿是他最不该怀疑的啊！

“雪儿，我对不起你……”他轻声叹着，缓缓俯下身，拾起一粒粒的玉珠。可他能拾起散落的玉珠，还能再拾起雪儿那颗心吗？

幽若雨、李明和、慕容平州与他都是老相识了，他们却从未见过慕容燕云此时这种绝望后悔的表情。在他们心中，慕容燕云永远不会低头，永远都不会后悔。但此时，他不但后悔了，他也低头了。他勇敢地与天斗、与地斗、与人斗，他从未失败过，可唯独斗不过的却是他自己。

当晚，慕容燕云一个人坐在营中，不断地长吁短叹，他不怨天地，不怨命运，他只怨自己怎么可以一时冲动，气走雪儿。雪儿为自己千里寻药，又为自己跪门七日，甚至以生命来要挟赵光义，保全自己等人下山，这一切都在他的头脑中徘徊，久久挥之不去……

“表哥，你一天没吃东西了，我为你做了几个小菜，你快吃吧。你如果有什么事，不光我们会心疼，就是赵姐姐心中也会不舒服啊。”幽若雨说着，掀起帐帘，端着一个木盘走了进来。

“表妹，我不饿，谢谢你……”慕容燕云缓缓说着，心中却还是在想着雪儿。

幽若雨叹了口气：“表哥，你这样对自己，难道赵姐姐就会原谅你吗？你还是听小妹一句，快吃点儿东西吧。”

慕容燕云看了一眼木盘，他见盘上放着一碗面，不禁又是一声长叹：“唉，当初与雪儿初遇时，飞花山庄柳神医就装扮成她，为我做了一碗面。那时候，我没有现在的势力，没有现在的武功，可我却有雪儿，现在真是怀念那段日子呀！这碗面要是雪儿做的该有多好。”

幽若雨心中不禁一阵心酸：“表哥，赵姐姐到底哪点胜过我，你难道真的不能忘了她吗？万一哪天我也不在了，你会不会难过呢？”

慕容燕云下意识地说道：“雪儿的一颦一笑都是那么动人，我也想忘了她，可我做不到。如果没有她，我就算得了天下又有什么意义呢？”

幽若雨缓缓点头道：“表哥，我明白了。”她说着出了营帐，回到自己的帐中。

她坐在床上，取过了梳妆的铜镜，心中想着赵婵雪的样子，不断地模仿着。她本是一个从来就不爱笑的人，但为了表哥，哪怕能有一丝的高兴，她不断地、反反复复地模仿着赵婵雪的笑。

幽若雨那冷艳的面庞，一次次地因为模仿而酸痛难忍，可她不想停下来，哪怕表哥因此能有一丝喜欢上自己，再大的痛苦她也愿意。因为她爱慕容燕云，比之爱自己更要胜出何止百倍千倍。

一个女人，为了让一个自己喜欢的男人高兴，便不分昼夜地模仿着自己的情敌，天下最大的悲哀，莫过于此……

三日后的夜里，天上一轮残月，是那么美，却又那么伤……

幽若雨又做了一碗面，端到了慕容燕云面前，她笑着道："表哥，你快把面吃了吧。"

慕容燕云见表妹笑了，心中一动，心想："表妹从来不爱笑，今天怎么笑了？"可他随即发现表妹的笑竟与雪儿一模一样，不禁有些感到奇怪。

他正想说话，幽若雨却先问道："表哥，你那日说赵姐姐的一颦一笑动人，我特意练了三天三夜，你看我笑得好看吗？"她说着又是甜甜一笑。

慕容燕云点点头，又摇摇头："表妹，你笑得很好看，很像她。可你再像，毕竟也不是她，终究还是无法取代她……"

幽若雨听慕容燕云这么说，不禁一阵心酸，眼泪几乎要落下来，她暗道："表哥，看来你心中永远都只有赵姐姐，我就算付出再多，看来你也不会对我有一丝一毫的心动了。"

"表哥，你慢慢吃吧，我走了。"幽若雨说了一句，转身就出了营帐。

她刚出大帐，突然听见营中一阵大乱，但见一员白袍小将手持银枪，横冲直撞杀了进来。幽若雨忙向营中喊了一声，同时拔出了腰间雩霞剑。

"尔等贼人少要嚣张，本将军高处俊到了！"小将大喝一声，手中长枪越发灵动，宛如银龙出海，又似梨花盛开，所到之处无数士兵死于枪下。

李明和、慕容平州、韩永林纷纷出了营寨，可他们仅凭双脚之力想要挡住这人如猛虎、马似欢龙的高处俊谈何容易？好在他们相信以主公的武艺，绝不会伤在高处俊手中。

但见高处俊单枪匹马直杀到慕容燕云的中军大帐，迎面正碰上幽若雨，问道："对面女子可是幽若雨？就是你这个贱人惹得我们公主伤心，今日我怎能饶你！”他说着一枪刺向幽若雨。

慕容燕云此时从营帐中出来，还未看清敌将，高处俊的银枪就已转换了方向，一枪刺向慕容燕云。慕容燕云虽武艺高强，可这几日心中思虑过度，常常不吃不睡，精神恍惚，哪里能使出往日的功力。他竟一时没能躲开高处俊的大枪。

眼见高处俊一枪就要刺中慕容燕云，幽若雨喊了一声，自己竟用身体迎了上去。她到了这时，心中还想着："我为表哥死了，表哥心里总不会再没有我了吧。"

高处俊一枪正刺中幽若雨的小腹，他随即停住银枪，心中想："幽若雨让公主不开心，我就这么杀了她，实在太便宜她了，不如抓回去让公主处置！"他想着一把提起幽若雨放在马上，呼啸而去。

慕容燕云想追高处俊，可他的马太快，慕容燕云使出十成功力，竟也无法赶上。他眼睁睁看着表妹被敌将抓走，心中无比自责，整个人险些昏倒过去。

"主公！"这时三员大将赶了过来，扶住了慕容燕云，焦急地问道，"主公，你怎么了，你伤在哪儿了？快告诉我们啊！"

慕容燕云指着高处俊离去的方向，说道："表妹……表妹被他劫走了！"

"什么，幽姑娘被他劫走了？"三人闻言也都慌了手脚，一时不知如何是好。

慕容平州怒道："此人竟在我军大营中抓走幽姑娘，实在欺人太甚！我慕容平州怎能容他！主公，你莫要着急，我这就去杀了他，保幽姑娘回来！"他说着拔出宝剑，就要去追高处俊。

李明和忙道："平州兄弟，你这时去追他，只怕非但救不了幽姑娘，如果对方早有伏兵，你自身都难保啊！"

"唉！"慕容平州长叹了口气，劝道，"主公，你千万不要太过伤心，云兄到了定会有妙策救回幽姑娘的！"

慕容燕云点头："云兄，没想到离开你，我竟是寸步难行，连保护表妹都做不到……"他说着红了眼眶。

他原来只为雪儿哭过，现在表妹离开了，他同样痛断肝肠。此时，他竟有些说不清楚，这两个女人，哪个在他心中更重要……

第五十九章　比之自失

赵婵雪自那日在阵前伤了心，发誓不再和慕容燕云相见，一个人抱着女儿回到开封城。她整日闭门不出，就连赵匡胤都吃了闭门羹。

小将高处俊受皇上钦点，护送公主入关，因立功心切，所以偷袭慕容燕云中军大帐，抓走了幽若雨，回关后不见了公主，遂带着幽若雨也回了开封。

到了开封城，高处俊把幽若雨交到了赵婵雪手中，他得意地说道："公主，幽若雨被末将抓来了，请您处置！"

赵婵雪看都没看一眼，只是轻声说道："幽家妹妹，我不想为难你。你既是受了伤，就留在宫中养伤吧，伤好了我会叫人送你回去。慕容燕云既然最终选择了你，我无话可说……"

幽若雨正要解释，赵婵雪却摆了摆手，让手下的宫女扶送幽若雨到厢房休息。

"唉，赵姐姐，你真是冤枉表哥了……"幽若雨轻声说着，在宫女的搀扶下转身离开了。

当日午后，赵匡胤下了朝，心中挂念女儿，便来到她房中。见赵婵雪独自坐在窗边，闷闷不乐。

他叹了口气，柔声地说道："雪儿，你还为慕容燕云那小子伤心呢？为父本想让你高兴，这才同意你到阵前与他相见，没想到这小子不识好歹，惹你伤心。既是他与你已恩断义绝，为父让则平取了他性命就是！"

赵婵雪半晌没有说话，良久才道："父亲，是女儿太傻了，与他无关。"

赵匡胤心中明白，女儿心中并没有完全放下慕容燕云，她并不想让自己杀他。他微微摇了摇头，说道："好吧，为父明白了。"他说着转身出了房门。

此刻，幽若雨手捂小腹从回廊外走了进来，她要找赵姐姐把她和表哥之间的误会说清楚，又不知如何开口，正站在门前发呆，刚好与从房中走出来的赵匡胤碰上了。

赵匡胤见到眼前的女子，不禁心中一动："世间竟有如此美丽的女子，我还从未见过。只是不知她是谁，为何站在雪儿房前？朕如能纳她为妃，才不负此生啊！"

这时幽若雨也见到了赵匡胤，知道眼前就是表哥的仇人，可凭她的武功断不可能替表哥报仇，无奈只得对赵匡胤施了一礼，轻声道："见过陛下。"

赵匡胤见她体态轻盈，柔声细语，气质更是冷艳出尘，心中欲望越发重了。他一挥手，柔声道："免礼吧。不过，你可否告诉朕，你是谁？叫什么名字，为何站在这里？"

幽若雨冷冷地说道："小女子幽若雨。"

赵匡胤心道："原来她就是被高处俊擒来的幽若雨。朕早就听说慕容燕云那小子有个天仙似的表妹，今日一见果然与众不同。难怪高处俊那小子没忍心杀她，朕又怎会忍心下手呢！"

幽若雨见赵匡胤愣神，说道："陛下，如果没有什么事，小女子告退了。"她说着就想回房。

"幽姑娘，别急着走，今日相见也算你我有缘，朕要送你一件东西，算是见面礼吧。"赵匡胤说着让手下太监取来了一个精致华美的发簪。

"多谢陛下好意，小女子不敢收如此贵重的礼物。"幽若雨说道。

"幽姑娘，朕一言九鼎，说出的话哪有收回之理，你就收下吧。"赵匡胤说着，要将发簪亲手戴到幽若雨发髻上。

"那……多谢陛下了……"幽若雨无奈，只得伸出玉手接下了发簪。她本以为赵匡胤不会再纠缠自己，哪知赵匡胤接着说道："幽姑娘，你在雪儿的厢房中居住多有不便，一来雪儿看到你难免会伤心，二来也有些太委屈你了。延福宫现在空着，不如你就到延福宫中暂住，等你养好伤，什么时候想回去了，和朕说一声，朕定派人护送你回去。"

幽若雨眉间微蹙，心道："看来赵匡胤是有心收买我，我倒不如顺势摸清他的底细，也好为表哥做个内应。"她想到这里，点了点头，"陛下好意，小女子不敢推辞，只是等我伤好之后，还请陛下能话付前言，送我回去。"

赵匡胤一笑："那是自然！"他说着竟亲自带幽若雨到了延福宫，并为她安排好了一切。一应物品无不齐备，并且都是最上等的。就是与赵婵雪比起来，也毫不逊色。又请来御医为她疗伤，直到掌灯时分他才离开。

幽若雨一人住进延福宫，每日里无所事事，除了想表哥，就是独自坐在小湖边发呆。她有时脑海中思绪万千，有时又是空无一物。她浑浑噩噩地度日，不知道此生没了表哥，自己活着又有什么意义。

赵匡胤倒是对她极好，常常过来与她说话解闷，并且每次都有好东西送给她。幽若雨初时还对赵匡胤冷言冷语，爱搭不理，可日子久了，渐渐减少了对他的敌意，甚至赵匡胤几天没来，她反倒有些莫名的失落。

这天晚上，赵匡胤又来找幽若雨。两人坐在湖边的凉亭中摆下酒席，只说了几句话，赵匡胤就有些难过起来。

他喝了一杯酒，长叹道："唉，幽姑娘，你的伤好得差不多了，我们也到了分别的日子了，真是有些舍不得呀！"

幽若雨也有些不忍，说道："未与陛下相识之前，小女子本是极恨你的，恨不得替表哥杀了你。但这些日子相处下来，我逐渐发现你是个好人，有些事情虽然做得太过，但也许是有你自己的苦衷。如果我不是先爱上了表哥，或许……"她说着脸有些红了，"或许，我会爱上陛下……"

赵匡胤微微点头，神情间满是无奈与悲伤："若雨姑娘，知道朕为什么喜欢你吗？你也听说过朕当年千里送京娘之事吧，你们长得太像了，朕真想把对京娘的亏欠都偿还在你身上。但感情这种东西强求不得，就算朕是皇帝，也与常人一样。"

幽若雨以前一直感觉赵匡胤高高在上，无所不能，可听了他这番话，心中明白，他其实与常人没有什么本质的区别，只是他与表哥一样，有着比常人更大的胸襟和志向。赵匡胤对自己，亦如自己对表哥，爱而不得的感觉她比谁都清楚。

幽若雨缓缓说道："陛下，你的心情我理解。我对表哥就是付出再多，他心里始终不会有我，他永远不会爱上我。他心里只有赵姐姐。陛下对我的好，小女子永记在心，只是……"

赵匡胤说道："若雨姑娘，朕都明白。朕也不过说说罢了，明日朕就派人送你回去。"他说着眼圈竟有些红了，为了怕幽若雨看到，只得连喝了几杯酒。

幽若雨犹豫良久："我为表哥付出了那么多，可他始终心里没有我，看来这一切都是上天注定的缘分。"于是说道，"如果陛下不嫌弃，我留下就是……"

赵匡胤已料到幽若雨会留下，他有意几日没来延福宫，就是为等幽若雨这句话，可当他听到此话从幽若雨嘴里说出时，还是激动万分！怕幽若雨又改了主意，他连忙问道："若雨姑娘，你说的是真的吗？你愿意与朕白头偕老，永不分离？"

幽若雨缓缓点头道："我愿意……"

赵匡胤大喜，连夜让人准备两人的婚事。

三日后，赵婵雪料定幽若雨的伤已好得差不多了，于是差人叫来高处俊，让他护送幽若雨出关。高处俊一脸惊讶道："难道公主不知，幽若雨就要和陛下成亲了？"赵婵雪闻言，疯了一样冲出门去。

此时，幽若雨正手捧着大红的婚服发呆，她曾无数次在梦中穿上过婚服，只是新郎却不是她的梦中之人。她的人生就这样发生了翻天覆地的变化，快得让她始料不及，以至于赵婵雪冲进门来，她都浑然未觉。

"妹妹好生贪心啊！你怎么什么都要与我争，先是抢走了我的慕容哥哥，现在又来抢我的父皇！"赵婵雪说着夺过幽若雨手中的婚服，重重地摔在地上。

幽若雨一时语塞，她能说什么呢，她知道，这世上所有的人都和赵婵雪一样，认为她是一个贪心的女人，或许也包括她朝思暮想的表哥慕容燕云。只有她自己最清楚，她的心中是何等痛苦。

五日后，幽若雨穿上了喜服，与赵匡胤拜了堂。京城的百官都来朝贺，幽若雨听见众臣的朝贺声，心中不禁一酸，眼泪掉了下来。

她以前一直幻想着与表哥拜堂，可万万没有想到，自己最后竟会与表哥的仇人成了亲。她真的爱赵匡胤吗？或许爱，或许不爱，但她知道，自己是时候为自己找个归宿了。只是终其一生，她都无法忘记自己的表哥。

当晚，赵匡胤似乎是喝多了，躺倒床上呼呼大睡。幽若雨却立在冰冷的月光下，长叹了口气。她终究忘不了表哥，忘不了赵匡胤是自己的仇人。自己到底是一时冲动，还是深思熟虑，她自己也说不清楚，就像她到底是该与赵匡胤携手白头，还是应该此刻为表哥杀了他，她亦无法决定。

她慢慢走近床边，抽下了头上的发簪，向赵匡胤刺去。发簪离赵匡胤的咽喉只有三寸，这是生与死的距离，一个最短却又最长的距离。幽若雨却似乎使尽全力也无法触及，最终她扔下了发簪，哭了起来……

赵匡胤此时翻了个身，说道："爱妃，你如果真想替慕容燕云杀了朕，就尽管动手吧。"他说着闭上了眼睛，将自己的生死都交到了幽若雨手中。

幽若雨此时哭得更凶，瘫坐在地上："元朗，我……我做不到……"

赵匡胤叹了口气："爱妃，你既是不忍心杀朕，就不要为难自己了。"幽若雨哭着扑进赵匡胤的怀里："元朗，我真想替表哥杀了你，可我真是没用……"

赵匡胤柔声道："爱妃，快别哭了，朕会心疼的。"他说着轻轻擦拭着幽若雨眼角的泪水，就这样一直抱着她。

月夜，热闹的日子，却越发哀伤。一缕惆怅，一抹无奈，一丝犹豫，一盏离愁。其中的快乐与悲哀，世上几人知晓？如果一切没有来过，那该多好，她回忆里便不会字字句句都是无奈和惆怅……

连日来，慕容燕云的心情异常沉重，这些天他无时无刻都在想着两个女人，连攻城时都有些没了原本的杀气。

他正苦闷间，突然营帐被人掀开，有人说道："主公，别来无恙乎？"云逸墨笑着走了进来。

"云兄，你可来了！"慕容燕云见到云逸墨，大喜道。可他随即又是长叹一声："唉，云兄，这些日子发生了很多烦心事，雪儿与我阵前反目，表妹也被敌将抓走了……"

云逸墨收敛了笑容道："主公，这些事我都听说了，你也别太难过，在下会为主公谋划，一切都会有转机的。"

慕容燕云苦笑一下："云兄，你虽足智多谋，可对手赵普亦是少有之能臣，想要扭转局面，绝非易事啊！"

云逸墨胸有成竹道："主公，在下自有办法对付赵普。如果赵普一死，我们兵进武牢关，想要攻破大宋，救出幽姑娘便易如反掌了！"

慕容燕云摇头："云兄，依我看还是先救出表妹，再杀赵普才是上策。"

云逸墨说道："主公，如果赵普不死，我们想进武牢关、攻破开封便是难如登天，主公还是听在下的吧。"

慕容燕云无奈道："唉，云兄，只要你能救出表妹，其他的你看着办吧……"

云逸墨心中略一盘算，便着手准备起来。

三日后，幽凡一前来面见慕容燕云，他明显消瘦了，走路也是无精打采的，见到慕容燕云尽量控制自己的情绪，缓缓说道："主公，大宋传来消息，赵匡胤殿前封妃，三日前与妹妹成亲了……"

"什么……什么！"慕容燕云听到这个消息，整个人的精神彻底崩溃了。他想过表妹或许有一天会被自己救回来，或许会被赵匡胤害死在宫中，可万万想不到她竟会嫁给赵匡胤。

云逸墨见慕容燕云神情，心中也是一惊道："主公，你别激动，或许此事并没有那么糟，这可能是幽姑娘想刺杀赵匡胤的缓兵计策。"

慕容燕云却落寞至极地说道："云兄，是我欠表妹的太多了，这一切都已成定局，哪里还能改变？只是我丢了雪儿，又失去了表妹，我纵坐拥江山万里，统领九州五岳，又有何用？"他以为云逸墨无法理解他现在的心情，也只好无奈地摇摇头。

云逸墨知道此时再劝无用，他略一思索道："主公，这一切都是赵普和赵匡胤造成的，你难道不想杀了他们报仇吗？"

慕容燕云眼中燃起了一团火，一团复仇的火。他问道："云兄，你有何妙计能报此仇？"

"主公，现在最好的计策，就是派人与前朝重臣李重进联合。他如果能答应与我们里应外合，定能一举攻下大宋，想杀二人易如反掌！"云逸墨胸有成竹地说道。

"好，就依云兄之言。"慕容燕云说着紧握拳头，发出咯咯的声音，鲜血顺着指缝流了下来。

云逸墨派遣心腹文臣密使李重进，几日后，文臣来报，李重进拒绝联合，并写了一封回信。

众人以为云逸墨计谋落空，都有些失望，慕容燕云更是悲伤地看向云逸墨，说道："云兄，看来是天意如此了！"

云逸墨却是笑着接过书信："哈哈，主公莫急，在下还有一计，定能让赵匡胤与赵普失和，这样一来，我们便有机可乘，一一除之！"

五日后的夜里，月光朦胧，万籁俱寂……

赵匡胤正与幽若雨在寝宫休息，突然听到有轻微的声响划过寂静的夜空。赵匡胤听到这个声音，瞬间就惊醒过来，说道："爱妃，有刺客！"

幽若雨闻言，也睁开了眼睛，板起脸道："谁这么大胆，竟敢来行刺陛下！"她说着披衣而起，取过床边的雩霞剑。

"爱妃，你不要出去，一切有朕呢。"赵匡胤说着提起盘龙棍，走出房间，喊道，"来人，护驾！"他说完，屏气凝神等着刺客到来。

很快，宫中护卫都察觉到了，纷纷前来护驾。

刺客此时也到了赵匡胤身边，他身法精妙，宛如疾风，手中宝剑潇洒飘逸地刺向赵匡胤。但赵匡胤武功天下几乎无敌，哪能被刺客刺中，但见他身子瞬间就向后猛退了三丈。

随即他大怒，喝道："大胆刺客，就凭你也想杀朕？受死吧！"他话音未落，手中盘龙棍带着呼呼劲风，打向刺客前胸。众侍卫也都举起兵刃，攻向刺客。

刺客也绝非寻常之辈，一招没有得手，便转身飘然而去，其速快如闪电。未及众人兵刃打到，人已不知去向。

"可恶！给朕紧闭城门，挨门挨户地搜，不抓到刺客，你们这群废物别来见朕！"赵匡胤向众护卫吼道。

这时幽若雨也走了出来，对赵匡胤柔声道："陛下，你消消气，我想这刺客也是武艺高强，众侍卫才没能拦住他。不知这刺客是什么来头，为何要刺杀陛下啊？"

赵匡胤说道："定是慕容燕云手下之人，不然怎会有这等身手！"

幽若雨叹了口气："唉，想来是各位哥哥生我气了。或许他不是冲陛下来的，而是要杀臣妾的。"

赵匡胤搂住幽若雨，表情凝重地说道："他们要杀爱妃，与杀朕有什么区别？你放心，只要朕还有一口气在，决不许任何人伤害爱妃！"

幽若雨心中不禁一阵感动："陛下，你对臣妾真好……"

刺客搅得延福宫一夜未宁。次日清晨，赵匡胤也没上朝，与幽若雨在凉亭里叙话，殿前都指挥使王审琦来报："报陛下，微臣带人连夜巡查，翻遍了所有的地方，都没有发现刺客。"

赵匡胤怒气更甚，摔了手中茶杯，说道："王审琦，你身为殿前都指挥使，让刺客轻易进宫，就是死罪。朕让你去抓刺客，你又告诉朕抓不到，朕要你何用？来人啊，把王审琦给朕拉出午门斩首示众！"

王审琦闻言，虽说十分害怕，但他知道此时哀求是没用的，只得低下头，默默不语。

幽若雨忙劝道："陛下，请您三思！王大人虽身犯大罪，可念在他往日功劳，还请留他一命！"

赵匡胤见幽若雨求情，心中怒气消了大半，说道："既是爱妃为你求情，朕就再给你一次机会。如果能抓到刺客，也就罢了。否则，杀你个二罪归一，就是爱妃求情，朕也决不宽恕！"

王审琦战战兢兢道："陛下，满京城只有一个地方还没有搜过。"

赵匡胤没好气地说道："蠢货，那你还不快去搜！"

"臣……臣不敢……"

赵匡胤皱眉道："你不敢？你连欺君都敢，还有什么是你不敢的，倒说来让朕听听！"

王审琦点头道："微臣所说之地乃是丞相府。如今丞相镇守武牢关，不在府中，如果擅自搜他的府，恐怕有些不妥……"

赵匡胤瞪了王审琦一眼："丞相府有什么不能搜的，给朕搜！如果再搜不出来，朕定斩你项上人头！"

王审琦小心翼翼道："是。微臣这就去搜……"他说完急忙退了出去。

两个时辰后，王审琦回到了宫中。见到赵匡胤，秉道："陛下，微臣在丞相府中虽没搜出刺客，但发现了丞相私通反贼李重进的证据！"

赵匡胤闻言一愣："你莫要胡说，则平怎么可能私通反贼？"

王审琦把搜出来的几封书信交给赵匡胤，恭敬地说道："陛下，物证在此，丞相确有谋反之意，并非微臣胡说。"

赵匡胤一把接过书信，打开查看，只见里面正是李重进的笔迹。信中言辞恭敬，有意夺取大宋江山后，保赵普为帝。其中各项计划更是详细周密，这让赵匡胤如何能不信？

“哈哈哈，赵普！你竟敢背着朕私通李重进，好大的胆子！来人，把赵普给朕压回开封，朕要亲自审他！”他说着一掌拍在桌案上，上好的檀香木书案，竟在他一掌下击得粉碎！

王审琦遵命行事，立即带兵前往武牢关，抓捕赵普。三日后，赵普被压回了开封城，带到了赵匡胤面前。

赵普跪在赵匡胤面前，一言不发。赵匡胤见到赵普，冷笑几声：“哈哈哈，朕是该叫你丞相呢，还是陛下？”

“陛下所言何意？微臣不明白。”赵普闻言，心中越发疑惑，不知赵匡胤葫芦里卖的什么药。

“赵普，你别再装了，你干的好事朕都知道了。你私通李重进，有意谋反，你当朕不清楚吗？”赵匡胤怒道。

赵普连忙叩头：“陛下，微臣冤枉啊！臣忠心耿耿，怎会做出此等无父无君之举？您定是受奸人蛊惑，才疑心微臣，还请您明察啊！”

赵匡胤看了一眼王审琦，冷笑道：“赵普，你的意思仲宝是奸臣了？埋在你府中地下的书信，现在朕的手中，你还有什么可说的！”他说着把几封书信摔在赵普身上。

赵普看了书信后，说道：“陛下，这些信不知是何时到了微臣府中，臣更不知其中所谓的计划，这完全是有心诬陷微臣才故意为之。”

赵匡胤问道：“赵普，你既是说这些书信是假的。那朕问你，你为何在武牢关与慕容燕云对峙那么久，却不见你出兵？不是有意手握重兵，以待时机，又是何意？”

赵普正要解释，赵匡胤没好气地说道：“赵普，朕不想听你那些所谓的解释。朕念在你居功甚伟，死罪可免，从今后贬为庶民，永不录用！”他说着冷哼一声，拂袖而去。

赵匡胤走了，赵普兀自跪在地上，此时他早已冷汗淋漓，心中暗道：“好你个云逸墨，竟用出这等恶毒的计策，离间我与陛下。你等着，我赵普只要再有机会，定让你死无葬身之地！”

两日后，通往洛阳的一处羊肠小道。一辆马车缓缓从开封城的方向驶来，马车一路颠簸，亦如车中主人的身世。车中人微微撩起车帘，阳光照在他那儒雅俊朗的脸上。

他看着两旁的树林不禁一皱眉。“沉舟侧畔千帆过，病树前头万木春？想我赵普自幼丧父，好不容易才被师父收留，传以武艺、毒术，可惜当年师父一着不慎，被凤九天害成了疯子。后来我从小吏做起，花了无数心血才熬到丞相之位，没想到云逸墨又使奸计，害得我被贬为庶民。我赵普绝不会成为沉舟、病木，更不会重蹈师父的覆辙，早晚有一天我还会回来的，我回来之时，就是你云逸墨归西之日！”

他正想着心事，突然林中有道蓝影一闪，未及车夫反应过来，这道蓝影已闪身入了车内。“赵普，小爷慕容平州在此，你受死吧！”

不多时，两条人影又飘出车厢，落在马车前。赵普一向文弱儒雅，从不舞枪弄棒。世人都认定他不会武功，此刻不仅是慕容平州，连跟随他多年的车夫都蒙了。

赵普不知何时手中多了一支毛笔，一支带着锋利至极的钢刃的毛笔，就那么自然地攻向慕容平州，是那么行云流水，无懈可击！

“什么！”慕容平州不敢相信自己的眼睛，眼前这个文弱的赵普竟会是个可怕的对手，而且他的武功比之江湖中绝大多数的人都要高，就是自己也未必能胜过他。

“子曰：学而时习之，不亦说乎……”赵普口中轻声吟诵着《论语》，手中的毛笔也好像能在空中写出字来，可偏偏每一个字，甚至每个笔画都是那么致命。

赵普的嘴角此时露出了灿烂的微笑，不见他如何动作，竟有无数医者用的银针飞了出来，每一根针都带着嗞嗞的破空之声，击向慕容平州的周身要穴。

赵普笑道：“慕容平州，你既是自己找死，莫要怪我！”他说着，人已轻飘飘飞跃而来，是那么潇洒，他手中的毛笔，看似那么普通，却是那样致命。

两人正欲再战，突听“当”的一声，一把宝剑挡住了赵普的攻势。“平州兄弟，小心有埋伏，快走！”来人喊道。

慕容平州见来人是幽凡一，问道：“幽兄弟，你不是在辽东吗，你怎么会出现在这里？”

幽凡一心想："李明和素来怀疑慕容平州是赵匡胤的奸细，所以表弟和云兄才派我来暗中观察，如果有什么不对，立刻斩杀。这事怎好和他说明？"他略一沉吟，说道："赵普一向奸诈无比，表弟生怕兄弟会有不测，故此才派我暗中相助。"

慕容平州何等聪明，已明白了幽凡一话中之意，可现在不是说话的时候，他只好说道："幽兄弟，赵普生性狡诈，我们还是快回去见主公吧！"

两人说着宝剑同时攻出，瞬间杀出了一条血路，飞身而去。赵普看着两人仓皇而逃，不禁大笑："哈哈哈，云逸墨，你得意不了几天了！"

第六十章　将计就计

这日赵匡胤正在批阅奏章，总管太监从门外走了进来。他到了赵匡胤面前，报道：“陛下，探马来报，赵普在回洛阳的路上，遇到慕容燕云部下的刺杀。好在赵普武艺高强，才免遭杀害。”

赵匡胤一皱眉：“什么，则平竟遭到慕容燕云部下刺杀？”他闻言略一沉吟，恍然大悟，“不好，朕中了慕容燕云的奸计了！”

总管太监向来得赵匡胤信任，此时不禁问道：“陛下，老奴有些糊涂了，陛下可否告知老奴，这到底是怎么回事？”

赵匡胤说道：“则平被贬为庶民，又在开封城中停留了两日，如果他真与李重进勾结，想要自己称帝，李重进定会派高手暗中保护。慕容燕云部下就算再强，也不可能靠近。而且你刚才说则平是凭借自己的武功退敌，更说明他身边根本没有高手保护。这难道还不能够证明他与李重进并无勾连吗？”

总管太监听后，也是恍然大悟：“陛下果然圣明！”

赵匡胤随即找来了大将高怀德，让他暂时驻守开封，自己则换上便衣，带着几个随从，乘车向洛阳而去。

两日后，赵匡胤一行离赵普府还有半里，就见赵普在门口恭候着，仿佛知道自己一定会来一样。赵匡胤到了近前更是一愣，他本以为赵普刚被罢官，又遭到追杀，定会有些沮丧，哪知赵普却比以往更加神采飞扬。

赵匡胤下了马车，疑惑地问道：“则平，你知道朕要来？”

赵普给赵匡胤见了礼数，缓缓点头道：“在下料到陛下定会在这两日中亲临寒舍，故此在这里等候陛下。”

赵匡胤有些歉意地说道：“则平，朕不该怀疑你，是朕一时糊涂了。希望你看在咱们君臣多年的情分上，莫要怪朕。”他说着竟向赵普深施一礼。

赵普忙搀住赵匡胤，说道：“陛下，真是折杀在下了！在下知道陛下定是一时中了奸人之计，才与在下有了嫌隙，岂会怪陛下。只是不知在下离开的几日中，武牢关可被慕容燕云攻陷了没有？”

赵匡胤放声大笑：“哈哈哈，还是则平懂朕！如今石、韩二将还在驻守武牢关，不过想要胜过云逸墨，只怕很难。故此朕要请你再次出山，继续驻守武牢关。”他说着与赵普携手揽腕进了院门，到大厅中落了座。

赵普胸有成竹道：“陛下，依在下看，不如做两手准备，一方面严守武牢关，一方面在慕容燕云背后做些手脚。如此一来，他就算不能被我们彻底击败，也是首尾难顾，几年内不敢再发兵了！”

赵匡胤问道：“则平，慕容燕云绝非等闲之辈，我们想要在他背后做文章，恐怕凭朕现在的实力，不是那么容易呀！不过，你既提出此法，想来是有什么妙计了？”

赵普点头：“陛下，我们可以派人偷偷潜到慕容燕云背后，在他治下城镇中的井水里投下一种奇药，很快就会引发一场瘟疫。那时慕容燕云想要控制疫情都难，哪里还有精力与陛下作对？”

赵匡胤大喜：“则平，你的医术天下未必第一，可论到用毒，天下真是没人能出你之右了！”

赵普叹了口气：“唉，只是属下不在，如果处理不当，只怕疫情会蔓延到我大宋啊！”

赵匡胤一笑：“哈哈，则平！你明知道朕会恢复你丞相之职，还在这里用话点朕，真是多此一举啊！”

赵普当即给赵匡胤跪下，说道：“多谢陛下隆恩！”赵匡胤搀起赵普：“则平，你肯继续为朕出力，是朕要谢你才对！”

两人当天便离开洛阳，赶回开封。赵普重领了丞相之职，带兵回了武牢关。他看着关外慕容燕云的军营，不禁心头满是怒气，暗道：“云逸墨，我赵普又回来了，你就等着吧，我定要血债血偿！”

赵普回到武牢关的消息，很快就在慕容燕云军营中传开了。众将议论纷纷。慕容燕云忙找来云逸墨：“云兄，没想到赵匡胤非但没有杀了赵普，而且这么快就复了他的职。依你看，我们现在该如何应对才好？”

云逸墨不禁叹了口气："唉，是在下有些心急了。如果不派人前去刺杀赵普，赵匡胤怎会这么快就反应过来？我们几次进攻武牢关，都屡屡失手，不如暂且放弃进攻，回辽东养精蓄锐，来日好一举拿下武牢关！"

慕容燕云点头道："为今也只好如此了。"他当即传令李明和驻守燕云十六州，自己带着大队人马回了辽东。

一月过后，一场前所未有的瘟疫在辽东等地接连暴发了，蔓延速度之快出乎意料，当地医者束手无策，无数百姓因此丧命，还有许多人为了躲避瘟疫，成了流民，辽东大地饿殍遍地，民不聊生。

慕容燕云自得了云逸墨以来，一向是所向披靡，旗开得胜。可遇到了赵普一切就变得艰难起来，此时又暴发瘟疫，百姓流离失所，流民随时可能暴乱，慕容燕云遇到了前所未有的危机。

"你们全都没有办法医治瘟疫吗？"慕容燕云招来云逸墨等人，焦急地问道。

云逸墨摇头道："主公，你熟读《黄帝内经》，可现在也是没有办法，在下就更是无法可想了。不过依在下看来，这场瘟疫只在我们领地暴发，而且传播之快、范围之广，想必是有人故意为之！"

慕容燕云点头，怒道："我也这么想，这定然是赵匡胤使的诡计。他为了消灭我们，竟连这种灭绝人性的手段也用上了，当真是十恶不赦！"

此时有人来报："报主公，大事不好了！宋军于辽东、燕云十六州等地传播谣言，说此次瘟疫乃是主公攻打大宋，逆天而行，故此苍天降罪，才使瘟疫横行。如今百姓到处议论主公，大有哗变之意啊！"

慕容燕云一皱眉，怒道："我逆天而行？真是天大的笑话！明明是宋军投毒，残害百姓，如今却说我是逆天而行，当真不知何为天理！"

慕容平州、幽凡一、万梦生更是怒不可遏，个个都抽出兵刃，怒视远方。此时场面紧张无比，只要慕容燕云一个眼神，他们就要冲到大宋军营，把赵普千刀万剐。

云逸墨却折扇轻摇，劝道："主公，你莫要动怒，这也算是我们恢复大燕最好的时机。"

"云兄此言何意？我们之前都没有立国，如今屋漏又逢连阴雨，我哪里还有实力称帝？”慕容燕云连连摇头。

云逸墨一笑：“主公，他大宋说主公是逆天而行，我们不如就大肆传播主公乃是尊贵无比的北辰星下凡，而赵匡胤是主战的恶星天狼下凡。主公降生乃是上天要恢复大燕，而宋朝不过得意一时，总会被我们所灭，如此岂不是变被动为主动，又怎会有暴乱发生？”

三人闻言，都觉得云逸墨之言甚妙，无不赞成。

慕容燕云沉吟一下：“云兄之言有理，既是兄弟们都有意如此，我便重建大燕，面南背北自成帝王！只是不知哪天是黄道吉日，还要劳烦云兄算上一算。”

云逸墨掐算一下：“三月后有一吉日，乃是最佳日子。二十五日后也算是不错，只是大吉中却带了些凶，难测终局。”

慕容燕云道：“此事不能耽搁，如果过了三个月，必定夜长梦多。也只好二十五日后，举行登基大典了，大典过后，大宴文武群臣！”

这几日，云逸墨广调人手，把辽东柳城一处阔绰的衙门，改成了简易的皇宫，并改柳城为龙城，一切就绪，只待吉日。几日中，李明和也交代了手中事务，从燕云十六州赶到了龙城。

吉日一到，慕容燕云也没有举行过多的仪式，只是草草地祭过天地，随后就升了殿。他此时头戴皇冠，身披龙袍，整个人越发显得霸气无比，当真有帝王之气。

他看着满殿文武，都是与自己出生入死的好弟兄，他脑海中出现了幼时父亲教导自己要恢复大燕时的情景，可现在，他真的成了那曾经让他感到陌生、遥远的大燕皇帝。他心中感慨万千，心道：“父亲，你如果还活着，看到孩儿此时的风光该有多好，可你再也看不到了……”他眼角此时湿润了，一滴泪水从他的龙目中流了下来。

众人纷纷跪倒，向慕容燕云参拜，山呼万岁。可慕容燕云的脸上却没有一点儿兴奋，满满的都是悲凉。

许久，他缓缓地说道：“众爱卿，平身吧……”这曾经是慕容邦最常教自己说的话，他以为自己还会等很久才会说出这句话，可现在他说了，说得却是那么哀伤。

殿中的六人，谁都明白慕容燕云此时的心情。恢复大燕是那么不易，他从一个亡命天涯的江湖人，一步步得到了武林盟主，又一步步拥有了如今的帝位，其中他付出了多少，又失去了多少，又有几个人不知呢?

慕容燕云良久才回过神，他傲然道："朕从此便为大燕的北辰大帝，继承祖志，恢复故国！必要为百姓造福，为生灵立命，带领众兄弟创出不世之荣光！"

他缓了口气，看着立在文官之首的云逸墨说道："云逸墨听封！"

云逸墨出班跪倒："微臣听封。"

"朕封你为大燕丞相，为文臣之首！"慕容燕云说道。

云逸墨闻言，嘴角不由露出了一丝微笑，他有些激动道："微臣谢主隆恩，愿我大燕胜过当年的大燕，最终一统天下，救万民于水火！"

慕容燕云看了看五员大将，说道："朕封李明和为天下兵马大元帅，总督天下各处兵马，为武官之首。慕容平州为镇国将军，幽凡一为辅国将军，韩永林为怀化将军，万梦生为殿前都点检。"

五人齐齐出班跪倒："谢主隆恩。我大燕必能千秋万载，一统江山！"

慕容燕云点了点头，命令道："云逸墨，给朕拟登基圣旨，张贴各处，务必让赵匡胤知道，什么才是天理，什么才是顺天应时！"

"是！"云逸墨应道，"陛下放心，您是北辰星下凡，这江山迟早必归陛下，赵匡胤不过得意一时罢了！"

几日后，民变的气氛果然被压了下来，可是疫情却越发严重了。

慕容燕云召云逸墨商议对策。两人正说话间，外面有侍卫来报："报陛下，宫外有位姑娘想要见您，她说有办法可解瘟疫！"

慕容燕云看了云逸墨一眼："莫非是柳神医到了！"云逸墨也道："陛下，柳神医的医术传自她父亲柳问枢，而她父亲是当世第一神医刘寒轩的师兄。如果真是她来了，真是陛下之幸，苍生之幸啊！"

"请她进来吧。"慕容燕云说着就要起身相迎。

云逸墨忙道："陛下，虽然咱们有求于她，可现在不同以往，陛下已经是九五之尊的大燕皇帝了，还是不出门相迎为好。"

慕容燕云有些不悦道："丞相，朕现在虽然是皇帝，可也该礼贤下士呀，何况她曾经救过雪儿的命！"

云逸墨心中无奈，暗叹道："唉，陛下总忘不了自己是江湖出身，实在是……”

此时，柳闻莺已缓步走了进来，她见到慕容燕云和云逸墨跪下道：“民女见过陛下、丞相。民女当年有眼不识泰山，冒犯了陛下，还请治罪。”

慕容燕云点点头：“柳神医，你快快请起吧。”他看到柳闻莺，又想起了雪儿，不由客气了几分，“你当年与朕别后去哪儿了？朕总想着把《百花手》拼齐后交给你，可一直不知你的去向。”

他说到这，叹了口气：“唉，可惜现在朕与雪儿已经分开了，朕再也没有办法把书交还给你了。”

柳闻莺缓缓说道：“回陛下，民女这两年悬壶济世，云游四方，居无定所，麻烦陛下了。民女曾说过，此生再不练武，这本《百花手》交还给民女也是暴殄天物，辜负了师父的心血。”

慕容燕云听她又提起了梅傲霜，不禁有些悲伤。他良久才说：“唉，你师父也是因朕而死，朕对不住她……”

柳闻莺摇头道：“世间的一切都有定数，不过缘分罢了。生是缘，死也是缘；成是缘，败还是缘。陛下与师父的缘分既是如此，没有任何人能改变，陛下也不必难过。”

慕容燕云叹了口气：“你说的是，朕受教了。朕当年亲眼见到神医施药救人，又在那么短的时间内就医好了雪儿，朕当真佩服，希望你能不负朕望，解救朕治下的黎民。”

柳闻莺说道：“民女一直觉得亏欠陛下，如今有了补报的机会，定会全力施救的。”

慕容燕云看着她缓缓说道：“朕的百姓就拜托神医了，希望你不要辜负朕的重望。朕盼着来日还能与神医重逢。”

柳闻莺点点头：“民女既入杏林，便把病人看得比自己性命更重，定不会辜负陛下，辜负苍生的。”她说完，与两人告辞，独自离去了。

柳闻莺不愧为当世神医，如此迅猛的疫情，可在她眼中也并非无力回天。两个月内，她就把疫情基本控制住了，又过了半月，慕容燕云治下瘟疫便彻底解除了。得救的百姓无不感激柳闻莺大恩，纷纷把平生的积蓄都拿出来，想赠予她，但她分文不取，如风而来，又如风而去，只把安康留在人间。

武牢关内的赵普，也得到了这个消息。他听闻柳闻莺治好了瘟疫，心中有一种说不出的滋味，他不禁看着关外出了神。

又过了几日，探马又报：“丞相，柳闻莺为百姓治病期间，自己却也染上瘟疫，已于两日前病故了。”

赵普闻言，整个人险些昏倒，泪水从他的脸颊上流了下来：“闻莺，我对不起你……我们当初相爱，说过要相守一生，可我却在婚前一时贪心，昏了头脑，抢走你的《百花手》，使得我们反目成仇。这么多年，我一直没脸见你，我费尽心力，就为了能当上大官，再与你破镜重圆，风风光光地娶你过门。可你却先走了，是我害了你呀！”

他的一番话，说得情真意切，可柳闻莺再也听不到了。她心里到底有没有放下赵普，谁也不知道。

她曾经怀了赵普的孩子，但因未嫁赵普，她不能让这孩子就这么孤苦伶仃地守着自己过一辈子，所以把孩子丢在了涟霞山，希望这孩子不要知道自己的身世，在涟霞山学一些让自己活下来的本事，足矣……

慕容燕云也接到了柳神医逝世的消息，他虽然没有落泪，可心中也是一阵难过。自己与雪儿的情因她而起，又在两人分开不久，她便仙逝了，这一切到底是巧合，还是命运使然，他不知道。但柳神医救过雪儿，救过他治下的万千黎民，他永远都不会忘记。

瘟疫虽被制住，可如潮的流民不是一时能安置的。各州府没有皇上的圣旨，不敢擅开城门，让这些百姓入城。故此，这些日子流民常常为了粮食与官府产生矛盾，多地都有民变之势。

慕容燕云这日亲自登上了城头，云逸墨也随着他上了城。两人向城外看去，只见无数流民衣衫破烂，形容枯槁，每走几步路，就有人跌倒，有的还能再爬起来，可有许多人却永远也站不起来了。

“来人！”慕容燕云最见不得百姓受苦，向守门士兵命令道，“快给朕打开城门，让这些百姓都进来，开仓放粮！”

云逸墨忙道：“陛下，万万不可！这些流民来历不明，万一里面有夹杂着宋朝人马，我们岂不是要引狼入室？”

慕容燕云看了云逸墨一眼：“丞相，朕说过‘宁可天下人负朕，朕也绝不负天下人’，朕起兵乃是为了以战止战，救万民于水火。如果失去了民心，朕要这天下又有何用？”

云逸墨摇头道："陛下，您所言虽没错，只是如果贸然开城，混入宋朝奸细，我们辛辛苦苦打下的江山，便要尽归人手了！"

慕容燕云冷笑道："丞相，你就为了连影都没有的奸细，就置这么多百姓于不顾。朕本以为你是最懂朕的，你真是太让朕失望了！"

云逸墨坚决道："陛下，您如果想让刚刚建立的大燕落入旁人之手，微臣同意您打开城门！大不了江山覆灭，到那时微臣重回涟霞山就是！"

慕容燕云瞪了云逸墨一眼，说道："丞相，你学会威胁朕了？朕爱惜百姓，反倒会亡国？朕倒要看看，我大燕是如何落入旁人之手的！"他对守门士兵怒道，"没听到朕让你们打开城门吗，都愣着干什么，快开城门！"

守门士兵哪敢违拗陛下命令，忙打开了城门，流民像洪水一样涌进城中，场面十分混乱。慕容燕云下令开仓放粮，他见到流民们拿到粮食后的喜悦，心中比什么都高兴，他自那日阵前与雪儿反目后，已经很久没有笑过了，此时他的嘴角微微扬起，露出了久违的笑容……

第六十一章　飘然远翥

转眼，慕容燕云下令开仓放粮已经一年有余，辽东的灾民陆续安定下来。可是就在这段时间，大宋的版图却发生了前所未有的变化。赵匡胤遣兵调将，按照赵普“先南后北，先易后难”的政策，连灭后蜀、吴越等国，除了实力略强的南唐外，基本上一统南方。

慕容燕云的日子却越来越不好过，原本消灭了瘟疫，安定了灾民，他应该高兴才是，可这几日接连收到奏报，大多都是反映府库空虚、钱粮吃紧之事。见到奏报，他不禁眉头紧锁。

他心道：“大燕建立时间尚短，国力本就不算雄厚，前是瘟疫横行，后又赈灾放粮这么久，如今灾情、民情虽安定下来，可民生凋敝，府库枯竭，哪里还有往日的国势？如果赵匡胤此时带兵北上攻打我大燕，朕又该如何是好？”慕容燕云心中越发不安，忙下旨请云逸墨入宫商量对策。

云逸墨一向是潇洒飘逸，从容不迫，但此时脸上竟也有了些许愁容与一丝倦意。他见到慕容燕云施了礼数道：“陛下，您招微臣入宫，可是为了府库之事？”

慕容燕云让他坐在自己身边，说道：“朕正是为此事发愁，不知丞相有何良策？”

云逸墨道：“回陛下，微臣这些时日也为此事绞尽脑汁，苦思不得其解。”说着轻叹了一口气，“唉，陛下，微臣当时不让您开仓放粮，您执意不听，如今我大燕是民生凋敝，百姓苦不堪言啊！微臣虽有信心能让我大燕恢复往日的国力，可毕竟不是一两日间就能办到的。如果赵匡胤此时派兵来犯，我们当真难以应对呀。”

慕容燕云恳切地说道："还请丞相想办法，让大燕国力尽快恢复起来，不然赵匡胤大军一到，大燕岂不是危在旦夕？"

云逸墨沉吟一下说道："陛下，除非我们以战养战，我军入侵宋辽边城，每攻下一座城池，就大肆搜刮，这样一来，不但可快速恢复我大燕国力，也可让大燕国库充盈起来。只是在下料定，此计定为陛下所不齿。"

慕容燕云闻言点头道："万万不可，我们纵是攻下城池，城中百姓便是我大燕子民，我大燕乃是仁义之邦，焉能做此伤天害理之举？"

云逸墨说道："陛下，这恢复国力，与您修炼武功一般，要点点滴滴慢慢积累，不是轻而易举就能奏效的。"

云逸墨之言，恍然间让慕容燕云想起了自己自学武以来历经的各种艰辛与一段段的奇遇。他不禁喃喃道："当初朕在燕回院，日日与父亲练武，苦读各门派的武功秘籍，这才有了一点儿武学根基。后来在逃难途中偶遇段老伯，经他老人家指点，武功才突飞猛进，走上正途。后来误食柳神医的五帝升仙丹，又于古画中领悟了天人剑法。就在武功大成之时，又被赵匡胤算计，失了内力。也曾误打误撞进了辽东公慕容仁的陵墓中。在那里我见了此生中最多的金银珠宝与最神奇的武学宝典……"

云逸墨打断慕容燕云的话，问道："陛下，看来这辽东公慕容仁生前还真是富有，他墓中当真有那么多金银珠宝？不知会有多少？可及得上我大燕国库的三四成吗？"

慕容燕云不假思索道："墓中金银珠宝未必及得上国库丰盈，不过其中有许多珍稀的宝物，可谓价值连城。依朕看，如果把这些宝物变卖，比之国库最充盈时还要有过之而无不及！"

云逸墨嘴角露出了微笑："陛下，微臣知道该如何解决眼下的危机了！"

慕容燕云回过神来："丞相，你要做什么，难道你要打这些明器的主意？如你真是那么想的，还是趁早打消这个念头，朕绝不会让你这么做的！"

云逸墨缓缓点头，他心想："陛下总是妇人之仁，他慕容仁墓中虽有那么多财宝，可对他一个死人来说又有何意义？不如我暂且借用，待到国库充盈时，再还回去就是了。"

他心中盘算着，如果让慕容燕云知道，自己的计划就彻底无法实施了，只好说道："陛下，微臣做事自有分寸，您就放心吧。"

两人又相谈许久，云逸墨才出了宫。

他回到府中又盘算了一番，便叫来心腹之人，让他们连夜赶往慕容仁墓中。慕容燕云曾向云逸墨详细描述过他的此番经历，云逸墨都一一记在心中，故此，手下之人轻松进了墓道，取出其中宝藏。

数日后，几辆神秘的马车进了云逸墨的相府。云逸墨见到堆如小山的金银财宝，不禁大喜道："太好了，太好了，有了这么多的宝物，莫说恢复国力，就是再次出征，也绰绰有余了！"

云逸墨有了这么多金银，国库危机自然迎刃而解，不到半月，大燕经济就恢复了三四成。

这日，云逸墨正要入宫见驾，刚到宫门前，迎面就碰上了慕容平州与韩永林。两人恭恭敬敬地施了一礼："见过丞相！"

云逸墨忙还了礼，慕容平州本想往宫门里走，却听韩永林说道："丞相，您真是神人啊！我大燕能够劫后重生，全靠丞相之力呀！如今国库枯竭，您还能让经济在短时间内得以恢复，末将真是佩服啊！"

慕容平州闻言，也道："是啊，丞相，您到底是用了什么办法，可否告知我们？"

云逸墨知道慕容平州乃是辽东公慕容仁后人，怎敢实言相告，他只是一笑："两位将军，现在还不是时机，待时机成熟了，我自会告诉你们。"说完笑着向宫中走去。

韩永林靠近慕容平州小声说道："平州老弟，丞相一直慎重，如今又是多事之秋，他难免会怀疑朝中会有赵匡胤的人，你我就不要再问了。"

慕容平州冷哼一声："丞相，你当真是谨慎呀！在下这里谢过了！"他说着竟给云逸墨深施一礼。

"将军此话何意？"云逸墨放慢脚步问道。

"如不是丞相派幽将军暗中相助，在下恐怕百口莫辩啊！"慕容平州说完，竟不顾礼数，率先走进皇宫。

韩永林忙对云逸墨一笑："丞相，慕容将军刚才一时言语冒犯，还请见谅。"

云逸墨点点头："韩将军，素闻你与幽将军交好，可为何突然与慕容将军走得这般近呢？我深知慕容将军的脾气，我不会与他计较的。哈哈，我们也入宫吧。”

慕容平州见到走进金殿的云逸墨，脸色一沉，一言不发。云逸墨心中明白，自然也不愿多说什么。而幽凡一、万梦生不知道其中发生了什么误会，心中感到奇怪，又不敢多言。

大殿中的气氛前所未有的僵持，每个人都不愿多说一句话，偌大的金殿，文武百官，此时却静得连掉根绣花针也能听到。

“陛下驾到！”随着大内侍卫的喊声，慕容燕云身披龙袍，在朝霞中缓步走进了金銮殿，他英俊的脸上还带着一抹满意的微笑。

他从容地坐在龙椅上，看着满朝文武，一月前，他还在为大燕的经济愁眉不展，如今国力恢复了三四成，他正打算当众夸奖云逸墨一番，却发现殿中的气氛极是古怪。

“众爱卿，这是怎么了？怎么都僵在那里啊？”慕容燕云问道。

偌大的金殿中，没有一个人回答。慕容燕云越发感到奇怪，他问云逸墨道：“丞相，你和朕说说，今天这到底是怎么了？”

云逸墨见慕容燕云问到自己，这才出班来，为难道：“陛下，微臣不知这话该怎么说，还是让慕容将军说吧。”

慕容平州冷笑道：“哈哈哈，丞相，你何时胆子这么小了！你不是一向怀疑我慕容平州是宋朝内奸吗，怎么现在却又不敢说出来，难道是怕我与你拼命不成？”

慕容燕云一皱眉，心道：“慕容平州身上确有可疑之处，只是没有确实证据，所以才没有对他动手，不过，此事他是怎么知道的？难道这朝堂之上并不像表面这样平静，或有一股看不见的暗流在朕身边涌动？看来是朕想得太简单了！看现在慕容平州的表现，朕真不知道他是被屈含冤，还是恼羞成怒啊。”

幽凡一的话打断了慕容燕云的思绪：“韩将军，你刚才与两人同来，定是知道其中原委吧，还是你来说说，这到底是怎么回事？”慕容燕云也点头道：“幽将军所言极是，还请韩将军来告诉朕吧。”

韩永林出班说道：“陛下，末将刚才与慕容将军一同到了宫门前，刚好遇到丞相。末将听说丞相在短短半月之内，就奇迹般地使我大燕经济恢复起来，不由一时好奇，想请教丞相这其中的奥妙。但丞相就是不肯说……”

慕容燕云此时打断韩永林，问道：“丞相，韩将军所言极是，朕对此事也颇感好奇，本来也想问你，丞相到底用了什么妙法，让我大燕国库无中生有啊？”

云逸墨见此，哪能再隐瞒，只得道：“微臣不敢隐瞒陛下，还请陛下恕罪！微臣是动用了辽东公慕容仁墓中金银，填补了国库空缺，这才使得我大燕经济短时间内得以恢复。”

慕容平州闻言大怒，他点指云逸墨喝道：“好啊，你云逸墨竟然做出这等卑鄙之事！我慕容平州忠心耿耿扶保大燕，哪一点对不起陛下，哪一点又对不起你了？士可杀不可辱！你既怀疑我是奸细，又挖我祖坟，你不如杀了我吧！”

慕容燕云先是一惊，随后也是一阵恼火，怒道：“丞相，朕不是与你说过，不可动用这批宝藏吗？你怎么就是不听！当初表妹被抓走之时，你就一心只想着杀赵普，不想着如何救人。灾民无家可归时，你又不让朕开仓放粮，置千万百姓生死于不顾，如今你竟瞒着朕，用此等手段充填国库，你眼中真是越来越没有朕了！再这么下去，你岂不是要凌驾于朕这个皇帝之上吗？”

云逸墨被两人一阵抢白，不禁苦笑道：“陛下，微臣对您，对大燕一向忠诚，您是最清楚的！我是动用了慕容仁墓中的财物，可微臣之所以这么做，却没有一丝一毫是为了自己，我为的是大燕，是陛下，是这万千黎民啊！陛下，如果连您也这样说微臣，实在伤了微臣的心啊！”

慕容燕云道：“云逸墨，你当初是那么霁月清风，那么潇洒飘逸，朕当初第一眼看到你，都以为你是九天的神仙。再看看现在的你，竟做出如此卑鄙的勾当，真是让朕失望！”

云逸墨眼眶隐隐有些红了，说道：“陛下，你说微臣变了，难道您就没变吗？您当初礼贤下士，求贤若渴。微臣那时以为自己遇到了天命之主，必能辅佐您，恢复大燕，一统天下。但现在，您却变得蛮横冲动、忠奸不分、是非不明，哪里还有以前的样子，真是难怪两位姑娘都离您而去了。”

慕容燕云听云逸墨提起赵婵雪和幽若雨，他不禁气得全身发抖，他点指云逸墨道：“云逸墨，你给朕闭嘴！如果不是你当初一心只想杀赵普立功，朕怎能这么容易就失去表妹？她们离朕而去，你很高兴是不是？你也尽可给朕走，回你的涟霞山，做你的买卖去！”

云逸墨胸中气血一阵翻腾，他连喘几口气，勉强压制住怒气说道：“陛下，您真想赶微臣走？您想清楚了？”

慕容燕云霍地站了起来，大声说道：“朕说得还不够明白吗！你这种心中没有兄弟，没有百姓的庶子，不配与朕共治天下！”

云逸墨苦笑道：“好，臣走！陛下说得没错，微臣就是个买卖人！不过微臣祖上是以卖消息起家的，这世上没有什么事情能瞒得过微臣，临走前我要再给陛下一个消息，但是不收分文。这大燕国的朝堂内确有赵匡胤的人，可此人却不是慕容平州，而是……”

慕容燕云此时放声大笑道：“哈哈哈，丞相，你临走还要挑拨我们君臣之间的关系吗？满朝文武谁会相信你的鬼话！”

云逸墨缓缓点头道：“陛下，您既是不相信微臣，微臣也无话可说。还望陛下多多保重，望臣走后，陛下能辨明忠奸，实现您多年的夙愿，那么臣死而无憾了。”

他神情前所未有的落寞，转身时衣袂被风吹起，虽然还是那么飘逸，可其中的哀伤，又有几人能知……

幽凡一见云逸墨真走了，他看了慕容燕云一眼，就要追出去。

慕容平州此时也跪下道：“陛下，末将虽对丞相此举恼怒非常，可念在丞相功盖天下，陛下怎能让他真就这么离开？”

满朝文武见慕容平州都为云逸墨求情，也都纷纷跟着跪下。

慕容燕云心道：“一路走来，云逸墨为朕立下不世之功，朕刚才话说得是不是太重了？可此时若是反悔，朕的颜面何在！想来云逸墨定是与朕赌气才走的，等过几天他消了气，自然会回来的。那时朕私下里给他认个错就是了。”他想着对众臣道：“朕意已定，谁也不许再为云逸墨求情！”

韩永林却说道：“陛下，万万不能让丞相走，没有丞相就没有我大燕啊，您还是快派人请丞相回来吧！”

慕容燕云瞪了韩永林一眼：“朕刚说过谁也不许求情，你是不把朕的话放在眼里吗？”他说着袍袖一甩，退了殿。

半月过后，慕容燕云又在金殿议事。

这时一个侍卫慌慌张张地跑了进来：“报，陛下大事不好了！”

慕容燕云一皱眉，问道：“快说，又出什么事了？”

“陛下，赵匡胤联合北汉、大辽的五六十万人马，御驾亲征，浩浩荡荡奔辽东和燕云十六州而来！”侍卫紧张地说道。

慕容燕云心中一惊：“这几日怎么连番出事，难道我大燕真要亡了不成？”但他仍是强装镇定，看向韩永林，说道，“韩将军，你向来作战勇敢，朕便派你带十万人马前往燕云十六州相助元帅，务必要保住燕云十六州！”

韩永林出班道：“陛下放心，末将此去定会不负众望的！”韩永林领命前往燕云十六州相助李明和。

话说万梦生自那日退朝后，想到朝堂上云逸墨飘然而去的背影，心中不禁一阵伤感。这日，他又取了五坛醉仙酿，一个人独自饮起酒来。

这时，一个下人跑来报道：“将军，韩将军来了，现在门外等候，不知见还是不见？”

万梦生心想：“我与韩永林没什么交情，此时他来干什么？”他想着说道，“请韩将军到大厅。”

韩永林进了大厅，见到万梦生，不禁叹了口气：“唉，万将军，那日朝堂之上，为何不见你给丞相求情？如今丞相走了，只怕今生都无缘相见了。常言道‘伴君如伴虎’，你常在陛下身边，更要小心啊。”

万梦生也叹口气：“陛下心意已定，再说无益。我作为殿前都点检，日日都要防卫京城，这种时候如果再有什么差错，只怕也要回隐锋山庄了。”

韩永林见万梦生满目愁绪，说道：“万将军，你也不必太在意了。古人说‘一醉解千愁’，刚好我在街上买了几坛好酒，送与万将军了。”

万梦生一笑：“哈哈，韩将军费心了。不过，我自认为我的醉仙酿天下第一，外面卖的酒真难入我的眼。”

韩永林也笑道：“万将军，那日陛下登基时大宴文武，我有幸尝过一次醉仙酿。那日后，便天天想着醉仙酿的味道，但向来与万将军没有什么交情，也不好前来叨扰。于是常常在街上买酒解馋，我吃过的酒楼也算不少，确实都不如醉仙酿，可唯独这归林阁的酒，却是有过之而无不及啊！”

万梦生不敢相信：“韩将军所言当真？我倒要尝尝这酒到底哪里能胜过我的醉仙酿！”他说着取过一坛。

他打开酒坛，果真一股香醇无比的酒香溢了出来，他倒了一杯，见这酒呈碧绿色，宛如美玉一般。

万梦生不禁叹道："果然好酒！"他说着一口饮尽杯中美酒。酒虽落肚，可唇齿留香，回味无穷。

"好酒，好酒，确实胜过我的醉仙酿啊！韩将军，一起喝几杯吧！"他说着举起酒杯。韩永林一笑："万将军，你一个人慢慢喝吧，喝完了就差人到归林阁去买。陛下让我带兵去救燕云十六州，这就先告辞了。"

万梦生让下人把韩永林送出府门，自己则从正午直喝到夜里。他酒量虽好，可因心中忧愁，借酒消愁，自是喝得酩酊大醉。他到禁军营中简单交代了几句，回府后就蒙头大睡起来。

这归林阁的酒，就似是有魔力一般，万梦生一连两三个月，日日都差人去阁中买酒，一喝就是一天，禁军之事全没心思去管了。

又过了半月，皇宫中接连发生几起事件，有刺客刺杀慕容燕云。好在慕容燕云武功天下无敌，这才没让他们得手。每次万梦生都是姗姗来迟，这让慕容燕云心中甚是恼火。这日，他有些忍无可忍，派人把万梦生叫到宫中。

万梦生此时还未醒酒，手中捧着一坛美酒，脚步踉踉跄跄地向前走着。他见到慕容燕云，一笑道："陛下，您招末将前来有什么事吗？对了，陛下也是爱酒之人，是闻到末将的酒香了吧？何不让人到归林阁去买上几坛，真是人间美味啊！"

慕容燕云本就心烦，闻见万梦生满身的酒气，不禁更是生气道："万梦生，朕让你饮酒不假，可几时说过你可以饮酒误事了？这京城的治安你是怎么治理的？你知不知道，这些日子总有刺客想要刺杀朕？朕如果不是武功高强，早死在这些刺客手中了！"

万梦生却不紧不慢道："陛下，您消消气，这酒可是好东西，陛下喝了就绝对不会生气了。"他说着把酒递给慕容燕云。

慕容燕云一把夺过酒坛，狠狠地摔在地上。他怒道："万梦生，你不是饮酒无数，号称千杯不倒吗，怎么现在日日饮酒误事？连防卫京城此等大事都不放在心上，置朕的安危于不顾，是何居心！"

万梦生苦笑道："末将没有居心，自丞相走后，末将连心都没了，哪里还有什么居心？"

慕容燕云强忍怒气道："你没有居心就好，朕不许你再喝酒。否则，云逸墨就是你的榜样！"

万梦生摇头道："陛下，你不让臣喝酒，还不如要了臣的命。臣不如也学学丞相，离开朝廷归隐山林吧。"

他说着放声大笑道："仰天大笑出门去，我辈已是蓬蒿人！陛下告辞了，大燕告辞了，兄弟们告辞了！"他说着大袖一挥，飘然而去。

慕容燕云见到云逸墨和万梦生都走得这样决绝，心中的感受难以言表，曾经同仇敌忾、同舟共济的兄弟，就这样相继离去。他静立良久，叹道："朕的大燕呀！它难道不是众望所归吗？怎么刚刚建立，就要土崩瓦解，这到底是朕的错，还是天意啊……"

第六十二章　气壮山河

近来燕云十六州的天气闷热异常，这日，幽州城上空更是乌云密布，天雷滚滚，仿佛苍天要用利剑劈开这片大地。

李明和早已闻听联军进犯的消息，此时他心中忧愁，独自站在城头，手握腰间赤龙剑，自言自语道："陛下委我镇守燕云十六州的重任，把百姓的安危交给了我，我如果守不住此地，我李明和有何脸面去见陛下，有何面目去面对这天下苍生啊！"

他看着远方，不禁出了神。此时，狂风呼啸，鼓动着他的红色披风，吹乱了他的头发。大雨如注，铺天盖地地淋在他的身上，他却恍然未觉……

"大帅，韩将军带兵前来支援，离此只有三里地了！"探马跑到李明和面前报道。

李明和听说韩永林来了，不禁精神一振道："陛下可算是派援军来了，这下燕云十六州有救了！"他说着亲自迎到了城门外。

很快，韩永林就到了城门前，他见到李明和忙下了马，拱手道："见过大帅！末将来迟了！"

李明和一笑："韩将军，你能来就好。快到城中一叙吧。"韩永林点头，两人向帅府而来。

到了帅府后，两人在大厅分宾主落了座。李明和关切地问道："韩将军，京城那边怎么样？陛下可好？我听说丞相走了，可是真的吗？"

韩永林叹了口气："大帅，确有其事，他们都走了。唉，大帅久不在朝，您若在朝中，我想您定能劝住陛下啊！"

李明和点头道："是啊，我如果在朝中，纵使舍了自己的性命，也定会劝陛下收回成命的！”

韩永林说道：“大帅，如今丞相不在了，您就是大燕的擎天白玉柱呀！大燕的成败，就全靠大帅了！此番能与大帅共同抗敌，我韩永林就是战死沙场，也定要帮大帅守住燕云十六州！”

李明和微微叹了口气：“韩将军，敌军来势凶猛，只怕想要守住燕云十六州难如登天啊！不过，陛下对我李明和有知遇之恩，我就是拼尽最后一口气，也要保住燕云十六州的百姓，马革裹尸而还又有何惧！”

次日，联军在城外叫阵，李明和派韩永林带兵到阵前抵挡，怎奈寡不敌众，很快韩永林便身受重伤，落败而回。李明和见韩永林落败，心中越发苦闷。他只得重新部署了兵力，下令严守城池，没有他的命令谁也不许出战。

这日，李明和正与韩永林等人商量退敌之事，忽听府中一阵慌乱。他不知出了何事，忙出来查看，见府中下人都在交头接耳，议论纷纷，见到李明和更加慌张。

李明和叫过一个小厮，厉声问道：“出什么事了？你们到底在议论什么？快将实情告诉本帅！”

下人不敢隐瞒，战战兢兢地说道：“大帅，我们听府外人讲，赵匡胤的联军已经接连攻下三座城池，进城后烧杀强抢，并大肆屠杀百姓。他们还说，联军之所以要屠城，是因为赵匡胤与大帅有仇，还扬言说……”

“还扬言什么？快说！”李明和喝道。

“说……如果您真为百姓着想，就自杀谢罪……”下人紧张得抖成一团。

李明和一皱眉，怒道：“赵匡胤！你这个卑鄙小人，竟把你我的恩怨牵扯到这万千无辜百姓的身上，做出此等滔天恶行，实在是罄竹难书！”

他一时不知该如何应对，这时韩永林跑了进来。他见到李明和慌慌张张地说道：“大帅，大事不好了！城内发生民变，那些无知的百姓，已到府门前向您讨要说法来了！”

李明和闻言，忙出了府门。一出府门，就见无数百姓手持锹镐棍棒，十分嘈杂。他们来势汹汹，把府门前围得水泄不通。其中几个带头人正要冲进去见李明和，好在门口侍卫众多，才把这些人拦了下来。

“李明和，联军与你有仇，却要残杀我们这些无辜百姓，你今天必须给我们一个交代，不然我们就要揭竿而起了！”几个带头的中年大汉喊道。

李明和说道："诸位，你们先冷静一下，我就是你们要见的李明和。"

一个带头大汉怒道："李明和！已有无数百姓因你而死，你还不快快自杀谢罪！我们燕云十六州的百姓，原本六畜兴旺，安定富足，如今却因你惨遭杀害，家破人亡！现联军离此不过五六十里，你今日若是不死，明日我幽州百姓便再难存活！"

无数百姓纷纷喊道："李明和，你已经害得那么多人为你而死，难道还不够吗，还想害死更多的人吗？你今日必须以死谢罪！"

韩永林看了李明和一眼，小声道："大帅，这都是些无知的暴民，不如您下令杀了他们吧！"

李明和摇头道："不可，这几个带头人来者不善，这些百姓定是受他们蛊惑，此时杀了他们，只会更加激起民怨。百姓也都是因害怕赵匡胤，这才被一些别有用心之人利用了。他们虽然行为过分，可终究是大燕的黎民啊！"

他随即对众人说道："诸位，听我李明和一言。我们现在应该精诚团结、军民一心，这样才能抵挡住那些残暴的虎狼之师，真正保护住自己的性命啊！"

众人一时无语，都觉得李明和之言似乎有几分道理。可就在这时，带头的一个大汉冷笑道："哈哈哈，你少要大言欺人了，你当我们不知道你在武牢关前屡战屡败之事吗？就凭你也能抵挡住联军，护住百姓，实在滑天下之大稽！"

韩永林闻言，摆出虎头刀，就要杀了说话之人。李明和却拦住了他，说道："我李明和曾说过，我会爱民如子，把百姓的性命看得比自己的性命还要重。但你们说的也没错，我确实不敢说能有本事保住大家。我今日若一死能对得起陛下，对得起大燕，对得起这万千黎民的话，那我李明和死又何妨！"他说着拔出了腰间的赤龙剑。

韩永林带着众官兵纷纷阻拦。众官兵此时都流下了眼泪，齐齐喊道："大帅，不能啊！大帅，不要啊！"

李明和抬头看了看天，此时晚霞漫天，如火如血，燃烧了半边苍穹。他又望了望远处的群山，层峦叠嶂，莽莽苍苍。此时一阵微风吹来，吹乱了他的青丝，掀起了他的衣袂。傲立于天地之间的他似乎看透了生死，眼中满满的都是视死如归，他放声大笑，慷慨说道："义之所至，何为祸福；情之所至，生死可轻。我李明和今日为了燕云十六州的百姓，一死又有何惧！”

他说着横剑在项间一抹，霎时鲜血淋漓，气绝身亡。

众人见李明和真的为了百姓而死，人群中一片死寂。人人心中从愤怒、愧疚到感动。最后纷纷跪下，哭得呼天抢地。可李明和已死，再多的感激与悲伤都再换不回他了……

李明和一死，很快燕云十六州就被联军攻下，韩永林率众仓皇撤回了龙城。

很快，赵匡胤就杀到龙城附近，慕容燕云急忙金殿议事，与群臣商议对策，突见韩永林回来了，他不禁一愣：“韩将军，朕没调你回京，你怎敢擅离燕云十六州？”

韩永林跪下，哭道：“陛下，大帅已死，燕云十六州失守了！”

慕容燕云闻言，整个人险些昏过去，他点指韩永林道：“你……你说什么，大帅死了，燕云十六州也失守了！这怎么可能，怎么可能！”

慕容平州、幽凡一闻言也都愣住了，兄弟几人多少年来同生共死，多少次一起出征，多少次一起把酒言欢，都以为兄弟们可以一起终结乱世，永不分离。

可如今云逸墨走了，李明和也先他们而去了，再也没有人能运筹帷幄，再也没有人能率兵出战，众人梦寐以求的理想难道……

慕容燕云半天才缓过气，从龙椅上怒气冲冲地站了起来，他手指南方，怒喝道：“赵匡胤，你欺人太甚！朕必御驾亲征，不斩下你的人头为大帅报仇，朕绝不回京！”

探马来报，赵匡胤率领的大军，要从离龙城不远的盘蛇谷经过。

慕容燕云对龙城周围的地形极熟，知道盘蛇谷有一处岔路，如果自己带兵从岔路杀出，便可将敌军从中斩断，使其首尾难顾。他当即下令慕容平州、韩永林随行，大军火速赶往盘蛇谷。

几个时辰后，慕容燕云就带兵到了盘蛇谷，埋伏下来。

不多时，果见赵匡胤带着大队人马从谷中通过。慕容燕云待赵匡胤大军行至一半时，亲自带兵杀了出去。他胯下宝马急如闪电，手中逐天剑一摆，就是一片血光，立时，无数宋兵人头落地。

慕容平州、韩永林随后也是一阵猛杀猛砍，不多时宋军就死伤过百，大军骚乱起来。赵匡胤见后军骚乱，知是慕容燕云等人杀到，忙带着赵普、高处俊、石守信等大将回援后军。

慕容燕云正杀得兴起，突见许多黄色锦缎大旗从前军向这边急速而来，这些旗上尽数有个“赵”字。慕容燕云明白，这是赵匡胤亲自带人回援了。

很快，赵匡胤骑着一匹高头大马，手持金棍，威风凛凛、杀气腾腾，直奔慕容燕云而来。

慕容燕云点指赵匡胤，怒道：“赵匡胤，你抢走朕的表妹，又逼死大帅李明和、攻陷朕的燕云十六州，朕今日定要与你决一死战！”

赵匡胤冷笑道：“哈哈哈，慕容燕云！你不过一介江湖草莽，也敢自称帝王，实在不知天高地厚！朕有好生之德，不愿多做杀生之事，你如果也自裁谢罪，朕绝不为难你的部下！”

两人俱是高高在上的皇帝，此时却催马战在了一处。两人剑来棍往，斗得不可开交。眨眼两人就过了五六十招，赵匡胤大棍虎虎生风，一棍打向慕容燕云前胸。

慕容燕云一把抓住大棍，他暗运内力，想把大棍从赵匡胤手中夺过来。两人内力都极是雄厚，他们同时用力，竟都从马上滚了下来。

慕容燕云滚鞍落马，手中力道一松，大棍便被赵匡胤夺了回去。赵匡胤手持大棍，又打向慕容燕云，两人又是酣战了近百回合未分胜负。而高处俊、石守信等人此时也缠住了慕容平州和韩永林。

双方势均力敌，良久难分胜负。赵匡胤见势看了赵普一眼，赵普当即会意，只见他一声呼哨，盘蛇谷谷顶突然出现了无数的宋军，把慕容燕云等人团团围住。

韩永林这时对慕容燕云喊道：“陛下，如今形势危急，快派人回龙城搬请救兵吧！”

慕容燕云心中一惊，念头急速运转起来，想道：“韩永林所言不假，如果此时不去搬兵，只有死路一条。只是该派谁去呢？他觉得眼下派韩永林去最合适。可云逸墨临别之言分明指向韩永林啊！万梦生走了，李明和不在了，幽凡一又是朕的表哥，这内奸除了韩永林似乎不会再是别人了吧？朕现在到底该如何是好？”

就在慕容燕云犹豫不决时，慕容平州道："陛下，末将不会离开，愿生死相随，您就让韩将军去搬救兵吧！"韩永林也道："慕容将军武艺略胜末将一筹，他留在陛下身边想来会对陛下更有用些。"

慕容燕云略一沉吟："好，就让韩将军去龙城搬兵吧。务必让幽将军火速派兵前来救驾！"

韩永林一抱拳，随即带兵一阵硬拼，杀出了重围，向龙城急速而去。

慕容燕云见韩永林走了，与慕容平州两人对视一下，就要使出苍龙啸天阵法，共同对敌。赵匡胤深知两人俱是绝世高手，自己与其一人拼斗，都未必能胜，如果以一敌二，更是毫无胜算可言，忙向身后一挥手。

这时，高处俊、石守信两人齐齐攻向慕容平州，两人都是宋朝少有的猛将，慕容平州顿时感到有些吃力，哪里还能抽身与慕容燕云施展阵法？

慕容燕云与赵匡胤又战许久，直杀得天地为之失色，日月为之无光，可依旧没有分出个高低。

突然，慕容燕云听到背后有几道咝咝的破空之声，其速快如疾风，其势猛过利箭。他本想转身抵挡，可赵匡胤大棍此时招数越发凌厉，不给慕容燕云一丝喘息的机会。

慕容燕云心中一震，额角渗出了冷汗。他知道自己就是使出移天换日，也不可能把这上百枚暗器尽数反弹出去。他心中暗叹："不好，莫非天意如此？朕今日真要死在这里不成？"

暗器已离他背后要害不到五尺，他正不知如何是好时。突然听见背后卷起一阵疾风，随后一声闷哼，似是有人受了极重的伤。他手中逐天剑越发快了，直逼得赵匡胤连连败退，这才转过身来。

他万没想到，用身体为自己挡住暗器的竟是大将慕容平州。此时的慕容平州，周身要害都中了赵普的银针，而且针上带有剧毒，莫说射中数枚，单只一枚银针就足以让人丧命。

"慕容将军，你怎么样了！"慕容燕云见慕容平州缓缓倒下，他一把扶住慕容平州，焦急地喊道。

慕容平州苦笑道："陛下，末将曾说过，这天下只有我一人有资格取您性命。没想到如今我也要走了，这天下真的没有人能害陛下了，陛下真的是万岁了……"他的声音越来越小，说到最后闭上了眼睛，溘然长逝……

“平州！朕的好兄弟！”慕容燕云抱住他的尸身，撕心裂肺地喊道，“平州，朕不许你死！朕才不想万寿无疆呢，朕的命是你救的，朕还杀了你的父亲，朕等着还你这条命呢！你快睁开眼睛看看朕啊！”

赵匡胤见慕容平州为救慕容燕云死了，心中五味杂陈，一时竟愣住了。赵普却是笑得灿烂至极：“哈哈哈，慕容平州！你那日刺杀本相不是很威风吗，你是不是没想到自己会有今天呀！”

“啊！”慕容燕云一声怒吼，整个人像疯了一样，手中逐天剑如潜龙出海，霸气万端。他全没有防御的意思，剑剑都是只攻不守要与赵普同归于尽！

赵普见慕容燕云已经杀红了眼，哪敢与他硬拼。忙用轻功，几个闪身到了乱军之中，消失不见了。

慕容燕云此时满腔悲愤无处发泄，他又要攻向赵匡胤。赵匡胤却是冷笑：“哈哈哈，慕容燕云，你还有心恋战，现在只怕你的龙城已经落入朕的手中，你的表哥幽凡一也死于乱军之中了吧？”

“不可能！”慕容燕云无意地看向龙城，仿佛看到了一切。

韩永林杀出了重围，从一条山间小路到了龙城。他到了城下，见幽凡一正在城头巡视，喊道：“幽将军，快开城门，陛下在盘蛇谷中伏，请将军快快派兵前去救援！”

幽凡一闻言，忙开了城门，让韩永林上了城。韩永林见到幽凡一，焦急道：“幽将军，你快带兵和我去救陛下吧。去晚了只怕陛下凶多吉少啊！”

“韩将军，赵匡胤用兵向来谨慎，必设下无数伏兵，不知我带兵走哪条路安全些？”幽凡一问道。

韩永林道：“现在只有最远、最险的葫芦口没有伏兵，我这才好不容易到了龙城。”

幽凡一点头道：“我知道了，我这就去救陛下，龙城就交给韩将军了！”他说着转身下城，点起人马火速向葫芦口而去。

大军一路疾行如飞，一个时辰后就到了葫芦口。幽凡一见此地道路狭窄，两边山崖陡峭，其上尽是密林。幽凡一心中不由一惊：“赵匡胤、赵普用兵如神，怎会不在此地设伏，莫非其中有诈不成？”

他正想着，人已过了小路，到了一处空旷的山谷。此谷除了来路外，只有前面一里外还有一条小路可以出谷，其他地方俱是陡峭的山崖与密林。幽凡一越想越不对劲，正要下令撤军。突听一声锣响，于山崖密林、前方小路中出现了无数宋朝伏兵，人数竟不下于三四万。

这些伏兵中，为首之人乃是大将韩重赟，他见到幽凡一不禁一阵冷笑："哈哈哈，丞相果然神机妙算！幽凡一你胆子还真大，没想到你真敢行此险路！你如今落入我韩重赟手中，还想活吗？"

他说着一挥手，宋军乱箭齐发，霎时间箭雨铺天盖地而来。幽凡一手挥清影剑磕打乱矢，怎奈他武功虽高，可箭雨密密麻麻，一阵接着一阵，哪里挡得过来。

幽凡一很快就中了数箭，可他兀自抵抗着，朝身后大军喊道："你们快原路出谷，去救陛下！"

韩重赟闻言，又是一阵冷笑，他点指幽凡一道："哈哈哈，幽凡一，你太天真了！你身后小路早已被我宋军截断，你们今天是有来无回！"

幽凡一心中大怒，运起轻功就要飞身到韩重赟身边与他同归于尽，可他跃起的一瞬间，无数乱箭都射在他的身上。幽凡一整个人重重地摔了下来。

"大丈夫生于乱世，所志未遂，便将死乎，奈何奈何！陛下，表哥不能来救你了，我们来生再见吧！"幽凡一大喊几声，就此与世长辞……

慕容燕云回过神来，见到天空中飞来了一只通体雪白，极有灵性的鸽子。鸽子见到慕容燕云哀鸣数声，落到慕容燕云肩膀上，竟一动也不动了。慕容燕云认识这鸽子是云逸墨的白雪，他忙取下了鸽子脚上的书信。

他打开书信，竟发现这信纸上有一半已被鲜血染透，信中内容写得很简单：陛下，您千万不要带兵前往盘蛇谷，并随时留意韩永林。弃臣云逸墨叩首。

慕容燕云紧握这封书信，想道："云兄，你人在涟霞山，却还心系大燕，如此关心朕的安危。是朕对不住你！对不住众位兄弟啊！"他随即看到了信上的血迹，不禁担心地看向南方，不知云兄现在是生是死……

第六十三章　千古遗恨

涟霞山下，一人信马由缰，缓缓前行。他白衣如雪，微风吹拂着他的衣袂，好像一片纯洁无瑕的白云。

来者虽貌如仙人，可脸上却满是落寞。他看着涟霞山那恍如仙境的美景，叹了口气："涟霞山还是这么如诗如画，可我却再难霁月清风了……"

他不知不觉到了山下，守门的弟子见到来人，却都欢呼起来："主人，您回来了！您帮慕容少侠一统天下了！"

云逸墨一言不发，只是苦笑几声，他的笑声中有着无尽的落寞与不甘，又是那么无奈与自嘲。他下了马，独自走向这仿佛直通上苍的石阶。

他到了玄天楼，见到古籍、瑶琴、长笛……一切一切都与他走时没有一丝一毫的改变，可他的心已经变了，再也回不到当初了。

云逸墨看看黄金架子上的白雪，轻轻抚摸着它，心中说不出的惆怅。良久，他打开了窗子，看向远方变幻莫测的云海。他又是一声长叹："唉，我与陛下当初见面，就是在这里。可现在，我回到了这里，但陛下或许再也不会来了……"

他说着痴痴地坐在瑶琴前，手指在瑶琴上轻抚着。原本极熟的一首曲子，此时弹来却杂乱无章，再也没了清雅飘逸之感，尽是苦涩无奈之音。

云逸墨手指抚着琴，脑中往事纷至沓来。他的心越来越悲凉，琴音也越来越乱。突然"铮"的一声，三根琴弦齐断，他晶莹的泪水也夺眶而出，打湿了衣襟……

"父亲！"

这时一个小孩儿喊道，他的声音是那么激动、那么兴奋。云逸墨见到云子霄和涟霞三友、牧心都来了，他忙起了身，拭干眼角的泪水。他正想说些什么，云子霄却已扑进父亲的怀里。

云子霄紧紧抱着云逸墨，哭道："父亲，你知道我有多想你吗，你怎么才回来呀！我以为你不要我了，再也不回来了呢……"

云逸墨摇摇头："霄儿，你哭什么，为父这不是回来了吗？为父既说过会回来，就不会食言的。"

云子霄瞪着一双大眼睛，期待地看向云逸墨："父亲，你这次回来，还走吗？是不是可以陪着我，永远不离开？"

云逸墨又是摇摇头，把随身佩带的流云剑双手递给云子霄，忧伤道："霄儿，为父不走了，可是你们要走了。我们父子这次一别，只怕此生再难相见了……"

云子霄愣住了，牧心等人也都愣住了。谁也不明白，云逸墨方才所言到底是何意。

半晌，法家老者才问道："主人，你是说我们要离开涟霞山？我们为什么要走，我们又要去哪里？"

云逸墨缓缓说道："我此番下山，虽为陛下屡出奇策，却因而得罪了宋、辽和北汉。如今，我被陛下贬回涟霞山，这些人绝不会轻易放过我。他们想要杀我云逸墨，我认了，我绝不会苟且偷生。只是，我不忍心让你们陪我一起死。所以你们一定要走，能走多远就走多远，再也不要回来……"

云子霄此时哭得更凶了："父亲，我不让你死，我们和这些坏蛋拼了！"

法家老者也道："主人，我们绝不会让你一个人留在这里的。要走我们一起走，要死我们一起死！"

云逸墨看了看道家青年和儒家中年一眼："你们两个武艺不凡、机警过人，快带他们走！只怕晚了，你们谁也走不了了！"

两人叹了口气，眼中含泪，对云逸墨一抱拳："主人，那我们走了，你自己要保重啊……"他们说着拉走了哭闹不止的云子霄，向山下而去。法家老者知主人心意已决，也只得一抱拳，转身离开。

唯独牧心坚决道："主人，我的命是你救的，此生不论生死，我都不会抛弃主人自己逃命的！如果主人非要让我走，就先杀了我吧！"

云逸墨看着牧心，不知是无奈还是欣慰，他说道："牧心，你既是如此坚决，就留下陪我到最后吧。”

牧心缓缓点头道：“多谢主人！”

“你把木案和笔墨，还有白雪都带到云海崖，我有用处。”云逸墨交代一句，自己先向云海崖而来。

云海崖边。云逸墨缓缓坐在木案之后，他看了看眼前的云海，提起笔在纸上写了起来。这信是写给慕容燕云的，这是他最后一次给慕容燕云写信，写完这封信他就真的无牵无挂了……

此时，刮来一阵山风，林中鸟儿惊飞。云逸墨知道有人上山了。

“云丞相，你好有闲情逸致呀！这涟霞山虽美，可终难实现云丞相的宏图远志啊！我大宋皇帝陛下是爱才之人，你如果识相，就快快归顺陛下吧！”云逸墨正写着信，听背后有人说话，云逸墨转过身来，见到一个中年白衣大汉，身后带着数千人，都是江湖中人的打扮，将自己与牧心团团围住。

他从容地一笑：“原来是高怀德将军。是来我涟霞山做说客的吗？你身为宋朝大将，岂不闻忠臣不事二主之理？我云逸墨既保大燕，一生便是大燕的人，绝不会再助大宋的！”

高怀德冷笑道：“云逸墨，我当你是识时务之人，没想到也是这般顽固不化！你既是不愿扶保我主，陛下也绝不会让你再活在世上！”他说着拔出腰间长剑，指向云逸墨。

高怀德长剑一挥，数百乔装的大宋官兵手中长枪纷纷刺了出去。牧心见众人要对主人不利，也抽出长剑迎了过去。牧心虽剑法不错，可宋朝士兵人多势众，哪里是他能挡得住的。

牧心才出了几招，就被一条大枪刺中了左腿。他身子吃痛，手中长剑越发凌厉起来，一剑连杀了三人。可他纵然拼命，怎奈武艺有限，以一敌百焉能不败?

见主人还在写信，他知道自己就算死也一定要坚持到最后一刻，等主人把信写完。不然，自己便是误了主人，误了陛下，误了天下苍生!

就在他转头的刹那，几十杆长枪已抵到了他身前。云逸墨听见背后风声不对，忙喊道：“牧心，快走吧！你不是他们的对手！”

牧心一笑：“主人，我今天既然留在这里，就已把生死置之度外了。只要主人还在，我就不会走的！”他嘴上回着云逸墨的话，手中长剑却没有停下来，一连又杀了数人。纵然他忠诚勇猛，但已无济于事，十几杆长枪已刺入了他的小腹。

云逸墨此时已书写完毕，却见鲜血已溅射到了信纸之上。他猛地抬头看向牧心，见他已经身受重伤，兀自抵挡强敌，为自己争取时间，他心中的感动已非语言能够表达的。

“牧心！”云逸墨大声喊道，此时他眼中已满是泪水。

牧心笑着道：“主人，你的信写完了？我牧心终于有机会为主人，为天下苍生做件大事了。我现在可以放心地去了！”他说完大笑数声，手中运出平生力气，折断了刺入他腹中的枪杆。随即长剑一挥，把这些士兵的人头尽数斩落，这才重重地倒在地上，没了气息……

云逸墨见牧心已死，心中一阵悲痛。高怀德却冷笑道：“哈哈，云逸墨，你还想抵抗吗？事到如今如果再不投降，结局便与这小子一般！”

“高怀德，我云逸墨对大燕忠心耿耿，焉能投降你们这些虎狼之辈！我一生自在潇洒，就算是死，也要死得优雅从容，不需要你们动手。”云逸墨说着站起身来，缓缓走到了崖边。

所有人都愣住了，他们没想到外表文弱的云逸墨，竟会有如此刚强的内心。云逸墨趁他们愣神的一刹那，放飞了手中的白雪。随即，他看了看眼前这片风云变幻的云海，又看了看山风吹落的花瓣。

云逸墨笑了，他喃喃说道：“云海虽变幻莫测，却也及不过人心。花瓣虽美，可终究有一日也要凋零。我云逸墨此生，已经看倦了花开花落、云卷云舒，现在也该是我离开这片红尘的时候了……”他说着竟跃下了山崖。

山风鼓动他的衣袂，云海衬着他的面容。此时的他比任何时候都潇洒飘逸，真的就像九天的仙人，飘飘荡荡地落向烟波浩渺的云海。他的面容是那么安详，那么义无反顾……

高怀德见到眼前的一幕，整个人都呆住了。良久他才赞叹道：“云逸墨真神人也！莫说他生前光彩照人、无与伦比，就连死也是这么飘逸潇洒、从容不迫。千古以来几人能与之比肩啊！”

众官兵见云逸墨已死，都随着高怀德撤离了涟霞山。此时的涟霞山前所未有的安静，一片死寂……

就在这时，云子霄却跑回了山脚下，他见到大队的官兵，忙躲到树丛间，心中却有说不出的怨恨。但他年纪尚幼，哪能与官兵硬拼，只能咬紧牙关，他心中默默地发誓："你们害死了我的父亲，我云子霄此生定要灭宋，定要让你们这些恶人血债血偿！"

云子霄正想着，突然，一个眼尖的士兵无意间，向他这边看了一眼。这士兵指着云子霄的方向，喊道："将军，那里好像有个小孩儿！"

高怀德闻言，忙立足看去，见不远处的树林中隐约有一个小孩儿的身影，他下令道："这小孩儿定与反贼云逸墨有所牵连，莫要让他跑了！"众士兵哪敢违抗命令，忙向云子霄藏身的这片树林而来。

云子霄毕竟年幼，见到这么多如狼似虎的官兵，惊吓得有些走不动了。他看着官兵离自己越来越近，心中着急，脚步却无法挪动，手中的流云剑也掉到地上，冷汗从额角冒出来。

"小孩儿，你快过来！"众官兵一边喊着，一边向云子霄靠近。眼见官兵就要到云子霄身前了，他们只要再向前一步，就可以抓到这个无辜的孩子。

云子霄此时十分害怕，全身不由自主地发抖，他可以清清楚楚地听见自己扑通扑通的心跳声。他多么想自己能有独步天下的武功，杀了他们为父亲报仇，可他现在就连逃命都是难如登天。

他把心一横，闭上了眼睛，心中想道："我死了也好，如果我死了，就可以见到父亲，与他永远在一起，再也不分开了……"

云子霄正胡思乱想间，突然听到一个老者的呵斥声在他背后响起："云子霄，你真是给爷爷我丢脸！"随着老人话音，云子霄就觉得身边莫名刮起了一阵狂风，这风绝不是自然的风，而是内力所激荡起的劲风。

刹那间，所有人都只见一道白影和树林中纵横的剑气，宋朝上百士兵却谁也没看清来人，就纷纷倒在血泊之中，而云子霄被这个神秘的老者手提了起来，向北方而去。原本嘈杂不堪的树林，此时变得一片令人窒息的死寂……

云子霄被老者提着飞奔，整个人就如同小鸟展开了双翅，在云雾中翱翔。

两人行不多时，云子霄突然感觉身边有道白色人影也向北方疾驰，未及看清人就一闪即过。这人行动如风，轻功天下少有人能及。而且一身酒气，只擦肩而过满身的酒气就已熏得云子霄紧皱眉头。

他不知道此人是谁。可在他的幼小的心里已埋下了仇恨的种子，他认为，今天来到这涟霞山的，除了救了自己的老人外，没有一个好人，都是逼死自己父亲的凶手！他要记住每一个人，有朝一日为父亲报仇！

白雪轻轻落到慕容燕云肩上时，他心中便开始忐忑不安。白雪那哀伤的眼神和那封带血的书信，惊出他一身冷汗！“云兄出什么事了吗？”

慕容燕云一路上，不停地向附近的村民打听涟霞山的情况，没有人清楚涟霞山到底发生了什么。离得越来越近了，他才听说，水云阁已经解散，阁主云逸墨已经坠崖而亡。

慕容燕云闻此噩耗，立时吐了三口鲜血，昏倒当场。幸好被村中一位郎中所救，这才在三日后悠悠醒转。他刚醒过来，又想起云兄等人因自己惨死，不禁悲从中来，放声大哭。他不知哭了多久，直到双目流血，又昏了过去，方才止住悲声。

昏死了数日的慕容燕云，刚刚好转就离开村镇，骑着马到了涟霞山下。触景生情，不禁想起了自己初来涟霞山时的情景。

他不禁感叹道：“我第一次来此地时，云兄尚在，雪儿也在我的身边。那时我以为这一切再寻常不过，如今思来实是肝肠寸断呀！”

慕容燕云心中感慨，已不知不觉到了涟霞山下的石阶旁。他缓缓下了马，看见这高不见顶的石阶，他苦笑一下：“哈哈，我现在再也不愁这一百两银子了，可云兄不在了，水云阁不在了，再也没有人向我收这钱了……”

他此时心情前所未有的沉重，脚步变得很慢，仿佛每走一步都艰难无比。石阶虽长，可凭着慕容燕云的功力，本该一刻钟就到山顶，可每走一步，他脑海中就会泛起无数不忍回顾的往事，竟生生走了两个时辰才登顶。

慕容燕云先到了玄天楼，此时的玄天楼内莫说没有人，就连一只灵鸽都没了，安静得仿佛连尘埃落地的声音都能听得一清二楚。看到第一层浩如烟海的古籍，让慕容燕云想起了当初身中剧毒，前来解毒的情景，就是在这里，自己领悟出了黄帝心法，内功才真正到了登峰造极的地步。

他又慢慢上了楼。见到放在桌案上的瑶琴时，慕容燕云似乎看到正坐在案后抚琴的云逸墨，他还是那么飘逸潇洒，那么孤傲出尘。

慕容燕云痴痴地喊道：“云兄，你没死！是那些村民骗了我！”他说着激动地快步走了过去，他想拍拍云逸墨的肩头，可到了近处，哪里有什么云逸墨啊，他伸出去的手重重地落在空中……

他不禁愣了半晌，随后放声大笑：“哈哈哈，云兄真的不在了。李兄弟、慕容兄弟、表哥也都不在了，大燕也随着不在了。我这么多年来的出生入死，本以为能报了父母大仇，继承祖志恢复大燕，一统天下。可现在回头看看，我除了换来了爱人反目、亲朋惨死，我还得到了什么！”

慕容燕云此时真想随着众兄弟去了，可他没有。谁也不清楚，他到底是怕死，还是心中不甘，或许就连他自己也说不明白。

他又到了云海崖的崖边，看到牧心与众官兵的尸体。慕容燕云为牧心收了尸，在涟霞山一处山清水秀之地，亲手把他埋葬了。

可他走遍了大半个涟霞山，意外地发现，竟没有看到云逸墨的尸身。

慕容燕云喝骂道：“赵匡胤，你逼死云兄也就罢了，就连尸身都被你掳去，当真是天理不容！我慕容燕云只要还有一口气在，定要为父母、为兄弟报了这血海深仇！”

他想起报仇，全身似乎又燃起了熊熊烈火。他紧握双拳，两眼血红，发丝也被山风吹乱，他整个人如同杀神附体，周身的杀气使得天地为之颤抖，鬼神为之震惊！

慕容燕云就这么一个人向开封城的方向而去，他心中满满的只有一个字，那就是“杀”！

不是自己杀了赵匡胤，就是让赵匡胤杀了自己！

此时已到了傍晚，天空又出现了那抹如血的残阳……

第六十四章　孤注一掷

赵匡胤灭了大燕后，随即又荡平南唐、剿灭了李重进。他本以为除去了这些心头大患后，自己可以松一口气了。但军中石守信、韩重赟等大将都手握重兵，密探又报他们与禁军走得越来越近，这不得不让赵匡胤又大为担忧起来。

这日，赵匡胤下了朝，独留赵普一人议事。赵匡胤问道："则平，自唐末以来数十年间，这天下帝王竟换了七八次之多，刀兵四起、民不聊生，不知所为何故？朕现在欲息天下之兵，建立一个可以永传千古的盛世，不知你有何妙策？"

赵普略一思索，随即莞尔一笑："陛下，微臣认为世道纷乱、国家不安，皆因大将手中兵权太重，导致君弱而臣强。如今若是削夺其权、制其谷钱、收起精兵，则天下自安也！"

赵匡胤闻言大喜："哈哈，则平就是则平，你一番话真是点醒了朕啊！朕这就按你说的去办！"他当即命手下太监宣诸位将军入宫。

赵普微微点头："陛下，您现在要召石守信等人前来，微臣在此多有不便，这就先告辞了。"赵匡胤笑着点点头，赵普这才转身缓步退出了大殿。

不多时，石守信等人都到了宫中，赵匡胤设下酒宴款待众人。赵匡胤与众将虽有君臣之别，可私交也都甚厚，众人倒也放得开些。赵匡胤先是敬了大家一杯，祝贺诸位将军在灭大燕、平南唐时立下不世之功。随后众人把酒言欢，喝得甚是痛快。

酒过三巡后，赵匡胤屏退左右，长叹了口气，对众将说道："若非有你们相助，朕哪里会有今日的锦绣江山，你们的功德朕会永远铭记于心。不过，朕这皇帝真的很难做，如果让朕选，朕情愿做个地方的节度使，远比做这皇帝要快乐些……”

石守信不解地问道：“陛下，您现在是大宋皇帝，这万里山河都是您的，您为什么反倒羡慕我们？”

赵匡胤苦笑道：“哈哈，这天下又有谁不想做皇帝呢？”

众人闻言，不由得全身一颤，纷纷跪倒：“陛下，您是真命之主，天命所归，我们绝不敢有一丝一毫的不敬！”

赵匡胤却道：“诸位，你们都是与朕出生入死的弟兄，朕自然信得过你们。可如果有一日，你们的部下因贪图富贵，将黄袍加在你们身上，又当如何呢？”

众将听了赵匡胤的一番话，谁能不明白其中之意，个个诚惶诚恐，齐齐倒头下拜：“陛下，臣等都是一心一意为了大宋，不敢有丝毫不臣之心，可陛下既是这样说了，就求您为我们指一条明路吧！”

赵匡胤见时机已到，劝慰众将道：“人生在世如白驹过隙，你们又何必在朕身边耗费一生呢？不如交出兵权，解甲归田，荣归故里，为子孙后代立永久之业，颐养天年吧。”

诸将叩头谢恩。次日，都纷纷称病，请求解甲归田。赵匡胤自然是欣然应允，赐予众将无数的金银珠宝，让他们继续担任地方的节度使。赵匡胤的一颗心这才落了地。

这日夜里，他在宫中摆下了酒宴，赵婵雪、幽若雨都在场相陪，赵光义也应约而来。

他们宴饮良久，赵匡胤渐渐有了些醉意，他笑着对赵光义道：“三弟，朕现在已解了众将兵权，再也不用担心他们拥兵自重了。朕这么多年来，第一次真正感到轻松些啊！”

赵光义点头说道：“陛下，您现在解除了众将兵权，可如果有人伺机对您不利，您又该如何自保呀？”

赵匡胤大笑道：“哈哈哈，三弟真是多虑了！这天下能杀朕的只有四人而已！”他说着一指在场三人，“只有你们三个与朕自己了！”

幽若雨一皱眉：“陛下，臣妾既然选择嫁给你，又怎么可能再杀你呢？”赵婵雪也是有些不高兴地说道：“父亲，你胡说什么，真是疑心太重了吧！我是你的亲生女儿，你连我也怀疑吗？”赵光义则是一言不发，眼睛却不由自主地看向了别处。

赵匡胤不禁又是一阵大笑："哈哈哈，我自然不会怀疑你们了。朕也不过开个玩笑罢了，看你们紧张的！"

四人又喝了几杯，赵婵雪便告辞了，赵光义更是喝得酩酊大醉。当晚赵匡胤便把他留在了皇宫中休息。自己则与幽若雨来到了湖畔的回廊中，观景赏月。夜深天凉，赵匡胤为幽若雨披上了一件斗篷。

这些日子相处下来，幽若雨越发觉得赵匡胤并非恶人，嫁给他虽不是自己想要的归宿，可也不算辜负此生，更何况他们的小皇子刚刚降生。只是，她无论如何也忘不了表哥，忘不了那个既让她欢喜又让她伤心的人……

幽若雨看着眼前平静的湖面，是那么澄澈，连一丝波澜都没有，仿如她现在的处境。她又看了看天空中的月亮，却不是满月而是一弯残月。

她不禁叹了口气，小声地自言自语道："表哥，我又想你了，我被抓离开你营帐时的那天夜里，天空中的月亮与现在的一模一样，可你却早已不在我身边了。你在大燕过得还好吗，我们此生还会再相见吗……"

赵匡胤搂住她柔声说道："爱妃，你又在想他了？"幽若雨轻轻地点点头，赵匡胤却没有生气，只是一声叹息。他知道幽若雨无法忘记慕容燕云，或许永远也不会忘记，只是自己也在慢慢占据她的心，这就已经足够了。

"爱妃，朕不想再瞒你了，现在已经没有什么大燕了。"赵匡胤轻声说道。

"什么！"幽若雨有些不敢置信，她焦急地问道，"陛下，你的意思是你已经一统天下了？大燕已经灭了？那我表哥和哥哥都还活着吗，他们现在在哪里呀！"

赵匡胤微微点头："他们都很好，都很好。朕已经派人在找他们了，如果找到了他们，一定让你与他们相见……"

幽若雨的心顿时悬了起来，她最害怕的事情还是发生了。她真的不想看到大燕灭了大宋，可更不想见到大宋灭了大燕，她是多么希望两国能和平相处，至少在自己有生之年不要再起刀兵。但现在大燕被灭了，表哥不知了去向，而她却什么也做不了，她又一次感到自己是那么无能，又那么无奈。

"陛下，你一定要快点儿找到他们，我真的想与表哥做一个最后的了结……"幽若雨恳求道，可她的话还没说完，忽听宫门外一阵大乱。

赵匡胤听见声音不对，正要出去查看，就见一人已杀入宫中，此人手握长剑，浑身是血，发丝散乱。可他眼中的霸气与杀意，让自己心中一颤。赵匡胤见到来人那睥睨天下的目光，他知道这天下能有这样目光的人只有一个，那就是他宿命中的对手——慕容燕云！

“哈哈哈，赵匡胤，我们又见面了！”慕容燕云放声大笑，“你杀我父母，害我弟兄，今天你的死期到了！”他说着，手中的逐天剑宛如一道流虹，加上他滔天的愤怒，直刺赵匡胤。

赵匡胤忙向旁一闪，摆拳就要反击。

却听幽若雨喊道：“表哥，你住手！”她此时像做梦一样，方才还在说他，没想到他竟真的出现在自己的面前，她跑了过去问道，“表哥，你还好吗？哥哥没与你在一起吗？”

慕容燕云瞪了幽若雨一眼：“表妹，你既然嫁给了这个奸贼，就不劳烦你关心我们的死活了。不过我可以告诉你，表哥已经被你面前这个奸贼害死了，你却还在这里与贼人花前月下！”

“不……不可能……”幽若雨整个人都愣住了，她此时什么话也说不出，只有无尽的悲哀。她的美眸之中流下了泪水，可她除了难过又能如何呢？

慕容燕云又是一剑刺向赵匡胤，他剑中原本的灵动此时已被杀意所取代，每一剑都欲与赵匡胤同归于尽。他的剑法本就天下无敌，此时更是如同巨龙咆哮，仙人降罚，湖水为之动荡，天地随之激昂。

赵匡胤的太祖长拳虽强，可与浑身杀气的慕容燕云斗在一处，过了百招之后哪里还有半点儿威势。赵匡胤一生从未败绩，就是在神武林时，也未觉慕容燕云竟有如此可怕。他每过一招，身子都不由自主地向后倒退数步，他看着眼前的慕容燕云，如同看着一个九幽的恶魔！

“赵匡胤，我慕容燕云的一切都被你毁了。我今天如果不杀了你，有何面目去见父母，有何脸面去见死去的弟兄！”慕容燕云怒吼着，全部的怒意都被激发了出来，此时的慕容燕云，似乎真的不只是一个凡人，而是愤怒的天神，是嗜血的魔鬼。

只见慕容燕云内力激荡，霎时打破了平静的湖面，湖水腾起，宛如一条水龙，直冲向赵匡胤。这一剑才是真正天人剑法的精髓，夺天地变化，用四时之力，天就是人，人就是天！

赵匡胤再也抵挡不住，被水龙重重地击在胸口之上，喷出一口鲜血。他生平第一次感到绝望，大声喊道："快来人，护驾啊！"

可尽管他喊的声音很大，皇宫的护卫见到慕容燕云的身影，个个全身发抖，谁又敢上前半步。他们眼神中只有极度的恐惧，来自灵魂深处的恐惧。

"你这奸贼，省省力气吧！你再喊也没有用，今天谁也救不了你！"慕容燕云手中宝剑已然高高举起，只要落下就可报了他这么多年的血海深仇！

"二哥莫慌，我赵光赞到了！"随着话音，一人从慕容燕云身后的宫墙飞跃进来。来人一柄虎头刀，恶狠狠地劈向慕容燕云。

慕容燕云不由一惊，他心道："我听说赵匡胤已经杯酒释兵权，这开封城中怎么还会有这等高手！"他虽做好与赵匡胤同归于尽的准备，可他绝不愿死在别人手中，身子只得向后猛纵了数丈。

赵匡胤见慕容燕云退后，忙一跃身站了起来。他看向来人，不由大喜："五弟，是你！"

慕容燕云看到来人，竟是他一直信任的大将韩永林，他不由更加愤怒。他怒喝道："韩永林，你这个内奸！是我瞎了眼睛，竟会相信你这恶贼！你这等小人根本不配与我动手！"

韩永林一阵冷笑："哈哈哈，我的慕容陛下，你待我是不错，可我是赵匡胤的亲弟弟，为了哥哥，我只有杀了你！"

慕容燕云大怒，手中逐天剑运起全部内力，一剑刺出威力惊天，寒光一闪，已到了韩永林面前。慕容燕云此时的武功彻底被怒火激发，已如喷薄的火山，决堤的汪洋，任何敌人在他面前结果都只有一个，那就是被他毁灭！

他正要一剑结果了韩永林，可韩永林竟先一步倒下了。慕容燕云愣住了，赵匡胤也愣住了，他们谁也没想到韩永林竟会死在这一剑之前。

韩永林缓缓倒下，他不敢置信地看向自己身后的人，杀他的人竟不是别人，而是他的三哥赵光义！

"韩永林，你这个大胆的逆贼！我五弟赵光赞早就不在人世了，你在此与慕容燕云演戏，陛下会相信你吗？"赵光义冷冷地说道。

"三哥！我帮你们除了慕容燕云的四员大将，你却……"赵光赞点指赵光义，他还想再说什么，却已气绝身亡。他到死都瞪着赵光义，是那么不敢置信，又是那么心有不甘。

赵匡胤见赵光赞死了，不由痛哭失声："五弟，你死得好冤啊！你帮朕离间了云逸墨，联系潜入幽州的士兵逼死了李明和。又故意让探马传消息，引慕容燕云到盘蛇谷，朕这才杀了慕容平州。幽凡一能掉进葫芦口也全是你的功劳呀！这天下知道你身份的除了朕，只有你的师父太史烈。你在仙水岩杀了太史烈后，只有朕清楚你的身世了。可为了保密，朕谁也没有告诉，才使得你今日惨死在三弟手中，是朕对不起你呀！"

赵光义见赵匡胤如此说，表面懊悔悲伤至极，可心中却在冷笑："哈哈哈，二哥真的以为我不知道五弟的事呢，真是太天真了！五弟呀，你也别怪我，只有你死了这天下才只有我与二哥了，哪天二哥也不在了，这天下就是我的了！"

慕容燕云见赵光义杀了赵光赞，心中虽有些难以相信，可这等恶贼死了，他还是感到欣慰。但想让他就此罢手，是绝不可能的，他又向赵匡胤杀了过来。

"你这大胆逆贼，还敢在本王面前行凶吗！"赵光义刹那间也到了慕容燕云身边，一声暴喝，以掌为刀，仿佛九天一声雷鸣，击向慕容燕云头顶。

慕容燕云退后几步，冷笑道："哈哈，赵光义，你来得正好！你当初逼得我跳海，又带兵攻打我的潜龙寨，害死我手下那么多的弟兄，你也该死！"说着他手中宝剑向赵光义攻了过来。

赵光义武功虽高，可比之赵匡胤毕竟还要逊色半分，就连赵匡胤也不是慕容燕云的对手，他又怎能敌得过慕容燕云呢？

两人过了十几招，赵光义渐渐有些不敌，节节败退起来。赵匡胤此时虽是悲伤至极，但他见到三弟将败，焉能不出手相助。但见他大喝一声，呼地一拳打出，正是太祖长拳中的绝招"冲阵斩将"，这招霸气至极，劲力刚柔并济，与普通武林高手有着天壤之别，帝王之气尽显无遗。

慕容燕云却全不放在心上，只一招移天换日，就将赵匡胤的一拳转移到了赵光义的身侧。赵光义吃了一惊，忙向旁闪跃避开。

赵氏兄弟武功虽不如慕容章，可也算得上是独步天下，却在慕容燕云面前仅打个平手，连半点儿便宜都讨不到。

三人正自酣战，就在幽若雨手足无措之时，一道白影闪过，赵婵雪到了三人身边。眼前的三个人是她此生最亲的人，她不忍见到任何一个人受伤，她焦急地喊道："父亲、叔叔、慕容哥哥，你们快给我住手！"

"雪儿，你怎么来了！"赵匡胤与慕容燕云同时一愣，都住了手，生怕误伤了她，唯独赵光义一声冷笑，一掌兀自打向慕容燕云。

慕容燕云见到赵婵雪，心中百感交集，整个人立时呆住了，哪里还能反应过来，胸口被赵光义一掌结结实实地打中，他向后不由自主地退了三四步，口中猛喷了一大口鲜血。

赵光义见此，快速地点了慕容燕云数处要穴："哈哈哈，慕容燕云，你不是很厉害吗，没想到也有今天吧！"

赵婵雪见叔叔打伤了慕容哥哥，不由大怒："叔叔，你快放了慕容哥哥，不然休怪我绝情！"

赵匡胤瞪了赵婵雪一眼："雪儿！为父知道你心里有这小子，可他是罪该万死的反贼，朕绝不会因我们的父女之情，就任由他无法无天的！"他说着命令道，"来人啊，把慕容燕云这逆贼给朕打入天牢，待朕处理完五弟的丧事即刻问斩！"

"是！"禁军应道，数人上前捆住了慕容燕云。

慕容燕云放声大笑："哈哈哈，赵匡胤、赵光义！我慕容燕云就是死了，也会化作厉鬼向你们索命的！"赵光义闻言一皱眉，随即挥手道："快把这贼子给本王带走！"

赵婵雪看着慕容燕云的背影，不禁流下了泪水。她知道自己根本无法违拗父亲，亦如当初无法改变慕容哥哥。这两个男人虽然都是那么爱自己，可真正遇到了大事，她的话却是那么无力，一切都不是自己可以左右的。幽若雨此时也是无奈至极，连赵婵雪都没有办法，自己又能如何呢？

赵匡胤下令厚葬了赵光赞，并追封赵光赞为岐王，自己带着赵光义在灵前亲自拜祭了一番。

慕容燕云被带走后，东方的天际已经泛白。他一个人在这又阴又潮的牢中痴痴地坐着，喃喃道："我慕容燕云从金陵慕容家的少爷，成了浪迹江湖的剑客，后又做到了武林盟主。我凭借着众兄弟的力量，好不容易成了大燕的皇帝，可谁又能想到竟在顷刻之间从万人敬仰的皇帝，变成了阶下之囚呀！苍天对我何等不公，何等不公啊！"

他随即又想到自己将要与众兄弟相聚了，他不禁大笑：“哈哈哈，众位兄弟，我慕容燕云就快来陪你们了！我对不起你们，来世我定会偿还你们的！”

慕容燕云口中自言自语，不知过了多久，突听外面赵普的声音响起：“慕容燕云，我们又见面了。上次见你时还是意气风发的少年帝王，这么快就成了阶下之囚，真是有趣啊！”

“赵普，你来做什么？我慕容燕云就是死，也不用你们这些奸贼动手！”慕容燕云怒喝道。

赵普笑道：“慕容燕云，陛下现在还没心情杀你，所以特命我来给你服下妙药，封住你体中之内力，万一你跑出来了，还得给我们添不少麻烦。”

慕容燕云傲然道：“赵普，就凭你的那些卑鄙手段也想奈何得了我？我就是喝了又有何妨！”他说着一把夺过赵普手中瓷瓶，把里面的药尽数服下。

赵普不禁一愣：“慕容燕云，你真的很有胆量，算是个英雄，可惜已经离死不远了。你不明白‘顺天者昌，逆天者亡’的道理，不知这天下凡事都有定数，实在可惜！”他叹息几声，便带着身边侍卫离开了。

当晚，忧心如焚的幽若雨偷偷找到了赵婵雪，她说道：“赵姐姐，我还可以这样叫你吗？如今表哥已经被陛下打入大牢，我听说赵普又给他服下了封住内力的奇药，看来陛下杀心已定，姐姐真的就不管了吗？他虽伤了姐姐的心，可毕竟……”

赵婵雪点点头：“你放心吧，这天下任何人，任何事我都可以不管，唯独慕容哥哥的事我绝不会不管的。不过，这还需要你的配合……今晚，你一定要拖住父皇，其他的就交给我了！”

幽若雨看向赵婵雪的目光，不禁有几分敬佩与欣慰。她说道：“赵姐姐，我会尽量拖住陛下的，只是你一定要快一点儿，不然我也拿陛下没有办法。”

“我明白！”赵婵雪应道。

当晚，天牢附近的守卫异常严密，每个士兵都是禁军中的精锐，纵有再大本事的高手，也绝不可能杀得进去。一辆马车此时到了天牢前，车中一位白裙丽人下了马车，正是赵婵雪。

守门众士兵喊道：“什么人竟敢在天牢前逗留，快快走开！”赵婵雪厉声道：“我是赵婵雪！本公主奉父皇旨意，提审慕容燕云，快让你们大人出来！”

“不知是公主大驾到此，请恕小人有眼不识泰山，我这就去禀告大人！”一个小头目恭敬地说道。说完，忙转身进了大牢。

很快，一个中年将军走了出来，他见到赵婵雪忙深施一礼，说道：“末将见过公主！”赵婵雪点点头道：“你就是这天牢的头领？本公主奉命提审慕容燕云，快把他交给我！”

中年将军有些为难道：“公主，你想提审犯人不难，只是没有圣旨，我们不敢将犯人交给您。”赵婵雪一皱眉道：“你的意思是本公主假传圣旨了？”

“末将不敢！只是没有圣旨，陛下怪罪下来，末将只怕性命不保！”中年将军无奈道。

赵婵雪无奈，只得身影一晃到了中年将军面前，一指点住他的死穴。她厉声喝道：“你快把慕容燕云给本公主带出来，不然本公主现在就杀了你！”

“是，是。”中年将军无奈地应了几声，让手下人把慕容燕云从牢中带了出来。赵婵雪见到此时的慕容燕云披头散发，就连神志都有些不清了，可他面容的坚毅与霸气却未减一丝一毫，她真是说不出的心疼。

“雪儿，谢谢你。”慕容燕云轻声对赵婵雪说道。赵婵雪已忍不住眼中泪水：“慕容哥哥，你不要和我这么客气。我一天是你的人，一世都是你的人。我今天特意带我们的女儿来，希望你们父女能见一面……”

慕容燕云一愣：“雪儿，你说什么？我们真的有女儿了？难道就是两年前你怀中抱的那个婴儿？”

赵婵雪缓缓点头道：“没错，你说的都没错。”她说着掀开车帘，抱出了一个小女孩儿。这个小女孩儿长得非常可爱，她睁大眼睛看着慕容燕云，眼中天生就带着一股灵气。

慕容燕云接过孩子，轻轻在她额头上亲了一下。小女孩儿笑了，她大声喊着：“父亲，父亲！你就是我父亲？”她的声音很稚嫩，可在慕容燕云心中却是荡起一阵阵的涟漪，他激动得一时不知该说什么。

良久，赵婵雪接过女儿，说道：“慕容哥哥，你该走了。你现在内力已失，如果我父亲来了，你真的走不了了！”

慕容燕云点头，取出一直放在怀中的玉链，不忍说道：“雪儿，我要走了。这些年是我对不起你，如果有来世，我希望我们能做一对平凡夫妻，我定会把对你的亏欠，加倍偿还的！”

赵婵雪苦笑道："我不要你报答，只要还能在一起，就是对我最大的偿还！"她对怀中的女儿说道，"和父亲说再见吧，我们此生或许再也见不到他了！"

"父亲……父亲再见……"小女孩儿此时哭了，她似乎明白了这话中的含义，此刻一家人有可能是今生唯一的一次团聚，此次一别或许是几年，或许真的是永远。

"慕容燕云，你这逆贼还想逃吗！"此时赵婵雪身后赵匡胤一声大喝，他带着幽若雨和无数的士兵，不知何时已到了他们身后。

"赵匡胤，我慕容燕云此次前来，早就把生死置之度外了。可就在刚才我改变了主意，为了女儿我必须活着。既然你不让我走，我今天就杀了你，为父母、兄弟报仇！"他本就打破了生死玄关，随着话音体内真气激荡，刹那间就将药效冲得一干二净，内力尽数恢复。

赵匡胤见他内力竟然恢复了，心中一惊。但他毕竟武艺非凡，临危不乱，他高高跃起，举起手中盘龙金棍击向慕容燕云头顶。慕容燕云向旁一闪，手中宝剑裹着一阵劲风斜刺向赵匡胤眉心。

两人你来我往打了几十招，慕容燕云一剑比一剑凌厉。他最后使出了诸天玄剑剑法中的绝杀——羽化登仙。这一剑足以惊天地、泣鬼神。

赵匡胤知道，自己决计接不住慕容燕云这一剑。他不禁慨叹道："唉，没想到朕今日还是死在慕容燕云这逆贼的剑下，看来天意如此啊！"

慕容燕云的一剑已经斜向滑下，这是光耀无比的一剑，这一剑上满含着他一生的仇恨，只要斩在赵匡胤身上，一切的一切都将逆转！

赵匡胤被这一剑的光彩晃得睁不开眼睛，只能一棍打向慕容燕云，同归于尽是他现在唯一的选择。

剑落下，刺入了胸膛，棍打出，击中了腰间，一人缓缓倒地。

可倒下的却不是赵匡胤，也不是慕容燕云，而是一直焦急站在一旁的幽若雨。她竟用自己的身体挡在了两人之间，就这么挡住了慕容燕云的一剑和赵匡胤的一棍。

"表妹！"慕容燕云抱住了倒下的幽若雨，虎目中不禁流下了泪水，"表妹，你为什么要替这个奸贼挡剑，为什么！"

幽若雨笑道："哈哈，表哥，真没想到，有生之年，我还能躺在你的怀抱里。你知道这么多年，我是有多喜欢你吗？我虽然是嫁给了他，可心中的人还是你。你今天刺在我心口上的这一剑，刺碎了我的心，我终于可以不再把你放在心上了。表哥，你让我解脱了，我从此不用再活得那么累了，谢谢你……”

她随即对赵婵雪说道：“赵姐姐，你为表哥做了那么多，我以前凡事都比不上你，可现在我替表哥挡了一棍，替表哥死了，我终于可以胜过你了。”

幽若雨又对赵匡胤哀伤道：“陛下，臣妾要走了，我们终究还是没有缘分，对不起……”

慕容燕云此时看着怀中的幽若雨，哭道：“表妹，我虽然只爱雪儿一人，可是我的心里一直把你当成亲妹妹看待，表妹……”

幽若雨欣慰地一笑：“表哥，我这么长时间只有在梦中才能看到你，才能听你说句话。现在终于听到了，看到了，我真的很满足了……”她的声音越来越小，最后在慕容燕云的怀中气绝身亡。

赵匡胤见幽若雨死了，心中说不出是愤怒还是自责，他心道：“爱妃，你在朕心中比什么都重要，慕容燕云这个逆贼竟敢杀你，我定要为你报仇！”可他随即又想道，“如果朕没有打出那一棍，你或许不会死的，是朕害了你呀！”

他正心中激荡，赵光义这时带禁军赶到。他一挥手，让众官兵把慕容燕云重重围住，只要一声令下，就可把慕容燕云斩于此地。

慕容燕云缓缓站了起来，说道：“表妹，我慕容燕云一生与天斗、与地斗、与人斗，可斗到最后，只换来了朋友牺牲，亲人送命。我累了，真的累了，再也不想斗下去了！”他的眼中此时再也没了以往的斗志，全身再也没了傲视天下的霸气。他的心随着幽若雨的死，也已经死了，再也回不到当初了。

“师弟！”随着话音，一个褐色人影闪动，刹那间许多官兵就被打倒在地。这个人到了慕容燕云身边，轻声说道：“师弟，一切都该结束了，我们走吧……”来人正是穆廖。

幽若雨一死，赵匡胤已经彻底崩溃了。他看见慕容燕云的神情，知道他已经没了威胁，加之又有高手到来，他已没心情再与他们多做纠缠，于是一摆手道：“让他们走吧。既是慕容燕云不想再斗了，朕今生也不想再斗了。”

“是！”众人应了一声，给慕容燕云和穆廖让开了一条退路。

赵婵雪看着慕容燕云，柔声道："慕容哥哥，我们真的要分别了。不知这一别，你我还有没有相见之日。你走前给我们的孩子起个名字吧。"

慕容燕云点点头："就叫云瑶吧。"他说完，依依不舍地看向赵婵雪还有幽若雨的尸身。他最爱的两个女人，今天也到了生离死别的时候，他的心疼得快要停止，他真希望自己就此死了，也好与众人在另外一个世界重逢。

师兄弟两人离开了开封城，离开了这个有着太多伤心与回忆的城池，从此一去不回……

第六十五章　曲终人散

大宋皇帝的寝宫异常寂静，天边一轮寒月斜斜地照在宫墙上，初冬的北风呼啸着漫过宫城，让人从心里感到冰冷。一个凄厉的喊声划破了夜空，久久地在皇宫中回荡。

“陛下！宽恕微臣吧！”这声音竟是从大宋皇帝赵匡胤的口中传出，他再一次从噩梦中惊醒，冷汗早已沾满了衣襟。

他接连几日梦见从前的故人前来向他索命，醒来后周身痛楚，胸口憋闷，身体每况愈下。他似乎预感到自己命不久矣。

赵匡胤因身体不适多日未上早朝，这日他正坐在湖边的凉亭中想着心事，一个太监来报：“陛下，晋王现在宫外求见，不知陛下是否让他入宫？”赵匡胤点点头：“御弟既然来了，就让他进来吧。”

很快，赵光义就到了凉亭边，他见二哥赵匡胤一个人闷闷不乐，满脸的愁容，问道：“皇兄，几日不见为何这般憔悴，您这是怎么了？您向来事必躬亲，为何一连数日不见您上朝了？”

赵匡胤长叹了口气：“唉，不瞒三弟，朕近来夜夜梦见故人前来索命，真是惊吓不轻啊。现在仍是感到胸口隐隐作痛，如何上得了朝？”

赵光义略一思索：“皇兄，我听说开封城中来个道士，自称是仙人转世，听城中百姓们说此人确有些真本事。臣弟以为不如让他进宫，为陛下做做法事，或许能有好转。”

赵匡胤半信半疑道：“三弟所言当真？若是这道士真有些神通，就快传他入宫，为朕分忧吧！”

赵光义点头：“皇兄，我这就派人请他入宫，定能解除皇兄的烦恼。”他说着忙出宫回府，安排去了。

两日后，赵光义果然带着一位老道士进了宫。赵匡胤见来人已过了古稀之年，可精神矍铄、仙风道骨，真如一位老神仙，他似乎从老道士身上看到了几分希望。

“老道长，不知你在何处修行，道号如何称呼？听说你有半仙之体，不知可否为朕分忧？”赵匡胤说道，他的语气中满是敬重与期盼。

老道士深施一礼，说道：“无量天尊，贫道见过陛下。贫道于龙虎山出家，法号静应。贫道观陛下印堂发暗，近来可是常常梦见故去之人前来索命？”

赵匡胤心中一惊，暗道：“这道士只看了朕一眼，就知朕为何事忧心，确实非同一般。”他又问道，“莫非你就是正一派掌门静应真君？确实好本事！不知你可有什么办法化解此事吗？”

静应真君犹豫道：“陛下，您虽勤政爱民，可是一生杀戮太重，又做了几件亏心之事，才使得地下的亡魂向陛下索命。陛下想要化解此事，确非易事，贫道也只能是尽力而为，至于能否为陛下驱邪续命，还要看天意了！”

赵匡胤点头，笑道：“真君，朕知你正一派的法术天下无双，你只要尽力就好。如若最后连真君都办不到，朕也不会强求的。”

静应真君恭敬道：“陛下，那贫道就在这宫中摆下法场，一切三日后便见分晓。”

赵匡胤大喜，忙让手下太监、宫女帮忙筹备法事，皇帝想要准备法事，手下人自然不敢怠慢，不消多时法场便已设好，静应真君登台作法。但见他掐诀念咒，做法诵经，又烧了一道黄表纸，一切都极有法度。赵匡胤见此，心中顿感放松许多，当晚竟真的没有噩梦缠身。

第二日，赵匡胤夸奖了静应真君一番，又赐了许多金银。静应真君倒也不客气，尽数收了下来。赵匡胤刚有了点儿精神，又想起有很多国事要与赵普商量，派人传赵普入宫，可赵普却称患了重病，无法出府，赵匡胤不由有些不悦。

这日，到了三天之期，静应真君做完法事，便收了法场。赵匡胤见他收了法场，忙问道：“真君，这三日辛苦你了。不知朕到底还有几年好活？”

静应真君有些惶恐道："陛下，贫道不敢说。"

赵匡胤一笑："哈哈，真君何必如此紧张，朕不是与你说过，如能续命朕自会感恩，如若不能朕也绝不会怪你，你只管实话实说就是。"

静应真君叹了口气："陛下，您是天子，命系于天，今天夜里您可抬头仰望夜空，如果晴空万里，星河密布，您少则可活十五年，多则三十年。但如是狂风大作，雪花纷飞，只怕您将不久于人世了……"

赵匡胤点点头，说道："朕知道了，有劳真君了！"他说着又赏给静应真君许多财物以作酬谢。静应真君收了酬劳，便要告辞而去，赵匡胤再三挽留也是无济于事。

傍晚，万岁殿前。

十一月的天气，开封城的傍晚已经冰冷刺骨。赵匡胤就这么站在殿外，任凭众人劝告，他都仿佛浑然未觉。

赵匡胤此时的心中很是矛盾，他虽不愿在自己春秋鼎盛之年，就撒手人寰。可想到爱妃已经不在了，又亏欠柴荣等人太多，让他整日活在回忆与自责之中，他宁可去死，这样至少来得痛快！

不知站了多久，天色渐渐暗了下来。一阵北风吹在赵匡胤的脸上，他慢慢回过神来，缓缓地抬起头，看向高高的夜空。他看到今夜的天空万里无云，万千星辰都闪耀着光芒。

"爱妃，看来天意如此，朕命不该绝。朕十几年内无法去陪你了，你在那边要保重啊！"赵匡胤轻声叹道，此时他的心情不知是喜还是忧，但那种淡淡的无奈却是隐藏不住的。

"陛下尽可放宽心，依真君之言，今夜的天象是大吉之兆。您就不要在外面久站了，请您注意龙体啊！"大内总管劝告道。

赵匡胤点头，正要转身入殿，可就在他转身的顷刻间，忽然狂风大作，直吹得天地似乎都为之颤抖，无数惊鸟纷纷鸣叫着在天上盘旋，这一幕惊得赵匡胤险些背过气去。

他心中一惊，慌忙又向天空看去，此时的夜空就连月亮都已被乌云遮住，哪里还有半颗星辰！

赵匡胤一皱眉，大喊道："真是天意弄人！天意弄人啊！"他喊完连咳数声，牵动到体内伤势，竟吐了一大口鲜血。

大内总管忙搀住赵匡胤，焦急地说道：“陛下，您怎么了？”他又向身后的小太监喊道，“你们还愣着干什么，快传太医啊！”

赵匡胤此时心中很乱，他摇摇头，说道：“不必了，太医治不了朕的病。你让人把御弟找来陪朕饮酒，其他的人都下去吧，没有朕的命令不许进殿！”他说完强撑着走进了万岁殿。

不多时，赵光义就带了两坛酒入了殿。赵匡胤见他来了，一笑道：“三弟，你来了，快坐吧。”赵光义依言在赵匡胤身边坐下，他问道：“皇兄，我听说你刚刚吐了血，您的龙体可还安康？”

赵匡胤苦笑道：“哈哈，如果真君所言属实，只怕朕没几日好活了，这身子安不安康又有什么用？”

赵光义叹了口气道：“唉，皇兄，您不要胡思乱想，您这些时日因五弟与皇嫂之死伤心过度，这才连日噩梦缠身。天下不可一日无主，您总是在哀伤之中不能自拔，不是长久之计啊！”

赵匡胤说道：“你皇嫂与五弟都是可怜之人啊！爱妃与慕容燕云与微末之时相遇，她便痴心于他，一晃这么多年了，她为慕容燕云受尽了委屈，也伤透了心。后来她遇到了朕，是朕的一颗真心打动了她。我们本以为会白头偕老，怎知她却在朕的面前就那么去了！你五弟更是忠心耿耿，为朕的江山做了那么多，却终因朕疑心太重，没有告诉任何人，这才使得你误杀了他啊！”

赵光义假装不解道：“皇兄，五弟不是在两岁时就死了吗，韩永林怎么会是五弟呢？”

赵匡胤叹息着，解释道：“当年他得了重病，咱们全家人都以为五弟好不了了，可父亲的好友太史烈正巧此时到了家中，并说认识一位神医，可以治好五弟的病，于是父亲便托他带走五弟去治病。”

赵光义困惑道：“皇兄，此事我知道，不过一年之后太史烈捎来书信说五弟已死，莫非他是死而复生？”

赵匡胤摇头道：“这世上怎么可能有死而复生之人？当年太史烈是医好了五弟，不过五弟年幼贪玩，在回来路上不小心走失了，可太史烈害怕父亲怪他，这才谎称五弟已死。二十年后，五弟长大成人，竟巧合地投入了万刀门中。只是他已长大，又随了养父母的姓，太史烈自然认不得。他只当五弟是个寻常的弟子，见五弟资质出众，便细心调教，如此又过了五年。后来，我有一次无意间在客栈遇到他们师徒二人，一番谈话后我才确定眼前之人就是五弟，因为我一直记得五弟肩头有块蟾蜍样的胎记。韩永林不但有此印记，而且身世经历也完全吻合。时隔二十年我们兄弟总算相认了。那时我听闻仙水岩摆下了龙虎大会，这才让他务必赴会，并想尽一切办法除掉慕容燕云。不料慕容燕云武艺高强，五弟不得下手，这才迫不得已刀劈太史烈，来个杀人灭口，然后利用幽凡一与慕容平州的好感，顺利地接近了慕容燕云，也就有了后面的事……”

这时，一阵冷风从宫门外吹了进来，赵匡胤不由打了个冷战。赵光义见此忙道：“皇兄身体虚弱，千万不能着凉。”说着起身关闭了房门。

赵匡胤正要接着往下说，突见转过身的三弟好像变了个人，他的神色前所未有的无情，嘴角更是挂着让人难以揣测的冷笑。

“哈哈哈，二哥，你真的以为我什么都不知道吗？父亲一向偏爱你，把最好的武功都教给了你，又请高僧指点你，可我呢？我明明资质比你好，可父亲却连正眼都不看我一下！整日让我打理家中那些烦琐之事，我那时武艺低微到随便一个江湖中人都可以欺负我，你知道我受了多大的委屈吗？那日我被万刀门的弟子打了，你和父亲连问都不问，你们真是太狠心了！”

说到这里，赵光义笑得越发张狂道：“自那日起，我便发誓要练一身灭绝天下的武功，既然万刀门得罪了我，我便要在万刀门下手。我先是假意取得太史烈的信任，这才在宴间给他的酒中下了毒。他发现自己中毒之后，把真相告诉了我，希望我念在他曾救活五弟，并教导他这么多年的分上饶过他。我为了自己的名声，怎么可能让他活在世上，他真的是太天真了！至于五弟在仙水岩上杀的太史烈，不过是我手下人假扮的罢了！”他的笑中含着一抹让赵匡胤都感到不寒而栗的哀伤与愤恨。

赵匡胤看着眼前的赵光义，不禁愣住了，他半晌才说道：“三弟，你误会朕与父亲了。当年父亲觉得皇兄生性难以持家，而家中的万贯家财又不可外流，这才让你替家中打理各项事务，为的就是有朝一日父亲不在了，由你来继承这些家当啊！”

赵光义又是一阵冷笑：“哈哈哈，皇兄你可真是会开玩笑！或许别人不知，可你我心中谁不是一清二楚？这些家当都被你拿去结交那些狐朋狗友了，我得到一丝一毫了吗？”

赵匡胤叹了口气："朕当年确实在江湖上结交了一些朋友，不过这些人现在大多都是朝中的开国元勋，难道朕做错了吗？"

赵光义摇头："没错，一点儿错都没有！你用全部的家产，换来了你的荣华富贵，你的锦绣江山，可我除了一个晋王又得到了什么？你凭什么用赵家的家产去换你的江山，凭什么！你即是说这笔家当是父亲留给我的，我现在就要你还给我！"

赵匡胤看着眼前的赵光义，他曾经以为最熟悉的三弟，现在却感到那么陌生。他不相信眼前的人，真的是那个一直文质彬彬、少言寡语的三弟。可他对赵家当年之事这么清楚，又怎会是旁人呢？

许久，赵匡胤才问道："三弟，你说的或许有理，只是这笔家产已被皇兄换成了大宋的万里江山，你现在向我要，我拿什么还你？"

赵光义缓缓倒了一杯酒，是那么从容，那么淡定。他举起酒杯，慢慢地走到了赵匡胤面前，他的声音前所未有的冷酷，冷得直透人的灵魂："二哥，现在便用你的锦绣山河来还吧！"

赵匡胤点指赵光义，无奈地苦笑道："哈哈哈，三弟，你要朕喝这毒酒？还记得那天晚上朕说过，这天下能杀得了朕的，算上朕只有四人，没想到静应真君说我命不久长，竟应在你身上！"

赵光义得意道："二哥，你真的以为说话的是静应真君吗？赵普连续几日称病不出，你难道不感到奇怪吗？二哥，我原来以为这天下除了我以外，你是最聪明的，没想到你是如此天真！"

赵匡胤不敢置信道："你……你的意思是说，朕见到的真君是赵普假扮的，你们早就合谋设下诡计来害朕？"

赵光义点头道："没错，你听信了赵普的话杯酒释兵权，还自鸣得意，其实正中了我们的妙计！现在禁军都是我的人，你就是喊人也没有用了。所以我劝你为了你的儿女，还是不要做无谓的挣扎了！我做了皇帝以后，一定好生对待他们。"

赵匡胤点点头："朕一生机关算尽，没想最后倒被最亲的人算计了。也罢，朕本来就是要把这江山传给你的，你既然着急要，朕便现在给你吧！"他说着从一个金盒中取出了一道圣旨，交给了赵光义。

赵光义看过圣旨，整个人都愣住了，这是一道传位圣旨，而传位之人不是别人，正是他赵光义！

“不……这不可能……”赵光义不敢相信自己的眼睛，他的声音都在发颤，“二……二哥，你……你不是有儿子吗？你不把皇位传给他？这怎么可能……”

赵匡胤大笑几声：“你没看错，朕就是要把江山传给你。从今往后，你就是这大宋的皇帝了！希望我死后，你能善待你的侄儿们，做一个好皇帝，把大宋江山世代传承下去！”此时，他整个人看起来是那么仁慈，抬头望向远方的天际，视死如归。

“爱妃、五弟、陛下，我来陪你们了！”说完这句话后，他把杯中毒酒一饮而尽。

“二哥！二哥！”赵光义看着赵匡胤在自己眼前缓缓地倒下了，他伸手抱住了赵匡胤那魁伟的身躯，泪水不由自主地大颗大颗落下来，捶胸顿足地哀号。无奈，赵匡胤此时已说不出更多的话了，只喊了两句“好做！好做”，至此晏驾归西……

皇帝驾崩的消息迅速蔓延到了大宋各地，也很快传到了慕容燕云的耳中。仇家已死，大仇已报，可慕容燕云心中却没有一丝一毫的痛快和喜悦，取而代之的是阵阵的无奈和哀伤。

接连几日他都梦见自己的父母，梦见儿时在燕回院中陪他们一起练功时的情景。江湖数载，落叶归根。慕容燕云在心里告诉自己，是时候该回去看看了，也好去祭拜一下父母的在天之灵。

慕容燕云与穆廖说明此事，穆廖也极为赞成。两人当即起程，并辔策马向故园行去。虽然两人打小就很亲近，可数载江湖，腥风血雨，此时的心情都是一言难尽，因此谁也不愿多言。人寂，马寂，天地寂。真乃是江湖数载匆匆，往事尽随风，阅遍山河万里，起处竟成归踪……

不知过了几日，他们终于到了燕回院前。本以为赵匡胤当年放火烧了燕回院，这里定然是一片残垣断壁的废墟，但眼前分明是一座与当年似乎一模一样的庭院，只是挂在燕回院门前的木匾，早已改成了御洲山庄。

慕容燕云见到眼前的一切，脑海中恍惚起来，他仿佛回到了数年前，回到了那段在父母膝下承欢的美好时光。那时的他是那么无忧无虑，是那么轻松自在。

年少时总梦想着能成为武功独步天下的大侠，总梦想着成为统治一方的君王。可实现梦想的代价太大了，虽然得到了很多，也失去了很多，重回故园的他才真正明白，当年自己觉得平淡乏味的生活，才是这世上最幸福的生活。

这时大门打开了，跑出来了一个五六岁的小男孩儿。这个小男孩儿追逐着一只蝴蝶，他跑起来的脚步还有几分踉跄，可脸上的笑容是那么灿烂。慕容燕云看着眼前的一幕，嘴角不由自主地微微扬起，心中阵阵涟漪激荡。慕容燕云似乎看到了二十年前的自己，同样天真烂漫，同样可爱率真，只是自己……已无岁月可回头了……

正在他愣神间，蝴蝶飞到了他的面前，他下意识地伸手去抓，因内力雄厚，掌心自带一股极强的吸力，蝴蝶牢牢地粘在他手上，想飞也飞不掉了。当年很难的事情，此时做来竟是那么容易，容易得让他有些伤感。

小男孩儿见到慕容燕云伸手就抓到了蝴蝶，而且蝴蝶在他的手掌心无论如何也飞不走，不由大感吃惊。他跑到了慕容燕云马前，仰起小脸喊道："大哥哥，大哥哥，你真厉害！我也想像大哥哥这样，能不能将这招教给我呀！"

慕容燕云一笑："小弟弟，你还小，等你到了哥哥这个年纪，一定会比哥哥更厉害的！"他说着下了马，轻轻摸了摸了小男孩儿的头，柔声问道，"小弟弟，你叫什么呀，能不能告诉哥哥？"

小男孩儿点头道："大哥哥，你先把蝴蝶给我，我就告诉你。"慕容燕云笑了，他把手放到了小孩儿眼前，撤掉了内力。没有了内力吸引，蝴蝶瞬间就飞得很远很远。

小男孩儿虽然感到有些失望，但还是告诉慕容燕云道："大哥哥，我叫宇文延懿。"

穆廖一直没有说话，这时开口道："小弟弟，你姓宇文？你可是北周王室后裔？"

宇文延懿犹豫了一下才说道："我听父亲说，好像……好像是的。他还希望我将来能有出息，恢复故国呢！"

慕容燕云和穆廖闻言心中都是一震，如果不是为了复国，许多人都不会惨死，表妹与弟兄们都会平安地度过一生。就是为了复国，无数人付出了惨痛的代价。慕容燕云本以为自他以后，这世间再也不会有人想要恢复故国，可眼前的一切似乎真的回到了从前。

三人正说话间，又从门中走出了一个文士打扮的中年人。慕容燕云见到此人更加吃惊，他不由上前几步，叫道："父亲，您……您没有死……"可他喊完，眼前忽然一黑，整个人晕了过去。

不知过了多久，恍惚中他听到穆廖跟什么人在说话。只听穆廖说道："庄主，您实在是太像我师父了，师弟一定是把您误认成师父了，这才激动得晕倒了。"

慕容燕云缓缓地睁开眼睛，看到自己躺在一间整洁的房间中，师兄和那位文士打扮的中年人正站在床边关切地望着自己。中年男士见慕容燕云已经醒来，上前道："在下宇文坚，是这御洲山庄的庄主，久闻慕容公子的威名，今日得见，三生有幸！听说公子有伤在身，如若公子不嫌弃，就在鄙庄住下养伤吧。"说着竟给慕容燕云深施一礼。

慕容燕云强撑着身子，坐起来还了一礼："多谢庄主，那就叨扰了。"

宇文坚又吩咐下人送来一些被褥和药品，这才告辞离去。

慕容燕云和穆廖在御洲庄一住就是半个月，这期间他走访了许多街坊，试图了解父母被杀时的详情，想知道当年是否有人替父母收敛尸骨。可老街坊们走的走，散的散，现在没有人还记得慕容家当年的事。每每两人都是失望而归。

这天傍晚，慕容燕云正望着天边发呆，突见远处的山丘上有三棵笔直的水杉，遥遥地对着御洲山庄，像三支巨大的祭香插在香炉中。在血阳映衬下的御洲庄，此刻就像是一座巨大的坟墓，一片死寂。

慕容燕云发疯地跑到对面的山丘上，对着御洲山庄的方向磕头跪拜。一夜未归。当穆廖找到他时，已经是第二天清晨，他只剩下一丝微弱的气息。

穆廖四处求医问药，夜夜守在师弟身边，可始终不见师弟好转。

宇文坚也为慕容燕云请来了当地最好的郎中，郎中手搭腕脉片刻，无奈地摇摇头，告知料理后事后，起身离去。

一连几日，穆廖都茶饭不思，想到师父一家人的命运，他就悲从中来，哭红了双眼。

这日，穆廖像往常一样，坐在慕容燕云的床边抹泪。突听有人跟他说话："师兄，别哭了，快扶我出去走走。"

穆廖见师弟正笑着看着自己，双眼炯炯有神，哪里还像个病人。“师弟，你好了！你可吓死为兄了！”穆廖大喜道。

庄中之人见到慕容燕云也都大吃一惊，连忙前去禀告庄主。

两人正欲在凉亭中落座，突闻马厩那边传来枣红马的嘶鸣声，慕容燕云推开穆廖的手，一人径直向马厩走去。

枣红马见到主人来了，发出咴咴的鸣叫声，不停地用舌头舔慕容燕云的手背。

慕容燕云解开了枣红马的缰绳，轻轻抚摸着它的鬃毛，像久别重逢的亲人一样柔情地对它说道：“我的父母没了，表妹没了，和我一起出生入死的兄弟们都没了，我的大燕也没了。也只有你一直在我身边，对我不离不弃的。不过，我想现在我们缘分也尽了，我们到了该分别的时候了，你走吧！”说着撒开了手中的缰绳。

枣红马嗒嗒嗒地向庄外跑去，不多时又跑了回来，用它的嘴去蹭慕容燕云。慕容燕云大声吼道：“你还回来干什么？我已经失败了，是一个废人了！可你不一样，你是疆场的勇士，降世的蛟龙。你还是走吧！走吧！”说完狠狠地在马屁股上拍了一下。

一滴大大的泪水，竟从枣红马的眼中滴落。突然，它宛如冲破暴风雨的海燕，勃然奋起，仰天长啸。那震人肺腑的马嘶声响彻长空。只见它四蹄腾空，绝尘而去，像一道闪电一样消失在远方……

慕容燕云泪洒当场，满头青丝瞬间变得比雪还要白。他口中用凄凉微弱的声音吟唱着一首歌：“天地黑白何必分，往来尽为劳碌身。朝堂纷争江湖怨，万古功名终归尘。不如归来一壶酒，唯有星辰笑故人。”一旁的穆廖早已哭成了泪人。

宇文坚闻讯赶来时，慕容燕云已经奄奄一息，口中不停地叫着“雪儿、瑶儿”的名字，声音越来越小，最后缓缓闭上了眼睛……

穆廖在御洲山庄对面的山丘上，选了一处向阳的山坡，把慕容燕云安葬了，也好让他能在此与故园、与父母日日相望。

慕容燕云下葬后的一天夜里，赵婵雪又站在城头上，她仰望星空，缅怀逝去的父亲，想念远方的慕容哥哥。虽然她对父亲的死心存疑虑，可为了女儿，为了家人她又能怎样呢！明日就是新帝的登基大典，她是该杀了他替父报仇，还是该称他为陛下，做他的臣民呢？她不得而知。

她只喃喃自语道："父亲，当年您就是在这里大手一挥，说这万里河山都是我们的家，那时的您是多么慷慨豪迈。可现在空留下这偌大的世界，而您却离我而去，再也不会回来了……"

"婵雪，怎么一个人站在这里，难怪叔叔到处都找不到你。"赵光义不知何时悄然而至，没有一丝一毫的声响。

赵婵雪没有一丝惊讶，整个人是那么冰冷，又是那么哀伤。她冷冷地说道："叔叔，父亲已经不在了，你又何必再找我？"

赵光义叹了口气："唉，婵雪，有一件事叔叔不知该不该告诉你，告诉你怕你伤心，不告诉你又怕你会怪叔叔。"

"叔叔但说无妨，事到如今还有什么事是我承受不了的。"赵婵雪这才回过头来看着赵光义说道。

"婵雪，我昨日听说慕容燕云也已经不在了，我……"赵光义像是怕赵婵雪没有听清楚，把他说过的话重复了一遍。

赵婵雪闻言，全身不由猛地一颤，疯了似的喊道："叔叔，你到底想要干什么？现在大宋江山都是你的了，你还想怎样？你骗我！你骗我！慕容哥哥武功那么高强，他怎么可能轻易就死了呢！"

赵光义摇摇头，长长叹了口气道："婵雪，叔叔以前是骗过你。可这次我说的确是实话，慕容燕云真的死了。而且很多人亲眼在他家老宅前的山坡上，见到了他的墓碑……"

赵婵雪此时再也控制不住自己，眼角涌出了泪水。她疯了一般跑下城头，回到宫中抱起自己的女儿，骑上一匹快马，离开了开封城，离开了这个让她无数次欢天喜地，又让她无数次伤心欲绝的地方，再也不愿回来……

在赵婵雪的心中，已经不知什么是黑夜，什么是白昼，只要母女两个还挺得住，她就不会休息。她的心中只有慕容哥哥，纵使他对自己再无情，自己也定要早些到他的坟前祭拜。

这日，母女二人正在赶路，赵云瑶突然仰起小脸对赵婵雪说道："母亲，孩儿好饿啊！"赵婵雪也感到有些饥饿，只得到一家客栈要了些饭菜，母女俩坐下来吃饭。赵婵雪心情沉重，每吃一口，心中都会泛起万千思绪。她吃得很慢，再好的饭菜，对于她也是味同嚼蜡。

赵云瑶年纪尚小，自然吃得很快。她又一向活泼好动，此时便在客栈前面快乐地跑着、笑着。赵婵雪心中感慨：“这世上恐怕真正能永远快乐的，也只有不懂世事的孩子啊！”

不知过了多久，赵婵雪才放下碗筷。准备继续赶路，却发现刚才还在她眼前跑动的女儿突然不见了。赵婵雪瞬间愣住了，她的女儿是她在这个世界上唯一的亲人，也是她活下去的唯一希望。

赵婵雪半晌才回过神来，疯了似的喊着女儿的名字，可是没有人回答。她问了不知多少路人，没有一个人知道。就在她快要绝望之际，一个衣衫褴褛的老者告诉她，她的女儿是被一个黑衣高手劫走的，至于去向却不得而知……

黯然销魂，唯别而已。原本以为拥有一切的她，现在却没有任何东西是她真正拥有的了。这天地虽大，可满满写的只有求不得、放不下……

三日后，赵婵雪终于到了那个山丘，她第一眼就看见了那冰冷的石碑。她已不知自己是怎么下的马，又是怎么到的坟前，她只知道自己的心已经彻底碎了。

她趴在坟上，长啸一声，眼角大滴大滴的泪水滑落下来。她大声哭诉着：“慕容哥哥，你好狠心啊！你说过会永远和我在一起，永远不分开的，说过要和我去忘尘岛共度一生的，你怎么可以就这么抛下我们母女，一个人去了啊！慕容哥哥，你不可能真的死了，你快和我说说话呀！父亲不在了，你也不要我了，就连瑶儿也丢了，这天地虽大，可我还有什么可留恋的啊，不如我陪你一起去了吧！”

话音刚落，赵婵雪竟用双手去挖慕容燕云的坟。她疯狂地挖着，泪如泉涌，口中犹在喊着慕容哥哥，声声都是那么绝望，那么凄凉。阵阵狂风吹过，下起了瓢泼大雨，似乎是天在流泪。天若有情天亦老，此刻在赵婵雪的哭喊声中，连天地都为之动情，甘愿随之老去……

原本如白玉雕琢的一双手，早已鲜血淋漓。但赵婵雪已经不知疼痛，动作没有放缓一丝一毫，反倒越发快了。她现在只想快些挖出她的慕容哥哥，她不会让他一个人走，生不能白头偕老，死也要共赴黄泉！

她不知疲倦，不知疼痛，一挖就是整整一夜，只为了看她心爱的人最后一眼。

赵婵雪的努力没有白费，她终于挖出了那口上好的棺材。赵婵雪见到棺材苦笑几声：“慕容哥哥，你在那边寂寞吗？你会想起我吗？我这就要来陪你了！”

她哽咽着说完话，竟硬生生用手拔出了棺材上的一颗颗铁钉。可铁钉被她拔出，棺盖被她打开的那一刻，她愣住了。这口棺材里哪有什么慕容哥哥，只有两块很沉的石头、一卷古画和那摄人心魄的阿鼻。

赵婵雪此时心中很乱，她的全身都颤抖起来，她无论如何也想不明白慕容哥哥到底去了哪里。她只得取出了古画和匕首，重新埋好棺材，可她的神情越发恍惚起来。

她隐隐听见两个熟悉的声音在喊自己，这声音竟似乎不是这个世界传来的，而是来自天上。赵婵雪抬起头，此时雨停了，月亮出来了，她看到头顶的月亮今晚格外圆、格外亮，而在月中恍惚有两个人影正在把酒言欢。

“父亲、慕容哥哥，你们……你们终于肯放下仇恨了……”赵婵雪此时嘴角露出了欣慰的笑容，可眼中的泪水却流得更凶了。

她淋了一夜的雨，心中又是百感交集，此时此刻她再也撑不住了，就那么倒在了坟边，昏了过去。

赵婵雪醒来时，天际已泛起了鱼肚白，满眼都是淡淡的雾气，让她看不清这个世界。而此时她的身边正静静立着一位和尚，这和尚正默默地注视着石碑，整个人虽恬静淡雅，可还是难掩那一丝悲哀与怀念。

她认得此人，竟是当年的状元刘宝恩，不禁一愣。报恩见她醒了，轻声说道：“阿弥陀佛，公主殿下终于醒了。”赵婵雪点头说道：“大师，你怎么来了，也是来祭奠慕容哥哥的吗？”

报恩微微颔首，说道：“慕容少侠当年对小僧有恩。我法名报恩，这份恩情虽再难相报，可总也是该来的。”

赵婵雪苦笑道：“哈哈，当年我与慕容哥哥初次相见，便是因冲撞了你夸官的马队，我们还真是有缘呀！如今父亲不在了，他也不在了，我活在世上也不会再有任何的快乐，也到了该离开人世的时候了……”

报恩叹了口气，说道：“阿弥陀佛，公主陛下何苦如此。小僧当年亦是为情所困，所以最能理解您此刻的心情。不过佛法有云，‘一花一世界，一叶一菩提’，一花一草便是整个世界，而整个世界也便空如花草，花开花谢总是有定数的，又何必因缘起缘落而苦恼呢？您经历了这么多，难道还没明白“凡所有相，皆是虚妄”的道理吗？只有见诸相非相，方能见如来，方能得到心中真正的清净与快乐啊！”

赵婵雪闻言，不禁慧根一震，一刹那间妄念俱灭，整个人的神志瞬间清明起来。她喃喃道：“凡所有相，皆是虚妄？难道我这么多年付出了一切，其实不过是大梦一场？当年不懂情爱之时，确实是我最快乐的时光。我因情而陷入红尘，求的太多，放不下的太多，执念太深了，这才惹来了无数烦恼。如果我从此远离红尘，或许真的会得到快乐……”

良久，她说道：“大师，你今日一番话点醒了我。现在我已经没有了一切，反倒是无牵无挂了。以前我为父亲活、为慕容哥哥活、为女儿活，现在我也该为自己而活，去寻找真正的智慧与快乐了。”

报恩微微地一笑，说道：“阿弥陀佛，公主殿下能看破红尘，愿意皈依我佛，真是有大智慧的人。今天小僧愿替公主断去这三千烦恼丝，从此再无凡事挂心，一念只证菩提。”

微风吹过，赵婵雪的青丝飘散，随之飘散的还有她的烦恼与执念。此时她的神情前所未有的安详，她双手合十，轻轻地念了声：“阿弥陀佛。”

海外的忘尘岛上，不知什么时候起，多出了一座小小的尼姑庵，庵中住着一位端庄秀美的女尼，法号净空……

（全文完）